霍珏将脸轻轻贴上她的鬓发，



温声问："阿黎可要许愿？"

许愿？

姜黎想了想，便笑着道："我似乎无甚愿望。

若非要说，也不过是阿姐与家老爹身体康健。

再有便是，希望你明年能考一个好功名。"

姜黎眨了眨眼，她是个知足的人，

成泰五年对她来说，是个极幸运的年头。

霍珏连夺三案首，同时，寻回了自己的亲姐。

而她嫁与他，很快阿娘和阿令也要来盛京

与他们团聚。

这样的日子每一日都是她所期盼的。

霍珏淡淡"嗯"了声，将她耳边的鬓发挽到耳后，

同她郑重道了句"好"。

日后，她所有的愿望，他都会替她实现。

八月于夏

KUWEI

酷威文化

图书 影视

八月于夏 著

# 首辅大人的小青梅

（上册）

天津出版传媒集团
百花文艺出版社

图书在版编目（CIP）数据

首辅大人的小青梅：全二册 / 八月于夏著．-- 天津：百花文艺出版社，2023.10
ISBN 978-7-5306-8627-0

Ⅰ．①首… Ⅱ．①八… Ⅲ．①长篇小说—中国—当代 Ⅳ．① I247.5

中国国家版本馆 CIP 数据核字 (2023) 第 167732 号

**首辅大人的小青梅：全二册**

SHOUFU DAREN DE XIAO QINGMEI： QUAN ER CE

八月于夏　著

**出 版 人：** 薛印胜
**选题策划：** 胡晓童
**责任编辑：** 胡晓童
**装帧设计：** 白砚川
**出版发行：** 百花文艺出版社
**地址：** 天津市和平区西康路35号　　**邮编：** 300051
**电话传真：** +86-22-23332651（发行部）
+86-22-23332656（总编室）
+86-22-23332478（邮购部）
**网址：** http://www.baihuawenyi.com
**印刷：** 北京市松源印刷有限公司
**开本：** 680毫米×970毫米　1/16
**字数：** 796千字
**印张：** 38.5
**版次：** 2023年10月第1版
**印次：** 2023年10月第1次印刷
**定价：** 69.80元

如有印装质量问题，请与北京市松源印刷有限公司联系调换
地址：北京市通州区漷县镇大柳树村北
电话：（010）80566092 邮编：101100

# 目录


第 一 章 恍然惊梦 001

第 二 章 觉梦惜今 015

第 三 章 秘信寻亲 029

第 四 章 信物定情 041

第 五 章 再遇故知 059

第 六 章 待伊及笄 075

第 七 章 拜堂成亲 087

第 八 章 作别桐安 107

第 九 章 初入盛京 121

第 十 章 冤家路窄 137

第十一章 除夕团圆 153


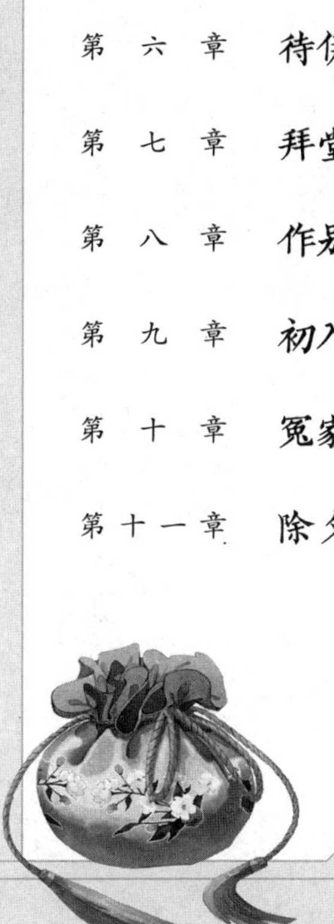

# 首辅大人的小青梅

第十二章　宣毅守姝　167

第十三章　临安地动　177

第十四章　无问应娶　191

第十五章　尚书软肋　203

第十六章　宣罪己诏　213

第十七章　大相国寺　223

第十八章　紫微帝星　237

第十九章　杏榜头名　249

第二十章　御街夸官　267

第二十一章　督察御史　281

第二十二章　隐秘书信　295

第一章

# 恍然惊梦

时在中春，阳和方起。

桐安城处处可见的桃树、杏树一夜间便开了花，娇嫩的花蕊颤颤巍巍伫立在枝头，如雪霰纷纷。

一辆华贵马车驰骋在喧闹的朱福大街，掠过街东的李记瓠羹店、街西的陈二娘布庄，一路疾行到街尾的苏家药铺，嘚嘚的马蹄声方才歇下。

已过晌午，街市里的门面均早早开了门，唯独苏家药铺大门紧闭。

一名身着松花绿缎面小袄、四十岁出头的妇人从马车下来，轻轻叩响了药铺掉了漆的老木门。

陈二娘从药铺隔壁的酒肆出来，精明的目光在马车与妇人间来回睃巡。

片刻后，她又回了酒肆，从桌上抓起茶杯，猛灌了一口茶水，道："这镇平侯府不愧是京里的勋贵豪门，随便一辆马车都镶金嵌宝的，好不华贵！真没想到苏瑶那丫头竟然有此造化！"

这几日，桐安城最大的谈资莫过于苏掌柜的养女，摇身一变成了盛京侯府的千金。

茶余饭后间，不知被人讨论了多少次。

柜台后的姜黎转眸看向街边的马车，眉心微蹙：苏瑶不是前日便被侯府的人接走了吗？怎的今日又来了？

正思忖着，旁边的药铺忽然传来开门声，一道低沉清冷的声音响起："何事？"

姜黎一听便知是谁在说话，扔下手上的账本便跑了出去。

何嬷嬷看见从药铺里走出来的少年，整个人怔住了。

她是侯夫人的陪嫁，在侯府待了将近二十年，见过不知多少钟灵毓秀之人，却不得不承认，眼前眉眼冷漠的小郎君是她见过的人里最为出众的一个。想来，他就是小姐嘴里的霍公子了。

何嬷嬷略一思忖，笑着道："霍公子，我是在侯夫人身边伺候的何嬷嬷，承蒙苏掌柜这些年对我家小姐的照顾。今天特遵小姐之命，来给苏掌柜送些谢礼。"

"不必。"霍珏冷声拒绝。

他话音刚落，几步外的马车门忽然被推开。苏瑶坐在软凳上，睨着霍珏，居高临下地道："霍珏，我给你们准备的谢礼，够你们吃喝嚼用好几年了。你别不知好歹！"

霍珏冷冷地看了苏瑶一眼，半句话都懒得敷衍，转身向屋里走去。

苏瑶见他依旧是一副不把自己放进眼里的模样，气得怒目圆睁，她最讨厌的就是霍珏这样一张嘴脸！

她现在可是侯府千金，哪里轮得上他瞧不起！

这时，一个精致古朴的木匣子从马车里被飞快地掷出，啪的一声落在了霍珏脚边。

“这里有银票珠宝若干，一并拿去吧！有了这些东西，你明年上京赶考的盘缠就不用愁了。”苏瑶盯着霍珏，嘴角勾起一抹嘲讽的笑，“收下这些财物，我跟你，还有苏掌柜便再无半点关系。以后你们可别跑到侯府来打秋风！”

苏瑶这话说得又冲又响亮，还带着高高在上的倨傲。

何嬷嬷暗道不好，到底不是夫人膝下养大的，鲁莽冲动而不自知，把她先前教的话都忘得一干二净！她侯府大小姐的名声还要不要了？！

何嬷嬷正要开口打圆场，却见少年忽然捡起地上的木匣子，紧接着，木匣子闪电似的擦过苏瑶的鬓发，撞入马车内壁，哐的一声落在了软凳上。

“带上你的东西滚出桐安城，”霍珏的嗓音低沉冷漠，“别再出现在我们眼前。”

此时，药铺外头早就里三层外三层围满了看热闹的人，其中一人还是她打小就厌恶的姜黎。

苏瑶面子上挂不住，便指着姜黎狠狠道：“看什么看！再看就把你眼珠子挖出来！”

姜黎原不想同她吵，可想到方才她说的那些话，便忍不住道：“苏瑶，就算你是镇平侯府的大小姐，但你也是苏老爹含辛茹苦养大的。如今，苏老爹抱恙在床，你又何必把话说得这样伤人！”

姜黎此话一出，四周看热闹的人也忍不住出声附和：“真是养不熟的白眼狼，亏得苏掌柜对她那么好，起早贪黑的，又当爹又当娘养了她十四年。”

“呸！镇平侯府就这样眼睁睁地纵容苏瑶羞辱恩人，欺压百姓，估计家风也好不到哪里去。”

何嬷嬷老脸一红，自问也是见过大风大浪的人，却没有一刻觉得像现在这般丢人。

随后，马车像阵风似的驶离朱福大街，看热闹的人也渐渐散了去。

姜黎站在药铺门口，望着紧紧关闭的木门，目露担忧。

苏老爹自从去年采药从山上摔下后，身体便一日比一日差。

前两日，侯府的人寻来时，苏瑶又说了那样一番戳心窝子的话，把苏老爹气得差点一命呜呼。

霍珏也被苏瑶当众弃之如敝屣。姜黎想，他再如何坚强，大抵也是伤了心的。

方才，苏瑶又给朱福大街的乡亲们添了不少谈资。侯府的马车一走，酒肆又恢复了往日的喧闹，甚至比往日还要热闹些。

姜黎一进酒肆，便见自家娘亲站在柜台后，冷冰冰地瞅着自己。

她头皮一麻，忙笑弯了眉眼，殷勤地讨好道：“娘，我来算账便好，您去歇一会儿。”

杨蕙娘哼了一声，将手上的算盘摔到台面上，睨着姜黎道：“你随我来！”

姜黎知道她娘正在气头上，只好苦着一张脸，跟着杨蕙娘进了后屋。

朱福大街的店铺皆是前店后居的格局，姜黎家的酒肆也是如此。店面在前，隔着一道帘子便是后厨，后厨后面是天井，天井再往后便是杨蕙娘母子三人住的屋子。

杨蕙娘一进花厅，便恨铁不成钢地戳了下姜黎的额头："我说没说过，让你别去招惹苏瑶！你倒好，当着那么多人的面给她难堪！娘说的话你是不是都当耳边风了？！"

"哪是我招惹她的？分明是她把气撒在我身上。"姜黎摸了下额头，委屈地道，"泥人还有三分气性呢，况且我还不是泥人。"

"你以为我不知道你心里想的是什么？你不过是因为苏瑶骂了霍珏，才故意给她难堪！"知女莫若母。

姜黎倒也不否认："我这不是路见不平出声相助嘛！娘，您别气，气坏了身子可不值当的。"

杨蕙娘睇她一眼："苏瑶打小便看你不顺眼，不是想着毁了你的脸，就是想着毁了你的名声。从前，她不过是个普通人家的小姑娘，娘自然不惧她。但现在她是侯门贵女，是动动嘴皮子就能让你万劫不复的官宦千金。以后，你见着她有多远就躲多远，莫再像方才一样逞能了！"

"娘，苏瑶今日就回盛京了。您别担心，桐安城离盛京十万八千里，她就算想报复也报复不到我身上。"姜黎摇着杨蕙娘的手臂撒娇，大大的一双眼睛跟小鹿似的，湿漉漉的看得人心都软了。

杨蕙娘脸色总算好了些，下一瞬不知想到什么，眉心又拧了起来："还有一点你要记住！霍珏早晚会离开桐安城。我知道你喜欢他，可是阿黎，他不是你的良配，你切莫做那飞蛾扑火的傻事。"杨蕙娘同姜黎说完话便回了酒肆。

姜黎乖乖回了厢房。她今年六月便要及笄了，可女红差得一塌糊涂。杨蕙娘怕她日后被婆家嫌弃，最近总爱将她拘在家里练针凿。

姜黎想着杨蕙娘说的话，神思飘忽，指尖瞬时便多了几个针眼儿。

她吮去指尖的血珠子，放下绣到一半的帕子，拎上一小笼今晨做好的山药糕，便从天井侧门偷偷溜了出去。

霍珏今日没去书院，这会儿定是留在屋里照顾苏老爹。

姜黎绕到药铺的侧门，轻轻敲了下门，问道："霍珏，你在吗？"

等了没一会儿，门便从里打开了。

身量高大挺拔的少年站在门内，神色寡淡，漆色的眼眸里是常年化不开的冰冷。

"何事？"

姜黎抬起眼，目光落在霍珏白玉无瑕般的脸上，心怦怦直跳。

霍珏是十岁那年来的朱福大街，苏老爹在山里救下他时，他满身是血，命悬一线。

得亏苏老爹是个大夫，花了三天三夜才从阎罗王手里抢回了他的命。

当时，霍珏的脸被粗枝碎石划出很多细长的口子，瞧着分外可怖。

苏老爹平日时常出门采药、问诊，他走后，屋里便只有苏瑶在，可苏瑶嫌霍珏丑，不肯照顾他。

于是，照顾霍珏的任务便落在了姜黎身上。

霍珏昏迷了三个月。

这三个月，姜黎眼睁睁看着他从一个丑八怪，蜕变成一块世所罕见的美玉。

从此，姜黎偷偷喜欢上了一个名唤霍珏的小郎君。

戏折子这样唱："郎骑竹马来，绕床弄青梅。"所以，在阿黎看来，他们便是青梅竹马、两小无猜。

谁知霍珏醒来的第二日，苏瑶便叉着腰，幸灾乐祸地对姜黎道："霍珏答应等我及笄便与我定亲，你日后离他远一些！"

姜黎平生第一回喜欢一个人，就这样折戟沉沙、无疾而终。

春日的风犹带寒意，但同霍珏的神色相比，这风已经暖得不能再暖了。

姜黎眉眼含笑："我娘做了枸杞山药糕，让我给苏老爹送一些过来。"

霍珏闻言侧过身，让姜黎进来："苏伯刚醒。"

苏世青是半刻钟前才醒的，因此，并不知道苏瑶来过。

姜黎猜霍珏定然不会同苏老爹说苏瑶的事，她便也不提，只说些在酒肆里听到的奇闻逸事，逗得苏世青人都精神了。

"阿黎，你跟阿令得空了就过来苏老爹这儿陪我说说话。瑶儿走了，这屋子一下子便冷清了不少。"苏世青年纪大了，又在鬼门关里走过一趟，就怕家里冷清没人气，偏生霍珏是个话少的。

姜黎笑盈盈道："好呀，苏老爹，以后我常来，您可别嫌我烦。"

从苏老爹房里出来，姜黎在天井找到霍珏时，少年正蹲在地上晒药材。

姜黎在霍珏旁边蹲下，陪他一起把药材摆入竹簸箕里。

霍珏看了她一眼，没吭声。

从前，他们的往来不多，大多是杨蕙娘差她过来给苏老爹送吃食的时候，才能见他一面。

姜黎小心地觑着霍珏，这还是他们第一回一起做事。

姜黎想到这儿，嘴角就忍不住弯了起来，一回生两回熟，她多来几回，霍珏很快便会与她熟络了吧。

察觉到姜黎灼灼的目光，霍珏手上的动作一顿："药材长我脸上了？"

"啊，不……不是。"姜黎被逮了个正着，瞬间烧红了脸，支支吾吾道，"我就是想看看你有没有难过。"

"难过？"

“就……就是……今日苏瑶说的那些话你别放心上。”姜黎真想咬自己舌头一下，每次在霍珏面前，总是连话都说不利索，忒没出息了。

霍珏面无表情地“嗯”了一声。

他的声音听着平静是平静，但姜黎想，他毕竟准备日后与苏瑶定亲的，今日当着那么多人的面被苏瑶抛弃了，心里肯定是不好受的。

“霍珏。”

“嗯。”

“你别伤心，苏瑶不要你，我要。”姜黎紧紧捏着一块药材，刻意压低的声音里带着点紧张。

姜黎见霍珏不说话，以为他不喜自己。

于是，咬了咬唇，忍痛又补了句：“除了我，打铁铺的徐二娘子，头面铺的张大娘子，花果铺的林姑娘，还有东阳书肆的刘姑娘，她们都很是欢喜你。张大娘子还说，若能与你有婚约，他日她必给你筑个金屋。”

霍珏：“……”

“除了朱福大街这几位娘子，南院大街和西柳大街的——”姜黎软着声，掰着手指头数起来，大有说个三天三日的架势。

“停。”霍珏站起身，冷冷淡淡地盯着姜黎看了好一会儿，薄唇轻启，“谁说我要与人定亲了？”

姜黎：“可……你之前……不是同意……和苏瑶定亲的吗？”

不多时，姜黎便被霍珏“请”出了苏家药铺，紧接着门咔嗒一声，将委屈巴巴的姜黎关在了门外。

霍珏刚关上门，便听到苏世青的咳嗽声从屋内传来。

他眉心微蹙，快步走进屋中。

苏世青咳得满脸赤红，霍珏上前给他拍背，等他缓过来后扶他起身，给他倒了杯热茶。

温热的茶水缓解了胸肺间的痛楚，苏世青拍了拍霍珏的手背，哑声道：“阿珏，我没事，你别担心。”

霍珏反握住苏世青瘦骨嶙峋的手掌，温声道：“山长已去信中州，再过一段时日便能寻到方神医。苏伯，您的病会好的。”

方神医医术出神入化，连太医院的御医都甘拜下风。只是这人行踪不定，常年神龙见首不见尾，要找到他谈何容易。

苏世青心下一叹，他虽医术平平，却知道自己离大限之日不远了。

他年近花甲，早已看淡了生死。但他不想霍珏忧心，这孩子看着难以亲近，实则是一个知恩图报的。

“好，好，苏伯会撑着一口气等方神医来的。”苏世青豁然笑道，“再过数月你便要下场考试，你且专心备考。我的事你莫要操心，苏伯等着你中个举子进士回来。”

霍珏眸光微动，轻轻点了下头。

姜黎垂头丧气地走出巷子，为何霍珏知道有这么多人想要与他定亲，他看起来却一点儿也不高兴？

莫不是他心里放不下苏瑶？

想到方才霍珏将她丢出门外时的冷漠，姜黎委屈地腹诽：霍珏也太不解风情了……

小姑娘想得认真，也没注意身后缀了个尾巴。

“姜黎！”

姜黎被这声音吓了一跳，见是弟弟姜令，忍不住皱眉道：“没大没小！我是姐姐，你怎能直呼我的名字！小心回到书院，被先生罚抄书。”

姜令撇了撇嘴，道：“咱俩是龙凤胎，你也就比我早出生一刻钟，咱俩走出去，你看谁会相信你是我姐姐？”

“早一刻钟，我也是姐姐！”姜黎鼓了鼓腮帮子，“以后再叫我名字，你看我应不应你。”

“行啦行啦，姐——”姜令懒得同她争，偏头看了看方才姜黎走出来的小巷，斜眼睨她，“你刚去哪儿了？今日霍珏哥没来书院，你是不是偷偷跑去见他了？”

姜黎脸蛋儿一下子红了个透：“才……才不是，我是去给苏老爹送山药糕的。”

姜令打在娘胎里便跟姜黎待在一块，还能不知道她？一看她的脸色就知道他说对了。

“姐，霍珏哥……秋天便要下场参加乡试了。按先生的说法，霍珏哥有状元之才，明年开春肯定要到京城参加会试。他那样的人，只要去了盛京，肯定就不会回来了，你还是别把心思放在他身上了。”

姜黎一时有些怔忡。

她知道霍珏学问做得好，也知道霍珏早晚有一日会离开桐安城。可若不试试，她怕日后会后悔。她喜欢他六年了，她还有多少个六年能这样单纯又执着地去喜欢一个人？

毕竟，世间只有一个霍珏。

姜黎一路沉默着，姜令见她不说话，也舍不得继续说她。

夜里，姜黎沐泽后，又想起姜令说的话。

明年，霍珏若是上京赶考，说不得连盘缠都没有。苏老爹自去年摔伤后，花了不少钱治病，家里早已一穷二白。

如今，霍珏既要兼顾药铺，又要为秋天的乡试做准备，还要照顾生病的苏老爹，担子委实重了些。

思及此，姜黎赶忙从床榻下来，把藏在床榻下的一个方匣子取了出来。

里头装着的是她这两年为自己攒的嫁妆，姜黎把碎银子全都取了出来，装进钱袋里。

她抱着钱袋嘀咕："希望明日霍珏别再把我丢出门了，怪丢人的。"

翌日一早，姜黎吃过早膳便急急出了门。

到了药铺，才知道霍珏去了书院。

姜黎只好回酒肆，刚走到门口，便听到有人喊她。

"阿黎。"

姜黎循声望去，只见杏树下站着两位娇俏的少女，正笑意盈然地望着她。

穿青色百褶裙的少女名唤刘嫣，是东阳书肆东家的大娘子，方才便是她在叫姜黎。

她旁边穿藕荷色百褶裙的是头面铺的二娘子张莺莺。

"你们怎的过来了？"姜黎问。

张莺莺左右瞧了眼，待得姜黎走近了，才小声道："我们是来给霍珏送东西的。"

姜黎这才注意到两人手里分别拿着东西。张莺莺手里攥着一个精致的荷包，里头放着一块成色晶莹剔透的白玉佩。刘嫣手上的则是一个沉香木盒，一个墨香四溢的墨锭静静地躺在靛蓝色的绒布里。

怀揣着一袋碎银的姜黎觉得是她俗气了。

姜黎不由得问："霍珏可是拒绝了你们送的东西？"

"是呢，他说无功不受禄，不肯收下我和嫣儿的东西。"张莺莺嘟起樱桃小嘴，不满道，"要我说，霍珏也太过迂腐了。"

"这不叫迂腐。"刘嫣柔声纠正张莺莺，"霍公子此乃守礼之举，是君子所为。"

"守什么礼呢！"张莺莺道，"咱们送的又不是什么见不得人的东西，何须守礼？分明是不解风情！"

大周民风开化，女子送礼物给心仪的男子是常有之事。霍珏囊中羞涩，上好的玉佩和墨锭都不要，可不是不解风情吗？

刘嫣温婉一笑，倒也不跟张莺莺辩驳什么。

张莺莺的父亲是朱福大街最富裕的商户，她从小被娇惯着长大，今日在霍珏这碰了软钉子，心里自是不痛快。

刘嫣看向沉默了许久的姜黎，笑着问："阿黎，你方才是准备去找霍公子？"

"嗯，但我去的时候他已经走了。"

"你起得这样晚，当然见不着他了。"张莺莺笑着掐了下姜黎纤细的腰，"阿黎，你也是去送东西的吧？送的什么？"

姜黎从腰封里抽出一个钱袋。

张莺莺看了一眼便笑了出来："阿黎，你送银子也未免太俗了。霍珏是读书人，定然不会要你的钱袋，得亏你方才没碰上他。若不然，脸要丢大了！"

姜黎愁眉苦脸地回了酒肆。

朱福大街喜欢霍珏的小娘子可不少，苏瑶一走，谁都想摘下这朵高岭之花。

唉！说是强敌环伺也不为过。

不说别的，就说姜黎的手帕交刘嫣，便生得清秀可人，又有个秀才爹，识文断字，知书达理。张莺莺娇俏活泼，家境殷实，又是独女，万贯家财日后都是留给她的。

和她们一比，姜黎也就这张脸能拿得出手。

姜黎犹豫了半天，还是决定将银子送去给霍珏。

虽说银子的确没有玉佩和墨锭高雅，但霍珏这会儿缺的正是银子。大不了就说是借他的，他现在囊中羞涩，只说是借，他应当会收下吧。

正德书院偌大的学堂里整整齐齐摆着二十张书案，几个少年正坐在后头的木椅上，压低嗓音嬉笑着说话。

一个穿着蓝色衣裳的少年绘声绘色道："方才，霍珏被一群小娘子围着差点出不来！我看他脸臭得都快说不出话来了。"

"这么夸张？那些小娘子都围着他作甚？"一个浓眉大眼的少年接过话。

"还能作甚？自然是送东西诉衷情呗！"蓝衣少年道，"咱们桐安城的小娘子，谁不喜欢霍珏？"

"不过是看中霍珏那张脸罢了，这些小娘子也太肤浅了。"

一群人叽叽喳喳个没完，半是玩笑，半是讥讽。

姜令越听心里越堵，也不晓得阿黎方才是不是也跑去送东西了。

"怎的？你们这是羡慕妒忌了？一大早嚷嚷个没完。"姜令放下手里的书，嘲讽道，"放心，只要你们学问做得比霍珏哥好，就算长得不堪入目，也会有小娘子看上你们。问题是，你们能吗？"

几人被姜令说得面红耳赤，正要反唇相讥，眼尾却瞥见一道挺拔修长的身影，众人齐齐噤声。

霍珏身量高，比一众少年都要高出半个头。身姿挺拔如松竹，明明年岁相仿，可他站在那里，身上的气势就是比旁人压人。

方才还在夸夸而谈的少年们面面相觑，气氛一时尴尬。

书院里，没人敢惹霍珏。

方才见霍珏被山长叫走，几个少年才敢在他背后偷摸着说几句。现下正主回来了，哪里还敢吱声。

霍珏也没看他们，眉眼低垂，面无波澜，径直在他的书案前坐下，拿出一本《春秋抄读》慢慢翻阅。

几个少年见状，悄悄松了口气。

姜令鄙夷地撇撇嘴，扭头看向霍珏，问道："霍珏哥，你方才过来书院时，有遇到阿黎吗？”

霍珏垂下的眼睫一动不动：“没有。”

姜令舒了口气，看来昨日的话还是有点用，他那傻姐姐没被美色冲昏头，傻乎乎地跑去招惹霍珏哥。

不多时，鼓声骤响，年逾古稀的先生夹着戒尺书册，晃着步子慢悠悠地走入学堂。

今日的课，主讲《春秋》，霍珏漫不经心地翻着手上的书。

这本书他六岁便能倒背如流，不只《春秋》，本家藏书阁里的书，他大半都看过，且都烂熟于心。

可那又如何？那个博闻强识、惊才绝艳的卫二公子早就“死了”。如今的霍珏，不过是一个为复仇的“孤魂野鬼”。

霍珏垂下眼帘，骨节分明的手指缓缓划过书页上的一句话——子不复仇，非子也。

正德书院卯时击鼓上课，申时下学。

霍珏心里记挂着苏世青，正午过后，同山长告了假便离开了书院。

回到药铺，雇来照顾苏世青的婆子曹婆婆刚从苏世青房间出来，手里端着的盘子里放着一个空碗。

曹婆婆见霍珏下了学，忙道：“苏大夫已经睡下了。厨房里还热着饭，阿珏快去吃吧。”

霍珏应了声，用过饭后，在苏世青房门外看了眼才回了屋。

这几日他总是头疼，一日比一日疼。

霍珏一贯能忍受疼痛，可此刻却疼得他几乎无法呼吸。

霍珏刚想起身，眼前忽然一黑，整个人直直砸向暖炕。

日光透过薄薄的砂纸，从陈旧的桌案慢慢游移至墙边的暖炕。

暖炕上一动不动的少年突然闷哼了一声，紧接着他豁然睁眼，狭长的凤眸闪过一丝狠戾，周身的气势凌厉逼人，与半个时辰前的他仿佛判若两人。

少年从炕上下来，环视四周后，嘴角勾起一抹冷笑。

“出来！”

窗外和煦的风擦着楹窗，发出轻微的震动，除此之外，再无旁的声响。

霍珏等了半晌，也没等到刺客露面，他唇角一抿，细细打量起周遭的环境。

数息前，他分明在金銮殿被刺客围杀，又怎会出现在了这里？

暖炕边的桌案上放着一本《春秋》，他拿起书翻了翻，眉心骤然一缩——这是他的字迹。

这是他年少时在书院读书时用的书，可当初他入宫前分明将这些书都一把火烧了。

霍珏放下书，目光忽然落在手腕处那洗得发白的青布袖口上。

他是大权在握、独断朝纲的掌印督公，这样的粗布衣裳，就连给他御马的仆从都不会穿。

思忖间，一道清脆悦耳的声音忽然回荡在耳中——

“你放心，苏瑶不要你，我要。”

不对！这是……阿黎昨日对他说的话。

他是朱福大街药铺掌柜的养子，怎么会净身成为一名内侍？且还在金銮殿遭遇刺客？

念头一出，他脑中骤然一阵剧痛。

霍珏强忍头痛，再次看向书案上的书，没错，这是他今日从书院里带回来的书。

他哐的一声拉开房门，大步迈了出去。

门外天井的竹簸箕里晒着桔梗、桑白皮等数十种药材，空气里隐隐浮动着药香。

霍珏低身摸着这些半干的药材，眸色复杂。

这是麻杏石甘汤和小青龙汤的药材，是他明天准备煎给苏伯治病的。

霍珏的目光一寸一寸地掠过这里的一草一木，贴在腿侧紧攥成拳的手却止不住颤抖。

他抿着唇，呼吸一点一点放慢。

原来是梦啊！他没有入宫，也不是那恶名昭著的霍督公，而阿黎……也没死。

阿黎……

想起梦中躺在他怀中那浑身冰冷的少女，霍珏呼吸倏地一窒。

恰在此时，一道微弱的敲门声忽然响起，下一瞬，霍珏听到了在梦里纠缠了他许多年的声音。

“霍……霍珏，你在吗？”

霍珏僵在原地。

门外温软的嗓音他再熟悉不过，昨儿还听她在耳边絮絮叨叨地说话，为何此时听见阿黎的声音，他的心会如此痛？

难道是方才的梦在作祟？

不过一个梦而已，他又不是不曾做过梦。

青州的过往一直是他挥之不去的梦魇，可从没像今日这般让他如此痛苦。

许是等待的时间比往常久了些，姜黎的声音再次响起：“霍珏，你在吗？”

霍珏如梦初醒，疾步走到侧门。

门吱呀一声被打开，门板快速划开空气，轻轻撩起了他的衣摆。

门外，色若海棠的小姑娘怯怯地望着他，圆圆的小鹿眼似是润了一层水雾，潋滟又娇憨。

霍珏呼吸一顿，心口像是被热血烫过似的，一阵阵地疼。

他静静望着她，深深沉沉的目光似是跨过了漫长的时光，落在她鲜活的脸上。

他喃喃地开口："阿黎……"

姜黎总觉得今日的霍珏有些奇怪，可又琢磨不出哪里奇怪。

脸还是那张脸，眼睛还是那双眼睛。

但素来冰冷的眸子似乎有些不一样了，仿佛是夜里的深海，瞧着平静，却暗藏汹涌。

被霍珏一瞬不错地盯着，小姑娘很快便抛开了纷杂的思绪，红着脸别开了目光："我，我是来给你送东西的。"姜黎咬了咬舌尖，强行压住兵荒马乱的心跳，从腰封里摸出个绣着竹纹的钱袋。

这是个湖绿色的绸布钱袋，袋子正面的几株青竹还留着几根细小的线头。

这几株竹子，还是姜黎过来之前花了好几个时辰绣上去的，只为了让钱袋看起来文雅些。

可惜她的绣活不好，竹子绣得歪歪扭扭，似竹非竹，似叶非叶，瞧着有些不伦不类。

姜黎羞赧地低下了眼。

垂下的视线里，很快出现了一只白皙修长、骨节分明的手。那只手并没有接过钱袋，反而轻轻捏住了姜黎的一根手指。

略带薄茧的指腹轻轻摩挲着她指尖上密密麻麻的针眼。

这动作委实太过亲昵，饶是姜黎心悦霍珏已久，也不免觉得无措又怔然。

她下意识地缩了缩手，可霍珏却不肯松手，明明没觉得他用多大劲儿，但她的手就是无法动弹半分。

"阿黎的手怎的受伤了？"

姜黎飞快地看了他一眼，低声道："绣钱袋时留下的，你知道的，我的女红一贯做得不好。"

话音一落，眼前的小郎君像是终于注意到了这个钱袋，伸手一勾，钱袋便落入他掌心。

霍珏缓缓摩挲着那几株歪歪扭扭的草，低声道："怎会不好？这几株兰草我瞧着十分生动别致。"

姜黎："……"

霍珏说完，心神忽地一凛。

梦里，阿黎也曾在他参加乡试前，送过他一个钱袋，却被他无情地拒之门外。

若是往常，他的确不会接受阿黎的钱袋。

大概因为他知晓，身负血海深仇的自己，压根儿没有资格去喜欢一个人。

因此，梦里的他满心只想复仇，却也一而再、再而三地伤了阿黎的心，而不自知。

想起梦中种种，霍珏竟是不忍拒绝小姑娘递来的钱袋。

霍珏晃了下手里的钱袋，问道："这是阿黎攒下的银子？"

“嗯，是我攒下的。”姜黎怕他不肯收，又添了句，“你放心，这些银子我很快便能挣回来。城东员外府的张老夫人特别爱吃我做的糕点，每回给她送糕点，都能得不少赏钱。”

钱袋里的银两约莫十两，张老夫人的赏钱再丰厚，没有个两三年，阿黎根本攒不下这么多银子。

霍珏攥紧钱袋，漆黑的瞳眸里映着姜黎的脸：“阿黎想要我收下这些银子？”

姜黎轻轻颔首：“这会儿，你需要用钱的地方不少，苏老爹生着病，苏瑶又离开了，如今所有的重担都压在你身上，你不必同我客气。”

“苏瑶？”霍珏蹙眉。

如今的苏瑶，已经被镇平侯府接走了，成了侯府大小姐徐书瑶。

霍珏对苏瑶谈不上喜欢或者厌恶，对她离开苏家这事儿也不大在乎。却不知为何，听到阿黎提起苏瑶时，他心中油然升起一股杀意。这股杀意来得太过莫名，以至于他不得不想起方才的那个梦。

梦里，他之所以科举无望，被逼得净身入宫，就是拜苏瑶所赐。

姜黎听见霍珏又念起苏瑶的名字，心里莫名一堵，不由得抿了抿嘴，细声道：“昨日，苏瑶就回盛京去了，她家里给她定了门亲事。你……你就别再牵挂她了。”

霍珏骤然一愣，很快眉心一松，抬眼看着她。

阿黎一直认为他日后是要与苏瑶定亲的，这才会同他说，她要他。

而，梦里的自己拒绝了她。也正是因着他的拒绝，阿黎至死都不曾知晓他对她的心意。

那个梦……那个让他分不清现实与虚幻……却叫他痛苦万分，一提起阿黎的名字便心口钝疼的梦，是那样真实。

真实到……他不想再犯梦里的错误。

霍珏垂下眼静静地看着姜黎。良久，白皙的指尖轻轻勾住她肩上一绺乌发，柔声道：“阿黎那日说过的话可还算数？”

姜黎脑袋一蒙，印象中霍珏从来不会做这样的举动，更不会用如此温柔的语气同她说话。

这……这真的是她认识的霍珏吗？

姜黎脚步虚浮地走回酒肆，两耳嗡嗡直响。

方才霍珏问她那日的话可还算数，她期期艾艾地答了句：“算、算的。”

之后，他便笑着同她说：“好。”

所以，他这是答应了？

姜黎眨了眨眼，十分心虚地说服自己：“他不收旁人的东西，只收下我的钱袋，说……说明他对我也是有意的。”

“谁啊？谁对你有意啊？”姜令从屋子里走了出来，目光在姜黎的脸上停了一瞬，“你的脸是怎么回事？怎么红得都快滴血了？”

姜黎忙用手背贴了下脸颊，眼神有些游移：“就是热的，你不觉得热吗？”

热？这几日倒春寒，哪儿热了？

姜令狐疑地盯着姜黎：“你是不是又去找霍珏哥了？”

姜黎没好气地看了姜令一眼，有气无力地道：“你小些声，别让娘听到了。”

双胞胎姐弟就是这点不好，她但凡有点心事，姜令总能一猜一个准。

姜令顿觉心累：“姐——”

姜黎见姜令摆出一副要同她促膝长谈的架势，连忙打住他的话匣子：“别，你先听我说。”

姜黎往酒肆后厨瞄了眼，将姜令扯进花厅，偷偷将方才霍珏说的话倒豆子似的倒了出来。

“所以，你方才给霍珏哥送钱袋，”姜令清了清嗓子，“霍珏哥不仅收了，还答应了日后和你定亲。对吧？”

姜黎用力点头。

花厅里静了一瞬。

姜令足足看了姜黎半盏茶的工夫，而后轻轻一叹，苦口婆心道：“阿黎，天虽已黑，但你做梦也做得太早了。我很了解霍珏哥，他怎么可能收下你的钱袋，还说出那样的话？你……还是少做些不切实际的梦。”

姜黎：“……”

第二章

# 觉梦惜今

一墙之隔的苏家药铺。

霍珏立在薄光里，手里紧紧攥着湖绿色的钱袋。

姜黎离开后，梦里深沉、压抑的痛苦情绪再次攫住了他。

他仿佛又回到了梦里，成了遭万民唾弃、独断朝纲的阉人。

“只是梦而已。”霍珏闭了闭眼，再睁眼时，面色已然恢复如常。

天色渐暗，霍珏躺在炕上，却毫无睡意。一闭眼，脑海中便是梦里那把乌黑的拂尘，以及姜黎躺在他怀里的冰冷躯体……

这时，四更的梆声从街头传来。

黑暗中，霍珏起身，身轻如燕地越过院墙，来到隔壁酒肆的西厢房。

房间里，少女盖着厚厚的寝被，睡得很沉。

霍珏静静地听着少女轻柔规律的呼吸声，因噩梦引发的焦躁情绪终于慢慢平和下来。

姜黎根本不知夜里来了访客，不到卯时便起了床。她伸了个懒腰，起身到西侧的小厨房做早点。

杨蕙娘厨艺不俗，酿酒术更是了得。

姜黎耳濡目染，如今不管是厨艺还是酿酒，都十分拿得出手。

酸菜切丝，拌上肉末，放葱蒜爆炒，锅里再下一把手擀的面条，两碗香喷喷的酸菜肉末面便出锅了。

姜令打着哈欠走出屋子，闻到厨房里飘来的酸菜肉末面的香气，肚皮立马唱起了空城计。

姜令咽了口唾沫，走入小厨房，刚端起灶台上的碗便被姜黎敲了手。

“这两碗是我跟娘的，你的在这儿。”

姜令盯着眼前飘着几朵葱花的素汤面，不由得傻眼了：“为何我的面没有酸菜肉末？”

姜黎看着他不说话。

姜令与她对视中，电光火石间便想明白了，阿黎估计是恼他昨日说的话呢……

姜令心里长长叹了声：“罢了罢了，好男不与女斗。”

他清了清嗓子，道：“阿黎你没做梦，霍珏哥定是对你情根深种，才会说日后要同你定亲的。”

姜黎笑眯眯地往姜令碗里浇了满满一勺子酸菜肉末的臊子。

姜令："……"

还真是因为昨日说的话。

吃过早膳，姜黎借口要去山里采桑葚做桑葚酒，便与姜令一同出了门。

正德书院坐落在书院大街的尽头，过了书院再往南走一段路便是青桐山，也是姜黎要去的地方。

两人走了小半个时辰，快到书院时，前头忽然传来一阵喧闹。

姜黎抬眼望去，被十数个小娘子重重包围的俊俏郎君可不就是霍珏吗？

这些小娘子，姜黎都识得。

送香囊的是西柳大街的何四娘子，送络子的是南院大街的莫大娘子。

许是听说昨日霍珏在朱福大街被包围的事，今日这两条街的未婚小娘子都不甘示弱，一大早便全部出动了。

姜黎咬了咬唇，正要上前，却听见霍珏冷声开口："你们挡着我的路了。"

面如冠玉的少年神色冷厉、气势逼人，狭长的凤眼轻轻一扫，便似有刀光剑影隐匿其中。

原本吵吵闹闹的街道一下子静了下来。

几位小娘子面面相觑，均被霍珏身上那骇人的气势逼退了两步，下意识给他让出了一条路。

唯独何四娘子不甘心地上前一步："霍郎君，我们没想要挡路，只是想送些小心意给——"

霍珏在她靠近时，便迅速往旁边一避，同时冷声打断她："姑娘请自重。"

他的声音不轻不重，语速不疾不徐，可这话落入耳里却带着浓浓的戾气，似乎还带了点杀意。

从前，霍珏也曾拒绝过旁人，虽然语气不耐，却不会像今日这般慑人，震得人心口惴惴。

何四娘子眼眶瞬间红了，嘤嘤着转身跑开了。

旁的小娘子见状也纷纷离去。

姜令见此良机，赶忙给姜黎醒脑："听到没？霍珏哥不喜欢小娘子太过痴缠。阿黎，你别总凑到霍珏哥面前惹人嫌。"

要搁往日，姜黎肯定要同姜令吵几句嘴，定会要他说清楚自己哪里惹人嫌了。

现下，她哪里还听得见姜令的话，满脑子都是霍珏毫不留情拒绝旁人的样子。

那种说不清道不明的怪异感与陌生感再次袭来。

霍珏……似乎有些不一样了。

也不知是察觉到她的目光，还是听到了姜令的声音，霍珏忽然转过身，目光掠过姜令，直直落在了姜黎脸上。

就这一眼的工夫，少年原先冷厉的眉眼柔和了下来，冷潭似的眸子渐渐有了温度，眸子深处映着少女海棠花般娇媚的脸。

姜黎在与他对视的瞬间，心口忽地就不忐忑了。

他脸上是她熟悉的冷漠神色，周身如切如磋、冷玉般的气度也如从前一般无二。

也许，是昨夜没睡好导致的错觉吧。

霍珏始终是她喜欢的霍珏，成不了画皮妖。顶着霍珏的皮，却换了个内里，想想便知荒唐！

清丽娇憨的少女，忍不住对着芝兰玉树的少年莞尔一笑。

顿时，春光明媚。

“阿——嚏！”

可惜，这美好的画面被姜令一声喷嚏打破了。

姜令揉了揉鼻子，想着霍珏哥方才刚被一群小娘子惹得不痛快，阿黎最好也别在这里碍他眼，便对姜黎说：“阿黎，我跟霍珏哥要进书院了，你快去采桑葚吧，再晚日头就大了。”

姜黎“嗯”了一声，眼睛却还是望着霍珏：“那我去山里啦。”少女弯着唇角说道，“等你们下学了，我给你们做好吃的。”

方才霍珏拒绝何四娘子的态度令她十分满意。

她未来的夫君如此守男德，她自然要做些美味的吃食犒劳他。

姜令望着她脚步轻快愉悦的背影，一时纳闷她开怀个什么劲儿……

少年摇摇头，转而提起另一件事：“对了，霍珏哥，今日该放榜了吧？”

桐安城隶属常州府，县试与府试每年一度，过了府试方才有资格参加三年两度的院试。

姜令这一年并未下场，但霍珏却是参加了县试的，出榜日期便是今日。

“是。”霍珏微微眯了下眼。

两人刚进学堂，霍珏便被山长薛茂喊到了竹庐山舍。

山舍是历任山长休憩的地方。只因门前有一大片高大葱茏的竹林，因此又被称作竹庐。

薛茂在竹林里摆了套竹椅，优哉游哉地泡着茶。

薛茂生得高大儒雅，相貌堂堂，留着一把乌黑华亮的美须髯。

霍珏穿过竹林，正要躬身行礼，却见薛茂一挥袖子，爽朗地笑道：“无须多礼。”

少年并未因为他的话而停下动作，依旧郑重地作揖行礼：“学生见过山长。”

梦里，薛茂在霍珏独断朝纲后，曾割袍断义，怒骂他是乱臣贼子，可霍珏从未忘过薛茂待他的恩情。

“坐下吧。”薛茂笑着斟了两杯茶，“今日县试放榜，你可知你排第几？”

霍珏面色一顿，梦里的今日，薛山长也曾问过一模一样的问题。

是巧合吧？！

霍珏压下心中那点诡异的涟漪，他淡声道：“第一。”

薛茂抬眸打量他，只见少年一脸云淡风轻，既无喜色也无傲意，端的是八风不动。

“你对自己倒是了解。没错，你得了案首。”薛茂一口饮尽杯中茶水，又道，“知县大人有意设宴，托我给你递了帖，你可想去？”

霍珏沉吟半晌，摇了摇头：“不过是县试，况且，学生伯父病重，根本无心赴宴。”

薛茂抚着美须，眼中激赏之意愈发盛了：“正该如此！再是才华横溢也须得过五关斩六将，方能蟾宫折桂、金榜题名。你如今只过了第一关，切勿心猿意马、得意忘形。”

“学生谨记山长教诲。”

薛茂又考究了霍珏半个时辰的学问，方才放他离去。

从竹林出来，霍珏紧紧攥着袖口里的钱袋，面色缓缓沉下……

今日山长与他说的每一句话，竟同梦中的场景别无二致，就像梦境重现一般。

梦境重现？

霍珏蓦地抬眼，一个匪夷所思的念头蓦地闯入脑海中——

昨日的梦，莫不是对未来的预知？

霍珏明知这念头荒诞得可笑，但想起姜黎躺在他怀里的冰凉触感，从不相信怪力乱神的心……竟是有些动摇。

梦里，他便是在成泰五年的县试、府试、院试连得了三个案首，拿下了“小三元”。而后，八月参加乡试，得了常州府解元。

那时，桐安城的百姓都盼着，来年霍珏进京后能再夺个“大三元”，好为桐安学子扬名大周。却不曾想，到了盛京，因为徐书瑶的缘故，他硬生生错过会试，失去了留在盛京的良机。

若……梦中的一切，当真是未来会发生的事，那……是不是……阿姐也还活着？

霍珏缓缓低下眼，心中已是有了决断。

正要抬脚离去，身后忽然传来一道温温柔柔的嗓音。

“霍公子请留步。”

一个身着鹅黄色交领襦裙的秀丽少女缓步走来，在离霍珏两步远的地方朝他屈身，款款行了一礼。

霍珏松开手，脸上那几不可觉的柔情瞬间消散得无影无踪。他眉目冷寂，在脑海里搜寻须臾，便想起了眼前少女的身份——薛茂的独女薛真。

“薛姑娘。”

“恭喜霍公子县试夺魁。”薛真抿唇一笑，温声细语道，“爹爹今日很是开怀。”

霍珏垂下眼，淡淡道：“多谢薛姑娘。”

薛真原想趁此机会同霍珏多说两句话，可见霍珏一副不欲多言的模样，便识趣地告了辞。

她望着霍珏渐行渐远的身影，眸光微微一动。方才他脸上那一闪而过的柔情，是她看错了吧？

正想着，身后忽然传来薛茂的声音：“真儿。”

薛真回过神，屈身柔柔喊了声：“爹爹。”

“又故意在这儿等霍珏？”薛茂睨着薛真，“霍珏要为秋闱做准备，结亲之事等秋闱结束了，我自会同他说，你莫要心急。”

薛真羞涩地垂下眼睫：“我听爹爹的。”

嘴里说着听他的，可每次霍珏一来，她便会“碰巧”出现在竹庐。

薛茂笑叹了声，果真是女大不中留了！

春天一到，青桐山漫山遍野的果树陆续结了果子。

往常，姜黎来山里摘果子都会穿一身便宜的衣裳，方便爬树。

今日为了见霍珏，她特地穿了豆青色的百褶裙，这是她最好看的裙子，她可舍不得穿来爬树。

不能爬树，效率自然差了些。

姜黎提着竹篮，看中一丛大又饱满的桑葚，忙踮起脚，伸长沾了桑葚汁液的手去够，可始终差了点。正要气馁放弃之时，一只修长骨感的手越过她，轻轻松松便掰下了少女看中的那一丛桑葚。

姜黎站稳回头，水润润的眼霎时一亮。

“霍珏，你不是去书院了吗？”

“我同山长告了假，来后山给苏伯寻些药材。”

不知为何，少年低沉磁性的嗓音听着格外温和缱绻，听得姜黎心里头的小鹿又开始横冲乱撞。

她期期艾艾地开口：“那你先帮我摘桑葚，我一会儿再陪你寻药材，可好？后山那一片我常常跟苏老爹来，最是知晓那些药材在哪儿可以寻得到。”

霍珏眉眼低垂，笑着应她：“好。”

少年身高腿长，摘起桑葚如探囊取物。

旁人摘桑葚那便是摘桑葚。可霍珏摘桑葚却如同烹茶煮酒般，骨子里流淌着风神秀彻的雅致。

以前，姜黎便发觉霍珏与旁人是不一样的，便是穿着再褴褛的衣裳，都遮不住他身上那股引人注目的风华。

她很难形容那种感觉，仿佛霍珏这样的人不该出现在朱福大街。

姜黎站在他身侧，看见日光探过葱茏的枝叶，在他脸上勾勒出深邃幽远的轮廓。她一时有些移不开目光，却丝毫没发觉少年因着她的目光，动作刻意放缓了些。

霍珏知晓姜黎喜欢看他的脸，他便由着她看。

直到听见哐当一声，霍珏侧过脸，却见少女红着一张脸，小声道："糟了，竹篮……不……不小心掉了。"

篮子里的桑葚本来快满了，这一掉便掉出了小半篮，骨碌碌滚了一地。

还有几颗落在姜黎的百褶裙上，留下了深红色的痕迹。

"无妨，再摘便是。"少年说罢，便从袖口拿出一块粗布帕子，蹲下身，轻轻地将姜黎裙摆上的痕迹细心地擦掉。

姜黎盯着霍珏的头顶，心扑通扑通直跳，脸也越烧越热。

直到摘完桑葚，又挖了不少药材后，姜黎脸上的红潮半点也没褪去，一路红着脸回了朱福大街。

快到杨记酒肆时，霍珏突然顿住脚步。

"阿黎。"他轻声唤。

姜黎仓促停下，眨巴了下湿润的眼，提着竹篮的手下意识捏紧："欸。"

霍珏纤长的眼睫缓慢垂下，右手垂在身侧，食指与拇指缓缓摩挲了两下。

"这次县试，我得了案首。"

案首？姜黎愣了半天，才反应过来那是头名！

她心中一喜，就想蹦跶几下，却碍于心上人站在身旁，硬生生将踮起的脚跟又压了回去。

"霍珏，你太厉害了！"姜黎的声音雀跃得就像枝头上的喜鹊，她是真的为他高兴。

十年寒窗苦读，等的不就是这个时刻吗？能得案首，至少秀才之名能稳稳当当收入囊中了。

少年闻言微微侧头，长眉舒展，眼眸含笑。他似是被姜黎感染了些许欢快，唇角提了起来，冷淡的眉眼霎时多了丝温柔。

她既然喜欢，那他往后便多拿几个案首给她。

姜黎不知霍珏心中打定了主意要给她多拿几个案首回来，见他如此出息，便想着要表示一下，笑着问道："霍珏，你想要什么奖励？"

姜黎回到酒肆时，杨蕙娘正在清点酒窖里的存货，见她提着一篮子桑葚，便道："怎的又要做果子酒了？酒肆里卖得最好的是高粱酒和杂粮液，果子酒不够烈，不会有什么好的销路。去岁你做的二十来缸果子酒，到现在都还未卖出去。"

杨记酒肆坐落在朱福大街的街尾，地理位置不占优。正所谓酒香不怕巷子深，杨蕙娘凭着家传的酿酒手艺，酿出来的酒又烈、又香、又醇，其中高粱酒与杂粮液最受推崇也卖得最好。因此，杨蕙娘平时只要求姜黎酿这两样酒。

姜黎打了一桶井水，将桑葚放进桶里，一颗一颗洗净，边洗边对杨蕙娘说：“娘，平日里在酒肆买酒喝的都是男子，你有没有想过做女子的生意？”

姜黎的话，直接让杨蕙娘听愣了，以至于她一时忘了自己数到了哪一缸。

“女子的生意？”她转身看向姜黎。

“是呀。”姜黎笑眯眯道，“我从前酿的青梅果酒、桃子果酒，还有旁的果子酒，娘可没少喝呢！我琢磨着，同娘一样喜欢喝果子酒的女子定然不少。”

杨蕙娘细一琢磨，眉峰先是一扬，旋即又一紧：“平日里能来酒肆吃饭喝酒的多是男子，你上哪儿找那么多爱喝果子酒的女子来？”

姜黎自然想到了杨蕙娘的顾虑，这些问题她都考虑过。

“娘，我知道女子出门不易。我们反其道而行，亲自把酒送上门去呀。尤其是大户人家的当家主母与闺阁千金，若是她们能瞧上咱们杨记的果子酒，那不仅能挣钱，还能给杨记扬一下名呢。”

去岁，姜黎便想要试着卖果子酒了，若是桐安城的那几家大户能相中杨记的果子酒，这果子酒何愁没有销路？

要知道，那些后宅主母、名门闺秀每年要办的宴席可是不少呢！

姜黎说得头头是道，杨蕙娘当了十数年酒肆掌柜，心里也隐约觉得自家女儿的提议未尝不是一条开源之道。

姜黎把洗净的桑葚挪到一旁，上前抱住杨氏的手臂，撒娇道：“娘，您就让我试试吧。正好，张老夫人的六十岁寿辰再过两个月便到了，这可是一个千载难逢的好机会。若是这果子酒卖得好，挣的钱咱们五五分账如何？”

张老夫人是城东张员外的母亲。老夫人在桐安城颇具贤名，每次做寿，总能摆上百桌宴席，桐安城有头有脸的人物都会来。

杨蕙娘嗔了她一眼：“娘难道还贪图你的银子不成？以后，这果子酒挣的钱你揣自个儿兜里，就当是存嫁妆了。”姜黎喜笑颜开。

嫁妆暂时是不准备存的，这些钱她要用来养她未来的夫君。等她日后挣到钱了，别说金屋，就是白玉屋她都愿意给霍珏造一个！

苏家药铺。

苏世青接过霍珏递来的汤药，叹了声：“明日别再因为我而告假了，这汤药让曹婆子来煎也是一样的，你安心备考便是。”

霍珏不置可否，只说让苏世青将汤药趁热喝了。

苏世青喝了药，咂巴咂巴嘴，疑惑道：“今日的药方可是换了？我尝着里头搁了不少杏叶沙参。”

霍珏颔首道："我前几日凑巧在山长那儿看到一本杏林古籍，里头有一味古药方与苏伯的病很是对症，便想着不妨放手一试。"

苏世青不疑有他，尽管心里对古药方不抱任何希望，却还是乐呵呵地将碗里的药一饮而尽。

霍珏看出苏伯对新药方不以为意，却没多说。这药究竟有效还是无效，过几日便能知晓了。

在他梦里，苏世青的病之所以久拖不好，是因为他中了一味慢性毒药——虎狼草。

后来，苏世青虽然等到了方神医，可彼时已经毒入心肺，药石罔效，方神医也只是让他多活了半个月。

那梦……若当真是预知梦，眼下尚且来得及，不管如何，他都要试着保住苏世青的命。

待苏世青睡下后，霍珏快步回了屋，提笔写了两封信，装进竹邮筒里，封好蜡。

桐安城城门处有几家名声在外的镖局，镖局走镖时会顺道做些送信的行当，其中做得最大的便是龙升镖局。

龙升镖局的大当家姓孙名平。

这日下午，孙平刚送走一位旧客，镖局便迎来了一位身着青色衣衫的少年。

虽然，少年身上的衣衫看着有些年头了，袖口洗得都发了白。可让孙平奇怪的是，这少年周身莹润如玉气度，委实不像是穷苦人家的孩子。

孙平走南闯北这么多年，什么贵公子没见过。

便是盛京颇具盛名的三位公子，他也曾有幸见过其中两位。一位是首辅大人的大公子——凌若梵，一位是辅国将军府的六公子——赵昀。

不得不说，孙平见过的这两位公子的的确确是人中龙凤，可与眼前的少年相比，竟是略逊一筹。

不知三位公子之首的定国公府世子——薛无问，与这少年相比，谁更胜一筹。

孙平心中思绪繁杂，面上却不显。

"公子瞧着面生，在下孙平，不知公子尊姓大名？"

同梦里一样，龙升镖局的大当家果真叫孙平。

霍珏看着比梦里年轻了十数岁的孙平，淡然一笑，道："在下霍珏。"

霍珏在镖局只待了半个时辰。

待霍珏离去，孙平将手上封了蜡的竹制邮筒放进了带机关锁的木匣子里。

二当家何勇从外进来，恰好看到孙平神色凝重，好奇问道："咦？又有人要我们捎信？这次是寄往何处？"

孙平抬眸看了义弟何勇一眼，道："定国公府，薛家。"

何勇"嘶"了一声："竟是薛家！"

孙平颔首，又拿出一枚不知用何种木头雕刻的小麒麟，耳畔响起霍珏离去时说的话："从桐安前往盛京，必经白水寨。听闻白水寨土匪为患，是所有走镖之客的噩梦。若孙大当家不巧遇上土匪，可用这小木雕换一个平安。"

少年分明年未及弱冠，可他说出的话却让人心生信服。

孙平将木雕放入袖口，心道："姑且……信他。"

从龙升镖局离开后，霍珏并未急着回苏家药铺，而是前往一家大药行买了不少杏叶沙参。

杏叶沙参虽不及人参、鹿茸那般名贵，却因生长条件苛刻，产量并不多。

好在药行掌柜与苏伯是好友，偷偷将大部分杏叶沙参都卖与了他。

付好银子后，姜黎赠他的钱袋便空了，霍珏抚着钱袋上绣着的几株兰草，低眸一笑。

阿黎想要养他，便让她养吧，只要她欢喜，便也无妨。

回到朱福大街，霍珏远远便瞧见药铺侧门坐着一个小巧的身影。

小姑娘梳着双平髻，肤如凝脂、眼若点漆、唇不点而朱，既娇憨又明艳。

身上的衣裳不再是早晨的那套，而是换了件月牙白的对襟夹袄，配了一袭浅紫色的棉裙，料子很是寻常，颜色亦很平淡。

但，再素净的衣裳，都掩不住少女的好颜色。

姜黎正无聊地数着地上的蚂蚁，忽然眼前一暗，熟悉的，如珠玉落盘的声音在头顶响起："阿黎，瞧什么瞧得这般入迷？"

姜黎拎起脚边的食盒慌忙起身："没瞧什么。你方才去哪了？我过来敲门没人应，便索性在这儿等你。"

"我去给苏伯买药了，"霍珏修长白皙的手指轻松地勾住了姜黎手上的食盒，"这是阿黎给我做的吃食？"

"嗯，做了红豆糕和茯苓糕，还有一份山药糕是给苏老爹的，还热乎着呢。"

姜黎顿了顿，乌溜溜的眼睛望着霍珏，继续道："你今日做得很好，以后若是有旁的小娘子给你送东西，你定要理直气壮地拒绝。她们送你的东西，我也能送。"

不就是绣个荷包、打个络子，手指头上戳几个针眼吗？她可以的！

少年闻言，漆色的眸子有微光浮动："知道了，日后我只收阿黎送的东西。"

从前的霍珏，不苟言笑，常年冷着一张脸，饶是如此，也迷得无数小娘子晕头转向。眼前多了层温润之意的霍珏，更是让人难以招架。

霍珏见姜黎张着一双湿漉漉的眼睛看着自己，眸中的光越发幽暗，连眼尾都似乎多了一抹妖异的红。

少年修长的指尖若有似无地擦过姜黎的脸颊，将一绺垂在她脸侧的碎发挽到她耳后，低声道："阿黎，考取案首的礼物，我想到了。"

姜黎微微一怔。

早些时候，她问霍珏想要什么奖励，霍珏只说待日后想到了再提，还以为要等个数日。

“是……是什么？”少女的声音莫名心虚，她全副身家只剩下几十文钱，怕是买不了什么好东西。

姜黎想了想，道：“你若是不急，等到张老夫人的寿宴结束——”

“阿黎，”霍珏放下手上的食盒，静静望着她，温声道，“你闭上眼。”

闭眼？什么奖励是要闭眼的？莫……莫不是……

姜黎揪了揪袖子，顿时心如擂鼓，迟疑片刻，羞涩地闭上了眼。

可等了好半晌，除了耳边似有微风擦过，便再无任何动静。

“好了。”少年低沉的声音从头顶传来。

姜黎一头雾水地睁开眼：“就……就完了？”

霍珏“嗯”了一声，顿了顿，又道：“阿黎以为我要做什么？”

姜黎脸一红，心虚地低下了眼：“没，没有。那个……霍珏，你还没说你要何奖励？”

“我要的奖励，”霍珏掌心握着一绺柔顺细软的乌发，垂眸笑了笑道，“阿黎已经给了。”

饶是姜黎想破了脑袋，也没猜到霍珏要的奖励，竟是她的一绺头发。

若问因由，便是霍珏那个诡异的梦。

梦里，人人都说宫里有位翻手云、覆手雨的掌印督公，是披着美人皮的魔。

传言，他就寝之处寒如地狱，夜夜都与尸体共眠。还有人说，他有一柄黑色的拂尘，那拂尘乌黑油亮，他爱之如宝。曾有宫人不小心碰了下，一转眼，那人的一只手便没了。

宫中之人私下揣测，制作拂尘的主要材料根本不是马尾，而是一位少女的头发。霍督公那疯子，夜里须得摸着拂尘方能安然入睡。

梦里，关于他的传言多如牛毛，真真假假无人知，但这两桩却是千真万确。

此时的霍珏，披着一头乌发坐在炕上，食指与拇指轻轻摩挲着那绺细软的发，眸光深沉。不知过了多久，屋内灯火尽灭，少年的指尖眷恋地摩挲那绺软发，沉沉地闭上了眼。

隔日一大早，姜黎便被杨蕙娘叫醒：“不是说今日要去给张老夫人送糕点的吗？快起来。”

姜黎揉了揉眼，掩嘴打了个哈欠：“知道了，娘。”

洗漱后出了屋，杨蕙娘瞧见她一边耳侧的头发，疑惑道：“你这里怎的像是被人剪下了一束头发？”

姜黎偏了偏头：“许是昨日在山里被什么钩断了吧。”

杨蕙娘闻言，嗔道：“你又像个泼猴似的在山里窜来窜去了？再过几月你便要及笄了，可莫要再像从前那般贪玩，小心嫁不出去。”

姜黎心想，昨日在青桐山她哪里像泼猴了？她规矩得很，分明是个小仙女。

腹诽归腹诽，也只得老老实实垂头挨训，她是万万不敢顶撞杨蕙娘的。

用过早膳后，姜黎便去了小厨房做点心。

老人们年纪大了，便爱吃些酥软又甜而不腻的糕点，张老夫人也不例外。

自从吃过姜黎做的小点心，便再也吃不下别家的糕点了。

今日，姜黎给张老夫人做了蒸奶糕、云片糕，还有枣泥小酥饼。又放了十来盅口味不一的果子酒在食盒里，打算一起带过去给张老夫人尝尝鲜。

姜黎不是第一回来员外府了。

一到角门，便有两个俏生生的丫鬟立在门后等着。这俩丫鬟是张老夫人身边伺候的大丫鬟，在老夫人面前很是得脸。

姜黎甜甜地叫了声：“碧红姐，碧蓝姐。”穿桃红袄裙的丫鬟扑哧一笑，伸手刮了下姜黎的鼻尖，“几日不见，你这小嘴越发地甜了。”

姜黎笑笑，从食盒里摸出两小盅果子酒塞了过去：“这是阿黎新近捣鼓的果子酒，你们尝尝。”

身着桃红袄裙的丫鬟不客气地收了下来，笑吟吟道：“知道我和碧蓝为何每次都抢着过来接你吗？就冲着这口吃的。”

碧蓝白了碧红一眼：“爱吃的是你，别把我扯进去，我是特地来看阿黎的。”

三人就这样说说笑笑地往张老夫人的荣安堂走去。张老夫人陈氏爱礼佛，屋子里弥漫着淡淡的檀香。进了屋，姜黎规规矩矩地上前行礼：“见过老夫人。”

“起来吧。”陈氏慈爱地看着阿黎，“这几日都在忙甚？好些天没来员外府了。”

姜黎将食盒放桌案上，打开食盒，把里头的点心与果子酒拿出来，笑着道：“阿黎这些日子一直在忙着酿酒。这些果子酒是大半年前酿的，如今吃正好。甜而不腻，清清爽爽的，我想着老夫人兴许爱吃，便拿了些给您尝尝。”

陈氏闻言抬手，便有丫鬟过来拿了一盅果子酒。

盛酒的酒盅小巧精致，巴掌大小，里头的酒液也不多。拔掉软木塞后，一股子浓郁、甜腻的梅子香便从酒盅里飘了出来。

陈氏闻着，忍不住让丫鬟拿了杯子来，吃了小半杯，随即眯了眯眼。

这果子酒果真如阿黎说的，酸甜可口。

陈氏满意地点点头：“你有心了，恰好我寿辰将至，这果子酒正好派上用场，我一会儿让李管家随你走一趟。”

姜黎忙笑盈盈地福了福身：“多谢老夫人。”她亲自跑这一趟，可不就是为了这个嘛！

从荣安堂出来，姜黎不仅得了一袋沉甸甸的赏钱，还得了一枚通体晶莹雪白的白玉如意扣。

这如意扣瞧着十分别致，一看便知不便宜。等霍珏考完院试，便用如意扣给他做个腰封，他定然会喜欢。她这般想着，嘴角便忍不住弯了起来。

枯败的荷花池边，姜黎雪肤花貌，容色逼人，衬得那一池子的枯花败叶都明丽起来。

不远处的华服男子瞧着阿黎嘴角的笑靥，微微失神。

姜黎想着事，没察觉附近多了人。

还是身旁的碧红脚步一顿，姜黎才回过神来。她顿住脚，便见荷花池的另一侧，站着一位身着白色竹纹锦袍的公子。

姜黎只觉这人眼熟，还未出声，便见身旁的碧红屈膝行礼："碧红见过大公子。"

姜黎连忙跟着低头行礼。这才想起，这位正是张员外的嫡长子张桁，从前她给老夫人送点心时，也曾远远遇见过几回。

张桁的目光在阿黎低垂的眉眼里停了一瞬，温声道："阿黎姑娘不必多礼。"

一旁的碧红红着脸嗔了张桁一眼，脆声道："大公子怎的没让我起来？"

张桁无奈一笑："我不让你起，你便不起吗？"

"自然不是。"碧红娇声笑了，倒也不同张桁嬉闹，直直站起身来，"大公子是来给老夫人请安的吧？老夫人正在屋里，您快去！我把阿黎送到大管家那里便回来。"

张桁不置可否地嗯了声，不着痕迹地又看了姜黎一眼，这才抬脚往荣安堂走。

陈氏在张桁进来时，意味深长地看了看他，打趣道："你的消息倒是灵通。"

张桁心知自己那点小心思根本瞒不过祖母，坦然笑道："孙儿给祖母赔罪。"

祖孙两人打着哑谜，屋里的丫鬟们听得一愣一愣的。

没多久，便见老夫人笑吟吟地让人给大公子递了盘姜黎送来的糕点。

陈氏看着素来不喜甜食的孙儿认认真真地把阿黎做的云片糕吃完，忍不住笑了笑，缓声道："这次乡试你若能中个举子回来，祖母定会让你心想事成。"

张桁面色一喜，忙起身作揖，郑重地行了一礼："孙儿多谢祖母。"

第三章

# 秘信寻亲

姜黎半年前酿的果子酒足足有二十多缸。

员外府的大管家十分豪气地把这二十多缸果子酒全都要走了，还在姜黎说的价格往上又加了两成。

待大管家一走，姜黎便喜不自胜地抱着那袋银锞子在榻上滚了好几圈。

第一桶金赚到了，霍珏的白玉屋还会远吗？

杨蕙娘在门口瞧见阿黎这副财迷样，直接气笑了：“马上要及笄的姑娘了，怎的这般不稳重！快把银子放好，一会儿去给阿令送午饭。”

姜黎从榻上抬起头，水灵灵的眼睛眨巴了好几下：“阿令忘带食盒了？”

“嗯，你快给他送去。”

那她岂不是可以光明正大地去给霍珏送饭了？

姜黎急忙下了榻：“我再给阿令做些肉馅饼，我瞧着阿令最近清减了些。”

正德书院午膳时间只有小半个时辰，在这里读书的学子鲜少会回府用膳。

马上要午时了，书院门口等着送膳的人可不少。

姜黎她爹姜励，从前是书院教经史的先生。守门的大伯自是认得她的，二话不说便放她进了门。

姜黎顺着书院的小路走到竹林时，远远便瞧见一对男女站在竹林深处说着话。

少年身着一身朴素无华的粗布衣裳，长身玉立，仪态高雅。而少女身着水蓝色的百褶裙，环佩叮当，气质娴雅。

两人站在一块儿，格外登对。

姜黎不识得这女子，只觉得她身上的气质与霍珏有些像，是长期在书院浸染的书卷气。

女子看霍珏的眼神，姜黎再熟悉不过，她也是这样看霍珏的。

姜黎心里好似霎时被塞满了棉絮，堵得慌。

“霍珏。”她轻轻唤了声。

不远处的竹林被风吹得哗哗作响，姜黎的声音卷入其中，很快便消散在风里。

不知是察觉到姜黎的目光，还是听到了那声细如蚊呐的轻唤，霍珏的目光沉沉地望了过来。半晌，他淡漠的面庞染上一丝很浅很淡的笑意。

“阿黎，过来。”

姜黎缓步走了过去，刻意压下心底的酸涩，对霍珏扬唇一笑：“我给你与阿令送午膳来了。”

霍珏长眉微扬，冰冷的神情像冬雪初霁，转眼便多了些许暖意。

“嗯，食盒给我。”

姜黎刚把食盒递过去，不远处一位圆脸姑娘忽地沉下脸，语气不快道：“霍公子，我家小姐天不亮便起来给您做了午膳。单是一道白龙臛便烧了小半个时辰，还有光明虾炙、箸头春、御黄王母饭，都是旁人做不来的精致吃食。您何必吃那些粗茶淡饭？”圆脸姑娘说话又快又清脆。

霍珏在她说到后头时，脸色骤然一沉，半垂的眼睑掩住了眸底一闪而过的狠戾。

薛真站在一旁，捕捉到霍珏面色的不豫，急忙出声训斥贴身丫鬟：“随云，住嘴！”

随云听出自家小姐是真的发了怒，不忿地闭上嘴，还不忘狠狠地剜了姜黎一眼。

霍珏登时冷了眉眼，侧眸看薛真一眼，眼神疏离冷漠。

“我自小便吃惯了粗茶淡饭，薛姑娘的精致吃食还是留给山长罢。山长为了书院殚精竭虑，耗费了不少心神，想来这些吃食也更适合山长。”

少年的声音一如既往的低沉悦耳，话里话外均是在为她爹着想，分明没说她，可薛真却听得无地自容。

她方才的行径，搁外人眼里，可不就是只顾着讨好外男，连自个儿的父亲都忘了吗？

这话要是传出去，她的脸面还要不要了？

要知道，她在桐安城可是出了名的才女，自她及笄到现在，上门求娶的人不知凡几。她万万没想到，霍珏居然会如此不留情面地拒绝她的示好。

思及此，薛真盈盈屈礼，强行笑道：“我自是为爹爹准备了吃食。原想着寻爹爹时霍公子也会在此，这才临时起意，多做了一份儿。既然有人来给霍公子送膳，那真儿便不叨扰霍公子用膳了。随云，我们走。”

薛真转身时，温温柔柔地看了姜黎一眼，撞上姜黎的目光也不慌，只优雅一笑，点了点头便离去了。

姜黎瞧着她和善可亲，半点架子都没有，下意识地回了个微笑。

待得主仆二人消失在竹林，她才噘起嘴：“她常常过来给你送膳吗？”

霍珏见她一脸酸意，唇角勾起，淡声道：“不是，今日是头一回，不会有下回了。”

姜黎心里还是不快，倒不是气霍珏，而是旁的一些说不清道不明的心思。

霍珏寻了一处僻静的地方，在石凳上坐下，对姜黎道：“阿黎，今日的午膳可是你做的？”

姜黎到底舍不得他挨饿，抿了抿唇，道：“嗯，我做了馅饼。”说着，从食盒里拿出一个竹屉，里面放着六个巴掌大煎得两面赤黄还冒着热气的馅饼。

馅饼外焦里软，内馅咸香可口。

霍珏吃完馅饼，接过姜黎递过来的蜜水，舒舒服服地喝了小半盅。

姜黎见他一副心满意足的模样，想生气也生不起来。

像他这样的人，未来喜欢他的小娘子只会越来越多。若她每次都生气，日后定是要气成河豚，那就不美了。倒不如让他知道，旁的女子会的她也会，就算不会她也能学。

姜黎想了想，清浅一笑，道："那什么春、什么炙的吃食，你若是喜欢，等我学会了，也能做给你吃。我学东西可快了。"

"不必特地为我学做什么，"霍珏将竹制笼屉放回食盒里，修长的指缓慢划过盒子上的荷叶纹路，"只要是阿黎做的，我都爱吃。"

姜令站在学堂门口，等了许久，才等到姜黎。

"阿黎，你怎的这般慢？"

姜黎一阵心虚，方才只顾着霍珏，把弟弟给忘了。好在午膳的时间还有一半，她忙把食盒递了过去，赔笑道："阿令，对不住啊，等你下学，我给你做好吃的鸭血粉丝煲。"

姜令倒不是因为饥饿才着急，而是怕他的傻姐姐路上遇见什么事。这会儿，见她安安生生地来了，才松了一口气。

"说好了啊，除了鸭血粉丝煲，我还要吃你做的千层肉饼。"

姜黎爽快地应下。

姜令拿起食盒就要往学堂里走，余光瞥见一旁的霍珏，不知想到什么，忙催促道："你快回酒肆吧，我跟霍珏哥用完膳要温习功课了。"

姜黎应了声好，同霍珏对望了一眼，弯了弯唇便离开了。

见她一走，姜令清了清嗓子，对一同进门的霍珏小声说道："霍珏哥，你放心，今日是意外，明天我定不会让阿黎来送午膳了，免得她打扰你。"

霍珏："……"

姜黎离开时，走的仍旧是竹林小路，薛真面无表情地站在竹林深处，看着姜黎渐行渐远的身影，轻声道："去查查这是谁家的姑娘。"

随云顺着她的目光看去，语气鄙夷道："瞧她身上穿的衣裳，就知道是个乡野姑娘了。小姐，您无须——"

"多什么嘴？"薛真沉下脸，拔高声音怒斥，"还轮得到你教我怎么做？"

"是我多嘴了！"随云从小在薛真身边伺候，太清楚这位表面柔善的大小姐是什么性子，忙自行掌嘴，"小姐，我知道错了。"

薛真懒得理她，低下眼，敛去脸上的怒意，没一会儿，又恢复了往常的娴雅。

姜黎不知道自己已经成了旁人的眼中钉、肉中刺。回家后，便拿了几块碎银子，去东阳书肆找刘嫣了。

"什么？你要练字？"刘嫣挑高眉毛，诧异道，"你从前不是最烦写字吗？怎的忽然要练字了？"

姜黎老实道："我就是想沉淀一点儿书香气。"

刘嫣看了姜黎半晌，拿出手帕掩嘴一笑，打趣道："你是为了霍公子罢。"

姜黎也不怕刘嫣笑话她，点头承认。

从前，刘嫣是她认识的女子里，最有书香气的。可今日在书院遇见的那位薛姑娘，周身的气度比刘嫣还要夺目。

霍珏生得好，学问又是百里挑一的。他早晚会离开桐安城，到盛京赶考。谁知去了盛京会招来多少小娘子？

天子脚下，到底与旁的地方不同，那里的贵女怕是比薛姑娘还要优秀。

她不想日后霍珏嫌弃她不够好，连红袖添香的事都不会。

刘嫣瞧着姜黎这模样，悠悠一叹："我跟莺莺都放弃了霍公子，就你还不死心。罢了罢了，你要练字，我便陪你练。"

姜黎闻言，开心地抱着刘嫣："阿嫣，你最好了！"

姜黎在刘嫣这里练了两个时辰的字，回了酒肆也没停下。手里拿着本《千字文》，边酿酒，边抽空在纸上歪歪扭扭写上几个字。

看得姜令咋舌不已。

小时候，爹爹还在世时，每次抓他们练字，阿黎总是一眨眼就跑没了影。对她来说，练大字可是苦差，她宁可去厨房做菜。

不知道是心血来潮，还是受了什么刺激，她居然捡起了毛笔练字。

这样过了几日，姜令终于忍不住将心里的疑惑说了出来："霍珏哥，你说阿黎究竟是怎么了？看她练字的冲劲，简直像要考状元似的。"

霍珏眸光微动。

他本心思缜密，心有九窍，尤擅揣摩人心。不过半息，便琢磨出了个所以然。

这日，他提前下学，特地到书肆去等姜黎。

姜黎刚从书肆走出来，便见霍珏站在桃树下，身姿挺拔，宛若青松。

小姑娘指尖沾着墨水，抱着一摞用过的宣纸。虽说形象算不得狼狈，但姜黎总归是不愿让霍珏见到这样的自己。

从前，她没心没肺地野惯了。

虽喜欢霍珏，却不会像旁的小娘子一样，出门前细细拾掇一番。如今到底是不一样了，就像她娘说的，再过几个月，她便要及笄了，是大姑娘了。

姜黎下意识地把手上的东西往身后藏："你怎么来书肆了？可是要买笔墨纸砚？"

"不是，我是专程来等你的。"霍珏上前两步，轻轻松松地将她手里的纸抽了出来。

"欸——欸——"姜黎心里一急，想伸手夺回她的"墨宝"，急急忙忙道，"你做什么？快还我，上面的墨还没干呢。"

霍珏身高腿长，手往上一抬，姜黎就够不着了。到底是人来人往的大街，姜黎不好再同他争，只好鼓着腮帮子，气鼓鼓地往前走。

霍珏跟在她身后，慢了一步的距离。

快到街尾时，少年扬了扬手上的纸，道："阿黎，一会儿来药铺寻我。"

姜黎瞪了他一眼，转身入了酒肆。

霍珏瞧着小姑娘含羞带怒的一眼、漆色的眼眸，忍不住漫上一层笑意。

从前，阿黎在他面前总是怯怯懦懦的，连话都说不清，如今倒是学会瞪他了。

甚好。

姜黎回去换了套衣裳，又净手，才偷摸从天井溜了出去。

药铺里，不仅霍珏在，苏世青也在。

姜黎见到苏世青，诧异不已。不过一些时日未见，苏伯竟然能下床了，瞧着脸色也比之前好了不止一星半点。

姜黎心下一喜，笑着喊了声："苏老爹，您能下床啦？"

苏世青笑着应道："阿珏给我换了药方后，身体日益见好，这两日已经能下床走动了。"

"那可真是太好了！苏老爹吉人自有天相。要让阿黎说，您就趁着这个机会，好生休养一番，等病好了，可又要像从前一样忙碌得不得闲了。"

苏世青开怀地笑了两声："好！好！好！苏伯听阿黎的，好好休养！

"听阿珏说，你要跟他习字。难得你有这份心，你好好同他学，若是阿珏训你了，你回来跟苏老爹说，苏老爹替你说他。"

姜黎一愣，她什么时候说要跟他习字了？扭头看向霍珏时，对上他清冷又温然的眼，到底没拆穿他，只乖巧地应了声好。

苏世青体内的毒素未清，自然待不久，与姜黎说了几句话便回了屋。

姜黎随霍珏去了花厅，发现桌案上摆好了笔墨纸砚。

霍少爷这是打定主意要亲自教她习字了？

霍珏站在桌案后，慢慢地磨着墨，温声道："阿黎要习字，怎不找我？我的字难道不比刘姑娘好？"

他的字怎会不好？阿令都不知道说了多少回了："霍珏哥的字比先生写得还要好。"

可问题是——他写得太好了。

姜黎抿了抿嘴，好半晌才瓮声瓮气地道："杀鸡焉用牛刀。"

霍珏手上动作一顿，几息后，胸腔沉沉溢出一声笑。

姜黎脸上一热，解释道："我的意思是，不必大材小用。我跟阿嫣学便好了，再不济找阿令也成。"

"可我想亲自教阿黎习字，"霍珏拿起桌上的帕子擦手，抬起眼，缓缓道，"阿黎可是不愿？"

不愿吗？多少是有一点的。

姜黎想起自己那绵绵软软、毫无筋骨的字，确实是不想让他瞧见。可一对上霍珏那双深深沉沉的狭长凤眼。那句“不愿”就说不出口了。

“倒也不是不愿。”她小声嘟囔道，“就是……你莫要笑我写的字。你若笑话我，那我以后再也不同你学了。”

小姑娘说话的语气素来是软的，偏要做出一副威胁人的模样，像极了一只张牙舞爪却又没爪子的小奶猫。

霍珏笑笑：“阿黎放心，我断然不会笑话你。若我笑你了，那就让我——”

“停，停，”姜黎抬起手捂住他的嘴，不让他说下去，“你别胡乱起誓，老天爷会听到的！”

小姑娘的手肉肉的，像是没有骨头，温热绵软。

不再像他梦中一样，已是冰冷僵硬的躯体。

这些时日，他每夜都会重复做着相同的梦。

梦里长夜寂寂，他身着厚厚的大氅，抚着一把漆黑的拂尘，望着一具冰棺，喃喃低语地唤着“阿黎”。

每次入梦，霍珏都仿佛亲身经历了这样的一生，仿佛他曾经失去过阿黎。

人们常说：梦里，人是不应该感受到痛的。

但，他感受到了。

霍珏不知，这梦究竟是给他示警的预知梦，还是……他也许真的经历过这样的一生。

不管是什么，他都不会让阿黎似梦中那样，在黑暗与冰冷中死去。

霍珏的大手覆上姜黎的小手，轻轻一压，便在她掌心落下一吻。

姜黎只觉掌心有些痒，还没反应过来发生了何事，霍珏便后退了一步，声音缠上一丝沉哑：“阿黎，再不练字，天要黑了。”

夜里安置时，姜黎捧着霍珏的字看了许久。

纸上写的正是他们二人的名字：姜黎、霍珏。

两个名字叠在一块儿，越瞧越顺眼，越瞧越登对。

姜黎是个俗人，她看不懂字的风骨、流派，只单纯地喜欢她的名字与他的绑在一起。

姜黎唇角的弧度越扬越大，乐了好一会儿。

蓦地想起，下午一时心急，手覆上他嘴唇的场景。她的掌心似乎还残留着温热的触感，那会儿……他……他是不是亲了她的手心？

多半不是，他那样清冷持重的人，怎会做那样的事？大抵是不小心碰到的吧。

可饶是如此，姜黎的脸还是火辣辣的。

姜黎垂眸盯着掌心，天人交战了良久，终于下定了决心，快速地在霍珏碰过的地方，用力亲了一口。而后，她迅速拉起寝被，将自己从头蒙到了脚。

自此，姜黎过上了每日都要习字的日子。

霍珏给她装订了十数本字帖，让她照着描。又寻了支磨得光滑的树枝，只要她稍一懈怠，或是姿势不正确，便会拿起树枝轻轻敲她。

就这样，到了三月中旬，姜黎的“软骨头”字终于能稍稍入目了。

姜黎兴冲冲地拿着她新写的字去寻刘嫣。

书肆里除了刘嫣，张莺莺也在。两人对着姜黎的字，感叹良久。

刘嫣道：“你好久没来书肆了。我还以为你不打算练字了，不曾想才半月未见，你的字练得这般好了。”

张莺莺拿着纸左瞧右瞧，终于按捺不住，问道：“阿黎，真是霍珏教你练的字？”

姜黎点头如捣蒜：“自然是他，我何时骗过你们？”

张莺莺同刘嫣对视一眼，欲言又止。

说实话，前些日子，阿黎同她们说霍珏答应与她定亲时，她们是不大信的。

怀春少女误解心上人的某些言行，是再平常不过的事。尤其像姜黎这样跳脱的小姑娘，许是霍珏无意中的言语让她误会了。

在张莺莺看来，就霍珏那块冷冰冰的冰垛子，拒绝起小娘子来，那叫一个心狠手辣、毫不留情。

他怎么可能会开窍？若不是他对她们这般冷淡，她与阿嫣也不会那么快就放弃。

可阿黎不是会撒谎的人。

定亲的事，可以是会错意，但习字可就不是会错意了。

霍珏愿意教阿黎习字，且不论有没有男女之情，至少他对阿黎与对旁人是不同的。

可问题是，霍珏马上要成为正德书院薛山长的乘龙快婿了，他跟阿黎又算怎么一回事？

姜黎见两位手帕交一脸踟蹰忧虑，心里顿时起了不祥之感。

“你们……可是有事瞒我？”

张莺莺一贯藏不住话，姜黎一问，她便也快言快语地回道：“前两日，头面铺里来了两位小娘子，来给薛真薛姑娘取头面的。我隐约听到她们提了一嘴，说等霍珏乡试一过，她家小姐便要和霍公子定亲，说是薛山长早就同霍公子约好了的。”

刘嫣待张莺莺说完，咬了咬唇，也接着道：“昨日，我爹去薛府送纸墨，也听到了类似的话。说是薛山长早就看中了霍公子，想让他做女婿，霍公子……似乎……也是愿意的。”

姜黎小脸儿霎时一白。

难怪前几日，她在朱福大街遇见了那位名叫随云的丫鬟。彼时她还在纳闷，随云怎会出现在朱福大街。如今想来，她应是替薛小姐来找霍珏的……

到家后，姜黎忧心忡忡地拿出一张纸，一边写了个姜，一边写了个薛。

她咬着笔头，在家世那一栏，给自己打了个“×”，又在薛字那栏打了个“○”。

后面又是接连几个“×”“○”。

姜黎越写越心塞。

写到最后相貌一栏，颤颤巍巍地给自己打了第一个“○”。

可心情半点没见好。

姜黎心烦意乱地把纸折起，胡乱地塞进一边的字帖里。而后，下巴抵着书案，像被霜打过的茄子一般，蔫了吧唧的。

小姑娘心里幽幽一叹：好不容易追到了霍珏，才过了一个多月，就要失去了吗？

霍珏若不与她定亲了，她好像……也舍不得怪他什么。

正当阿黎长嗟短叹之时，千里之外的盛京华灯初上，花街灯如昼。

长安街上的秦楼楚馆、酒家食肆人声鼎沸，正是最热闹的时候。

何勇的眼珠子滴溜溜地转着，一边瞄着勾栏院的花娘，一边感叹道：“这天子脚下就是不一样，连姑娘都格外豪放些！”

他是第一次来盛京走镖，正偷偷地想等临走时来这里见见世面时，后脑勺猛地被人重重敲了下。

孙平虎目一瞪：“命都快没了，还有心思想姑娘！”

何勇哎哟一声：“大哥，我们不是顺利地从山贼处逃出生天了嘛！正所谓大难不死，必有后福。这里可不就是让我们享福的地儿？”

孙平懒得理何勇的歪理，恨铁不成钢地道：“这一趟走镖，龙升镖局二十八条镖客的命，差点有去无回！若非有霍公子相助，我们如何能化险为夷？早就到地府去见阎王爷了！”

何勇想起十日前在白水寨遇到的那群山贼，冷不丁打了个寒战！

同日进入白水寨的镖队有七八队，但全须全尾、毫发无损出来的却只有他们一家。靠的居然是那文弱少年的小木雕！

何勇咽了口唾沫，再也兴不起半点寻欢作乐的心思，便与孙平一道，快步穿过长安街与如意街，拐入了朱雀大街。

与张灯结彩、热闹非凡的长安街相比，朱雀大街静得鸦雀无声。

只因住在这条街上的，皆是盛京最为鼎盛的勋贵豪族。

他们要去的定国公府薛家就在朱雀大街的中心。何勇心里犯怵，忍不住低声道：“大哥，你说那位霍公子究竟是何身份？又是小麒麟、又是定国公府，我琢磨着——”

“闭嘴！”孙平狠狠瞪他一眼，“你莫要擅自揣度霍公子的身份！不管他是何身份，你只需记着，龙升镖局二十八条人命均是霍公子救下的。日后便是要上刀山、下火海，也要还了这恩情！”

一刻钟后，孙平与何勇站在定国公府的一侧角门，提起铜环，敲响了那扇古朴的朱门。

门后很快传来一阵脚步声。

几息后，门打开了。一个穿着靛蓝布衣的守门小厮提着个纸灯笼走了出来，精明的眼睛在孙平二人身上快速打量了一眼，问道：“你们是何人？”

孙平露出一个憨厚的笑容，从胸口掏出两个封蜡的竹邮筒，恭恭敬敬地递了过去。

“在下乃龙升镖局的镖头孙平，这是我义弟何勇。我兄弟二人受人之托，特前来送信。”

孙平二人一走，守门小厮盯着手里的邮筒看了几眼，提着纸灯笼，疾步去寻大管家。

大管家刚从老夫人的静心堂出来，见守门小厮步履匆匆，皱了皱眉道：“何事如此慌张？”

守门小厮喘着气，露出一个讨好的笑容，道：“林管家，小子方才在角门收到了信客送来的两管竹邮筒，均是给无双院那边的。您看……是不是给世子过过目？”

林管家长眉一挑：“是给那位的信？”

“不是，”守门小厮摇头，“是……是给魏姨娘身旁伺候的佟嬷嬷的。”

林管家沉吟半晌，今日世子入了宫，已经差人送了口信儿回来，说今夜留宿宫中。待得明日下朝归来，已是午后……虽说，无双院的事，世子事无巨细均要过问。可……到底不过是给一个嬷嬷的信，与那位无关，实在不必等世子回来再定夺。

林管家抬了抬手：“即是给佟嬷嬷的，那便送过去，可莫让佟嬷嬷等久了。”

守门小厮忙应一声，拿着邮筒匆匆离去。

无双院里，佟嬷嬷刚服侍完卫媗沐泽，便听外头院子传来低低的说话声。

“莲琴、莲棋，你们在这儿好生伺候魏姨娘，先把姨娘的头发绞干了，再烘。我出去看看是谁在外头。”

佟嬷嬷说罢，便掀了帘子出去了。

刚到院门，便见护院递来了两个竹邮筒，恭声道：“嬷嬷，这里有您的信。”

佟嬷嬷面不改色地接过，心底却泛起了层层涟漪，她在世间早就是个已死之人，何人会给她寄信？

佟嬷嬷掀起内室的帘子，一阵冷风跟着她一同涌了进来。

端坐在榻上的女子抬眸，柔声问：“嬷嬷，出了何事？”

佟嬷嬷眼尾扫过守在榻边的两位丫鬟，不动声色地笑道：“无甚重事，不过是收到了寄给奴婢的信。”

卫媗闻言，只淡淡嗯了声，垂眸掩下眼底的异色。

屋内蜡烛噼啪作响，待头发烘干，卫媗便道：“今日世子不来，我要早些安置，你们出去吧，屋里有嬷嬷伺候便好。”

莲琴、莲棋齐齐应声退下。

待得脚步声走远了，佟嬷嬷将内室的几盏烛灯吹灭，只留了床头的一豆烛火。

卫媗压低声音道：“嬷嬷，快拆信，兴许是白水寨来了信。”

佟嬷嬷一脸忧色：“白水寨断然不会将信寄到国公府来，姑娘，怕是有人知道你还活着。”

卫媗欺霜赛雪的面庞露出一丝无谓的笑意：“知道又当如何？我如今只剩半条命，谁要谁便拿去，反正我早晚要被薛无问那厮折腾死。”

佟嬷嬷瞧着一身病气的卫媗，喉头一哽，却说不出任何劝慰的话。

谁能想到，青州卫家冠绝天下的卫大娘子，先帝亲口定下的太孙妃，有朝一日会沦落到如此境地？！

佟嬷嬷怕勾起卫媗的伤心事，不敢多说，忍泪拆了邮筒，从中取出两张信纸，细细摊开。

她虽是个伺候人的奴婢，却也是识得字的，可这信里写的东西她却半点看不懂。

“姑娘，这信……”

卫媗侧头，目光才将将扫过信上的内容，她便赤脚下了榻，急急夺走佟嬷嬷手上的信。

卫媗将两封信叠在一起，一目十行地看完了。看了一遍犹不满足，仿佛是不敢相信一般，又再看了一遍。

“嬷嬷，阿弟……阿弟还活着！他现下改了名，叫霍珏。”

她与弟弟卫瑾打小便用这方式写密信，只有将两张信纸交叠在一起，才能解密信里的内容。

卫媗素无血色的脸涌上一丝不自然的潮红，她轻喘两声，颤着声音对佟嬷嬷道：“他在桐安城！”

第四章

# 信物定情

时间一晃便到了三月末。

姜黎自从知晓了薛真与霍珏的事，心里虽惴惴不安，却也没想过要质问霍珏什么。

在姜黎看来，霍珏之所以会答应与她定亲，多半是因为苏瑶伤了心，才会应下来的。

她不得不承认，薛真的家世、才学样样出挑，又有一个进士出身，在国子监任职过的山长爹。

霍珏娶了薛真为妻，不管对他做学问，还是日后的仕途，均是大有裨益。

在她与薛真之间，寻常人都会选择薛真。可，若是霍珏选择的是她，她自然也不会拱手相让。是以，她要对霍珏加倍好，好到他舍不得不选她。

于是，姜黎又拾起了女红，想着给霍珏绣个荷包，里头再塞点银子。

上次，她之所以打动霍珏，可不就是因为送了个钱袋吗？

杨蕙娘好几次撞见姜黎坐在榻上练绣活儿，小姑娘一脸认真地绣着荷包，瞧着娴静又淑雅。

杨蕙娘不由地深感宽慰，暗道吾家有女终长成。差不多可以托媒人婆去打听打听桐安城可有适合阿黎的人家了。

大周的女子除了打小定了婚约的，多半是及笄后方才开始议亲。

姜黎自幼失怙，又是长女，在婚事上，较之于那些父母双全的女子难免会艰难些。

杨蕙娘对姜黎未来的夫婿倒是没有太多的要求，样貌周正、性子老实、能疼人便够了。

姜黎根本就不知道，她无意中的行为让她娘下定决心，要给她提前寻个婆家。

姜黎兢兢业业做了数日绣活儿，终于绣出了稍稍像样的荷包。

看着墨色布底上绣着的白色祥云底样，姜黎心里还是没底，便拿着荷包去问姜令："你瞧这上头绣的是什么？"

姜令愣了愣："这是漫天飘舞的柳絮？"

姜黎："……"

柳絮便柳絮吧，总比绣的是青竹却被认作是兰草要好。

这些日子，姜黎又跑了几家大户的药酒生意。

从前，她随苏伯去山里采药，还酿了好些药酒，原本药酒酿的时间越长，价值便越高。

可姜黎急着用钱，便悉数卖了。

好在姜黎酿的酒成色好，味道也醇，那些大户人家都是识货之人，竟卖了不少银子。

她从木匣子里取出两锭银子，塞进荷包。而后，算着时间，在药铺侧门外的梨树下等霍珏。

三月的天色暗得快，申时刚过，天空便被落日烧得通红通红的，云彩瑰丽异常。

霍珏踩着浅金色的光，闲庭信步而至。目光在触及树下的少女时，先是一顿，随即他便加快了脚步。

姜黎冲他一笑，眉眼弯得像月牙："霍珏，你下学啦！"

姜黎绣好的荷包就藏在腰封里。见四下无人，忙拿出荷包，笑着道："我给你绣了个荷包，是……是柳絮纹的花面，你瞧瞧喜不喜欢？"

小姑娘满脸期待地将荷包递了过来。

霍珏伸手接过，入手的荷包又沉又重，一摸便知里头又装了银子。

少年的手指抚过上头针脚密实的花纹，背光的脸晦暗不明："阿黎的手又添了多少针眼儿？"

姜黎下意识背过手，想将手指头上的针眼藏起来。

"没多少，我如今的绣活儿很是不错，不怎么费力就绣好了。"姜黎硬着头皮道，生怕霍珏知道她为了绣出一个能入眼的荷包，快把手指头戳烂了。

本来没读过几本书，字也写得马虎，若是连女红都不行，怎么跟薛真那样的闺阁小姐竞争？

姜黎又将手往后藏了藏。

霍珏静静看她一眼，深不见底的眼眸逐渐浮了点光，他将荷包放入腰封，笑了笑："阿黎的荷包绣得很好，我很喜欢。"

姜黎长舒了一口气，原先绷紧的肩膀松了下来。

"喜欢就——"

姜黎的"好"字还未说出口，少年忽然上前一步，将一根簪子缓缓簪入她的发髻。

他的动作可谓一气呵成。

姜黎一愣，抬手摸了摸，竟是一串珠花。

霍珏的眸光轻轻扫过她指尖的针眼，微阖眼，忍住将她指尖放入掌心细细揉捏的冲动。

"你什么时候买的珠花？"姜黎欣喜地摸着头顶的珠花，眼睛都快弯成了月牙。

"今日，去药行给苏伯买药时恰好经过一家头面店，看到这珠花就想到阿黎，便买了。"

姜黎指尖的珠花少说也有二十颗珍珠，珠面光滑，每粒珍珠都很大。不用看都知道簪子不便宜，她欣喜之余，又不免有些忧心。

"霍珏，你哪来的银子买这簪子？"

霍珏望着她盈盈润润的眼，心下一哂，他的阿黎莫不是以为他半点银子都挣不来？

“我卖了一本手抄的古籍孤本，换了不少银子。”霍珏淡淡道。

“怎么把孤本给卖了？我听说那些孤本是有价无市的，你卖了以后想买都买不回啦。”姜黎急忙将珠花从发髻里拔出来，“你快把这珠花退了，拿了银子将那孤本换回来。”

霍珏却握住姜黎的手腕，将珠花插回她的发髻，无奈道：“阿黎，那些孤本本就在我脑子里，我一个夜晚便能写出一本来。这珠花你安心收下便是。”

姜黎狐疑道：“当真？”

霍珏颔首。

姜黎这才松了口气，她舍得给霍珏花银子，却舍不得他为她做出牺牲。

姜黎想了想，怕霍珏胡乱花银子，便又叮嘱道：“你以后不用再送我什么的，我能挣银子，我缺什么了我便自己买。”

霍珏看着她，但笑不语。

怎能不送？他不仅要将自己送与阿黎，还要爱她、护她，许她一个盛世安稳、荣宠无双。

姜黎得了珠花，脸上的笑就没消失过。

珠花她舍不得拿出来戴，便珍而重之地用手帕包起来，放进了木匣子。

姜黎再次戴上珠花时，已经是四月初八，张老夫人的六十寿宴。

四月的府试，前两日放了榜。张员外的嫡长子张桁考取了府试第五名的好成绩，待得六月院试一过，便能参加八月的秋闱了。

因此，整个张家欢欣鼓舞、喜气洋洋的。

两日前，姜黎接到了张家发来的请帖，整条朱福大街便只有她一人得了这请帖。

姜黎还是头一回被邀请去大户人家参加喜宴。

其实她是不大愿意去的，那些赴宴的人她一个都不识得。

但她心知张老夫人给她送帖是出于好意，她若是不去赴宴，未免太不识抬举了。况且，她也不想因为这件事惹得张老夫人不喜。

仔细斟酌，到底还是去赴了宴。

杨蕙娘知道姜黎收到员外府的请帖，别提多高兴了。

张老夫人在桐安城素有贤名，阿黎入了她的眼，日后说亲也多些底气。

为了让姜黎赴宴时不被人笑话，杨蕙娘特地花重金给姜黎订了套浅红色的襦裙，裙底金线绣着的彩蝶戏海棠花纹瞧着明艳艳的，将小姑娘欺霜赛雪的肌肤衬得愈发白腻，显得那张脸竟比裙子上的海棠花还要娇艳。

杨蕙娘满意地点点头：“到了员外府须得谨言慎行，莫要冲撞了贵人。”

姜黎一听便噘了嘴：“娘，我什么时候会冲撞贵人啦？”

杨蕙娘嗔她一眼，想着她这些时日确实娴静了不少，自小又是个懂分寸的，倒是放下心来。

姜黎到了员外府，前来接她的是素来同她交好的碧红。

碧红一脸喜气，瞧着姜黎的新衣裳打趣道："哪来的小仙子呀？打扮得这般好看，姐姐的魂都快被你吸去了。"说着，便动手掐姜黎的细腰。

姜黎忙躲开："碧红姐，莫要笑话我，你今日才是仙女姐姐呢。"

碧红生得娇俏，今日穿了条桃色缠金线牡丹花纹的云罗裙，头上簪着蝶翼金步摇，瞧着根本不像是丫鬟。

"姐姐我当然是仙女，"碧红笑着睨她，"但，我是人靠衣装。你呀，是天生丽质。"

姜黎看了看碧红，总觉得今日的她似乎格外开怀，遂娇憨一笑，问道："碧红姐，你今日可是遇到了什么喜事？"

"就你心细！"碧红往四周看了眼，凑到姜黎耳边，轻声道："我听李嬷嬷说，老夫人有意要给大公子纳妾。"

姜黎恍然大悟。

碧红是老夫人跟前最得脸的丫鬟，又是一众丫鬟里生得最妍丽的，老夫人怕是相中了她做大公子的妾。

可当贵人妾，当真比寻常人家的正头娘子要强?

姜黎静了静，不由得道："姐姐可知大公子日后要娶哪一家的闺秀做主母？若……若是主母不好相与——"

碧红听出姜黎的言外之意，笑着打断她："哎哟，小阿黎这是在为姐姐担心？你且放一百个心，我有老夫人与大公子撑腰，只要不惹是生非，便是主母也欺负不得我。"

姜黎见碧红眼里满是对未来的憧憬，倒是不好再说什么。各人有各人的命，一看碧红姐便是对张家公子生了情，她又有何立场劝她莫为人妾。

两人边说边往后花园走，那里建了个戏台子，吃完席后，便会有戏班子来唱戏。

姜黎把寿礼递给碧红，缓步走向角落的一桌席位，正要坐下，身后忽然传来一声"阿黎姑娘"。

姜黎认出这声音，愣了愣，转身行了一礼："见过张公子。"

张桁目光温和，冲姜黎点点头，笑道："这桌太过拥挤，阿黎姑娘请随我来，我带你到旁的桌去。"

这一桌均是张家庄子上得脸的管事娘子，她坐这桌正好。她不过是一酒肆掌柜的女儿，若是坐在旁的桌上，周遭都是身份比她高的人，她还要不自在呢。

姜黎下意识便拒绝道："多谢公子挂心，阿黎坐这儿便好，不必换席。"

张桁还欲再说什么，却见贴身小厮疾步走来，低声道："少爷，老爷寻你过去，说是薛山长到了。"

张桁闻言，应了声。

他虽不在书院求学，可他爹与薛山长交好，时不时会请山长给他讲经史。

薛山长于他而言是恩师，自是不能让恩师久等。

遂作罢，对阿黎道："既如此，桁先行一步。阿黎姑娘若是有何需要，同碧红、碧蓝说一声便是。"

姜黎望着张桁的背影，心想这位张公子倒是平易近人得紧，生得亦是俊朗，多少明白碧红姐为何一门心思要给他做妾。

安安心心吃完席，众人移步到后花园看戏。

姜黎对看戏不感兴趣，索性去了旁边僻静的荷花池透气。

张老夫人素来爱莲，府里的荷花池就有好几个。

姜黎去的是府里最大的荷花池，春日刚过，清澈的池水上漂浮着一片片绿意盎然的荷叶。虽无荷花，却也赏心悦目。

姜黎绕着池子走了两圈，便打算回去寻碧红。

今日给张老夫人祝寿的人太多，老夫人根本无暇见她，她同碧红说一声便可自行离去。

远处戏台传来青衣咿咿呀呀的唱腔，姜黎隐约听出这是在演《四郎探母》，她边听边沿着荷花池往回走，刚走两步，便见前方站着两位身材苗条的少女。

站在前头的姑娘娴静舒雅，一身浓浓的书香气。她身后的姑娘生着一张圆脸，一双眼睛恶狠狠地瞪着姜黎。

姜黎没想到会在这儿遇见薛真与随云。她顿了顿，同她们轻轻点了下头，便兀自往前走。

经过她们身边时，微凉的风里，忽然送来一句很轻的话："就你也配整日缠着霍公子？还要不要脸？"

分明是温温柔柔的语气，可话里的恶意却浓得像刚磨好的墨。

姜黎脚步一顿，正要回头，背上倏忽传来一股巨力，她尚未反应过来，人便扑通一声掉进了水里。

夜凉如水。

荷花池自姜黎掉进水里后，只荡了几圈波纹便没了动静。

随云小心翼翼地觑着薛真平静的面容。

方才她在薛真的示意下，将人推进了荷花池，她以为小姐不过是想给姜黎一个下马威，人落水了，便会喊人来救。

这样既出了气，又能得一句"人美心善"的称赞，正是一举两得。

可如今，十数息过去了，薛真却一动不动地盯着荷花池。不仅不喊人，嘴角甚至还牵了起来，仿佛在看令人开怀的东西一般。

随云莫名想起小姐十岁那年养的那只幼猫。因为不小心挠破了小姐的手背，便被小姐亲自绑了脚，活活埋在了院子里。

那时，小姐往坑里填土时，表情便是如此。温温柔柔地笑着，仿佛在看有趣的事。

四月的风犹带着未尽的凉意。

随云浑身打了个哆嗦，忍不住道：“小、小姐，可要去找人过来？若是再晚点，怕是来……来不及……”

“急什么？她自己掉下去的，若是就此掉了命，也只能自认倒霉。”薛真偏头看了随云一眼，见她脸色煞白，眼睛微微眯起，嫌恶道，“你怕甚？！不过一条贱命！快将你那六神无主的神情收起来。早知道……今日我就该带随雾过来！”

“都是我的错，小姐别生气！”随云努力挤出一丝笑，压住内心的惶恐。

然而下一瞬，她面色一变，抖着手指着荷花池，颤着声儿道：“小、小姐，她……她浮起来了！”

四月的池水冷飕飕的，姜黎一落水，便被冻得一缩，差点喘不过气来。

她善水，年岁尚小时，便常常跑去青桐山后的小溪玩，她在水中像小鱼般灵活。可荷花池的水实在是太冷了，才数十息，她的手脚就开始发僵了。

更糟糕的是，头上的珠花被莲叶蹭得沉进了水里，不知掉到哪去了。

她闭着气，慌慌张张寻了好久，直到不得不换气，才从水里冒出头来。换了一口气，便又钻入水里去找珠花。

那是霍珏送她的第一件礼物，在怀里还没焐热，怎么可以就这样弄丢了？

姜黎忍着眼睛的涩痛，硬生生睁着眼在池子底下四处摸索，寒意顺着水渗入四肢百骸。直到渐渐划不动了，才咬了咬唇，再次浮上水面。

莲花池的护栏边来了好几个护院，护院提着灯笼，纷纷往姜黎沉水的地方望去。

薛真一脸忧色地对两个护院说：“两位壮士快下去救人，方才姜姑娘不小心掉入了池子，再晚怕是来不及了。”

今夜是老夫人的寿宴，要是死了人，他们这些当下人的，必定要挨罚。

两个护院对视一眼，其中一个脱了鞋袜正要跳下去，忽地听见哗啦一声，便见那位落水的姑娘从水里冒了出来，哆嗦着声音道：“你们不要下来，快去叫碧红姐姐过来！”

“姜姑娘，你莫要耍性子。这水，姑娘家泡久了可是要生病的，快让这些壮士救你上来。非常时期，不必顾及男女授受不亲的繁文缛节了。”

薛真句句真切，仿佛真的很为姜黎着急。

姜黎盯着薛真，死死咬住下唇，道：“你方才与随云说的话我都听见了，分明是故意推我下水，想害我的命。如今见我死不了，又想害我清白！你们谁要是下来，就是与她一同同流合污谋害人性命！”

小姑娘冻得唇色发青，声音软软糯糯发着抖，瞧着好不可怜。

几名护院面面相觑，一时不知该如何做才好。

其中一人与碧红交好，见状便道了句："姑娘稍等，我现在就去找碧红姑娘！"

护院来的时候，碧红正站在张老夫人身后兴致勃勃地看戏。听见护院通传的话，她脸色一变，与老夫人低语了几句，便急忙从一旁拉过一件披风，匆匆去了荷花池。

此时，薛真还在温声细语地说着话，话里话外都在指责姜黎误解她、污蔑她。

姜黎在水里冻得四肢都快僵硬了，也没力气再去管薛真说什么。

反正这姑娘说的话她一个字都不会信。

碧红来得很快，她虽性子活泼娇俏，行事却很沉稳。碧红寻了两个粗壮婆子，撑着木筏把姜黎从荷花池里捞了出来，上岸后又立即为她披上披风。

姜黎在寒风里瑟瑟发抖，面色惨白，警惕地盯着薛真与随云。那模样瞧着，像是刚从水里捞出来的厉鬼。

随云根本不敢同她对视，薛真却始终挂着笑，神态坦荡，心里一点儿也不惧姜黎。

方才，荷花池发生的事只有她们三人知道，她是正德书院的山长之女，素有温雅良善之名。而姜黎不过一个酒肆寡妇之女，她说的话，谁会信？

"阿黎，我先带你去换套衣裳，一会儿给你请个大夫看看。"碧红察觉到三人之间的异样，给身边两个婆子递了个眼色，上前揽住姜黎，低声道，"走吧，旁的事日后再说。"

姜黎只好作罢，随碧红去了荣安堂的耳房，换了身衣裳，又灌了碗姜汤。

她没让碧红去请大夫。老夫人的寿宴，又是落水，又是请大夫，到底不吉利。

碧红给姜黎绞干头发，叹了声："今夜之事，我自是信你。阿黎，听姐姐一句劝。出去后莫要再提方才的事，再提，也不过以卵击石、自找没趣。薛山长是老爷的座上宾，不管是老夫人，还是老爷，都不会让薛家小姐受委屈的。"

"我知道的，碧红姐。"姜黎垂下眼，掩住眼里的涩意，"谢谢你，方才若不是你来得及时，我怕是要冻死了。"

"什么死不死的。"碧红伸手轻戳了下姜黎的额头，"你这小姑娘大难不死，必有后福。日后的福气，可大着呢！"

姜黎破涕一笑："我要真有后福，日后一定分一点我的福气给姐姐。"

"傻不傻！"碧红嗔她一眼，"有福气自己攒着。"

耳房里烧着炭盆，暖烘烘的，可姜黎的小脸依旧白得吓人。

碧红看得心酸，待姜黎的头发烘得半干，便给姜黎梳发，同时压低声音叮嘱道："阿黎，你既知那位薛姑娘不是个良善的，日后便离她远远的，好生保护自己！她那样的人家，我们惹不起，难道还躲不起吗？"

姜黎直到回到酒肆，耳朵里还回响着碧红说的话。

杨蕙娘见她面色惨白地从张家的马车下来，身上还换了套衣裳，心里霎时一紧，紧张道："怎的脸色这样差？可是出了什么事？你身上的衣裳呢？"

姜黎摇摇头，勉强地笑着道："娘，您别大惊小怪。我就是吃席时被汤汁泼到了裙子，老夫人心善，便差人领我去换了套衣服。我好得很呢！"

杨蕙娘放下心来，又抬手摸了摸她的额头，忧心忡忡道："你这额头怎么有点烫啊，可是有哪里不舒服？"

姜黎握住杨蕙娘的手，轻声安抚："许是吹了点夜风，有些冻到了。没事儿，娘，我睡一觉，明日便好啦。"

姜黎打小身体就好，平日里受了冻，一碗姜汤下去，第二日准能好。

杨蕙娘捂着她冷冰冰的手："一会儿娘给你熬点姜汤，喝了再睡。"

姜黎喝了姜汤便睡下了，半夜里却起了高热。

姜黎头疼欲裂，嗓子眼火烧火燎的，痛得说不出话来。她昏昏沉沉地起来倒水，刚下了床榻，人站都站不稳，砰的一声晕倒在地上。

隔壁半夜亮了灯火，凌乱的脚步声在寂静的夜里格外清晰。

霍珏睁开眼，心口忽然有些闷。

他坐起身，正要点灯，天井侧门忽然传来一阵敲门声。

"霍珏哥、苏伯，快开开门！"

——是姜令。

霍珏面色一沉，快步去了天井，开门便道："阿令，出了何事？"

"霍珏哥，阿黎夜里起了高热，已经烧到神志不清了。我娘让我过来问问，能不能请苏伯去给她看看？去寻旁的大夫怕……怕是来不及了！"

姜令说到后头，声音里都带了哽咽。

霍珏抿紧唇，捏紧发颤的手，转身进了里屋，敲响了苏世青的房门，将苏世青从屋里背了出来。

姜黎全身滚烫，像是被人架在火上烤一样，睁不开眼，也说不出话，难受得紧。

迷迷糊糊中，她感觉似乎有东西扎进了穴道，很快又有苦涩的液体灌进嘴里，一勺又一勺，苦得她都快要哭出来了。

"苦。"她舌头推着调羹，不肯下咽。

"阿黎乖，快把药咽下去，喝了药病才能好。"

姜黎听出这是她娘的声音，还带了点哭音。她牙关一松，那药液便滑下了喉咙。

不知过了多久，她迷迷糊糊中又沉沉睡去。

待得姜黎的高热控制住后，苏世青收起针盒，疲惫道："这几日汤药不能断，也莫要再让她受冻了。她肺腑受寒，没个十天半月怕是好不了。"

"谢谢苏大夫。"杨蕙娘红着眼眶道谢，"阿黎的身子素来健朗，不过是吹了点夜风，怎么就病得这样重！"

听到这话，沉默了一整晚的霍珏终于抬起一双赤红的眼，面无表情地问："杨姨，阿黎是在哪里吹的夜风？”

姜黎昏睡了两天两夜，其间短暂醒了几回，喝了药后又沉沉睡去。

到了第三夜，终于从高热转为低热。

杨蕙娘与姜令整整两日没闭眼，见阿黎的病终于有了好转，方才放下心来，各自回屋休憩去了。

更鼓敲了三响，正是夜深人静的时候，一道颀长的身影从酒肆天井的白墙轻轻跃过，推开姜黎寝屋的房门。

姜黎睡得并不安稳，额头沁出薄薄的冷汗。

迷迷糊糊中，她落入了一个温暖的怀抱，空气里似是弥漫着熟悉的似竹似麝的香气。

“阿黎。”少年刻意压低的声音在夜色里又沉又哑，翻涌着无人知晓的深情。

姜黎对霍珏的声音太过熟悉，迷迷瞪瞪地睁了睁眼：“霍珏？”

“是我。”霍珏环在她身上的手臂似乎更用力了，将她死死扣在怀里。

姜黎混沌的大脑里想到的不是他为何会在这里，也不是她是否在做梦。

而是那根掉入荷花池里寻不回来的珠花。

一想到这儿，她便悲从中来，眼泪倏忽涌出眼眶。

“霍珏，你送的珠花没了。”她哽着声音，扑簌簌地掉着泪珠子，语气又难过又委屈，“我在荷花池里寻了好久，找不回来了！”

霍珏不妨她忽然落泪，眼里闪过一丝慌乱：“无妨，掉了便掉了，日后我再给你找回来。”

“找不回来了，找不回来了！”姜黎眼泪越掉越多，“霍珏，你给的定情信物没了！”

阿黎的眼泪一滴一滴砸上他的袖口，霍珏的心像是被人攥住了一般。

在朱福大街的这些年，他从不曾见阿黎哭过。

唯独一次见她哭，还是在那个时常重复的梦里。梦里得知他净身入宫后，阿黎在宫门外大哭了一场。问他是不是被逼迫的，说要去给他报仇。

梦里，他入宫那年是个凛冬，姜黎寻他那日，大雪纷扬、乌云压顶。

阿黎乌睫上的泪珠子结了冰，很快又有新的眼泪涌出，她抹着泪，努力扯出一丝笑，用云淡风轻的语气安慰他：“霍珏，便是净了身，你仍旧是顶天立地的男子，你莫要灰心，我会赎你出来的。”

霍珏闭上眼，午夜梦回之时，他常常在想：梦里，他怎能用那样一张冷冰冰的脸叫她走？

他应当一点一点吻去她脸上的泪，就如同现在一般。

“阿黎，对不起。”

姜黎窝在他怀里，哭得头脑发胀。然而，下一瞬，她哭得发颤的身体忽然一顿，晶莹的泪珠从眼眶滚落，落入一阵炙热的气息里。

他的呼吸是滚烫的，唇也是滚烫的。

“别哭了，阿黎。”少年压抑的声音沉在静谧的夜色里，他的指腹抚着她干燥的唇，轻轻抬起她下颚，低头便覆了上去……

似狂风巨浪，又似和风细雨……一寸一寸地将她吞噬。

姜黎有些发蒙，呼吸渐渐急促，攥着霍珏的衣领的手都因用力泛了白。

霍珏不舍地松开她的唇，鼻尖抵着她的，炙热的呼吸喷薄在她唇角，轻声道：“阿黎，吸气。”

隔日下午，姜黎醒了一次。

醒来后第一件事便是问霍珏昨夜可来过。

杨蕙娘探过她的额温，闻言点了点头道：“这几日，霍珏每日都会过来两三趟，还同阿令一起给你煎药。唉，从前是娘看走眼了，没想到这孩子外冷内热，是个热心肠的。”

姜黎默了默，又问：“那……那他进我屋子来了吗？”

“胡思乱想些什么。”杨蕙娘睨了姜黎一眼，“霍珏那孩子素来端方守礼，怎会胡乱闯你的闺房？”

姜黎垂下眼睫，手下意识摸着唇。

所以……

昨夜，是梦吧……

薛真已经三日没能“巧遇”霍珏。

她从她爹那里旁敲侧击，才知道霍珏告了假。

这日，薛真用完早膳，便见伺候她爹的小厮偷摸着跑过来通风报信，说霍公子来了。

薛真连忙起身，在铜镜前仔细上妆，算着时间去了竹林。

刚到竹林，便见到一道高大挺拔的身影从里走出。

薛真心下一喜，上前温温婉婉行了一礼，浅笑道：“霍公子。”

“薛姑娘。”霍珏淡淡回礼，薄白的眼皮半阖。

“真儿几日不曾遇见霍公子，听爹爹说公子告了假，可是家中出了事？”

“多谢姑娘挂怀，家中长辈缠绵病榻已久，在下便告了几日假，在家中侍疾。”

所以，他告假不是因为姜黎？

薛真松了口气。

“霍公子孝心可嘉，真儿相信公子的长辈定能快快好起来。”薛真扬起脸，露出她细细描过妆的脸，眉眼含笑道，“前几日，姜姑娘在张老夫人的寿宴上落了水，不知她身体可还好？”

“哦？”霍珏抬眼，声音淡淡，“我竟不知阿黎落了水。”

“原来霍公子不知。”薛真不疑有他，心想姜黎兴许知道霍珏不会信，是以不敢在他面前胡说。

“寿宴那日，姜姑娘在员外府落了水，我与随云恰巧路过，连忙找人救她。好在人来得及时，姜姑娘落水没多久便获救了。”薛真说到这儿，顿了顿，语气忽地低了下去，“只是……”

霍珏看着薛真：“只是什么？”

薛真眼眶一红，摇了摇头，叹了声：“算了，也没什么值得说的。”

“什么算了！”薛真身旁扎着双丫髻的丫鬟撇了撇嘴，一脸替她不值的神态，“明明是小姐你好心救人，结果姜姑娘却非要反咬你一口，说是你害了她。要让奴婢说，她不过是妒忌小姐，想趁机毁了小姐的名声罢了。”

“随雾，莫要胡说，姜姑娘许是被吓着了，才会说那样的话。过去的事便过去了，无须再提。”薛真叱责了随雾两句，又扭头看向霍珏，温柔道，“霍公子，方才的话你别当真。只要姜姑娘没事，我便安心了。”

霍珏一瞬不瞬地看着薛真，瞳眸幽深如墨。半晌，他微微一笑，道：“如此，薛姑娘放心，我自是不会当真。”

霍珏的身影很快便消失在小路的尽头。

随雾笑着对薛真道：“小姐，你看，我说得没错吧？那丫头根本不敢告状。她说的话，霍公子根本不会信。我看啊，霍公子根本没拿她当一回事，若不然怎么会连她落水了都不知晓。”

薛真低下眼，拍了拍衣袖上莫须有的灰尘，笑了笑：“想来，那日她戴的珠花根本不是霍公子送的。”

随雾眼珠子一转，笑眯眯道：“定是随云看错了，她那日隔得那么远，怎能看得清霍公子买的是何物？随云那蹄子素来眼拙，看岔眼了也不奇怪。”

薛真抬起眼看了随雾一眼，道：“随云确实担不得事，方才你做得很好，日后便由你陪我出门。”

随雾喜不自胜，她在小姐身边待的时间没有随云长，小姐素来看重随云，现下她总算能压随云一头了！

“那……小姐，城里找人散布谣言一事，奴婢明日便去办了？”

“算了，过几日我要随娘去兰若寺求姻缘，”薛真抿唇笑了下，似是成竹在胸，“这件事……暂且缓一下。”

霍珏下学后，并未直接回朱福大街，而是去了趟城东的宏福酒家。

此时，地字号房里，一个穿着桃红衣裳的娇俏姑娘正在百无聊赖地喝着茶。没一会儿，外头走廊便传来跑堂的声音：“碧红姑娘，您等的人来了。”

碧红脆声道：“让他进来吧。”

待得霍珏进门，碧红给他泡了杯茶，问道：“霍公子，阿黎的寒症可有好转？”

“阿黎的病已见好，再过数日便能下榻了，霍某在此谢过碧红姑娘。”霍珏说着，便抬手郑重行了个礼。

碧红连忙摆摆手：“无须谢我。那日，都怪我没一直陪着阿黎，若不然阿黎也不会被人推入水中。”

碧红见霍珏还是认真地行了礼，忙侧身还了一礼，顺道将手上的红木盒子推了过去：“这是老夫人从前赏给我的丹参，我琢磨着多少能给阿黎补一补，劳烦霍公子替我将这丹参带回去给阿黎。”

霍珏并未收下丹参：“碧红姑娘的心意，我替阿黎心领了，这丹参姑娘自行留着便是。”

碧红前两日与霍珏打过一次交道，深知这人说一不二的作风。

她细细打量了霍珏一眼，笑了笑：“行吧，有霍公子与阿黎的亲人在，想必阿黎能得到很好的照料，我便也不操心了。”

碧红将丹参收回，抿了口茶水，斟酌片刻，终于开口询问霍珏的来意：“今日……不知公子约我出来，所为何事？”

前两日，霍珏分明过来打听了阿黎落水的始末，该说的、该交代的，她全都说了。今日……他怎的又来寻她了？

霍珏拿出两锭银元宝，递给碧红，温声道：“那日，阿黎赴宴，在莲花池里掉了一根珠花簪子。若是可以，还请姑娘请人打捞。霍某在此谢过，日后姑娘但有所求，霍某必尽全力而为。”

碧红张唇，诧异道：“簪子？”

霍珏取出一张画纸，上面赫然画着一根珠花簪子。

“便是这簪子，碧红姑娘尽力而为便是，若是寻不到也无妨。”霍珏淡淡道。大不了日后他买下张家的宅院，再掘地三尺，将簪子找出来。

霍珏离开酒家后，碧红站在窗边看着少年离去的背影，肩膀一松，用力地搓了搓手臂，纳闷道：“瞧着年岁不大，为何气势这样压人？”

今日还算好些，至少脸色是温和的，气势也不唬人。前两日，这人沉着脸寻上门时，险些将她吓破了胆，差点以为自己做了什么伤天害理的事。

碧红虽然是个奴婢，却也不是什么没眼界的。

老夫人交好的达官贵人不少。作为大丫鬟，桐安城的县令、太守她都随老夫人见过，还真没有哪个人能让她感觉到……那种……便是要你命，也不敢违抗的气势。

碧红自嘲一笑，摇了摇头。

她在乱想些什么，不过是个还在书院读书的童生，怎能跟县令大人、太守大人相比？

不过……碧红掂量着手上的元宝，花这么多银子又千方百计托人将她叫出来，就为了帮阿黎寻簪子。

是那簪子有什么深意？还是，这位霍公子只是单纯想哄阿黎开心？

也罢！虽是麻烦了点，但找个由头，应是能让人将簪子打捞出来的。若能让阿黎开心，快些养好病，倒也值得。

四月十五这日，姜黎终于能下榻了。

这段时日，她天天灌药汤，连舌根都是苦的。

姜黎之前病着，什么都不想吃。

如今身体见好，食欲便也回来了："娘，我想吃城西那家炙肉店的肉串了，牛肉、羊肉、鸡肉我都想吃。还有，炙肉店旁边的冰碗店，是不是马上有冰碗吃了？红豆乳酪冰碗也想来一份。"

杨蕙娘给姜黎端了碗杂菜肉糜粥，没好气地道："等你好全了，你想吃什么娘都给你弄来，现下你就委屈一下，吃一碗为娘给你做的粥。"

姜黎一边拿着调羹搅拌着碗里的粥，一边眨巴着眼睛望着杨蕙娘。

姜黎病了一遭，掉了不少肉。原先脸上还有些婴儿肥，现下脸上的肉都瘦没了，巴掌大的一张脸，下巴尖尖的，将眼睛衬得愈发大。

姜黎张着湿漉漉的眼睛看着人时，就像只初出生的小兽，将人看得心都软了。

杨蕙娘无奈道："行行行，你先把粥喝了，我一会儿给你带点炙肉回来，冰碗你就别想了。"

姜黎莞尔一笑，正要撒娇道谢，却见本该去书院的弟弟拎着一个油纸包回来了。

那种在火里炙烤过的，和着各类香料的肉香味，瞬时充溢在堂屋里。

姜黎咽了口唾沫，对姜令道："阿令，这是给我带的炙肉吧？果真双生儿就是不一样，我想吃什么，你隔着老远都能感应到。"

姜令哭笑不得："你胡说些什么？昨日不是你对霍珏哥说想吃炙肉的吗？霍珏哥提前给你排队买好了，让我送回来给你吃。"

"啊？"姜黎一愣，反应过来昨日她确实提过一嘴想吃炙肉了，没想到霍珏竟然记住了，"他，他怎么不亲自送过来？"

过去几日，霍珏日日都来酒肆看她，隔着一道门帘坐在外头陪她说话，怕她闷在屋里不耐烦，还会给她带一些有趣的画本子。

今日，怎的就不来了？

姜黎怅然若失。

"霍珏哥说他今日有事要忙，约莫夜里才能回来。"姜令撕开油纸包，将一串串炙肉拿了出来，挑了三串烤得最香的，递给姜黎，"霍珏哥说你只能吃三串，剩下的都是我跟娘的。"

姜黎：“……”

霍珏果真一整日没见踪影，这段时日，他日日来陪她，忽然不来，倒是叫姜黎有些不习惯，心里空空荡荡的。

杨蕙娘进来给姜黎送药，见她拥着被褥发呆，忍不住伸手在她眼前晃了晃：“想什么呢？”

姜黎支起膝盖，下巴抵在上面，瓮声道：“没什么。”

杨蕙娘看着她，问“在想霍珏？”

姜黎知道，她想什么都瞒不过她娘，索性不说话了。

杨蕙娘叹了声，在她床侧坐下。

她不瞎。霍珏这孩子，她看了六年，除了对苏大夫脸色好些，对谁都是冷冰冰的。可阿黎发病那日，他比她这当娘的还要挂心。

这几日，又日日过来给姜黎逗趣解闷，就他那冷漠自持的性子，若不是对阿黎上了心，怎会如此反常？

阿黎的心思她是知道的，如今霍珏有了回应，按理说她这当娘的应该开心。谁不希望自家女儿能如愿以偿，嫁一个如意郎君呢？

然，齐大非偶。

霍珏早晚会离开桐安城，杨蕙娘舍不得阿黎远嫁。

再说，霍珏若有朝一日飞黄腾达，他能一辈子只守着阿黎不纳妾吗？

想想都知道——不可能。

哪个当官的不是三妻四妾的？

杨蕙娘心里思虑不断，嘴上却舍不得说阿黎，等阿黎病好了再点醒她吧。

“算了，娘就不说你什么了。你快点把药喝了，早些安置。”

姜黎喝的药里有安神的成分，喝过药没多久，便沉沉睡去。

睡到半夜，迷迷糊糊中，她又被人连人带被拥入了怀里。

又是那好闻的，似竹似麝的淡香。

“霍珏？”姜黎揉了揉眼。

“嗯，我在。”黑暗里，少年的声音就在耳畔。

姜黎知道她又做梦了，哼哼唧唧地揪住他的衣领，不满道：“你今日没来看我。”

耳边很快传来一声淡淡的笑，少年的语气宠溺到了极点：“今日忙着给阿黎出气去了，明日我便来陪你。”

姜黎只抓住了他说明日要来陪她，抿着唇笑起来，心底郁气一散：“说好了，明日你不来，就是小狗。”

霍珏克制地在她发间落下一吻，道了声：“好”。

待得怀里的小姑娘沉沉睡去，霍珏才松开手，小心翼翼地将她放下，又替她掖了掖被子。

霍珏身着黑色的夜行衣，收敛起气息时，整个人仿佛影子一般融入夜色里。

他身姿矫健地越过围墙，回了药铺换下夜行衣后，灌了一大口早已凉透的茶水，目光越过窗户，沉沉地望着东北城门处。

薛真该醒了……

隔日下午，姜黎用过午膳，张莺莺与刘嫣便联袂而来。这期间两人来过数回，每次都给姜黎说些朱福大街新近发生的八卦。

今日，自然又捡了不少趣事。张莺莺嘴快，说到后头，忽然压低了声音："我方才出来时，听到管事过来同我爹说，薛山长那位掌上明珠，昨日去兰若寺求签，回来时居然遇到了土匪，被人掳走了。"

姜黎手上的红豆糕啪的一声掉在碟子里："你说的是薛真？"

"自然是她。薛山长就一个女儿，除了她，还能是谁？听说是被贼人掳到了山林里。现下，桐安城里那些游手好闲的地痞游侠，都在往兰若寺附近的山林赶。"

刘嫣睁大眼睛，深吸一口气后，诧异道："这些人去那里作甚？"

张莺莺道："听说，有人在城里布了悬赏，谁能从土匪手里救出薛大娘子，便能获得黄金千两。也不知是谁如此大手笔，那可是黄金千两！那些地痞游侠连百两银子都没见过，如今有机会挣得黄金千两，当然疯了似的往密林去呀。"

刘嫣不无惋惜地叹了声："如此一来，薛姑娘的名声可是毁了。这样才貌双全又品行无瑕的姑娘实在是可惜了。"

张莺莺也叹息道："我爹说，这种情况之下，薛真能活着回来便不错了。名声那些倒是后话了。大不了离开桐安城，寻一个偏僻之地从头来过。"

她们交谈之时，姜黎一直没说话，听到这里，终于忍不住问道："莺莺，你爹爹可说是谁布了黄金千两的悬赏？"

张莺莺摇头道："没听我爹提起悬赏者的名字。不过说起来，这悬赏者究竟是好意，还是歹意？诚然，如今薛姑娘音讯全无，能多些人去找她自然是好。用悬赏这种明知会引起热议的方式，可就……薛姑娘被人掳走……失踪了一夜的事情，岂不是闹得尽人皆知了？"

姜黎落水之事从未与张莺莺二人提过，她一直记着碧红姐的忠告，人在卑微之时莫要去讨公道，讨不来不说，极有可能会惹来祸害。

张莺莺与刘嫣是姜黎的手帕交，三人感情深厚，若是知晓她落水是薛真所害，必定会与她一块同仇敌忾。

尤其是心直口快的张莺莺，就算是讨不来公道，也一定会替姜黎骂几句才解气的。是以，姜黎没同她们提这事儿，免得二人招得薛真不快，惹祸上身。

只是，姜黎没想到，病了一场，这公道竟然拐着弯送到了眼前。这就是"天道好轮回”吗？前脚刚害了人，后脚自个儿的性命、名声便岌岌可危。

姜黎低头看着瓷碟里摔成几瓣的红豆糕，耳边竟响起了“梦里”霍珏说“替你出气去了”。

今日的桐安城，注定不平静。

官道上，无数男女老少飞奔着从霍珏身侧匆匆而过，都是冲着那一千两黄金去的。

“快，快去！那可是千两黄金！”

“听说，是薛姑娘的爱慕者布下的悬赏，就怕薛姑娘不能活着回来……”

“啧，这位爱慕者既然喜欢，怎的自己不去寻？”

“你怎知人家没去？说不定是昨夜没寻到人，才发布的悬赏。”

整个桐安城都在讨论薛真被掳之事。霍珏面色淡淡，平静地从人群中穿过，漆黑的眸子黑沉如墨。

城东的冰碗店掌柜娘子瞧见霍珏的身影，立即扬起嘴角热情笑道：“霍公子，您要的红豆蒸乳酪好了，我拿最厚实的食盒装着，您拿回去吃也是热腾腾的。”

霍珏淡淡一笑：“有劳掌柜。”

掌柜娘子笑得越发殷勤，一双精明的眼小心地觑着霍珏：“公子，那……这味甜羹的方子——”

“掌柜若是喜欢便拿去。”霍珏不甚在意道。这道甜羹是宫里御膳房的方子，若非阿黎想吃乳酪冰碗又吃不得冰的东西，他根本想不起来。

掌柜娘子喜不自胜，又往食盒里塞了两大包小糕点：“多谢霍公子！日后霍公子来我们店里吃冰碗，一律免费！”

霍珏点了点头，提过食盒，离开冰碗店走了没两步，便被人叫住。

“霍公子！”

霍珏回身，只见一队风尘仆仆的壮汉快步朝他走来，为首之人便是差不多两个月未见的孙平。

霍珏微一挑眉，拱手作了个揖：“孙大当家。”

孙平方才觉得冰碗店里的人影瞧着很像霍珏，可心里却暗道不可能。霍珏这样矜贵不凡的公子，怎会吃那些个娘们儿兮兮的冰碗？

然则，真见到霍珏提着食盒出来，又顿时觉得：能让霍公子看中的冰碗，定然是一碗有故事的冰碗，日后他也要来尝一尝。

孙平爽朗一笑：“白水寨一行，多亏公子我们才能全身而退。这里的所有人都欠了公子一条命，日后公子有用到我们之处，但说无妨。救命之恩，我们必当涌泉相报！”

霍珏道：“孙大当家言重了，不过是举手之劳。”

“欸，对了！这里有公子的信。”孙平一拍脑袋，从衣襟处拿出一封信，“我们离开盛京那日，有位姓佟的老嬷嬷送来了一封信，说是给公子的。”

霍珏接过信——只见信封处写着“霍公子亲启”五个字，字迹娟秀而不失风骨。

少年眸光微凝，一眼便认出这是他姐姐卫媗的字迹。

阿姐还活着，同他梦到的一样。

曾经名动大周的卫大娘子，果真藏身在定国公府。

霍珏一直以为自己是卫家唯一活下来的人，直到收到了阿姐的回信，他才敢断定，梦里的一切都是真的。

第五章

# 再遇故知

密林深处，狂风猎猎。

薛真疯狂奔跑，举止癫狂，仿佛身后有什么洪水猛兽在追着她一般，眼见着前头出现光亮，她脸色一喜，加快速度直奔光亮而去。

“出口，我找到出口了！”薛真差点喜极而泣，可跑过去一看，哪是什么出口，分明还是她醒来时的山洞。

薛真眼底流露出一丝绝望，为什么又回到这里了？

半夜她在山洞里醒来，饥寒交迫，却不敢离开，怕一出去便会被猛兽叼走，落得个尸骨无存的下场。好不容易熬到天明，心惊胆战地在密林里跑了两刻钟，却根本找不到出口。

这已经是第四回了。

就像是鬼打墙一样，怎么逃都逃不出去。

鬼？薛真眼前忽然闪过许多画面：被她活埋的小动物、被她泄愤的丫鬟，还有那些个她瞧不顺眼随手陷害的姑娘……

似是远处隐隐约约传来几声猫叫，还有少女清脆的笑声。

薛真浑身一颤，抱头蹲在地上。

“啊——别来找我！爹，娘，你们快来救我！”

姜黎从杨蕙娘嘴里听到薛真被找回来的消息。

“听说，刚找到她时，那姑娘手里紧紧攥着根簪子，长发覆面，像个疯子似的大吼大叫，连脸都瞧不清。后来，薛山长同夫人赶过去后，她才清醒过来的。只是没多久她就说自己不是薛真，说自己叫随雾，是薛家小姐的丫鬟。”

姜黎端着霍珏送来的红豆蒸乳酪，吃得腮帮子一鼓一鼓的：“那，究竟是薛真被掳了，还是随雾被掳了？”

“薛府传出的消息，说是歹人来的时候，丫鬟随雾护主，套了薛真的披风引走了贼人，所以被掳走的人是忠心护主的丫鬟。”杨蕙娘停了片刻，迟疑道，“既然薛家的人这么说，那便这么信，反正这些事儿，是真是假都与我们无关。”

姜黎低头不说话。

同是女子，这样的事情不管发生在谁的身上，都是极为可怜的。

可她转念又想起，那日薛真站在池子边，笑看自己在水里挣扎的场景。那张笑脸隐在夜色里，就像黑暗中吐着蛇信子的毒蛇，嘴里说着柔善的话，心里却打着阴狠的主意。

若非自己会凫水，怕是早就没了命了，也不知道她用这样的手段害过多少人？

杨蕙娘陪姜黎说了会儿话，便回酒肆忙去了。

今夜酒肆的生意格外好，归根结底还是因为那悬赏的千两黄金。

薛真是被好几十号人同时找到的，那些人平分了赏金，可不就要找个地儿喝酒显摆显摆吗？

没拿到赏金的人也对密林里的事儿好奇得紧，围着得了赏金的人一个问题一个问题地问，整个酒肆坐满了人，热闹得就像过节一样。

隔着一个天井，姜黎都能听到里头推杯换盏大声说笑的声音。

相比杨记酒肆的热闹，旁边的药铺就显得冷清多了。

此时，西侧屋子正中间的桌案上，摆着一壶茶与两个粗制滥造的茶杯，一个青年男子正与霍珏面对面坐着。

男子面目很是俊朗，可惜因为两道从眼尾划到耳际的疤生生破了相，多了些匪气。

霍珏从炉子里提起茶壶，倒了杯茶水，推到男子面前，笑着道：“沈听，尝尝桐安这里特有的云雾茶。”

沈听颤着手接过茶杯：“小公子……”

青州卫府的小公子——卫瑾，从前有两个贴身小厮，一个名唤沈听，一个名唤贺珏。说是小厮，其实三人一同长大，情谊比旁的主仆要深厚。

沈听乃卫瑾外祖父霍琰所赐，性子沉稳、武力高强，比卫瑾年长六岁。贺珏是卫瑾的乳娘之子，与卫瑾同岁，生得唇红齿白，嘴巴甜脑袋机灵，很得府里丫鬟婆子的喜欢。

霍家与卫家出事那日，贺珏顶了卫瑾的身份，从容赴死。卫瑾从此改名换姓，取了母亲的姓氏与贺珏的名，改名叫霍珏。

看着眼前一脸激动的沈听，霍珏心里难得起了些波澜。

霍珏寄出去的两封密信，其中一封便是寄往白水寨的。

梦中，白水寨匪祸严重，所有途径白水寨的镖队几乎有去无回，甚至连朝廷押送饷银的护卫队都折了几队兵马。

成泰十年，最大一笔饷银被劫，数百万两白银不翼而飞，说是落入了白水寨土匪的口袋里。

那时，霍珏在宫里已经熬出了头，领命剿匪，却不想竟意外遇到了沈听。

彼时，沈听刚从他义父手里接下白水寨寨主的位置，正准备召集各路流寇与朝廷对着干。但，他万万没想到，来剿匪的太监居然是他从小伴着长大的少爷。

那日，霍珏成功破了白水寨，而沈听领着一众土匪秘密投在他的麾下，成为他手上的一把利刃。

霍珏与沈听分开时，不过十岁，身量比他还要矮一截。

如今，六年过去了，霍珏早已长大。

沈听望着眼前长得与他一般高大的少年，眼睛不由得一涩：“小公子受累了。”

霍珏温声道：“我在这儿能受什么累？倒是你跟阿姐，一个潜伏在白水寨，一个被困于国公府，比我的处境更为艰难。阿姐可知你来了桐安城？”

“自是知道，我看到公子的木雕后，怕有诈，便偷偷尾随那路镖队进了盛京。后来收到佟嬷嬷递出来的消息，才知道原来公子真的活下来了。”

沈听说罢，忽然朝霍珏跪下，头咚的一声磕在地板上，哽着声音道：“小公子，是沈听无能，没能救下霍老将军，也没能保护好大公子，甚至连小姐……霍、卫两家三百多口人，全都没了！”

沈听说着，想起那日霍、卫两家被杀得暗无天日的场景，热泪汹涌而出。

他恨！老天爷怎能如此不开眼！霍、卫两家为大周鞠躬尽瘁，怎能落得如此下场！

霍珏任由沈听宣泄心底的悲痛，待得他情绪平复下来了，方才扶起他，平静道：“卫家倒了便再建一个卫家，将军府倒了便再建一个将军府。沈听，来日方长。”

沈听离开后，霍珏站起身推开窗牖，目光望向隔壁酒肆。

子时一刻了，阿黎怕是睡了吧？

下午，得知沈听悄无声息地出现在朱福大街，他同阿黎说了几句话便匆匆离开了。小姑娘望着他离去时的眼神是有些失落的，也不知道她有没有恼了他？

霍珏摸着腰间的荷包，转念又想到另外一件事，阿姐信上说她四月初一出发来桐安城。此时，大抵已经在路上了。

阿姐既然来了，他差不多也该去提亲了。

薛真在山里冻了一夜，回来后反反复复烧了好些天。薛夫人曹氏请了最好的大夫，又寻了最好的医婆子日日守在她床边。

城里，关于薛真的风言风语早被曹氏压了下去，如今百姓们茶余饭后讨论的不再是薛真被掳之事，而是县令家宠妾灭妻的腌臜事。

薛真醒来后，问的第一件事便是有关随雾的：“娘，随雾你处理好了没？只要她死了，被掳之事，便死无对证。”

薛真无比庆幸，她被人寻到时，钗发凌乱，根本没人看到她的脸。只要……将这一切都推给随雾便好了。只是……随雾素来不老实，未必肯乖乖听话，留她一命终究是不保险……

曹氏拿出帕子一边给她擦脸，一边颔首道：“随雾的事我自有打算，你先养病。等病养好了，我送你去外祖母家。”

薛真一怔，抬起眼眸看着曹氏，道：“我不去。”

曹氏将帕子往地上一甩，厉声道：“你不去也得去！我同你外祖母说好了——再过半年，你便与你表哥成亲，成亲后正好陪他上京赶考。你外祖母一心想让你嫁到曹家去，你舅舅又素来疼你，这么好的一桩亲事，旁人求都求不来！”

“表哥早就有了婚约，那位陈姑娘现下还住在舅舅家，给陈姑娘的聘礼，舅舅都准备好了。我有喜欢的人，为何要去抢别人的姻缘？”

“为何？你还不知道为何？”曹氏气得胸口痛，“你当真以为把随雾推出去就相安无事了？你出去问问，城里有多少人相信你的说辞？”

薛真脸色一白：“我不管旁人，只要霍珏愿意信便好！我亲自去同他说。再不济，我去求爹爹，让爹爹同他说，爹爹的话他总该会信的。”

曹氏道：“你爹的为人，你还不清楚？你觉得你爹还会愿意将你嫁与他？”

薛真咬着唇不说话，眼眶逐渐红了起来。

曹氏到底心疼女儿，握住薛真的手，软下声音道：“真儿，听娘的，如今你不能留在桐安。

“你表哥才华横溢，又自小便心悦于你，哪里比不上霍珏了？

“至于……那位陈姑娘，你不必担心。不过一个破落户的孤女，随便安个与人私通的罪名，就能撵她出府。

“真儿，你素来分得清轻重，可别犯糊涂。如今，你表哥才是你夫婿的最佳人选。”

天气一日比一日热，转眼便到了五月。

桐安城里，人人都换上了轻薄的衣裳。

马车里的薛真神色漠然，随云战战兢兢地给她斟了杯花茶，小心翼翼道：“小姐，喝点茶润润嗓子吧。”

闻言，薛真的眼珠子终于动了，冷冷地盯着随云看。

随云不禁打了个冷战，像个鹌鹑似的低下了头。下一刻便听薛真道：“把帘子掀开，闷。”

“是，小姐。”随云应声掀开一边的帘子，初夏的风徐徐吹了进来。

随云还想说些什么，手腕却骤然一痛。

她骇然转头，便见薛真死死地盯着窗外的头面铺子，她被抓着的手腕上深深地嵌着薛真的指甲，但她不敢喊疼。

头面铺子的台阶上，一位芝兰玉树般的俊俏少年，正侧头看着一位着浅青色海棠绣花罗裙的小娘子。少年素来冷峻的眉眼，现下却如冬雪初霁，温温然的像一眼暖泉。

他身侧的小娘子便是姜黎，姜黎的发髻里戴着一支素雅的珠花簪子，正笑意盈然地同霍珏说着话。

姜黎摸着头上的簪子，对头面铺子的师傅手艺很是满意：“碧红姐将簪子送过来时，掉了两颗珍珠，没想到老师傅真能寻到一模一样的珍珠，将簪子修好。”

霍珏见姜黎一副爱不释手的模样，勾唇笑了下，视线在扫过街边徐徐掠过的马车时，嘴角的笑意一凝。

薛真的脸便藏在马车半开的窗牖里。霍珏平淡、冷漠地与薛真对视一眼，而后收回视线，侧身挡住了姜黎。

薛真想害阿黎的性命，他没取走薛真的性命已然是手下留了情。若不是薛茂待他有恩，他根本不会让薛真活着回来。

从薛茂口中，他知晓了薛真与曹家的婚事。如今，薛真离开桐安城也好，若她再招惹阿黎，他怕是根本控制不住自己的杀心。

姜黎不知道薛真就坐在方才一掠而过的马车里，心心念念的都是自己失而复得的珠花簪子。

“阿黎，还想吃蒸羊酪吗？”霍珏问。

姜黎眼睛一亮，欢欢喜喜道：“想啊！我听莺莺说，冰碗店新出了好几款乳酪甜羹，桂花味的蒸羊酪格外好吃。”

霍珏低眸看着姜黎，眼底的宠溺一闪而过：“走吧，我带你去吃。”

冰碗店的掌柜对霍珏可谓印象深刻，见他带了位小娘子过来吃甜羹，脸都快笑出褶子来了。

“霍公子来了！”她殷勤道，“还有位貌美如花的小娘子，快进来，我给你们安排最好的雅座。”

冰碗店的店面不大，最好的雅座便是临窗那一桌。

霍珏给姜黎点了甜羹后便离开了店铺。

姜黎透过木窗，看见他清瘦的身影陆续出现在附近好几家吃食店，再回来时，手里拎着一个食盒。

姜黎打开一看，食盒里有糟鹅掌、豌豆黄、奶油松瓤卷酥、糖蒸酥酪……全是姜黎生病那会儿念叨着要吃的小吃。

那会儿，姜黎喝药喝得快吐了，身体有了好转便想要赖不喝。霍珏知道后，便轻声哄着，待她病好了，想吃什么都买给她吃。

姜黎自是说了许多，没想到霍珏居然一个不落地全记住了。

所以，她说的话，他都认真放在心里了。姜黎眉眼一弯，拿起木箸夹了块豌豆黄，放到霍珏的碗里，道：“你也吃。”

霍珏素来不爱吃甜食，但姜黎要他吃，他便跟着吃。

少年身姿挺拔，手指修长白皙，粗糙的朱色木箸在他手里就像是画笔一般，无端端多了份雍容的贵气和春雨烹茶般的文雅。

姜黎托着腮看着他吃。

她很小的时候便发现，再寻常的东西，只要到了霍珏手上，都会变得不寻常。他周身的气度与朱福大街格格不入，就像落入一筐鱼目里的珍珠，一眼便能让人瞧出不同来。

霍珏感受到姜黎的注视，越发细嚼慢咽，待吞下嘴里的食物后，他便放下木箸，抬眸对上姜黎清亮的眸子，声音里含了丝暗哑：“阿黎下个月便该及笄了，可曾想好表字？”

“表字？”姜黎愣了愣，一时有些纳闷，“不曾想好，莺莺与阿嫣及笄时，似乎也没有定表字。”

姜黎说的不错，民间女子及笄时鲜少会取表字，甚至连及笄礼都十分草率。又插簪、又取表字的，大多是闺阁千金的及笄礼才会有的排面。

霍珏看着姜黎：“那……阿黎可愿让我给你取个表字？”

两人从冰碗店出来，便回了朱福大街。

出门时，姜黎头上戴的是一支木簪。回来时，却换了一支缀了十数颗珍珠的珠花。

杨蕙娘意味深长地看着姜黎头上的簪子，道：“上回你去赴宴时，就戴的这簪子，我还以为是莺莺借与你用的，如今看来，这簪子是霍珏送你的吧。”

姜黎忙把簪子拿下，献宝似的给杨蕙娘看，笑眯眯道：“娘，这簪子好看吧？这是霍珏送我的定情信物呢，上回落水，我差点就把它弄丢了。”

杨蕙娘闻言，点了点姜黎的额头：“害臊不害臊？尚未及笄说什么定情信物，若被旁人听到，少不得要说你不知检点。”

“我又不说与旁人听，只说给娘听。”姜黎抱着杨蕙娘的手臂，撒起娇来。

杨蕙娘知道她在哄自己，叹了声：“你呀！不听劝，就一门心思地想撞南墙。且不论霍珏是不是会来提亲，便是他来提亲，你嫁与他了，你可知道日后要过什么样的日子？”

“自然是琴瑟和弦、举案齐眉的日子啦，就像你同爹一样。”

姜黎的爹在她与姜令七岁那年便病逝了。

在姜黎仅有的记忆里，爹娘的感情一直很好，她娘那样泼辣的性子在她爹面前都成了绕指柔。

杨蕙娘嗔了她一眼：“你爹与霍珏怎能一样？霍珏日后是要当官的！

“这几日，钱县令宠妾灭妻的事，闹得沸沸扬扬，你可有耳闻？钱县令的夫人，便是他做童生时娶的糟糠之妻。后来，他做了县令，纳了一位落难千金做了小妾，宠得跟眼珠子似的，放任小妾欺负到了正室头上。

“阿黎，你扪心自问，有朝一日你可愿与旁的女人共侍一夫？”

这世上，哪有女子愿意与旁人共侍一夫？

“娘，这天底下，又不是人人都纳妾。”姜黎扯了下嘴角，强行勾出一点笑意，“茶馆里的说书先生还说过，前朝有位丞相，一辈子就只娶了一位妻子，在他妻子死后还不肯续娶呢。

“还……还有，听说青州有门传承了数百、数千年的世家，祖训便是男子三十无子方能纳妾，妻子一旦有子，便终身不能纳妾。

“霍珏，兴许也是这样的人。”

杨蕙娘轻轻叹了一声："阿黎，你还小。娘是过来人，你听娘一句劝。齐大非偶，娘不求你大富大贵、诰命加身。娘只希望你寻个能疼你的老实人，平安顺遂地过一辈子。"

姜黎敛了笑，低下头，细声道："娘，当初爹无父无母，又自幼体弱，外祖父与外祖母都不同意你嫁他。可你还是嫁了，你可曾后悔过？"

杨蕙娘怔忡。

姜黎将脸凑到杨蕙娘肩上，像只小兽似的蹭了蹭，锲而不舍道："娘从来不曾后悔过，对不对？所以，阿黎也不会后悔。只要霍珏愿意娶我，我便愿意嫁。"

从前，姜黎觉得自己喜欢霍珏，是喜欢他那张脸，就像朱福大街的许多小娘子一样。

现在，姜黎再也不会这样想了，若是有朝一日，霍珏没了那张脸，她还是会喜欢他的。

从他来到朱福大街，在她的照料下睁开眼睛的那日起，姜黎便知道，这就是她日后想要嫁的人。

喜欢了，便努力去争取。能过几年好日子，便过几年好日子，未来的事谁知道呢？说不定哪天遭遇天灾人祸，命就没了。

对姜黎来说，有她娘在、有阿令和霍珏在的日子，才是好日子。

这一晚上，母女俩谁都说服不了谁。

杨蕙娘见姜黎油盐不进，索性闭口不提。总归，没她这个当娘的首肯，阿黎要嫁人，也压根儿嫁不了。

大不了霍珏来提亲时，她好言拒绝了便是。

从前，霍珏与阿黎不怎么接触，苏瑶离开后，两人才多了来往。

在杨蕙娘看来，霍珏对阿黎的喜欢只怕是很浅的一层，与阿黎经年累月对霍珏的思慕是不一样的。

待他去了盛京，见多了高门贵女，说不定转头就将阿黎给忘了。

只要霍珏先放弃，阿黎自然就死心了。

思及此，她便也安了心。

五月初五，端午节。

每年的今日，桐安城都会在护城河举办赛龙舟。

钱县令因为宠妾灭妻之事忙得焦头烂额，赛龙舟之事自然就落在了桐安城首富张员外身上。

碧红来给姜黎捎了话，说是老夫人给她留了个好位置看龙舟赛。

"老夫人说你病了好些日子了，如今痊愈了，正好来热闹一下。员外府花重金打造了两艘龙舟，又请了扬州城赛了几十年龙舟的老师傅来，今年的龙舟赛定然很好看。"

姜黎谢过碧红："阿黎本该亲自过府拜谢老夫人的。但大病初愈，到底是不吉利，还请姐姐回去后，替我同老夫人好生道谢一番。"

碧红娇声一笑："我办事你还不放心？安心吧，我会跟老夫人说……我们阿黎感激涕零得都要泣不成声了。"

姜黎被碧红逗得笑出声来，从厨房里拿出两大盒糕点，道："这盒子糕点，劳烦姐姐替我带回去给老夫人。另外一盒是给姐姐的。当日，阿黎落水多亏了姐姐在，还不辞辛苦地帮阿黎寻回了落在池子里的簪子。日后姐姐想吃什么，阿黎都给你做。"

"那我可不客气了。"碧红笑盈盈接过糕点，眼底露出一点促狭，道："不过……我可当不得你这句谢。那簪子，是位玉面小郎君给了银子，让我请人找回来的。说来，那位小郎君对你可真够上心的。"

小郎君？

"姐姐说的是霍珏？"姜黎问道。

"正是他，怎的？"碧红挑眉，"难道他没同你说？"

霍珏确实没同姜黎说过。

碧红将簪子送回来后，她兴冲冲地去与他说簪子找回来了，他也只是笑着说，是老天爷见不得她丢了定情信物，特地给送回来了。

姜黎垂下眼，抿着唇笑了，脸颊滚烫滚烫的。

哪是老天爷送回来的，分明是他送回来的。

碧红领了差事出来，自然不能多逗留，不多时便回员外府了。

端午这日，姜黎一早换好衣裳，便出发去了护城河。

今日，去看赛龙舟的人可不少，连书院都特地放了半天假，让那些正在为院试悬梁刺股的童生们一起凑凑热闹。

姜黎到的时候，护城河两岸的护栏外早就围满了人。有些小孩儿坐在自家父亲的肩膀上，越过人群看着远处华贵精美的龙舟，开心得手舞足蹈。

张家在护城河尽头搭了不少看棚，姜黎的位置在地势较高的棚子里，坐在里头便能望见波光粼粼的水面，以及两艘蓄势待发的龙舟，位置确实不错。

姜黎往四周望了望，没看到霍珏与姜令，正准备寻人问问时，却见迎面走来一位身姿挺拔、身着月白锦袍的男子。

来人是与姜黎有过数面之缘的员外府大公子张桁。

姜黎忙福了福身，与张桁问了声好。

张桁面色温和，柔声道："阿黎姑娘不必多礼，听碧红说，你前些时日生病了，如今病可见好了？"

其实，姜黎落水的第二日，张桁便听身旁的小厮说了。他心里始终惦记着姜黎，却不敢声张，怕祖母知晓了，责备他没有用心备考，继而不待见姜黎。

是以，他只能从碧红那里旁敲侧击，又以祖母的名义让碧红去给姜黎送了帖子。

如今，见到姜黎娉娉婷婷地站在眼前，张桁悬着的心总算落了下来。

姜黎没想到大公子居然也知道自己病了，眼底的错愕一闪而过，随即笑了下，回道：“我已无恙，多谢公子挂怀。”

姜黎与张桁说话时，一群意气风发的少年郎恰好从书院街鱼贯而出。

这群郎君们俱是正德书院的童生。童生们最近拘在书院里天天背书、写文章，好不容易可以出来喘口气，个个都跟喜鹊似的聒噪个不停。

一个与姜令玩得不错的少年瞥见棚下的那对男女，“咦”了一声后，用手肘撞了姜令一下。

“姜令，那不是你姐姐吗？”

姜令闻言下意识看了霍珏一眼，却见少年原本平淡的神色一下子冷了下来。

姜令顺着霍珏的目光看去，便见姜黎正在与一位锦袍公子言笑晏晏地说着话，眼皮不由得一跳。

在旁人眼里，姜黎与张桁似乎相谈甚欢，但只有姜黎知道，她心里尴尬得很。她与张公子明明没有多熟，却不知为何他今日的话特别多。

姜黎正想着该怎么结束这场对话，余光忽然瞥见有人与她招手，她忙看了过去，一抬眼便撞上一道冷淡的目光。

姜黎看见熟悉的目光，眉眼一弯便笑了：“张公子，我弟弟来了，我须得过去与他说两句话，望公子海涵。”说罢，便福了福身。

张桁被她这一笑晃了眼，忙拱手作揖，应了声：“阿黎姑娘请自便。”

姜黎提起裙角，迈着小碎步下了看棚，而后便往霍珏那处走。

今日，她穿了条鹅黄色的罗裙，外罩一件豆青色的对襟薄衫，头上绾着素雅的发髻，乌黑的发里簪着珠花，腰身纤细得不盈一握。少女缓步走来，肌肤胜雪、眉目如画，就像枝头含苞吐萼的海棠，虽青涩，却已经出落得楚楚动人。

霍珏的视线扫过远处默默望着姜黎的男子，淡淡地收回了眼，待对上姜黎明亮的眼眸时，唇角缓缓勾起了笑意。

他的阿黎长大了，都开始遭人惦记了。

霍珏看她的目光太过深沉，姜黎越靠近他，心跳便越快。

待到他身侧时，又闻到了那股若隐若现、似竹似麝的淡香，萦萦绕绕地飘荡在风里。她莫名想到自己生病时做过的梦，脸颊一烫，眼神便带了点儿躲闪。

霍珏垂眸看她：“阿黎躲什么？为何不看我？是我生得比方才那位公子难看？”

“我哪有躲？”姜黎忙把视线挪回来，对上他黑漆的眼，“还有……你怎会难看？我长这么大就没见过比你更好看的人。”

低沉的笑声在少年的胸腔里回荡。

他的阿黎怎么这么招他喜欢？不禁逗，又老实得过分。

知晓她脸皮薄，霍珏笑了声便不笑了，转而问她：“一会儿看完龙舟赛，阿黎可是要回酒肆？”

姜黎颔首：“要的，我要回去帮娘酿些高粱酒。”

“那我与阿黎一块走。”霍珏道，“我同山长说了，看完龙舟赛便回药铺。”

待得龙舟赛开始，姜黎赶忙回了看棚，开始她还忍不住瞄霍珏几眼，很快便被龙舟吸引住了目光。

鼓声轰隆，龙舟号子高亢昂扬，看得众人群情激昂、心潮澎湃。

姜黎看得目不转睛，偶尔还会随着龙舟调子情不自禁地跟着喊两声龙舟号子。

霍珏双手搭着栏杆，目光落在姜黎的笑靥上，也跟着轻笑了下。

正当护城河的龙舟赛得如火如荼时，一辆不起眼的马车悄悄从城门驶进了朱福大街，不多时便在街头的客如云客栈停下。

跑堂的小二忙去门口迎客，一抬眼，便见一位上了年纪的老嬷嬷搀着一位戴帷帽的女子下了马车。

女子身姿窈窕，露在外头的一双柔荑肤如凝脂。微风轻拂，帷帽的一角被吹开，露出女子淡粉的樱唇以及小巧精致的下颌。

店小二隐隐觉得，这位定是不可多见的大美人，还想多看几眼，忽然瞥见一道冷漠的目光，这才注意到赶马的郎君。

眼前的郎君生得高大俊美，面如冠玉，象牙白的小冠簪住半数乌发，露出了光洁的额头，一双深邃的桃花眼正似笑非笑地看着自己。

店小二心头又是猛烈一跳，忙躬身上前，殷勤道：“几位客官，是打尖？还是住店？”

贵气逼人的男子淡淡开口：“两间最好的上房。”

龙舟赛结束后，员外府的林管家领着十数个小厮、婆子抬来粽子，分派给路过的百姓。

这也是员外府每年都有的善举，一到端午中秋这些传统节日，便会上街分派吃食。

几个膀阔腰圆的婆子，叉着腰在一边喊道：“排队！排队！人人均有份，莫要哄抢！莫要踩踏！”

百姓哪里听得进去，生怕来晚了便拿不到粽子，个个都拼命地往里挤，几个壮汉骂骂咧咧地推搡起来，一时乱成了一锅粥。

姜黎被困在里头出不去，甚至被绊了一脚，差点磕到了头。

她正急得背心冒汗时，一双手臂倏地将她牢牢护住：“阿黎，我带你出去。”

少年宽肩窄腰，个头比旁人高出一大截。明明周遭人声嘈杂，可有他护着，姜黎便感到心安，仿佛这世间再没人能伤到她。

霍珏把姜黎带出看棚后，细细打量她，问道："可有哪里弄伤了？"

姜黎笑着摇头："我好得很呢，方才因为找不着你，才有点心慌。"

霍珏想到方才小姑娘慌慌张张的模样，心像是被什么细细尖尖的东西擦过。

他垂下眼看着她，认真道："以后找不着我了，便在原地等着。等着我来找你，我会找到你的。"

姜黎总觉得霍珏说这话时，沉着许多情绪。与他对望片刻，她细声道："好。"

今日的桐安城热闹得紧，杨记酒肆也坐满了出来吃酒的人。

送姜黎回酒肆后，霍珏便见沈听从药铺侧门的小巷出来，面色激动道："二少爷，大小姐到了！"

客如云客栈。

佟嬷嬷刚搀着卫媗进屋，一扭头便见薛世子跟着走了进来，显然是有话要与卫媗说。

她不是个没眼力见儿的人，侍候卫媗摘下帷帽后，便道："大姑娘，我去打点水来给您净脸，顺道去买些好克化的食物，给您垫垫肚子。"

说罢，朝薛无问福了福身，走出屋去，又细心地阖起门。

门刚一合拢，薛无问便上前搂过卫媗的腰，吊儿郎当地坐上床榻，笑着道："你与佟嬷嬷趁我不在国公府，偷跑出府，还不许暗六、暗七跟着。你做这些事，我都没生你气，你这会儿怎的还给我甩脸子看？"

卫媗自从进了客栈，便没看他一眼。这会儿被他死死箍在怀里，也不挣扎，别过头冷声道："我去哪儿难道还得经过你同意不成？薛无问，你真拿我当你的妾了？"

薛无问笑得一双桃花眼水光盈润，含了情一般。

"小没良心的，你扪心自问，我是拿你当妾，还是拿你当祖宗？"

卫媗扭头看他，入目的是男人温柔的笑与多情的眼。

薛无问生了副格外能骗人的皮囊，天生一双勾人的桃花眼，便是不笑，眼里也是温柔的。

卫媗抬起拳头砸在他的胸膛，狠狠道："你见过谁把自家祖宗囚禁起来的！不但派了暗卫盯着，还不许她离开半步？"

她这一拳头砸下去，男人痛苦地闷哼了声。

卫媗微愣。她天生体弱，从娘胎里带了病，方才虽用了力，但对薛无问来说，也不过是挠痒痒的劲儿罢了。怎能把他砸得面露痛色？

卫媗犹疑道："你是受伤了？还是在演戏？"

薛无问垂下眼，捉住卫媗的手，去解他的衣襟。

"你做什么？"卫媗脸颊一红，想抽回手，却挣脱不得。

薛无问低声道："给你看看，我是不是在演戏？"

卫媗动作顿住，薛无问的胸口缠着厚厚的白棉布，此时棉布上已经渗出了血液，洇出一片暗红。

"皇上在西郊狩猎，我是锦衣卫指挥使，不受点伤，怎能出来找你？放心，就是胸口中了一箭而已，病三两个月就好了。"薛无问松开卫媗的手，低下头去亲她的眼，"小荔枝，不是我要囚着你，是你的身份不允许你离开国公府。"

"我知晓你想念亲人，但这位凭空出现的弟弟究竟是不是卫瑾还未可知。你怎能如此鲁莽地跑出国公府？你可知为了追上你，我跑死了多少匹马？"男人一脸云淡风轻，说话间明显比从前虚弱许多。

卫媗眼眶一红，抬起眼道："你这个疯子！"

她故意选了皇帝去西郊狩猎的日子离开国公府，为的就是拖住他。

薛无问盯着卫媗发红的眼眶，轻轻一哂："我都伤成这样了，你可还生我的气？"

"快将衣裳穿好，"卫媗故意冷下脸，"我让嬷嬷给你寻个郎中。"

"不必，赵遣已经在路上了，再过两日便能到。"薛无问慢条斯理地理着衣裳，眼睛却始终盯着她，"你的身体不能断药，回盛京时，有他在，我也能放心些。"

卫媗定定地看着他，抿了抿唇，道："我不回盛京，以后阿珏在哪儿，我便在哪儿。"

佟嬷嬷有心给自家姑娘与世子多点时间说话，索性出去买吃食。

拎着食盒回来的路上，佟嬷嬷看到一个芝兰玉树的少年从街尾处走来。

年过半百的老嬷嬷浑身一僵，啪的一声，食盒重重坠落在地。半晌，佟嬷嬷捂着嘴，眼泪汹涌地夺眶而出："小公子……"

客栈里，薛无问在听到卫媗的话后，一贯含笑的眉眼终是冷了下来。

"我竟是连一个不知真假的弟弟都比不上？"薛无问自嘲一笑，"卫媗，是不是随便一个阿猫阿狗在你心里的位置都比我高？"

卫媗攥紧手里的帕子，原本便没什么血色的嘴唇在这一瞬间似乎更白了。

此时，房门被叩响："阿姐，是我。"

卫媗双手微颤，淡青的手帕从手里滑落。她疾步走向房门，双手用力拉开了门。

门外的小郎君修长挺拔，从前身高只到她耳际处，说话的声音脆脆甜甜的。

如今，她已经需要仰着头才能看到他的脸，那张精致俊美的脸隐约能看到从前的轮廓。

六年来，她安安生生地窝在无双院里养病，她刚满幼学之年的弟弟却在颠沛流离，也不知受了多少苦。

卫媗的眼泪跟珍珠似的掉下来，她紧紧地抱住霍珏，身体甚至微微发着抖。

"阿珏，对不住，姐姐来晚了。"

梦里，霍珏是遇到沈听后，才知晓卫媗被薛无问秘密救下，养在了定国公府。

两姐弟再相遇时，一个是在宫里蛰伏四年的阉人，成为京城炙手可热的霍公公；一个是因心病身子早已油尽灯枯的，薛无问的妾，连自个儿的姓氏都要舍弃的魏姨娘。

梦里的阿姐遇到他时，也是这般号啕大哭，泣不成声地对他道："阿珏，这些不该由你承担的！是姐姐没用！姐姐没能护住你！"

眼前女子梨花带泪的脸与梦里那张苍白枯萎的脸渐渐重叠。

霍珏敛下眼眸，安抚似的柔声道："阿姐，谁说你来得迟了？你来得正好。"

薛无问早在卫媗抱上霍珏时便沉下了脸，这会儿见卫媗还死死抱着霍珏不肯撒手，眼里的戾气藏都藏不住。

卫媗从不曾这样抱过他。

薛无问掩下心里又涩又酸的异样走过去，揽过卫媗的腰，轻声道："情绪莫要过于激动，若不然一会儿又要晕过去了。"

薛无问见卫媗终于松了手，不再抱旁的男子，笑着道："哭得像个小猫儿一般，你先净净脸，再吃点东西。我与阿珏到旁边的屋子说说话。"

卫媗脸色一变："薛无问——"

"阿姐舟车劳顿，先休憩一番也好。"霍珏打断卫媗，"正好，我也有些话想与世子说。"

卫媗拧着眉看向霍珏，少年的眼神平淡无波，却让人无法说出拒绝的话来。

霍珏微微侧过身，对薛无问道："世子，请吧。"

薛无问挑眉，意味深长地看了霍珏一眼，抬脚走了出去。

时间已近晌午，打尖住店的客人越来越多。

店小二刚上二楼，便见两个身高相仿、气质截然不同的俊美郎君一前一后进了天字号房。

霍珏刚关上门，身后便劈来一道凌厉的劲风。

他侧身避过，手迅速抓住薛无问的手腕，下一瞬便见薛无问的另一只手攻了过来，直击要害。霍珏面不改色，弯腰后仰，挺拔有力的身躯像一根被大雪压到极致的青竹，险险避过了薛无问的手刀。

随着两道身影缠斗在一起，桌案上的花瓶被掌风扫得摇摇欲坠，不过几个瞬息，便不堪重荷地歪倒在桌案上，咕噜噜转了两圈，往地面坠去。

薛无问手疾眼快地接住瓶子，却也因此结结实实挨了霍珏一拳。男子闷哼了一声，退了一步，花瓶却稳稳当当握在手中。

花瓶里的水洒了一地，薛无问将花瓶摆回桌案，无视伤口迸裂的剧痛，唇角勾起一丝笑，赞赏道："霍家军的拳法，学得不错。"

霍珏不意外薛无问会认出他的拳法，当初霍家军凭着外祖父的拳法与枪法在沙场所向披靡，屡建奇功。大周识得这套拳法的人不少，但能习得个中精髓的人却寥寥无几。

霍珏看了眼薛无问的胸膛，玄色衣裳被血染湿了一小块。

他收回眼，平静道："世子是想看我戴没戴人皮面具，说一声便可，何必动手？世子但查无妨，在下绝不阻拦。"

少年神色坦荡，看着薛无问的眼睛没有丝毫惧色，甚至深沉到令人心颤。

薛无问手里审过的人没有一千也有八百。从没见过像少年一般镇定自若的人，他擦掉手上的水，手指不客气地沿着霍珏的下颌处走了一圈——没有面具，这张脸是真的。

霍家拳法要得融会贯通，没有十数年的工夫练不到这个程度。听说霍老将军从卫瑾三岁时，便开始教他拳法，他如今十六岁，倒也说得过去。

"冒犯了，若你真是卫瑾，应当能理解我为何如此慎重。"薛无问嘴角噙着散漫的笑意，目光却锐利如箭，不放过霍珏脸上任何一丝情绪波动。

从一开始，少年便让人探不出深浅，神态始终如一，冷冷淡淡，宠辱不惊。这样的人，要么是个骗人的行家，要么……就真的是霍、卫两家悉心栽培的卫二公子。

霍珏颔首道："当初卫家、霍家因谋逆被诛九族，阿姐的身份若是泄露，定国公府定然会受到牵连，世子自是应当谨慎行事。"

薛无问在一边的椅子上坐下，笑着道："坐着聊吧，方才不是说有话要同我说吗？"

霍珏看他一眼，知道他并没有完全相信自己。八年前，他只同他见过一面，如今他贸然出现，这位锦衣卫指挥使会提防他倒是不意外。

霍珏与薛无问对视一眼，躬身作揖，行了个谢礼，道："当日卫家遭逢大难，多谢薛世子救了阿姐一命，卫瑾在此谢过。"

"你不必谢我，"薛无问坦率道，"我救卫媗是为了我自己。"

"不管如何，世子救了阿姐便是于卫家有恩。只不过，世子应当知道，"霍珏直视薛无问，"卫家女从不为妾。"

"你这孩子胆子还挺大，连姐姐与姐夫的事都要管了？"薛无问脸上的笑意淡了些，"不过是事急从权，若不如此，我怎能护你姐姐周全？"

"世子所言甚是。如今我回来了，那阿姐的周全便由我来护着。世子日后总归要娶妻生子，阿姐的离开对于世子也是一种成全。"

成全？成全个屁！

薛无问想起卫媗语气坚决地道"阿珏在哪儿，我便在哪儿"一时心塞，这姐弟俩一个比一个难对付！

薛无问看着霍珏，修长的手指有一搭没一搭地敲着桌子，眼底却没有半点笑意："若我不放她走呢？"

"那便娶了她。让她光明正大地嫁与你，以卫媗之名与你生同衾、死同寝。"

"娶她？"薛无问笑了，低头拍走袖口沾上的灰尘，漫不经心道，"你让我娶了她，让世人知道她是青州卫家的大娘子、前太孙妃，然后送她去死吗？！"

霍珏并没有因为他怠慢的态度而生气，漆色的眼眸有暗光流动：“只要卫、霍两家洗去谋逆之名，阿姐便能堂堂正正地活着，到得那时，她是青州卫家的大娘子又如何？”

隔壁的卫媗心不在焉地喝着乌鸡汤，心始终悬着，生怕薛无问会刁难弟弟。

佟嬷嬷见卫媗忧心忡忡，忙安抚道：“小姐放心，隔壁屋子半点动静都无，世子与小公子怕是聊得正欢呢。世子爱屋及乌，看在小姐的分上，也会对小公子客客气气的。”

卫媗放下手上的调羹，静默不语。

薛无问爱不爱她，她不知道，但这人狡诈阴险她却是了解得透彻。她只是担心，阿珏会被他利用。

正思忖着，边听房门被叩响。

佟嬷嬷忙过去开门，便见薛无问与霍珏走了进来，两人面色如常，一个平淡，一个噙着笑，让人看不出半点端倪。

卫媗起身，经过薛无问身旁时，闻到一股淡淡的血腥味。她下意识看向薛无问，见他脸色比方才出门时又白了几分，而后又仔仔细细地打量起霍珏，见他神色如常，便悄悄松了口气。

薛无问盯着卫媗，似笑非笑道：“你们姐弟二人分开了六年，如今难得相遇。我会在盛京给阿珏安排个去处。日后你若想见他，随时可以出府。等赵遣到了，我们便启程回盛京。”

他这话一出，卫媗与霍珏的神色皆是淡淡，桌案旁的佟嬷嬷却是面色一喜。

在佟嬷嬷看来，薛无问无疑是应允了会将小公子纳入羽翼。有了他的庇护，小公子至少能在盛京以另一个身份安安生生活下来。

佟嬷嬷什么都不求，只求小姐与小公子平平安安便好。

卫媗略迟疑了下，抬眼问霍珏：“阿珏可愿随我回盛京？”

“不愿。”霍珏轻轻摇了摇头，不知想到什么，又笑了笑，道，“阿姐，我有喜欢的人了，秋闱过后，我便想娶她为妻。”

第六章

# 待伊及笄

姜黎酿好酒，刚从天井走出来，便见张莺莺在酒肆外张头探脑地往里看。见她出来，张莺莺圆溜溜的眼睛一亮。

“阿黎，快，一会儿庙会就要开始了！”西柳大街有个香火极旺的寺庙，端午这日，寺庙的庙会里会举办射柳赛。

射柳赛，顾名思义，便是将鸽子藏于葫芦中，再用柳条将葫芦系于树上。赛者弯弓射箭，将葫芦击开放出鸽子，谁放出的鸽子飞得最高，谁便是胜者。

姜黎同杨蕙娘道了声要去庙会，便同张莺莺手挽着手往西柳大街走。

“听说，金陵城的射柳赛是在马上射箭，那些玉面郎君策马奔腾，百步穿杨，好不威风的！咱们桐安城到底太小，明年我定央求我爹带我去金陵城看！”

庙会里的射柳赛不过是图个热闹，只需要赛者站在数十丈外的长廊里向柳树射箭。虽说难度比不上策马射箭，但也是不容易射中的。

去岁，十人一组至多有三四人能射中葫芦。

两人到的时候，寺庙外的柳树已经挂上了葫芦，风一吹，柳条上的葫芦相互碰撞、咣当作响。

长廊尽头，庙里常见的红木桌案上头放着三盏流光璀璨的琉璃灯。

“呀，这次的彩头是琉璃灯呢！”张莺莺雀跃地指着琉璃灯，“阿黎，你上元节那会儿不是一直想要琉璃灯吗？索性我也下场比一比，说不定能给你赢一盏灯回来！”

张莺莺自小便养得娇，力气比姜黎还小，怕是连弓都拉不开。但见张莺莺跃跃欲试，姜黎不忍打击她的热情，只笑着道：“你若想去那便去吧，志在参与便好，不必执着于给我赢琉璃灯，我已经没那么想要了。”

少女嗓音温柔、眉眼含笑，米粒大小的笑窝挂在嘴边。

霍珏刚下马车，便瞧见姜黎笑靥如花，隐约听到那句“琉璃灯，我已经没那么想要了”。

他走过去，淡淡问了句：“阿黎想要琉璃灯？”

听见这熟悉的声音，姜黎与张莺莺齐齐回头，便见阳光下的少年身着青色布衣，挺拔毓秀如松柏，丰神俊朗若皎月，单单是站在那儿，便蔚然成景、引人注目。

姜黎没想到霍珏会来庙会，眼睛亮了：“霍珏，你怎的来了？”

早前，两人分开时，霍珏还道今日有要事要忙，原以为今日见不着他了。

霍珏对上少女灿若繁星的眼，温声道：“忙完了，便来寻你。”少年说罢，眸光一转，朝张莺莺微微颔首。

张莺莺笑着同霍珏问好，心里却暗自咋舌：方才看阿黎时，霍珏眉眼温柔，声音含笑，可眸光一转到她这儿，便又是那张冷冷淡淡的脸了。

在张莺莺看来，霍珏这人情绪素来不外露，能露出那样温柔的神情，看来阿黎真的把他拿下了！

张莺莺替姜黎高兴。霍珏这朵高岭之花，她虽然没能摘下，可她的好姐妹摘下了，她与有荣焉！

日后，若是霍珏中了进士回来，进士夫人就是她的手帕交了，多威风，多有排面！

霍珏与张莺莺打过招呼后，便对姜黎说道："我去给你赢盏琉璃灯。"

他说这话时的语气，仿佛是在说我去摘朵花回来一般轻巧。

姜黎忙拽住他的袖子，道："不必了，那琉璃灯，我其实也没那么想要。"姜黎并不是不想要，若是能赢，自然是好。可万一输了……霍珏会不会觉着面子挂不住？

她可舍不得让他不高兴。

张莺莺不知道姜黎的心思，以为她不好意思，忙接过话："上元节的时候，阿黎就心心念念想要一盏琉璃灯，霍珏你若是能给阿黎赢回来，最好不过！"

霍珏似是看透了姜黎的心思，笑了笑："阿黎放心，我会赢的。"

对街的马车里，卫媗牵起一角布帘，透过半开的窗牖看着长廊外的少女，嘴角牵起一丝笑："嬷嬷，穿鹅黄罗裙的姑娘应当就是阿黎了，果真如阿珏说的，是个清丽善良的好姑娘。"

佟嬷嬷不由得笑了笑。不过看了一眼，哪能看出旁人是善是恶？小姐不过是爱屋及乌，对于小公子喜欢的人，自然是怎么看都顺眼。

佟嬷嬷替卫媗撑着布帘，跟着往外看，便见长廊外容色明艳的小姑娘望着自家小公子的背影，笑得眉眼弯弯，格外招人喜欢。

佟嬷嬷觉着小姑娘笑起来，似乎让人心情都好了些，便也笑着回道："能让小公子喜欢的小娘子哪能不好？小姐莫不是忘了，小公子打小就挑剔。"

卫媗也笑："从前，祖母还担心日后阿珏找不到媳妇，他从小就这样，不喜欢的东西送到面前他都不要，谁的面子都不给。不承想长大后反倒是开了窍，不吭不响地就给自己找了个媳妇回来。"

两人看了姜黎好半晌，才放下帘子，不多时，马车便慢悠悠地往朱福大街驶去。

卫媗摸着手上的羊脂玉手钏，沉吟道："嬷嬷，你说这手钏送给阿黎做见面礼，可还行？"

佟嬷嬷心里多少有些不舍，不是她眼皮子浅，而是这手钏是老夫人送给小姐的。

十八颗上好的羊脂玉，打磨得光滑通透，每一颗玉珠上头都雕刻着一面佛像，还请大相国寺的主持开过光，寓意福气延绵、一世安康。这样的手钏，勋贵家族做压箱底的传家宝都当得。

卫家被灭族后，府中财物被搜刮得一干二净。小姐被救出时，留在身上的便只有这手钏与脖颈戴着的玉坠了。

这样寓意非凡的旧物，送一件便少一件。

佟嬷嬷心知，卫媗虽是问自己，但心里早已做了决定，便应声道："老奴看阿黎姑娘皮肤白净，戴上这手钏定然好看。"

卫媗闻言一笑："只送一串手钏到底是委屈阿黎了。可惜这趟来得匆忙，若不然，薛无问送的那些东西里倒是有一套头面很适合阿黎。"

说到薛世子，佟嬷嬷顿了顿，忍不住道："小姐，盛京……我们当真不回去了？"

"自是要回，等阿珏赴京赶考，我们与他和阿黎一同回去便是。"

佟嬷嬷想起客栈里受了伤还不肯看大夫，死活等着小姐回去给他上药的薛世子，心里悠悠一叹，不再多说了。

霍珏说了要去射柳，便当真同寺里的僧人领了牌子。

姜黎与霍珏认识六年，从没见过霍珏射箭，也不知他是什么时候学的。

张莺莺拿手肘撞了撞姜黎，低声问道："阿黎，霍珏会赢吧？"

姜黎"嗯"了声，语气很是笃定："会的。"

瞧着姜黎一副信心满满的模样，张莺莺抿嘴一笑，忽然就想起了三年前的一件小事。

"阿黎，"张莺莺拿手肘撞姜黎，"你可还记得十二岁那年，咱们在山里遇到野猪的事吗？"

姜黎怎会不记得！明明放纸鸢放得开开心心，突然跑出来一头野猪，见到她们就追着跑。

旁的没什么，最叫她困窘的是，她回去时一身狼狈的模样被霍珏撞见了。看见也就算了，还冷着一张脸问她谁弄的。

平日里，霍珏鲜少同她说话，私底下的接触更是没有。霍珏忽然过来问她话，可把她与张莺莺吓了一跳。

那会儿，姜黎一对上他冷冰冰的眼就犯怵，结结巴巴道："被……被猪追，然……然后……滚下山坡了。"

事到如今，姜黎都记得霍珏听到她的回答后，那一言难尽的神情。

大抵是觉得她又笨又可笑吧……

"记得啊，"姜黎抿了抿唇，偏头看向张莺莺，纳闷道，"你怎的想起那事了？"

张莺莺看了看长廊那头的霍珏，又看了看姜黎，笑眯眯道："阿黎，你说，有没有可能……霍珏很早以前就喜欢你啦？"

姜黎听到张莺莺的话，先是愣了愣，反应过来后，忙笑着道："莺莺，你在胡说些什么？射柳赛马上要开始了，快认真看！"

长廊上站着一排拿着弓箭的郎君，霍珏身量比旁的郎君高半个头，一眼望去，鹤立鸡群般的打眼。

随着僧人手里的红布落地，霍珏迅速抬手拉弓，不过一个呼吸间，箭矢便破空而出，挂在最高处的葫芦应声而破，一只瘦小的鸽子从葫芦里飞出，拍打着洁白的翅羽，飞走了。

众人一阵哗然，站在霍珏旁边的郎君们更是瞠目结舌。

几人面面相觑，还是把箭射了出去，不管中没中，总要有始有终不是。不多时便又有两只鸽子振翅而飞，只是时间晚了不少。

霍珏不费吹灰之力便赢了，四面八方的目光全落在他身上，不少小娘子甚至羞涩地看着他窃窃私语。

霍珏仿佛没觉察到旁人的注视一样，闲庭信步地绕过长廊，将琉璃灯递给姜黎，问道："一盏够吗？"

"够了。"姜黎在众目睽睽之下接过灯盏，垂下眼，耳朵不知不觉红了起来。

张莺莺忽然觉着自己是个多余的人，她的目光在姜黎与霍珏之间睃巡了一番，笑着道："阿黎，今日我爹在西柳大街的门面压账，我去寻他了，一会儿让霍珏送你回酒肆吧。"说完便潇洒地朝两人摆了摆手，顾自走了。

张莺莺走后，霍珏便问姜黎："除了庙会，阿黎可还想去旁的地方逛逛？"

姜黎难得能与他一起逛街市，忙不迭地点了点头。

两人逛了近一个时辰，看了老师傅做糖人，观赏了活人喷火，还吃了不少的路边小吃。

天色一点一点暗了下来，姜黎一手拿着冰糖葫芦，一手提着琉璃灯，与霍珏并肩往回走。

快到酒肆时，霍珏停下脚步，唤了声："阿黎。"

姜黎刚咬下半颗糖葫芦，被他一唤，另外半颗蓦地落在绣了如意纹的鞋面上。

姜黎腮帮子鼓起一侧，愣怔地看了眼霍珏，乌溜溜的眼还有些蒙。

霍珏勾了勾唇，蹲下身用袖口细细擦去她鞋面上沾着的糖渍。

姜黎有些难为情，正要说"不用擦"的时候，却见霍珏抬起头，定定地看着她，认真地问："阿黎，乡试过后，我便娶你，可好？"

少年沐着月色，微仰着脸看她，眉长入鬓，寒眸似星，低沉的嗓音似是化作丝丝缕缕的线，紧紧缠着她那颗扑通直跳的心。

少女眼睫微微一颤，手上的琉璃灯被风刮得转了半圈，半张地藏菩萨的脸藏在灯画里，照亮了少年的脸。

糖葫芦的糖衣渐渐化成了蜜，从嘴里甜到了心坎。

姜黎忍着羞涩，很轻地应了声："好。"

卫媗在客栈里住了半个月后，便搬进了桐安城最东边的东柳大街。

薛无问在这儿租了套三进的宅子，叫如意园。

这处宅子原先住的是位举人老爷，整座宅子虽说不上富丽堂皇，却也清雅别致。院子里绿树成荫、花团锦簇，还有一座供人休憩的凉亭。

可卫媗还是不满意，便差了佟嬷嬷又去购置了许多物事。譬如上好的金丝楠木拔步床、古朴精致的沉香木梳妆台，还亲自作画、调香，将东侧的屋子打造得文雅贵气。

薛无问抱胸靠着门槛，斜眼睨着卫媗："对旁人住的屋子，你倒是上心得很，又不会住多久，何必如此劳心费神？"

卫媗抬眸看他一眼，没理他醋味冲天的话，拿着石制的香槌捣碎曝晒好的香料，淡淡道："你何时走？"

薛无问含笑的眼微微眯起，盯着卫媗看了好半晌，方道："等赵遣他们到了，我便走，约莫是明后两日。"

卫媗闻言，动作顿了下，很快便又继续捣香。

薛无问走过去，按住她捣香的手，下巴抵在她肩上，在她耳边低声问："我这一走，至少四个月见不着我。小荔枝，你可会想我？"

卫媗被他揽在怀里，丝毫动弹不得，索性松开手里的香槌，扭头在他下巴处落下一吻。

薛无问眸色一深，弯腰抱起她，径直入了西屋的内室……

次日下午，赵遣果真到了。

来人除了赵遣，还有十数个薛家暗卫，以及在无双院服侍的七八个丫鬟婆子。除此之外，马车里还装着三箱黄白之物，半人高的箱子里装着满满当当的奇珍异宝。

算算日子，薛无问怕是从盛京追来时，便将卫媗在桐安城落脚时需要用到的人与物一应安排好了。

安顿好一切后，薛无问当夜便启程回了盛京。

待他走后，卫媗从一个木箱里挑出一个铜鎏金珐琅彩镶嵌珍珠妆匣，里面整整齐齐放着一套蓝玉红玛瑙头面，挑心、顶簪、满冠、花钿、掩鬓、步摇、耳环一应具有。

她将妆匣递给佟嬷嬷，笑着道："嬷嬷，给阿黎的见面礼总算是不寒酸了。"

如意园彻底修葺好已是五月底。

霍珏并未搬入如意园，始终住在苏家药铺。

赵遣来了之后，除了给卫媗调养身子，还时时被霍珏"请"来药铺给苏世青施针解毒。赵遣对霍珏来说也算是"老熟人"了。

梦里，两人打过不少交道。

赵遣出身杏林世家，曾祖父、祖父与父亲皆曾在太医院任院判。他虽天资聪颖、医术高超，却因不喜拘束，死活不肯去太医院任职。

四年前，赵遣的父亲赵怀德被卷入了后宫投毒案，差点连累了全家被斩。后来，得亏薛无问出手相救，才洗脱了谋害皇嗣的罪名。

从此，赵遣便死心塌地地追随薛无问。得知卫媗是薛无问的命根子，又得知霍珏是卫媗失散已久的弟弟。便是再不愿，还是兢兢业业地给霍珏的养父苏世青治病。

不得不说，赵遣来了之后，苏世青的病是肉眼可见地好转起来。

到得姜黎及笄这日，苏世青甚至还亲自到酒肆，送了她及笄的礼物。

大周民间女子的及笄礼并不讲究，一般邀请三五知己前来家中，行个插簪仪式，热闹一番便算礼成了。不像高门大族的贵女，会在家庙举行笄礼，女宾如云、丝竹奏乐，庄重而肃穆。

姜黎及笄这日是六月初六，酒肆特地歇业一天，杨蕙娘请了朱福大街几位姻缘如意的娘子，以及姜黎要好的手帕交前来观礼。

少女身着嫣红色的交领襦裙，梳着双鬟髻，朝东跪下，由杨蕙娘为她插了簪。

如此，便算礼成了。

礼成后，姜黎便是成年女子，能说亲了。

“阿黎，你今日可真好看！”张莺莺比姜黎小了一个月，看完姜黎的笄礼，也盼着自己的笄礼快些来。

姜黎悄悄摸摸地拿了面巴掌大的铜镜，照了照镜子，小声问道：“当真好看？”

张莺莺点头：“好看极了！咱们朱福大街，不，整个桐安城的小娘子都没你好看。”

铜镜里的少女明眸皓齿、眉目如画，的的确确是好看的。

张莺莺抬眼觑了觑姜黎：“一会儿笄礼结束，你是不是要去见霍珏呀？”

姜黎闻言，差点拿不稳手里的铜镜，赶忙朝杨蕙娘那头望了眼，轻声道：“小些声，若是被我娘听到了，铁定要扒了我的皮。”说完，又愁眉苦脸道，“我还没想好一会儿用什么借口溜出去呢。”

张莺莺眼珠子滴溜溜一转，往自己鼻尖指了下，笑眯眯道：“我有办法。”

此时，霍珏正站在苏家药铺巷弄旁的一株杨树下等着姜黎。听见略显匆乱的脚步声，忙抬眼望了过去。一个身着红色襦裙的少女提着裙摆，匆匆而来。

斜阳织就的金光照得她肌肤如雪般白净细腻，水润的眸子清清透透，似是懵懵懂懂走出密林的小鹿，该是纯真无邪，却因着那身红裙与嫣红的唇，生生多了几分艳丽。

霍珏定定地看着她，半晌，才挪开视线。

“霍珏，你是不是等很久了？”

姜黎没注意到他眼底翻滚的暗涌，微微喘着气，下意识扶了下头上的簪子，又理了下腰封。

今日，她便是大姑娘了，可不能再毛毛躁躁了。

“不久。”霍珏低眸看着她，抬手替她正了正头上的金簪，低沉的嗓音微微泛哑，“阿黎，我带你去见一个人。”

马车在如意园门前缓缓停下，霍珏放下矮凳，扶着姜黎下了车。

少女好奇地看了眼宅子的门匾，道：“你……姐姐便住在此处？”

霍珏嗯了声：“阿姐租下了如意园，接下来数月都会住在此处。”

姜黎方才在马车里，听霍珏说他还有一个姐姐活在世上，如今姐姐找到了他，并且在桐安城住了下来。

从前，听苏老爹提过一嘴，说霍珏家里人在逃难时全死了，只剩他孤身一人活在世上。

如今，知道霍珏还有一个姐姐，她着实替他高兴，可同时又隐隐有些不安，怕霍珏的姐姐会不喜她。

姜黎低头望了望身上的衣裙，见衣裳整洁并无一丝不妥之处，便悄悄松了口气。

霍珏心思一贯剔透，从姜黎的小动作便知她必是忐忑不安，遂温声安抚道：“阿黎不必紧张，阿姐念叨了许久要见见你，她定会很喜欢你的。”

姜黎讷讷点头，神色却无半点松懈。

霍珏见状淡淡一笑，上前叩了叩门，没一会儿便有个身型高大的男子从里面打开了门。

男子腰身挺直，低垂着头，目光恭敬道：“霍公子，小姐在思柳亭等着二位。”

姜黎下意识看了这人一眼，总觉着这人瞧着根本不似一个看门小厮。倒更像……是受训过的行伍中人，心里头不由得对霍珏的姐姐愈加好奇。

思柳亭四周栽种着一圈柳树，亭子四面挂了暖色薄纱，被风一吹便温柔地扬起落下，宛若婀娜多姿的舞姬。

亭子中央摆了套黄梨木桌椅，一位纤秾合度、体态轻盈的女子端坐在圈椅上，身旁站着一位面容肃穆的老嬷嬷。

女子许是听到了动静，偏头看了过来，那张茶花般华贵清丽的脸立时多了几分笑意。

她站了起来，笑着道：“阿黎。”

姜黎看直了眼，眼前女子蛾眉淡扫、肤若凝脂，一双清清亮亮的繁星眸蕴着笑意。

霍珏的姐姐……太好看了！这种好看不只是在于她的脸，还在于她周身的气度。

说来，她与霍珏其实并不十分像，那种光润如玉的气度却几乎如出一辙。

从前，姜黎觉着薛真已经是她见过的最有气质的小娘子了，可若与眼前女子相比，便如同萤火之于皎月，无法相提并论。

见姜黎看人看愣了，霍珏笑了下，道：“阿黎，这是阿姐，这是佟嬷嬷。”

霍珏只介绍说这是阿姐，毕竟……还未成亲，姜黎可不能随霍珏一同唤阿姐。

于是，略拘谨地抿嘴笑了下，道：“霍姐姐，佟嬷嬷。”

卫媗闻言瞧了霍珏一眼，好笑道：“你怕是没同阿黎仔细提过我吧。”说着又看向姜黎，柔声道，“我姓卫，你唤我卫姐姐便好。”

姜黎心里虽纳闷为何霍珏与他姐姐姓氏不同，却也没多问，只从善如流道：“卫姐姐。”

“坐吧。”卫媗在一边椅子坐下，示意姜黎一同坐下，“与我不必拘谨，只当在自己家中便好。”

姜黎刚坐下，便听卫媗对霍珏道：“那簪子，你是自己去取还是让佟嬷嬷替你去？”

霍珏看了姜黎一眼，道：“我去便好。”

霍珏说完，便大步下了凉亭，他这一走，姜黎便更拘谨了。

卫媗见状便笑了笑，打趣道：“阿珏的脾气是不是很不好？平素没少欺负你吧？”

“没有，没有。”姜黎忙摆了摆手，一脸认真，“霍珏很好，对我也很好。”

小姑娘急急切切替情郎说话的模样，又实诚又可爱，看得卫媗与佟嬷嬷俱是一笑。

卫媗道：“我猜着阿珏是只对你好，对旁的人他可没那耐性。”

姜黎想起霍珏对旁的小娘子不假辞色的模样，红着脸不说话了。

卫媗看得又是一笑。都说一物降一物，真没想到降住阿珏的，会是个天真实诚的小姑娘。

“阿黎，”卫媗笑着看她，杏眼里毫不掩饰对她的喜爱，“阿珏对你好是应当的，男子本就应当将自己喜爱的女子放在心尖上宠爱。若哪日阿珏对你不好，你便同我说，我替你训他。”

卫媗说的可不是场面话。她看得出姜黎对霍珏的喜欢，情窦初开的小姑娘一旦喜欢上一个人，很容易便会把自己放矮一度。这是不应当的，两人相爱，便该彼此平视，谁都不需要仰望谁。

姜黎听出卫媗话里的维护之意，心下一暖，道：“谢谢卫姐姐。”

卫媗朝凉亭外的丫鬟招了招手，不多时，便有两名丫鬟恭恭敬敬地上前奉茶。

卫媗又说了些霍珏小时候的趣事，姜黎听得津津有味。两盏茶的时间过去了，姜黎心里的拘谨渐渐消散，在卫媗面前愈发放得开。

霍珏回来的时候，便见姜黎不知听到了什么趣事，笑得眉眼弯弯，肩膀还颤了颤。

卫媗看到霍珏，便抬手让人撤了茶盏，对姜黎道：“我听阿珏说，你今日及笄。他亲自为你磨了发簪，阿黎，你可愿让我为你再加一次笄？”

姜黎一怔，下意识看向霍珏，便见他手里拿着一根深紫色的檀木簪子。簪子打磨得十分光滑，尾端雕着一朵栩栩如生的海棠花，上头刻了两个字——静嘉。

霍珏幽深的眸子静静看着她道：“静嘉。这是我为阿黎取的表字，阿黎可喜欢？”

姜黎面色绯红，从前他说要给她取表字时，原以为他只是说说而已，却不想他始终记挂在心上，还亲自做了簪子。

姜黎点了点头，道：“喜欢的。”

这时，丫鬟捧着个蓄了水的铜盆和一个青玉博山炉上来，并放置在小几上。

卫媗净了手，焚了香，接过霍珏手上的木簪，郑重道："令月吉日，始加元服。弃尔幼志，顺尔成德。寿考惟祺，介尔景福。"

古朴的木簪稳稳插入姜黎的发髻里，一种难以名状的思绪顷刻间袭上姜黎的心头。

她娘为她插簪时，她未曾有这样的感觉。

此时此刻，她真真切切地感觉到：她真的成为大姑娘了。

窗外夜色寂寂，姜黎坐在马车的软凳上，摸着腕上的汉白玉手钏，心情还有些不能平复。

她出门时，找的借口便是去取张莺莺特地为她准备的簪子，如今头上多了根木簪，倒是歪打正着了。姜黎摸着簪尾的海棠花，还有上头一笔一刀认真刻下的字，忍不住问道："为……为何是静嘉？"

霍珏目光扫过姜黎乌黑的发髻，在木簪上顿了一瞬，耳边响起祖父对他说过的话："昭明有融，高朗令终。阿瑾的表字祖父已经为你取好了，便叫昭明！"

男子二十及冠方才取字，祖父在他未及幼学之年便为他取好了字。昭明昭明，这是祖父对他的期盼，盼着他日后成为一个高风亮节、持谦秉礼的君子。

"阿黎可曾听过，其告维何，笾豆静嘉？静嘉，有净洁而美好之意。"霍珏双手交叠，望着姜黎，笑着道，"这两字，很适合阿黎。"

姜黎有些惭愧，她小声道："我没听过，但我很喜欢。"

霍珏道："无妨，这是诗经里的一句诗，日后我念给阿黎听便是。"

日后？霍珏说话的语气，像是他们会有许许多多个日后。

姜黎从未觉着这两个字这般动听过，她莞尔笑道："嗯。"

马车在药铺门口停下，姜黎提着裙摆下了车，回眸看着他道："那……我回去了。"

霍珏颔首道："回吧，早点歇息。"

待得姜黎的身影消失在侧门，他仍旧站在树下。

他记得，梦中阿黎及笄后的第二日，她绾了成年女子的发髻，穿着嫣红色的襦裙，亭亭玉立，骨肉停匀，仿佛一夜间褪去了稚气，多了几分娇媚。

她递给他一包糕点，小心翼翼道："这是昨日笄礼的回礼，你……你尝尝喜不喜欢。"

他冷淡接过，淡淡扫她一眼，余光瞥见姜黎乌黑发髻上嵌着玛瑙的金簪，被风吹得摇摇晃晃。

那样一抹招摇的艳红，晃得人心烦意燥。

他敛了眉眼，正要转身，忽又鬼使神差地问了句："可取了表字？"

姜黎有些吃惊，似乎没想到他竟然会主动问她话，蹙眉想了想，道："没，没呢。霍珏，你学问好，要……要不你给我取一个？"

霍珏冷下脸，并未理睬她的话，转身便走了。

踏入药铺时，霍珏心里想：这般私密的事，便是要取，也该由她日后的夫君来取。与他……何干？

这般想着，他却停下了脚步，而后不可抑制地想起了一句诗：昭明有融，高朗令终。其告维何，笾豆静嘉。

恍惚的思绪中，他想："静嘉"二字，倒是与她很是相称。

第七章

# 拜堂成亲

姜黎及笄的次日，便收到了员外府管事送来的贺礼。

她不曾想张老夫人竟然还惦记着她的及笄礼。

这委实是叫人受宠若惊，连杨蕙娘都有些吃惊：“既是老夫人的心意，你便收下罢，下午你寻个时间去员外府叩谢一番。”杨蕙娘说着，便要去给张老夫人备回礼，回身之际瞥见姜黎的发髻上的木簪，挑了挑眉，“你这簪子是莺莺送的？”

姜黎眼皮重重一跳，心虚地低下眼，顾左右而言他道：“啊，娘，您看这簪子好看吗？”

杨蕙娘果真被她转移了注意，细细打量了那根簪子一眼。

张莺莺家的头面铺最多的就是金饰，还以为她送的多半是金簪，却不想送了木簪。

认真说来，这木簪一看便知是极好的檀木，雕工细腻、笔触干净，瞧着不打眼，实则很是大气清雅，比普通的金簪要好上许多。

杨蕙娘道：“自是好看，莺莺这簪子是用了心的，下月她的笄礼，你可得好好备一份礼。”

姜黎见她娘没生疑，长舒了口气，道：“知道了，娘。”

下午，姜黎在酒肆忙完，便拎着杨蕙娘备的谢礼前往员外府。到了员外府才得知，老夫人与员外夫人一同到文昌庙为张大公子祈福去了。

再几日便是院试。经府试录取的童生，皆要去常州府的学政试院考试，院试一经录取，便是秀才，才能参加八月的秋闱。

姜黎没见着张老夫人，便将回礼给了碧红。

碧红眼尖，瞧见了姜黎头上的新簪子，还凑近去看上头刻着的字，道：“静……嘉？这是何意思？”

姜黎弯了弯眉眼，略不自在道：“这……这是阿黎的表字，取自一句诗。”

“表字？”碧红瞪大了眼，普通人家的小娘子谁会取表字？

碧红不知为何便想到了那位清风朗月般的小郎君，打趣道：“这两字我都不知是出自哪句诗呢，阿黎你老实同我说，这是不是霍郎君给你取的字？”

姜黎没想到碧红还能猜到是霍珏取的字，耳尖都红透了，不自在地点了点头：“是他。”

“霍郎君过几日也要参加院试吧，真有心呢！要科考了，他心里还惦记着你的及笄礼。”

再过四日便是院试，学政试院在常州城，坐马车过去至少要一日。

每逢院试，试院附近的客栈都会满员，准备赴考的童生怕定不到房都早早启了程。

霍珏的确是为了她的及笄礼才耽误到今晨才出发的。

碧红觑着姜黎那张羞红了的俏脸，不由得有些艳羡。可转念一想，待得大公子桂榜题名，老夫人便会给他纳妾，陪他一同上京赶考。

碧蓝早就求了恩典，待得明年满十八岁便要出府归家，那员外府有资格给张桁当妾的便只剩下她了。

如此一想，碧红心里也没那么羡慕了。她打小就喜欢大公子，能给他做妾，也是得偿所愿。

夜里老夫人回来，碧红把姜黎送来的回礼特地拿去给她看了眼。便见张老夫人满意地点了点头，慈祥道："这孩子，倒是个懂规矩的。"

碧红道："可不是吗？阿黎一及笄，她家的门槛怕是要被媒婆冰人踩烂了。"

张老夫人闻言，淡淡看了碧红一眼，道："她家莫不是在给她说亲了？"

"那倒没有，不过应该也快了。"碧红给陈氏斟茶，没觉察到陈氏略带审视的目光，笑着与她道，"阿黎隔壁家有位小郎君喜欢她喜欢得紧，我猜，两人怕是好事要近了。"

张老夫人淡淡嗯了声，半阖下眼，抿了口茶，道："你退下吧，一会儿让林管事来我这一趟。"

院试六月十四方才结束。

霍珏六月十五便回了桐安城，人才刚进城，便见沈听驾着辆马车在城门守着。

霍珏稍稍一顿，同沈听微一颔首，上了马车。

到了如意园，便见卫媗正领着几个丫鬟，在院子里制香。

"结束了？"卫媗放下香槌，接过丫鬟递来的帕子，擦了擦手，道，"感觉如何？"

霍珏道："尚可。"

卫媗点点头，对于霍珏的院试并不十分在意。她弟弟从小便过目不忘、博闻强识，在科举上，她还真一点儿也不操心。

"你且随我来。"卫媗起身，霍珏跟在她身后进了正厅，便听卫媗问道，"阿珏，你想让我何时去提亲？"

霍珏见阿姐一副比她还要急切的模样，笑道："再几日，院试放榜后，阿姐再去提亲不迟。"

卫媗想着离院试出榜也没几日，怕是要早早做好准备，便对霍珏道："行，你累了几日，先去歇会儿，不必急着回药铺。苏伯那里有赵遣看着，不会出什么事的。"说完，便转身去寻佟嬷嬷商量提亲的事了。

霍珏几日没怎么闭眼，又在礼房里拘了两日，确实有些累了。

在圈椅上闭目休憩了片刻，他拿出一封信，喊了沈听进来，将信递给他，道："将这封信送去给薛无问，然后你便回白水寨。桐安城有薛家的暗卫在，出不了事。我给你一年的时间，你可能让白水寨众人听令于你？”

沈听接过信，恭恭敬敬道：“能，属下定会竭尽所能，不负公子所托。”

霍珏上前拍了拍沈听的肩膀，温声道：“你义父待你若亲子，等我去了盛京，便让赵遣走一趟白水寨。”

听见霍珏提起义父，沈听不由得一愣，旋即低下头，道：“那位赵郎中是薛世子的人……”

霍珏抬眼看着沈听：“过去三年，朝廷曾派兵围剿白水寨两次，次次铩羽而归，你真以为是天助白水寨？”

沈听闻言便回过味来，悚然一惊。

先前朝廷两次剿匪，白水寨两次都得到了消息，事先做好了准备才能侥幸赢下，若不然哪能日益壮大到现在？

可细想，那两次消息送来得都十分巧，且都是送到他手上，他隐隐觉得哪里不对劲儿，可查了五年，都没找出究竟是谁在背后襄助他。

听小公子这语气……沈听“嘶”了声：“莫非是薛世子？”

“是他，你这几年能在白水寨节节高升，也是多亏了他。”霍珏看着沈听，沉下声音道，“薛无问——可信。”

从如意园出来，沈听便趁着夜色，骑马出了桐安城。

经过城门时，与一辆进城的华贵马车擦身而过。马车上标着一个“张”字，他瞬间想起，这是桐安首富张员外家的马车。

此时，张桁在马车里闭目小憩。到了员外府，他一下车便被人请去了荣安堂见老夫人。

张老夫人差人拿热帕子给他擦脸，又吩咐厨房送些热汤小吃，等张桁放下竹箸，才斟酌着问：“院试考得可还顺利？”

张桁温雅一笑，道：“顺利。祖母莫要担心，过几日便放榜了，孙儿有把握能入头十。”

张老夫人心下一喜：“好好好！当年你父亲而立才堪堪考中秀才，你这是青出于蓝而胜于蓝！八月的乡试你好生准备！”

张桁笑着应是。

祖孙俩说了一会儿话，张桁便离开了荣安堂。

张老夫人望着孙子挺拔的背影，笑着对身旁伺候的嬷嬷道：“若桁儿考中秀才，你便让林管事去一趟杨记酒肆，把阿黎那孩子定下来。免得乡试一过，桁儿中了举，那孩子却与旁人定了亲，可就不美了！”

嬷嬷闻言便笑了，不以为然道：“便是定亲了也无妨，不是还能退亲嘛。咱们员外府是桐安首富，少爷又生得一表人才，年纪轻轻就中了秀才，我可不信杨掌柜会舍得放弃与员外府攀亲的机会！”

张老夫人但笑不语，并没觉得这话有何不妥。在她看来，阿黎能被桁儿看中确确实实是她的福气。

日子一日日流逝，转眼便到了放榜日。

放榜的地方在城东的夫子庙，姜黎一早便拉着姜令一同去庙里看榜。

姜令悠然自在地看着姜黎，无奈道：“阿黎，霍珏哥肯定能上榜，最多是拿没拿到案首的问题。”

姜黎也知是这个理，可她就是紧张。

两人到了夫子庙，榜单处早已挤满了人。姜黎还未挤进人群，便见与姜令相熟的童生垂头丧脑地从人群里挤出来。

小郎君见着姜令，就是一顿号啕大哭：“姜令，我落榜了！”

“无妨，过两年再考便是。”姜令安抚了好一阵，等同窗情绪平复了，方才接着问，“你可看到霍珏哥的名次？”

童生哭丧着脸，涕泪纵横道：“那还用问？！自然是案首呀！县案首！府案首！院案首！一连三案首。果真如先生说的，此次的‘小三元’舍他其谁！你说，都是爹娘生的，人与人之间的差距怎的就这般大！”

姜黎往姜令手里塞了一串铜钱，让他带着落榜的同窗去吃点东西消消愁，而后便迈着轻快的脚步出了夫子庙。

刚到门口，余光忽然瞥见了员外府的林管事一脸喜色地上了马车。

姜黎这才后知后觉地想起，张公子似乎也参加了院试，瞧着林管事这模样，大约考得不错。

正想着，身后忽然走来一人，深深沉沉地喊了声：“阿黎。”

姜黎一听声音便知是谁，赶忙回过身，喜笑颜开道：“霍珏，你得了案首！”

霍珏淡淡“嗯”了声。他一早去了书院，已经从山长嘴里得知自己得了院试案首，见姜黎如此开怀，他便也笑了。

“霍珏，你现在是秀才了。”姜黎笑眯眯道。

其实，在霍珏得了县案首时，秀才的功名便是板上钉钉之事，但只有等院试放榜后，才能名正言顺地冠上秀才之称。

回朱福大街的路上，姜黎兴致勃勃地说了一路，霍珏静静听着，一贯冷淡的眉眼始终噙着笑意。

两人快到酒肆，他才停下脚，望着某处，轻声打断她：“阿黎。”

姜黎话匣子一顿，顺着他的目光望了过去，只见酒肆门口停着一辆熟悉的马车。

霍珏眸光一转，抬手将落在她发髻上的花瓣取了下来，柔声道：“阿姐来提亲了。”

姜黎回到酒肆时，杨蕙娘与卫媗正坐在花厅里，言笑晏晏地说着话。

今日，卫媗穿着霜色短襦、绛蓝色褶裙，外罩一件浅青色的薄纱半臂，葱白似的手端着灰色茶盏，笑意盈然地听杨蕙娘说话。

姜黎进来时，她与杨蕙娘一同望了过来，漂亮的杏眼微微一亮，笑着喊："阿黎。"

姜黎知道她是来提亲的，心底多多少少有些羞涩，笑着道："卫姐姐。"顿了顿，又看向卫媗旁边的佟嬷嬷，叫了声，"佟嬷嬷。"

瞧着姜黎这副亲亲热热的模样，杨蕙娘不用想都知道，这丫头早就见过霍珏的姐姐了。

她深深看了姜黎一眼，道："娘与魏娘子还有些话要说。阿黎，你先去屋里换套衣裳。"

姜黎心知杨蕙娘是为了支开自己，便也不多留。离开时，忍不住偷偷瞧了卫媗一眼，谁知这一眼直接撞入卫媗含着笑意的眼。

姜黎脸颊一红，冲卫媗点了点头，便回了屋子。

卫媗待了半个时辰，便离开了酒肆。出来便见霍珏站在马车旁边等她，她笑道："上马车再说。"

三人上了车，卫媗方才想起，今日是放榜日，便问了句："你院试结果如何？"

霍珏淡淡道："案首。"

卫媗点点头，脸上没有过多的喜色，仿佛对这结果早就有所预料。

"我与杨掌柜说了来意，欲为你求娶阿黎，可她似乎并不太同意阿黎嫁与你。但，她也没将话说死，只说阿黎刚及笄，还小，不想那么快便定下亲事。"

霍珏面色平静，目光扫过窗外员外府的一角屋檐，淡声道："无妨，过段时间，杨姨说不定就改变主意了。"

卫媗走后，姜黎赶忙从厢房出来，一边帮杨蕙娘收拾茶具，一边偷偷打量她的神色道："娘，方才卫姐姐同你说什么了？"

杨蕙娘睨着姜黎，见她巴掌大的小脸染着一层淡粉，便气不打一处来："说什么你不清楚？都叫魏娘子姐姐了，你还不知道她为何而来？"

姜黎避开她娘的目光，讷讷道："我与卫姐姐也就一面之缘，卫姐姐人很好的，第一次见面就送了我一串手钏。"

说着，撩开袖口，给杨蕙娘看那羊脂玉手钏。

其实，卫媗不仅给了她手钏做见面礼，还给了一整副蓝玉头面，可那头面太过贵重，她不敢收。

卫媗便也不勉强，只说把头面放在东院。

如意园的东院是专门为霍珏留着成亲时用的，头面放在那儿，就是让霍珏代她保管了。思及此，姜黎脸又是一阵热。

杨蕙娘当然知道魏娘子好，她周身的气度，说是宫里的娘娘她都信。

这姐弟俩一看便知来历不凡，不知来自哪户勋贵之家。

再回想起霍珏刚来朱福大街时一身的伤，杨蕙娘就更不愿意将姜黎嫁与他了。高门大户中腌臜事可不少，谁知阿黎会被卷入什么样的事情里。

姜黎见她娘一副不欲多说的模样，咬了咬唇，道："娘，若……若是卫姐姐是来说亲的，您就答应了呗。娘知道的，我一直都想嫁给霍珏。"

杨蕙娘闻言眼睛一瞪，狠狠戳了下姜黎的额头："才刚及笄就急着嫁人，害不害臊？"

姜黎摸着额头小声解释："我不是急着嫁人，我是只想嫁给霍珏。只要能嫁给他，早点晚点都无妨。娘，霍珏对我很好，卫姐姐也对我很好，我要是嫁给他，世上就又多两个人疼我了。"

杨蕙娘盯着姜黎，好半晌才叹了口气："你这两日在家好好酿酒，别四处乱跑了。"说完也不管姜黎是何表情，直接离开了花厅。

接下来几日，杨蕙娘盯姜黎盯得紧。

姜黎只好老老实实在家里待着，想同霍珏说话也只能偷偷摸摸让姜令替她传话。

这日一早，杨蕙娘刚去隔壁屠户买完猪肉回来，便见一位穿着秋香色马面裙的嬷嬷在酒肆门口等着。

杨蕙娘认出这是员外府的钱嬷嬷，忙上前道："钱嬷嬷可是来买酒的？"

钱嬷嬷闻言摇了摇头，笑吟吟道："不买酒。杨掌柜，我今日是特地奉我家老夫人之命，与您商量一下阿黎姑娘的婚事的。"

杨蕙娘闻言心里一沉，面上却端起笑容，道："嬷嬷这边请。"

姜黎从屋子里出来，看到钱嬷嬷，不由得诧异道："钱嬷嬷，您怎的亲自来了？可是老夫人要吃糕点？"

钱嬷嬷笑着对姜黎道："我有事要与杨掌柜商量，便特地来了一趟。"

钱嬷嬷与她娘能有什么事要商量的？姜黎心下疑惑，面上却不显，只福了福身，给她们泡茶去了。

茶送上桌，杨蕙娘摆了摆手，道："你去把昨日的账压一压，莫过来打扰我与钱嬷嬷说话。"

姜黎一手托着腮，一边心不在焉地拨着算盘，心里总有些不太安生。

她就这样心烦意乱地算完了一本账簿，身后的门帘忽然传来声响，杨蕙娘与钱嬷嬷一同走了出来。

钱嬷嬷脸上的笑意与来时相比，要淡了许多。

她看着杨蕙娘，意味深长道："杨掌柜，这是多少人盼不来的好事，您可得要仔细考虑考虑！我们员外府在桐安城也算得上是一等一的门户。您一个寡妇在这儿经营酒肆本就不易，有了员外府做靠山，日后酒肆出了事也不怕没人为您出头。您想想，是不是这个理？”

钱嬷嬷点到为止便不再多说，出门时看了姜黎一眼，径直坐上马车回话去了。

姜黎见她娘脸色一会儿青一会儿白的，忙扔下算盘，上前给她顺了顺背，道：“娘，钱嬷嬷找您说什么了？”

杨蕙娘眼眶瞬间红了，想起钱嬷嬷方才那些话，心里堵到不行。

还没见过逼着旁人把女儿送上门去做妾的，说什么要当靠山，不过是在敲打她，若是不把阿黎送去做妾，她这酒肆在桐安城就做不下去了。做不下去就做不下去，她杨蕙娘还真干不出这等卖女求荣的事！

杨蕙娘深深吸了口气，压下眼底的涩意，对姜黎道：“这段时日你别再去员外府了，不管是送酒还是送糕点，都让店里的伙计去。”

姜黎乖乖应下，担忧地看了杨蕙娘一眼，道：“我知道了，娘。”

杨蕙娘与姜黎说完便风风火火出了门。

杨蕙娘到如意园的时候，卫媗正在屋里作画，听到丫鬟莲棋上前禀报，说杨记酒肆的掌柜来了，还有些意外。

阿珏说杨掌柜会改变主意，倒是没想到这一日会来得这般快。

卫媗放下画笔，对莲棋道：“你陪嬷嬷去趟书院，让公子现在便回来，就说家中有事。”

莲棋恭敬地应声退下。

等莲棋出去，卫媗换了套素雅的浅色襦裙去了正厅。

此时，杨蕙娘正低头捧着热茶沉思，瞧那神色，似乎有些沉重。

“杨掌柜，”卫媗温温雅雅地行了一礼，“抱歉，让您久等了。”

杨蕙娘忙起身，道：“是我冒昧叨扰了。”

她性子一贯爽利，如今有事相询也不扭捏，大大方方道：“我今日前来，是想问问魏娘子，上次所说之事可还作数？”

卫媗颔首道：“自是作数，只要杨姨您同意，我们随时都可议亲。您对这婚事有任何要求，但说无妨，我与阿珏定会尽量满足。”

一来一往间，卫媗便改了称呼，与霍珏一同喊杨蕙娘一声杨姨。

杨蕙娘也不与卫媗藏着掖着，直接说明了利害，道：“我也不瞒着你们，霍珏娶了阿黎极有可能会得罪员外府。如此，你们可还要继续与我们姜家议婚？”

卫媗瞬时便想明白了前因后果，怕是这几日员外府的人有了动作，才让杨蕙娘改了主意。

“自是要议婚，杨姨无须担心，便是得罪了员外府，我们也不惧。”卫媗的声音平静和缓，神色也异常淡定，仿佛……没把员外府当一回事。

杨蕙娘惶惶乱跳的心莫名安定下来。

她坐下来，想了想，当即又问了句：“我不想探听霍珏那孩子的过往，我只想知道，阿黎嫁与他，他可能保证阿黎日后平安顺遂，不会卷入莫名其妙的纷争里？”

卫媗闻言眸光微微一动，正要开口，余光恰好瞥见大步进门的霍珏，便笑了下，道：“阿珏来了，杨姨您亲自问阿珏吧。”

杨蕙娘离开时脸色凝重，姜黎一个上午都在惶惶不安。

她不知道杨蕙娘出去做什么了，但定然与她有关。

姜黎咬着唇，沾了墨的毛笔悬在半空，久久落不下去。心烦意乱中，便听酒肆的伙计忽然喊了声掌柜。

姜黎扔下笔，快步走过去，道：“娘。”

杨蕙娘的面色比出门时要好了许多，她生得柔媚，但因多年守寡，又一个人管着酒肆，拉扯着两个孩子长大，眉眼里总带着些泼辣劲儿。

此时，她看到姜黎，眉眼里的泼辣劲儿顿时不见了踪影，反倒多了些温柔：“到后屋去，娘有话与你说。”

姜黎亦步亦趋地跟在杨蕙娘身后进了屋，便忍不住问：“娘，您方才去哪儿了？”

杨蕙娘道：“娘去如意园找魏娘子去了。”

姜黎一愣：“卫姐姐？”

杨蕙娘在暖炕上坐下，拉过姜黎的手，微笑着点了点头：“阿黎，我方才已经与魏娘子交换过你与霍珏的庚帖，过些时日，魏娘子便会派人前来下聘。”

姜黎立在原地，怔了好半天才反应过来：“下……下聘？”

杨蕙娘见自家闺女一副不敢置信的模样，笑道：“你不是心心念念要嫁与霍珏吗？娘方才就是去如意园与魏娘子商量你们的婚事的。”

姜黎原本悬着的心总算落回了原处，短暂的不安过后是巨大的喜悦，柳叶般的细眉高高扬起。

“娘，您前几日还……还不同意霍珏娶我呢？怎么忽然就改了主意？”姜黎在炕边的矮凳坐下，回握住杨蕙娘的手，软声讨好道，“娘，您在朱福大街可是说一不二的杨大掌柜，既然您与卫姐姐说好了，那可就不能反悔了！”

杨蕙娘白她一眼：“放心，娘不会反悔！从明日开始，你便安安心心在家绣你的嫁衣。霍珏明年开春定然要赴京赶考，我与魏娘子说好了，婚期便定在十月，成婚后你便随他一同上京。”

现下是六月中旬，还有三个半月，不就是一件嫁衣嘛，她可以绣完的！

姜黎急急忙忙站起身：“我现在就去布庄找杨二婶！”

杨蕙娘看她心急如焚的模样，一阵好笑：“你急什么？不想知道娘为何改了主意？”

姜黎不好意思地挠了挠头，又坐了回去，问道："是因为员外府吗？"

杨蕙娘颔首："确实有一部分原因是因着员外府。张老夫人相中了你给她的孙儿做妾，娘拒绝了。"

姜黎脸色一白："我与张公子统共就见过几次面，话也没说过几句，老夫人怎会将主意打到我身上？"

杨蕙娘愤愤道："不管员外府是出于何原因，我是万万不可能让你去做妾的！便是要我舍了这酒肆，离开桐安城，我也不会让我的女儿做妾，一辈子低声下气地看人脸色过活！"

姜黎垂下眼。

她与张老夫人接触的时日也不算短。这位老夫人素有贤名，又常年行善积德，应该不会因此事便心生怨气，迁怒她们以及霍珏吧？

姜黎细声道："娘，霍珏知道这事吗？员外府到底是桐安城的首富，他们随便动动手，说不定就会影响到霍珏的乡试。"

"我同魏娘子说了，她并不担心。"杨蕙娘拍拍姜黎的手，又道，"魏娘子与霍珏一看便知来历不凡，娘之前不同意你嫁他，也是害怕你卷入勋贵豪门的隐私里。但今日霍珏起了誓——"

杨蕙娘说到这儿，眼前浮现起霍珏郑重起誓的模样，几息后才接着道："他说，他定会护你一世周全，且终此一生，绝不纳妾，这辈子都只守着你一人。"

一个人的誓言能有多重？

姜黎不知道旁人如何，但霍珏起的誓，每个字她都信。

姜黎低头笑了，想了想，道："娘，我这几日能去找霍珏说说话吗？"

"霍珏要专心为乡试做准备，你莫去打扰他。"说到这里，杨蕙娘缓缓吐了口气。

姜黎也知道乡试有多重要，便歇了去找霍珏的心。却不想下午姜令从书院回来，捎了封霍珏的信，上面就写了四个字：等我娶你。

姜黎捧着信，反反复复看了十来遍，弯起的嘴角就没下来过。

姜令眼见姜黎快把信看出洞来了，轻咳了声，道："阿黎，你若是有不懂的字，但问无妨，我不会笑你的。"

"我当然看得懂。"姜黎心情美得很，也不同他计较，把信叠好，转身便进了厢房。

姜黎与霍珏定亲的事，没几日便传遍了朱福大街。

员外府自然也收到了消息，张老夫人放下手里的茶盏，喊了林管事进来，道："去查查与阿黎定亲的是哪一家。"

林管事领命退下，过了两日，方才把打听到的消息一五一十禀告老夫人："听说是苏家药铺苏掌柜的养子。霍郎君是薛山长的爱徒，今年科考连得三个案首，书院的人都说乡试的解元非他莫属。"林管事说到这里停顿了下，斟酌了片刻，方道，"除此之外，霍郎君有位同母异父的姐姐如今住在东柳大街的如意园，听说这位魏娘子大有来头，与定国公府的薛世子有旧。”

“定国公府……”张老夫人眼神微微一颤。

北薛南霍，一同被誉为大周战神。如今，霍家没了，薛家的权势比从前更盛。

定国公唯一的嫡子薛无问年纪轻轻便掌管了锦衣卫，听说连宫中那位圣人都对他青睐有加。

且不论如意园那位娘子与薛指挥使有何旧，单是霍珏不及弱冠便能取得“小三元”便知这年轻人是个有才能的。

张老夫人缓缓叹了声，对林管事道：“你好生管住那些丫鬟婆子的嘴，阿黎定亲的事，莫传到大公子那处去。等阿黎婚期定了，你便替我备一份礼送去朱福大街，说是我给小姑娘的添妆。”

张老夫人的添妆是七月底送至酒肆的，满满一匣子的珠翠。

杨蕙娘不敢收，说太过贵重，无功不受禄。

那管事恭恭敬敬道：“杨掌柜不必与我们员外府客气，老夫人一贯把阿黎姑娘当自家孙女看待，如今她要出嫁，这点子添妆算不得什么。还请掌柜收下，若不然我回去定要受罚了。”

这林管事与钱嬷嬷不同，态度恭敬不说，说话还格外熨帖，诚诚恳恳的。

经不住林管事的劝说，杨蕙娘到底不想与员外府交恶，便从匣子里挑了一对最不起眼的步摇收下了。

大半个月前，卫媗便差人抬了聘礼过来，整整十八台，这在整个朱福大街可是头一份。普通人家嫁女，能有一两台聘礼便是顶了天的。

近一个多月，姜黎一直被拘在家里绣嫁衣。直到八月初三，霍珏前往贡院的前一晚，才在杨蕙娘的默许下与霍珏见了一面。

两人虽毗邻而居，但定了亲，又隔着一个多月没见，姜黎莫名有些羞涩，目光低低垂着，就是不与他对视。

“我给你打了根络子，还做了些吃食给你在路上吃。娘说阿令会同你一起去，你在贡院里需要些什么与阿令说便是。”

霍珏瞧着小姑娘羞涩却强装镇定的模样，忍不住笑了笑，道：“我晓得了，阿令如今也是我弟弟，我自然不会同他客气。”

姜黎闻言耳根都烫起来了，她也不接话，只低着头把络子与食盒往他那边递过去。

过了几息，忽又听到霍珏轻轻叹了声，道：“阿黎，你说……十月怎的还不来？”

乡试连考三场，每场均考三日。八月十五出场，待得霍珏回来桐安城，已经是八月十六了。

霍珏下场参加乡试这几日，姜黎也没闲着，老老实实在家里绣嫁衣，可她的绣活委实称不上好，一次杨蕙娘突击检查，看到上头歪歪扭扭连花型都没有的并蒂花，一口气哽在喉咙里差点没能喘过气来。

姜黎支支吾吾道："娘，霍珏说佟嬷嬷绣工好，我若是绣不好，可以去如意园找嬷嬷学学。"

杨蕙娘恨铁不成钢道："哪有小娘子像你这样的，连绣个嫁衣都要学。"埋汰归埋汰，却还是让姜黎去了趟如意园。

姜黎到了如意园才知道，霍珏早就把嫁衣准备好了。

嫁衣的料子是最上等的杭绸，裁剪得当、针脚绵密，那上头的花枝、双喜、鸳鸯绣得跟画儿一样美。

姜黎对这套成品嫁衣很是心动，却还是犹犹豫豫道："娘说嫁衣须得自己做，若不然不吉利的。"

卫媗从嫁衣里抽出一面霞帔，露出里头的花样，道："这里头的花样都只打了底，需要你再费些工夫补针，如此一来，也算是你亲手做的了。"

姜黎艰难地将目光从那嫁衣移开，想了片刻便摇了摇头："还是我自己绣便好，嫁衣我花的工夫越多，我与霍珏的姻缘便越深。"这是桐安城特有的风俗。

卫媗闻言，与佟嬷嬷对视一笑，不再说什么。

她理解弟弟连嫁衣都舍不得阿黎自己做。同时，她也理解阿黎对嫁衣的重视与期盼，这里的一针一线都是一个少女对姻缘的憧憬。

于是，这日姜黎在佟嬷嬷的指点下，勉勉强强绣出了能入目的并蒂莲与鸳鸯。

待得霍珏从贡院回来时，佟嬷嬷笑吟吟道："小公子忙着考试，阿黎也没闲着，日日都在绣嫁衣，如今就差裙褂与内衫了。"

听罢佟嬷嬷的话，霍珏微微敛眉，道："给她准备的嫁衣她可是不喜？"

佟嬷嬷笑着摇头："小公子一番好意，阿黎怎会不喜？只不过呀，阿黎说她想自个儿一针一线地把嫁衣做好，好图个天长地久、相濡以沫的姻缘。"

霍珏凭这只言片语，都能想象到阿黎娇憨又认真地说要自己绣嫁衣的模样。

他弯了弯唇角，对佟嬷嬷道："便听她的。"

佟嬷嬷看了看外头马上要暗下来的天色，低声吩咐丫鬟给霍珏备水沐泽，又差人到厨房里准备吃食，才接着对霍珏道："今夜，阿黎要去护城河放天灯，小公子若是不累，不妨去凑凑热闹。阿黎足足花了两日给你做了一盏鲤鱼灯，你去找她，她定会很高兴。"

八月十五中秋节，桐安城里大街小巷都挂起了花灯。

城里的百姓还自发组织了放天灯的活动，好为赴考归来的童生们祈福。

这样的活动姜黎自然是要去的。

早两日姜黎便扎好了鲤鱼天灯，再请卫媗帮她画了鲤鱼，格外精致漂亮。

晚膳结束后，她抱着鲤鱼灯从侧门出来，张莺莺与刘嫣一看便忍不住笑了。

张莺莺不客气道："阿黎，你这灯也太大了吧，旁人的鲤鱼顶了天也才一臂长，你这盏都抵得上你半人高了。"

姜黎把鲤鱼灯往下挪了挪，露出那张巴掌大的小脸，言之凿凿道："霍珏那么厉害，给他做的鲤鱼灯自然也要厉害些，最好一会儿能拔得头筹。"

刘嫣一脸赞同："我听爹说，霍公子这次乡试说不得会是头名，给他做的鲤鱼灯自然要气派些，阿黎这盏就很好。"

三人说说笑笑地往护城河走，张莺莺与刘嫣带了两盏小巧的专门许愿姻缘的荷花灯。

三人到的时候，护城河两岸已经站了不少人。

今夜风大，姜黎的灯却怎么都点不亮，眼见刘嫣和张莺莺的荷花灯都亮起来了，她急得团团转。

"阿黎。"

姜黎仰起脸，对上霍珏背光的脸，下午姜令回来时，说乡试累人，姜黎还以为霍珏此时定然在如意园歇下了。

"你怎会在这儿？"姜黎怔怔望着他。

郎君一身青色锦袍，腰间束着碧色腰封，腰封一侧垂着她打给他的如意双环络子。霍珏蹲下来，看着姜黎笑道："阿黎要给我放鲤鱼灯，我怎能不来？"

姜黎立马回过神，声音沮丧："霍珏，这鲤鱼灯点不着了。你说它若是上不了天，是不是就翻不过龙门了？"姜黎眼睛水汪汪的，一副娇娇柔柔的模样。

霍珏盯着姜黎看了半晌，才压抑着垂下眼，温声道："莫急，我来试试。"

烛火摇摇晃晃，火光从薄薄的棉纸里渗出，点亮了小姑娘漆黑的瞳眸。

姜黎急忙站起身，催促道："快放！快放！一会儿风大，火又要灭了！"

霍珏淡淡"嗯"了声，从身后环住她，便握住她的手，低声道："我们一起放。"

因着他的姿势，姜黎像是被他从身后抱住了一般，后背甚至能隐约感觉到他炙热的胸膛。

小姑娘一下子红了脸，偏在这个时，他还低头在她耳边沉着声音问："要放了吗？阿黎？"

姜黎心如擂鼓，僵着脖子点了点头。

不过一会儿，鲤鱼灯便越飞越高，渐渐超过了旁的鲤鱼灯，鱼嘴大张，似是吞噬了一整轮圆月。

姜黎见状，心下一喜，赶忙扭过头，对霍珏道："霍珏，这次秋闱你定会上榜。"

霍珏垂下眼，漫天的灯火似是美轮美奂的鎏金银河映在她眼底。

他漆黑的眼终于起了波澜，弯下腰，在姜黎耳边柔声道："阿黎，我将以解元为聘，娶你为妻。"

九月初五，常州府的乡试放了榜，姜黎一大早便打算去县衙看榜，却被姜令拦住了。

"不用去了，霍珏哥肯定能进头三甲，到时县衙自然会派人来恭贺。"

杨蕙娘知道今日放榜，也没甚心思开店，索性拉下了半道帘子，休息半日。母女俩一个趴在桌子上，眨巴着眼睛等，一个站在窗口，目光时不时往外瞧。

看得姜令直摇头："霍珏哥进头三甲是板上钉钉之事，你们倒也不必如此紧张。"

"哪能不紧张？我昨夜一宿没睡着……"姜黎下巴抵着桌面，眼下两团淡淡的青影。

霍珏说要以解元为聘的，万一没……正胡思乱想着，窗外忽然一阵敲锣打鼓声。

"来了来了！"

杨蕙娘和姜黎一出去，便有相熟的街坊隔得老远，激动地对她们道："杨掌柜，您那女婿可真了不得，中了解元！"

杨蕙娘与姜黎对视一眼，俱都笑出声来。

笑过之后，杨蕙娘又端着脸道："一会儿霍珏就要出来了，你快回屋子里去，免得犯了忌讳。"

按照桐安城的风俗，定了亲的男女在大婚之前一个月便不得见面。

眼见着锣鼓声 、道喜声越来越近。姜黎只好往酒肆退，边退边道："娘，您一会儿替我好好夸夸霍珏。"

杨蕙娘白了她一眼："还用你说！你快回去，马上就是举人娘子了，可莫要毛毛躁躁的！"说完，便急不可耐地赶在众人到达之前去了药铺。

姜黎回到酒肆，竖起耳朵听着隔壁的喧闹声，想着霍珏应该是很开心的吧！

姜黎想着想着便忍不住笑出声，姜令从隔壁回来，便见他的傻姐姐在那儿傻乐，摇了摇头，道："阿黎，霍珏哥让我给你带句话。"

姜黎忙撑起身子："什么话？"

"霍珏哥说，他为你准备的聘礼到了，问你可还喜欢？"

霍珏得中解元的事，在桐安城可是大事，苏家药铺的门槛都快被踩烂了。

苏世青如今身子大为好转，又人逢喜事精神爽，倒也开开心心地接受旁人接二连三的道贺。

就连杨蕙娘都成了朱福大街最受人艳羡的丈母娘，上门道贺的人也不少。

姜黎却只能老老实实埋首在屋子里绣嫁衣。到得九月下旬，总算把嫁衣绣好了。虽说绣工并非十全十美，但到底是自己一针一线做出来的，她自是越看越喜欢。

十月初一这日，整个酒肆后屋一片亮堂，朱福大街有几位打小便看着姜黎长大的掌柜娘子也来了。

姜黎强忍着睡意，耷拉着眼皮，坐在梳妆台前，任她们摆布。

开脸的开脸，绾发髻的绾发髻，涂丹寇的涂丹寇，好一阵忙活。等到天蒙蒙亮了，才终于梳好妆。

布庄掌柜陈二娘端详着姜黎，笑着道："旁人都说我们阿黎嫁人嫁对了，要我说啊，霍珏那小子娶妻也娶对了！我们阿黎这张脸，怕是连宫里的公主都比不上，霍珏上哪儿找这么漂亮的小娘子？"

众位娘子纷纷道是。

姜黎闻言对着铜镜看了好半晌。

只见镜子里的小娘子明眸皓齿、肤若凝脂，一张樱桃小嘴软软嫩嫩，泛着水润的光泽。姜黎的心扑通扑通跳起来，她不由得想，大家都说她漂亮，霍珏也会觉得她漂亮吧……

这时张莺莺与刘嫣过来了，两人在屋子里替姜黎换嫁衣，张莺莺眼眶红红道："阿黎，小时候我们没想到最早嫁人的是你……"

刘嫣拍了拍张莺莺的背，笑道："莺莺，阿黎出嫁的大好日子可不能哭，免得惹得阿黎泪眼涟涟糊了妆。"

张莺莺忙仰起头："瞧我，激动个什么劲儿！阿黎你可要藏好你的泪珠子，莫要花了妆！"

姜黎眼睛也有些湿润，却忍住了。

换好嫁衣，吉时一到，姜令便进房来背她。姜令是家里唯一的男子，虽是弟弟，但也该由他背着姜黎上花轿。

姜令边走边同姜黎道："阿黎，我虽然什么都比不过霍珏哥，但若有朝一日他欺负你了，你还是要同我说，我会替你出气的。"

姜黎一听眼眶又有些湿润，阿令与她一般大，如今却比她高了大半个头，是个能依靠的人了。

她几不可闻地"嗯"了声。

花轿就停在酒肆门口，霍珏骑着一匹神骏的马，一身大红的喜服衬得他的容颜越发灼目。

四周看热闹的人密密麻麻挤了一大群，喧闹声中，不知是谁喊了声"新娘子出来了"，众人齐齐望向酒肆大门，便见几道人影从门槛跨出。

霍珏下了马，大步迎了过去。

姜令把姜黎放下，郑而重之地对霍珏道："霍珏哥，我与娘将阿黎交与你了。你……你要待她好！"

霍珏微微颔首，温声道："我会的。"说完便朝姜黎伸了手，"阿黎，把手给我。"

姜黎慢慢地将手伸了过去，下一瞬，便被人紧紧握住，待到上了花轿，那手才松开。

没一会儿便有爆竹声响起，伴随着喜庆的锣鼓声，花轿稳稳抬起。

姜黎坐在花轿里，手心还残留着霍珏留下的温度。

她垂着眼，很轻很满足地笑了。

——她真的嫁给霍珏了。

如意园里，大红灯笼从大门一路延伸到正厅，处处皆是张灯结彩的喜庆之景。

佟嬷嬷有条不紊地让家丁丫鬟铺红布毯，布火盆。

午时三刻，便有丫鬟兴冲冲跑来禀告："嬷嬷，花轿过来了！"

佟嬷嬷忙扔下手上的红布头，去大门等候。

说起来，今日的宴席必定高朋满座。卫媗不便出面，事事都由佟嬷嬷张罗，好在她从前在卫家也是个管事的，做起这些事来倒是驾轻就熟。

在门口站了没一会儿，便见霍珏骑在马上，淡定从容而来。

佟嬷嬷眼眶一热，忙吩咐丫鬟取了红绸，亲自过去递给霍珏，道："新郎新娘一块儿牵着红绸，走过红布毯、跨过火盆便是进门了！"

正厅里，早已燃烛焚香，苏世青端坐高堂，他身后的鸡翅木屏风后一处隐秘的桌案上摆满了密密麻麻的牌位，上头的姓氏不是姓卫便是姓霍，均是青州霍、卫两家的先祖。

姜黎与霍珏一同步入正厅，在一片丝竹奏乐声中行了拜礼。拜礼结束，姜黎被霍珏送入了东院的婚房，霍珏便被佟嬷嬷轰去前厅的宴席待客。

来参加宴席的人多是朱福大街的老街坊以及霍珏的同窗，宴席要到入了夜方能结束。

也不知过了多久，门忽然被推开，紧接着一双大红的筒靴出现在姜黎垂下的视线里。

霍珏蹲下身，轻唤了声："阿黎，脖子难受吗？"说着，手便要伸进盖头里。

姜黎忙捉住他的手，道："时辰没到，不能揭盖头呢！你不是应该在前厅宴客的吗？"

霍珏笑着道："我不揭开盖头，就给你按按脖子。放心，这会没人进来。"

姜黎头上的凤冠着实不轻，戴了好几个时辰，脖子早就酸疼不已。听见霍珏话便乖乖松了手，任由他揉捏她的后颈。

姜黎舒服得眯起了眼，大约过了两盏茶的工夫，她才不舍地睁开眼，软声道："我不难受了，你快回去吧，免得有人寻了过来。"

霍珏"嗯"了声，手从她白腻的后颈挪开，却没从盖头里抽离，转而轻轻捏住她下巴。

姜黎微微一怔，尚未反应过来他此举是何意，头便被他轻轻抬起，下一瞬，一个炙热的吻隔着薄薄的盖头落了下来。

姜黎指尖轻抚着唇，脑袋还有些蒙。

方才霍珏隔着盖头在她唇上落下一吻后，留下句“等我”便出去了。

姜黎脸颊发烫。等他走了，才后知后觉地回味起那或许称不上吻的吻。

霍珏刚出东院，便有人上前禀告：“薛山长与他的夫人来了。”

霍珏轻轻颔首，道：“去同嬷嬷说一声，送些吃食到喜房去。”说完便提步去了前厅。

薛茂在桐安城一贯受人尊敬，他与曹氏刚进如意园，便有下人将他们引到上座。

曹氏环视周遭那些粗鄙不堪的宾客，暗自庆幸自己将薛真送往扬州城，嫁回娘家去了。若不是夫君非要她一同来，她一步都不会踏入这里。

霍珏是常州府的解元又如何？她的女婿曹斐还是江陵府的解元！江陵府的才子闻名整个大周，霍珏又怎能与曹斐相比？往年常州府的解元到了盛京也不过是得个二甲罢了！

思及此，曹氏越发不想待下去，柔下眉眼，对薛茂道：“夫君，一会儿把贺礼送与霍珏，便早些回去吧。这几日舟车劳顿，我这身子还未缓过来。”

薛茂看了眼自家夫人不大好看的脸色，颔首应下。

上个月，薛真与曹氏的外甥曹斐在扬州城完婚，他与曹氏在曹家小住了半月才回来。刚回来便又马不停蹄地赶来参加霍珏的婚礼，对自小就娇贵的曹氏来说，确实是过于奔波了。

薛茂安慰了曹氏几句，一扭头便看见穿着一身大红衣裳的新郎官从门外走入。来人眉眼清隽、丰神俊朗，一颦一动都沉淀着世家大族才有的矜贵从容。

薛茂心下一叹，曾经他打过让霍珏做自己女婿的主意，可后来真儿出了事，他便歇了心思。

虽有些遗憾，但也没多可惜。霍珏不比曹斐，不是个耳根子软能任人摆布的人，真儿那性子要真与霍珏凑一对，反倒会成为怨偶。

薛茂与曹氏送了贺礼便提前告辞了，霍珏将两人送至门口。

曹氏透过半开的窗牖望着门口那道蔚然若松的身影，忍不住道：“你这位学生可是堂堂解元，又生得一表人才，娶的竟是一位酒肆掌柜的长女，那掌柜还是个寡妇。他这……这不是明珠暗投了？真叫人可惜。”

薛茂心里亦是有些可惜的，会试一过，凭霍珏的才貌娶个贵女并非难事，若能得到妻族的帮助，他在盛京站稳跟脚也不过是水到渠成之事。

可如今，却未必了。

姜黎不知自己在旁人眼里，已然成了阻碍霍珏平步青云的绊脚石。

佟嬷嬷差人给姜黎送了糕点和蜜水，可她到底不敢吃饱，只吃了三块桂花糕，饮了半盅蜜水便停了下来，安安静静坐在喜床上等着。

待得酉时一到，便听见外头传来一阵凌乱的脚步声与嬉笑声。姜黎一听，便知这些定是跟着喜婆过来凑热闹的人。

果不其然，没一会儿喜婆便推门进来，笑眯眯道：“来来来，新郎官，知道您想看新娘子想好久啦！如今吉时到了，您赶紧把新娘子的盖头挑开！”

姜黎脸颊一红，心道霍珏不久前才偷偷见过她，还亲了呢，虽……虽然是隔着盖头的。正思忖着，一根金秤杆稳稳伸了过来，不疾不徐地挑起盖头。

屋子里的一切骤然清晰，姜黎下意识抬起眼，便对上了霍珏深深沉沉的目光，又立即羞涩地垂下眼。

盖头被掀起的片刻，众人皆看得一愣。

就连喜婆都话音一顿，几息后才道：“呦！新娘子这容貌说是天仙下凡老婆子都信！新郎官还愣着做什么，快去与新娘子喝合卺酒！”

姜黎在众目睽睽之下与霍珏喝了合卺酒，辛辣的酒液从喉头滑落，烧得她耳垂都要滴血。

好在那些过来看热闹的人很快便被轰走了，书院的人怵冷面的霍珏，朱福大街的人怵泼辣的杨蕙娘，倒是没人敢厚着脸皮继续嬉闹。

人一走空，霍珏便拉过姜黎一同在喜床坐下，揉着她的脖子，问道：“累不累？我让丫鬟进来伺候你梳洗。”

姜黎不习惯旁人的服侍，忙摇头道：“让人送水进来便好，我自个儿洗。你方才是不是喝了许多酒？”

霍珏淡淡“嗯”了声，一只手替她揉捏脖子，一只手慢条斯理地拆下她头上的钗环。头上的重量一点点减轻，没一会儿便连凤冠都拆下了，三千青丝如瀑垂落。

霍珏垂下手，靠上一侧的大红迎枕，浓睫在眼下落下一片阴影，深色的眸似是一团搅不散的墨。

姜黎下意识抬眼看他，四目相接时，心脏猛地一跳。

霍珏……莫不是……醉了？

她咬了咬唇，凑近他，素白的小手按在他额头两侧，道：“霍珏，你是不是喝醉了？可会头疼？”

霍珏在她靠过来时，呼吸顿了片刻。他看着她，却不说话，长臂一勾便将她拉入怀里，让她坐在自己腿上。而后五指成梳，从姜黎的头皮缓慢穿梭到发梢。

姜黎愣怔间，霍珏的指腹已经来到了她的唇，姜黎脑子轰的一声，不仅仅是脸，整个身子都发了烫。

“霍……霍珏。”她颤颤巍巍道。

“嘘。”霍珏按住她的唇，轻抬起她的下巴，缓缓低头，“阿黎，别说话。”

他靠她靠得极近，呼吸间全是淡淡的酒气。

姜黎眼睫颤了颤，感觉到他的手指细细抚过她的五官……

红色的幔帐不知何时放了下来。

霍珏梦里那具冰冷的毫无生机的躯体，逐渐被温温软软的少女取代，她的心脏隔着皮肉在他掌心快速跳动……

霍珏沉迷于这样鲜活的触感里，压抑在骨子里的疯狂与偏执在此刻挣破束缚，肆虐而出。

屋子里龙凤烛烧得正旺，烛光渗进床幔，在他眼底映出火红的光。

他的五官一如既往的俊美，比旁人要深邃的眉骨，漆黑的眸，挺拔若山峦的鼻梁，还有薄薄的好看的唇。

从前，姜黎总觉得他像天上的谪仙，矜贵冷漠，不食人间烟火。可穿着大红衣裳的霍珏，却妖艳俊美到了极致，更像是开在黄泉碧落里的彼岸花。

昏昏暗暗中，霍珏炙热的吻落在她的眉眼，而后姜黎听到他在耳边哑着声道："阿黎……"

第八章

# 作别桐安

初秋，微凉的夜风擦着窗牖，枯黄的树叶从院子的梧桐树上掉落，在风里打着旋儿，落在一双粉色的绣花鞋旁边。

桃朱与桃碧安安静静地等在东院的月门里。这里离主屋有一段不短的距离，听不见里头的半点动静。

桃碧绞着手里的帕子，眼神再次往主屋那边游移。“你说霍公子都进去两个时辰了，怎的还不出来？今日他灌了一整日的酒，都没怎么吃东西，这会定是饿了的。”

桃朱乜她一眼，毫不留情道：“嬷嬷是派我们来伺候少夫人的，你要关心也该关心少夫人，关心霍公子作甚？他吃没吃东西与你何干？”

二人原是国公府的丫鬟，之前被薛世子挑去了无双院服侍魏姨娘。来了如意园后，便被拨到东院来伺候霍珏。如今姜黎进了府，又被佟嬷嬷安排来伺候姜黎。

当初世子说，她们去了无双院，那主子便只有魏姨娘，凡事都听魏姨娘的。

如今魏姨娘安排她们伺候少夫人，那她们眼里便只能有少夫人，旁的人都是次要的。

桃碧被桃朱戳破心思，狠狠瞪她一眼，道：“我们好歹也伺候了霍公子一些时日，我只是顾念着旧主罢了，何必说个话都绵里藏针，你这人真是好生无趣！”

桃朱冷冷一笑：“别拿我当傻子！你心里想什么你自己清楚，我告诉你，为人婢子便要恪守本分，可莫要心比天高犯下大错，别忘了咱们家里人的身契都捏在魏姨娘手里。你若是连累到我，仔细我撕烂你的嘴！”

桃碧被桃朱刺得脸色一阵红一阵白，正要开口反驳，主屋那头的门忽地被人从里拉开。

桃碧、桃朱面色一变，齐齐抬眼望去，便见霍珏穿着一身红衣，披散着头发，眉目疏冷道：“备水。”

喜房里只烧着一对龙凤烛，光线朦朦胧胧。

房门被推开时，夜风徐徐灌入，撩起一角幔帐，露出榻上一截白腻似雪的手臂。

榻边还散落着一地的钗环……

桃碧与桃朱一同抬了水进来，两人受过严格训练，均垂着眼不动声色地将浴桶放下。往常给主子备水，若主子不说留下伺候，便该屈膝行礼，恭敬退下。

桃碧没见霍珏出声，忍不住抬起眼，壮着胆子问：“公子，少夫人，可要奴婢——”

话未说完，榻边的郎君看都不看她一眼便冷下声音道：“出去！”

桃碧不甘心地与桃朱应了声是，低头恭敬退下，临关门时，忍不住又往里看了眼。

素来冷漠的郎君转过身，掀开了一边的幔帐，半张玉做似的侧脸如同冬雪初霁，神色极其温柔。

桃碧看得心头小鹿乱撞。

察觉到床幔被掀起，姜黎睫羽轻抬，便见霍珏站在那儿静静瞧着她，见她终于压下羞涩睁眼看他，霍珏无声笑了笑。

霍珏弯腰抱起她，柔声道："我抱你过去。"

姜黎很想硬气地说我自己来，无奈周身疲软乏力，只好闭上眼，把头埋在他胸膛，任他抱她去了浴堂。

浴堂里的热汤温度恰恰好，温热的水漫上来时，姜黎舒服地叹了口气。只想快点沐浴好，好回榻上睡个昏天暗地。

片刻后，霍珏替她穿上里衣，问道："饿了吗？可要我唤人送些吃食过来？"

姜黎自是饿的，可她这会连吃饭的力气都攒不起来，遂摇了摇头，道："不吃了。"

霍珏便抱起她放入榻，自个儿又回了浴堂。不知过了多久，一只修长的手臂将她揽了过去，紧紧箍在怀里。

而后，略带薄茧的手指再次插入她的发间，指尖细细地眷恋地摩挲着她的发梢。霍珏似乎很喜欢抚触她的头发，姜黎迷迷糊糊地想着。

"阿黎。"蒙眬间听到他唤了她一声，姜黎以为霍珏要与她说些什么，艰难地睁了睁眼，却没听见下文，复又阖眼，在他怀里沉沉睡去。

霍珏静静看着她恬静的睡颜，没一会儿，也闭上了眼……

睡梦里，他又回到了宫外那处阴森森的宅院，主屋做成了冰窖，正中放着一具冰棺。他披着厚厚的玄色大氅，手臂搭着一把玄色拂尘，那拂尘乌黑油亮……

他静静望着冰棺里睡了许久许久的少女，低低唤了声："阿黎，别睡了。"

很快场景又换了。

这回躺着的人成了他，他发着高热陷入昏迷。

明明什么都不该听到的，却偏偏有一道娇娇软软的嗓音在他耳边锲而不舍地说着话……

霍珏根本不想醒来，偏生这嗓音恼人得紧，一遍一遍将他从黑暗的泥沼里拉出来。

"你叫什么名字？你怎么会受这么重的伤？

"你别担心，你的脸虽然毁了，但我可以让阿令教你识字，识字以后就不怕找不到小娘子了。我们桐安城的小娘子不看脸，只看才华的。

"欸，我发现你脸上的伤口好了许多了！

"那……那个，你生得还挺好看的！我觉得你不识字也能找到愿意嫁给你的小娘子了。"

恼人的"小喜鹊"聒噪个不停。

那时，他虽昏迷，可她说的话却一字不落地入了他的耳。醒来那日，暖炕旁边的椅子上坐了个扎着双丫髻的小姑娘。

那小姑娘见他醒了，先是一愣，紧接着便语气刁蛮道：“喂，我叫苏瑶，之前是我救了你，你欠我一命，以后你要以身相许！”

霍珏却没应她，只轻轻蹙起眉心。

这不是“小喜鹊”的嗓音。就在他以为那道嗓音不过是幻觉时，他听到那娇娇软软的嗓音从一墙之隔的酒肆传来。

那会他已经能下床了，听到熟悉的嗓音便推开天井的木门，走了出去。

一个生得粉雕玉琢的小姑娘正抱着个绿油油的大西瓜，背对着他站在对面的木门外，娇声道：“阿令，快开门，西瓜好重，我快抱不动了。”

许是听见霍珏开门的动静，她喊完话便回头望了眼，紧接着，手里的西瓜砸在地上，现出几道裂痕。

恰在这时，对面的门终于打开，小姑娘慌慌张张地提起溅了西瓜汁的裙脚跑了进去。

霍珏盯着她的背影，直到对面的门关起，才缓缓收回眼，脑子里想着她那双湿漉漉的眼，心里却忍不住嗤了声：不仅是只“小喜鹊”，还是只没胆的“小鹿”。

姜黎被霍珏搂得很紧，分明是夜凉如水，她却出了层薄汗，黑暗中仿佛听到霍珏低低哑哑的声音，梦呓般地喊了声“阿黎”。

姜黎将头埋在他胸口，很轻很轻地应了一声“嗯”。

再睁眼时，已是日上三竿。

姜黎大脑混沌了片刻，倏地想起自己新妇的身份，忙要坐起身，却发现她根本动弹不得。她被霍珏锁在怀里，两人贴得很近，他薄软的唇轻轻贴着她耳垂。

昨夜的记忆刹那间鱼贯而入，她瞬间红了脸，想将他扣在腰间的手偷偷挪开。她的动作极轻极慢，生怕把霍珏弄醒了。但这时，头顶忽地响起一声叹息，以及霍珏隐忍压抑的低哑嗓音。

“阿黎，别动……让我缓一下。”

霍珏这一缓便缓了小半个时辰。

姜黎从榻上起来，脸都红透了。可想到自己作为新妇，第一日便睡了个日上三竿，别说高门望族，便是寻常百姓家都是要遭人非议的。

霍珏虽说父母双亡，只得一个姐姐在，但姐姐也是长辈，自然要早早去请安方才好。

姜黎这般想着便要伸手去掀床幔，谁知手还没碰着那幔帐，人便被霍珏一把拉了过去，抱在怀里。

她的背紧紧贴着他胸膛，姜黎推了推他圈在腰间的手臂，讷讷道：“要去西院给卫姐姐请安了，已经很晚了。”

霍珏下巴抵在她细瘦的肩上，轻嗅她的发香，道：“阿姐说了，让我们不到午时不要去找她，还说那些繁文缛节不必太过在乎，以后在这家里怎么自在便怎么来。”

姜黎闻言便由着他抱她，在他嗅着她发香时，还能感觉到他鼻尖擦过耳垂的酥痒。

霍珏忽然在她耳畔轻声问：“阿黎，想知道我的过往吗？”

姜黎闻言顿了片刻，旋即摇头。

不管是霍珏还是卫媗，抑或佟嬷嬷都不曾在姜黎面前掩饰过什么，卫媗甚至还会毫不设防地说起她与霍珏小时候的一些事。姜黎虽单纯，却并不愚笨。从卫媗的话里，便能猜出，从前他们的家族定是极其煊赫的。

至于，如此煊赫的家族为何一夜之间从世间蒸发，而霍珏与卫媗为何明明是同父同母的亲姐弟，却一个姓了卫，一个姓了霍，而卫姐姐对外只称自己姓魏。

姜黎猜，那一定是两人都不愿回首的过往：“若那些过往会令你痛苦，那便不提。”姜黎微微侧头，露出一个笑容，“反正知不知晓你的过往，我都会对你好，也会对卫姐姐与佟嬷嬷好。”

在梦里，霍珏活过一世，如今再提起霍、卫两家灭门之事，已能做到心如止水。

两人用过早膳，姜黎梳上妇人髻，戴上卫媗从前送她的那套蓝玉头面，与霍珏一同去了西院。

昨日，卫媗不能露面，也不能亲自操持霍珏的婚礼，因而一大早给两个新人准备好红封后，便去了西院角落的佛堂。这是从前卫家在新妇入门时的规矩，长辈要在红封上写上祝词，还要往里塞些金子。

佛堂是一间偏厅改造而成，平日里由薛无问的心腹暗卫守着。

卫媗进了佛堂，净手后便取了三炷香点燃，在红木桌案前面的蒲团跪下，抬眸望着桌案后的沉木灵牌，笑了笑。

“祖父、祖母、外祖父、外祖母，还有父亲、母亲，阿珏昨日已完婚，娶了个心地良善的好姑娘。阿珏的命便是她救下的，你们若是在世，定然会很喜欢她。

“再过一段时日，阿珏便会赴京春闱。他的学识才问你们最是清楚了，相信春闱不会让你们失望的。

“你们放心，我一定会让阿珏堂堂正正地活下去，假以时日，定能恢复霍卫两家昔日的荣光。”

卫媗絮絮叨叨说了许久，说完才恭恭敬敬地俯首叩拜，起身将香插入香炉里。

卫媗一出来，在长廊候着的佟嬷嬷便上前给她披上披风，笑吟吟道：“小公子与阿黎都来了，正在屋子里等小姐呢。”

约莫一盏茶的工夫，方见卫媗与佟嬷嬷一同回来。

今日，卫媗的神色要比往常精神些，连一贯比旁人要淡些的唇都红润了点。

卫媗进了屋便在上首的圈椅里坐下，边接过二人奉过来的热茶，边笑着道：“怎的来这么早？不是说了午时后再来吗？”

姜黎知道卫媗是在体贴她，便笑着道："反正也睡不着，索性早点过来找卫姐姐，我都两个月没见卫姐姐和嬷嬷了。"

卫媗掀起茶盖，抿了口茶，打趣道："阿黎怎的还叫我卫姐姐？"

姜黎脸颊一烫，同霍珏一样喊了声"阿姐"。

卫媗笑着应了声，将红封递过去，道："我就不说早生贵子了。你年岁尚小，子嗣的事过几年再考虑也不迟。阿姐就祝我们阿黎与阿珏白头偕老、琴瑟百年。"

姜黎接过红封，与霍珏在西院待了半个时辰才走，回到东院时，她忍不住打量了霍珏一眼，道："你昨夜……是……是不是也觉着我年岁太小，不应当太早有孕？"

霍珏神色一顿，下意识看她一眼，果然见她白嫩的小脸透着层粉色，她脸皮素来薄，倒是难为她能忍着羞涩问出这问题来。

霍珏牵着她一同在床边的暖榻坐下，道："不仅仅是年岁小的缘故，还有一层原因是不想有旁的人介入到我们之间，至少这几年不可以。"

旁的人？他们二人的孩儿怎能算是旁的人？！

姜黎不由得道："自己的孩子，总归与旁的人是不一样的。"

霍珏也不与姜黎辩驳，只温声道："若是有了孩子，阿黎怕是会将原先放在我身上的心思分一半给他。我不想如此，我只想阿黎心里眼底都只有我。"

姜黎莫名觉得好笑，这话听着好生小心眼。要是让朱福大街的人知道，他们眼中那位清冷如月、克己守礼的霍解元，居然连自己未来孩儿的醋都吃，怕是要惊掉下巴。

她忍不住莞尔道："霍珏，原来你的醋劲儿这么大！"

霍珏倒是半点不介意，若非知晓她从小就喜欢小孩儿，他压根不想姜黎生孩子。

他的确无法容忍姜黎爱旁人胜过爱他。

霍珏垂下眼，压下眼底浓浓的占有欲，转了话头："阿黎，下午可想回朱福大街去看看娘和阿令？"

姜黎挑了挑眉："可我才出嫁一日，第一日就归宁，会不会不好？"

时人都讲究三朝回门，姜黎自然是想回酒肆看杨蕙娘与姜令的，但礼不可废……

却听霍珏不以为然道："无妨，后日再回一趟便是。"

说着便起身往屋子外走，让人备礼去了。

姜黎看了眼霍珏的背影，忍不住抿唇笑了笑。

霍珏对她，比她想象中的还要好。

两人用过午膳，小憩了半个时辰才出发。姜黎到了酒肆才知道，霍珏把张莺莺与刘嫣也请了过来。

昨日，两个手帕交来送嫁时还一脸泫然欲泣，今日，便满脸的好奇与八卦。

姜黎与杨蕙娘说了没一会儿话，便被两人拉到小厨房说悄悄话去了。

张莺莺用手肘碰了碰姜黎，迫不及待道："阿黎，我代表广大朱福大街的小娘子，想问问你，霍珏私底下……咳……也是冷冷淡淡的吗？”

姜黎一听便直接臊红了脸，扭头同刘嫣说：“阿嫣，你快说说莺莺，她还未出阁！”

三人之中，刘嫣读的书最多，也最是守礼。谁知，守礼的刘嫣直接别开了视线，不与姜黎对视，小声道：“其实我也挺好奇的。”

姜黎：“……”

“阿黎，快说呀！独乐乐不如众乐乐，我与阿嫣保证不外传。”张莺莺催促道。

姜黎脸都要着火了，被张莺莺催了好一会儿，才用细弱蚊呐的声音道：“不……不冷淡。”

姜黎说完，便成了锯嘴葫芦，任张莺莺再怎么问都不说。

就在姜黎被两个手帕交缠着问私密之事时，霍珏在姜黎的闺房里翻着她的练字帖，小姑娘练起字来出乎意料地用功。翻到最后，发现其中一本字帖里夹了一张泛黄的纸，宣纸上两个名字下面画满了“○”和“×”。霍珏目光不由得一顿，姜黎的名字下头几乎全是“×”，只在末尾可怜兮兮地画了一个“○”，最后还写了句结论：若是霍珏不喜欢我了，我好像也舍不得怪他。

霍珏看着姜黎写的那句话良久，才叹了声：“傻阿黎。”

知晓姜黎与霍珏要留在朱福大街用晚膳，杨蕙娘索性关了店。

正要去问姜黎晚膳想吃些什么，却听见小厨房里几个小娘子神神秘秘地说着些私密话。

杨蕙娘也是过来人，听了几耳朵便笑眯眯地离开，往卖肉卖鱼的档口走去，准备炖些补汤给俩孩子补补。

姜黎被两人打趣了半天，从小厨房出来时，脸红得要滴血。

用晚膳时，自家娘亲又十二分热情地给她与霍珏都盛了满满一大碗补汤，说是补身子的，弄得姜黎愈发不自在。

霍珏却神色自若，还浅笑着同杨蕙娘道谢，称赞她做的汤好喝。

姜黎：“……”敢情想多了的人是她。

杨蕙娘听见霍珏夸她的汤做得好，又给他添了几筷子葱爆腰花。

都说丈母娘看女婿，越看越喜欢。她这女婿人长得俊、学问做得好不说，最重要的是对阿黎好。出嫁第一日就陪着妻子回娘家省亲，还真没几个男子能做到。

从前，她不愿把阿黎嫁给霍珏，如今想想，还真多亏员外府，若不然……

阿黎嫁给霍珏，上无公婆下无妯娌，只有一个知书达理的姐姐，这样的婆家关系省心。

唯一叫她忧虑的，是日后到了盛京，会遇上苏瑶那孩子。

苏瑶打小便与阿黎不对付，如今又成了侯府千金。镇平侯府根基深厚，便是日后霍珏中了状元，也是得罪不起侯府的。

思及此，杨蕙娘便不由得道："下个月你们便要启程去盛京了，你们俩到了盛京可千万要沉得住气，莫要与旁人起口舌之争。尤其是阿黎，盛京不比桐安城，随便一个花盆砸下来都能砸出几个官来，你到了盛京须得万事谨慎。"

姜黎没听霍珏提及去盛京的事，如今听杨蕙娘一说，不由得蒙了下："我……我们下月便要去盛京了吗？那……那娘和阿令是不是就留在桐安城了？"

杨蕙娘瞧姜黎这模样，便知霍珏什么都还未同阿黎说，笑了笑，道："谁说我和阿令就要留在这儿了？杨记酒肆是杨家的祖业，我总得把这里的事打点好，方能放心去京城找你们。"

先前杨蕙娘去如意园时，霍珏便同她商量过，等他上京赶考时，她与阿令也一同去。

盛京有国子监，还有比正德书院还要好的麓山书院。不管是国子监还是麓山书院，对姜令来说，都是极好的去处。

再者说，霍珏无父无母，魏娘子到了盛京要回定国公府，家里半个长辈都无，万一出了什么事，想寻个管事的人都寻不着。因此，在霍珏的恳切请求下，杨蕙娘思忖了片刻便应了下来。

唯一放不下心的就这点祖业。可人挪活树挪死，祖业大不了带到盛京去，说不定能让整个盛京的人都爱上他们杨记的酒！

姜黎听见杨蕙娘的话，刚腾起来的愁绪还未成型便散了，她看了看杨蕙娘，又看了看霍珏，道："就不能一同出发吗？"

霍珏放下手上的竹箸，看着姜黎温声道："自是可以。"

杨蕙娘却不干了，瞪了姜黎一眼，道："你这丫头，胡说些什么？当然是不能！春闱在二月初便要开试，我这头怕是要到十二月方能出发。去盛京路途遥远，至少要一个月的时间，若是路上遇到点意外，说不定连春闱都会被耽误。你们就按原先的计划，下个月便启程。"

杨蕙娘说得句句在理，又关乎霍珏的会试，姜黎只好打消了一同出发的念头。

到得十一月，桐安城的气温急转直下，满城的梨树、杏树光秃秃的，枯黄的叶子铺了遍地。

初三这日，姜黎一早便起了身，睡眼惺忪地坐在铜镜前，由着桃朱、桃碧伺候她洗漱梳妆。

这两个丫鬟是佟嬷嬷特地拨给她用的，桃朱稳重，桃碧活泼。姜黎与她们相处了一段时日，很是喜欢，对二人也渐渐有了些倚重。

今日，是启程去盛京的日子。

朱福大街的父老乡亲都跑过来同霍珏道别，都盼着他能高中三甲，衣锦还乡。

姜黎出去时，外头早就围满了人。

杨蕙娘、姜令、张莺莺、刘嫣全都在，姜黎一看到他们，眼眶便有些红。她长这么大，还是第一次离开桐安城，离开她娘与阿令。

杨蕙娘心里也不好受，把手里给姜黎准备的蜜饯果脯递了过去，道："这些零嘴你在路上慢慢吃，也不用觉着伤心，娘与阿令很快便去盛京找你们。"

与众人好一番告别后，等到日头越挂越高，马车方才缓缓驶离。

他们这一行，单是坐人的马车便有好几辆，后面还跟着不少骑马的薛家暗卫。

这些暗卫均是定国公府精心训练的，个个生得人高马大、气息凛厉，一路行来，惹得路人纷纷侧目。

姜黎上车后情绪便有些恹恹，桃碧说了好几个笑话都没能将她逗笑，便也不说了。

马车里一阵寂静，姜黎阖着眼，心里空空荡荡的，那种茫然无措顷刻间蔓延在心底，像是双脚腾空踩在了细索上，对陌生的城、陌生的未来生出了一种不安感。

这情绪来得突然且矫情。

姜黎闷了小半日，终于还是吸了吸鼻子，挑开窗牖的帘子，去寻霍珏的身影。

帘子刚一挑开，霍珏便察觉到姜黎的视线，回头望了过来。

小姑娘眼眶泛着红，看着他的目光湿漉漉的。

霍珏微微一怔，随即便一扯马缰，径直掉头行至车窗处，对姜黎道："阿黎，可要骑一会儿马？"

姜黎下意识看了眼他身下的马，道："我不会骑马。"

"无妨，我与你同乘一匹便好。"姜黎闻言便有些跃跃欲试，她长这么大，连马都没摸过，更别说骑了。

霍珏让人停了车，将她抱上马背。

姜黎一坐上去便战战兢兢地一动都不敢动，生怕一个不小心就会摔下去。

霍珏利落上马，轻声道："别紧张，我在你身后，不会摔到。"

姜黎这才安心了些，后背靠上霍珏的胸膛，被他身上浅浅淡淡、似竹似麝的香气笼罩。而那双悬在半空中似踩了细索的脚忽地就着了地。

姜黎偏头望了他一眼，笑着道："你快让马儿动起来。"

小姑娘声音温温软软的，含着点笑以及一缕说不清道不明的依赖，却再不复方才的茫然沮丧。

霍珏低眸，轻甩了下马缰，身下的马缓慢地跑了起来。

佟嬷嬷看着窗外两人越跑越远的身影，忍不住笑道："阿黎还真是好哄得很，日后两人怕是连架都吵不起来。"

卫媗慢悠悠地摇着手里绣了朵大红牡丹的团扇，笑而不语。

一整个下午，姜黎都骑在马上，霍珏见她喜欢便由着她，待得夜里进了驿馆休憩，姜黎方才知晓这一下午的乐子究竟带来了多大的罪。

桃朱在屏风外守着，听见姜黎在浴桶里“嘶”了好几声，忙道：“夫人，可要我进去伺候？”

姜黎刻意忽略大腿内侧火辣辣的疼痛，道：“不……不用了，你退下吧。今日你与桃碧都累了，快去休息吧。”

桃朱哪敢真的走，继续老老实实守着。

约莫一炷香后，姜黎便穿着一身素色的里衣走了出来。见桃朱还在，挑了挑眉，道：“你怎的还不去休息？咦，桃碧呢？”

听到桃碧的名字，桃朱低下眼，压下心里的一丝恼怒，恭声道：“桃碧应当是去厨房给夫人取茶水了。”

姜黎不疑有他。

桃朱伺候姜黎睡下，才轻手轻脚地出了屋。一出去，便见桃碧提着一壶茶水，亦步亦趋地跟在霍珏身后走了过来。

桃朱掩下眼底的异色，恭恭敬敬地行了一礼。

“夫人呢？”

“夫人刚刚睡下，”桃朱垂着眼答道，顿了顿，又斟酌着添了一句，“夫人身子……似乎……有些不适。”

霍珏闻言神色一凛，顾不得其他，推门大步迈了进去。

桃碧正要跟进去，却见房门带了道疾风，砰的一声擦着她的鼻尖合上。

桃碧不由得面露窘迫，一时进退维谷。

桃朱几不可闻地嗤了声，伸手摸了摸茶壶的外壁，果然，茶早就凉了。

她冷冷扫了桃碧一眼，一言不发地扭头就走。

房间里，床头一豆微弱的烛火摇摇曳曳。

雪青的幔帐里，隐隐约约透出一道曲线玲珑的身影。

霍珏掀开床幔，薄薄的光线从他身后透了进来。姜黎转过身看他，往常红艳艳的唇微微泛着白。

“哪儿不舒服？”他低声问道，手随着声音探了过去，贴上姜黎的额头。

姜黎捉住他的手，道：“我没事。”

霍珏定定凝视她，姜黎对上他的目光，沉默半晌才支支吾吾道：“就腿磨破了一点皮，没什么大碍，过两日便能好。”

霍珏清冷如月的脸晃过一丝了悟，伸手便抽走了盖在姜黎身上的寝被：“我看看。”

十一月的夜晚凉如水，寝被被掀开后，姜黎修长白皙的腿瞬时起了层鸡皮疙瘩，她一个激灵坐了起来，红着脸道：“你……你做什么？”

霍珏却没说话，将幔帐撩开了些，从一边小几上拿过烛灯，凑过去看。

只见她腿侧的皮肤蹭破了一大片，好些地方渗出了血丝……霍珏抿了抿嘴，给姜黎盖好寝被后，留了句“我去拿药”，便放下烛灯出去了。

姜黎被他这么一折腾，也没了睡意，坐在床上巴巴地等着。

没一会儿霍珏便回来了，手里拿着个通身碧绿的精致瓷瓶，对姜黎道：“躺下，我给你上药。”

姜黎脸上的红潮还未褪去，乖乖躺下，很快伤口处便感到一阵清凉，火辣辣的疼痛感瞬间便减轻了不少。

霍珏给姜黎上好药，掖好被子，像是想起什么似的，笑着问她：“方才阿黎以为我想做什么？”

姜黎不妨他忽然问出这样的话，忙拿被子蒙住头，瓮着声音道：“没想什么，你不许问！”

霍珏等了几个瞬息，等到她害羞劲儿差不多过了，才拉下她头上的被子，在她额头落下一吻，柔声道：“行，我不说了。你快睡，这几日就别骑马了。”说着便吹灭了烛灯，脱下外衣钻进被子，将她牢牢揽入怀里。

姜黎确实累得很，头枕在他胸膛，没一会儿便睡着了。

霍珏修长的手指穿梭在她的发间，脑海里闪过桃碧提着茶壶在马厩里等着自己的羞涩模样，眸子微微一冷……

姜黎这一觉睡得很沉，隔日醒来却发现不对劲儿——她癸水来了。

自打上次落水积了些寒气后，每到了小日子，虽不至于痛到寸步难行，但终归是不大舒服的。

姜黎怕弄脏了驿馆的床褥，也怕弄脏霍珏的衣裳，顾不得女孩家的羞涩，推了推霍珏的胸膛。

几乎在她碰到霍珏时，霍珏便睁开了眼睛，轻握她的手，道：“伤口还疼？”

姜黎小声道：“不是伤口，是我的……癸水来了，你去喊一下桃朱或者桃碧好不好？”

霍珏下榻点亮烛灯，径直去了行囊处翻找，不多时就找出了一块长条形的小布。

姜黎不明白霍珏是怎么认识月事布的，心里臊得很。

时人将女子经血视为不洁，杨蕙娘更是叮嘱让她小日子期间离霍珏远些，怕他会沾染上晦气。

此时，见霍珏拿着月事布，不由得有些慌乱：“你别碰，我娘说男子不能碰那东西，怕沾上晦气。”

霍珏云淡风轻地道：“我不怕。”说罢，一把抱过姜黎，十分熟练地替她穿戴。

姜黎简直心惊胆战，却架不住他的一意孤行。嫁与他之后，才发现他有极其强势且偏执的一面，与她相关的事，他总是事必躬亲，从不假他人之手——比如现在。

霍珏将脏污了的亵裤放到一旁，瘦长白皙的手轻轻贴上姜黎的脸颊，柔声道：“肚子可会难受？”

姜黎实在有些羞恼，怕他又要劳师动众地给她熬药，忙摇了摇头，故意用平淡的声音道：“不疼的。”

霍珏只看了她一眼，便唤了桃朱与桃碧进屋伺候，两人在收拾床榻时方才发现姜黎来了癸水。

桃朱望了望外头的天色，道：“今日怕是要赶一整日的路，奴婢回屋给夫人多缝几条月事布。”

霍珏在二人进屋后便离开了，桃朱不晓得他何时回来，索性把月事布抱回自己的屋子去缝。在她的观念里，这东西，男子看不得。

桃朱离开后，桃碧殷殷勤勤地奉上茶，状似无意道：“夫人小日子来了，夜里可还要与公子同睡一屋？”

这次是姜黎嫁人后第一次来月事，心里也没甚主意，不太确定道：“应当是吧……”

桃碧轻“啊”了声，欲言又止：“这……奴婢有句话，不知当讲不当讲？”

姜黎抬起眼：“你说。”

桃碧认认真真道：“从前奴婢听府里的嬷嬷说，女子入月，恶液腥秽，男子必须远离，否则会生病的。即便是国公夫人，每逢小日子都是安排旁的人伺候国公爷，或者让国公爷到书房去睡，就怕国公爷沾了污秽，会得病。”

姜黎闻言垂下眼，手指划过茶盏的杯沿，轻“嗯”了声。

众人用过早膳便离开了驿馆。

霍珏没骑马，将桃朱桃碧赶去了另一辆马车，亲自陪姜黎。

姜黎抱着他送过来的汤婆子，忍不住嗔道：“你不必如此，我又不是纸糊的，风一吹就倒。”

说是这般说，可霍珏能上来陪她，她还是很开心的。

霍珏看她笑弯了眉眼，将她抱入怀里，低声道：“我日日抱着阿黎，自是知道你不是纸糊的。”

白日里就这般搂搂抱抱，姜黎还是有些不自在，然霍珏的手臂跟铁铸的似的，推都推不动，索性由他去了。

颠簸中，姜黎渐渐有了睡意，她枕上霍珏的肩膀，刚阖上眼，忽又想起一事，忙抬起头来，道：“对了，今夜我们不要再睡一个屋子了吧。”

霍珏拍着她背的手一顿：“为何？”

姜黎知道实话实说他定然又跟早晨一样，便想了个旁的借口：“我来癸水时，一个人睡会睡得安稳些。”

霍珏的眼缓慢垂下又挑开，淡淡道了句：“好。”

这日，他们下榻的地方是城郊的一家两进宅院，收拾得窗明几净。

听佟嬷嬷说他们会在这里住上两日，姜黎心里偷偷松了口气。她小日子一般五六日，通常前两日会难受些，能安安生生住两日自然最好。

夜里，姜黎沐浴后便熄灯上了榻，霍珏给她上了药后便去了偏房。姜黎总觉得他离去的背影似乎有些可怜，可想到桃碧说的话，还是狠下了心。

姜黎裹着被子，却翻来覆去都睡不着。明明屋里放着好几个炭盆，被褥也十分厚实，可她却觉得有些冷，少了那个紧紧箍着她的怀抱，她似乎有些不习惯了。

起风了，鹅毛般的大雪纷纷扬扬飘在风里，又轻轻柔柔落在地上。

正当姜黎在榻上辗转反侧时，偏房外的回廊里忽然出现了一道纤细的身影。

桃碧穿着套桃红色纱衣，提着纸灯笼，款步停在偏房门外，房门被敲响。

“何事？”门内传来一道清清冷冷的声音。

桃碧理了理身上薄如蝉翼的衣衫，娇声道：“公子，奴婢有事禀告。”

里头的人似是思忖了片刻，没一会儿，桃碧便听到霍珏淡淡道：“进来。”

少女面露喜色，她这几日表现得很是明显，只要公子稍加注意便能看出她的心思。如今夜深露重，她主动送上门来，公子既然让她进去，定然是要纳她了。

房门被轻轻推开又合起，在寂静的夜里发出浅浅的嘎吱声。

姜黎看着陌生的幔帐，终于还是抵不住心里的渴盼，掀开寝被下了床。

一阵窸窸窣窣的声音后，她提起油灯走出屋子。

风越刮越大，雪花飘进廊下，粘在皮肤上很快便化成了水。

院子静悄悄的，姜黎轻呵了一口气，紧了紧身上的披风。说来也怪不好意思的，明明是她说要分房睡的，可如今出尔反尔的也是她。

姜黎上回廊，瞥见偏房里还亮着灯，眼睛不由得一亮。

就在这时，原本紧紧关着的房门倏地被人从里打开，一个狼狈的身影跌跌撞撞地跑了出来，直直撞上了姜黎。

姜黎被她撞得后退了两步才堪堪站稳，手上的油灯哐当一声掉在地上。

她蹙眉，抬眼便见桃碧化着淡妆的脸一片煞白，瞪大了眼睛，像是看到了鬼一般，结结巴巴地道：“夫、夫人！”

几乎在桃碧的声音落下的片刻，偏房里的椅子刺啦一声被抵开，然后是缓而慢的脚步声渐渐逼近。

桃碧惊慌失措地爬起，像只无头苍蝇似的冲进大雪，仿佛身后有什么恶鬼在追着她一样。

与桃碧同睡一屋的桃朱本来已经睡下了，却听房门砰的一声被人撞开，吓得她一股脑坐起了身。

黑暗中，桃碧抖着手关起门，对桃朱小声道：“桃朱，我要死了。”

桃朱眼皮重重一跳，赶忙下床点了灯，待到看清桃碧身上那薄得不能再薄的衣裳，哪能不知道她方才做什么去了，桃朱心口猛地蹿起一把火来。

“怎的？！撞到铁板了？是不是发现公子半点不贪色，还压根儿看不上你？”桃朱恶狠狠道，“背着主子去勾引主子的男人，你便是死了也是活该！”

桃碧双腿抖成了摆子，失魂落魄地任她骂着，脑海里还残留着霍珏看向自己的目光——没有任何温度的，带着淡淡杀意的目光。

进了屋后，她甚至还未靠近他，肩膀便忽然一痛，之后便再也动不了。他坐在圈椅上看着她，良久，才起身缓缓走近她：“她信任你——你可知你这样，会伤到她？”

他的声音很轻，语气里分明听不到一丝情绪，甚至那张令她着迷的脸也没甚表情。可桃碧却无端感到害怕。

是真的害怕，这样的霍公子跟往常她看到的根本不一样。

她看到的，是夫人面前温柔又体贴入微的公子，不是这个眼里寂寂无光、眸色阴晴难辨，像是从极深的暗狱里走出来的人。

霍珏在离她两三步的距离顿住脚步，他修长骨感的手始终握着一支毛笔，食指与拇指交叠，摩挲着尾端的紫毫。

下一瞬，那磨得光滑的笔头便轻触她脖颈，她身上的血液仿佛一瞬间被冻结，紧接着空气越来越稀薄，桃碧的脸一点一点涨红，唇一点一点发紫，她娇俏的面容流露出深深的恐惧与哀求。

对面郎君黑漆的眼始终如一，无波无澜。就在桃碧以为自己马上就要死了的时候，他倏地挪开了手，毛笔也被掷到了角落。

霍珏看了眼抖着腿跪在地上软作一团的桃碧，缓缓道：“让她难过的人，都要死。你该庆幸，你还未曾惹她难过。现在，带上你的东西，滚出去。”

# 第九章

# 初入盛京

长廊里，姜黎愣了半晌，直到整个人被霍珏拦腰抱进屋里，才回过神来。

偏房里的灯很亮，姜黎被光刺得闭了眼，再睁眼时，人已经坐在他腿上，与他面对面。

霍珏用力包住她冻得发抖的小手，放在嘴边呵气，边柔声问着："怎么不睡？"

姜黎轻轻瑟缩了下，小声道："睡不着。"

怀里的小姑娘披着一头乌黑顺滑的发，巴掌大的小脸被冻得毫无血色，密密的睫羽微微垂下落下一片阴影。

她的心事一贯好猜。

霍珏凝视了须臾，轻捏住她小巧的下巴，逼她抬起眼，道："方才我没碰她，连衣角都没挨一下。"

姜黎眼睫轻颤，对上他深深沉沉的目光，抿了抿唇，道："我知道你没碰她。"

不管桃碧还是霍珏的衣裳都是整整齐齐的，况且，霍珏的为人她是信的。

姜黎不是个愚蠢的人，想起今晨桃碧说的话，又结合起方才的种种，心里已经明白是被人利用了。

"我是不是很笨？"

姜黎的下巴抵着霍珏的肩，语气有些沮丧。

霍珏眸色微暗，轻声安抚道："不是。阿黎只是不知这世间的人心有多丑陋。有许许多多的人，都是戴着面具活着……所以，不可轻易将自己的信任交出去。"

听到那句"有许许多多的人都是戴着面具活着"，姜黎心跳霎时漏了一拍，突兀地想到方才桃碧从门内出来时，她抬眼扫过屋内的那一幕。

霍珏懒洋洋坐在圈椅上，神色清冷，一身雪色的锦袍衬出一身谪仙的气质，可那双黑沉的眸却微微眯起，暗暗沉沉的眸光看得人心惊。

这样的霍珏竟叫姜黎感到陌生。

姜黎抬头看他，目光里带着她自己都不曾察觉到的探究。

霍珏的指尖缓慢且眷恋地擦抚过姜黎脖颈温热的肌肤，他垂睫看着她："阿黎在想什么？"

姜黎呼吸轻了些，下意识摒弃方才冒出的奇怪念头，双臂转而圈上了他的脖子，再次埋首在他肩上，回道："我在想，以后我们还是别分开屋子睡了。"

第二日，姜黎起得比往常晚了些，桃朱进来给她梳洗，桃碧却不见了踪影。

"桃碧呢？"姜黎问。

桃朱绞干帕子给她敷脸，又为她抹上涂脸的膏脂，方才恭恭敬敬地回答：“桃碧在外头的雪地里跪着呢。”

桃朱说到这里，心下一叹，她与桃碧一同长大，到底见不得她一时被猪油蒙了心，丢掉小命。

霍公子是个心狠的，无双院的魏姨娘与佟嬷嬷也不是好糊弄的。但，她们服侍的主子是个心肠软又和善的。

于是，昨夜便同她说好了，一早来夫人这里求情。

桃朱看得明白，只要夫人替她开口，不管是公子还是魏姨娘，都会饶了她。可今日夫人起得晚，桃碧还未来得及求情，就被佟嬷嬷送去雪地领罚了。

姜黎问了一句，之后便再没提起。

今日的风雪比昨日更大。用过早膳，姜黎披着大红的斗篷，揣着手炉去隔壁院子找卫媗。

经过穿廊时，果然见到桃碧依旧穿着昨日那身薄纱衣跪在雪地里，雪花落了她一身，桃红的衣裳覆上了一层厚厚的雪。

姜黎目不斜视地往前走，却还是在桃碧摇摇欲坠时抿紧了唇，她捏紧手炉，加快了脚上的步伐。

卫媗坐在软榻上，拿着长长的银箸拨着博山炉里的沉香，听到莲棋禀报说姜黎来了，忙放下银箸，差人去泡了壶花茶。

昨夜的事，今晨起来便听佟嬷嬷说了。

桃碧是国公府的人，阿珏与阿黎到底不好越俎代庖。

这事儿，自然落在她手上。

按理说，薛无问的人她不该动，可她忍不下这口气。

桃碧在无双院伺候她时，规规矩矩、老老实实，从不会行差踏错。一到阿黎身边，转眼便变了个样，连爬床的事都干得出来！

她不敢爬薛无问的床，却敢爬阿珏的床。说到底，不过是觉着阿黎性子软，阿珏身份低好拿捏罢了。

卫媗原先想直接将人送回去国公府让薛无问发落的。可转念一想，何不借着桃碧背主这件事，教教阿黎该如何御下，又该如何执掌后宅。

阿珏入仕之后，势必风雨相伴、举步维艰。阿黎也须得跟上他的脚步，两人方能一同砥砺前行。

阿黎的世界太过单纯，若还像今日这般轻易叫丫鬟给糊弄了，日后到了盛京，怕是被人卖了还帮着人数钱。

卫媗拿定了主意，便也不扭捏。

待姜黎进来，她正要开口，却见姜黎忽然对她认认真真地行了一礼，惭愧道：“阿姐，昨日的事，是我做错了。”

姜黎从小就被爹娘护得极好，她爹去世后，杨蕙娘更是变得泼辣难缠，半点亏都吃不得。

旁人都道杨蕙娘是因着丧夫才性情大变。可姜黎知道，她娘都是为了护着她与阿令。

也幸得朱福大街的街坊邻里都是好相与的，从小到大，她也就在苏瑶那里吃了点暗亏。再后来便是落水那次，可那次她病好之后，薛真也彻彻底底消失在了她眼前。

在姜黎看来，世上的人大多都是善良可信的。她从来没想过，那个时刻逗自己笑，又体贴入微照料自己的人，转眼就去勾引自己的夫君。

她不由得想，若桃碧是霍珏与卫媗的仇家派来的，若她不是想爬床，而是想刺杀霍珏，那昨夜……霍珏说不定就要身陷险境了。

姜黎隐隐约约觉得，霍珏与卫媗的来历或许是不能让旁人知晓的，若是知晓了，兴许会招来祸事。

日后，如果有人想借她身边之人加害霍珏，那她这过于容易信任他人的毛病就会害了他。

卫媗瞧着小姑娘脸色一阵红一阵白的，不由得一笑，挥挥手屏退了左右伺候的人，只留了佟嬷嬷在屋子里。

“你先坐下，再同阿姐说说你觉着哪里错了？”

姜黎接过佟嬷嬷递过来的花茶，轻抿了一口，便将心里的想法倒豆子似的说了出来。

卫媗倒是没想到姜黎兜兜转转一圈，居然是责怪自己让霍珏陷入了莫须有的险境。小姑娘这颗时刻向着她弟弟的赤诚之心，很是难得。

“阿黎能看清这点，阿姐很高兴。可你也不必过于自责，是人都会犯下错误，便是阿姐与阿珏，从前也犯过许许多多的错。”卫媗握住姜黎的手，语气温柔道，“你若是不介意，日后阿姐便多同你说说我吃过的教训，好让你日后少走些弯路。”

姜黎头摇得跟拨浪鼓一般：“阿黎怎会介意？若阿姐不嫌弃阿黎愚钝，我日日都来同阿姐学。”

卫媗与佟嬷嬷见姜黎一扫进门时的颓丧，不自觉地都笑了起来。

姜黎在卫媗这一坐便是一个时辰。

出来后，桃朱上前给她披上斗篷，又将刚热好的手炉递给她，而后小心翼翼地觑着姜黎的神色。半晌，低声道：“夫人是极好的主子，是桃碧不懂得珍惜。”

听见这话，姜黎没吭声，只望了望下得愈来愈大的雪，道了句：“走吧，你随我去看看桃碧。”

霍珏天未亮便出了门，让人快马加鞭往白水寨去了封信。之后，去了苏世青的院子，确定苏世青身体稳健了，才将赵遣从暖榻里揪起，一同回来。

赵遣跟在他身后，打着哈欠，一脸困顿地道："我说霍解元，你家小娘子在小日子里受点凉肚子疼，那是再正常不过的事，两剂药下去便没事了，真的不必这般大惊小怪。"

霍珏淡淡看了他一眼，赵遣被他这一看，满肚子的牢骚登时噎在喉咙里。

说来也奇怪，他打小天不怕地不怕的，也就一个薛无问能教他心服口服地跟随。可在桐安城待了几个月，结结实实领教了霍珏的手段后，他心里犯怵的人又多了一个。

赵遣盯着霍珏的背影，心里直犯嘀咕：这人瞧着光风霁月，实则心黑、手黑、肚子黑，真替嫁给他的姜小娘子捏一把汗。

腹诽归腹诽，还是老老实实地给姜黎把了脉，施了针后又开了几剂药，还亲自熬好了才离开。

姜黎觉着一点儿腹疼就如此劳师动众还挺难为情的。

她昨夜出去时受了寒，好在霍珏一直用手给她焐着，才安安稳稳睡了半宿，今晨起来已经不怎么疼了。却不承想他一大早就去找了赵大夫。

"我的肚子只有一点点疼，下回不必如此。"姜黎喝完汤药，整个人窝在霍珏怀里，半阖起眼。

霍珏往她嘴里塞了块蜜饯，低声道："明日又要开始赶路，今日吃几剂汤药，后头几日便不会这么难受了。"

姜黎咬着嘴里的甜杏脯，唇角不知不觉便勾了起来。

他待她是真的好。成亲至今，当真日日都像泡在蜜罐子里一样，也难怪桃碧见了他的好会起旁的心思。

想到桃碧，姜黎不觉又叹了声。

今日，从阿姐那出来，她便让桃碧回屋养着了。

桃碧哽咽着给她磕头认错，又感激她饶了自己一命。

姜黎与桃碧相处了这么些时日，头一回见她如此真心实意地感激她。从前，她一贯宽容和善，没拿她们当丫鬟看待，可桃碧从不曾像今日这样谢过她。

卫媗同她说：御人之道，以利诱之，以罚慑之，以恩感之。

对世上的大部分人来说，单纯的利益、惩罚与恩惠都是不足够的，三者有之方能让人真正地为你所用。

姜黎在桃碧身上看到恩威并施带来的效果。

经此一事，桃碧定然不敢再对霍珏起心思了，可姜黎却不打算继续留她。

思及此，她半撑起身子，回眸看着霍珏道："我将桃碧送回佟嬷嬷手下了。嬷嬷说，到了盛京便让她回去无双院。"

"你做主便好。"霍珏将她换了个姿势，与她面对面坐着，"她是定国公府的人，是该送回去。等到了云阳城，我会安排旁的人服侍你。"

姜黎乖软地应了声好，抬着眼瞅了他一会儿，忽而露齿一笑，认认真真同他道：“霍珏，我会成为一个好妻子的。”

窗外的风雪漫天，狂风撞得楹窗叩叩作响。

分明是凛冽的冬日，霍珏却觉着暖若春日，而这世间最美好的春光，全都沉在姜黎那双湿漉漉的眼里。

他对她素来没有抵抗力，再好的自制力都在她娇娇柔柔的声音里分崩离析。霍珏暗沉的眸光落在姜黎嫣红的唇上，他扶着她的后脑，低头吻了下去。

姜黎仰头承受他的热烈，感觉到他身体的起伏，甚至一改往日的羞涩，大着胆子摸了过去。

她想得很清楚，以后不管是小日子，还是日后身怀六甲，她都不想将他推给旁的小娘子。

谁知手刚摸到他的腰封，便被他扣住，姜黎红着脸道：“霍珏……”

话音未落，唇便又被狠狠堵住，半晌，霍珏才松开桎梏，将她按在怀里，哑着声道：“不需要的，阿黎。”他从来都不需要她取悦他，也舍不得。

这辈子，他来取悦她便好。

之后的日子，姜黎改乘卫媗的马车，偶尔霍珏不骑马时，才回自己的马车与他腻歪在一块儿。

就这般紧赶慢赶，总算是在十二月到了云阳城。

云阳城离盛京不远，七八日的路程。城市是以城郊的云阳山命名的，云阳山挨着的是所有走镖之客都害怕的白水寨。

姜黎从前也听说过白水寨，听说那里的悍匪一夫当关万夫莫开，连朝廷的兵马都奈何不了。

姜黎原先还有些惴惴不安，可一路行来，不管是霍珏，还是卫媗和佟嬷嬷，似乎都没拿白水寨当一回事，她便也不再忧心。

抵达云阳城的第一日，霍珏便说要去见一个故人，一整夜都没回来。

姜黎第二日起身时，才听桃朱说公子回来了。

出门一看，却见霍珏不是一个人回来的，身后还跟着个身形高大的男子和四名清秀的小娘子。

身形高大的男子脸上划了道长疤，许是他面目清隽的缘故，瞧着却不狰狞。

男子见着了姜黎，疾步走到她跟前，单膝跪地，恭恭敬敬地行了个大礼，道：“沈听，见过夫人。”

姜黎心里被他这一举动唬了一大跳，面上却不显，只笑着说不必多礼，让他起来。

沈听跪完，他后头那四个小娘子也跟着跪了一地。

“日后，她们四人便是夫人的丫鬟，”沈听微低着头，抬手作揖道，“请夫人赐名。”

姜黎道："我就不赐名了，留着她们的旧名便好。"话音刚落，有个梳着双丫髻的小娘子立马抬起头来，可怜兮兮道："别啊！夫人，我娘打小就叫我二丫，我等着换名字等了好久了。"

一边的沈听听得额角一跳，没忍住斥责："二丫！"

二丫赶忙闭嘴，却趁着沈听没注意到的时候，冲姜黎吐了吐舌头。

姜黎被她逗得一笑，想了想便道："那便叫素衣、素从、云朱、云绣。"

这几个名字说得极顺，姜黎说出来后，才恍然望向霍珏，此时霍珏也正望着她，深沉的眸子里难掩笑意。

姜黎耳郭一热，莫名便想起前日夜里霍珏在榻上给她念诗经的场景。

书里明明写着"素衣朱襮，从子于沃。既见君子，云何不乐"，他却非要改成"既见阿黎，云何不乐"，还将她压在榻上，来来回回念了好几遍方才罢休。

大抵是他念了太多遍，以至于她下意识便从这里头挑了字取名。

这下好了，日后她每每喊她们的名字，都要想起霍珏是怎样在她耳侧用低低沉沉的声音念着"既见阿黎，云何不乐"。

自此，姜黎多了四个丫鬟。霍珏将四人交给佟嬷嬷调教，一两个月后方能正式到她身边来。

不仅仅是姜黎，霍珏身边也多了几个替他跑腿的人。

姜黎见过那几人一次，只觉那几位壮汉气息沉稳。目光锐利，一看便知是习武之人。几人来了没几日，便被霍珏派了出去。

姜黎半点也不好奇，她对霍珏的事一贯不过问，依旧安安心心地同卫媗学着如何做一个贤内助。

云阳城离盛京不远，路上因大雪封城耽误了两三日，但到底还是在十二月十五那日顺利抵达盛京。

这日，出城、进城的人不少，马车在城门外排了长长的队。

姜黎等着等着便在车里的软榻上睡了过去，起来后发现马车半天没动，迷迷糊糊问了句，才听桃朱说是因为城里有逃犯，锦衣卫出来逮捕逃犯了。

姜黎心里咯噔一下，赶忙起身挑开帘子，果然见到一群穿着飞鱼服的人在外头来来回回走动。

她立即道："我去阿姐那里守着！"

虽说他们这一行人，光是定国公府的护卫便有十数人，逃犯再如何胆大，估计也不会挑中他们的马车来藏身。可卫媗的身子骨太弱，姜黎想着她去陪着，至少能让阿姐心安些。

姜黎说着便要下车，却被桃朱一把拉住："夫人不必担心。世子爷就在这附近，魏姨娘那里不会有事的。"

“世子爷？”

桃朱笑着点点头：“世子爷是锦衣卫指挥使，有世子爷在，我们应当很快便能进城了。”

桃朱在无双院当值也有两年光景了，自家世子爷有多看重魏姨娘她是清楚的，肯定舍不得魏姨娘在这儿担惊受怕。

前头的车厢里，佟嬷嬷正同卫媗说着类似的话：“大姑娘，世子爷也在，可要老奴下去同世子爷打声招呼？”

“不必。”

卫媗方才听见了外头的动静，想来他此刻正忙着，没必要给他添乱。再者说，虽说盛京里没几个人能认出她这张脸，但到底还是要小心些。她如今不是一个人了，还有阿珏与阿黎在，万事疏忽不得。

卫媗垂眼片刻，终究是执起了一柄绣着锦簇春花的团扇，遮住了大半张脸，只露出一双盈盈润润的眼，挑起厚重的棉布帘子，往外望去。

此时，官道旁站着乌泱泱的一群人，可薛无问走哪儿都是鹤立鸡群，卫媗一眼便找着了他。

男子身形高大，着一身玄色官服，腰间束着鸾带，腰侧别着把绣春刀。卫媗见他正侧耳听着旁人说话，长眉微挑，眼皮微垂，嘴角噙着点笑意，依旧是那副懒懒散散的模样。

卫媗才刚放下帘子，那头的薛无问便转过头来，旋即眯了下眼，将腰间的绣春刀扯下扔给一旁的副统领，大步走了过来。

没一会儿，便听车外有人敲了敲门，佟嬷嬷忙问了句：“哪位？”

“嬷嬷，是我。”

佟嬷嬷一怔，下意识看了卫媗一眼，见自家姑娘一脸平静，立即满脸笑意地开了门，道：“世子爷。”

薛无问淡笑着应一声，脚一抬便上了马车。

佟嬷嬷识趣地将空间留与他们，寻了个借口下车。

薛无问一上来便不客气地抽走卫媗挡脸的团扇，顺带捏住她下巴，逼着她看向自己，笑着道：“脸上是掉肉了？怎的不让我看？”他身上带着刺骨的寒意，冷冽的气息如剔骨的刀，凛冽逼人，手却极暖的，是她熟悉的温度。

卫媗微一怔便恼怒地拍了下他的手腕，恼他这副吊儿郎当的态度。

薛无问目光凝着她，见她原先没甚血色的脸因着发恼而洇上浅淡的红，笑着松开了手：“不错，没掉肉。”

卫媗身子骨娇气得很，在无双院时，天天燕窝羹、人参汤地喂着，都没能让她长胖些，反倒动不动就掉肉，腰细得跟柳条似的，好似轻轻一折便能断。

车厢因他进来灌了股冷风，卫媗抱起一个手炉，斜眼睨他："你不是正在逮捕要犯吗？跑我车里来躲懒作甚？"

薛无问屈起腿坐在她身侧，头靠着车壁，垂眸端详她，半晌才啧了一声："方才是谁在偷瞧我了？我这不是特地把自己送过来，好让你看个尽兴。"

卫媗："……"

薛无问难得见她吃瘪，提起嘴角笑了几声，眼见着卫媗要恼了才压下嘴角，道："要犯根本没逃出来，镇抚司故意弄这么一出，是为了诱捕先前逃掉的几名共犯。你别害怕，人已经抓得差不多了，一会儿我便让人放你们进城。"

因着有要务在身，薛无问与卫媗说完便准备离开。

临下车前，也不知想到了什么，眉心微不可见地拧了下，又回头同她道："你们在盛京的落脚处我已经安排好，接下来一段时日，你先与阿珏一同住在永福街，等年关过了，我再接你回无双院。"

卫媗面色如常地"嗯"了一声，握着手炉的手却微微一僵。等到薛无问下了马车好一会儿后，才将早已凉掉的手炉搁在小几上。

佟嬷嬷回来时给卫媗带了几个枣泥馅儿的烙饼。饼烙得金黄酥脆，外头沾着白糖和白芝麻，是卫媗一贯爱吃的小点。

这是薛无问过来时特地让茶寮的老板娘现做的，世子爷对姑娘不可谓不用心。可佟嬷嬷想起方才在茶寮听到的话，心口又着实堵得慌。

卫媗静静吃完小半个甜饼，才拿帕子擦了擦唇，对佟嬷嬷道："嬷嬷，说吧，是何事让你如此不安。"她心思剔透，方才便注意到佟嬷嬷的异常，见佟嬷嬷不说，索性便开口问了。

佟嬷嬷望着卫媗，心里钝钝地疼。

卫媗是她奶大的，又同她一贯亲近，自然清楚她家姑娘有多重情。被世子爷娇养了六年，她虽从来不提，可佟嬷嬷知道她心里是有世子爷的。若是她知晓了世子爷要娶妻，那该多伤心啊。

佟嬷嬷咬了咬唇，到底还是不愿瞒她，沉声道："方才，奴婢听锦衣卫的官爷说，定国公府来了位表小姐，是瀛洲王氏的嫡女。那位表小姐来盛京，是为了与世子爷定亲的。"

瀛洲王氏与青州卫氏同是根深叶茂的百年世家。

从前卫家在时，是当之无愧的世家之首。后来卫氏一族遭了难，瀛洲王氏便开始以第一世家自居，王氏女地位也因此水涨船高，与薛家定亲倒也算得上是门当户对。

卫媗瞧着佟嬷嬷心痛又担忧的模样，反倒弯了唇，柔声道："嬷嬷，薛无问若是要成亲，那我们便离开无双院，去与阿珏和阿黎同住。如此，还能落得个自在，想来也是不差的。"

佟嬷嬷张了张嘴，见卫媗平静的笑脸，终是将到嘴的话咽了回去。

有小公子在，大姑娘便是离开了世子，也能平平安安地活下去。

卫媗安抚好佟嬷嬷，又捡起那吃剩半个的饼吃了起来。枣泥依旧软糯甜香，可不知为何，吃起来却有些食不知味……她强行咽下几口，终是放下甜饼，阖眼靠上车壁。

城门外挤着的人越来越多，薛无问一下车，便见到立在一侧的霍珏。两人对视一眼便各自错开了眼，薛无问喊住不远处的一名锦衣卫，笑吟吟道：“孙毅，去同玉京楼的苏妈妈说一声，今晚我要去她那吃酒，让她给我留个雅间，就闻莺阁吧。”

孙毅恭声应是，身影很快消失在城门里。

薛无问同孙毅说完，径直去了城门，亲自为霍珏一行人放行。

他掌管着锦衣卫，又是身份矜贵的定国公世子，还是御前行走的大红人，守城的小将自然不敢置喙，连通关文牒都没看就放人进了城。

姜黎没想到进城会这么顺利，许多排在前头的车马还堵在城门外呢。

她方才挑帘看了一眼，里头不乏华贵的马车，应当是盛京有头有脸的人家。这些人家都得老老实实等着，他们反倒得了优待率先进了城，可见定国公世子在盛京地位定然很高。

她忍不住问桃朱：“薛世子在盛京是不是……很厉害？”

桃朱诧异地看了姜黎一眼，她家世子爷自然是极厉害的，当初在肃州领兵打仗时，便被当地人偷偷称呼为“杀神”。后来不知为何，世子爷忽然离开了肃州，兀自留在盛京进了锦衣卫，又只花了不到六年的时间，便爬到了指挥使的位置。

整个盛京，除了宫里的那位，似乎也没见世子爷怕过谁。

桃朱点点头，说了好些薛无问的事迹，原是想着同姜黎说说定国公府的威风，却不料姜黎听罢后，反倒一副心事重重的模样。

“应当有许多人想嫁给这位世子爷吧？他可有婚配？他那样的人，日后要娶的人应当是门第极高的贵女吧？”

阿姐是薛世子的妾室，薛世子厉害些自然是好，至少能护得住阿姐。可这样身份矜贵又有能力的人，日后娶的妻子怕也是极厉害的。

姜黎舍不得卫媗受委屈。

桃朱哪里知晓这些。世子爷总是一副笑脸，实则御下极严，她们在府里伺候的时候，从来不敢打听主子们的私事。

可见姜黎微微蹙起的眉峰，桃朱又不忍她太过忧心，便宽慰道：“夫人放心，世子爷待魏姨娘极好，肯定不会让未来的世子夫人欺负魏姨娘的。”

为人妾者，总是要低声下气，既要侍奉好夫主，又要侍奉好主母，日子哪能过得好？

在姜黎眼里，卫媗就像天上的明月高雅圣洁，这样的人，不该过得如此憋屈。

若是霍珏能考上状元，说不得阿姐在国公府也能有底气些。等到日后她想离开国公府了，也能有个状元弟弟做她的依仗。

思及此，姜黎握了握拳，暗自下定决心：从明日起，她要催促霍珏好生温书备考。

入了城门，马车缓慢行驶了两刻钟后，方才在永福街一处三进四合院门口停下。

姜黎下车后便见霍珏站在街门处，静静望着匾额上的“霍府”二字。

霍珏面上是一贯的波澜不惊，可姜黎瞧着，就是有些心酸。她顿了顿，走上前去握住他的手，扬起一个灿烂的笑容，道：“以后这里就是我们在盛京的家了。”

霍珏微微一怔，半晌才回握住姜黎的手，应一声：“日后，我给你换更大的宅子。”

姜黎忙道：“我瞧着这宅子就极好。盛京居大不易，能有这么大的四合院我很知足了。”

眼前这套四合院可比他们在桐安城住的屋子要大得多，也气派许多。在寸土寸金的盛京，要拿下这么一套宅院，怕是花了不少银子。

姜黎不想霍珏操心银子的事，只盼着他安心备考，思忖片刻后，便道：“你若是想住大宅子，等我日后挣银子了，我们再换。”

霍珏闻言垂眸看她，笑了笑，刚要道声“好”，便听得垂花门后头传来一道气急败坏的声音。

“你们定国公府是怎么回事？将我骗来盛京，又把我囚禁在这儿，还有没有王法了？信不信我去顺天府告你们！我告诉你们，别以为官大就可以欺负人！老头子大不了同你们鱼死网破！”

姜黎被里头那道中气十足的声音吓了一跳，忙转头看向霍珏。

却见霍珏轻轻挑了一下眉，捏了捏她的手安抚她，后牵着她穿过垂花门到二进院。

只见一侧的抄手游廊站着一位鹤发童颜的老者，正指着一个护卫骂，老人家瞥见外头进来人了，正要转移对象继续骂，却在看清霍珏的脸后怔了下，半举在空中的手硬生生僵在那儿。

不多时，等摘下帷帽的卫媗被佟嬷嬷搀扶着进了屋，他僵在半空的手臂便缓缓放了下来，原本横眉冷竖的脸一下子变得激动起来。

姜黎望着那满脸动容的老者，心想：这位老人家，怕是霍珏与卫媗的故人。

果不其然，下一瞬，便见卫媗望着方嗣同，笑着行了个礼，道：“方神医，别来无恙。”

天色渐晚，雪下得越来越大了。

佟嬷嬷紧锣密鼓地吩咐丫头婆子安顿布置，虽人人忙碌，却也有条不紊。

宅院的两侧有四套厢房，正中有一座主屋。

姜黎原想着将主屋让与卫媗住，佟嬷嬷却说这里是霍府，日后她与霍珏便是这里的主人，自然要住主屋。

姜黎拗不过佟嬷嬷，只好让桃朱差人将行李搬进了主屋。

一顿忙活，等到安顿好已是夜深。

这段时日，赶路赶得人困乏极了，姜黎在屋子里用完膳，沐浴过后，便躺在矮榻上翻着诗经，谁知看着看着便迷迷糊糊睡下了。

霍珏从外进来，见小姑娘睡熟了，便走过去将她抱起，放在拔步床上，而后仔仔细细掖好被角。

正要起身之时，衣襟忽然被人拽住。

姜黎勉强撑开一条缝，含糊着嘀咕道："那位方神医不嚷嚷着要走了吧？"

"嗯，不闹腾了。"

"那就好，"姜黎松了手，"那你快些安置吧，我好困，不等你了。"

她这副模样实在招人疼，霍珏忍不住在她腮边落下一吻，轻声哄道："嗯，我马上要出去一趟，今晚会晚归，你先睡。"

姜黎困得紧，也懒得问他要出去做什么，只轻轻地应了一声，便沉沉睡去。

霍珏低眸瞧着她恬静的睡颜，待得她呼吸平稳了，方才出门去了玉京楼。

玉京楼是盛京颇具盛名的勾栏院，里头的老鸨名唤苏玉娘，曾经是名扬天下的第一名妓，盛京里不少达官贵胄都曾是她的入幕之宾。

苏玉娘如今年岁大了，却风韵犹存，治下的手段更是了得，将玉京楼经营得蒸蒸日上。

在盛京最繁华的长安街里经营一家勾栏院，背后没有人撑腰是不可能的。许多人猜测玉京楼身后之人是心悦苏玉娘已久的次辅大人朱毓成，可霍珏知晓，玉京楼的真正主子是远在肃州的定国公。

玉京楼里的花娘，尤其是艳名在外的几位当家花旦，全都听令于定国公府。不仅仅是玉京楼，盛京最出名的赌坊、酒楼、戏院，背后的主子都是定国公。

霍珏记得，梦里自己入宫后认了位干爹，是宫里的九千岁赵保英，他曾经同他说："人人都以为定国公远在肃州，在盛京便毫无根基，却不知盛京里处处都是他的耳目。若非定国公是个忠心的，金銮殿的那位哪能安安生生坐稳他的龙椅？"

霍珏亦是在梦中方才知晓，当初卫、霍两家出事，是定国公府的人提前递了消息到青州，这才让他侥幸逃了命。

玉京楼里，薛无问慢条斯理地把玩着手上的折扇，有一搭没一搭地听着外间传来的悠扬的琴声。

他的眉眼分明含笑，可熟悉他的人一看便知，他现下心情并不好。

苏玉娘给他斟了杯酒，觑着他打趣道："听说无双院那位回来了，世子怎的还是一张臭脸？"

薛无问收起折扇，笑着望了苏玉娘一眼，懒洋洋道："回来了又如何？又不是回无双院。”

苏玉娘抿嘴一笑：“世子若是想，随时可将魏娘子接回定国公府。”

薛无问将杯盏里的酒一饮而尽，也跟着一笑：“她喜静，怕吵。等年后国公府清静了，我再接她回来。这姑娘脾气大得很，若是惹恼了她，本世子定然没好果子吃。”

不接卫媗回府，一方面的的确确是怕王氏女惹卫媗生气，另一方面却是考虑到她与弟弟刚相认没多久，此时让她回来无双院，她怕也是不肯的，索性便让她在永福街住一段时日。

苏玉娘也知晓定国公府如今住进了一位表小姐，听说是定国公夫人亲自给他挑的媳妇儿。虽然还未议亲，但瞧这架势，估计是不逼着世子娶亲是不肯罢休的。

世子爷嘴里说的“吵”，是指那位表小姐吧。

苏玉娘与薛无问虽是主仆关系，但私交尚且不错，说起话来也比旁的人要大胆些。

给薛无问又满上一杯酒后，便笑着道：“要让玉娘说，若是世子您生得丑陋些，说不定就不会招来这么多麻烦了。”

苏玉娘才刚调侃完，便有侍女在外敲了敲门，道：“苏妈妈，薛世子等的人来了。”

苏玉娘笑吟吟地起了身，道：“世子的客人既然来了，玉娘去给你们再温些热酒。”说着便出了闻莺阁，路过回廊拐角时，余光瞥见一个高大清瘦的郎君信步走上台阶。

方才在雅间里调侃薛世子的那张脸太过招人，眼前这位郎君的脸可一点儿也不比薛世子逊色。

眉目深邃，气质清隽贵气，饶是苏玉娘见惯了形形色色的美男子，也不得不夸一句，这位郎君生得实在是太出挑了。

瞧着尚未及冠，也不知成婚了没？若是没成婚，被宫里那位公主见着了这张脸，怕是拼了命也要将他抢进公主府的。

苏玉娘的目光十分隐晦，可霍珏五感敏锐，自是察觉到了。

他抬起眼，冲苏玉娘微一颔首，便径直往闻莺阁走。

苏玉娘眼见着他进了闻莺阁方才回过神来，能让世子如此郑重以待的，定然是个不可小觑之才。

瞧着那身气质，约莫是上京赴考的举子。

会试近在眼前，前来应考的学子如同潮水一般疯狂涌入盛京，这京城啊……怕是要更加热闹了！

闻莺阁内，薛无问在霍珏坐下后，便将一摞银票推了过去，笑着道：“银票还你，你姐夫俸禄虽不多，但永福街那宅子尚且买得起，你安心住下便是。”

数月前，他曾让沈听送了封信到定国公府，与信一同送到还有一摞用来买宅子的银票。这些银钱拿来买永福街的宅子绰绰有余，只是盛京里但凡好些的宅院都是有价无市，真要拿下这宅子，只能借用薛无问的名头。

现下薛无问以“姐夫”自诩，应是将他的过往都扒得一干二净，彻底信了他是卫家的二公子卫瑾。

霍珏收起银票，平淡道：“如此，昭明谢过姐夫。”

薛无问挑了挑眉。

这小子上回还同他说，卫氏女从不为妾，如今张口就喊姐夫，还挺上道。

“宅子买到了，方神医也请回来了盛京。还有，镇平侯府刚找回来徐姑娘也被人送到庄子里去了。你同姐夫说说，还有什么需要我效劳的？”

薛无问的声音里带着些戏谑，想他堂堂一介锦衣卫指挥使，能让他亲自效劳的除了宫里那位，也就只有卫媗了。

眼前这位小子倒好，轻飘飘一封信便给他下达了三个任务，还真不拿他当外人。就不怕将他惹恼了，直接拔刀相向？

霍珏听出薛无问话里话外的戏谑，却不在意。

梦中，阿姐死后，薛无问同他一起将那些人送入地狱，死的死，伤的伤，流放的流放，到最后连头顶的天都变了。

那时，薛无问比他还疯狂，手段阴狠、杀伐果断。整个盛京风声鹤唳，连世代守卫肃州、素有忠名的薛家都被泼了一身骂名。

大仇得报之日，薛无问卸职离京。没人知道他去了哪儿，也没人知道他是死是活，他就这般带着卫媗的骨灰，消失在了世间。

梦中，二人在朝堂并肩作战的过往历历在目，而眼前之人，尚未心如死灰。

一切都不一样，一切都来得及。

霍珏端起酒壶，亲自为薛无问斟了杯酒，淡声道：“还请世子救阿姐一命。”

苏玉娘穿过回廊，捧着刚温好的酒与数碟鲜香的下酒菜回了闻莺阁，谁知雅间竟只剩世子一人。

他垂着眸，骨节分明的手紧紧攥着酒杯，一贯含笑的眉眼如霜雪覆面。

自从薛无问进了锦衣卫后，玉京楼的人便归他管。苏玉娘替他卖命六年，从未见过他如此阴沉的表情。

薛无问放下手里的酒杯，对苏玉娘道：“将月芙送入刑部尚书府，齐昌林那老匹夫既然一心要纳月芙为妾，如今我便让他得偿所愿。”

苏玉娘眼底轻颤。

月芙是玉京楼三大头牌之一，盛京里喜欢她的公子哥儿多如过江之鲫。她又因着入了惠阳公主的眼，在盛京一众名妓里，可谓是独占鳌头。

这样一个思虑周全、四面玲珑的人，去当齐尚书的小妾，多多少少有些可惜了。

可苏玉娘不敢质问薛无问的决定，恭恭敬敬地应了声“是”。

霍珏回到永福街时已过子时。他喊来贴身伺候的何舟、何宁，低声吩咐几句，便又去书房写了封密信。

方才，他说的话不管薛无问信不信，对他接下来的行动都无甚影响。若他信，那自是最好。若是不信，也妨碍不了什么。

他不想再像梦里一般，因为复仇心切便寻了捷径，用最激烈的手段报仇雪恨。

他希望阿黎与阿姐能活得顺遂，活得快活。对他来说，她们好好活着才是最重要的。

待得何舟、何宁二人离开，霍珏便吹熄烛火，回了寝屋。

霍珏掀开帘子，内室暖香扑鼻。淡淡的杏花香是姜黎一贯爱用的，她身上时常带着这样的香气，甜丝丝的。

拔步床里的小姑娘睡得很沉，可霍珏上榻时，也不知是习惯了还是巧合，她身子一翻便熟门熟路地滚入他怀里，头不偏不倚枕上他臂膀肉最多的地方。霍珏眸色微沉，手臂搭在她腰间轻轻一扣，便将她箍入怀里。

一夜好梦。

昨夜睡得早，姜黎睁眼时天还暗着。大雪落了一夜，悄无声息地在楹窗上结满了霜花。

姜黎不知霍珏是几时回来的，想着让他多睡会，小心翼翼地正要起身，却又被他猛地拽入怀里。

“阿黎醒了？”霍珏初醒的嗓音犹带着丝暗哑。

姜黎迷迷瞪瞪地嗯了声，道：“是不是我吵醒你了？天色尚早，你再睡会儿。”

霍珏却未应她，凑过去轻嗅她发间，同时长指上挪，轻轻挑开她的衣襟……

姜黎一下子便红了脸，话音带了颤：“霍，霍珏，你若是睡不着，便起来看书，会试近在眼前，留给你的时间不多了。”

霍珏倒是未曾想这暖昧旖旎的气氛里，阿黎居然要他起床温书……

霍珏炙热的唇勾缠着她敏感的耳垂，低声道：“无妨，这点时间我浪费得起……”

姜黎再醒来已是天光大亮时，身侧的霍珏早没了人影，她缓缓坐起身，哑着声喊道：“桃朱。”

桃朱一直在外间守着，听到声音忙掀开帘子走了进来，服侍姜黎洗漱，又麻利地换了床被褥，之后才喊人将霍珏差人给姜黎准备的早膳送了进来。

早膳清爽开胃，吃完后，姜黎觉着自己又了活过来，虽身上还是一片酸软，但好歹有了些力气。

“公子呢？”

桃朱边觑着姜黎边说道：“公子去书房了。说要听从夫人的话，悬梁刺股映雪囊萤，好生为会试做准备。”

这话是公子特地交代她说的，想来是特地说来让夫人消气的，想到方才姜黎下榻时周身酸软又强行忍着的模样，桃朱大抵猜到公子为何怕夫人生气了。

姜黎听罢，腮帮子微微鼓起，过了会儿，又忍不住泄了气，抿嘴笑了起来。

桃朱见姜黎粉面含笑，知道她并非真的生公子的气，就算真生了气，也叫公子一句话给逗开心了。

果不其然，下一瞬便听姜黎笑吟吟道："让厨房的人去抓几只活鸡回来，等会儿见完阿姐与苏老爹，我亲自炖个鸡汤送到书房去。"

桃朱应声退下，传完话才回来主屋，陪着姜黎去东侧的厢房。

如今，姜黎还在同卫媗学如何管家，如何当一名合格的主母。可今早她却起迟了，进门时不免觉得羞惭。

好在卫媗根本不在意，还笑着打趣她："冬日就该睡懒觉，若不是想着你要来，我才懒得起那么早。你明日便同今日一样，来晚些，这样我也能在榻上多歪一会儿。"

卫媗浅笑嫣然，声音和煦，她身子骨弱，脸色素来比旁人要白上三分，因此眼底的青影显得格外明显。

姜黎坐下后，接过佟嬷嬷递来的茶盏，忍不住问："阿姐可是没睡好？"

卫媗执起一面团扇，掩嘴笑了下："这般明显？嗯……我有些认床，过一两日习惯了便好。"

话落，瞧见姜黎微微蹙起的眉心，便拿着扇底轻轻点了点姜黎的额头，笑道："莫担心，大不了我让方神医开几剂安神汤吃。"

"一会儿我就去同方神医说，"姜黎怕卫媗拒绝，还添了句，"正好我要去看苏老爹。"

卫媗微微一笑，颔首道："好。"

入了冬，盛京便是雪虐风饕的天气，卫媗一贯畏寒，故而屋内地龙烧得极旺。

姜黎总觉着今日卫媗的神色有些恍惚，她舍不得卫媗太过劳累，在东厢坐了没一会儿便起身告辞，离开时还催着卫媗回房去补个眼。

望着阴沉沉的天色，姜黎轻轻一叹，只盼方神医能让阿姐的身子骨健朗些。

第十章

# 冤家路窄

姜黎正想着方嗣同，那厢方嗣同也正同苏世青说着姜黎。

“按照苏老弟的说法，小公子与阿黎姑娘也算是青梅竹马了。”方嗣同坐在太师椅上，边给苏世青把着脉，边笑眯眯道，“要让老头子说啊，青梅竹马什么的最好了！”

苏世青颔首笑道：“正是如此。阿珏自小便不爱说话，阿黎却与他相反，是个活泼烂漫的性子，与阿黎成亲后，他脸上的笑容都多了些。”

方嗣同眯了眯眼。

他与霍老将军交情匪浅，与小时候的霍珏亦有过数面之缘，霍珏六岁那年摔断了手骨，还是他接的骨。

印象中，这位小公子自小就是个爱笑的。

卫家将他教得极好，持谦秉礼又温良恭俭。小小年纪被扔到霍家军操练，也从不喊苦。不管是三伏酷暑，还是数九隆冬，天不亮便要准时起来练拳。

有一回，他去给卫大娘子看病，路过将军府时，远远便瞧见一幼齿小儿顶着烈日，边扎马步边背书，小小郎君两条腿已然累得发抖，可背书的声音却清脆响亮，不带一点儿颤音。

瞥见他的身影时，还会笑着喊“神医伯伯好”。

那时他还感叹，卫氏一族的运势好。

前有才识过人、极受青州仕子爱戴的卫大公子卫彻，后有一出生便被圆玄大师批了凤命、得先帝赐婚皇太孙的卫大娘子卫媗。就连这不及他半腿高的小豆丁，小小年纪便能将《论语》倒背如流，长大后定然也是个惊才绝艳的。

三个孩子，随便哪一个都能支撑卫氏一族未来几十年的荣光。

哪承想……不过几年……青州卫氏便被人连根拔起，传承数百年的祖庙更是被烧了个一干二净。

方嗣同心下一叹，好在老天有眼，总算是留下了两根独苗。

可下一瞬，他又摇了摇头。

这两根苗……一个因心中积郁，有了折寿之相；一个心魔缠身，瞧着温润如玉，可那双暗寂无光的眼却遍布荫翳。

他既然来了盛京，自是要替故去的老友对这两根独苗多加看顾。

卫媗尚且好说，十六岁之前，身子便是他一手调理的，中间虽缺了六年，可只要未到油尽灯枯之际，他便有法子让她慢慢养回来。

至于霍珏……

方嗣同抬起眼，瞥见门外一道明艳的身影。

小姑娘许是来得急，白净的脸颊透着粉色，一双大大的鹿眼清清亮亮，把阴沉的天色都衬得亮了几分。

方嗣同忍不住抚了把胡子，正如苏世青所说，这小姑娘说不定就是霍珏的良药，那……他可得把人养得康健些。

西厢的两间屋子，分别住着方神医与苏老爹。姜黎先来看苏世青，却不料方神医也在。

与两位老人家行过礼后，姜黎方才从苏老爹嘴里知晓，方神医是来给苏世青解毒的。

方嗣同瞥见姜黎忧心忡忡的脸，便笑着宽慰她："夫人放心，你苏老爹这毒，老头子解得了。"

"方神医唤我阿黎便可，您是夫君与阿姐的长辈，自然也是阿黎的长辈。"姜黎认认真真道，"夫君说方神医医术高明、妙手回春，阿黎相信方神医定能治好苏老爹的病。"

小姑娘言辞恳切，乌溜溜的眼眸水洗般的清澈，干净得一眼便望到了底。

方嗣同治过王侯将相，也治过流民乞儿，踏遍了大周的万水千山，亦见过形形色色的人。不过一眼一句话，便知这姑娘是个心性单纯的。

这样赤忱的小姑娘与霍珏那孩子倒真是挺般配的。

方嗣同爽朗一笑："阿黎的夫君说得不错，老头子的的确确是医术高明。一会儿我替你把把脉，也给你开几副方子补补身子。"

姜黎忙摇头，她是替阿姐来请方神医开安神汤的，安神汤都没开呢，哪能先顾着她自己？再说，她身体康健得很，根本就不需要补。

可方嗣同却执意要给她看看，盛情难却之下，姜黎只好坐来让他把脉。

"无甚大问题，就是从前受了点寒邪，喝半个月药便能根治。虽说不是什么大毛病，但这寒邪不治好，日后在子嗣上怕是会艰难些，所以阿黎切莫掉以轻心。"

姜黎听见这话，原是有些羞赧，可见方嗣同说得煞有其事，便也一本正经地点头，保证这半个月一滴药都不浪费。

方嗣同开好药方子，便对姜黎挥了挥衣袖，道："老头子与你苏老爹要探讨一下药理，你去陪小公子读会儿书。虽说时间紧迫，但也得劳逸结合才好，可莫要用功过了头。"

姜黎捏着药方子，脸色一红，心道这位方神医还真是个不拘小节之人，寻常人哪会催着旁人去打扰自家夫君温书的？

可转念一想，方神医说的也不无道理。霍珏若是用功过了头，熬坏了身子，可就得不偿失了。

出了西厢院，姜黎把药方子递给桃朱，让她差人去抓药，熬好安神汤送去卫媗处。之后便去了主院的小厨房，亲自给霍珏熬鸡汤。

一顿忙活，姜黎从小厨房出来时，已到了午膳的时辰。

姜黎把鸡汤分成三大盅，往东厢院、西厢院各送了一盅，之后才端着汤，与送膳的婆子一同去了书房。

书房在正屋外的回廊尽头，靠近主院的角落，虽说偏了些，但胜在清静。

何舟守在书房外，瞥见姜黎的身影，忙恭敬地迎了过去，恭声道："夫人。"

说着，便伸手去接姜黎手上的汤盅，谁料姜黎避开了他的手，笑着道："你去替我问问公子，此时可方便用膳。"

何舟道："公子吩咐了，夫人来了，无论何时，直接进门便可。"

姜黎一怔，推门进屋，霍珏难不成还料到了她会过来书房寻他不成？

今晨，姜黎被他闹了一顿，原先还生了会他的气，可醒来后气早就消了，这会自然不会板着脸，眉眼弯了下，笑着问他："饿了吗？"

霍珏手执《春秋释义》静静望了她一眼，接着便放下书，站起身来到她跟前，低声问道："阿黎还气吗？你若还气，我便饿着肚子让你消消气。"

"谁要你饿肚子了？"姜黎没好气地瞪他，"我亲自给你熬了汤，你要多喝些。"

小姑娘瞪人时半点儿也不凶，还有点娇憨，霍珏瞧着弯了下唇角。

书房里没有专门用膳的地方，只有一套喝茶用的桌椅，两人倒也不讲究，坐着一同用膳。

煨了一个多时辰的汤这会儿喝正合适，入口温热鲜美。香气郁馥，带了点若隐若现的甜酒香。

见他吃得香，姜黎还挺高兴的，等何舟将桌上的菜撤下后，便扬起嘴角对他道："你若爱喝，我明日还给你送汤。"

霍珏并不重口腹之欲，可他喜欢姜黎时时刻刻出现在他的视野里，自是应好。

用完膳，姜黎想着方神医说的劳逸结合，便留下来陪霍珏说话。才说了没一会儿，便听何舟在门外道："夫人，桃朱姑娘说您的药熬好了，可要现在便喝？"

药自然要熬好的时候趁热喝，看着姜黎喝完药，旁边的霍珏便皱着眉道："可是哪里不舒服？"

姜黎顿了顿，道："这是方神医开的药，用来暖宫驱寒邪的，要喝半个月，之后才能顺顺利利地怀小娃娃。"

话音刚落，便见霍珏的眼神微微一顿，顷刻间便意味深长起来。

似是明白了他在意味深长些什么，姜黎面色一臊，急声道："你别乱想，不是你想的那样！"

姜黎脸上的红晕从脸颊一路蔓延到脖子，连耳垂都红得滴血。

霍珏静静望着她，揉捏着她指尖，温声道："阿黎，先同我说说，我想哪样了？"

他的神色平淡，嗓音亦是正经得很。

姜黎心想莫非是她想多了，他并没有觉着她是在迫不及待地要为他生小娃娃？

霍珏把玩了她的手片刻，便从一边的瓷碟里捏起一颗糖渍樱桃，喂进姜黎嘴里。

樱桃喂了进去，霍珏的手指却未拿出，姜黎愣怔怔地抬起眼，对上他幽暗的目光，似是察觉到什么，呼吸骤然急促。

下一瞬，他鼻尖擦过她的脸颊，唇也代替了他手指……

姜黎闭着眼，乌睫轻颤，手用力撑着身后的桌案，心脏扑通扑通跳得极快。

那种似是要被他吞噬的感觉再次袭上心头。

这种感觉并不陌生，每次与他温存，他那深沉到望不到底的目光，就像牢笼似的将她牢牢囚禁，让她逃无可逃，只能咬着牙承受着他的疯狂与热烈。

这时候的霍珏总让姜黎觉着陌生，与她一贯认识的霍珏仿佛不一样了。

姜黎仰着脸，呼吸愈来愈急促，后腰撞上桌案，刺啦一声，吓得她心脏狠狠缩了下。

是不是成亲后的男子都如此？她真怕霍珏会不管不顾地在书房胡作非为。

姜黎下意识推他："霍……霍珏，你……唔……该去温书了。"

小娘子的声音娇娇糯糯，从唇间逸出，很快又被碾碎，霍珏只觉腹下那把火烧得愈发地旺，可想起今晨她累得说不出话的模样，到底是忍住了。

他松开怀里的小姑娘，轻轻揩去她唇瓣的润泽，低声道："生娃娃的事，阿黎再等等。"

桃朱与何舟候在门外，听到书房传来桌椅被推动的声响，彼此对视一眼，俱面不改色地垂下眼，顺道不约而同地往回廊外挪了几步。

这时，书房的门忽然打开，姜黎快步走了出来，对桃朱道："公子要继续温书，我们回去吧。"

桃朱忙应一声，只当没瞧见姜黎红肿的唇与艳若桃李的面颊。

虽然知道何舟不会抬头直视主母，桃朱却还是偏过身挡在何舟与姜黎之间，给她披上斗篷，同她一块儿沿着回廊往回走。

姜黎摸了摸脸，面皮还是羞得火烧火燎般。她偷偷看了桃朱一眼，见桃朱面色如常，似未瞧出她的异样，方才松了口气。

"方神医给阿姐开的药都煎好了吧，送去东厢院了吗？"

"是，奴婢抓好药后，佟嬷嬷亲自煎好端去给魏娘子了。"

姜黎闻言放下心来，佟嬷嬷做事一贯细致，阿姐吃了药应是会好受些。

一路慢行，等回到主屋，姜黎的脸总算不再烧得慌。

她坐在软榻上，忽然想起一事，细细端详了桃朱一眼，道："过两日，素衣她们四人便要到我这来伺候。你若是想回去阿姐那伺候，明日我便同阿姐说一声，你若是想家了，我也可让人送你回定国公府一趟。"

昨日，桃碧便被佟嬷嬷差人送回了定国公府，以定国公府的规矩，桃碧怕是连三等丫鬟都当不得了。

桃朱不一样，桃朱稳重踏实，行事周全，有她在身边，姜黎做事要有底气多了。

说实话，若是桃朱要走，姜黎心里自然是不舍的，可桃朱必定是定国公府的人。

姜黎原想着，桃朱应当是开心的。谁知她话音刚落，桃朱当即便红着眼跪了下来，磕头道："奴婢想留在夫人身边，求夫人别把我送走。"

姜黎忙上前扶起她："快些起来，说话便说话，同我磕什么头？"

桃朱却不肯起，直起身子道："夫人不答应奴婢，奴婢便不起来。"

姜黎何曾看过素来稳重老成的桃朱这般耍性子，一时有些好笑："你要留在我身边，我高兴都来不及呢。只是你留下了，日后就要与你在定国公府的亲人分开了，你可要仔仔细细想清楚了。"

桃朱重重点头："奴婢想清楚了，奴婢就想跟着夫人。"

她是定国公府的家生子。因是女子，在家中的地位一贯不高，爹娘把大半的精力都放在哥哥身上，如今哥哥嫂嫂又生下了两个侄儿，她在家里的地位就更低了。

这些，桃朱都能忍让，可哥哥嫂嫂见她生得貌美，便生了旁的心思，花钱疏通人脉将她送入了无双院。在无双院待了几年，兄嫂眼瞅着她要满十九了，侍妾通房也没捞着，便又起了将她嫁与大管家的瘫痪侄子的心思，好借此跟大管家攀上亲。

姜黎见桃朱语气坚定，便也不说什么，只道："那我明日便同嬷嬷说一声，将你的身契拿过来。等日后你要嫁人了，我便将身契还给你。"

桃朱重重磕了个头，哽着声音道："奴婢谢过夫人。"

桃朱愿意留在她身边，姜黎自是高兴的。她如今要学着执掌中馈，府中的吃穿用度，开支与分配，人事上的调度与任免，以及供膳诸事全都要管。

从前，姜黎在酒肆里也曾学着管账，可酒肆的账与执掌中馈却是不一样的。要学的东西实在太多了，有桃朱在身边帮衬，她遇到困难了，也能有人帮着出主意。

如今霍府的人，比当初在如意园时要多了不少。

霍珏从白水寨调来二十余人，除了伺候姜黎的四个丫鬟，剩下的人不是跟在霍珏身旁听他差遣，便是在府里当护卫。

姜黎翻了翻账册，不由得有些头疼。

盛京的物价比桐安城贵了一倍不止，如今府里每天的花销数字都很惊人，再不想想开源之事，再多的钱财都是要坐吃山空的。

姜黎知道卫媗给他们备了不少银子，可她却是不愿意花，免得日后阿姐回定国公府想打点下人都没得银子。

姜黎的目光凝在账册上，蹙眉思忖。

她娘将桐安城的酒肆顶出去后，便打算到盛京再赁一间铺子重开杨记酒肆的。

要想生意红红火火，酒肆的选址便不能太差。或许，她该寻个空去盛京大街小巷转转，顺道研究一下在盛京什么样的酒肆食肆能挣银子。

想到这儿，她不由得想阿娘与阿令出发也有好几日了，如今临近年关，路怕是不好走。

姜黎微蹙眉心想得入神，没注意到霍珏进了屋，直到霍珏抽走她手上的账册，方才回过神来。

霍珏长手一捞，便将她安置在自己膝头，手抚着她微蹙的眉心，道："想什么事想得这么为难？"

姜黎心知他正在备考的关键，不想他分心，便只轻描淡写道："就是好奇阿娘与阿令到哪儿了，不知他们在路上可还顺利？"

她方才的目光闪了一下，霍珏想，真正让她为难的事并非是岳母他们的事。

可姜黎不愿说，他便也不强求，只顺着她的话，温声道："再过大半个月应当能到盛京。放心，有孙大当家与定国公府的护卫护送，不会有事。"

当初离开桐安城时，霍珏请了龙升镖局的镖师护送杨蕙娘与姜令，当时定国公府的护卫也留了几人，有这么多人护着，路上应当不会出问题。

姜黎轻轻颔首。

龙升镖局的大当家常年来盛京走镖，经验丰富，定国公府的护卫又个个身手不凡，有他们在，她还是放心的。

"娘说等她到了盛京，想寻个地儿重新开酒肆，我琢磨着等府里的事安顿好了，便去看看有没有合适的铺子。"

霍珏闻言眸光微顿，只淡声问："阿黎，可是缺银子花了？"

不妨霍珏居然看出了她在忧虑什么，因着不想让他伤神，她自然说不缺，还劝他莫要分心，安安心心为会试做准备才是当务之急。

霍珏并未说什么，用过晚膳后，便出去了一趟，回来时将手里的檀木匣子递给姜黎。

姜黎打开一看，见里头塞了厚厚一摞银票，惊得眼珠子都快转不动了，紧紧地抱住木匣子，小声问："霍珏，这些银票是从哪来的？"

方才她仔仔细细检验过了，这厚厚一摞少说也有一万两。

霍珏见小娘子又惊诧又担忧的模样，淡声笑道："这些是我在江宁府卖字画古籍换来的，等哪日得空了，我去延庆堂再卖些字画，给阿黎多挣点家用。"

之前在桐安城时，霍珏在她练字时，提笔作画是常有之事。她原以为那些字画是他无聊中的消遣，哪里知道能换来这么多银子。难怪她娘常说"穷秀才，富举人"，原来举人卖墨宝都能挣不少银子！

在霍珏的梦里，他随手一幅字画都能卖出天价。在桐安城时，他便早早吩咐沈听，将梦里知晓的贪官污吏私藏的银库偷偷端了。

在白水寨养兵、练兵需要大量银钱，他在盛京运筹帷幄同样少不了银子，是以他早早便安排好了。

“难怪我娘整日念叨着要阿令考个举子回来，原来举人老爷的墨宝这么值钱呢！”姜黎一双眼睛亮得就像天上的星辰。

霍珏只当姜黎是在夸他，颔首道：“过几日我带你出去逛逛，看中了哪家铺子，再寻牙人替你买下来。等娘来了盛京，你们想何时开店便何时开店。”

几日后，天难得放了晴。

姜黎坐在马车里，掀开厚厚的棉布帘子，好奇地望着长安街上的商铺与行人。

饶是她时时叮嘱自己要沉稳些，但那张白生生的小脸却根本藏不住情绪，像只刚从笼子里出来的小喜鹊一般。

霍珏见她一脸兴致盎然，便缓声同她介绍，那是长安街最大的成衣铺，旁边的金意楼是京中贵女最爱去的头面铺子，对街的飞仙楼是整个盛京最大的酒家，只接待勋贵豪富。

他的声音低沉悦耳，说话的速度亦是不疾不徐，姜黎听得津津有味。

听到后头，姜黎忍不住问：“霍珏，你怎会对盛京如此熟悉？”

霍珏淡淡道：“这几日去会馆会友，听当地的举子说的。”

姜黎自然不疑有他，点点头，又兴致勃勃地往窗外看。

霍珏的目光却落在她的脸上，不由得想，梦里的阿黎刚来盛京时，是否也像拘坏了的小喜鹊，看什么都觉得新奇。

到盛京后，他时不时便会梦见那间暗无天日的冰窖。

有时半夜醒来，他甚至会克制不住与她肌肤相贴，真真切切地感觉到她温热的体温，那种梦中失去她的深切绝望方能逐渐消散。

人人都道天子脚下的盛京城是世间最繁华之地，可他从来都不喜这里。此时，见姜黎很是喜欢盛京的热闹，心中对盛京的厌恶似乎也少了些。

姜黎自是不知霍珏心中所想，到了长安街街头，便提起裙摆踩着脚凳下了马车。

许是因着天气好，又许是临近年关，今日街上的人比往常都要多，格外热闹。

霍珏给姜黎披上斗篷，桃朱与何舟自觉落后了几步跟着。

姜黎的注意力全在街上的食肆酒肆上，等逛得差不多了，方才同霍珏道：“今日我们不回府用膳了，就在这附近寻个酒肆用晚膳，可好？我想看看这里的人都爱喝何种酒。”

霍珏见她眼底的期待藏都藏不住，自是应承下来。略一思忖，便领着姜黎拐入街尾的一条偏僻小巷，那里有一家门面不大的酒肆，大门上头立着一面幡旗，上头写着个“武”字。

梦里，霍珏喝的多是贡酒。唯独有一回，因他随口一句话捡回一条小命的小太监，特地给他送来两坛子酒孝敬他，说是家中世代相传的酿酒术酿的高粱酒。霍珏不嗜口腹之欲，听说他家是开酒肆的，恍惚了半瞬，便破天荒地收下了酒。酒是好酒，醇香郁馥、入口柔绵，与印象中杨记酒肆的高粱酒有些相似。

从此，他只饮武家酒肆的高粱酒。如今，阿黎想尝尝盛京的酒，他便鬼使神差地带她来了武家酒肆。

姜黎与霍珏进了酒肆后，却发觉酒肆的客人不多，伙计见来了客人，热情地上前招待，引着四人到了临窗的位置，又殷勤地问着要吃什么。

霍珏下意识便将目光瞥向姜黎，显然是让姜黎来做主，看得一边的伙计一阵咋舌。

这位郎君生得如此俊俏，又气质不凡，一看就是个贵公子，没想到是个惧内的，连点个菜都看夫人的脸色。

姜黎点的自是店里卖得最好的酒菜，吃过之后，倒是一阵惊喜。

“这酒与杨记的高粱酒同样烈，莫非盛京人也好烈酒？”

答案自然不是，但霍珏却淡淡颔首道：“应当是。”

在霍珏梦里，杨记酒肆在盛京做得风生水起，却不是因着祖传的酒方，而是入乡随俗地卖起最受盛京人青睐的醴酒。醴酒清淡，不如高粱酒浓烈。

阿黎每次来看他，从来不惧他冷若冰霜的脸，对着他喋喋不休说个没完，说盛京人说杨记祖传的酒上不得台面，真是气煞她也。

梦里的他，在宫里人人皆可践踏，唯独她始终将他当作珍宝。每次分开时，都会殷切地同他道：“霍珏，你等我，等我攒够钱了，我就赎你出来。你……一定要等我。”

如今，霍珏却舍不得她再同梦里一般，为了多挣银子，放弃祖传的酿酒术。

既然，梦里的他能让武家酒得登大雅之堂，大受盛京人追捧，现下自然也可以让杨记的酒名扬大周。

说他护短也好，说他霸道也罢，阿黎酿的酒，在盛京就应当是最好的。

天色渐晚，从酒肆出来时，外头又刮起了风。

姜黎吃了两盅酒，脸颊被酒气蒸出一层粉色。霍珏接过桃朱手上的斗篷，细心为她穿上，却见她眸光清亮，并无醉意，便问：“想去飞仙楼看盛京的夜景吗？”

飞仙楼是盛京最高的楼，能登高眺望整个盛京的夜景。若是天好，还能看到满天繁星熠熠生辉的美景。

“想是想，可飞仙楼我们能进得去吗？”出来时听霍珏说，飞仙楼非达官贵人不接待。

姜黎正想说不去了，却见霍珏淡淡一笑，道：“只要阿黎想去，那便进得去。”

姜黎微微一怔，霍珏的语气十分平淡，并不狂妄，似是在说一件微不足道的小事一般。

不知从何时开始，霍珏在她心里有些不一样了。

从前，她以为霍珏一心只读圣贤书，挣银两这样的事得靠她，别说她，便是她娘也是这般想的。

杨蕙娘在他们离开桐安城时，还偷偷给她塞了三百两的银票，想着霍珏在取得官职前，能让两口子的日子过得松快些。谁知一转眼，霍珏便塞了一万两给她。

姜黎觉着，不知不觉中，霍珏成了她的依靠。

飞仙楼的夜景果真名不虚传。

入了夜，又下起细细密密的雪，盛京在一片银装素裹中，千万家灯火熠熠生辉。

姜黎大饱了眼福，离开时尚且有些不舍。出了飞仙楼，见到对街炒板栗，那点子不舍便烟消云散了。

姜黎望了霍珏一眼。

霍珏大部分心神都放在她身上，哪能不知晓她是起了馋瘾，于是把手里的伞递给桃朱，便道："我去给你买，你在这儿等着。"

姜黎站在马车一侧，专注地望着缓缓步入食肆的霍珏，并未注意到身边缓缓停靠的精美华贵的马车上，下来两名高大的华服郎君。

身着紫红锦袍的郎君在瞥见姜黎的侧脸后，目光一顿，忽然疾步上前，猝不及防地扯下了她头顶的斗篷帽子。

姜黎吓了一跳，下意识望了过去，入目的是一张陌生的英俊的脸。

男子在看清姜黎的脸后，瞳孔一缩，下一瞬便要伸手捉她："是你！"

何舟赶忙放下马缰，疾步上前欲挡住男子的动作。谁知人还未靠近，便被旁边看戏的白衣郎君生生拦住，两人一时缠斗起来。

"你们是何人？"桃朱又慌又怒地护在姜黎身前，拿伞去打紫衣男子的手。可她力气小，伞还未打中男子的手臂，便被他用力一挥，连人带伞重重摔倒在地。

"滚！"

"桃朱！"

姜黎惊叫，快步往桃朱那里跑，才跑了两步，脖子忽然一紧，斗篷的一角被紫衣男子紧紧拽住。

电光火石间，两颗板栗破空而来，一颗击在了紫衣男子的手腕处，一颗击中了白衣男子的胸膛。

察觉到身后男子松了手劲儿，姜黎抬眸望着从食肆赶来的霍珏，绷紧的心总算松了下来。她手疾眼快地解开斗篷的系带，转身拉起桃朱迅速躲到了霍珏的身后。

霍珏沉着眉眼，细细打量姜黎，确认她没事，方才将目光转向紫衣男子，乌黑的眸子幽暗深邃。

紫衣男子似是才注意到姜黎的妇人髻，以及她靠近霍珏时全然信任的亲密举动。

他深深吸了一口气，抬起狠戾的眼，咬牙切齿地对姜黎道："你嫁人了？"

霍珏面色冷淡，眼眸深处像是搅了一团墨，他淡声回答："是又如何？"

宣毅额角突突一跳，心口的火腾地烧了起来，怒极反笑道："不如何，她既然嫁人了，那我就先让她成为寡妇！"

话音一落，不顾又麻又痛的手臂，五指内勾，直奔霍珏的喉咙而去。

霍珏把姜黎护在身后，刚要抬手，一道吊儿郎当的嗓音忽然闯了进来："哟，今夜飞仙楼还挺热闹。"

来人一身玄色飞鱼服，虽然声音散漫，动作却迅猛如电地抢在霍珏之前挡住了宣毅的手，紧接着反手一扣，笑吟吟道："宣大人想找人切磋武艺，是不是该换个地方？在飞仙楼门口同人打架，就不怕误伤了旁人？"

薛无问内力浑厚，动作看似云淡风轻，但唯有被扣住手腕的宣毅知道这笑面虎使了多大劲儿。

宣毅出身定远侯府，是定远侯唯一的儿子，在盛京亦是身份尊贵之人。可再是尊贵，在盛京也不是真的无所顾忌，至少有些人是不能招惹的，眼前的笑面虎便是其中之一。

见事不可为，宣毅咬牙看了薛无问一眼，沉着脸，不甘地放下了手。

他身后的白衣男子早在薛无问出现时便笑着走过来，拱手作揖道："薛大人。"

薛无问看着白衣男子，颔首应道："周大人。"

周晔觑了眼一脸阴沉的宣毅，方道："都怪我，不知薛大人今日当值，若不然绝不会挑今日与人切磋武艺。给薛大人添堵了，一会儿我请大人到玉京楼吃酒，先自罚三杯。"

薛无问似笑非笑地瞥了周晔一眼，道："吃酒就不必了。倒是切磋武艺之事，你们先同我说说，为何一定要当着我义妹的面，逼她夫君与你们二人切磋？方才你们是不是还恐吓我义妹了？"

周晔暗叫不好。

先不说，方才毅哥儿看中的小娘子究竟是不是薛无问的义妹，就看他这会儿问话的架势就知道，薛无问分明不想将这事儿就此揭过去。还一顶大帽子扣下来，讽刺他们欺男霸女，以多欺少。

正想着怎么回话，身旁的宣毅忽然开口："她是你义妹？"

薛无问顺着宣毅的目光，轻轻扫了眼不知何时站在霍珏身侧的姜黎。这是他第一次见姜黎，却不是第一回知道这个人。

先前卫媗在桐安城时，暗卫时不时会同他禀报卫媗的事，信里没少提这位姜小娘子。听说卫媗很是喜欢她，还亲自教她琴棋书画。

卫媗的性子薛无问很清楚，不喜欢的人便是她弟妹她也不会多亲热。能让她亲自教授四艺，那定然是喜欢得紧。她喜欢的人在他眼皮子底下被人欺负了，不出口气，日后卫媗定要把气撒在他身上。

薛无问不置可否地笑道："方才我听宣大人说要让我这义妹成为寡妇，怎的？宣大人难不成要强抢有夫之妇了？抢的还是我薛某人的义妹？"

"有夫之妇"四个字似利刃，直直插入宣毅心里，摧心肝的疼。

宣毅冷着脸不说话。不该是这样的，她不该嫁过人的。

周晔心里一叹，心知今日是躲不过了，只要薛无问不想放过你，那是当真不会给你留活路。

毅哥儿性子拧，自小又霸道惯了，想让他低头认错怕是不太可能，只能由他来伏低做小。方才他就不该看好戏，如今可好，惹了一身腥，还被薛无问这笑面虎盯上了！

"误会误会！表弟不过是和薛大人的义妹开个玩笑！"

"原来小娘子是薛大人的义妹，难怪生了张菩萨脸！"周晔一脸讨好，冲姜黎郑重作揖，笑道，"适才是周某与表弟莽撞了，还请小娘子莫要放在心上。周某在此，同小娘子郑重道歉，还请小娘子大人不记小人过。"

周晔的态度不可谓不诚恳，甚至诚恳到有些讨好了。

虽然不知道宣姓大人为何一见面就态度恶劣，但姜黎从薛无问的话里听出了这两人都是有官衔的，从薛无问的态度上看，他们的家世怕是不差。

霍珏虽说中了举，但到底未入仕，马上还要参加会试，此时自然是多一事不如少一事。

姜黎刻意忽略宣毅粘在她身上如头狼似的目光，微微抿唇，正要开口，却不想霍珏忽然侧过身，挡住了宣毅望着她的目光，冷声道："周大人的道歉我替内子收下了，可宣大人欠内子的道歉何时还？内子从未得罪过大人，亦不曾见过大人，不知大人为何一见面便二话不说抓走她？"

这话一出，别说周晔与宣毅了，便是薛无问都侧头望了霍珏一眼。他今日穿了一身淡青锦袍，长身玉立，态度始终从容冷淡，并未因着宣、周二人的身份而有半点畏惧。

周晔不由得想，这人望着自己与毅哥儿的目光是带着睥睨的。

现下，他实在是悔得肠子都青了，薛无问那厮本就难缠，眼下又多了个硬茬，瞧那气势，怕也是个不好惹的。方才被板栗击中的心口还疼着呢，真是晦气！

早在宣毅抓人时，飞仙楼外便围了不少看热闹的人，还有人从楼上雅间的窗户探出头来，看戏看得正欢。

在无数或八卦、或好奇、或幸灾乐祸的目光下，宣毅缓缓挪开目光，与霍珏对视片刻后，脖颈青筋毕露，拳头紧握。

周晔生怕他一时拉不下面子又要惹事端，忙上前轻拍他的肩膀，笑着道："毅哥儿，瞧你把薛大人的义妹吓成啥样了？人家小娘子的脸都吓白了，确实是你的不对，该道歉。"

宣毅这才松开拳头，目光往霍珏身后望去，却只瞧见姜黎的半截裙摆。

他顿了顿，盯着半截裙摆，沉声道："是我唐突了，抱歉。"

马车颠簸，缓慢行在雪夜里。

姜黎抱着温热的手炉，侧眸望了霍珏一眼，不知为何，她总觉得霍珏不高兴。

成亲以来，不，该说苏瑶离开后，霍珏对她的态度一贯是温柔的，姜黎还是第一回见他脸色如此不好。

方才发生那样的事，这一日积攒下来的好心情都没了，两人虽道了歉，但到底是坏了兴致。

况且，姜黎至今都弄不懂宣大人为何要抓她。他们分明从未见过面，她不曾来过盛京，那宣大人怎的一副认得她是谁的模样？

"霍珏，你说那位大人是不是认错人了？"姜黎揪了下霍珏的袖子，"我分明没见过他。"

霍珏眸色微凝，反手握住姜黎的手，察觉到她指尖冰凉，忙将她搂入怀里，温热的大手拢住她的小手，给她暖着。

"嗯，他认错人了。阿黎，"霍珏望着姜黎，眸色很深，"今日是我疏忽了，日后我不会让他靠近你半步。"

姜黎一怔，敢情他上马车后一脸沉重的，原来是在自责呀。

"没事，我又没怎样。方才那人要是敢碰我，我定要在他手上狠狠咬上几口。"姜黎说着便笑了，她方才是真有此打算的，好在霍珏及时回来了，若不然整个飞仙楼的人都要看见她泼妇的模样了。

霍珏闻言便垂下眼，温柔地摩挲着她的手指。

梦里，阿黎的确在宣毅的虎口处留了齿印，却也因此，被那人盯上了。

周晔与宣毅在飞仙楼外出了糗，自然没了吃酒的心情。

周晔觑着宣毅，道："毅哥儿，走，表哥请你去玉京楼吃花酒去。听说玉京楼从扬州买了个美若天仙的瘦马，哥哥今日就带你去见识见识什么是真正的江南美人。"

二人都是浑不懔的性子，因着年纪相仿，又是亲戚，气味很是相投。从前他们最爱的便是在花楼里听美人唱小曲儿，看美人跳舞。

谁料这几个月宣毅也不知怎的，不仅不爱出去胡混了，还总是请道士去府上，说他中了邪。

一开始他还以为他表弟是做错了什么事，在寻理由开脱。直到道士一茬一茬地登门上府，又是作法又是驱邪，他才知道宣毅是真的觉着自己中邪了。

闹腾了两个多月，前几日总算是消停了，这才想着带他出来散散心。是以方才难得见他对人家小娘子意动，才想着纵他这一回，没想到小娘子没抢到，倒是被狠甩了两个

“耳光”。

宣毅沉着脸，抚着右手的虎口并未应答，目光牢牢盯着远去的马车。

“毅哥儿，我保证那位扬州瘦马不比方才那位小娘子差。那小娘子与薛无问沾着关系，还是别碰为妙。免得招惹上了那疯子，到时候我爹与舅舅怕是要打断我们的腿！”周晔苦口婆心地劝着。

宣毅恍若未闻，只一个劲儿地摸着虎口。半晌，才道：“表哥，我先回府了，改日再同你出来吃酒。”

说罢，没理周晔是何反应，径直上了马车。

回到霍府，姜黎从净室出来，便听桃朱说霍珏去了书房。

想起霍珏在马车里的异样，姜黎换了套轻便的衣裳便去寻他。

桃朱今日摔了跤，姜黎让桃朱回后罩房休息，自己提着盏灯笼缓步来到书房门口时，恰好遇见从里出来的何舟、何宁。

二人看见姜黎，俱是一怔，齐齐躬身行礼。

姜黎见他们神色匆匆、面色严峻，知他们二人定是有要事在身，便含笑颔首，道：“你们忙去吧，我自己进去寻你们主子。”说完便推门进了屋。

屋子里灯火通明，霍珏披着件墨色的外袍，看到姜黎进来，容色冷峻的郎君瞬间柔和了眉眼，暖声道：“怎么过来了？”

姜黎眉眼一弯，笑着道：“你许久没看我练字了，今日陪我练会字，可好？”

霍珏自是应好，起身接过她手上的灯笼，转手搁在小几上，接着取纸研墨，把笔递给姜黎。

从前她习字，是为着日后能给霍珏研磨，为他红袖添香的。现如今倒是反过来了，是他给她研磨，他陪她练字。

她如今的字写得很是不错，虽说并不能像卫媗与霍珏那般，每一笔每一画都饱含风骨，但至少也能令人赏心悦目了。

姜黎写得认真，霍珏亦看得认真，倒不是在看字，而是在看人。

小姑娘今日洗了发，半湿的发垂在腰侧，只用一根木簪绾了个松松的发髻。木簪尾部刻着“静嘉”二字，分明是她及笄时，他送与她的那根簪子。

练了两刻钟，姜黎正要放下笔，身后忽然贴上一具温热的身体，霍珏握住她的手，低声道：“有四个字的走势不对，我握着你的手写一遍。”

他靠她靠得极近，呼吸温温热热地扫过她耳垂，每扫一下，姜黎的心跳便漏一拍。

霍珏握着她的手，缓缓地在纸上写着字。少顷，他提起笔，在她耳边轻声问：“看清楚了吗？”

姜黎“嗯”了一声，像只鹌鹑似的低着头，脸颊渐渐发烫，下意识忽略腰后的异感。

霍珏轻轻一叹，放下笔，将她转过身抱起，放在桌案上。

“阿黎在怕什么？”霍珏低眸看着她，长指勾着她的发梢，轻轻摩挲，笑道，“我又不会在这里碰你。”

他知她面子浅，上回没忍住在书房亲了她，结果她连着几日都是差桃朱来给他送汤羹的。

姜黎不妨他说得这般直接，脸烧得比小几上的烛火还要热。

她抬起眼，湿润的眼里映着他的脸，他生得极俊，眉骨高耸，眼眸深邃。此时唇角勾起，淡淡的笑意冲淡了一贯的冷峻，似是谪仙一般。

姜黎揪着他的衣襟，软着声音道：“我怕你不开心。霍珏，你在生你自己的气，对不对？”

他这人的情绪素来不外露，寻常人很少能察觉到他情绪的起伏。可姜黎就是知道他不开心，也知道他在生他自己的气。

与他成亲后，她便发现，但凡她受伤，他第一个怪的总是他自己。

霍珏静静注视着少女明媚的脸，半晌，温声道：“对，我气自己没能护住你。”

姜黎以为他说的是今夜的事，忙笑着道：“你护住我了呀。那人想抓我时，是你用板栗震开了他的手。”笑意盈然地望着他，一脸的仰慕，“霍珏，你好厉害。”

霍珏心口一震，紧紧抱住她，鼻子蹭着她柔顺的发，轻轻阖上了眼。

没有，他没有护住她。

梦里，她被宣毅掳走后，毅然决然地跳入了庄子里的枯井。

他赶到时，已经迟了。

他甚至来不及同她说：我从来不曾讨厌你，也从来不曾后悔认识你，我与你一样，喜欢你喜欢许久了。

犹记得，梦中那日，是他入宫后的第二个年头，盛京下了入冬以来最大的一场雪。

阿黎来寻他，笑着同他道，酒肆的生意日渐红火，日后定能攒够钱赎他出来。

可她根本不知，他入了宫便再无退路。

且不说宫里没有太监自赎的规矩，便是有，他也不会离宫。他连作为一个男子的尊严都舍弃了，不手刃仇人，如何甘心？况且，他已经是去了势的阉人，不能娶她，也不能给她一个正常男子能给的一切，本就不该耽误她的。

再过大半年，她便要满十八岁了，该寻个爱她重她的可靠男子成亲，生几个她喜欢的小娃娃，平平安安地过一辈子。

霍珏忍下心口割肉般的疼痛，冷着声音同她道：“你为何还要纠缠我？难不成你也同宫里的人一般，想要我做你的对食？姜黎，你这样只会让我觉得厌恶，让我后悔认识你！你莫再纠缠我了，回桐安城去，寻个老实敦厚的人，嫁了吧。”

姜黎不可置信地瞪大了眼，咬着唇后退两步，藏在兜帽里的一张小脸刹那间惨白若纸。

自从知晓他入宫做了太监，她千方百计地塞银子、寻人脉，只为见他一面，只要能见他，姜黎便很知足。

虽每次见面，他总是不假辞色，却从不曾似今日这般，一言一语都像开了刃的刀，直往人心窝里戳。

姜黎认识霍珏这么久，第一次直面他的残忍与狠戾。

“霍珏，你别误会。我是，是喜欢你，可我从来没想过要拿你当对食。我只是，我只是……”小娘子话说到一半，眼泪已经扑簌簌坠落。

她怕他嫌弃，匆匆忙忙拿衣袖抹泪，继续哽着声音道：“他们都说宫里无权无势的人，日子过得格外艰难，朝不保夕，我这才想着替你赎身，好让你在宫里有个盼头。出宫后，你想去哪儿都成，我决不会再纠缠你。你若是不喜我，我便离你远远的，让你一辈子都看不到我。”她强忍着泪，眼眶通红，面色惨白，瞧着分外可怜。

霍珏别开眼，胸口像是压着块重重的石头，痛得他几乎喘不过气来。

沉默半瞬，他终是轻声道：“我的日子过得不艰难，也并不想出宫，入宫是我自愿的，无人相逼。日后你别再来了，只当从来不曾认识过我。”他注定要背负骂名，遗臭万年。她不该，也不能与他沾上关系。

姜黎不知他心中所想，只当他说的句句都是实话，她强自弯起嘴角：“如此，倒是我多管闲事了。霍珏，你放心，我不会再来烦你了。”

说着，她从腰封里取出一个钱袋，放在地上，道：“这些银子你留着，你从前在书院里帮了阿令不少忙，我是他姐姐，自该感谢你的。只盼你日后顺遂，无妄无灾。”似是怕他拒绝，她放下钱袋后，便匆匆转身离去。

那日，她穿了件浅碧色的袄裙，云鬓里缀着朱红玛瑙，纤薄的身影仿佛一阵风便能吹跑。

他原是想放她自由的，他这样的人，不该耽误她，也不配得到她。

可他没想到，不过短短数日，再见时，已是天人相隔。

她躺在他怀里，遍体鳞伤，身躯冰冷，她再不能睁眼看他，也再也不能娇娇软软地喊他一声“霍珏”。

第十一章

# 除夕团圆

烛火摇曳，烛花噼啪作响。

书房里，姜黎被霍珏拥得极紧，紧到都快喘不过气来。

不知过了多久，她抬起手，环着他的脖子，在他耳边软声道："霍珏，我真没被吓到。你知道的，我胆子可大可大了。"

霍珏从她颈间抬起头，额头抵着她的面颊，压下心头密密麻麻的钝痛感，道："嗯，我知道，我们阿黎从不是胆小之人。"

姜黎一听他这语气，便知他是在哄她，却也不计较："我是你娘子，不是小孩儿了，你别总拿我当孩子看。"为了让他心情好些，她就这般含着笑，软着声，絮絮叨叨地同他说话，那模样乖极了。

这样的阿黎，怎能叫他不爱？

霍珏低下头去，唇轻轻去碰她的额头，而后是眉眼，最后是唇。

蜻蜓点水般的吻，不含任何情欲。

姜黎愣了半晌，反应过来后，双手揪住他的衣裳，磕磕绊绊道："要，要回寝屋，再亲吗？"

霍珏神色一顿，接着便垂眼笑了，抱起她，道："好。"

夜色深沉，芙蓉帐暖。

霍珏待怀里的小娘子睡沉了，才将手臂从她颈下挪开，掀开幔帐，出了寝屋。

何舟、何宁静静等候在书房外，见霍珏披着玄色的大氅，信步前来，忙躬身行礼，恭恭敬敬地道："主子。"

霍珏微微颔首，进屋后，便淡声问："查得如何？"

何宁上前一步，道："两个月前，定远侯府请了十数位道士，对外说是替死去的姨娘做法，但实则是宣世子请的人。听府里的丫鬟说，宣世子自两个多月前便日日梦魇，无一日能安眠。他坚信自己是中了邪祟，这才请道士上门驱邪。"

何宁说到此，冲何舟递了个眼色，何舟便上前继续道："属下去暗访了几名道士，据道士所言，宣世子并未中邪，多半是中了旁人的暗算，譬如迷香之类，是以才会日日梦魇。"

霍珏眸色晦暗不明，只低低道了声："梦魇？"

"是，听一名老道士说，宣世子接连几月都梦见了同一名……女子。"似是察觉到霍珏冷漠的目光转了过来，何舟顿了顿，硬着头皮继续道，"一开始宣世子笃定是女鬼，还曾气急败坏地要老道士揪出那日日入梦来的女鬼。可后来不知怎的，他又将所有的道士都赶出了侯府，画下了梦中女子的画像，派人去寻。”何舟说完，便老老实实躬下身。

宣毅画中之人是谁，已十分明显，根本不需他明说。

霍珏眯着眼，长指交叠，轻轻摩挲。良久，才冷着声音道：“年关将近，此时不宜打草惊蛇。先让人打断他一条腿，确保他三个月内不能下床。”

何舟、何宁齐声应是。

霍珏沉默了片刻，忽然眸光一转，定在何舟身上，道：“一会儿出去后，自己去领十下军棍，你可服气？”

何舟心神一凛，低头道：“属下知罪，甘愿领罚。”

出了门，何宁觑了何舟一眼，压低声音道：“主子对你已是手下留情。”

何舟轻轻颔首，他差点以为主子不会继续留他在身边了，到底是给了他一个机会。

今夜，是他护主不力，被周晔拦住时，他便认出这二人，一个是鸿胪寺卿家的大公子，一个是定远侯府的世子。因为怕给主子惹麻烦，他与周晔交手时瞻前顾后，投鼠忌器，根本没用全力，这才令夫人受了惊。

“你也别怪主子要罚你，原本凭你的身手，十个周晔都拦不住你。”何宁看着何舟，“当初主子分明同我们说过，任何想要伤害夫人与魏姨娘的人，无论神鬼，都当诛。至于旁的，自有他来应对。日后，你莫要擅自做决定，一切都以主子的话为准。”

在何宁看来，今日就算何舟伤了周晔，主子都能令他毫发无损地回来。

何舟苦笑一声：“我不是怕我受牵连，我只是怕……坏了主子的大事。你说的对，我不该擅自做决定，日后不会再犯了。”

他算看清楚了，夫人对主子来说，不是一般的重要。

今夜，主子望着宣毅的眼神，旁人许是看不清，可他看得清清楚楚，主子眼底深处翻滚着的，分明是浓浓的杀意。

何舟、何宁离去后，霍珏在书房里待了片刻，方才提步回了寝屋。

半开的幔帐内，只着一身单薄里衣的小娘子睡得极沉，乌发披散，睡颜恬静。

霍珏站在床边静静看着，待得身上寒气散了些，方才解开外衣上榻。

今夜，许是察觉到他异样的心绪，小姑娘比任何时候都要主动，忍着羞涩，一声又一声地唤他“霍珏”。唤到最后，嗓子都犯了哑，也将他的理智推到了边缘。

霍珏在她身侧躺下，却舍不得闭眼，长指捏着她一缕发丝，缓缓摩挲，目光一寸寸睃巡她的眉眼，看不够一般。

有时候，他真想将她藏起来，不让旁人看到她，也不让旁人觊觎她。可他知那样她不会快活。

而他，只想要她快活，要她平安顺遂，要她无妄无灾，要她一辈子都只笑着，听她娇娇软软地唤他“霍珏”，听一辈子。

黑暗中，他轻声喃了句：“阿黎。”随后，在她眉心轻柔落下一吻，便将她扣入怀里，四肢缠着她的腰身，缓缓阖上眼。

姜黎一夜好眠，醒来时却好一阵腰酸腿软。

进来内室的桃朱瞥见她松散的里衣内，雪白的肌肤上红痕遍布，忙垂下眼。心中暗自嘀咕，那滋阴养颜的补汤怕是日日都不能断。

姜黎不知自家丫鬟的小心思，漱洗净面后便问起霍珏来。

桃朱一边替她绾着发，一边脆声道："公子一早便出了门，说是要去一趟京郊，约莫入夜了才能回府。"

霍珏几乎每日都要出门，姜黎已见怪不怪，用过早膳便去东厢院寻卫媗。

再几日便要过年了，这是他们来盛京的第一个年节，自是要认真对待的，来年方能事事顺遂。

如今，姜黎唯一可惜的是，娘与阿令怕是不能同他们一起过年了，只能盼着他们能在元宵节之前入京。

昨日，在飞仙楼出了那样的事，姜黎便也打消了出门的念头。

她一直待在东厢院，与佟嬷嬷一同商量要采买的过年物什，待列好单子，差人出去采买了，方才放下心来。

之后的几日，她与卫媗便一同领着屋子里的丫鬟婆子剪窗花，夜里霍珏回来，她还拉着他给她写桃符。

就这般，忙忙碌碌中，成泰五年的最后一日终于到了。

这日，府里处处挂着大红的灯笼，人人都穿上了喜庆的吉服，张灯结彩，喜气洋洋。

姜黎给霍珏备了一套宝蓝色的吉服，上头绣着渔樵耕读，寓意状元及第。

他的身量似乎又高了些，姜黎站在他身前，只到他肩侧，给他理领口，都得微微踮起脚来。

待他穿戴好了，姜黎后退一步，歪着头看他，眸光难掩惊艳。

霍珏平素爱着素色的衣裳，从前是竹青的布衣，如今多是白色玄色的杭绸，似宝蓝这般艳丽的颜色，除了成亲时穿的那套婚服，她从未见他穿过。

不得不说，霍珏五官深邃俊美，身量高大，穿上这身衣裳，那股子与生俱来的贵气忽然便多了点烟火气。不再似那高不可攀的谪仙，倒像是人间富贵竹了。

霍珏知她一贯喜欢看他这身皮囊，见她一瞬不瞬地盯着他看，便由着她看。

他喜欢她眼里只有他。

姜黎看了半晌便笑着道："你到正厅去寻阿姐、苏老爹他们吧，我换身衣裳便过去。"说着，便要唤桃朱进屋，可话音还未出口，人便被霍珏一把拉了过去，揽入怀里。

"我替你换。"郎君说着，手便滑至她腰间。

姜黎忙按住他解她腰带的手，慌忙道："我让桃朱来便好。"

“阿黎这是怕我做得不如桃朱好？”霍珏挑眉，语气微妙，“那次……不是我给你穿的衣裳？”

姜黎脸瞬间烧得慌。怎么说着说着就说到那档子事去了！她不过是觉着吉服的穿戴烦琐，不想劳烦他罢了。

“你是家主，怎能在过年节的时候做服侍人的事？”姜黎面色绯红，嗔道，“明日还要祭拜祖宗，我可不希望霍家的祖先们说你娶了个不知轻重的妻子回来。”时人讲究三纲伦常，在家里，自是妻以夫为纲。

出嫁前，杨蕙娘便时时叮嘱她，为人妻者，要贤良淑德，不说要以夫为天，但至少要举案齐眉方才好。

霍珏闻言便笑了，不以为然道：“我自小便看着我爹服侍我娘，端茶、倒水、濯足，样样不缺。霍家，从来都没有夫纲，只有妻纲。”

他这人从不打诳语，姜黎便有些半信半疑，抬眸去看他，想看他是不是又在逗她。

也就这一瞬间的恍神，腰间的束带便被他挑开。姜黎脸颊一烫，只好垂下眼，由着他去了。

团圆饭设在主院的前厅，用膳的人虽不多，但厨房的婆子还是备了极丰盛的一桌珍馐美馔。

用过团圆饭后，姜黎便让周遭伺候的人都回后罩房去了，仆妇丫鬟们领了满满一袋子赏钱，也欢天喜地地回家吃团圆酒。

卫媗身子骨弱，苏世青身体亦尚未康复，热闹了大半日，两人均面露疲态，说了没一会儿话便各自回了屋。

他们一走，姜黎便揉了揉眼睛，对霍珏道：“我们也回寝屋吧，我给你做了糖饺子，回去吃便好。”

霍珏见她揉得眼眶泛红，知道她是乏了，给她披上件斗篷，在她身前蹲下，道：“我背你回去。”

姜黎的确是有些乏的，但不至于连几步路都走不得。可看着霍珏宽阔的背，她弯了下眉眼，也不矜持了，利索地爬了上去。

外头的仆从婆子都回了屋，姜黎想着，大抵也不会有人瞧见这场景，便放了心。

姜黎将下巴抵在他肩上，想起小时候，她最爱撒娇，也最爱让人背。她爹活着时，也时常这样背着她走在朱福大街的巷子里。

姜黎她爹虽去得早，身子也弱，可在她心里，她爹就像山一般伟岸，是她可以依靠的人。

那时她爹总爱笑着同她道：“如今是爹爹背你，待得阿黎长大了，爹爹背不动了，便替你寻个老实听话的夫君，让他背你一辈子，可好？”

姜黎那时也不过四五岁的光景，哪里听得懂姜励说的话，只听到有人要背她一辈子，便脆脆甜甜地应好。如今，她找着了世间最好的夫君，可她爹却见不着了。

席上饮下的酒，此时都化成了氤氲弥漫在眼眶内。

姜黎一贯是个不爱哭的，此时也忍住了泪意，只在霍珏耳边柔柔道："霍珏，你要背我一辈子。"

小娘子饮过酒的声音愈发软糯，再是心硬如铁的人听着，都要化成绕指柔。

霍珏偏头在她唇上啄了下，温声地应一句"好"。

他答应她的事，就从未失过言。

姜黎抿着嘴无声地笑，走到寝屋外头的廊庑时，忽然听得头顶嘭的一声轰隆响。她抬起头，便见泼墨似的夜空里，一朵绚烂的烟火骤然绽放。

"霍珏，放烟火了。"

桐安城在年节时也放烟火，却只能在城外的护城河边放。盛京竟然可以在城里放，那方向似乎是圣人的行宫。

霍珏神色并不如姜黎这般惊讶，只淡声道："阿黎想看吗？"

姜黎迟疑了片刻，就这片刻间的停顿，霍珏便知她想看了。大手撑住她的腿往上掂了掂，道："搂紧我。"

姜黎下意识搂住他脖子，不过几个呼吸的工夫，霍珏便踩着院子里的树，将她带到了屋顶。

姜黎算是个胆大的，可当她踩在结着冰霜的瓦片上时，还是不由自主地攥紧了霍珏的手。

霍珏单手脱下身上的大氅裹在她身上，而后便抱起她坐下，安抚她道："别怕，我在这儿，不会让你摔到。"

姜黎整个人窝在他怀里，抬眸望东南处，天空中的烟火一朵一朵绽放。

霍珏将脸轻轻贴上她的鬓发，温声问："阿黎可要许愿？"

许愿？

姜黎想了想，便笑着道："我似乎无甚愿望。若非要说，也不过是阿姐与苏老爹身体康健。再有便是，希望你明年能考取一个好功名。"

姜黎眨了眨眼，她是个知足的人，成泰五年对她来说，是个极幸运的年头。

霍珏连夺三案首，同时，寻回了自己的亲姐。而她嫁给他，很快阿娘与阿令也要来盛京与他们团聚。这样的日子每一日都是她所期盼的。

霍珏淡淡"嗯"了声，将她耳边的鬓发挽到耳后，同她郑重道了句"好"。日后，她所有的愿望，他都会替她实现。

弦月高悬，清朗的天空不知何时又飘起了雪。

霍珏将昏昏欲睡的小娘子安置在榻上，掖好寝被，放下幔帐，便听见几道脚步声齐齐停在屋外。

他蹙起眉峰，缓步出了屋，问道："何事？"

一名护卫上前一步，拱手行礼，随后便压低声音道："方才薛世子翻墙入了东厢院。"

霍珏额角一抽，这人去东厢院找谁根本不必猜。就薛无问这夜探香闺行径，若是父亲与大哥尚在，定然要将他的腿打断，再送回定国公府的。

眼下，他自是不能打断薛无问的腿，便往东厢院的方向看了眼，道："由着他去。"

依那人的习惯，今夜宫中定要举行一场热热闹闹的宫宴。薛无问是锦衣卫指挥使，估计不能在这里久待。

霍珏猜得不错，薛无问只有半个时辰。

佟嬷嬷见薛无问忽然前来，也不惊讶，只笑着道："世子来得正好，姑娘刚喝下药，正要歇下。"

薛无问颔首一笑，推门进去。

屋子里暖香袭人，一豆微弱的烛火立在床头的小几上。

卫媗披散着一头乌发，靠在碧青绣缠枝芙蓉花的大迎枕里，低着头看游记。

听见推门声，她也不抬头，只轻声道："嬷嬷怎么进来了？"

来人却不吭声，卫媗察觉到不对劲时，薛无问已经行至床头，抽走她手上的书册，道："灯火太弱，仔细眼睛看坏了。"

卫媗在一刹的惊讶后，很快便恢复平静，与他对视一眼，垂下了眼睫。

薛无问在她旁边坐下，细细端详着她的脸，笑问："生气了？"

他今日穿着绯红的官服，金冠束发，面若冠玉，熠熠生辉的桃花眼因饮了酒的缘故，看人时仿佛含了情。

卫媗淡淡道："我为何要生气？"

"那你为何不看我？"薛无问抬手掐住她尖尖的下颌，"这么多日不见就不想我吗？我日日都在想你。"

卫媗早就习惯了他泡在蜜罐里的情话，抿了抿唇，淡淡道："你如今佳人在侧，美玉在旁，又何须想我？"

话音坠地，周遭的空气蓦地一静，连男人掐在她下颌的手指都顿了下。

卫媗闭了嘴，懊恼地偏过头，方才那样的话她不该说的，不合时宜，也失了身份。

下一瞬，便听得薛无问轻笑一声，抬手将几上的灯盏拎了过来，道："卫媗，方才的话，你再说一遍。"说着，便轻轻扳过她的脸，将她巴掌大的小脸暴露在灯光里，叫她无处可藏。

他逗猫儿似的态度着实让卫媗有些恼。她张嘴就咬住薛无问抵着她下颌的拇指，没一会儿便尝到了淡淡的铁锈味儿。

薛无问面不改色，既不喊疼，也不抽手，就那般不错眼地盯着她，随她咬个尽兴。等她齿关松了，还凑上前去，似笑非笑道："牙齿咬疼没？酸得我牙齿都要掉了。"

卫媗白他一眼，不理他这胡搅蛮缠、厚颜无耻的行径。

可薛无问却不依不饶，灯盏牢牢放在她脸侧，非要她再说一次醋话。卫媗跟了他这么久，还是第一回吃醋，天知道他有多喜欢她这副吃醋的模样。

卫媗实在是忍无可忍，推开他拿着灯盏的手，道："薛无问，你该走了。"

"不急，我还有一刻钟的时间。"

薛无问也不逗她了，放下灯盏，欺身上前，将朝思暮想的唇瓣含入嘴里。

他正是血气方刚的年纪，又许久不曾碰她，整个人自是亢奋到不行。他的眉眼渐渐染上浓浓的欲色，可到底是忍住了。他尚有要务在身，今夜不过是想她想得紧，才趁机来看她一眼。

薛无问抬手揩去她唇角的津液，哑声道："再过几日我就将王淼送回瀛洲。"

卫媗愣怔了下，原来王家送来的王氏女是王淼。

王淼的祖母与薛无问的外祖母是表姐妹的关系，按辈分来说，她的的确确该喊薛无问一声表哥。

王淼比她小几岁，如今正值豆蔻之年，在瀛洲也是出了名的美人儿。二人曾有过几面之缘，小姑娘那会儿年纪小，总爱跟在她后头，一口一句媗姐姐地喊她。几年未见，王淼都要谈婚论嫁了，要嫁的还是薛无问。

卫媗这呆愣的模样实在招人喜欢，薛无问忍不住啄了啄她的唇角，笑着哄道："你也不必醋她，我同她顶多就见了四五次面，连她长什么样都没瞧清楚。"

这话说得夸张了，凭他过目不忘的眼力，哪能连人家的模样都没瞧清。

卫媗沉默须臾，终是开口道："不必如此，不是她总还会有别人，你早晚要成亲。"

"我不会成亲。"薛无问低头去寻她的眼，望进她眼底，认真道，"父亲母亲不会逼着我娶旁人，他们不会委屈你，我也不会。"

卫媗指尖下意识一颤，从他的话里，她猜出了是谁要他娶王氏女了。

"王淼的姑父当年在青州军任从三品归德将军，外祖父一死，他不仅升了官，还将半数青州军收入麾下。"

卫媗望着薛无问，面色煞白，声音难得带了点急切："当初，瀛洲王氏是不是早就投靠了那人？也是那人要你娶王氏女，想借此拉拢定国公府，是也不是？"

薛无问被她问得一怔。

他知她聪慧，不过凭着他说漏嘴的只言片语，便能窥一斑而知全豹地猜中当年王家做过的事。可他根本不想她卷入任何纷争里，她的身子太弱，思虑过重，只怕会有损寿数。

薛无问不置可否，低声道："卫媗，你无须伤神去寻当年的真相，万事有我。再不济，还有你那个多智近妖的弟弟，他可比你想象中要聪明。”

“薛无问——”

“我该回宫里了。”薛无问柔声打断卫媗的话，在她额头轻轻触了下，“别多想，再过几日，我便接你回无双院。”

见他一脸不欲多谈，卫媗心底隐隐约约有了答案，眼底登时一阵发凉。

寒风瑟瑟，幽深的巷子里，枯枝被风吹得簌簌作响。

暗一手执马缰，瞥见薛无问的身影，忙下了马，恭恭敬敬道：“世子。”

薛无问淡应一声：“飞仙楼那边出了何事？查清楚没？”

“钱掌柜说是几位世家子弟醉酒闹了事，不小心将定远侯府的宣世子从三楼撞下，摔断了一条腿，钱掌柜已经差人将宣世子送回了侯府。”

薛无问撑着车门的动作一顿，回眸看着暗一：“宣毅？”

“是。钱掌柜特地请了接骨圣手去侯府替宣世子看腿，听大夫的意思，约莫几个月便能大好。”

暗一顿了顿，接着道，“这位宣世子也是倒霉，醉酒后走错地方，一不小心卷入了旁人的争端里，平白无故遭受一场飞来横祸。”

平白无故？飞来横祸？薛无问可不信这是巧合。想起之前宣毅与霍珏的龃龉，他不由得眯了眯眼。

“另外，”暗一摸了摸鼻子，轻咳一声，“盛京忽然出现的那些暗桩，与白水寨有关。听暗四暗五道，那些人似乎一点儿也不遮掩，好似就等着他们找上门。暗四暗五让我请示世子，可要将这些人处理了？”

定国公府所有的暗卫都知晓白水寨与无双院那位的关系，薛无问不发话，他们哪敢处置那些人？

薛无问嘴角一抽，如今整个白水寨的人都听令于谁他心知肚明。那小子自打进了盛京，动作不断不说，还全都不瞒着他，甚至还故意漏出破绽引他去查探，让他顺道替他抹掉所有痕迹。

这两姐弟都不是省心的。

薛无问揉了揉眉心，叹一声：“由着他去。以后若是白水寨的人需要援手，你让暗四他们悄悄搭把手，别让旁人查到他们身上了。”

“是。”暗一应了声，待薛无问上车后，又问道，“世子是要回府，还是回宫里？”

“回宫。”薛无问捞过先前落在软凳上的大氅，似笑非笑道，“宫宴尚未结束，我怎能离开太久？”

暗一神色一凛，总觉着自家主子提起宫宴时，那笑意就跟要杀人似的。

当今圣上登基五年有余，一贯推崇君臣同乐，但凡重要点儿的年节都在宫里设宴，宴请群臣。

今日的宫宴设在秋延殿，薛无问甫一进宫，便有内侍前来迎接："薛大人，陛下在御书房等着您，请您随咱家来。"

薛无问认出这是成泰帝身边最得力的秉笔太监赵保英，忙笑了笑，道："有劳赵公公。"

赵保英生了张阴柔女气的脸，虽年过不惑，却因保养得当，瞧着要比真实岁数年轻许多。

听出薛无问话里的客气，赵保英一甩拂尘，恭敬地笑道："薛大人客气了。"

二人均有心在面上交好对方，说起话来一个比一个客气。到了御书房门外，薛无问冲赵保英略一颔首，提步进了内殿。

一抬眸，便见身着明黄色缎绣五彩云蝠金龙十二章吉服的成泰帝，端坐在雕着五爪金龙的四方椅上，笑吟吟地望着自己。

薛无问上前叩拜，恭声道："微臣叩见皇上。"

成泰帝今年四十有四，生得英俊儒雅、温润贵气，瞧着不像是个帝王，更像个儒雅书生。从前成泰帝还是康王时，便一心纵情山水，无心朝堂，私底下被人称之为"闲王"。

只是，谁都没想到，这位"闲王"最终会成为金銮殿的主人。

在百姓眼中，康王为人和善，无半点皇子龙孙的傲气，很是平易近人。这样一个人，之所以能得继大统，不过是时也命也。

说好听点，是天命所归，说难听点，那就是走了狗屎运。

大周朝的皇帝子嗣一贯不丰，先帝也不例外，除去夭折的几位皇子公主，顺顺利利长大成人的便只有三子一女——太子周元旬，四皇子周元庚，六皇子周元季以及惠阳长公主周元宁。

永熹十二年秋，先帝率一众大臣在西郊狩猎，却不料遭叛党埋伏，中了暗算。兵荒马乱中，是太子为先帝挡了一支毒箭，先帝躲过一劫。可太子也因此伤了底子，折了阳寿。

彼时，宫里宫外均流传太子活不过而立，人人皆以为东宫要换人了，连民间赌坊都开了赌约，赌东宫之位究竟花落谁家。

来年春天，先帝立周元旬嫡长子周怀佑为皇太孙，并将皇太孙接入宫中，亲自教导。同时，立四皇子为康王，六皇子为顺王，择日出宫建府。

自此，别说在官场里浸淫多年的老臣，便是初入朝堂的毛头小子都看明白了，先帝这一番举措，不过是在向世人宣告，东宫乃是正统。

之后几年，太子的身体一日比一日虚弱，而日渐长大成人的皇太孙却颇得先帝看重。先帝曾在宫宴里笑着同群臣道："此孙肖朕。"

若非那场谋逆案，皇太孙周怀佑该是大周的下一任皇帝。

而甫一出生便被批凤命的卫媗，是周怀佑的未婚妻。

御书房里，成泰帝温和地看着薛无问，道："平身。可查出那则流言的源头？"

"回禀皇上，臣只查出流言出自燕春楼。听楼里的老鸨说，那人是个胡商，先太孙未死的消息便是胡商醉酒后同楼里的姑娘们说的，可那人清醒后根本不记得他说过这话。"

"醉酒？"成泰帝眸光微凝，"可抓着那胡商了？"

"尚未。胡商两个月前在燕春楼宿了两日便离开了盛京，之后行踪成谜，臣已派人往城外去寻了。"

成泰帝微微颔首。

先太孙还活着的传言两个月前才在盛京流传出来，初时无人当真，这消息也很快便销声匿迹。不知为何，这传言最近半月忽然卷土重来，且越传越盛。前两日竟然传入宫中，连成泰帝都有所耳闻了。

如今，虽查到是一名胡商酒后说的胡话，可成泰帝却半点也不觉安心。

"都说酒后吐真言，薛卿觉得这胡商说的可是真话？朕的那位好侄子，有无可能藏身于边关，恰巧被胡商撞见了？"

薛无问垂下眼眸，掩住眼底的异色，道："胡商一贯喜爱信口开河，尤其是在花街柳巷那些地方，一壶黄酒下肚，什么浑话都胡诌得出来。依臣看，那胡商说得多半是假的。"

成泰帝淡淡"嗯"了一声："无论如何，都要找到那胡商。"

"是。"

说罢胡商的事，成泰帝不知想到什么，忽然望着薛无问，好整以暇道："方才在宴上，贵妃同朕说，她娘家侄女现下正借住在定国公府，可有此事？"

薛无问被问得一怔，思忖片刻后，方才道："确有此事。月前祖母身体抱恙，瀛洲王氏那位老封君便将王六娘子送来定国公府，说王六娘自小礼佛，福缘深厚，若能日日为祖母诵经祈福，祖母定能早日康复，如今王六娘便住在祖母的静心堂里。"

成泰帝闻言，挑了挑眉，颔首道："是个有孝心的孩子。"说到这，他停顿片刻，拿起桌案上的茶盏轻抿一口，接着道，"你今年也二十有二了吧？这几年在锦衣卫为朕效力，倒是耽误你成家了。贵妃央求着朕给她侄女寻个良婿，朕瞧着你挺合适。你意下如何？"

薛无问一听，忙做出一个求饶的表情，情真意切道："陛下还是绕过臣罢！臣平日里最烦的便是佛堂、寺庙那些个地方，若娶个日日诵经礼佛的娘子，微臣怕是连家都不敢回。"

“再说，母亲前些日子才给臣相中了一门亲事，微臣母亲的性子陛下是了解的，微臣哪敢忤逆她？”

薛无问的母亲崔氏乃显州崔氏一族的嫡长女，当初在盛京是出了名的精明能干，说一不二。

成泰帝还是康王时，曾听闻定国公十分尊重他这位发妻，是以连先帝御赐的美人都不敢要。思及此，成泰帝不由得哑然失笑：“薛夫人给你看中的是哪家的贵女？”

“是母亲故友的女儿，人在肃州，那姑娘还在服丧，等丧期一过，母亲便要上门说亲。”

薛家的本家便在肃州，崔氏会在那儿给薛无问说亲倒也不奇怪。成泰帝放下手中茶盏，道：“既如此，朕就不勉强你了。”

薛无问在盛京是出了名的浪荡子，常年留宿花街柳巷，成泰帝不止一次见他顶着被咬破的嘴唇上朝，听说是花楼里的莺莺燕燕为他争风吃醋时留下的。

将他与那位喜爱礼佛的王六娘撮合在一起，的确不合适。

从御书房出来，秋延殿的宫宴已至尾声。

薛无问径直出了宫门，暗一例行公事地问一句：“世子可是要回府？”

薛无问敛去脸上的笑意，淡淡道：“不，去玉京楼。”

暗一心里不由得腹诽：世子最近都宿在玉京楼，再宿下去，估计盛京里的小娘子都不敢嫁他了。

成泰六年元月初九。

盛京大雪压城，冷风跟软刀子似的，直往人骨缝里钻。

在折胶堕指的大寒天里，姜黎盼星星盼月亮，总算是盼来了杨蕙娘与姜令。

“娘，阿令！”姜黎上前抱住刚从马车上下来的杨蕙娘，眉眼都快弯成一弧月牙。

杨蕙娘认认真真打量着她，见她面色红润，神采奕奕，心里顿时松了口气。到底是自己拉扯大的姑娘，头一回分开这么久，多多少少有些惦念。好在自家女婿将阿黎照顾得不错。

杨蕙娘心里头刚冒出这念头，便见霍珏从屋内走来，先是同她行礼问好，接着才行至姜黎身侧，将一件白色披风套在她身上，温声道：“莫要着凉了。”

姜黎摸了摸鼻子，方才她在屋里听到杨蕙娘到了的消息，便不管不顾地跑了出来，连披风都来不及套上。

杨蕙娘见此，忙嗔了姜黎一眼：“你这毛毛躁躁的性子什么时候能改改？！”

姜黎连忙解释：“我如今稳重许多了，不信你问霍珏。”

霍珏从善如流地颔首应是，杨蕙娘白了姜黎一眼，心里又是欣慰又是无奈。

欣慰霍珏对阿黎的体贴，也无奈这份体贴。阿黎本就被她惯得有些娇气，如今被霍珏这般宠着，怕是要越来越娇气了。

周遭的仆妇忙着卸马车上的行李，姜黎挽着杨蕙娘的手臂，道：“娘，你快去看看我给你们准备的院子。”

“先等一下。”杨蕙娘似是想起了什么，往四周看了眼，冲一位身着暗蓝色夹袄约莫三十多岁的妇人招了招手，道，“如娘，你过来。”

名唤如娘的妇人小心翼翼地行了过来，朝霍珏与姜黎重重鞠躬。

杨蕙娘忙止住她的动作，道：“不必如此，这是我女儿女婿，你只当自家晚辈便可。”说完这话，杨蕙娘便扭头看向姜黎，同她介绍起如娘来。

原来，如娘是杨蕙娘在路上遇见的苦命女子，年轻时丧了夫，又无子无女的，被公婆磋磨了十几年，差点没了命。

杨蕙娘恰巧遇见她公婆拿棍子抽打她，一时不忍，便从如娘公婆手中将她买了过来。

杨蕙娘道：“我开酒肆要雇人，日后让如娘随我酿酒便好。就是这落脚之处，我琢磨着先让如娘同我一起住，等酒肆开门，再在酒肆后头给她辟个屋子，你们看这样可能行？”

姜黎自是无甚意见，但要往府里添人，她觉着还是霍珏同意了方才好。于是，便回头看着他，湿漉漉的眼写着大大的两个字：行吗？

霍珏淡淡一笑，道：“阿黎做主便是，我听阿黎的。”

姜黎脸颊一时发烫，哪有人像他这般，当着那么多人的面说听妻子的，也不怕旁人笑他惧内。

她忙扭过头，对如娘道：“既如此，婶子安心住下便是。”

如娘听见这话，彻彻底底松了口气，哽着声音道谢。

安置好如娘的事，姜黎正要拉杨蕙娘进院子，忽然听到姜令喊了声“孙大当家”。

姜黎脚步一停，刚想同孙平寒暄几句，手心忽地一紧，便见杨蕙娘扯了扯她的手，不自然道：“不是说要带我进去看看吗？快带路！”

身后的婆子提着箱笼进进出出，姜黎觑着她娘的脸，总觉着有些疑惑。

杨蕙娘为人爽利，孙大当家一路护送她与阿令到盛京，按她一贯的性子，不管如何，她都会同孙大当家客客气气道谢的。

现下怎的像是起了什么龃龉，要避之不见了似的，真是怪哉。

“愣在那儿做什么？娘累了，快带娘进去歇一会儿。”杨蕙娘催促道。

姜黎只好冲孙平遥遥屈了一礼，这才领着杨蕙娘进了东厢院。

这宅子分主院与东西两个厢院，西厢院两间厢房住着苏老爹与方神医，东厢院住着卫媗，如今还有一套厢房是空置的。

空置的厢房姜黎已经收拾妥当，准备给杨蕙娘住。至于姜令，到底男女有别，自是不能住在东厢院的，索性叫他去同苏老爹一起住。

姜黎刚到霍府的第一日，还觉着这宅子委实太大了些，打理起来不容易。可杨蕙娘与阿令一来，又觉着小了。

姜黎与杨蕙娘刚进东厢院的院子，便见卫媗穿着件大红的斗篷，抱着拳头大小的手炉立在蜡梅树下冲杨蕙娘笑着唤了声“杨婶子”。

大红的斗篷被风卷起一角，露出里头梨花白的袄裙，娉娉婷婷，风仪玉立。

杨蕙娘对卫媗的印象一贯很好，忙笑着同她道：“魏姑娘，进屋说，外头风大，莫要冻着了。”

卫媗颔首一笑，与她们一同进了花厅。

花厅里点着清清淡淡的梨花香，佟嬷嬷领着丫鬟们进来奉茶，又送上糕点，接着才轻轻阖上门，退了出去，留下三人在屋子里说话。

杨蕙娘对喜欢的人素来话多，拉着卫媗的手说了好一通话，知晓卫媗来了盛京后便住在霍府，以为她是离开了定国公府，不为人妾了，还格外替她高兴。

“你放心，日后杨婶子定会替你寻个老实敦厚的夫婿。你这样好的姑娘，不知多少人抢着要娶回家做正头娘子的。”

卫媗一听便知晓杨蕙娘是误会了。可想到薛无问那厮到如今也未曾来接她，她便也不解释什么，只笑着应“好”。

姜黎喝了两盏茶，见她娘越说越来劲儿，不由得纳闷，方才她还说累要赶紧回屋里歇息的。一转眼又拉着阿姐说个没完，丝毫不见疲态。

实在是奇怪。

# 第十二章

# 宣毅守姝

夜幕笼垂，树影婆娑。

姜黎将杨蕙娘与阿令都安顿好后，回主屋盥洗。她从净室出来时，霍珏已经回来了，正端坐在矮榻上看书。

见她出来了，霍珏便放下书，十分熟悉地接过她手上的布帛，替她绞干头发。

霍珏不是第一回给她绞头发了，姜黎舒服得闭上了眼，等到头发绞到半干了，才抓过他手上的布帛，道："差不多了。"

霍珏将炭盆挪到榻边，抱起她，一同在榻上坐下，道："方才孙大当家同我说，想留在咱们府里做护卫。"

姜黎舒舒服服地窝在他怀里，听见这话，不由得直起身子，诧异道："孙大当家的镖局不要了？"

不怪她诧异，孙平的龙升镖局在桐安城名气不小，走镖走了十来年了。

龙升镖局是孙平的心血，他怎会轻易就放弃了？放弃也就罢了，居然要留在盛京做护卫。

这……实在叫姜黎百思不得其解。

霍珏瞧着小娘子秀气的眉峰微微蹙起，淡淡一笑，道："孙大当家把镖局托付给他义弟何勇，镖局的人不日便会随何勇回桐安城。"

"那镖局是他一趟镖一趟镖地走回来的，他怎会如此轻易就放弃了？"姜黎皱眉道。

霍珏伸手抚平她眉心的褶皱，轻声道："自然是遇到了比镖局更重要的东西，或者说是人。"

不知为何，姜黎倏地想起杨蕙娘来。

下意识便捉住霍珏的手，道："霍珏，你是不是知道什么？我觉着我娘今日有点儿不对劲儿。"

霍珏反手握住她细嫩的手，捏了捏着她削葱似的指尖，道："娘哪里不对劲了？"

"方才阿令说孙大当家到的时候，我正想同他说几句话，却被我娘拉进了屋，似乎很不想同孙大当家打照面一样。"姜黎说到这儿，话音蓦地一顿，乌溜溜的眼登时睁得大大的。

小娘子这模样实在招人疼，霍珏倾过身，在她唇角轻轻一啄，漆黑的眸渐渐蕴上一层笑意："想到了？阿黎觉着孙大当家当你的继父如何？"

姜黎从来没想过杨蕙娘再嫁的事。

她爹姜励在她与阿令七岁那年便去世了，之后杨蕙娘也没想过要再找一个，足足守了将近九年寡。

平心而论，杨蕙娘生得美，为人爽利，又有一间能生财的酒肆。桐安城里想娶她的男子不少，便是后来守了寡，也常常有媒婆上门来给她说亲。杨蕙娘大抵是忘不了她爹，又不愿他们姐弟二人受委屈，从来没想过再嫁。

要让姜黎说，她爹虽是这世间顶好的男子，可她娘还有很漫长的一段人生，若是有个知冷知热、稳重可靠的人陪着她，自然最好。

“你与孙大当家打过交道，他这人人品如何？从前可曾婚配过？家中有甚亲人？会不会有不好相处的公爹小姑子？”姜黎望着霍珏，认认真真道，“我瞧着娘对他，兴许是有意的。若孙大当家是个可靠的，娘又喜欢他，我自是愿意他做我的继父。”

小姑娘既有担忧又有喜悦，霍珏叹了声，将她抱入怀里：“担心甚？他若是不可靠，我根本不会让他留在盛京。”霍珏记得，梦里杨蕙娘便是嫁给了孙平的。

姜黎提起的心瞬间落回了原处。

霍珏既然说孙大当家可靠，那定然是可靠的。

小姑娘脸上的表情鲜活生动，一眼就叫人瞧到了底，那明晃晃的信任与依赖看得霍珏心里一软。

霍珏长臂圈住她细软的腰肢，见先前半干的发已然干透，便笑着道：“娘与孙大当家的事，我们不必插手，顺其自然便好。阿黎，现在我们说点旁的正事。”

姜黎疑惑抬眼：“什么正事？”

霍珏微提唇角，长指挑开她腰间的小衣：“再两日便是阿黎的小日子了。”

姜黎雪白的脸腾地漫上一层粉色，小声道：“你怎么记得比我还清楚？还，还有，这算哪门子的正事？”可对上霍珏那双深不见底的眸子，姜黎的声音登时弱了下去。

姜黎眼睫一颤，双手勾住他的脖子，软声道：“莫在这里……”

直到姜黎疲惫地躺在霍珏怀里，他轻抚她被汗浸湿的乌发，低低笑了声：“过几日，让素云教你练五禽戏。”

姜黎知他在笑什么，小手无力地揪了下他的袖子，以示不满。

他一到榻上就跟变了个人似的，她练十套五禽戏都没用。

时间一晃便到了上元节。

大周朝崇尚佛法，时人讲究在正月十五这日燃灯表佛。

登极御宇六年的成泰帝，是大周最信佛法的皇帝。每逢初一、十五便请大相国寺的住持入宫诵经。到了上元夜，宫里的佛灯便会一盏接一盏地挂起。

巳时三刻，下了早朝，薛无问远远便瞧见赵保英笑容可掬地领着一位慈眉善目的僧侣缓缓行至金水桥。

僧侣着一身赤色袒衣，眉心一颗观音痣，手执一串木佛珠，一派仙风道骨，超尘拔俗。

薛无问眯了眯眼，步伐微顿。

身侧的小太监顺着他的目光，瞥见金水桥上的人，连忙讨好道："今夜圣人请了圆玄法师入宫讲佛法，奴才听说圆玄法师会在宫里诵经，诵足七天七夜，不知又要造福多少人。"

卫媗出生时，为她批凤命的就是圆玄法师——大相国寺的住持。

薛无问提唇一笑，道："圆玄法师倒是清闲。"他自然不是第一次遇见这人了。

成泰帝一年不知要请这位大相国寺住持进宫多少次，不是讲佛法，便是诵经度厄。

薛无问从不信佛，亦不信今生来世那一套。世人将圆玄视作不出世的得道高僧，连成泰帝都对他以礼相待。

但在薛无问眼里，这人就是帮着天家抢他媳妇的人。是以，每次见着圆玄，他都无甚好脸色。

小太监听出他话中的讥讽，登时吓得不敢吱声，忙换上一张笑脸，躬身跟上薛无问的步子。

他们二人刚走，赵保英便领着圆玄法师，正要拾级而上，忽见圆玄法师脚步一顿，捻着佛珠，朝宫门处看过去。

"大师可是遇见了熟人？"赵保英笑眯眯道。

圆玄缓缓收回眼，抬眸望了眼天色，摇头，双手合十，道："阿弥陀佛。"

薛无问出了奉天门，接过暗一递来的大氅，提脚上了马车，道："王六娘可是启程回瀛洲了？"

"是，暗二亲自将王姑娘送出了城门。"暗一边说，边偷望了薛无问一眼。

听暗二说，王六娘离开时，望眼欲穿地等着世子同她告别，世子爷倒好，在玉京楼待了一宿。

薛无问似笑非笑地看着暗一，道："又在腹诽我？"

他这位暗卫，武功好，脑袋瓜子也算灵活，就是平日太爱看戏本子，内心戏比戏台上的戏子都丰富。

暗一闻言便浑身汗毛一竖，立马道："无，断无。属下不过是想今日要不要安排人去接魏姨娘回定国公府？"

"不必，过两日我亲自去接她。"薛无问反手敲着几案，想起上月霍珏在玉京楼同他说过的话，桃花眼霎时一冷，"那小子这两日去哪了？"

暗一半晌才反应过来，自家世子说的是霍珏，忙应声道："霍公子两日前出了盛京，去了临安城。"

临安城？若是霍珏的梦当真能预知未来，临安城今夜会有惊变。

薛无问微微颔首，沉下声音吩咐道："派几个人去临安城，好生盯着他，莫让他受伤了。”

两日前，霍珏便带着何舟出了城。

与他成亲后，姜黎还是第一回同他分开，虽然只是数日，却依旧有些不舍。

临出发时，她握着霍珏的手殷殷切切叮嘱了半天，仿佛要一年半载见不着一样。

小姑娘那张脸根本藏不住情绪，霍珏柔声哄她：“两日后我便回来。明日是上元节，你若想带娘与阿令出去逛灯会，记得带上何宁与云朱他们。”

云朱便是沈听送来的原名叫二丫的姑娘，姜黎也是后来才知晓，她们四人会些拳脚功夫，这才被沈听挑了出来，送到她身边。

姜黎听罢霍珏的话，颔首应道：“你放心，我周遭那么多人陪着，不会出什么事的。倒是你，出门在外，千万要小心。”

霍珏抬手将她拽入怀里，道：“阿黎给我做盏平安灯吧。”

梦里，她曾经做过一盏形如莲花的平安灯，托人送入宫里交与他。她做灯时，定然是无时无刻不在祈求佛祖保佑他。那时他并未接，那盏平安灯如何送进宫里的，便如何送回了杨记酒肆。

姜黎哪里知道他心中的遗憾，仰着脸，眸光潋滟，笑意盈然地同他道：“霍珏，你不说，我也准备给你做平安灯的，我连花案都描好了。”

姜黎前两日便在忙着描花案，还想着等他回来给他一个惊喜。哪知他竟然自己提出来了，姜黎鲜少听霍珏开口要什么，他既然开口，自然也就不瞒他了。

霍珏走后，姜黎便领着几个丫鬟一同做平安灯。

上元节这日，霍府的仆妇们一大清早便起来扫雪，挂灯笼，燃佛灯，忙忙碌碌，好不热闹。

姜黎白日一直待在府里，直到用过晚膳，才与杨蕙娘一同出了门。

入了夜，盛京城但凡热闹些的商街均挂起了花样繁多的平安灯。数万盏花灯齐齐点亮，似是火树银花不夜天，看得人惊叹连连。

绚丽灯景迷人眼，周遭奇人异术，歌舞百戏，鳞鳞相切，不绝于耳。

这等盛况自是桐安城没有的。杨蕙娘看得眼花缭乱，想起孤零零留在东厢院的卫媗，不由得可惜道：“魏娘子与佟嬷嬷若是与我们一同出来就好了，外头热热闹闹的，可比拘在院子里强多了。”

姜黎挽着杨蕙娘的手，笑着道：“阿姐喜静，即便是上元节也是不爱出门的。况且她在盛京住了六年，这些热闹对她来说，兴许是稀疏平常的了。”

杨蕙娘一想也是，便也不再提。

她这趟出来的目的可不只是赏灯会的，还要去看看姜黎挑出来的那几家铺子，哪一家最合适开酒肆。

思及此，杨蕙娘便对姜黎道："阿黎，你若是看够热闹了，现下便带我去看看那几家店面如何？"

姜黎瞄了眼站在何宁身侧的孙平，低头摸了摸鼻子，心虚道："我还要去飞仙楼猜灯谜，顺道给阿姐买些糕点。娘，我让素衣、素从还有孙大当家陪您去如何？"

姜黎看出来了，自打孙平留在霍府做了护卫，她娘就在避着孙平，不肯再出去外院了，生怕会遇着他。

姜黎是杨蕙娘怀胎十月生下来的，哪能不知道她娘的性子？若是不喜欢孙平，那她定然不会躲，就是因为动了心，才会处心积虑地避开他。

霍珏说孙大当家性子爽朗又义薄云天，与风风火火的杨蕙娘十分合适。偏偏这二人一个不晓得追，一个只想着躲。

今夜，正巧是个好机会。

姜黎见杨蕙娘面色一僵，便笑着望向孙平，道："孙大当家可方便送我娘去看看那几家铺子？"

孙平自是应方便。说罢，悄悄望了杨蕙娘一眼，很快又移开目光。

杨蕙娘反应过来，哪里不知道自己被女儿给算计了。只好狠狠瞪了姜黎一眼，避开孙平的目光，道："便有劳大当家了。"

去飞仙楼不过是个借口。

自打上回在那儿遇到宣毅后，姜黎便打定主意再也不去飞仙楼了。

杨蕙娘走后，姜黎拢紧身上的斗篷，转身往隔壁的如意街走。

云朱见她路过飞仙楼而不入，还当她是没瞧见呢，赶忙提醒道："夫人，飞仙楼到了！"

姜黎摇了摇头，道："飞仙楼这会人山人海的，我寻思着还是不去猜灯谜了。至于点心，我去如意街的稻香村买便是了。"稻香村是盛京的老字号，那里的糕点与飞仙楼的可谓是平分秋色。

云朱点点头，一脸可惜地往热闹非凡的飞仙楼望一眼。

正要收眼时，一辆华贵异常的马车忽然闯入眼帘。马车里，一位头戴金冠的俊美郎君正挑着布帘，一瞬不错地望着她们，目光冷冽。

云朱心里咯噔一下，在习武之人的本能下，拳头一瞬间便攥紧了。可下一瞬，那男子忽地又放下了布帘。

云朱一愣，弄错了？

街上人头攒动，来来往往的行人迅速挡住了那辆马车。

走在前头的何宁察觉到云朱的异样，拧眉问："云朱，出了何事？"

云朱思忖片刻，想着方才多半是自己多心了，便摇头回道："无事。"

却丝毫不知，此时马车里那位目光冷冽的郎君，正缓缓摸着左手虎口，冷着声命令道："跟上他们，去查清楚那位小娘子姓甚名谁，住在何处，还有……嫁与了何人？"

两名暗卫离开后，坐在宣毅对面的周晔忍不住道："大夫说你至少要卧床三个月，才能养好腿骨。你倒好，才安生了几日便拄着拐杖跑出来。毅哥儿，你是不是不打算要你的腿了？还有，你天天守在飞仙楼外头，是不是为了找薛无问的义妹？"

马车里的小几上，香炉轻烟澹澹，炉边两盏上好的庐山云雾早已泛凉。

自从姜黎出现在长安街开始，宣毅便放下了手中茶盏，挑着帘子，冷冽的目光自始至终追随着她。

周晔与宣毅自小就亲近，他一贯自诩自己是了解宣毅的，可近来宣毅的行事却让周晔完全看不透了。

"你这般盯着人小娘子究竟所欲为何？那是薛无问的义妹，招惹不得。从前你说你自己中邪了，我还不信，现下我是彻彻底底信了。明日我就将那些道士请回来，好给你灌几碗符水驱驱邪。"

周晔边说边拿着纸扇用力拍着几案，似是想拍醒宣毅一般，面上满是不解之色。

宣毅面无表情地听着，等到周晔说累了，方才沉声开口："表哥，你不懂。她本来就该是我的，要嫁也该嫁与我。谁敢娶她，我就敢弄死谁。"

"毅哥儿，你听听，你自个儿说的是什么话？你是魔怔了不成？若她是个寻常妇人，那便罢了，你想抢就抢了。可她是薛无问的义妹，你想让定远侯府同定国公府交恶不成吗？"

周晔真想知道，那小娘子究竟给宣毅灌了什么迷魂汤。

宣毅纵情声色多年，分明已非情窦初开的莽撞少年，早就练就了一副铁石心肠。周晔是真没想到，有朝一日，他也会为了个小娘子变得疯魔。

宣毅根本无暇去理会周晔的不解。他抚着虎口，回想着梦里小娘子狠狠咬在上头的感觉。

"她不是薛无问的义妹。"宣毅道，"那日她望着薛无问的目光，显然是不熟悉的。"

梦里，她爱酿酒，开了一家小酒肆，是一个寻常普通的未婚小娘子。她笑起来很甜，声音很软，酿出来的酒却又醇又醉人，同她这个人一般。

而他——就是醉在她身上的人……

暗卫回来时，长安街的热闹已然消失无影，唯有数不尽的平安灯静静摇曳在细细密密的雪霰里。

暗卫步履矫健，穿过定远侯府的偏门，疾步来到东侧的院落，敲门入屋。

屋子里，宣毅坐于榻上，脚边立着根通体乌黑的檀木拐杖。

暗卫甫一进门，他便望了过来，沉声道："如何？"

两名暗卫扑通一声跪下，羞愧道："属下无能，那小娘子身旁围着数个武功高强的人，属下根本无法靠近半寸。她身旁的仆从十分敏锐，我们二人跟踪到半路，便跟丢了。请世子责罚！"

宣毅顿时戾气横生。

上回在飞仙楼遇着她后，他派人去查却一无所获，总是查到一半就生生断了线索。

盛京的酒肆都被他翻了个遍，根本找不到一家叫"杨记酒肆"的。

今日，好不容易遇见她了，却依旧什么都查不到。

宣毅目光阴沉，手背上的青筋鼓起，檀木拐杖咔嚓一声在他掌下断成两截。

"废物！都给我滚出去！"

说罢，便狠狠闭上眼，梦里曾有过的无力感如潮水般漫上心头。

周晔说他魔怔了。

他认！他的的确确入了魔障，从他梦到她开始，他就注定心魔缠身，不得安宁。

最初，她在梦里出现时，他看不清她的脸，只听到她充满恨意的声音时时刻刻缠绕在耳郭。

"宣毅，你再不放手，我就要喊人了！

"你活该！下回你再轻薄我，我定会咬得更厉害！

"宣世子，我有喜欢的人的，我娘也不会让我做你的外室，请你莫再来酒肆了。

"宣毅，求求你，放我离开。

"宣毅，我宁愿死，也不会嫁给你。我根本就不喜欢你，以前不会，现在不会，以后也不会！"

这些话，一字一句，反反复复出现在梦里。明明是那样好听的声音，说出来的话却像刀子似的，一刀又一刀，戳得他的心鲜血淋漓。

宣毅看不清她的脸，可她的话却记得清清楚楚，每一个字都忘不了，以至于醒来时，心还是隐隐作痛。

起初他以为自个儿是中了迷香，方才会起了幻觉。可同样的声音同样的场景，反反复复入梦来，一夜又一夜……

他渐渐忍受不了。既厌恶梦里为情所困的自己，又恼怒醒来后萦绕在心口的那份怅然与悲痛。

宣毅自束发之年便时常流连勾栏院。

女色于他，不过是桌上的一壶美酒，兴致来时，可小酌怡情。若是没了兴致，便是将酒摔在地上，也不会可惜。

周晔从前总打趣他郎心似铁，便是他自己，也是如此认为。

是以，他从来不信，他会像梦里那般，为一个小娘子饱尝求而不得之苦。

直到后来，他梦见了小娘子的脸。

梦里，她将一坛子烈酒摔在地上，在浓烈的酒香里，笑着同酒肆外看热闹的人道：“今日杨记酒肆开业了！”

小娘子穿着豆青的褙子、月白的裙，梳着未婚小娘子的发髻，笑靥如花，亭亭玉立，似枝丫上的一蓬茶花，清丽又娇媚。

他被她的笑靥晃了眼，心尖处似有毛羽轻轻拂过。

宣毅睁开眼，按住胸口，心脏剧烈跳动，几欲破胸而出。

他刹那间想起长安街披着大红斗篷，笑得眉眼弯弯的小娘子。她身后映着无数灯火，可再是璀璨的灯火，都敌不过她眼波流转间的一抹笑意。

那一瞬间，宣毅无比清晰地意识到，他同梦里的那个自己一样——想得到她。

# 第十三章

# 临安地动

夜半晦黑，乌云如缕。狂风刮着硕大的冰雹，猎猎作响。

数百里外的临安县，县令宗彧立于衙门前，拧眉望着东南方向，面色极其肃穆。

余光瞥见几名匆匆而来的县尉，宗彧眉峰皱得更深了：“城中百姓可还配合？都疏散至城郊了吗？”

领头的县尉低声道：“霍公子亲自规劝，不少里长、保长均被他说服，带领村民收拾好细软，往郊外去了。”

宗彧闻言，长舒一口气，道：“甚好，能听劝便好。至于那些不听劝的，只能听天由命了。”

县尉颔首应道：“霍公子方才托小的同大人说一句，人力有穷，天道有定。若地龙当真翻身，大人已是尽力，无须自责。”

宗彧思及那位端方自持的郎君，冷凝肃穆的脸总算柔和了些，道：“百姓既已撤离，你们所有人，速速随本官来！”

话音落地，宗彧便翻身上马，策马驱往临安城郊。

十数匹枣红骏马迅速冲入狂风雪雹里，小半个时辰后，便听得轰隆声自东南而起，殷殷如雷，震得两耳嗡鸣。漆黑的夜色里，风霜雪雹肆虐，地鸣如雷，俨然千军万马过境。

宗彧心神一凛。

果真如霍珏所道，天降异象，地龙翻身。

宗彧不由得想起从前听宗氏族长提过的一则箴言——上元夜，若天龙吐雾，地龙翻身，则龙脉将迁，国之危矣。

地鸣如雷，奇物震动。

临安城郊，万余名风尘仆仆的临安百姓齐齐抬头望向东南处，目露惶恐。

那里是他们世世代代生存的地方，祖庙、屋舍、田地全都在那儿。如今却只能眼睁睁地看着他们赖以生存的一切，在眼前分崩离析。

不知道过了多久，待得震人心魄的轰隆声渐渐停下，只见一个白发婆娑的老婆子跌坐在雪地里，枯瘦的手紧握成拳，用力捶着地，号啕大哭道：“地龙为何要发怒？我们临安城，究竟是造了什么孽，要如此惩罚我们？”

号哭声一出，人群里陆陆续续传出悲泣声，在人心惶惶的深夜里显得格外凄凉。

谭家村保长谭世春心里虽也不好受，但到底比旁的村民要镇静些。

离开谭家村时，他尚且存侥幸。如今回想，若不是霍郎君前来做说客，劝他们在地龙翻身前离开临安城，他们这万余人怕是连命都没了！

思及此，谭世春抬起一双浑浊的眼，望着立在树下始终一脸平淡从容的男子，感激钦佩之情油然而生。

原本今日是上元节，家家户户都在燃灯挂彩，以庆隆节。是以，当县令大人派人前来安排他们离开时，根本没人肯走，甚至恶语相向，撒泼耍赖。

临安城地处顺天府辖域，从官道入顺天府的第一座城池便是这里。临安百姓富庶，安居乐业，又自诩是天子脚下，有龙气相护，压根儿不信地龙会翻身。

好在霍郎君亲自为他们一众保长里长指出异象。

他们这才知晓，正当他们欢天喜地地为上元夜做准备时，城郊飞禽走兽焦躁难安，城内鸡雉立闹市而鸣。

连牲畜都感应到了危险，偏城中众人忙着过节，竟无一人察觉地动先兆。

如今能逃得一命，已是万幸。

地龙翻过身后，脚下的土地殷殷有声，人立在上头甚至还隐有晕眩之感。

谭世春深吸一口气，对着哭哭啼啼的众人怒喝："莫要再哭！若非我们逃得及时，恐怕这会儿连自个儿的小命都不能保住。如今侥幸逃命，合该心存敬畏，而不是埋怨哭泣！"

谭世春已到知天命之年，一夜未睡，形容略显狼狈，可说起话来却中气十足。

众人被他一喝，齐齐噤了声。

谭世春见啜泣声弱了下去，便佝偻着腰，拍了拍逃命时沾在衣裳上的灰尘，走向霍珏，拱手作揖道："老叟多谢霍公子的救命之恩。"

他这一道谢，身后一众百姓也恍然清醒过来，同时站起身，冲霍珏道："多谢霍公子！"

道谢声渐渐压过了已然弱下的地鸣声，几名幼齿小儿也学着自家爹娘的模样拱手道谢。

此情此景，莫说是一路跟随霍珏来到临安的何舟，便连快马加鞭赶来的宗彧都心有触动。

他下意识望向被众人团团围住的霍珏。

却见那人面色平淡，长睫低垂，既不为声势浩荡的地动而惊慌，也不为万余名百姓的感激而自得，端的是一派从容，端方自持。

宗彧出自并州宗家，本家这几年也出了几位后起之秀，很得族人看重，其中最受瞩目的，便是宗彧的亲侄子宗奎。

宗奎乃去年的太原府解元，若无意外，宗奎与霍珏二月将在盛京一同参加会试。

族人对宗奎寄予厚望，盼着他蟾宫折桂，金殿夺魁。

宗奎有些恃才傲物，自小便像只骄傲的孔雀。从前宗彧觉着侄子才学过人，很是能理解宗奎的狂傲。可若是拿宗奎与眼前尚未弱冠的郎君相比，宗彧忽然觉得自己那侄子也无甚好傲的。

才华尚且不说，单单是这处变不惊、运筹帷幄的能力，宗奎便远远比不上霍小郎君。

这届会试，倒是能让他这侄子好好瞧瞧，何谓天外有天，人外有人。

宗彧非常不合时宜的，对二月的会试有了期待。

宗彧一行人刚到，霍珏便察觉到了。

他凤眸微挑，回头望去，对宗彧微微颔首，淡声道："宗大人。"

宗彧忙应一声，快步走向他，道："你猜得不错，十数里外的确有一座地缘广阔的庄子，那是通州富户邢员外的产业。我已同通州县令通了气，也得了邢员外的首肯，今夜便可将人安置在庄子里。"

通州与临安相邻，是顺天府辖区内的第二座城池，从此处前往通州不到一个时辰便能到。

谭世春听见此话，心底忽地一沉，忍不住上前道："县令大人，如今地龙已经不翻身了，为何不让我们回临安城去？"

宗彧道："此时地龙虽已停歇，可这次地动声势浩大，波及甚广，如今谭家村以及周遭几个村落怕是成了一片废墟，你们现下回去也做不了什么，不若耐心等到天亮再商议。"

理虽是这个理，可那里到底是这万余人祖祖辈辈扎根的地方，就算是成了废墟，他们也是想连夜赶回去的。

谭世春下意识望向霍珏。

看得宗彧旁边的县尉一阵心惊。

谭保长分明是想从霍公子嘴里得个准信儿。

县尉丝毫不怀疑，若是霍公子说能回，他们定然会头都不回地往临安城跑。

县尉不着痕迹地瞄了眼霍珏，便见眉目冷峻的郎君淡淡摇头，对谭世春道："今明二日恐有余震。"

谭世春听见此话，眼里的纠结登时烟消云散，冲宗彧拱手弯腰道："老叟听县令大人的。"

县尉嘴角一抽。这哪里是在听宗大人的，分明是听霍公子的！

谭世春说罢便转过身，回去同所有村民传达方才宗彧说过的话。

宗彧抬眸望了眼阴沉沉的天色，对霍珏道："霍公子，一会儿有劳你与楚县尉带百姓们前往邢家庄子，我尚且有要事在身，不能在此久留。"

霍珏眸光微动，颔首应道："宗大人放心，此处有我。不知宗大人为何事急于离开？此处地界今明两日恐有余震，还请宗大人多加小心。"

宗彧想起方才前往通州时，在路上看到的东西，脸色霎时一沉，沉声道：“是命案。”

漆黑的夜，雪虐风饕，宗彧刻意压低的声音里隐含一丝薄怒。

“在地动发生之时，二十来具尸体在裂开的地缝里被震出。目前尚不知死者是谁，也不知是何人所为，所幸埋尸之处地裂不严重，我现在赶去，应是能将所有尸体收殓，存于通州义庄。”

宗彧与霍珏不过相识了两日，这些公务于情于理他都不该同霍珏道，但他心里委实是十分欣赏这位年轻人，总有一种与他共事了许多年的熟稔感。是以，方才霍珏一问，他便忍不住同他说了出来。

霍珏闻言淡淡颔首，神色里带着一丝恰恰好的微讶。倒是霍珏身侧的何舟，听见宗彧的话，心脏扑通扑通跳个不停。

那二十来具尸体是他与旁的暗桩亲手埋的，所埋之地便是临安前往通州的必经之处。

他终于明白主子为何让他们将尸体埋在那处了。主子分明算准了地动发生的时间，亦算准了宗大人的为人。那二十多具尸体就这般，在合适的时间，合适的地点，呈现在了宗大人面前。

主子曾说宗大人是个好官，若遇冤惨案，必不会袖手旁观。

天色将明，临安城再次起了地动，只是这次地动的程度比之入夜那次要小得多。

这一夜，被安置在庄子里的百姓无人能安眠，得知临安城又起了余震，不由得心有戚戚焉。幸得他们听了霍公子的劝，若不然，余震一来，就算不丢命，受伤也是难免的。

霍珏亦是一夜未眠。

何舟从外进来，便见自家主子立于半开的支摘窗前，他的神色太过平静，无悲无喜。

何舟觉着自己愈发看不透主子了，跟在他身边的时间愈久，心里的震撼便愈大。

在入白水寨做土匪之前，他不过是个一心要考武状元，想保家卫国的热血少年。

十八岁那年，家中幼妹被城中纨绔看中，强掳入府，不过数日便被磋磨至死。爹娘哭告无门，便一头撞死在了县衙门外的鸣冤鼓上。短短一个月，何舟先后失去了三个至亲。

将爹娘安葬后，他扛着他爹留给他的大刀，只身去闯了白水寨，一待便是三年。

再后来，便是主子披着一身玄色大氅，立在白水寨冻成冰墙的瀑布前，缓声问他：“你可要随我一同去盛京？日后，我允你亲自手刃仇人。”

何舟曾以为，主子嘴里说的“日后”，要等十年、二十年乃至三十年……可现下，他却不这样想了。

他只是个粗人，看不懂主子在下一盘怎样的棋。

可他信主子，他期盼的那一日，或许比他想的要来得更早！

何舟眼眶有些热，他深吸一口气，压下澎湃的心潮，恭恭敬敬地对霍珏道："主子，方才收到暗桩的消息，盛京已经派了钦差前来赈灾。"

昨夜地动之事，宗彧定会通知朝廷派人前来赈灾，霍珏淡淡"嗯"了声，对此并不意外。"午时一过，我们便启程回盛京。"

"可那些尸体，还有皇陵那边——"

"无妨，"霍珏淡淡打断何舟的话，道，"去差人备马。"

何舟刚离开没多久，谭世春的声音便在门外响起："霍公子，老叟给你送早膳来了。"

邢员外的庄子里挤着万余人，存着的米粮自是不够吃的，每个人都只能将就着分得半碗粥水。

可谭世春给霍珏准备的这碗粥，粥米浓稠，肉糜软烂，在这种情况下已是难得。

谭世春送膳时，尚且有些忐忑，怕这位矜贵的公子会瞧不上这碗粥。

谁料他不仅将粥吃得干净，还郑重同他道了句："谭保长费心了。"

谭世春忙道不费心，接过桌案上的空碗，正要出去，却听得霍珏在身后道："谭保长，朝廷马上会派人前来赈灾，有宗大人在，赈灾银定会切切实实落在你们身上，重建家园指日可待。"

谭世春猛一转身，激动得手里的碗差点摔下："当……当真？朝廷当真会派人前来？"

霍珏颔首，清隽的眉眼难得温和："此次地动起于上元夜，朝廷自是不敢懈怠。"霍珏说到此，微微一顿，又道，"霍某已离家数日，午后便会启程归去。此间之事，自会有宗大人替你们周旋。"

谭世春登时老泪盈眶。

他知晓霍珏是上京赶考的举子，前日出门访友，路过谭家村，发现了地动的先兆，这才留了下来，带他们避过一难。

谭世春哽声道："老叟嘴拙，大恩不言谢，唯祝霍公子此去金榜题名，前途似锦。"

午时一刻，霍珏登上马车，无数劫后余生的临安百姓跟在车后，走了大半里方才停下。

何舟远远地便听得一人大声道："霍公子御街夸官之日，临安百姓定前往盛京，与公子同贺。"

这话，车里的霍珏自然也听到了，他想的却不是御街夸官，而是他离开时，姜黎依依不舍同他道的那句"霍珏，你要早点回来"。

临安离盛京数百里，便是马不停蹄也要差不多一日的时间，到得霍府，已是明日。

也不知，她为他做的平安灯，可还是梦中的那盏。

永福街霍府。

主院的寝屋里，刻着“昭明静嘉”四字的平安灯正静静搁于桌案上。只见淡黄的灯纸上绘着两个人，一人青色布衣，头顶木簪束发；另一人藕色襦裙，手提一盏琉璃灯。两个人并肩，眉目含笑。

姜黎的目光在青色衣裳的小人上顿了下，半晌，悠悠叹一声。

来送早膳的桃朱，见姜黎叹息，便问道：“夫人可是没睡好？”

姜黎轻“嗯”了一声。

她不是一个浅眠的人。从前别说风雪声，就是打雷都很难将她吵醒。大抵是因着霍珏不在的缘故，她便也睡得不安稳。

说来，霍珏出门已有四日。

听说前两日临安城地龙翻身，好在县令大人及时率领百姓出了城，若不然，定然要死伤无数。

姜黎自打知晓了地动的消息，心便悬了起来。

姜黎正想着，门外忽然一阵急促的脚步声，云朱尚未踏门入内，轻快的声音便传了进来：“夫人，公子回来啦！”

姜黎一听，也顾不得吃早膳，提起裙角急匆匆往外走，正要穿过垂花门，便迎面撞进一个带着寒意的怀抱里。这怀抱实在是太熟悉了，姜黎揪住那人的袖摆，弯起眉眼，笑着喊道：“霍珏。”

小姑娘的声音绵软，溢满了不加掩藏的欢喜。

霍珏觉得这一路的疲惫似乎一瞬间便消散了，他提起唇角，温声道：“怎么不披件斗篷再出来？”

说着，便将身上的大氅脱下罩在她身上，替她细细绑好领口的系带。

霍珏的大氅带着他的体温，姜黎心口发甜，软下声音对霍珏道：“你用过早膳没？若是还未用膳，我让厨房再送些吃食过来，我们一块吃，可好？”

霍珏垂眼看她，眉眼缀着冰雪初霁的温柔，道了句“好”。

姜黎拢着大氅的衣襟，偏头望他，边走边絮絮叨叨说着话，仿佛几日不见，就有说不尽的话一样。

两人靠得极近，庑廊的油纸灯笼洒下一片柔光，将他们的影子渐渐拉长，交缠在一起。

到了主院，何舟与桃朱、云朱十分自觉地在月门前停下脚步。

姜黎与霍珏一同进了寝屋，屋子里放着炭盆，熏着淡淡的香，桌案上花瓶里的蜡梅开得正艳。

姜黎进了屋，忙脱下身上的大氅，刚挂上一边的黄花梨木架子，身后一双坚硬的臂膀忽然搂了过来，牢牢圈住她细软的腰肢。

霍珏下巴抵着她瘦削的肩，嗅着她发间的清香，也不说话，就这样静静抱着她。

姜黎把手叠在他手背上，轻声道："霍珏，你此次出门，一切都顺利吗？"

霍珏"嗯"了一声，道："顺利，就是阿黎不在身边，睡不好。"

姜黎听见这话，便转过身，还真发现他眼皮下泛起了青影。

姜黎有些心疼，忙道："一会儿用过早膳，你便睡一会儿。"

先前搁在桌案上的吃食早就凉透了，姜黎让人撤了下去，又换了新的吃食上来。

用过早膳，霍珏进了净室沐浴，一出来便见姜黎手里抱着一盏平安灯，笑意盈然地坐在矮榻上。

自他回来后，小娘子弯起的唇角就没下来过，嘴角两粒浅浅的梨涡淌了蜜一般。

"喏，霍珏，你要的平安灯。"

姜黎说着便提起灯，指尖轻轻一转，霍珏便看清了上头的字与画。

字是二人的表字，至于那画……

"你可认出这画里的小人是谁？"姜黎指着灯上的画，献宝似的，"这可是我花了整整一日才画出来的。"

霍珏在她身侧坐下："这是去岁端午，我与阿黎一同逛朱福大街的场景。"

那日，他在射柳赛上为她赢了一盏琉璃灯，回酒肆的路上，还问她可愿嫁与他。

"你知道吗？月老应当就是那日将红绳缠上你我的手指的。"姜黎勾起他的手指，湿漉漉的眼里缀着光，似有星辰闪烁。

时人相信，所谓姻缘就是月老手中的一根红线。

可霍珏却知，他与阿黎的姻缘，从一开始就是他强夺的。

就连梦里她死后，他依旧娶了她的灵牌。

他从来不信鬼神。梦里却请来了道士，在阴森森的宅院里设了阵法，只想寻回她。

梦里人人都说他是阴间里来的魔。

他亦知自己是个疯子，若世间真有月老，他定然不会让他在阿黎指间系上连接他人的红绳。他的阿黎，无论是梦里还是现实，生也好，死也罢，都只能是他的。

姜黎始终惦记着他睡不好的事，给他看完平安灯，便催促道："你快去榻上睡一会儿吧。"

霍珏轻轻牵住她的手，道："阿黎陪我。"

姜黎迟疑半晌，终是点了点头："一会儿我要去找娘商量开酒肆的事，就只能陪你一小会儿。"

说着她便蹬掉鞋子上了榻，规规矩矩地躺在他里侧。

姜黎见他一瞬不错地望着自己，便道："你快闭眼。"

霍珏侧身对着她，长指温柔地抚过她的眉眼。

姜黎眼睫微颤，对上他深沉的眼，那种无处可逃的禁锢感再次攫住她。每当霍珏这样看她，她都感觉他像是换了人一样。

不是说他不够细致不够温柔。恰恰相反，他足够细致也足够温柔，可温柔细致的背后，却是不为人知的霸道与疯狂。

对视的片刻里，她已经知晓他想做什么了，脸颊渐渐烫了起来，她半阖下眼，假装看不懂他眼底的炙热。

霍珏的长指轻轻地揉捏她泛红的耳垂，哑着声道:“阿黎，行吗？”

姜黎心口一颤。

他……他明明知道她最招架不住他用这样沉哑的声音求她……可这会儿是白日呀。

上回他清晨拉着她胡闹，她还恼了他半日，之后他信誓旦旦说，以后都听夫人的，这会儿又故态复萌了。

这次，她定要坚守立场，莫要被美色迷了眼。

霍珏仿佛看出她那纸糊似的挣扎，手指在她细长白皙的脖子边细细抚触，又问了声:“行吗？”

这次的声音比之方才更低哑，呢喃一般，尾音撩人至极。

于是，姜黎认了怂……

待得姜黎迷迷糊糊睁开眼时，自然忘了要与杨蕙娘商量开酒肆的事，只软着声唤了句:“霍珏。”

“嗯，我在。”霍珏轻声应她，回到榻上，揽她入怀。

姜黎寻着他的肩窝，舒舒服服枕上去，这几日，她同样没睡好。

这会熟悉的怀抱回来了，瞌睡虫是怎么都抵挡不住，手脚缠住他的腰身，沉沉入睡。

院子里，桃朱见夫人、公子进去那么久也没出来，便让云朱去同杨蕙娘知会一声，自个儿熟门熟路地往小厨房走，准备让厨娘给夫人炖点儿补汤补补身子。

姜黎这一觉连午膳都睡了过去，她一睁眼便对上霍珏漆黑的眼。

“什么时辰了？”姜黎的声音微微泛哑，“你醒来多久啦？”

姜黎的唇瓣还有些肿，雪色的脸颊透着粉，清丽中带着些惑人的香艳。霍珏喉结轻轻提起，眼底聚起浓墨般的暗色。

梦里，他做了将近二十年的宦官，自荐枕席之人不知凡几，他从来不曾碰过。世间，也只得姜黎能勾起他骨子里的疯狂，还有藏于内心深处的偏执、阴暗的占有欲。

这是贪欲，无穷无尽的贪欲。是梦中在失去她的几千个日夜里，一点一点熬出来的贪欲。

霍珏半阖眼眸，长指抚着她柔滑的发，缓声道:“申时了。”

姜黎一听，立即从榻上惊坐而起，可下一瞬，腰肢一酸，又倒回榻上。

姜黎:“……”

姜黎听到耳边传来一道低沉的笑声，遂哀怨道:“都怪你。”

“嗯，怪我。”

霍珏轻轻按着她的腰，力道适宜地揉捏了好一会儿，才抱起她，替她穿衣裳，动作熟稔至极。

待梳好发髻，霍珏便出去唤人传膳。

不多时，桃朱与云朱便领着两个婆子进来摆膳。

姜黎一看菜色，莫名觉着眼熟，不由得问：“今日是大厨房那头做的菜？”

云朱未经人事，也不像桃朱那般在高门大户里熏陶过，心思剔透。

见姜黎问了，便也口无遮拦道：“这是杨掌柜亲自下厨给公子做的菜，说公子出门数日，舟车劳顿的，须得好生补一补，让身子强壮些。”

这屋子里，大抵也就云朱不知晓杨蕙娘的用意，姜黎霎时脸颊发烫。

姜黎下意识望了眼霍珏，却见他泰然自若。

霍珏察觉到小姑娘的目光，微微提唇：“吃吧，别辜负娘的一番心意。”

姜黎到底脸皮薄，心里臊得不行，可当着一屋子的人，便也学起他的模样，面色淡淡地举起竹箸。

用完膳，姜黎便同霍珏说道：“我去东厢院找娘说事，你可要与我一同去？”

霍珏恰好要去东厢院寻卫媗，便轻轻颔首道：“我顺道去找阿姐。”

“霍珏，昨日薛世子亲自来接阿姐回去，可阿姐没应。”姜黎从来藏不住情绪，轻软的声音里多了丝担忧，“你说，薛世子不会想继续逼阿姐做他的妾室吧？”

薛世子手掌实权，位高权重，若他不肯放阿姐自由，阿姐怕是一辈子都逃不开他手掌的。

霍珏握着她的手，捏了捏她指尖，暖声道：“不会，阿姐不会做妾室的。”

姜黎一贯信任他，又见霍珏说得如此笃定，便也放下心来。

到了东厢院，她拢了拢身上的斗篷，道：“你去找阿姐吧，若一会儿你与阿姐说完话，我还未出来，你便去书房看看书。”会试的第一场在二月初九，掰着手指算算，也没几日了。

姜黎说完便与桃朱、云朱一同往里走，霍珏等到她身影消失在回廊里，才提脚往卫媗的屋子去。

卫媗与佟嬷嬷一早便知霍珏前几日去了临安城。

临安地动的第二日，整个盛京都在说地龙怒了，二人心里着实担忧了好一阵。还好昨日薛无问来了，她们这才知晓霍珏一切安好，甚至还立了功。

佟嬷嬷知他们姐弟二人定然有话要说，见霍珏进来便寻了个借口，带上莲棋、莲琴出了屋。

“我听薛无问说，临安地动，你带领着半城的百姓逃得一难，可有哪里受伤？”卫媗起身走向霍珏，细细打量他，确认他没受伤才彻底松了一口气。

“我无事，阿姐莫要担心。”霍珏淡淡一笑，与卫媗一同在正厅中间的圈椅上坐下，继续道，“白水寨有不少人跟着我，有他们在，我不会有事。”白水寨足有几千人，都是练家子，在沈听的训练下，与一支行军差不多了。

卫媗听见霍珏的话，非但没有放心，反倒轻轻蹙起眉峰，望着霍珏，道：“阿珏，你究竟在做什么？”

她素来聪慧，从霍珏去白水寨要人开始，便多多少少猜到些什么。如今又见他冒险去临安城，心里的猜测便越发笃定了。

果然，下一瞬便听霍珏道：“做卫家子孙该做之事。”

“胡闹！”卫媗粉面含霜，樱唇一抿，“卫家的仇由我来报，你只需安安心心地做霍珏便好！日后与阿黎生几个白白胖胖的孩儿，重建卫家与霍家，这才是你该做的事！”

她不愿霍珏卷入此事里，他是卫、霍两家唯一的男丁，若他出了事，卫家与霍家就真的彻彻底底断了根。

霍珏自是明白卫媗的心思，可他又怎能让阿姐像梦中一样死在他面前。

“阿姐，我今日进城时遇见了薛无问。”霍珏淡声道。

卫媗一怔，似是不明白他为何要提起薛无问，却听霍珏继续道：“他正要去皇陵调查先帝功德碑擘裂之事，这事是我派人做的。”

临安城地动之时，位于皇陵的功德碑不仅仅擘出一道道裂痕，这些裂痕里还渗出了红色的液体，远远瞧去，似是流出了血泪。

短短数语，卫媗便已经听明白霍珏究竟要做什么了。她豁然起身，白皙的手指用力攥紧了手上的帕子，道：“他查到你身上了？”

霍珏缓缓摇头：“无须查，他知道是我做的。”

卫媗用力闭了闭眼，她清楚定国公府的立场，若薛无问当真查出证据来，他或许会将霍珏移交刑部。

卫媗睁开眼，面色瞬间恢复了平静，道：“我会同他说，是我派你去做这些事的。你日后不必再插手，一切都交与我便好。”

霍珏静静望着卫媗。

梦里，阿姐在生下阿蝉后，身子便一日比一日差。那日她忽然约他出来，笑着同他道：“阿珏，我会让他帮你的。”

霍珏知晓她说的他是指薛无问，那时的阿蝉尚且不足一岁，他原以为，阿姐想借阿蝉的情分求薛无问出手帮他。可阿姐从来没想过要利用阿蝉，她由始至终利用的都是她自己。

而这也是他在梦里与阿姐见的最后一面。

霍珏垂下眼，看着袖摆上细密的如意纹，片刻后，抬眼对卫媗道：“阿姐，让薛无问娶你为妻吧。”

卫媗失声道：“你说什么？”

“嫁给薛无问，做他的妻子。”霍珏缓缓道，“他会娶你的。”

“不，他不会。”卫媗轻轻摇头，哂笑一声，“定国公府满门忠烈，不可能同意他娶我，能容他养着我，已是最大的让步，也是最大的仁慈。而薛无问——”卫媗说至此，声音稍稍停顿，眸子里难得地出现了一丝迷茫。

“七年前，卫霍两家满门尽诛时，定国公曾派了一队死士前往青州卫家救大哥……”霍珏望着卫媗，面色平淡，说出来的话却震得卫媗心神一颤。

可大哥没活下来，活下来的却是她卫媗。似是想到什么，卫媗脸色一白，跌坐在椅子上，喃喃道：“是薛无问。”

霍珏微微颔首：“是他。他只身前往青州，强行改了暗令，逼着死士救了你。他带你回肃州后，因为此事，挨了定国公七七四十九鞭。”

屋子里静了静，半晌，卫媗垂下眼睫，低声道：“可他不是这样同我说的。”

“阿姐，若你知晓薛无问改了定国公的暗令，将本该救的人换成了你，你会如何？”霍珏平静地问道。

卫媗抬起眼，神情有些恍惚。她被薛无问救下后，曾经恨过，为什么活下来的人是她？但凡活下来的是大哥或者阿珏，卫家的复兴便有希望了。无论是谁活着，都要比她好。

“薛无问不同你说实话，只是怕你恨他。”霍珏似是看穿了她的心思，缓声道，“阿姐，只要你开口，薛无问一定会娶你。”即便娶了卫媗，意味着整个定国公府要与皇权作对，他也会娶。

寒风呼啸，雪霰纷纷。

霍珏出了屋子，轻轻摩挲着指尖，回想着卫媗方才呢喃的话：“他不该救我的，若是大哥还在……”

他们姐弟三人的感情自小就极好。

大哥卫彻乃卫家嫡子，为人光风霁月、才识过人。虽未入仕，但在青州已经颇有名望，许多本可登科及第的仕子都甘愿拜入卫家做门客，心甘情愿地追随他。

祖父常说，大哥有容人之量、识人之才，能写得一手锦绣文章，亦能亲入民间感悟人间疾苦，是个能造福百姓的人。

在霍珏的记忆里，大哥的的确确是个令人钦佩的人。大周多少有能之士慕名前来青州，就是为了一睹卫彻的风仪。

定国公与祖父、父亲一贯交好，在他眼里只要卫彻活着，卫家再次崛起不过是时间问题。

阿姐定然也是这样认为的，霍珏知道，将真相告知与她是件极残忍的事。

可此时让她知道真相，才是最好的时机。而他，也需要这个时机。

姜黎与杨蕙娘说话时，忽然从半开的窗牖里瞥见一道挺拔若松的身影，话匣子登时一顿，忙站起身，道："娘，霍珏在等我呢，我先回去啦。"

杨蕙娘瞧着她这急切的模样，不由得嗔道："急什么呢？这才多久没见！"

姜黎脸颊一红，道："这不是外头冷吗？马上要会试了，我怕他冻着，到时生病影响会试就不美了。"

杨蕙娘白了她一眼，心知闺女是在找借口，却也理解姜黎。两人燕尔新婚，正是蜜里调油的时候，便也不留她，只叮嘱道："既然女婿马上要参加会试，你平日里少缠着他些，多给他做些吃食补补身子。"

姜黎总觉着她娘说话带着些旁的意思，却还是乖乖应了声："知道了。"

姜黎抱着手炉出门，缓步走到霍珏跟前，娇嗔道："怎么在这儿等我？不是说了，我要是没出来，你就先回书房吗？"姜黎说话的语气甜甜软软，眉眼间的笑意几乎都要满溢出来了，显然是很欢喜他在这里等她的。

姜黎大约是急着出来找他，斗篷的兜帽都未曾来得及戴上。

细细密密的雪就这般落在她乌黑的发上，霍珏替她将斗篷的兜帽戴起，温声道："无妨，温书也不差这一时半会。"

二人并肩往主院走，姜黎笑道："我同娘选好铺子了。娘说顺乐街四十七号的那间铺子租金很是合理，虽说位置偏了些，但酒香不怕巷子深，偏僻些也无妨。杨记酒肆在朱福大街也偏得很，生意一样兴隆极了。"

霍珏淡淡应着她的话："既然娘与你都喜欢，那便选这间铺子吧。"他温声道。

梦里，杨记酒肆也是选在了顺乐街四十七号，那时阿黎与娘单凭一己之力，就能将酒肆做得风生水起。

日后，有他保驾护航，自然会比梦里的日子还要好。

姜黎点头"嗯"了声，忽然想起一事，见左右无人，便踮起脚在霍珏耳边细声道："上元夜，是孙大当家陪娘去看的铺子。这两日，我发现娘不躲着他了。"

小姑娘的气息带着点淡淡的甜香，擦过耳郭时，酥酥麻麻的，挠得心尖都痒了。

第十四章

# 无问应娶

成泰六年，注定不是个太平年。

上元夜，临安城地动。

与此同时，数百里之外的皇陵里，承平帝的功德碑泣血擘裂。

短短数日，大周的百姓都在谈论地动与先帝功德碑泣血之事。

如此不祥之事，让无数人想起了七年前，承平二十七年夏，太子太孙下诏狱，先帝病危，青州卫、霍二族全族被灭。

四皇子临危监国，先帝病逝后得继大统，成为大周第十七位皇帝。

那年夏天，盛京百姓人心惶惶，只希望皇权更迭尽早结束，至于背后的阴谋诡计，不是他们寻常百姓该去揣度的。

可眼下，地龙震怒，皇陵泣血，分明预示着天大的冤情，而与先帝相关的，只怕是七年前的事！

薛无问从皇陵归来时，太子太孙含冤而死，先帝含恨而终的流言，已经迅速在盛京的街头巷尾蔓延。

指挥同知唐劲瞥他一眼，压低声音问道："大人，您看需要派人捉几个乱嚼舌头的人杀鸡儆猴一下吗？"

薛无问似笑非笑地睨他一眼，道："赵公公都未曾说什么，你急甚？"

唐劲闻言偷偷瞄了眼笑面佛似的赵公公，一对上赵保英阴阴柔柔的目光，立马噤了声。

这趟去皇陵，圣人不仅派了薛无问，还派了心腹太监赵保英一同前往。

这位秉笔太监与东厂的掌印太监余万拙明面上相处甚欢，实际上，二人私底下的争斗已日趋白热化，不争个你死我活根本不会罢休。

眼下，皇陵出事，圣人派的是赵保英，可见赵保英一派是压了余万拙一头的。

思及此，唐劲恨不能自行掌嘴，赵公公听见流言都气定神闲得很呢，他多什么嘴！

正懊恼着，便见赵公公忽然一甩拂尘，对薛无问道："薛大人，皇陵之事既已查清，该进宫面见圣人了，请吧。"

是夜，一辆马车从定国公府驶出，疾行驱往永福街。

此时的霍府里，佟嬷嬷抱着一蓬新折的蜡梅进了内室。见卫媗静静坐在暖榻上不言不语，心里不由得有些心疼。

两日前，小公子走后，大姑娘便沉默了两日，瞧着倒也不像是在伤心，更像是有些恍惚。

佟嬷嬷从小看着卫媗长大，卫媗满十三岁后她便荣养退了府，直到卫家出事了，才被薛世子从老家接到了盛京。离府的这几年丝毫没有影响她与卫媗深厚的感情，大姑娘在她眼里，始终是那个为了不喝药，摇着她的手撒娇的小姑娘。

佟嬷嬷并不知小公子究竟同大姑娘说了什么，也知自己不该过问，只能越加细心地照料卫媗。

"今日蜡梅开得越发好了。"佟嬷嬷笑吟吟地来到暖榻边的桌案前，将花瓶里开败的梅花抽了出来，继续道，"大姑娘可要亲自插花？"

卫媗微微回神，知晓佟嬷嬷是在哄她开怀，不忍心辜负她的心意，便接过佟嬷嬷手上的蜡梅枝插入花瓶里。

卫媗静静凝视着枝头嫩黄的花朵，忽然想起无双院的那棵蜡梅树。

她到盛京时，无双院是没有蜡梅树的。薛无问听佟嬷嬷说，她青州的院子里便种了蜡梅，这才让人移植了一棵到无双院。

彼时，她沉浸在卫氏一族满门被诛的悲痛里，对薛无问的举措谈不上什么触动。可现下再回想，那时他才挨了四十九鞭，却还是忍着痛，差人给她种树，就为了哄她一瞬的开怀。

就在这时，门外忽地传来敲门声。

"姨娘，定国公府来人了，说要接您回府里住。"

佟嬷嬷皱起眉，前几日世子爷才刚来过，那时小公子出门未归，姑娘不愿意走，说要留到小公子会试结束了再回无双院的。

佟嬷嬷正要开口，却听卫媗淡淡道："嬷嬷，收拾收拾，我们回无双院。"

佟嬷嬷一怔，下意识抬眼，便见自家姑娘长睫微垂，静静擦着手指，瞧着仿佛与先前有些不同了。

佟嬷嬷忙应下，不到一个时辰，几人便将东西都收拾妥当。

待得卫媗与杨蕙娘、苏世青、方嗣同一一告别后，霍珏与姜黎也相继而来。

姜黎与卫媗相处了这么些时日，心里早就拿她当亲姐姐了。知道她要走，眼眶瞬时红了一圈，却不敢落泪，只因霍珏说了，阿姐回定国公府是好事。

卫媗一看小姑娘眼睛红了，忙柔声笑道："瞧你，有甚好伤心的？我便是回了定国公府，随时都可以回来看你与阿珏的。"

姜黎忙忍住泪意，道："当真？"

卫媗莞尔道："自是当真，阿姐还能骗你不成？"

姜黎听见这话，总算是开心了些，上前用力地抱住卫媗，悄声说道："阿姐，日后我定督促霍珏做个大官，好给阿姐做靠山，让定国公府的人无人敢欺负你。"

卫媗闻言微微一怔，旋即便笑了，道了声"好"。

说罢，卫媗又与立在树下的霍珏对视一眼。不过一个眼神，霍珏便知晓卫媗想说的话——薛无问，她嫁。

来接卫媗的人是暗一，他是世子爷最重用之人，接魏姨娘的事他亲自来办，在宫里的世子爷方才会放心。

暗一瞥见从大门出来的身影，忙放下马鞭，恭敬地为卫媗拉开车门，放下杌凳。

卫媗上车后，轻声问了句："他呢？"

暗一愣了愣，他还是第一回听魏姨娘问起世子爷。想到这儿，暗一便要为世子爷掬一把辛酸泪。

旁人都道世子爷万花丛中过，片叶不沾身，与玉京楼几位花魁的红粉佳话，连街上的总角小儿都能道出个一二三。

但唯有近身伺候的暗一与暗二知晓，他家世子一直都在追着魏姨娘跑，偏偏魏姨娘不太乐意搭理他。

今日，没想到居然听到魏姨娘亲口问起世子来。

卫媗不知自己随口一问，竟然引得暗一一番嗟叹，见他一直不出声，略一思忖，便又道："你家主子可是从皇陵回来了？"

暗一这才骤然回过神，忙应："是，主子回来后便进宫面圣了。"

卫媗微微颔首，不再多说。

不过小半个时辰，一行人便到了定国公府。

无双院一众仆妇婆子规规矩矩候在月门处，魏姨娘是世子爷拿来当眼珠子一般宠着的，虽离开了大半年，但在无双院伺候的人也不敢掉以轻心。

卫媗脱下斗篷，仔仔细细地环视了一眼。

无双院最初并不叫无双院，她住进来之后，薛无问才给这里改了名字。

从前她觉着这里是一座囚禁着她的牢笼，可现下再回首，却不由得想，这里未尝不是一个家。

一个薛无问给她的家。

天光渐暗，暮色四合，薛无问踩着细密的风雪回到无双院。

推开门，便见床边矮榻上坐着一道纤细的身影，乌发披散，面若芙蕖，清冷明亮的眸子在听见开门的动静时，缓缓望了过来。

薛无问对上卫媗湿润的眼，忽然不急着进屋了。就那般，停下脚步，微侧头靠上门槛，长指抵着腰间的绣春刀，半垂着眼静静地望着她。

此时，薛无问忽然忆起一个多月前，霍珏在玉京楼对他说的话。

"还请世子救阿姐一命。"

他说他做了个梦，梦里卫媗死了。

彼时，他不过是当霍珏在信口雌黄，想诳他做他手上的刀，替他铲除当初陷害太子府与卫、霍二家的凶手。

说实话，在某种程度上，霍珏竟是有些了解他的，能看穿他并不如表面上那般忠于皇权。但他到底幼承祖训，哪些事该做，哪些事不该做，他心里门儿清。

正因为如此，父亲才会同意他回盛京，甚至将定国公府在盛京的势力都交由他掌管。

可若是有朝一日，他做了触及定国公府底线的事，那他迟早要被这些势力反噬。

他相信只要定国公府的人听他号令，卫媗有他守着护着，她就不会死。

是以，霍珏说完话后，他心里难得起了些怒火，似笑非笑地问："怎么？想拿你姐姐做筏子，利用我替你、替卫家人报仇？"他虽笑着，可了解他的人都知道他动了怒。

霍珏静默不语，良久，才站起身，对薛无问淡声道："成泰六年的上元夜，临安城地动，震中在城东谭家村，世子不如等上元夜过后，再来寻我。"

后来，临安城果真地动了。

薛无问派去临安的暗桩回来禀告，霍珏救了万余名本该十死无生的百姓。

地动乃天灾，根本做不得手脚。而霍珏的梦预知了临安城地动，甚至借此前往临安救了这万余百姓。

薛无问瞬间便明白了霍珏的用意，他在告诉他，梦预知的是真的，而梦里必死之人的命运，可以逆天篡改。

薛无问自诩自己是见惯生死、心肠冷硬的人。他垂髫之年被父亲薛晋丢去军营操练，十一岁上战场与北狄士兵厮杀，十六岁被肃州百姓尊称一句"少年战神"。

可那一夜，他独坐至天明，脑子里想的是，若有一日卫媗真的死了，他会如何？

是以，元月十七，天色将明未明时，他在城门外拦住了霍珏的马车，只问了三个问题。

何时？何地？何人？

卫媗看见薛无问，便放下手上拨弄香饼的银箸，望了他半晌，而后缓步走向他。

身后的冷风直直往屋里灌，薛无问到底是怕她着凉，提脚进屋，将门紧紧阖起。

他昨日连夜赶回盛京，一日一夜不曾沐泽，他知卫媗一贯爱洁，忍着没去抱她。

却没想到，卫媗径直走向他，二话不说便探手去摘他的腰封，解他的绣春刀。

薛无问后退一步，低眸笑着道："卫媗，我还未曾沐浴，一会儿你又要嫌我脏。"

薛无问的话才刚落地，卫媗的手微微一顿，没一会儿，又稳稳摸上他的腰封解开，腰间长刀啪的一声落在地上。

薛无问在她的手摸到他中衣时，终是扣住她的手腕，沉声道："卫媗，你再这样，我可是忍不住的。"

他都很久没碰过她了，经不起她这样的动作。

卫媗却挣脱他的手，继续手里的动作。

薛无问深吸一口气，一把抱起她便往内室走："行，你既然想脱，给你脱就是。"

卫媗沉默着，将他上身的最后一件衣裳脱下，手指抚上他的背，触摸着他背上密密麻麻、纵横交错的鞭痕，轻声问："疼吗？"

薛无问被她问得一愣，没想到卫媗不管不顾地要脱他衣裳，就为了这个？薛无问不知是好气还是好笑。

他身上的伤口数都数不清，可背上的伤却是最触目惊心的，除却一道剑伤，旁的全是七年前父亲薛晋在他身上留下的鞭痕。

很久之前，卫媗也曾问过这些伤口是哪里来的？

他说是在肃州与北狄士兵厮杀时留下的伤痕。卫媗显然没有怀疑，只是过去这么久了，她为何又问起这茬？

薛无问微微眯眼，漫不经心道："几年前的旧伤，早就不疼了。"

卫媗抬眼，清丽妍媚的脸微仰着，眸光沉静地看着他道："我听老夫人说，定国公府行家法的鞭子带尖刺，国公爷行家法时，定然是没留情的。那时，疼吗？"

卫媗话音刚落，薛无问一贯慵懒的眉眼瞬间沉寂下来。

"薛无问，"卫媗抚上他的脸，声音很轻，"如果……我要你娶我，你敢娶吗？"

薛无问不语，只垂着眼看她。

卫媗生于百年世家卫氏，自小便被当作太孙妃培养。她气质高雅，实在生得好看，不施脂粉时，就已经美得像天上的皎月，一颦一笑皆是雍容华贵。

薛无问紧紧盯着她的眸子，与她对视须臾，便靠上身后的迎枕，提唇笑道："卫媗，长出息了啊，美人计都使在我身上了。"

卫媗没有避开他灼灼的目光，手指轻点他的胸膛，道："不是喜欢我喜欢得紧吗？薛无问，你敢娶我吗？敢让世人知道，我，卫媗，是你薛无问的妻子吗？"

她承认，她是在使美人计，她也承认在拿自己做赌注，赌他能为了她，改变定国公府的立场。

若是以往，她不敢赌的。

毕竟她在盛京能用之人除了沈听，也就只有薛无问了。

沈听忠于她，忠于卫家，可薛无问不一样。他姓薛，有他的家族，有他作为下一任定国公的责任。她以为，他这样的一个人，是不可能为了女色失去理智的。

然而，这一回，她想赌一把。

阿珏只身在盛京的波诡云谲里谋划，她不能看着他孤立无援，她才是顶替大哥活下来的人，那些仇恨本就该由她背负。

"卫媗，你是不是觉得，我是薛家唯一的嫡子，是我爹娘唯一的孩子，不管我做什么，定国公府都会保住我？"

卫媗垂下眼，定定地看着他胸膛一块铜钱大小的伤疤，这是去岁他陪皇帝狩猎时故意受的箭伤，目的是为了拦住赶往桐安城的她。

卫媗抚着他胸口上的伤，轻声道：“是。”

薛无问轻笑一声。这姑娘答得还挺理直气壮，丝毫不怕他生气，将自个儿的心思清清楚楚剖给他看。

“我父亲——我太了解了。我若真做了有违薛家祖训的事情，无须旁人动手，他会亲自提刀取走我的命，眼睛都不会眨一下。如今，定国公府在盛京的人虽都听令于我，只要我父亲想，这些人随时都可能对我倒戈相向。”

薛无问抬起她的下颌，逼她看着他，继续道：“不娶你，定国公府的人能为我所用，我可以护你一辈子无忧。我不会娶妻，不会纳妾，不会碰旁的女人，此生只守着你一人。可我若是娶了你，极有可能我会死，你也会死。这样，你还想让我娶你吗？”

屋子里烛火明亮，照着他俊美的面容，一双勾人的桃花眼此时再不复从前的慵懒多情，变得清隽冷凝。

她与他对视，半晌，终是道：“想。”

薛无问松开捏着她下颌的手转而抵在她的后脑，低头咬住她的唇，吻得有些狠。

卫媗由着他疯狂地汲取着她的气息……不知过了多久，在她呼吸逐渐急促时，她听见他在耳旁低声道：“你要的东西，我什么时候没给过？你问我敢不敢，我自然是敢的。卫媗，你要我娶你，我就娶你。最差的结果，也不过是同你一起到阴间做对鬼夫妻。”

卫媗眼眶一热，忽觉喉头有些哽，他的话代表的是他将她放在了他的责任以及定国公府数百年的传承前面。

她对他其实一直都不怎么好。

她时常见阿黎将自己的手指都快戳烂了，就为了给阿珏缝个荷包。可她从没给薛无问缝过一件衣裳，没打过一个络子，甚至连一顿饭都不曾给他做过。

反倒是他，费尽心思地哄她开怀。如今明知她要他做什么，会有怎样的代价，也甘之如饴。只因她想，他便应了。

即便，她要他做的事，极有可能会让整个薛家重蹈当初卫家的覆辙……

眼泪就这般猝不及防地掉了下来，薛无问在她嘴角尝到苦涩的泪水，不由停了下来，低头看着她。

“不是……卫媗，我这不是答应了吗？你哭什么？”薛无问抬手擦她的脸，又好笑又心疼。

卫媗不是个爱哭的人。娇气是当真娇气，身子骨也的确比旁人弱，可她生了一身傲骨，有时被他欺负狠了，也只是红着眼眶。

就算掉了泪珠子，也不像旁的小娘子那般，哭哭啼啼个没完，她只会静静地流泪，不言不语，却瞧得人越发心疼。

薛无问统共只见她哭过两回：一回是在肃州，当她得知卫、霍二家除她以外无一人生还时，她背对着他，泪湿了半个布枕；第二回便是重遇霍珏那日。

薛无问那点子旖旎心思，早被卫媗的泪珠子给浇灭了。

他无奈吻去她眼角的泪，将手从她小衣里抽了出来，低声哄道："行吧，祖宗，要我怎么做你才不哭？"

卫媗懒得搭理他的调笑，哽咽道："薛无问，你当初就不该救我。"

她知道他喜欢浴血杀敌，喜欢民风彪悍，自由、奔放的肃州。不过是因她要来盛京，他才会放弃肃州的一切，带着她回来。

若当时活下来的是大哥，他根本不必委屈至此，不必在锦衣卫里为宫里那位卖命。他依旧是肃州那个意气风发的薛小将军，活得恣意，活得无拘无束。

从前，她总觉得无双院是座牢笼，如今再看，他们二人之间，被囚困住的分明是他。

薛无问总算弄明白这姑娘在哭什么，心里又是心疼又是喜悦，宠了这么久的心肝儿，总算知道心疼他了。

行，没白疼。

"卫媗，你及笄那日，可还记得我与你说过什么？"薛无问提唇笑道，"我说，这世间能做太孙妃的姑娘千千万万，能当我薛无问妻子的，就只你卫媗一人。我认定的人，也从来都只得你一个，你说我怎么可能眼睁睁地看着你死？任何人想要杀你，都得从我的尸体踏过去。"

寅时三刻，薛无问睁开眼。

怀里的姑娘睡得正沉，呼吸很轻，软软地擦过他脖颈。

她爱调香，身上总是香气萦绕，薛无问的唇轻触她头顶乌黑柔顺的发丝，深深吸了一口气，黑暗中，一贯含情的桃花眼暗沉沉的，隐忍到了极致。

卫媗一贯觉浅，从他凑过来嗅她时，便迷迷瞪瞪地睁了眼。

"可是要起来上朝了？"

"不用，周元庚想下罪己诏，钦天监还未推算出黄道吉日。"薛无问缓慢地摩挲着她细软的腰，哑音道，"我可以晚些再上朝。"

周元庚要下罪己诏，定然是因着地动与皇陵之事。

卫媗听罢，睡意瞬时消散了，急急出声问道："皇陵的事，查出什么了吗？"

功德碑的事是霍珏做的手脚，昨夜她哭得乏了，竟然将这么重要的事给忘了。如今听他提起，自是急得不行。

薛无问不轻不重地掐了下她腰间的软肉，笑着道："急甚？你觉着我和赵保英能查出什么？你那弟弟能耐大得很，半点蛛丝马迹都找不出来，昨日进宫我们便同周元庚说了，功德碑擘裂之事非人为。"

他的手沿着卫媗玲珑的曲线一路往上，声音越发暗哑："卫媗，这些……以后你就别想了，有我与你弟弟在，你何须操心这些？要想也想想我，可怜可怜我，行不？"

他手上的动作越发放肆，卫媗哪能不知晓他要她“可怜”他什么？

卫媗闭着眼，也不知他做了什么，忽地“嘶”了一声。

她的声音细细软软的，像猫叫一般。

薛无问只觉理智就像绷紧的线一般，一下子便断了。

他欺身咬住她小巧的耳垂，哑着声道：“祖宗，命都要给你了。”

佟嬷嬷从外院进来，见莲棋、莲琴正领着几个粗壮的仆妇抬着热水进了里屋，不由得蹙起了眉头。

这一大早的，姑娘怎的要沐浴？卫媗一贯睡得浅，薛无问平日为了让她睡得好些，晨起时洗漱、早膳都是在外院解决，就怕吵着她，是以从来不会出现早晨要水的事。

佟嬷嬷跟着一众仆妇进了屋，内室里并不见世子爷的人影，然而金丝楠木拔步床此时却被褥凌乱，她到底是过来人，一看便知是发生了何事。

连忙快步进了净室，隔着一道黄梨木屏风，对里头的卫媗道：“姨娘，老奴进来伺候您吧。”

“嬷嬷进来吧。”

佟嬷嬷一进里头，便见自家姑娘一身的细皮嫩肉遍布着深深浅浅的红印，心里头顿时有些埋怨薛无问。自家姑娘身子骨弱，世子爷怎的不懂得怜香惜玉些？

佟嬷嬷拿香胰子，抬起卫媗湿漉漉的手臂，边擦边道：“姑娘用膳后，可要再睡一会儿？”

卫媗见佟嬷嬷一脸心疼，不由得弯唇笑道：“不用，难得我昨日睡得踏实，方才又补了个回笼觉，这会儿精神正好。嬷嬷莫要挂心。”

佟嬷嬷抬起眼，细细打量着自家姑娘，便见那时常萦绕在眉心的郁气似是散了不少，一贯无甚血色的脸颊也透着淡淡的粉，瞧着竟康健了些。

佟嬷嬷脸色总算好了些，拿起沉香木做的木匜，舀起水缓缓浇着卫媗瘦削白皙的肩。

经过半月的赈灾重建，临安城的万余名灾民终于重返了故地。

此次地动来得突然且声势浩大，但因逃离及时，伤亡人数只有数百之数，委实是不幸中之大幸。

临安县令宗彧一时名扬顺天府。

都说县令大人在地动发生前几个时辰，有条不紊地安排万余百姓逃离又妥善安置，且及时求得朝廷援助，这样的父母官属实是个有能力的，说是全城百姓的再生父母都不为过。

临安县的万余百姓却对这传言表示了异议。

县令大人从地动发生至今，不管是重建灾区还是分发灾银，都可谓是殚精竭虑，的确当得起世人的一声赞。

可那日，明明是霍公子率先发现了地动的先兆，谆谆劝谏，冒死带领他们逃往城外，这才让他们保住了命。霍公子与县令大人一样，同样是他们的救命恩人。

他们怎可让霍公子寂寂无名？

万余百姓在重回故地后，争相奔告，逢人便要提一句霍公子。于是，霍姓举子舍身救人之事，很快便在盛京传扬开来。

姜黎一直在为开酒肆忙前忙后，听到有人说起霍举子的事，也从没有往霍珏身上想。

传言里的霍举子急公好义，有一颗济世救人之心。饶是姜黎想破脑袋，也不会把一贯清隽冷漠的霍珏与这位霍举子联想在一块儿。

夜里她同霍珏一同在寝屋里看书，忍不住将听来的传言说与霍珏听。

“霍珏，这位古道热肠的举子与你是同宗，说不得你们会在贡院里遇着呢。”

传言这东西，素来是一传十十传百，越传越失真。听着阿黎说自己如何悲天悯人，如何达济天下，霍珏竟觉着有些好笑。

该怎么同阿黎说，她嘴里那位热情好义、有侠客心肠的霍举子就是他呢？

先前他因着不想她担心，便没同她说。现下，地动已经过去了十数日，眼见小姑娘对传言彻底信了个真，心道还是该同她说一声的。

况且，这救人之功他尚且有用，阿黎迟早都会知晓的。从旁人嘴里知道，终究是比不得从他嘴里知道要来得好。

思及此，霍珏放下书，起身走向她，温声道：“阿黎，那位古道热肠的霍举子就在你眼前。地动那日，我恰好经过临安城，便帮着那里的百姓逃出来了。”

姜黎听见这话，眸光蓦地一顿，愣怔怔地抬眼，似是在分辨他是否在顺着她的话逗她。

可霍珏鲜少会开玩笑，姜黎反应过来后便知他说的是实话。想起人们描述的那场惊心动魄的地动，登时感到一阵后怕。小姑娘赶忙放下手上的画本子，紧张地拉住霍珏的手，急声道：“你那时没受伤吧？”

霍珏提唇笑了下，眼中的笑意莫名带了点深意：“我受没受伤，阿黎应是最清楚的。”

姜黎先是一怔，下一瞬就明白过来了。

他回来那日就诱着她胡闹了一番，他身上有没有伤，她确实是最清楚的……

姜黎眼下顾不得羞涩，握着他的手，认真同他道：“虽说那次你没受伤，可下回还是莫要涉险了。地龙翻身时，谁都不知晓地龙的怒气有多大，若是地裂延伸至城外，你岂不是也要受伤了？”

盛京霍举子救人的义举传得沸沸扬扬，人人都说霍举子是个英雄。

可她不需要他做救万民于水火的盖世英雄，也不需要他舍小身而顾大义。

说她自私浅薄也好，说她见识短浅也罢，眼前的人是她的夫君，是她深爱的人，她舍不得他受伤，哪怕是一点点也不行。

霍珏微垂下眼，反握住她的手腕，轻轻一拉，便将她抱了个满怀。他抱着她在矮榻上坐下，在她耳边郑重道："好。"

原以为阿黎就算知道了，顶多也就嗔怪几句。倒是没想到，她还是会觉得害怕。

其实，上元夜他本不必亲自去临安城的，但为了圆阿黎做状元娘子的梦，他需要一个泼天的功劳。

他自幼熟读百书，轻易就能做得一手锦绣文章。是以，会试得个会元对他来说当不是难事。可得了会元却未必能当状元。

大周历史上，便有得会元者因名字不得皇帝喜爱，与状元失之交臂的先例。

霍珏深知，"霍"这个姓定然不得周元庚喜欢。可那又如何？他救了半城的百姓，这样的功劳，便是周元庚再厌恶这个姓，也不得不将这个状元赐给他。

夜里小姑娘格外黏人。

屋里的灯火刚灭，她整个人便靠了过来，细软的手探进他的里衣里，一寸一寸地摸，似乎是想要确认他身上真的没受一点儿伤。

原本怜惜她受了惊吓，想让她安安稳稳睡一觉。可眼下……他眸色又沉了下去。

霍珏按住她作乱的手，哑声道："阿黎，再不睡，一会儿就不能睡了。"

"那就晚……晚些睡，"姜黎红着脸，支支吾吾道，"反正我这会也是睡不着的。"只要一想到上元节那夜，他在临安城那里担惊受怕，而她却开开心心地挽着杨蕙娘的手逛灯会，她就格外心疼他。

这种心疼在心底深处氤氲到最后，便渐渐成了想同他亲近的渴望。

姜黎大着胆子凑过去，软软的唇贴上他的，带着些许生涩，些许羞赧……

姜黎凑过来时，霍珏难得地出神片刻，待得她学他从前那样，用细密的齿啃着他唇瓣时，他才眸色一暗，反客为主，加深了这个吻。

这时，门外却传来一道很轻的叩门声。

"主子，定国公府来人了。"

姜黎听出这是何舟的声音，吓得齿关一闭，在霍珏舌尖重重咬了一口。

她心里乱糟糟的，也顾不得问他疼不疼了，匆匆忙忙推开他，捂住了嘴，生怕外头的人听见里头的动静。

霍珏舌尖微卷，咽下嘴里的血丝，侧眸瞧了眼这会老实得如同鹌鹑似的自家娘子，一时有些无奈。

薛无问此时寻他，自然是真的有事，若不然，何舟也不敢在主屋熄灯的情况下前来敲门。

霍珏在她捂着嘴的手背上印了一吻，低声道："你先睡，我出去一趟。"说罢，便起身坐起，正要掀开幔帐，一侧衣角忽地被人轻轻攥住。

“你要快些回来。”

霍珏回身抱了抱她，他温柔道：“嗯，别等我，先睡，醒来后，我就在你身旁了。”

姜黎知他此时出去，定是有正事的，乖乖应了声，便松开手，替他理了理起了褶皱的衣角。

第十五章

# 尚书软肋

夜里起了风，大雪簌簌落于肩上。

何舟快步跟在霍珏身侧，一声都不敢出。

主子很是忌讳有人在入夜后去主屋打扰他与夫人的，方才薛世子身边的暗一大人过来时，他与何宁谁都不想去做那个通传的。

偏偏他手气背，猜拳时输了，只好提心吊胆地前去敲门。

自家主子虽然从不发怒，可他身上的气势以及翻手云覆手雨的手段，总让何舟错以为，眼前之人是一个浸淫官场多年且心狠手辣的权臣。

好在主子出来后，似乎心情并不差，眉眼里还有尚未散去的温柔，想来是夫人哄的罢！

半个时辰后，他们来到了玉京楼。

这几日因着地动与皇陵的事，人心多少有些不安，往常热热闹闹的长安街现在也沉寂了不少。

可玉京楼到底是盛京的第一销金窟，前来寻欢作乐的纨绔公子丝毫不见少。

霍珏提脚进入玉京楼，迎面便是一阵甜腻的脂粉香。

一个守在门口的娇媚娘子见进来个俊俏郎君，挥着帕子，踩着莲步正要过去，却忽见苏妈妈疾步走过去，笑着道："霍公子定的厢房已经备好了，请随我来。"

苏玉娘领着霍珏拾阶走上二楼，到了闻莺阁外头便自动止了步，对霍珏笑道："世子爷在里头等着，霍公子请吧。"

霍珏淡淡颔首："多谢妈妈。"

苏玉娘掌管着一整个玉京楼，与薛无问的关系亦是亲近，自是知晓霍珏不仅是无双院那位的弟弟，也是盛京百姓嘴里的那位霍举子。

听暗一暗二说，这位郎君年岁虽小，可心机手段一点儿也不逊色于世子，就是人冷冰冰的，一点儿也不好相与。

眼下倒是没想到这清冷郎君对她还挺和善的，苏玉娘最是喜欢这般有能耐还懂礼节的郎君了，忙笑道："霍公子客气了，玉娘这便去给您与世子爷温些酒来。"

闻莺阁里，薛无问席地而坐，漫不经心地转着手上的玉扳指，瞥见霍珏身影，一抬下巴，点了点对面的座席，道："坐。"

霍珏冲薛无问颔首，云淡风轻地喊了声："姐夫。"

薛无问嘴角一抽。

经过这几次打交道，他发现这小子每次叫他姐夫，一准没好事。

果不其然，对面霍珏刚坐下，薛无问便听见他道："还请姐夫帮个忙。"

薛无问似笑非笑地望他一眼："说吧，要我怎么帮？"

霍珏抬手执起一旁的鎏金镶玉酒壶，为薛无问斟满了酒，又为自己满上一杯酒，道："阿姐体弱，方神医道阿姐过去几年思虑过重，已有折寿之象。若想要阿姐康健，日后定要少思少虑。阿姐如今住在无双院，可内宅之事，我这做弟弟的到底不能过多干涉，还请世子多加看顾。"

说罢，便将杯中酒一饮而尽。

薛无问原以为他要提的是朝廷那几位的事，没想到竟然是关于卫媗，听他的意思是怕卫媗在无双院里会受委屈。

定国公府无论上下，都知晓他对卫媗有多看重。便是他爹娘也是极为疼惜卫媗的。离开肃州时，还曾对他明言，断不可让卫媗受委屈。

有他与他爹娘护着，卫媗在定国公府是不可能受委屈的，除非……让她受委屈的人是他祖母。

祖母是一品诰命，是盛京不少高门主母一心要巴结的对象。但祖母在祖父战死后便潜心礼佛，鲜少出现在人面前。平日里多是在佛堂里诵经抄经书，与卫媗几乎不怎么见面。

霍珏又是如何得知，卫媗受了委屈的？

若霍珏当真神通广大到连定国公府里的秘事都知晓，那薛无问倒是很好奇，他是如何将手伸到定国公府里头的？

毕竟，祖母待人一贯温和，她对卫媗的态度，除了他，并无人知晓，便是卫媗自己都是不知晓的。

薛无问深深望了霍珏一眼，敛去脸上散漫的笑意，端起酒杯，仰头饮尽。

"行，我应你。"他把玩着手里空空如也的酒杯，目光灼灼地盯着霍珏，"阿珏，不如同姐夫说说，你什么时候往定国公府里安插了人？怎么？想要我做你手上的刀，却又不信我，你就这点胆子？"

霍珏面色平静，并不因他的试探而有丝毫波动。

"世子，阿姐比你想的要聪慧，你以为她不知的事，她不过是不说破而已。况且，我从未想过要让世子做刀，相反，我是将自己送到世子面前，做世子手上的刀。"

都是绝顶聪明之人，寥寥几语便听明白了彼此话里的深意。

霍珏接着道："世子可曾想过，阿姐的凤命，或许并非虚言？"

哐当一声，薛无问将手里的酒杯轻掷在檀木桌上，看着霍珏，微微眯起了眼。方才他还觉着这小子说不得从未放下对他的戒心，可这会儿又掐断了方才的念头。

思及霍珏进京后所做的一桩桩事，这小子从一开始就打定了主意，要将卫媗凤命的批言变成现实，同时，也在逼他做出抉择。

他要娶卫媗，便要先洗刷卫、霍二家乃至当初先太子府的冤屈，而要洗刷这些冤屈，他便得反了这天！

薛无问对上霍珏漆黑深邃的眼，忽觉一阵气短，太阳穴突突跳个不停，莫名觉着不爽。

盛京里人人都道他风流多情，淌过三千弱水，却绝不只取一瓢饮。

眼下细一琢磨，这小子从见他第一次面就同他道“卫家女从不为妾”，之后又堂而皇之地让人给他送信，让他做这做那的，似是笃定了他爱惨了卫媗，不仅会娶她，还会为了她而不惜反了这天。现下更是无耻到了极点，说着大逆不道的话，却说是为了他！

薛无问深吸一口气，并未接他的话，努力忍着气做一个“有风度的姐夫”。

薛无问轻垂下眼，转着大拇指上的玉扳指，半晌，才淡声转了话题：“我知道你在寻找推翻先太子谋逆案的证据。这案子我查过，有两人是关键。

“一是刑部尚书齐昌林。七年前，齐昌林在刑部任左侍郎，周元庚继位后，原刑部尚书韩范乞归，齐昌林接手了刑部。韩尚书回归故居后，说是心疾犯了，没两年便死了。可据我所知，韩尚书并无心疾。

“二是宫里的掌印太监余万拙。先帝在位时，此人不过是六品的御前太监，先帝驾崩之时，他便在乾清宫里。”

那日，乾清宫里究竟发生了何事，薛无问隐隐有了猜测。余万拙极能审时度势，也极能沉得住气。当初周元庚登基后，他自请去守了两年皇陵，从皇陵归来后，又花了两年时间，才慢慢从御前太监升到了掌印太监。

若说齐昌林与余万拙没有投靠周元庚，薛无问自是不信的。

“齐昌林表面好色成性，实则老谋深算，我已安排人进了尚书府，再过些时日，总能揪出些蛛丝马迹。至于余万拙——”薛无问说到此，眸光微凝，忽地想起了另一人，“此人比齐昌林还要难缠，只不过如今的东厂却不再是他的一言堂。现有一人与余万拙是死敌，且势均力敌，甚至隐隐有了压制余万拙之势，此人是眼下极得周元庚信任的秉笔太监赵保英，你可曾听说过？”

薛无问的话音刚落，霍珏便垂下眼，掩住了眸里的异色。

薛无问慢悠悠地转着指上的玉扳指，见霍珏不语，便以为他不曾听说过赵保英。

赵保英入宫二十九年，一直寂寂无闻，直到余万拙去守皇陵的那两年才慢慢崭露头角。之后，便势如破竹在司礼监站稳了跟脚，一举成为皇帝眼前的红人，做了秉笔太监。

薛无问查过赵保英的底细，不过是一户穷苦人家的小儿子，因家中日子过不下去了，被心狠的兄嫂卖入宫里做太监。

刚入宫时，尚且不到十二岁的赵保英，自是吃了不少苦的。原以为这样的人，一朝得势定然要疯狂报复那些欺辱过他的人。

然而，他如今都做到了秉笔太监，薛无问也没见他报复过谁。他见谁都面带笑意，对待犯错了的小太监，也鲜少惩罚，顶多笑眯眯温言说两句。可他越是和煦，在他手下干活的人就越是小心谨慎。

你说他慈悲吧，一个心软慈悲的人如何能在宫里活到现在，还成了司礼监与东厂手握实权之人？

可要说他残忍暴戾吧，从前欺他、辱他之人，一个都没被他报复过。如今，那些人恨不能把他当亲爹一样供着，夹着尾巴心惊胆战地过日子

余万拙虽难缠，至少他有弱点——贪财、贪权且好名声。

先帝驾崩分明与他脱不了关系，偏偏他还装模作样，涕泪俱下地去守了皇陵，就为了博个忠君的好名声。

可赵保英呢？

薛无问转动玉扳指的速度不由得快了些，沉声道："赵保英……此人……找不到弱点。"

他既不贪财，也不好色，无父无母、无妻无儿，连狠心卖他的兄嫂都死了。

都说敌人的敌人就是朋友，要斗倒余万拙，与赵保英结盟不啻为一个选择。

可……这样的人，薛无问却是不敢用的。若真能当同盟，自然是最好。可若是为敌，这人比余万拙还要难对付。

霍珏听罢薛无问的话，黑漆的眸子如无波古井深不见底。

"一个没有弱点的人，也可以有软肋。"霍珏望着薛无问，缓声道，"只要是人，就一定会有软肋。"

薛无问闻言，眼皮微抬，桃花眼睨着他，提唇笑道："你查到什么了？还是说，又做了什么预知梦了？"说实话，他至今对他嘴里说的能预知未来的梦，始终是存疑的。

地动、天灾，发生前总有先兆，谁知道这小子身边有什么能人异士，早早勘测到了谭家村的异常。

之后，便借着所谓的预知梦诳他说卫媗会被金銮殿那位害死，逼着他不得不反。

白水寨几千人马，什么三教九流的人都有，按照这小子的心机手段，也不无可能，毕竟做梦预知未来的人，本就万中无一。

即便如此，他也不得不慎重以待，就怕那万中无一的可能。

他——不会拿卫媗的命做赌。

霍珏听见薛无问戏谑的话，神色依旧平静，只摇了摇头，道："自是没梦到过赵公公。我只是疑惑一点，赵公公自幼家境清贫，从未上过私塾，家中长辈亦都是白丁。这样的人，为何能识文断字，当得了秉笔太监？"

霍珏在闻莺阁待了将近一个时辰。

其间，苏玉娘进去送了趟酒，见自家世子爷与霍郎君虽称不上相谈甚欢，但到底是气氛融洽，便笑笑道："世子，月芙有事求见，可要让她改日再来？"

薛无问与霍珏已谈至尾声，闻言便应了声："无妨，一会儿让她进来。"

说罢，又对霍珏道："钦天监已选好了日子，明日宫中那位便会下罪己诏。若无意外，明年会开恩科，你——"薛无问说到这儿，话音忽地一顿，原想着他这小舅子马上要参加会试了，便想着让他放宽心，今年若是没中，明年还会有恩科。

可转念一想，宗彧任期一到便要调回盛京出任顺天府尹，而且，他两次进盛京为霍珏请功，如此一来，只要这小子会试成绩不差，一甲进士是少不了的。

思及此，薛无问便止了话头，道："罢了，那恩科你也用不上。"

霍珏心思剔透，一瞬便明白了薛无问的未言之意，淡淡颔首道："的确用不上。"

薛无问嘴角一抽，冲他摆摆手，示意他快走。

此时，闻莺阁外的回廊里，一位身着月白袄裙、戴着面纱的窈窕娘子正款步走来。

那娘子瞥见苏玉娘，正要开口唤人，忽见苏玉娘身后走出一位芝兰玉树的郎君，转瞬便与她错身而过。郎君瞧着年岁不大，可气质沉稳，面容冷峻，竟莫名有种熟悉感。

——像，真像。

月芙收回眼，抬眸便对上苏玉娘含笑的眼，娇声唤了句："大妈妈。"待得走近了，又笑吟吟问，"方才那位郎君是谁？阿芙竟然从未见过。"

苏玉娘道："那位小郎君的事，可不是我能说的，你若是好奇，便自个儿进去问世子。"说到这儿，她到底是叮嘱了句，"这位的身份不一般，你好奇归好奇，可别起什么心思。"

月芙忙温柔一笑，道："妈妈放心，月芙知晓分寸的。"

说着，便转身进了屋，款步上前，迤迤然行了一礼，道："世子爷。"

薛无问抬眼，淡淡嗯了一声，道："寻我何事？"

月芙摘下面纱，露出一张芙蓉般清雅的脸，笑着道："这不是在齐尚书那儿发现了点蹊跷，是以特地前来告知世子嘛。"她的声音极温柔，带了点女儿家的娇俏。

薛无问垂眸为自己斟了杯酒，道："说。"

月芙见他不为所动的冷淡模样，眼里的光暗了暗："齐尚书府上的美妾少说也有两掌之数。我在尚书府住了月余，他统共才见了我四面。每次都喝得醉醺醺的，让我弹琴唱曲儿给他听，听着听着他便睡了，瞧着似是不胜酒力。"

薛无问放下酒杯，抬眸望着月芙，示意她继续说下去。

月芙又继续道："齐尚书曾经为了月芙一掷千金，扬言散尽千金也要纳我为妾。可月芙当真去了尚书府，他虽摆出一副色眯眯又醉醺醺的模样，可月芙看来，他对我是无意的。包括尚书府的娇妾，他应该一个都没碰过。甚至，我觉得他连醉酒都是装的……是以，我带过去的迷香一次都没派上过用场。"

薛无问微微敛眸，细细思忖，不知为何，他竟想起了霍珏说的那句"一个没有弱点的人，也可以有软肋"。

齐昌林在盛京出了名的好色，当初他休妻之事，还在盛京闹得沸沸扬扬。传言他这妻的性情甚是泼辣，无子且善妒，成亲十多年生不出孩子也就罢了，还不许他纳妾。

齐昌林忍无可忍，在当上刑部左侍郎的第三年，以七出之条休了糟糠之妻。他发妻倒也硬气，不哭不闹地拿了休书，便离开了盛京。

自那之后，齐昌林时常出入花街柳巷，小妾一个一个纳回家。可若真如月芙说的，这些小妾……他一个都没碰过……

想到这里，薛无问豁然起身，冲月芙淡淡颔首，道了句“做得不错”，便大步出了闻莺阁。

月芙望着他多情又绝情的背影，苦涩一笑。

苏玉娘进门便见她这副模样，叹了一声，道：“你这又是何苦？递个消息又不需要你亲自前来。你是聪明人，世子对你有意无意，你难道还看不清吗？莫要再做自欺欺人之事。”

月芙湿润的眼望着苏玉娘，笑了笑：“妈妈，你可曾见过无双院的那位？”

苏玉娘睨她：“无双院的那位，世子爷宝贝得跟眼珠子似的，便是暗一大人也不常见得到，我一花楼老鸨又如何得见？”

“真是不甘心呐……”月芙轻声呢喃，半晌，似是想开了，温柔一笑，“罢了，我还是学学惠阳长公主，多攒点银子，日后养十个八个小郎君，这样的日子岂不快哉！”

说到惠阳长公主，月芙不免想到回廊遇见的那位郎君，迟疑片刻，到底是问出了口：“妈妈，方才那位郎君究竟有何特殊？实不相瞒，方才见到他时，竟让月芙想起了一个故人。”

苏玉娘知她说的是谁。她第一次见霍珏时，也想起了辅国将军府的六公子赵昀，倒不是说他们长得像，两人相似的是若雪松般的不屈不折的气度。

赵昀与惠阳长公主的那段过往的确让人唏嘘，可霍公子到底不是赵大人。

苏玉娘嗔了月芙一眼，语重心长道：“都说让你莫起心思了，尤其是在惠阳长公主面前，切莫提起霍公子。霍公子与无双院那位关系密切，世子看重得很，可别让世子与惠阳长公主为着霍公子起龃龉了。”

月芙闻言，神色肃穆了几分，颔首道：“我知道了。”

薛无问出了玉京楼，一上马车便吩咐道：“暗二，去查查齐昌林的原配去了哪里，还有他那些个小妾的底细也都给我弄清楚。”

“是。”暗二领命退下，很快便消失在茫茫夜色里。

暗一执着马鞭，悄悄觑着薛无问，好奇着世子见着月芙会有何反应。

完成齐尚书的任务之后，月芙就自由了。月芙是盛京第一花魁，生得美又擅长用毒，多好的一枚暗桩，世子当真舍得让月芙走？

谁都知道月芙喜欢世子，但凡世子说一句，她都会义无反顾地继续为世子效命。

薛无问对上暗一那晶亮亮的眼睛，嘴角抽了下，他就该让暗一去查的，免得这厮太清闲，满脑子都是戏折子。

薛无问看他一眼，冷声道：“怎么？这是在等着我亲自驾马送你回定国公府？”

暗一一个激灵，连忙阖上车门。

马车一到定国公府，薛无问便径直前往无双院。

薛无问掀开帘子走入内室，便见他家姑娘坐在榻上，周遭几个大丫鬟忙前忙后地给她烘着头发。因着怕她受凉，寝屋里的地龙烧得极旺，榻边还摆着好几个炭盆。

薛无问素来怕热，刚进来没一会儿，后背便出了薄汗，卫媗见他这模样，便道：“可要撤走几个炭盆？”

薛无问散漫道：“撤什么？一会儿把你冻着了，心疼的还不是我？”

屋子里的丫鬟在无双院伺候了几年，自然不是第一回听自家世子说这些话，不管心里怎么想，面上都平静得很。

卫媗垂下眼，继续比画着手上的杭绸，并不搭话。

薛无问忽然忆起前日早晨，她圈着他的腰，似是在丈量着什么。眼下看见箧篮与她手上的杭绸，哪还能不明白？

这姑娘是想给他做衣裳呢。

卫媗一头浓密的乌发已经烘干了大半，又过了约莫一刻钟的工夫，佟嬷嬷与莲棋、莲琴一同拿了香膏细细抹在卫媗发梢。

薛无问侧靠在床柱上，低眸瞧着，倒也不觉着无聊。

几个丫鬟虽然知晓世子看的是姨娘，但薛无问在定国公府积威甚重，见他像门神似的杵在一边，心里到底有些忐忑。瞧，不过是梳头时掉了根头发丝，世子爷的脸色就不好看了……

佟嬷嬷见丫鬟手上的动作越来越轻，不由得皱皱眉，道：“今日是怎么回事？都没吃饭不成？这几处是穴位，需用点力，太轻了可不行。”

卫媗抬起眼，放下手上的料子，温声道：“嬷嬷，差不多了。”

佟嬷嬷何尝不知大娘子是在给几个丫鬟解围，心下一叹，世子爷今日也不知怎么回事，看大娘子烘个发、抹个香脂都能看那般久。

无双院的丫鬟、仆妇都怵他，他在这儿，这些人哪能专心做事？可她也不好说什么，只好点点头，领着几个丫鬟出了屋子。

等屋子里的人走得差不多了，卫媗才侧过头，问薛无问：“今日怎么回得这样早？”

薛无问没答，默不作声地在她身旁坐下，捞过她方才拿着的杭绸，问道：“要给我做衣裳？”

卫媗淡淡“嗯”了声：“马上要开春了，想给你做套春裳。”

薛无问放下衣料，转而捉住她的手，将她的手指翻来覆去地看了几眼，又摸了摸她削葱似的手指，道："戳痛没？"

卫媗想抽回手，却被他牢牢握着，便也不挣扎了："今日才裁剪完，还没开始缝，明日再让嬷嬷教我。"她的女红委实说不上好，从前她从来不动针线。

因着身子骨弱，又是卫家嫡支唯一的姑娘，家中长辈都舍不得她劳累，顶多让她学些喜爱的东西，制香、插花、画画看书之类。如今心血来潮给薛无问做衣裳，倒是人生的头一遭。

薛无问闻言，笑着道："卫媗，府里的绣娘是请回来吃白饭的吗？我缺的从来都是你这个人，而不是你给我做的衣裳。把你累着了，谁赔我一个完好无损的卫大娘子？"说罢，便将衣料揉成一团，扔在矮榻的角落里，动作一气呵成。

从前他缠着她，要她对他好一些，现下想对他好了，他反而不乐意了。

卫媗侧眸看他："当真不要我给你做衣裳？"

薛无问转了转手上的玉扳指："你前两日不是才送了我一个玉扳指吗？这玉扳指我瞧着就比衣裳好很多。"

卫媗垂下眼，那玉扳指是他私库里的东西，她见水色极好，舍不得将它束之高阁，这才取出来给他戴。

其实，他不爱被束缚，玉扳指自然也不爱戴，不过是因着东西是她给的，他才视若珍宝日日戴着。

卫媗恍惚间想起阿珏同她说的话："阿姐当务之急是将身子养好，日后与薛无问多生几个孩儿。我这做舅舅的连小名都想好了，若是生了女郎，便叫阿蝉。"卫媗听见阿婵两个字时，心口微微触动。

她初遇薛无问时，正值夏日。卫媗回想起那日，似乎许多场景都虚化了，却独独记着他望着她时，势在必得的目光，以及那片交织着夏风的蝉鸣。

日后，若她生了小女郎，阿蝉这个小名，倒很合她的心意。

正出神想着，腮边忽然一热。

薛无问不知何时靠了过来，正啄着她的唇角："在想什么？"

卫媗眼睫微阖："没什么。"她若说在想以后女儿起什么小名，这厮大约会立刻拉着她去榻上胡闹。

"你快去梳洗，一会儿我要睡了。"卫媗推推他。

薛无问见她神色平淡，不像是有什么心事，微提的心才缓缓落下，起身去了净室。

再出来时，卫媗已经上了榻。

她模样生得娇艳，从前青州人都说卫家大娘子生了张神仙妃子脸，但她的气质高雅沉静，生生压下了那股子娇艳，倒像是屹立于霜雪中的海棠，那独特的风华远远比她的脸要更夺目。

薛无问有些心猿意马，低头去寻她的唇。片刻后，又抬起头，低声问：“今日可是喝药了？”

每隔十日，方神医便要给她换一次药方，新近一次开的药方在服药期间不可行房。

卫媗“嗯”了声：“这药，还须再喝八日。”

薛无问登时歇了心思，自从方神医来了盛京，卫媗的身子骨便肉眼可见地健朗了。

事关卫媗，方神医的话他自是不敢不听的，于是只啄下她的唇角，低哑着声音道：“若是觉着药苦，我明日差人买些蜜饯回来。”薛无问桃花眼潋滟缀光，满是深情。

都说女儿肖父亲，若是她的阿蝉能遗传到这双桃花眼，日后不知要迷倒多少郎君。

卫媗抬起眼，静静望着他，轻声道：“薛无问，等我身子好了，我们就生个小孩儿吧。”

第十六章

# 宣罪己诏

二月初一，成泰帝下罪己诏，公告于万民。

自古帝王皆应有德，上顺天意，下合黎庶，固国安邦，否则上天自会降下异象，以示惩戒。是以，一旦出现天灾人祸，帝王必下罪己诏，自省其过，以平天怒。

成泰帝便是如此，素服避殿，跪于太庙痛哭，以表悲痛。

赵保英与余万拙落了半步的距离，恭恭敬敬跪于皇帝两侧。

后面两列朝臣，一列以首辅凌叡为首，一列以次辅朱毓成为首，个个以头抵地，面色哀戚。

待得成泰帝哭哭啼啼地念完诏文，众人方跟随成泰帝起身，出了太庙。

一出戏演完，天色已经大黑。

回到皇宫，成泰帝身心俱疲地挥退朝臣，在龙椅上坐了两刻钟，方才点了点赵保英，道："扶朕出去。"

"奴才遵命。"赵保英应声，上前扶住成泰帝，同时扭头看向立在一侧的余万拙，眉眼笑笑，不卑不亢地道，"皇上跪了一日，双腿俱乏，有劳余公公去备辆步舆，停于玉阶下。"

太庙里，就数余万拙哭得凄厉。他张着红肿的眼看了看成泰帝，见成泰帝不作声，便转眸与赵保英对望一眼，一甩拂尘，道："咱家这就去。"

余万拙出了殿门后，成泰帝将大半身子倚在赵保英身上，面色青白，额角冷汗涔涔。

"又是地动，又是功德碑泣血，赵保英，你老实同朕说，真的是上天在惩戒朕吗？"周元庚薄唇微抖，双目失焦，只以二人听到的声音低声说道。

赵保英弓背弯腰，姿态极其恭敬，听罢周元庚的话，脚下的步伐没半点慌乱，甚至连脸上的表情都没有变化，他和声细语道："皇上是明君，老天爷定然不是在惩戒皇上。在咱家看来，倒更像是在示警。您看，临安虽有地动，却无甚伤亡，皇陵功德碑劈裂，却也并非不可修复。皇上是天子，这大抵是老天爷在同皇上说，一切皆有转圜的余地。"

不得不说，赵保英的话说到了成泰帝的心坎里。

成泰帝原本难看的脸色稍稍好了些许，又问道："那你说说，上天究竟想同朕示警什么？"

赵保英闻言一笑："皇上就别难为咱家了，咱家不过是一介阉人，哪有那么大的福气知晓老天爷想同皇上说的话。皇上不如择日请圆玄大师入宫相询。"

二人说着便来到宫殿外，快要下阶梯时，赵保英脚步一顿，叮嘱了声："皇上，注意脚下的台阶。”

成泰帝闻言，微微颔首，小心抬脚逐级而下。

余万拙见成泰帝下来，忙恭敬地上前一步，道：“皇上，可是回乾清宫？”

“乾清宫”三字一落，成泰帝眼皮猛地一跳，须臾，朝余万拙的方向望了眼，道：“去乘鸾殿。”

奉天门外，薛无问刚出宫门，暗一便上前悄声道：“世子，次辅大人差人递了消息，说在绣坊街的面馆等您。”

薛无问看了眼天色，转了转玉扳指，对暗一道：“你去无双院说一声，就说我要晚一个时辰才回去，让她别等了。”说罢，便提脚上了车，让暗二驾着车去了绣坊街。

绣坊街在盛京的西北角，是一条相对偏僻的食肆街。

今日皇帝下罪己诏，百姓同哀，家家户户都挂起了素幡，各路商家亦是大门紧闭。整条街静悄悄的，薛无问熟门熟路地走到街尾一家面馆，从一侧的天井门推门而入，冲着坐于杨树下的中年男子颔首笑道：“朱世叔。”

朱毓成指了指对面的石凳，道：“吃面，老孔亲自下的面，汤正热乎。”

今日，两人从天将明，跪到天色擦黑，整整六七个时辰不曾进食，不过片刻，一碗热乎的汤面便下了肚。

朱毓成满足地叹一声，觑了薛无问一眼，才开门见山道：“听说你在查齐昌林？”

如今内阁分两派，一派听令于首辅凌叡，一派则以次辅朱毓成马首是瞻。

凌叡乃内阁首辅、吏部尚书兼华盖殿大学士。朱毓成则是内阁次辅、户部尚书兼武英殿大学士。

二人皆是承平一十六年的进士。

朱毓成被承平帝点为状元，凌叡被点为探花。除了他们二人，如今朝堂里正二品的官员还有一人也是承平一十六年的进士，那人便是二甲头名的齐昌林。

三人会试前便已相识。

朱毓成与齐昌林皆是寒门之子，凌叡虽与瀛洲王氏沾了点亲，却因家族落魄不得王家看重。许是因为都出身寒门的缘故，齐昌林初时与朱毓成是走得很近的，那时他们都在翰林院任职，下值了常常约着出去吃酒。

齐昌林心思敏锐，性子活络，又能放下身段，丝毫没有二等头名的傲气，在盛京的官场里很是能左右逢迎。

可这样的性格，在固守成规的翰林院属实不得人喜欢。上峰觉着他太过喜爱钻营，便不大看得上他。于是，许多事都直接交与朱毓成去做，并嘱咐他少些与齐昌林往来。

那时，朱毓成并不因此与他疏远，齐昌林确实说不上多君子，可朱毓成知晓，他对他的发妻却极其爱重。

平日里出去吃酒，只饮一小口，只因他妻子最恨他一身酒气醉醺醺地回家，但凡他吃了酒，都会在外头散尽酒气方才回家。

那时他总是笑嘻嘻道："家有母老虎，不敢多饮，见谅见谅。"

旁人都笑他惧内，夫纲不振云云，只有朱毓成知晓，他发妻有一位一酗酒就打妻骂儿的无能父亲，齐昌林怕勾起妻子的伤心事，才不敢多喝。

这些事齐昌林鲜少同人说起，也是在说起一宗杀夫案时，才无意中漏了一两句。

他说："那种一喝酒就对自己妻儿拳脚相向的男子，最终落得如此下场，着实活该。"

齐昌林就像池塘里的泥鳅，滑不溜手的，他嘴里的话更是真真假假，难以分辨。可朱毓成相信，他那时说的那句话，是真心话。

齐昌林能对朱毓成说出那样的话，说明他对朱毓成到底是有些朋友之谊。

只是后来走的路不一样了，两人终究是渐行渐远。

齐昌林追随了风头正盛、节节高升的凌叡，而朱毓成却被下放到太原府做了县令。

临行时，齐昌林偷偷前来送行，对他道："由抚，在盛京，想独善其身是行不通的。若是哪日你想明白了，再来寻我，我一定助你。"

思及过往，朱毓成不由得叹息一声。

承平一十六年的四月，他们二人一同在金銮殿外等待传胪。

那时的他们意气风发，想要君臣同袍，创一个河清海晏的太平盛世，想要青史垂名，做一个受百姓爱戴的良臣。

可现如今，沉浮官场二十载，从前的初心早就找不回了，再见已是陌路人。

面馆里，一名老仆抱着壶刚暖好的酒，送至天井的石桌。

薛无问执壶倒酒，笑着道："朱世叔此话何解？"

朱毓成哼了一声，道："齐昌林府里，有一名小妾是我的暗桩。你都查到她身上了，我还能不知晓你在查谁？"

薛无问没打算瞒着朱毓成，只不过是试探一下他知晓多少。

听见此话，便抬起酒杯，将杯中酒一饮而尽，道："让世叔见笑了，小侄的确是在查齐尚书。"

朱毓成望了他一眼，道："你爹可知道你在做什么？"

定国公府在大周的地位太过特殊，不能轻易牵涉进党争里。

当初，先太子府出事，承平帝虽震怒，可心里到底是倾向于相信太子，特意命大理寺、刑部与都察院三法司会审此案。不到两个月，三法司便定了案，判太子府谋逆，一同参与谋逆案的还有青州卫家与霍家。

没多久，宫里传出承平帝病危的消息。几日后，边关忽然告急，北狄、南邵大军齐齐进犯。

人心惶惶之际，首辅凌叡两度请立当康王周元庚为太子，均被康王温和拒绝。

直到第三次，凌叡与一众大臣跪在康王府门前，恳请康王为江山社稷考虑，这才将康王请出了康王府，入主东宫，替病危的先帝监国。

太子、太孙被赐毒酒，太子妃被赐白绫。

短短七十二天，太子一脉尽废。

承平帝膝下统共三子，太子已死，六皇子周元季无心政事，成日带着朝阳郡主游山玩水。反倒是只爱吟诗作画的康王成了新太子。

这七十二天里发生的事，一环扣一环，朝臣不管看得明白，还是看不明白，都知晓康王称帝已成定局。

有人选择明哲保身，亦有人选择以死相谏。

当时，一人一头撞在奉天门的登闻鼓上，称太子府谋逆一案疑点重重，分明是遭人陷害。

那人正是都察院左佥都御史，辅国将军府的六公子，亦是当朝驸马赵昀。

朱毓成想起那一片泼溅在登闻鼓的血，心底一阵可惜。

赵昀呀，可惜了。

薛无问见朱毓成面色沉重，以为他是因自个儿插手旧案的缘故，忙拱手道："父亲自是不知晓，还请世叔替我瞒上一段时日。"

朱毓成却摇了摇头，道："不是世叔不愿意帮你，而是贤侄你的身份特殊。你不仅仅是锦衣卫指挥使，也是定国公府的世子爷。如今凌叡一党有我勉力与之抗衡，你若是插手进来，你可知代表的是什么？"

定国公府从不插手党争，这是祖训，亦是大周开国之初，定国公对皇室的承诺。

薛无问颔首道："自是知道。世叔放心，无问知晓自己在做什么。"

朱毓成定定看了他片刻后，道："此事我只当不知道。你若真的找到齐昌林的发妻，记住以礼相待，若不然，齐昌林定会拉着你玉石俱焚。"

薛无问一怔，听出朱毓成的言外之意，很快便笑了："多谢世叔提醒。"

出了绣坊街，薛无问坐在马车里转着玉扳指，总觉得有些事不对劲。

片刻后，他喊了声："暗一，进来。"

暗一拉开门钻进车厢，一脸疑惑道："世子有何吩咐？"

薛无问道："你最近办事是不是太懈怠了？查齐昌林小妾一事，为何会走漏了风声，传到了朱次辅耳朵里去了？"

暗一立马道："齐尚书家的小妾往次辅大人家递的消息，是属下截下来的。"

薛无问抬起眼，似笑非笑道："然后呢？"

暗一摸了摸鼻子，继续道："然后霍公子身边的何舟便出现了，说这消息还是递给次辅大人比较好，对世子的大业大有裨益，属下这才将那消息放了出去。对了，世子，你在为何大业做准备？”

薛无问：“……”

果然是霍珏那小子动的手脚，先是拉他下水，说做他手上的刀，眼下又将朱毓成卷了进来。

若无意外，下一任顺天府尹宗彧以及他背后的整个宗家，也已经不知不觉地蹚了这浑水。

要知道，宗彧的大伯——那位并州宗家的执牛耳者宗遮，三年前曾用雷霆手段，将大理寺卿魏追从一把手的位置撸了下来，直接取而代之。

魏追是凌叡的人，承平二十九年的谋逆案便是他主审的。

此人，入仕以来便以纯臣自居，很得承平帝信任，从七品小官一路官拜至大理寺卿。若非先太子的谋逆案，根本无人知晓他是凌叡的人。

薛无问眯了眯眼，先是他、朱毓成、宗彧、宗遮，下一个又是谁呢？

永福街，霍府。

霍珏将手里的信交与何舟，道：“将这封信送往辅国将军府。”

何舟接过信，领命退出书房后，便见姜黎领着桃朱、云朱从庑廊的转角处走来。

何舟恭敬地行了一礼，便听见姜黎问道：“公子可是忙完了？”

何舟心道，公子就算没忙完，只要夫人一来，也会立刻忙完的。

便回道：“忙完了。”

姜黎听罢，莞尔一笑，转身接过桃朱手上的汤盅，道：“你们在外头等着，我去送汤。”

霍珏听见开门声，瞥见姜黎手里的汤盅，额角登时跳了下。

这些时日，阿黎日日给他炖养神补脑的汤，这些汤大多以猪脑为基料，味道并不难喝，但到底不是他愿意吃的东西。

可每每对上姜黎那双湿漉漉的眼，他再是不愿，也会二话不说地喝得一干二净。

偏姜黎见他喝得如此痛快，还当他是喜欢，越发做得勤。

误会越来越大，以至于霍珏如今除了一日三餐，连宵食都要再喝一盅猪脑汤。

姜黎将汤盅放在桌案上，笑意盈然道：“今日是天麻猪脑汤，你快喝。娘说了，马上要会试了，尽量每日都喝几盅，好养养脑。”

霍珏望着汤盅里的猪脑，揉了揉眉心，道：“不急，这个月的会试大约会推迟至三月上旬。”

姜黎挑了挑眉，诧异道：“是因为今日皇上下的罪己诏吗？”

霍珏颔首道：“是，明日礼部应当会发布文，推迟会试日期。”

“那正好能多喝几日猪脑汤，多补补。”姜黎拿起调羹递给他，“快趁热喝，冷了会发腥了。”

霍珏很想说，就算趁热喝，也是腥的。

话堵在喉头却说不出来，只好接过调羹，待得一碗汤羹吃尽，才努力压住喉头的腥气，温声道：“阿黎的手艺越发好了。”

姜黎闻言便笑了，她忙收起汤盅，笑着道：“你若想，明日我再给你多做一盅。”

说到这儿，她不知想到什么，又接着道：“对了，娘说过两日去大相国寺拜拜佛祖，给你求个符，好让你会试那几日事事顺遂。我琢磨着，寻个人少些的日子陪她一同去。”

霍珏闻言，目光微微一凝：“这两日恐怕不妥。会试要推到三月初，那这个月二十七，我陪你们去一趟。”他慢慢转着手里的茶盏，继续道，“你还可多叫几个丫鬟、仆妇一同去。大相国寺后山种了一大片山茶花，此时正是花开得最好的时候。这些日子你们天天拘在家里，正好去踏踏早春。”

姜黎一想，她娘在桐安城时自由自在惯了，现在日日待在家里，的确是有些受不了了。若不然，也不会天天念叨着要去大相国寺求符。

“那敢情好，我把桃朱、云朱她们喊上。”姜黎掰着手指算着人，“还有如娘，如娘来盛京这么久，都没出过府。正好让娘带上她，一同去大相国寺踏踏春。如娘喜欢种花，定然也会喜欢山茶花的！”

夜，皇宫，乘鸾殿。

赵保英缓慢从内殿走出，直至出了外殿，才停下步子，望了眼暗沉沉的天色。

旁边的小太监偷偷往内殿的方向瞄了眼，小心翼翼道：“赵公公，今夜皇……皇上不需要奴才随侍左右了？”

赵保英淡笑着看了小太监一眼。

今日本该跟着他一同随侍的太监起了急病，下面的人问他想挑谁顶替，他随手便指了在一旁扫雪的小太监。

小太监约莫十三四岁，生得白白嫩嫩的，一团孩子气。应当是有人在宫里看顾着，才这般天真，什么样的话都敢问出口。

赵保英斜眼瞥着小太监，唇角始终噙着抹淡笑，细声道：“当真是初生牛犊不怕死，这样的话也敢问。以后记着了，皇上不需要你时，你便是滚也要滚远点儿，要不然，脑袋可是要搬家喽。”

赵保英的语气轻轻柔柔，没半点责怪的意思，倒像是在亲切地提点。可小太监对上他黑漆的含笑的眼，心口顿时一紧，这才意识到方才的话实在不该问。

小太监赶忙应了声：“喏，多谢赵公公提点。”

此时，成泰帝坐在乘鸾殿里一张鸡翅木圈椅上，对王贵妃沉着脸道：“东西拿来。”

他的脸色委实不好，双目无光，瞳孔溃散，似是受了惊一般。

自从先帝的功德碑擘裂泣血的消息传来后，成泰帝的脸色就没好过，接连几日食不下咽，寝不安席。

今日又跪了整整一日的太庙，脸色自是难看得不得了。

王贵妃对成泰帝的心思一贯是摸得清，她往身边的心腹嬷嬷处睇了一眼，嬷嬷便领着一众宫女，鱼贯退出了内殿。

关门时，她忍不住望了王贵妃一眼，眼底的怜惜与担忧一闪而过。

待得众人离去，王鸾起身去取东西，再回来时，手上便多了个白玉瓶："臣妾知道皇上今日去太庙定是受委屈了，一早便将东西都准备好，就等着皇上您来呢。"

王鸾的声音温温柔柔，是成泰帝一贯喜欢听的娇媚语调。

此时，成泰帝心思根本不在此，全副心神都放在了那白玉瓶上，急切道："快喂朕！"

王鸾顺从地从玉瓶里倒出一颗通体乌黑的丹药，喂进成泰帝嘴里。

丹药入了口，成泰帝头枕着椅背，满足地阖起眼。

不多时，他惨白发青的脸渐渐有了血色，且一点一点涨红。接着，他双眼蓦地一睁，遍布血丝，死死地盯着王鸾。

王鸾对上他怵人的目光也不惊慌，将手上一条软鞭递给成泰帝，温柔道："皇上不必顾忌臣妾，臣妾受得住。"

这是一把用头层牛皮鞣制而成的九节软鞭，细细长长的一根金丝木鞭柄缠着红绸。许是用得久了，红绸已褪去了艳红的色彩。

成泰帝对王贵妃目光里的仰慕与崇拜很是受用，接过鞭子，用鞭柄抬起她的下颌，道："这世间，也就爱妃你最懂我。"

瞬息后，细细软软的皮鞭扬起，鞭响声登时回荡在内殿……

王鸾咬紧牙关，唇色发白，她强令自己不发出任何声音。

内殿忽明忽暗的烛焰，映照着成泰帝渐渐扭曲的脸："明明父皇都死了，为何还要教训朕呢？朕如今是真龙天子，他怎敢！

"你说父皇死后，看到那么多人下去陪他，是不是很惊喜？

"哈哈哈——

"他最爱的儿子，他最喜欢的孙子，还有他最信重的臣子，朕通通送下去陪他了！

"还有周元旬——朕的好哥哥！朕是他弟弟，亲弟弟！他怎能因为那几条贱命，就要朕去大理寺认罪！说什么天子犯法与庶民同罪？！若不是他非要逼朕，朕岂会，岂会——"

随着一声声鞭响，成泰帝服用神仙丸后的亢奋渐渐散去，疲惫如潮水般从骨子里渗出。他喘着气，扔下鞭子，粗暴地扒拉掉身上绣着十二纹章的冕服，摇摇摆摆地上了榻。

王鸾直到他上了榻，才忍着痛，起身捡起地上的软鞭，立于一侧。

待得成泰帝呼吸变得规整，王鸾才挪着步子走过去，望着熟睡的成泰帝，温柔如水的眸子渐渐泛了冷……

冷风擦着外殿廊檐上挂着的宫灯，吹出窸窸窣窣的一阵响。

小太监莫名打了个哆嗦，赵保英见了，笑着摇了摇头，轻甩拂尘，心道：马上开春了，也该去大相国寺走一趟了。

翌日，姜黎一起床，便听说礼部将会试推迟到下月初九了。

桃朱一边服侍姜黎梳洗，一边道："奴婢是听何舟说的。何舟说卯时不到，礼部便将布文贴了出来，公子得到消息，一大早便出去了。"

姜黎昨日便已经知晓，并不似桃朱那般惊讶，只点点头道："也好，三月开春，天气暖和些，在贡院里考试也不会那么难受了。"

桃朱闻言便抿唇一笑，自家夫人事事都为着公子着想，难怪再好的高门贵女公子都不愿意娶，只想娶夫人。

姜黎用过早膳，便去了东厢院，想同杨蕙娘说去大相国寺拜佛求符的事。

人刚进院子，便见姜令与如娘站在蜡梅树下说话。

如娘平日里话极少，她说话带着点儿结巴，小时候怕是没少被人奚落。后来又遇到不好的婆家，什么事都习惯了往心里藏。

她是杨蕙娘带进来的，霍府里的人都知晓杨蕙娘格外怜惜她，自然对她也是客客气气的。

可如娘依旧不怎么与旁人说话，也就在杨蕙娘与姜黎姜令面前，能多说几句话。

姜黎笑吟吟地走过去，便听见姜令问如娘怎样才能种好蜡梅。她心底不由得一阵好笑。自己的弟弟性格古板，小时候随爹爹学了几年书后，就总是喜欢板着脸装大人。

从前他便常常念叨着君子远庖厨云云，堂堂杨记酒肆的大公子，连哪种酒是用哪种谷子酿的都分不出来，怎么可能会对种花起兴趣？不过是怕如娘在府里没什么人说话，才想着挑她爱说的话题，陪她多说几句。

如娘喜欢种花，听见姜令问起，便也不管自己说话结巴了，认认真真地说与他听。从松土施肥说到折枝驱虫，样样都说得事无巨细。

姜黎对侍弄花草懂得也不多，见如娘讲得认真，便也立在一边与姜令一同听。

如娘说了半盏茶的工夫才发现姜黎来了，不大好意思地叫了声："阿，阿黎。"

姜黎忙笑着应了。

如娘刚进府的时候，本来是随旁的下人一样，规规矩矩地喊姜黎"夫人"。

可杨蕙娘当初买她并不是真要拿她当下人的，不过是因为同为寡妇，有些惺惺相怜，舍不得她被人糟践，才买下她罢了。于是硬要她改了口，还将卖身契撕了。

如娘这才战战兢兢地改了口，之后发现府里不管是姜黎还是霍珏，都是极好相处的人，渐渐地，便也拿这里当家了。

如今，她与杨蕙娘一同住在东厢院，杨蕙娘是个闲不下来的人，一会儿忙着酿酒，一会儿又要张罗着酒肆开张的事。与杨蕙娘住一起，日日都过得忙忙碌碌的，这种安心踏实的感觉，她许久不曾有过了。

姜黎笑眯眯地握住如娘的手："我想同娘商量一下去大相国寺的事，如娘婶一块儿来吧。"

如娘一对上姜黎的笑脸便没辙，她比杨蕙娘虚长两岁，可惜嫁人十载也没个一儿半女傍身。因此，每次见着姜黎与姜令，便觉着若是自己有子女，定然也同他们一样的善良贴心。

杨蕙娘想去大相国寺许久了，听姜黎说月底去人少，且还能去踏春，便爽快地拍板定了二月二十七。

如娘听到二月二十七去大相国寺，愣怔了下。

杨蕙娘见如娘不说话，神色还恍恍惚惚的，以为她不想那日去，便道："可是那日不便？若是不方便，咱们再换个日子。总之，不管如何，你都要同我们一起去。难得来了盛京，你又是个爱花的，不去趟大相国寺踏春赏花，怎能行？"

如娘才回过神，忙道："不，不用换。我没，没有，不方便。那日，我同，你们去。"

商量完去大相国寺的事，姜黎又在东厢院待了片刻，方才离去。

回到主院，听到云朱说霍珏回来了，立马就想起今晨的猪脑汤还没炖上，赶忙提起裙角，去小厨房问采买的婆子猪脑买回来没。

婆子紧张地搓着手："回夫人的话，老婆子今日跑了几趟肉档，都没买到猪脑。听那几个屠夫说，今日一大早有人把所有肉档的猪脑全买走了。都怪老婆子去得晚了。"

姜黎听罢，虽然有些可惜，倒不会真怪罪到采买的婆子身上。

姜黎安抚了婆子几句，便往寝屋走，刚走上回廊，便见霍珏与何舟从书房里信步走出。

姜黎想着霍珏平日里爱喝猪脑汤，今日忽然没了，还是得同他说一声。

思及此，她便走过去，道："霍珏，有人把你的猪脑汤抢了！"

她话音刚落，走在霍珏身后的何舟登时僵了下，屏住呼吸，不着痕迹地瞧了自家主子一眼。

# 第十七章

# 大相国寺

姜黎絮絮叨叨地说着自己的猜测，言里言外都是某个疯狂的举子，将所有猪脑一扫而空，着实是霸道极了！

“你说，那么多的猪脑，他便是一整日什么事都不做，只坐那吃都是吃不完的。要让我说，他定然是不想让旁的举子补脑。”

听罢这话，何舟差点没被唾沫呛着，只能强忍着，低下头，一时不知该做何种表情。

霍珏倒是平静，淡淡地笑了笑，道：“无妨，这些时日，我吃了不少了，歇几日无甚关系。”

“今日定然是吃不成的了。”姜黎还是觉着挺可惜的，想了想，又道，“你放心，明日我一定让人早些去买！”

姜黎一脸的执拗，看得霍珏心下一叹，道了句：“好。”

说罢猪脑汤的事，姜黎又想起了去大相国寺的事，又继续说道：“我方才同娘说好了，就按你说的，这月二十七去大相国寺。只是……你……当真要同我们一起去？”寻常人家去寺庙里烧香拜佛，多半是家中的女眷去的，鲜少有男子会一同前去。

霍珏淡淡“嗯”了一声，笑着问：“阿黎莫不是不想我去？”

“自然不是，只要不耽误你温书，我当然想要你陪我一同去的。”姜黎仰起脸，眼里满是期待。

她的心思一贯好猜，现下大抵是在等他说不耽误，而后就会欢天喜地地去为出行做准备。

于是，霍珏便顺着姜黎的话说不耽误，还添了句佛祖更愿意保佑亲自求符的举子云云。

姜黎听罢，便笑盈盈地抱着个手炉走了，桃朱便赶忙迎了过去。

待得主仆二人的身影渐行渐远，何舟清了清嗓子，道：“主子，明日……”

霍珏淡声道：“不用去了。”

方才阿黎脸上又是愧疚又是愤愤不平的神色，显然很是为他喝不到猪脑汤可惜。既然阿黎觉着可惜，那就……喝吧，反正那古怪味儿他也喝习惯了。

何舟登时松了口气，庆幸自己不用一大早去做“买光所有猪脑的疯狂举子”了。

方才见夫人那样愤懑，他自个儿都觉着过分。

尤其是……桃朱还在一边听着……

霍珏自是不知何舟心底的羞耻感，望了望天色，问道：“宫里的人递消息出来了吗？”

何舟登时面容一肃："属下接到消息，赵公公在二月二十七那日的确告了假，要出宫。"

霍珏淡淡颔首。

果然，同梦里一样。干爹还是十年如一日，每年的今日都要前往大相国寺祭拜。

他微微垂眼，他们该见面了……

成泰六年二月十四，盛京下了年关过后的最大一场雪。待得二月二十七，阴沉的天色才放了晴，竟是难得的好天气。

大相国寺在明佛山，从永福街过去，约莫要行两个时辰的马车。

姜黎一早就与杨蕙娘商量，当日来回委实太过劳累，索性在那里住上一夜。只是山里的住宿环境到底没有家中舒适，该备好的东西还是得备好。

话罢，如娘与杨蕙娘便回东厢院清点要带的物什。

如娘手腕戴着条褪色的红绳，上头串着颗不知是何种木头做的珠子，瞧着十分粗糙。

杨蕙娘天性爱美，在胭脂水粉、头饰钗环上从不委屈自己。

见如娘手上的红绳太过寒酸，便从手腕上脱下一条缀着红玛瑙的金链子，递给如娘，道："你那红绳子瞧着太旧了，戴我这条，那么好看的手腕戴那破绳子糟蹋了。"

杨蕙娘说话一贯快言快语，从不拐弯抹角。若是旁的不相熟的人听见此话，只怕心里要有些不得劲儿。

如娘与杨蕙娘相处久了，自是知晓她的为人，笑着道："这，这红绳子，是，是很重要，的人，送与我的。我，舍不得换。"

杨蕙娘见状，便也不再多说，甚至不去问如娘很重要的人是谁。如娘命苦，她那位重要的人，多半是没活下来或者杳无音讯了。既如此，又何必问她，让她徒增伤感？

卯时二刻，两辆朴实的马车规规矩矩停在霍府大门前。

今日要去大相国寺的人不少，马车只有两辆，姜黎自是不能与霍珏霸占一辆的。

于是，姜黎与杨蕙娘、如娘、桃朱、云朱坐一辆，霍珏则与姜令、苏世青、何舟、何宁同乘另一辆。

姜黎本想喊上方神医，可方嗣同说他讨厌大相国寺的秃驴，死活不肯去。

姜黎怕他在府里觉着冷清，又嚷嚷着要离开。还特地让厨娘做了好些方嗣同爱吃的吃食，还给他留了一坛子她亲手酿的竹子酒。

霍府的马车才刚驶出城门，一辆雕金描银贴着个"宣"字的华贵马车紧跟着也出了城门。

马车里，宣毅挑起一侧帘布，望着城外冰雪初融的风光，目光冷冽，眸光沉沉。

又过了半晌，皇宫西侧角门处也疾驰出一辆红布罩顶的马车，马车出了城门，直奔大相国寺而去。

赵保英坐在软榻上，慢条斯理地摩挲着掌心的一颗木珠子。

若是杨蕙娘在，定会认出这做功粗糙的珠子与如娘手腕上的那颗很是相似，瞧着竟像同一截木头里凿出来的。

三辆马车隔着不短不近的距离疾行在官道上，天气渐暖，路面不再结冰，路倒是比预想中的走得顺。

姜黎与杨蕙娘都是爱说话的，可这会儿两人却蹙眉静默，正在苦思冥想要给酒肆起个大气的名。

杨家世世代代居于桐安城，祖祖辈辈都以酿酒为生，在桐安城，杨记酒肆是响当当的老字号。

可盛京，有谁听说过杨记？

姜黎攒眉思考片刻，忽地眼睛一亮："娘，反正酒肆要在霍珏会试后才开张。不若这样，等霍珏会试出榜，若是他得了头名，我们就叫会元楼。听听，多霸气！"

听罢，杨蕙娘立马便翻了个白眼，道："那我何不等霍珏殿试结束后，再起名叫状元楼？反正女婿一定能考个状元回来！日后我就说，女婿是喝了我们的状元酒才中的状元！"

姜黎虽然对霍珏有信心，但得状元这事儿，她总觉着……不是靠学问好或者文章做得好就能在金銮殿上点状元的。

姜黎动了动唇，正要开口，便听见杨蕙娘扭头对如娘道："如娘，你觉着状元楼这名字如何？"

如娘对霍珏的印象一贯很好，自是道："很，很好。"

杨蕙娘扬唇一笑，直接拍了板："就叫状元楼！"

姜黎见她娘一脸的不容反驳，便也不说了，只盼着霍珏中个状元回来，免得酒肆里的状元酒卖不出去。

说说笑笑间，一行人总算在午时抵达了明佛山。

明佛山历史悠久，大相国寺是历经几朝风雨而屹立不倒的佛门重地，历任住持都是名扬天下的得道高僧。

大相国寺在大周建朝之前便已存在了许多年，相传大相国寺出了位天生佛根的佛子，佛子在大周建朝前便预言了下一任皇朝是周姓皇朝。

果不其然，三年后，天下大乱，大周开国皇帝周潇揭竿而起，得肃州薛家与青州卫家倾囊襄助，逐鹿天下。

最终，自然是周潇成了最后的赢家，建立了大周朝。

大周建朝那一年，佛子忽然脱下袈裟，立地还俗，与前朝宪帝的哑巴公主一同离去。至于去了哪儿，却无人知晓。

相传佛子消失前又留下了两则箴言。

第一则箴言各大世家皆有所耳闻，且代代相传，那便是——上元夜，若天龙吐雾，地龙翻身，则龙脉将迁，国之危已。

至于第二则箴言却从未现世，传言那则箴言藏于大相国寺九佛塔的至高处。

霍珏从马车下来，立于山脚的台阶上，抬眸望着巍峨山门后庄严宝相的佛寺。

佛寺的正东便是九佛塔。九佛塔是大相国寺供奉历代佛陀舍利子的地方，那里除了住持，旁人根本进不去。

但梦里，他曾进去过。他想看看佛子的第二则箴言是否真的藏于塔内。可那里除了九尊佛像以及供奉在佛坛里的舍利子，根本别无他物。

那时，圆玄大师曾意味深长地同他道："妖星祸世，破国乱君，伏死其辜。霍督公，想要箴言现世，唯有妖星消亡方才可行。"

霍珏自是不信，只当圆玄在讥讽他是乱国祸世的妖星，诅咒他早死。被世人戳着脊梁骨骂了那么多年，哪里会在意妖星之言？他轻提唇角，一甩漆黑的拂尘，便笑着离开了九佛塔。

思及梦中过往，霍珏不由得眯起了眼，眼前的佛塔渐渐与梦中的佛塔重合。

恰在这时，身后的姜黎忽然唤了声："霍珏！"

霍珏微怔，瞬间便从思绪中抽离出来。他回眸便见姜黎披着雪白斗篷，提着裙角笑容满面地跑向他："方才娘听人说，山脚有一家做全素斋的斋堂十分出名，想过去尝尝素斋，你看如何？"

姜黎的声音娇娇柔柔，白玉似的小脸满是鲜活的笑意。霍珏轻提喉结，心都软了，哪还能应不好？

就在姜黎一行人往斋堂去的时候，一辆华贵的马车匆匆停在山脚。宣毅下了马车，目光阴沉地盯着半山腰上古朴大气的山门，快步拾级而上。

半个时辰后，又一辆红顶马车缓缓行至山脚，可马车并未停下，而是绕着山脚往后山去了。

车里的高进宝掀开帘布，往外看了眼，正是一日中最暖和的时候。便对正阖眼养神的赵保英道："督公，如今天色尚早，可要如从前一般，先去趟斋堂用膳？"

赵保英掀开眼缝，将手里那颗摩挲得光滑细致的木珠，扣入指间金镶玉扳指的凹槽里。

玉扳指是他特地寻匠人做出来的，用的是最好的和田玉，最足的金，就为了放这颗灰扑扑不起眼的木珠子。

面相阴柔的男子微微直起身，顺着揭开的窗缝，望了眼刺目的日头，道："今日倒是个好天儿，斋堂不去了，直接去照性小筑，一会儿让寺里的小沙弥送膳过来。"

照性小筑位于大相国寺的后山，是盛京不大显赫的家族用来供奉先辈的佛堂。

赵保英在宫里站稳跟脚的第一年，便在照性小筑买了个牌位，专门供奉他娘。

如今他在宫里的地位早已与当初不可同日而语，凭他如今的权势，给他娘换个好点儿的供奉地儿并非难事。可赵保英晓得他娘是个念旧的人，在照性小筑这里待久了，定然不愿意挪地。

从前他娘病重时，就常常对他道："日后娘走了，一定不要葬得离家太远，娘在这儿生活了大半辈子，舍不得离开啊。"

他娘说的"家"便是地处幽州边陲的小县城定风县。定风县是幽州最穷的县，又因着临近边关的缘故，那里最不缺逞凶斗狠的人。

这样的人，若是能做些正经的谋生，倒也不是一无是处。偏偏许多人整日里游手好闲、偷鸡摸狗。

赵保英的爹与大哥便是这样的人。

认真说来，他对定风县应当是不喜的。可奇怪的是，每当他想起那里，浮现在心里的却是潇潇春雨里，小结巴对他说的那句"别，别哭"。

赵保英再次阖上眼，不多时，便听得高进宝道："督公，到了。"

说着，高进宝便推门下了车，身体一躬，蹲在了车门下。

赵保英见状，抬脚轻踢高进宝的肩，笑骂道："作甚？给咱家起来！都说多少回了？咱家是瘸腿还是断手了，需要你来做这脚踏子？"

高进宝这才起身，恭恭敬敬拿了张杌凳来。待得赵保英下了马车，步入照性小筑，他才停下脚，守在了外头。

今日，照性小筑安静得很，除了赵保英，便不见旁的人影。

两三年前，不知是谁打听到赵保英在此供奉了一个牌位。消息一出，小家族的当权者吓得立马就想将自家祖宗的牌位迁出来，生怕得罪了这位颇得成泰帝看重的秉笔太监。

后来，赵保英说若是因着他连累到他们的祖宗去了地底都不得安宁，那就是他的罪过了。

说实话，在大相国寺谋得一个供奉先祖灵牌的地方并不容易，小家族的人也很是舍不得。见赵保英发了话，才战战兢兢地消停下来。

这些小家族能在大相国寺供奉牌位，也是有些本事的，很快便摸清楚了赵保英前来祭拜的日子。

是以，每年的二月二十七，照性小筑没人敢来，就怕扰了赵保英的清净。

佛堂里光线昏暗。

一张方方正正的檀香木香案摆在佛堂正中，香案上立着个青铜莲花香炉，香炉前整整齐齐放着四碟新鲜的瓜果。

赵保英焚香净手，取了三支香点好，而后在蒲团上跪下，磕头道："娘，不孝儿保英来看您了。"

姜黎一行人去斋堂用完素膳后，便浩浩荡荡地往位于半山腰的山门走。

快行至山门时，苏世青便道："方神医说大相国寺的药谷里，种满了世所罕见的药草仙芝。华严宝殿我便不同你们去了，我难得来此一趟，准备去见识一下连方神医都惊叹的药谷。"

苏世青与方嗣同住了这么些时日，对他那一手生死人肉白骨的医术很是钦佩。在鬼门关走过一趟后，苏世青的心境亦是不同于往日。

来盛京前，他尚且想去看看苏瑶。

到底是自己一手拉扯大的孩子，即便她不再是他养女，他也想知道她过得好不好，在侯府可会被人奚落欺负。

他从小就不是个天资聪颖的人，甚至有些愚钝，但凭着一股子济世救人的热情，孜孜不倦地看医书、学医术，这才在二十五岁成了大夫。之后，他的医术说不上高明，平日里治得最多的便是头疼发热之类的寻常病罢了。

苏瑶当初走得决绝，连头都不曾回过，觉着有他这样一个身份低微、能力平庸的养父很是丢人。

被养女嫌弃，苏世青怎么可能不伤心，郁郁寡欢了好一阵时日，差点一命呜呼。

现下，他却彻底看开了。

若非遇着了方神医，他怕是连这个春天都活不过去。

既然从阎罗王手里偷来一条命，与其拿来伤春悲秋，不如用来精进医术，日后同方神医一起行遍大周治百病，岂不快哉！

听罢苏世青的话，霍珏轻轻颔首，对何舟道："你随苏伯走一趟。"

何舟抱拳应是，转身便跟上苏世青。

二人离去后，一行人在知客僧的引领下又走了小半个时辰，才来到华严宝殿。

华严宝殿是大相国寺三座宝殿之一，里头供奉着华严三圣，释迦佛、文殊菩萨与普贤菩萨。寻常百姓求功名、求智慧多半是拜文殊菩萨。

杨蕙娘有个秀才夫君，又有个书院读书的儿子，从前在桐安城就没少拜文殊菩萨。进了殿，便驾轻就熟道："阿黎、阿珏，还有阿令，你们随我进去拜拜文殊菩萨。"

话落，她看向一同进了宝殿正厅的如娘，道："如娘，你可随我们一同去？"

如娘摇摇头，指了指一头的偏殿，道："我，我去拜，普贤菩萨。"

杨蕙娘心中一动，去拜普贤菩萨的人多是求延年益寿、长命百岁的。

如娘去拜普贤菩萨，莫不是为了她先前说的重要之人？如此说来，那人说不定还活着。

杨蕙娘很快便抛下思绪，对如娘道："那你拜完了便在殿外等我们，桃朱、云朱还有孙——咳——孙大当家都在外头候着，你去寻他们便好。"

如娘颔首，笑了笑。她分明比杨蕙娘年长两岁，可杨蕙娘却总拿她当妹妹，再小的事，桩桩件件都要看顾到。自从她爹死后，她就再没遇到过这样对她好的人了。

如娘眼眶微湿，转身进了偏殿，在功德册上签上名讳，又往功德箱里添了香油钱，这才取香叩拜。

如娘头抵地，双掌朝天，虔诚地恳求菩萨保佑所念之人平安百岁。她一个名字一个名字地说着，生怕菩萨听不清楚，每个字都说得极慢极用力。

偏殿内堂的小沙弥正敲着木鱼打瞌睡，听见外堂女香客温柔的略带结巴的嗓音，不由得睁了睁眼。

一连串名字便入了耳：蕙娘、阿黎、阿令，都是小沙弥不曾听过的名字，直到最后一个名字脱了口。

"保英哥哥。"小沙弥莫名觉着这保英二字有些熟悉，倒也没深思，摇晃了两下脑袋，继续装模作样地在佛祖面前敲着木鱼打瞌睡。

从华严宝殿出来，如娘轻轻抚着手上的红绳，眼眶微微泛了红。

没一会儿，杨蕙娘领着姜黎几人风风火火地出了殿。

霍珏跟在杨蕙娘身后，手里拿着折得方正的符箓，目光不着痕迹地扫过如娘手上的木珠子。

此次，求了个上上签，又得了个佑考符，姜黎对大相国寺之行实在是满意得不能再满意了。

她望了眼难得明媚的天色，笑吟吟道："娘，如娘婶，我们趁着天未黑，快去后山赏花吧！"说着，她又看向霍珏，眼巴巴地道，"霍珏，你要和我们同去吗？"

往常她用这样的目光瞧着自己时，霍珏是说不出一个"不"字的。可这次来大相国寺，他尚且有旁的事未办，只得温声道："我要先去一趟大悲楼，等大悲楼的事办妥，我再去后山寻你们。"

姜黎有些失望，但也没多难受，想着日后还能同霍珏再来大相国寺赏花，便抿唇一笑："那你快去，大悲楼离这儿远着呢，你不必急着回来寻我们。"

说罢，便开开心心地挽着杨蕙娘与如娘的手往后山去。桃朱、云朱亦步亦趋地跟着她们，再往后，便是走得慢悠悠的姜令与孙平。

几名在华严宝殿外等着主母的嬷嬷，见一行人往后山走，忙摇了摇头："这是哪儿来的无知村民？后山岂是他们这样的人能去的？也不怕冲撞了贵人！"

她们都是盛京高门当家主母的心腹嬷嬷，自是晓得后山今日是不能去的，只因那里来了位宫里颇有权势的大人物。

姜黎几人自然不知晓后山有位大人物。

如娘爱花，也爱种花。山茶难养且名贵，是花中珍品。听说大相国寺后山有一大片山茶花林时，心里难得起了些渴盼，就盼着花期结束前过来赏花。

华严宝殿离后山不远，走了不到两刻钟，便到了山茶花林。

二月底，正值花期。微风拂过，大片大片姹紫嫣红的山茶在枝头上摇曳，很是赏心悦目。

果真当得起一句“独能深月占春风”。

如此美景，莫说是如娘这爱花之人了，便是姜黎与杨蕙娘也是喜欢得紧的。

山茶花林里传来的欢声笑语藏在风里影影绰绰，高进宝耳力好，听得清是几个女子的说笑声。

他拧起眉峰，盛京但凡有点底子的家族都知晓，每年二月二十七，是司礼监秉笔太监，兼东厂督公赵保英的亡母的祭日。

正常人家都不会挑这日来后山的，今日是怎么回事？

思及督公的耳力比他这习武之人还要好，高进宝踟蹰片刻，终是敲了敲门，道：“督公，可要我去将人赶走？”

高进宝的命是赵保英救下的，他对赵保英的敬重比对成泰帝还要深。

他跟在赵保英身边差不多十年，自然晓得今日对督公来说有多重要。现下被人扰了清净，别说督公，就是他都心生不悦。

赵保英端坐在佛堂旁边的静室里，眉眼低垂地敲着一边的小几，并不作声。

高进宝伺候了赵保英这么久，自是明白督公是同意了。

此刻，眼见那几名女子似乎正往照性小筑来，忙应一声：“属下这就去！”

才刚提脚走了两步，静室里忽然传来刺啦一声，是椅子摩擦着地面的声响，似是起得太急导致的。

高进宝脚步一顿，正要开口相询，便听得里头传来一个低沉的声音：“慢！”

静室里，赵保英走向面向后山的槛窗前，轻轻一拉，便开了半扇窗牖，刺目的光连同带着花香的风登时涌入。他眯着眼，望向花林里说笑的几个女子。

方才他听到了有人喊了声：“如娘，快过来！”

那声音风风火火，并非是他所识之人。可那人嘴里的“如娘”，却是他极熟悉的一个名字。

世上重名之人何其多，那女子口中的“如娘”十有八九不是他认识的人，可他依旧忍不住想推开窗户看看。

静室在三楼，从他的角度能看到大片大片的山茶花林，以及藏身于山茶花林里的几名女子。

其中一人背对着他，身着青色袄裙，头上绾着妇人髻。妇人抬手拨了拨枝头上的一朵白色山茶，青色袖摆微滑，露出了一截细弱手腕，以及一条褪色的红绳，红绳中间挂着颗粗糙的不起眼的木珠子。

赵保英僵在原地，怔怔地望着那颗木珠，心脏狠狠一缩，竟是有些生疼。

恍惚中，又见着了那场淅沥冰冷的春雨。墓地里，一团稚气的少女与他一同将潮湿的黄土一抔一抔地撒在他娘的尸体上。

少女张着被雨水打湿的眼，认真地同他道："保，保英哥哥，别，别哭。"

那时，她对他说"别哭"。

于是，与她分离的二十九年里，他便成了个爱笑的人。

赵保英是承平六年进宫的，进宫时，有人问他来自何处。

他说来自幽州定风县，那些人听过后均摇摇头，道："不曾耳闻。"

赵保英并不意外，定风县是个芝麻大的地方。同样是边关小县，却与有定国公镇守的肃州以及有霍家军镇守的青州是不一样的。

混乱、穷苦、贫瘠。

出生在定风县的人着实说不上幸运，譬如他，譬如如娘。

如娘的母亲生她时难产，撑着一口气将如娘生下来后，自个儿却没能活下来。

如娘在娘胎里憋了气，出生时跟只小乳猫一样孱弱，说话也晚，三岁才开始蹦第一个字，且始终结结巴巴，说不利索。

周遭的小孩都喜欢欺负她，拿石子扔她，骂她是结巴，说她娘是被她克死的。

她爹在私塾里做启蒙先生，小孩子都爱喊他"林夫子"。林夫子失去爱妻，父母又不在身侧，整个人一蹶不振，有时候连如娘饿哭了也不晓得喂口米汤。

赵保英家与如娘家住得近，他娘与如娘的娘关系亦是好。

如娘刚出生没几日，他娘见着她一出生就没了娘，整日里饿得嗷嗷哭，心生不忍便索性接到身边，用米汤油和马奶喂了几个月，才将她从一只孱弱的"小猫儿"养成一个白胖的小娃娃。

当时，赵保英还不满三岁，他娘喂如娘喝米汤油时，他就在一边摸她头上那几绺又黄又软的胎发。

许是因着出生时，在赵保英家住过几月的缘故，如娘同他娘很亲，同他也亲。小时候最爱跟在他后头，他去哪儿，她也跟着去哪儿。她那时腿短，总跟不上他的步子，便"保，保英哥哥，等，等等我"地喊。

初时，赵保英觉着烦，晓得她不爱听旁人叫她"小结巴"，还故意这样喊她。如娘也不生气，就沉默着看他，乌溜溜的眼珠子跟水洗的葡萄似的。

后来他问她："不是不喜欢别人叫你'小结巴'，我叫，你怎的不生气？"

小姑娘望着他，讷讷道："保，保英哥哥，叫的，如娘，不生气。"

赵保英笑道："傻！以后不管谁那样叫你，都要生气！"

如娘的确命苦，出生就没了娘，好在林夫子是个好爹。

如娘五个月大的时候，就被他娘养得粉雕玉琢的，很是招人疼爱。林夫子从悲痛里振作起来后，接回了如娘，自此把她当眼珠子一样，又当爹又当娘地照料着，十分地用心良苦。

林夫子不似赵保英的爹成天胡作非为。在外头抢到钱了就去吃花酒逛窑子，抢不到了就回家睡觉，醒来时还偷他娘做绣活攒下来的银子。

赵保英六岁时，他爹醉酒闹事，被县里的恶霸打死了。对方赔了三两银子，便拍拍屁股走了。他娘不肯要银子，一心一意要告官讨个公道。

可去了官府，根本没人肯受理，告了几回后，终是泄了气。他娘顾念着两个孩子，决定不告了，却也因此落下了心病。

赵保英他哥比他年长十岁，他爹死后，他哥本该撑起门户的，可他哥比他爹还要混账。

如娘的爹始终记着当年他娘照顾如娘的恩情，见赵家兄长不可靠，便常常将赵保英带去私塾，让他与如娘一同坐在角落里听课。

林夫子对他说："学会识字、算账，以后寻个账房先生的活计，养家糊口就不难了。"

那会儿的赵保英也是这般想的。

做个账房先生，有一门吃饭挣钱的手艺，就能娶如娘了。

高进宝见佛堂里毫无声响，不免有些担心，唤了声："督公。"

里头的赵保英缓缓"嗯"了一声，道："进来，咱家有事交代你。"

高进宝一听，自是不耽误，赶忙推门进去。

为了清静，静室就只辟了一扇窗，那半开的窗里漏进来一些光。赵保英半张脸暴露在光里，长睫低垂，惯常扬起的唇角微微压平，脸上竟是没了笑。

高进宝伺候赵保英这么多年，从不曾见过哪一日他是不笑的，心里不由得咯噔一下，道："督公，可是出了何事？"

赵保英微微侧过头，望着高进宝，阴柔的脸又挂起了熟悉的笑："去查查在后山赏花的几个娘子是何来历？来大相国寺又是所求何事？"

高进宝登时一愣。督公什么时候对女子起兴趣了？他跟随赵保英整整十年了，也没见他对哪个女子起过心思，也就贵妃娘娘那里……

莫不是因着被几位娘子吵到了，是以才要查人家底细？可督公从来不是这般睚眦必报的人……

虽心中疑惑，可给高进宝十个胆子，他也是不敢问的。

高进宝忙领命退下，刚退至门口，忽又听赵保英道："你面相凶，一会儿出去时，尽量避着人，莫吓着她们了。"

面相凶的高进宝闻言，又应了声"是"，这才轻阖起门，快步出了照性小筑。

从后山经过时，高进宝发现在这儿赏花的人除了几位娘子，竟然还有两名男子。他下意识望了眼，一位是个年岁不大的少年郎，另一位瞧着不到四十岁，吐气沉稳，双目炯炯有神，竟是个练家子。

似是察觉到他的目光，中年男子目光如电地望了过来，高进宝漠然移开视线，心里不由得想：督公让他查那几名女子，那这两名男子可要一块儿查查？

佛堂里的赵保英此时也在打量着孙平，方才这男子一直望着如娘，莫非这人是如娘嫁的人？

赵保英盯着孙平看了好一会儿，才淡淡收回眼，目光又落在那身着青色袄裙的妇人身上。

承平六年，二人最后一次见面，他尚不足十三，她亦不满十一……再见时，他依然能一眼便认出她。

她比从前高了，秀美的脸褪去青涩，不再是一团稚气。眼角爬上了细细长长的皱纹，沉淀着岁月拓凿在身上的痕迹。

她还是那般爱花，笑得亦很开心，从前的她鲜少会这样笑的。

过去二十九年，她应当过得很好吧。如此……甚好。

他们二人，总该要有一个人过得好才行。

赵保英摩挲着扳指上的木珠，转身坐回椅子，于悠悠檀香中，缓缓阖眼。

就在高进宝步入华严宝殿时，霍珏正缓步走上大悲楼。

大悲楼与九佛塔一样，共分九层。

一至四层供奉的是盛京当朝权贵的祖先灵牌，五至九层供奉的则是大周青史留名的文臣武将。楼层越高，说明那人的地位越是崇高。

大周建国不足两百年，能将牌位供奉在九层的不出一掌之数，其中便包括了大周建国之初，辅佐周元帝开国的卫家先祖卫戒，以及定国公府的第一任定国公薛檠。

青州卫家的祖庙在承平二十九年化为灰烬，如今便只剩供奉在大悲楼里先祖卫戒的灵牌。

说来也是可笑，成泰帝敢毁卫家祖庙，照理说也应当把大悲楼的这一面一同毁了才是。偏偏他始终不敢动卫戒的灵牌，说到底是不敢在佛祖面前残害忠良。

大相国寺历经几个朝代，地位一贯超然。前几任周王朝的皇帝，每年必挑一日前往大相国寺祭拜，可成泰帝登基后，却一次都不敢来。

杀兄弑父的事情都做了，登基后反而敬畏起神明来。

当真是可笑。

这样也好，就让他在惊惧中日日不得安宁吧。

守在大悲楼入口的小沙弥望见一道白色的身影拾级而上，不由得挑了下眉。

平日里前来大悲楼的香客自是不少，盛京里那几家勋贵家族，每个月都会派人前来祭拜。可他守着的这道门是直接通往九层的，那里常年不见人，是以日日都是门可罗雀般的冷清。

今日非年非节的，怎的就有人来了？

小沙弥拿着名册，站起身，笑容可掬地问来人是否是要前往大悲楼九层。

霍珏颔首，递过去一块半圆的木牌。

小沙弥接过木牌，细细看了眼，木牌是沉香木雕件，中心半个烫金的“薛”字龙飞凤舞，的的确确是定国公府才有的对牌。

小沙弥拿出另一半对牌，双牌一对，凑成了一个完整的“薛”字。

确认过对牌，小沙弥恭敬地将半面木牌递还给霍珏，道：“施主入门后右转上楼便是。”

霍珏接过对牌，颔首道谢。

他梦里来过大悲楼，根本无须旁人指引，熟门熟路地便进了门。

小沙弥望着他清隽的背影，不由得纳闷，定国公府的老夫人自从地动发生后，便在慈安楼住下了，日日礼佛诵经，算起来也有一个多月了。

老夫人在这儿，怎么又专程派人来大悲楼祭拜呢？

世家望族里的弯弯绕绕，小沙弥自是不感兴趣，不过纳闷了一瞬，便又默默地念起佛经来。

大悲楼沉重厚朴的漆黑木门嘎吱一声被推开。

霍珏提脚入内，望着悬于高处的灵牌，伏地跪拜，淡声道：“先祖大人，青州卫氏六十三代子孙卫瑾，前来大悲楼，借先祖大人灵牌一用！”

大悲楼外，一个身着赤色袒衣，手持檀木佛珠的和尚踏着和煦的日光缓步前来。小沙弥见到来人，忙站起身，开心地唤了声：“师伯！”

圆玄慈眉善目地颔首一笑，道：“今日当值可有打瞌睡？”

小沙弥赶忙说“没有”。

圆玄笑着夸了他两句，便转着挂在手上的佛珠，往大悲楼里去。

小沙弥望着自家住持的背影，忽地想起，还未同师伯说，里头还有一位施主正在祭拜先祖呢！

第十八章

# 紫微帝星

圆玄是大相国寺第三百一十九任住持。

他从四岁被师父领入大相国寺后，在大相国寺一待便是五十七年。

他天性聪颖，佛根剔透，虽不如两百年前惊鸿一现的佛子那般出类拔萃，却也是近百年来大相国寺佛法最精深、佛缘最深厚的弟子。

入大相国寺的第八年，他尚不足十二岁时，便被大相国寺第三百一十八任住持，亦是他的师父指定为下一任住持。

圆玄擅观天象，擅测国祚，亦擅相命格。

不管是呱呱落地的婴儿，还是行将就木的耄耋老人，他但凡看过一眼，便能相出此人的命格。

多年来，他相不出命格的人，不出五人。

眼前的这位清隽矜贵的少年郎，就是其中之一。

说是少年郎也不尽然，眼前男子骨相未及弱冠，可周身的气势分明不是一个少年人该有的。

圆玄立于木阶上，与推门而出的年轻郎君对视一眼，此人有着一双深不可测的眼，黑漆沉冷，似寒冬里的雪夜。

清隽的五官贵气逼人，然而此人的面相似是蒙上了一层迷雾，让人辨不清藏身在迷雾里的究竟是人是鬼。

出家人心静如水，越是佛缘深厚的僧侣，越是鲜少有心绪波动的时刻。

可与霍珏对视的那一瞬，他眉心忽地一跳。

上一次出现这样的情形，是在皇宫的泗水桥遇见锦衣卫指挥使的时候。而再上一次，是去岁的中春。

阳和方起时，南边天象有异。妖星、破军、文曲三星竟同现一处，且渐行合一。

三星合一的瞬间，西边忽现一颗转瞬即逝的紫微帝星。虽只有短短一瞬，可圆玄看得清楚，那是一颗有别于周朝王室的帝星。不过刹那，三星合一，双帝星同现。

这样的天象，平生未曾所见。

圆玄掌中的佛珠无声转动，对拾步而行的年轻郎君道了声："阿弥陀佛。"

霍珏微微颔首，与圆玄擦身而过，缓步下了木阶。

却不知，在他走出大悲楼的瞬间，被圆玄温养了多年的佛珠无声崩断，一百零八颗檀木珠咚咚落地，从木阶滚落。

高进宝办事归来，便见几名女子又往后山旁边的花海去了，说笑声仍旧不绝于耳，却因隔得远，内容早已听不大清了。

思及方才打听到的话，他收敛心神，深吸一口气，道："督公，属下回来了。"

"进来。"赵保英淡淡应一声，待得高进宝入内，方才抬眸，"如何？"

高进宝道："那几名女子一人名唤杨蕙娘，一人名唤姜黎，还有一人名唤林如娘。其余二人，则是那位叫姜黎的小娘子的侍女。几人前来大相国寺，是为了求文殊菩萨佑考。"

"佑考？"

"是，姜小娘子的夫婿下月要参加会试，这才来大相国寺求符，听说那位举子还摇出一支极少见的上上签。"

高进宝说到此，便又仔仔细细地将打听来的话说与赵保英听，譬如那杨蕙娘是个酒肆掌柜，且还是个寡妇，生了一儿一女云云。

说了小半盏茶的工夫，高进宝才话锋一转，转到了如娘身上。

"不过，林娘子倒是没去拜文殊菩萨，而是去了普贤菩萨的殿里求平安。"

高进宝说到这儿，实在没忍住，偷偷望了赵保英一眼。

就见自家督公嘴角噙笑，垂眸抚着扳指上的木珠，见自己忽然顿住话匣子了，还掀开眼皮望了过来，示意他继续说。

高进宝连忙敛神，继续道："林娘子求菩萨保佑了好些人。有杨娘子一家，有一个叫孙平的男子，还，还有一位'保英哥哥'。"

赵保英抚着木珠的手指一顿，片刻后，他道："那孙平是何人？"

时间仓促，华严宝殿的小沙弥并未接触过孙平，是以高进宝尚未查出孙平的身份。

他忙不迭地跪下："属下还未查到，等回去盛京后，属下立即派人去查，请督公恕罪！"

赵保英沉默了片刻，半晌后才道："罢了，无须派人去查。她与那杨娘子开的酒肆叫何名字？"

高进宝想起偏殿那位小沙弥说的话，面色古怪道："叫状元楼，听说杨娘子为了鼓励自家女婿蟾宫折桂，才起的这名字。"

"状元楼……"

赵保英淡淡喃了句，在脑子里搜索了一番，并未想起盛京有一位叫"霍珏"的考生。

会试在即，去岁上京赶考的举子在盛京也待了两三月之久，这些举子为了扬名，平日里没少出门会友论学。但凡有些才学的考生，多多少少都会名声在外。

譬如太原府解元宗奎，此人乃大理寺卿宗遮的侄孙。

前些年，曾有翰林院的大儒前往宗家造访宗遮，偶遇宗奎便考究了几句。谁知这孩子不过十来岁竟才思异常敏捷，对答如流，针砭时弊，惹得这位大儒不得不夸一句"状元之才”。

又譬如江陵府解元曹斐，年纪轻轻便写下无数脍炙人口的诗词。江陵府盛产才子，而那曹斐今年得解元后，就被誉为江陵第一才子。

有心在会试后谋京官的考生总会费尽心思在盛京打出点名头，可霍珏……赵保英的确不曾有所耳闻。

望了望窗外渐渐暗下的天色，赵保英起身，拾起桌案上的拂尘，轻轻一甩搭于臂膀，道：“时候不早了，该回去了。”

往年他来大相国寺，待个半日便要回宫，今日的确是耽误得有些晚了。如今，成泰帝因着地动和皇陵之事日夜寝食不安，对他极其依赖。

说是告一日假，可赵保英知晓，他若真的明日再回去，成泰帝心里定然有疙瘩。

伴君如伴虎，成泰帝要一个满心满眼都只有他的奴才，他便只能做这样的奴才。

出了照性小筑，赵保英往山茶花林望了眼，那里花枝轻颤，落英飘摇，可先前在这儿赏花的人早已不见了踪影。

马车停在后山竹门外，二人快行至竹门时，一道月白身影从另一侧的甬道信步而来。

高进宝警惕地看了过去，却见来人是个芝兰玉树的年轻郎君。

郎君眉目深邃，气质淡然持重，瞧着他去往的方向，应当是后山。

赵保英自然也看到了霍珏，他微微眯起眼，此人气度风华均是上上之等，在盛京应当不是寂寂无名之人。

可……他从未见过此人。

似是察觉到赵保英的目光，霍珏平淡地对上他的眼，而后便微微颔首。

对赵保英与高进宝来说，霍珏纯属路人，却敢如此不卑不亢地冲着他们颔首示好，倒是出乎他们意料。

盛京凡是晓得赵保英身份的，见着他了哪个不是战战兢兢地躬身行礼？这郎君约莫不知晓他们的身份。

赵保英噙着淡淡的笑意，饶有兴致地望了霍珏一眼，便轻甩拂尘，转身出了竹门。

待得上了马车，他握着拂尘的手蓦地一顿。

不，不对，霍珏这名字他听过！

今年五月便要走马上任顺天府尹的宗彧大人，曾二进金銮殿就是为了上元夜在临安城救了万余百姓的赴考举子——霍珏。

竹门开了又合拢，没一会儿，便传来渐去渐远的马蹄声。

霍珏立于一棵大叶梧桐之下，目光落在藏于山茶花林深处的照性小筑。

干爹并未与如娘相认，这一点，他早有预料。

干爹与他从来都不一样。

若他与阿黎分开二十九年再重逢，定然是一刻都不愿意等，哄着骗着乃至逼着，都要她回到自己身边，哪怕她婚姻美满，得遇良人。

而干爹唯有得知如娘过得不如意，并且不介意他阉人的身份时，才会靠近如娘。若不然，他只会选择默默守护，不会打扰她的清净。

无妨，他总会安排他们再重逢，到那时，不用如娘亲自去，干爹也会主动跑来接如娘去顺意府。

思及此，霍珏便不再停留，快步往后山走去。

与阿黎分开了一个多时辰，她怕是要等急了的。

姜黎倒是没等急。她一贯能给自个儿找事做，这会儿拉走了如娘、桃朱、云朱，只为了给杨蕙娘与孙平制造单独相处的机会。

大相国寺的山茶花林闻名顺天府，后山也就成了盛京高门大户相看未婚郎君、小娘子的最好去处。

这么好的地方，姜黎自然不想浪费。

她娘与孙大当家，如今就差捅破这层窗户纸了，眼下可不就是个好时机？

偏生阿令是个榆木疙瘩，他娘与孙大当家说话，他插在二人中间算怎么一回事？

姜黎腮帮子鼓了又鼓，正在心里默默嘀咕，抬眼便见霍珏信步前来，忙喜出望外地喊了声：“霍珏！”

霍珏过来时，便见姜黎皱着眉一脸苦思的模样，脚下的步子不由得加快，一到她跟前便问：“出什么事了？”

姜黎不好当着如娘她们几人的面说，只好拉过霍珏的手，踮起脚在他耳边压低声音道：“你去把阿令喊过来，娘和孙大当家说话说得好好的，他非去插一嘴，忒不解风情了，我都担心日后他找不着小娘子！”

霍珏这才反应过，一时觉得好笑，可又怕姜黎察觉，便敛了敛眸，道：“我现下就去喊他过来。”

姜令全然不知他姐姐担心他日后娶不到小娘子，此刻正在绞尽脑汁地想说些什么来缓和气氛。

来盛京的路上，他就发现他娘似乎很是讨厌孙大当家。

救如娘婶的那日，孙大当家受了点皮外伤，他娘的脸色极其难看。在永福街住下后，更是成天避着孙大当家。是以，他见二人竟然落了单，便赶紧过来，免得他娘同孙大当家吵起来。

可他自小不爱说话，干干巴巴地捡着话说，气氛越说越尴尬。

杨蕙娘性子虽爽利，可到底没爽利到在儿子面前与旁的男子谈情说爱：“我去寻阿黎和如娘她们，你们慢慢聊！”说罢便兀自离开。

姜令见杨蕙娘走了，默默舒了口气，对孙平道：“孙大当家莫要多想，娘不是因着不想同你说话才走的，多半是记挂着阿黎与如娘婶。”

刚走过来的霍珏听见这话，登时脚步一顿，先前还觉着阿黎有些杞人忧天了。

可这会儿听见他说的话，不免又觉得阿黎没担心错，就阿令这不开窍的脑袋，日后还真的不好找小娘子。

入了夜，山里气温急剧下降。

寺里有几处专门让香客借宿的竹楼，男香客与女香客分开而宿。

白日劳累了一整日，众人俱都乏了，就在姜黎抱着杨蕙娘沉沉睡去时，另一处的竹楼里，何舟踩着夜色，姗姗而归。一见到霍珏便低声道："苏大夫留在药谷了。"

霍珏轻挑眉："圆青大师果真留下了苏伯？"

何舟颔首，想了想又道："属下在药谷里遇到了一人，那人……是定远侯府的世子爷宣毅。"

霍珏眸光一沉："他来寻圆青大师驱邪？"

何舟蹙起眉峰，道："不是，属下去的时候，正好碰见圆青大师将宣世子从药谷里赶出来。"

当时，那位世子的脸色极其不好看，可圆青大师的脸色更臭，拿着把笤帚指着宣毅道："这世间没有什么药能让你彻彻底底忘了一个人，你说你梦到自己被逼着忘掉一个人。老衲明明白白告诉你，这事儿，要么是你得了臆想症，要么就是你上辈子造了孽，报应来了！"说罢，竹门轰的一声阖起。

宣毅立在门外，被骂得脸色一阵青一阵白。

以这位的性子，有人这般指着他鼻子痛骂，他定然是要动手的。可这会儿他却一动不动地任人骂，等圆青大师骂痛快了，才继续道："宣毅此番前来，诚心为了寻药治病，还请大师施以援手。"

圆青显然在门内并未走开，听见宣毅这话，便道："既然，你是在梦里被人灌了药才会忘事，那你就去梦里找解药！老衲爱莫能助！"

何舟这时才听明白。宣世子梦见自己被人灌药，醒来后大约是忘了些事，这才来找圆青大师要解药。

这……这不是胡扯吗？梦归梦，现实归现实，哪能混为一谈呢？

难怪圆青大师这么生气，大抵是觉着宣世子在逗他玩吧！

何舟陈述完，便老实本分地住了嘴。

霍珏漆黑的眸子里无波无澜，颔首道："派个人盯着他。至于苏伯……明日你去接他，若是他想留在药谷，便让他留在那儿。"

何舟垂首应是，片刻后，忍不住问了盘绕在心底的问题："主子，那……那位圆青大师见到苏大夫腰间挂的药囊，才让我们进药谷的。那药囊出自方神医之手，莫非圆青大师与方神医乃旧识？"

霍珏淡淡颔首："大相国寺每隔几代会出现一两名有医术天赋的弟子。这些弟子继承药谷后，以医济世，宣扬佛法。曾经，有一名继承药谷的大师还俗后回了故居，创建了药王谷。药王谷只研医术，不论佛法。兴许是因着这原因，药王谷的医术比大相国寺要精湛许多，方伯便出自药王谷，圆玄大师与圆青大师都曾在药王谷住过一段时日。”

何舟恍然大悟。难怪一开始圆青大师见到他们进药谷时还怒气冲冲的，瞥到苏大夫的药囊后立马变了脸色。

所以主子临行前朝方神医讨要药囊，就是为了让圆青大师留下苏大夫？而让苏大夫进药谷，莫不是为了那位在药谷里治病的人？

何舟心里头蹦出一个又一个疑问，却不敢再多问。主子的心思太过深沉，平日跟在他身边，常常看不懂他要做的事，究竟有何用意。

不过，正如何宁说的，他们不需要揣度主子的用意，只需听主子的吩咐好生做事，别的事自有主子安排。

待得何舟离开后，霍珏起身推开窗牖，夜色里，群山环绕，似潜伏在一侧窥探的暗兽，随时都能张开血盆大口将人吞噬。明明是座佛山，然再超然的佛山身处黑暗之时，仍旧不能让人看到光明。

从前，祖父卫项不止一次提到大相国寺，言词里满是盛誉，道大相国寺乃千年来的第一佛寺。

祖父在盛京任太傅时，与圆玄曾是至交好友。圆玄测出卫家灭族之祸，却袖手旁观，毫无半句预警。只因大相国寺有训：不测国祚，不涉皇权更迭。

多少朝代在风雨中交迭，大相国寺始终置身事外，超然于众生之上。每一个皇朝都尊大相国寺为国寺，而百姓心中更是将大相国寺视作神寺。

可这座寺庙以及这里的人，只顾追求佛性，却失了人性。这也是为何，方嗣同在卫霍二家覆灭后，起誓再不踏入大相国寺一步。

冷风倒灌，吹得身后的佛经哗啦作响。

霍珏阖起窗，将桌案上的佛经反手一盖，便转身上了榻。

寅时一刻，明佛山阒然无声，大雪飘落，压得枝丫弯出一道弧。

山脚下的竹楼里，宣毅蓦地睁开眼，他仓促坐起身，重重地喘着粗气，脑门、后背冷汗淋漓。

他又梦到自己死了。

潮湿阴暗的地牢，蛇鼠虫蚁四处乱爬，空气里弥漫着腐肉的臭味。

骨瘦如柴的他四肢被铁链锁着，身上遍布伤口。他知道他很虚弱，气若悬丝，却始终死不了。牢房里除了他，还有一名看不清面容的男子。

男子身形高大挺拔，身着玄色大氅，左臂上搭着一把极其罕见的黑色拂尘。他立在那儿，背光的脸静静地望着自己，似阴间里来的使者。

宣毅看到自己像疯子似的哈哈大笑。

“你是来为她报仇的吧！来啊！让我给她偿命！死后我亲自去阴间向她谢罪！”

男子却始终静默，并没有被他的话激怒。挥了挥手，便有人上前将一张张浸湿的纸贴在他的脸上。

时间过得很慢，地牢里回响着滴答滴答的滴水声。宣毅觉着自己像被拍上了岸的鱼，呼吸逐渐艰难，脖颈青筋凸出，精神渐渐恍惚……

在他濒临死亡的那一刻，候在旁边的人撕下他脸上的湿纸，下一刻便有人将一颗药喂进他嘴里。他被逼吞咽，很快便觉得浑浑噩噩，脑袋似是着火一般，又热、又疼，曾经残留在脑海里的记忆一点一点变得模糊。

宣毅不知道自己在地牢里待了多久，只知道在地牢里的每一瞬都是折磨。

无时无刻不在经历死亡，偏偏不能死得痛快，每每濒临死亡时便会被救起，喂进一颗让人痛不欲生的药。

宣毅的意志被消磨殆尽，甚至可笑地觉得死反而成了一种解脱……

这样的日子不知过了多久，他终于崩溃了，脑子里的记忆渐渐化为空白，他连自己姓甚名谁都不知道。

就在这时，日日带着黑色拂尘的男子终是开了口：“杀了他，拿去喂狗。”

黑暗中，宣毅弓背垂头地坐在竹床上，他头疼欲裂，用掌根抵着额头。

这是他第一次梦见那人说话。

那声音，似曾相识。

翌日一早，下了半宿的雪不知何时停了。

姜黎被山林里的鸟鸣声声吵醒，迷迷瞪瞪睁开了眼。虽说昨日累了一整日，但一夜好梦，姜黎起床后却精神抖擞。

竹楼的客舍十分简陋，一套朴素的桌椅，一张木床，还有一个粗陋的用来挂衣裳的竹架。

见杨蕙娘不在屋里，姜黎便从床上跳下来，从竹架上取下衣裳，刚穿好衣襟，束好腰封，便听得外头传来低低的说话声。

姜黎忙套上鞋，快步去开了门：“霍珏，你来了？用膳了吗？”

姜黎兴冲冲地望着他，脸上带着刚睡醒的红晕。

霍珏淡淡“嗯”了声，笑了笑，道：“尚未用膳，我等你一同去。”

姜黎一听，赶忙对一边的桃朱道：“快去帮我打点水过来。”

桃朱应声退下，没一会儿便端着盆温水回来了，瞧见公子看夫人的目光黑沉沉的。待得姜黎漱了口，净了面，桃朱很是有眼力见儿地端起盆子悄悄出了屋。

山里的清晨着实冷，竹舍里没有地龙，姜黎冻得直打哆嗦。刚踮起脚准备去取竹架上的斗篷，手才摸到斗篷领子，一具温热的胸膛便贴了过来，将她紧紧搂住。

“阿黎。”他低沉的声音贴着她耳侧响起，顺着耳道，蔓延至心脏引起一阵酥麻。

姜黎登时烧红了脸，磕磕绊绊道：“霍，霍珏，佛……佛门净地，要注意些，不可让佛祖看了笑话。”

“佛祖若是见到有情人终成眷属，且夫妻恩爱两不疑，应当是甚感宽慰的。”霍珏冠冕堂皇道。

姜黎微微睁眼，正思索着他的话似乎有些道理时，他温热的唇便落了下来……

就在此时，远处的寺钟响起，悠扬庄重的钟声荡涤心神，于层峦叠翠间悠悠回响。一行白鹭扑棱着翅膀，飞快地上了天，落下两片洁白的翅羽飘荡在风里……

姜黎从屋子里出来时，脸还泛着红。

每回公子与夫人独处后，夫人的脸就跟涂了胭脂似的，桃朱早就习惯了。

她面不改色地将热好的手炉递给姜黎，柔声道：“云朱陪着杨掌柜和如娘去踏雪赏花了，杨掌柜说等夫人用完膳，咱们就该启程回盛京了。”

姜黎点点头，道：“你去寻娘她们吧，我与公子自个儿去斋堂便好。”

桃朱知情识趣，闻言便应声退下了。

姜黎等桃朱走远了，才嗔怪地望了霍珏一眼：“我们快去用膳，免得娘她们等久了又要说我。”

霍珏见小娘子想怪他又舍不得怪他的模样，黑眸忍不住含了笑。

霍珏握着姜黎被手炉焐得热乎乎的手，道：“佛祖不会怪罪的。”

姜黎原本消了些热度的脸再次滚烫起来：“你不准再说了！”

说着也顾不得手被他牵着，便要往外走。霍珏只好将她扯进怀里，帮她穿戴好斗篷，戴好兜帽，才温声道：“我不说了，阿黎也别生气了。”

姜黎也不是真的在生气，这会儿见他柔着声哄她，更是没忍住勾起了嘴角：“下不为例！”

用过早膳后，二人与杨蕙娘他们会合后便慢慢往山下走去。

此时，旭日东升，曦光照耀，是个大好的晴日。

姜黎坐上马车，见车外的霍珏沉默地望着后山拐出来的华贵马车，马车的一侧似是刻了个字。

“怎么了，霍珏？”

霍珏对上姜黎略带担忧的眼，不由得安抚道：“没什么，不过是见到了一辆眼熟的马车，想着兴许是认识的人。”

姜黎见他神色平静，便放下心来：“若是相识的人，说不得一会儿进京的时候还能遇上。”

霍珏笑着颔首，没有告诉她，那是定国公府薛老夫人的马车，守城小将从来不敢拦。

在大相国寺礼佛一个多月，这位德高望重却也杀伐果断的老夫人，终于回定国公府了。

薛无问从宫里出来，便听得暗一前来禀报，说老夫人从大相国寺礼佛回来了，马上就要进城了。

他眉心登时一跳，长腿一迈，便进了马车："回府。派人去趟镇抚司，就说我今日抱恙，犯人我明日再审。"

暗一见自家主子如此郑重以待，忙不迭应"是"，将马鞭丢给暗二，自己亲自跑去了镇抚司。

马车疾行了大半里路，终于抢在老夫人的马车前抵达了定国公府。

下车后，薛无问大步往无双院走。一众丫鬟见世子爷回来了，恭恭敬敬地屈膝行礼。薛无问漫不经心地点了下头，道："姨娘呢？"

"姨娘在暖阁里制香。"一名丫鬟上前一步，大着胆子回道。

薛无问抬脚便往暖阁走。到了暖阁，果然见卫媗正拿着根银火箸拨弄着香炉里的香灰。

见他这么早回来，卫媗有些意外："今日不用当值？"她放下银火箸，问道，"可是府里出事了？"

"府里没事，我就是不想上值，回来偷个懒。"薛无问漫不经心地走到卫媗身侧，低眸瞧着桌案上的两绺细发，道，"在做送我的香囊？"

之前卫媗要给他做衣裳，薛无问怕她戳到手又伤着眼睛，便没让她做。没几日卫媗又同他说，给他做个香囊。

她一贯是爱调香的，平日里没事就欢喜制香充当消遣。

薛无问想着反正是做她爱做的，又不会累着她，便随她去了。

两日前，她忽然剪下他一绺头发，说要拿来调香。剪了他的发之后尚且不够，又剪了自个儿的。

薛无问捏起那两绺头发，放掌心里端详须臾，他的发质偏硬，而她的发乌黑蓬松，细细软软的，一眼便能认出。

薛无问将绑发的红绳解开，把两绺头发混在一块，分不出彼此了才罢休。

卫媗瞧着他在这儿捣乱，也不恼，支起一个香炉，对薛无问道："把这些发丝扔进去。"

薛无问照做，便见卫媗拿起银火箸，拨弄了下，没一会儿便有火舌卷上发丝，寸寸成灰。

她做这些事时，当真令人赏心悦目，不紧不慢，行云流水。

薛无问想起他第一回去青州时，听茶寮里的人说，卫家大娘子不愧为青州贵女之首，连圣人都要将她早早定下，做太孙妃。

彼时，他听过之后，也不过心底嗤笑一声。

不管在肃州，还是盛京，他听得最多的便是某某闺秀是第一美人，某某美人又是第一贵女云云。

在他看来，这些不过是闺阁小娘子往自己脸上贴金，自抬身价的手段罢了。

那时茶寮里，与他有同样的想法的人亦是有的。

一个从盛京走货的商人摇着把纸扇，不以为然道："都被定做太孙妃了，怎能不是青州贵女之首？青州，旁的贵女哪敢让自己比这位未来的太孙妃更受瞩目？若真把这未来太孙妃比下去了，那此女在青州约莫是要混不下去的。"

此话一出，茶寮里二十来个男子豁然站起，怒目圆瞪。那模样瞧着仿佛被质疑的不是卫家的大娘子，而是他们自个儿视若珍宝的女儿。

在青州，卫家人的地位一贯是特殊的，青州人对卫家比对皇帝还要忠诚。

不管是卫太傅，曾经的首辅大人卫项，还是大公子卫彻，大娘子卫媗，乃至年岁小小便熟读兵书习得一身好枪法的小公子卫瑾，都不许旁人玷污半句。

行商之人被吓得连连告罪，被轰出茶寮时，还不服气地嘀咕了句："还不许人说一句真话了？都说青州人受诗书传家的卫家熏陶，知书达理。要我看来，这些青州人分明都是莽汉！"

那人说话声极小，可薛无问自幼习武，自是听见了，失笑着摇头。心里却是与那商人一样，对盛名之下的卫大娘子颇有些不以为然。

直到后来，他自己也成了那群听不得旁人说卫媗一句不是的莽汉之一。

不，他比莽汉更甚，他还是个护犊子的小气鬼。若是听见旁人骂卫媗了，他至少要让那人后悔来这世上走一遭才行。

暖阁里轻烟袅袅，炭盆闪着细碎的火花。

卫媗执着银匙，将冷掉的发灰舀入一个圆滚滚的釉珍白瓷瓶里，才刚阖起瓶盖，旁边目光灼灼盯着她看了小片刻的男人忽地笑了声。

卫媗侧眸望去，对上薛无问那双含着笑的眼，不由得一怔。

薛无问摘下腰间的绣春刀，阔步走到她身后，将她抱起放在桌案上，一套动作做得一气呵成。

好在薛无问知晓她极看重身后的瓶瓶罐罐，小心地把它们往后挪了挪，这才抽走她手上的银匙："卫媗，你这是在同我示爱吧？"

结发为夫妻。卫媗直接将二人的头发烧成了灰，藏在香囊里，可不就是在用她的方式同他示爱吗？

两人靠得极近，额头相抵，鼻尖相触，说话间，他唇轻轻擦过她的唇，挠痒痒似的。

卫媗自从确认了他对自己的心意，便也不再隐藏自己的心。她要让他知晓，他爱她不是没有回应的，她亦是欢喜他的。

她长睫微垂，慢慢说道："薛无问，我只对你一人做这事。"

原先还带着散漫笑意的男人眸光一顿，喉结轻轻滚动了下。

完了。这话比她直接说心悦于他还要有杀伤力，他血液都要沸腾了，若不是知晓祖母马上就到家门口了，他真想……

薛无问克制着不去吻她，只在她额头轻轻柔柔啄了下，笑道："厉害了，我的祖宗。"

她当真是他的命门。这辈子，他就栽在她身上了，再也翻不了身。

这时，门外传来几声难听的鸟鸣，薛无问一听就知这是暗一在通风报信，祖母约莫到定国公府了。

薛无问双手撑在卫媗身侧，低声道："先前我使计弄走了王淼，祖母有些不豫，这趟从大相国寺回来，估计还在气头上。你这些时日就别去静安堂给祖母请安了，等我哄好了祖母你再去，我自会同祖母说是我不让你去请安的。"

薛无问顿了顿，又笑了起来："卫媗，我不会让你委屈太久。你若是心里不得劲了，跟从前那般对我耍耍小性子撒撒气都成，可别憋在心里把自个儿憋出病来。你这会儿身子好不容易好些了，倘若又病了，吃亏的还不是我。"

卫媗叫他说得鼻子发酸，眼眶微红，隐约间明白他今日之所以不去上值，大抵是因着老夫人要回府了，怕她受委屈，才不管不顾地赶了回来。

薛无问意态散漫地捏了捏她的指尖，道："祖母应当是回去静安堂了，我去给她认个错。你在这儿等我，若是累了就回屋里歪一下。"

卫媗抬起眼睫，很轻地嗯了声，道："我等你。"

第十九章

# 杏榜头名

静安堂。

薛老夫人刚进正屋坐下，便听外头仆妇传话，说世子爷来了。

老夫人身子骨硬朗，风尘仆仆地赶了一路，也不见半点疲态，她喝了口热茶，然后道：“让他进来。”

老夫人身边伺候的，是从小看着薛无问长大的辛嬷嬷，也是老夫人的陪嫁。

听见此话，辛嬷嬷便笑吟吟道：“许多日没见世子了，老奴亲自去接世子吧。”

说着便掀开帘子，出了正厅，对候在外头的薛无问道：“世子，老夫人让您进去。”

薛无问一见是辛嬷嬷，忙扬眉笑道：“有劳辛嬷嬷，祖母从大相国寺回来可还顺利？”

辛嬷嬷笑眯眯觑他一眼，笑道：“一切都顺利，世子请放心，老夫人今日的心情应是不差的。”

薛无问闻言便颔首道了句谢。

辛嬷嬷是祖母身边最得用的人，方才那话分明是在告诉薛无问，老夫人消气了。

薛无问心下一松，进了屋，果真见薛老夫人面色和蔼地对他道：“既与，坐。”

薛无问恭敬地作揖行礼，问了声祖母好，这才端端正正地坐下。

没一会儿便有丫鬟奉茶，祖孙二人安安静静饮了半盏茶后，薛老夫人才问道：“今日不用去当值？”

薛无问道：“这不是知晓祖母今日归来，孙儿才特地告了个假，早早回来陪祖母嘛。”

薛老夫人瞥他一眼，慢条斯理地拿茶盖撇着浮在茶水上头的茶叶，笑道：“祖母还以为，你是怕你那‘心肝肉’受委屈，这才火急火燎地赶回来。”

薛无问笑了笑：“祖母心善，又最是讲理。小时候祖父便常常同无问道，咱们定国公府就数祖母最有大智慧。无问自然不是怕祖母为难卫媗才回来，当真是想祖母了。”

薛老夫人闻言放下茶盖，好整以暇地望了薛无问一眼。

听听，这话说得多好听，一顶又一顶高帽往她头上戴，连死去的老定国公都搬出来说了。

薛老夫人一时不知是该气还是该笑。

她的确不希望自家孙儿一门心思吊死在卫媗这棵树上，可不代表她会为难卫媗那丫头。

那孩子也是个可怜人。

既与逼王淼离开定国公府，那是他做的事，她自然不会因着他喜欢卫媗就怪罪到卫媗头上来。

薛老夫人懒得与她这全身上下都是心眼的孙子虚与委蛇，直接戳破了他的心思："你放心，祖母不会为难卫媗那孩子。你不用在这儿又是试探，又是伏低做小地哄着祖母。"

说到这儿，她停了片刻，睇了薛无问一眼，方才继续道："再说，本就是你做错的事，要为难也为难你。王淼那孩子心系于你，千里迢迢从瀛洲来就为了看你一眼。你对她无意便无意，又何苦日日宿在玉京楼，让全盛京的人都看她的笑话？"

"她以为祖母诵经祈福的名头进的定国公府，那孙儿睡哪儿又与她何干？怎么就让她被人笑话了？祖母也太偏心她了。"薛无问一本正经道，"况且，祖母又不是不知，瀛洲王家背后之人就是凌叡，凌叡想着借王家将定国公府拉下水。无问自小便熟背祖训，定国公府满门须得忠君爱国，捍卫肃州，绝不结党营私。不将王淼送走，旁人会如何猜度定国公府与王家和凌叡的关系？不与她撇清关系，又如何维持定国公府一贯中立的立场？"

他这些话说得义正词严，句句都在为定国公府着想，仿佛不带半点私心。

可薛老夫人知道他这些都是借口。这小子不过是想通过自个儿的荒谬行径，告诉卫媗他与王家小娘子没半点关系。

薛老夫人呵笑一声，道："你若是这般拎得清，当初便不会违抗你父亲的军令，偷偷跑到青州，强行改暗令救人了。"

薛无问挨那四十九鞭时，薛老夫人就在一边看着。

彼时，薛晋因着没能救下卫彻怒极了，下手时自然也没留情。

薛晋不是易怒的人，那次是他平生第一次起那么大的怒火。每一鞭子都用足了十成十的力，鞭鞭入肉，四十九鞭结束后，薛无问的背没剩下一块好肉。

他在青州救人回来本就受了不轻的伤，挨那四十九鞭时，却硬是一声不吭，生生扛了过去。

直到整个人直挺挺晕倒在地上，也没求饶一句。

人心都是肉长的，何况薛无问是她看着长大的孩子，薛老夫人自是心疼到不行。可她知晓，既与这四十九鞭该打，便是她来打，也同样不会手软！

原以为经过这四十九鞭后，这孩子能吃点教训，谁知他中途醒来说的第一句话便是："别让她知晓。"

为了救人，遭了这么大的罪，连因何受的伤都不敢说。她薛家子孙何曾需要如此卑微？没遇到卫媗之前，他从来不是这样的人。

薛无问年少扬名，意气风发、鲜衣怒马，上战场杀外贼，无人能敌。那时的他，恣意、骄傲。

肃州民风彪悍，个个骁勇善战，不是谁都能担得上"少年战神"的称呼。

薛无问偏生就在卫媗身上犯了浑，明明知晓她是未来的太孙妃，还一头栽了进去，十匹马都拉不回来。若非后来发生了那样的事，只怕他为了一个女子，抛家弃族、欺君犯上都是极有可能的。

薛老夫人太了解他这孙子了。明面上是个服管的，实则野性难驯、肆意妄为。

他十三岁那年，就敢单枪匹马从后方奇袭北狄大军，斩杀新上任的主将。而这一行，除了后背留了一道剑伤，竟然全须全尾地回了姑臧城。进城时，还将那敌将的人头往城墙一抛，惹得全城百姓冲出来夹道相迎，欢天喜地地喊“薛小将军”！

许是打小就在战场厮杀着长大的缘故，他骨子里有一种狠戾的野性，不敬天、不敬地，唯敬自己和自己手上的长刀。

这种野性随着长大渐渐被压制，然而薛老夫人很清楚，他的野性随时都可能会破土重来。

譬如七年前，一人一马杀去青州，为了一个女子违抗军令，违抗族令，强行颠倒了卫媗与卫彻的命运。

简直是胆大妄为到了极致！天知道这小子为了卫媗还会做出什么事来？定国公府世代忠良，决不能因着一个女子，拿定国公府数百年的清誉与几百条人命去赌。

因此，薛老夫人同意让薛无问带走卫媗，想着等几年新鲜劲儿一过，兴许就会收收心。

薛老夫人这些年也没少替薛无问相看旁的小娘子，只希望寻个同样姿容绝色的人，好让他早日成家，有了妻儿，指不定性子就能收敛些。

卫媗的身份太过特殊，先前是太孙妃，如今是连名字都不能公之于众的罪族之女，她的凤格之命，一旦撞上既与这样性子的人，早晚有一天要出事。

不出意外，九佛塔的第二则箴言说的就是薛家！

薛老夫人放下手上微凉的茶盏，面色一肃，问薛无问：“当初祖母答应让你带着卫媗回盛京，让你起的誓你可还记得？”

薛无问轻轻一笑，散漫道：“自是记得，孙儿在宗庙里起了誓，此生不得娶卫媗为妻。”

薛老夫人打量着他，见他的神态恣意不羁，心知他定然打着日后不娶妻的主意，是以才这般无所谓。

可这事由不得他！他是定国公府的世子，享受了定国公府带来的权势，那也要担起相应的责任。

“你记得就好。祖母知道你怕卫媗受委屈，你放心，祖母定会寻一个大度的能容人的小娘子做你正妻，必不叫你那‘心肝肉’受委屈。”

薛无问漫不经心地摩挲着茶盖的边缘，听见薛老夫人这话，心里不由得笑了。

当初魏姨娘的称呼便是祖母定下的。因着是祖母发了话，整个定国公府上下，便是暗一、暗二这些知晓卫媗真正身份的亲卫，见到卫媗，也只能喊一声魏姨娘。

祖母怕他起了娶卫媗的心思，千方百计敲打他，又是起名魏姨娘又是给他相看旁的小娘子，也是用心良苦。

薛无问捏了捏眉心，做出一副不得不妥协的模样，道："如今朝堂的纷争日益严峻，祖母，您先让我安安生生处理好朝堂之事，再同我说娶妻之事，可好？"

从静心堂出来，薛无问缓步回了无双院，进了暖阁，却压根儿找不着他姑娘的踪影。

拉过一边的小丫鬟一问，方才知晓卫媗已经回了寝屋。

寝屋里，佟嬷嬷正领着几个丫鬟坐在窗边缝月事带。

薛无问一进门，便瞧见了窗边的场景，不用问都能猜到卫媗的小日子到了。

夜里用过晚膳后，他将卫媗抱坐在膝头上，大手抚着她的小腹，问道："难不难受？"

他的手十分温暖，隔着衣裳都能够感觉到浅浅的暖意。

卫媗抬眸望他，道："不难受。"

自从吃了方神医的药之后，小日子里手脚冰凉，下腹坠痛的毛病已经好了许多。可薛无问还是细心地给她揉小腹，临上榻前，还亲自灌了汤婆子，放在寝被里给她捂脚。

熄灯后，唯有窗外清浅的月光透过窗纸，渗了些薄薄的光进来。

拔步床里，薛无问将卫媗搂入怀里，低声道："睡吧。"

卫媗轻嗯了声，却并未阖眼。削葱似的指从他的里衣下摆探了进去，借着相拥的姿势，慢慢抚上他背上的鞭痕。

薛无问垂眼看着卫媗，这姑娘近来似乎多了这么个癖好，总喜欢在临睡前抚他背上的伤痕，仿佛是在摸着一件世所罕见的珍宝一样。

要搁往常，薛无问对她这动作自然受用得很，他就喜欢她亲近他。

可眼下……原就隐忍的男人身子一僵，喉结滚动了几下，哑声道："祖宗，你再摸下去，我就要用旁的方式欺负你了。"

卫媗不说话，手上的动作也停了下来。

卫媗记得刚及笄那年，太子妃从盛京派了教养嬷嬷到青州去教她为妻之道，告诉她要如何才能成为一名合格的太孙妃。

譬如为正妻者，要端庄贤惠，要温良大度，绝不可行魅惑之事，要维持一个正室该有的矜持。媚上承欢，那是姬妾才会做的事。

当时母亲进来寻她，恰好听到了宫嬷说的话。

在待宫嬷走后，还特地喊她过去，同她道："夫妻之间，若是感情好，便不必给自个儿定什么条条框框。"

彼时她尚未出阁，自是不明白母亲的话中之意。

现如今，却是懂了。

昨夜思绪多，又遇上小日子，疲惫得紧，卫媗这一觉睡得便有些久。起来时，薛无问已经去镇抚司审人了。

佟嬷嬷与莲棋、莲琴一早就在门外守着了，听见卫媗起床的动静，便敲了敲门，轻声问："姨娘可是起了？"

"嬷嬷，进来吧。"

佟嬷嬷进来服侍卫媗梳洗完毕，才让莲棋、莲琴传膳，道："世子爷一早让人炖的药膳，说是小日子里喝最是合适，让姨娘多喝些。"

没一会儿，莲棋便捧着个汤盅进来，里面都是暖身子的名贵药材。入口的汤羹有些发苦，卫媗从小就是药罐子，倒是习惯了这味儿。

用过早膳后，她望了望窗外的天色，道："换套衣裳，一会儿去静心堂给老夫人请安。"

佟嬷嬷闻言愣了下，不明白姑娘为何要在这个节骨眼儿去静心堂请安。

她听暗一提过一嘴，自打世子爷送走了王六娘后，老夫人就去了大相国寺礼佛。

薛老夫人去大相国寺的举措多半是在同世子爷置气，但同时也有要敲打姑娘的意思。

姑娘住进无双院时，也曾去过静心堂给薛老夫人请安。可一两回后，薛老夫人便发话了，说体谅魏姨娘身子骨弱，在无双院安心住着便是，不必去请安了。

当初姑娘听见这话，明白薛老夫人大抵是不喜她的，自此从不踏出无双院一步。今日怎的忽然要去请安了？

察觉到佟嬷嬷一闪而过的不安，卫媗握住佟嬷嬷的手，微微地笑了下，神情平静淡然，眸子里似是缀着光。

佟嬷嬷对上卫媗的目光，忽地便不焦虑了。

姑娘虽然身子骨弱，可从来不是没有成算的人。当初沈听能入了白水寨寨主的眼，顺利成为白水寨寨主的义子，可不就是姑娘给他谋划的吗？

被困在宅院里，尚且能替沈听谋划，如今不过是处理一些内宅之事，又怎么不行了？

自家姑娘是青州卫氏之女，与旁的小娘子自然不一样！

三月一来，天气渐渐暖和起来了，阳光大好。

静心堂的丫鬟一早就捧经书，放在日头底下晒着。这些都是老夫人极宝贝的经书，怕潮了长虫，每隔一段时日就要拿出来见见光。

小丫鬟说说笑笑间，忽然见月门走进来一行人。居中那小娘子生得雪肤花貌、色若海棠，可不就是无双院那位吗？

一个新来的小丫鬟看呆了眼，待得卫媗从月门穿过，方才回过神来，道："那，那是谁呀？生得真好看！简直跟神仙妃子一样。"

旁边一个年长些的丫鬟闻言便拍了下小丫鬟的后脑勺，道："那位是无双院的魏姨娘。下回见着人了，可莫要像方才那样冒冒失失的。记得要恭敬行礼，那位在世子爷的眼里可不一般，得罪她了，准保你没好果子吃。”

小丫鬟懵懵懂懂地点头。

卫媗到了静心堂外头，便遇到了出来相迎的辛嬷嬷。

辛嬷嬷显然是匆匆出来的，兴许没想到今日卫媗会来静心堂，见到卫媗时也不掩饰脸上的讶异，道：“魏姨娘怎么过来了？”

卫媗对辛嬷嬷颔首一笑，柔声道：“听闻老夫人回来了，便一直想着过来请安。”

“魏姨娘有心了，老夫人知晓您的孝心，定然很欢喜。”辛嬷嬷笑应着，领着卫媗往里走，到了正屋门口，便亲自掀开帘子，躬身请卫媗入内。

卫媗进去时，薛老夫人正在抄佛经，见她来了，便接过丫鬟递来的湿帕子，擦了擦手后，对卫媗笑着道：“既与说你身子不舒服，怎的不在无双院好好养着？”

自从方神医来了之后，卫媗的气色一日比一日好，如今瞧着与寻常女子并无太大差异。薛无问说她身子不舒服，明显就是在睁眼说瞎话。

薛老夫人明白，卫媗也明白，但两人都不点破。

卫媗对薛老夫人恭恭敬敬地行了一礼，笑道：“今晨起来便好许多。老夫人心疼媗儿，媗儿可不能失礼。原想着昨日就来给老夫人请安的，怕您舟车劳顿，反给您添麻烦，便只好等到今日再来。”

她这些话说得很是诚挚，语气不卑不亢，字字句句都说得极让人熨帖，如沐春风一般。

薛老夫人心下一叹。

人人都以为她不喜卫媗。实则这姑娘生得好不说，学识、教养、才情样样均是拔尖。更别提那一身百年世家才能熏陶出来的风华，便是惠阳长公主都很难有这样的风骨。

这样的小娘子，她哪能不喜欢？

她若不是青州卫家的大娘子，而是寻常的官宦之女，就算是门第差些，她都愿意替既与求娶回定国公府的。可她是卫氏女，还是曾经的太孙妃，当个永远不踏出无双院的妾室可以，当正妻却是万万不能。

薛老夫人看着卫媗那张笑吟吟的脸，柔下了眼神：“好孩子，难得你有这份心。过来坐吧，陪我说说话。”说着便拉起卫媗的手，在一边的沉香木罗汉床坐下。

不多时，辛嬷嬷便领着几个丫鬟进来奉茶上茶点，茶点俱是些莲花酥、枣泥小卷之类的糕点，都是卫媗爱吃的。

卫媗与薛老夫人边吃茶，边一递一接地说着话，从青州的风俗说到了肃州的乡土人情，倒也算得上是言笑晏晏。

约莫过了两刻钟，卫媗放下手上的茶盏，对薛老夫人道：“从前祖母还在的时候，我便常常陪她在佛堂里抄经画佛画。老夫人若是不介意，媗儿以后能否陪您一道抄经？”

卫媗望着她的眼里难得的起些湿意，盈盈润润的一双眼竟是多了些孺慕之情，似乎是在借着她思念自个儿的祖母。

薛老夫人不由得一怔，她与卫家的老夫人虽称不上是手帕交，可关系也算是亲近。记得再过几日，就是那位老夫人的生辰了。若不是七年前的事，这会儿整个青州都在紧锣密鼓地为卫老夫人的生辰宴做准备吧。

薛老夫人眼里起了些怜惜，拍了拍卫媗的手，温声道："你若是不嫌这里冷清，自是可以过来陪陪我这老太婆。"

夜里落了雪，几个仆妇拿着笤帚将积雪扫往一侧，露出光秃的青石板路。

佟嬷嬷给卫媗披上斗篷，道："姨娘仔细些，地上滑。"

卫媗轻嗯了声，静心堂她来的次数屈指可数，日后这里怕是要常来了。

薛无问与阿珏要做的事，最大的阻碍恐怕不是盛京里的这几位，而是远在肃州的定国公。

这世上，能叫定国公低头的，约莫也就只有静心堂的薛老夫人了。因此，她要将薛老夫人拉拢到他们这一边。

卫媗微微眯了眯眼，她既然要做薛无问的妻，那便不会做躲在树底下寻求庇护的娇花，而要选择做一棵能与他一同并肩的树。

晴时一同沐阳而生，阴时一同风雨同舟。

这才是青州卫氏女的风骨。

铁瓶巷，镇抚司。

薛无问审完人出来，便听得锦衣卫的人来报，说定国公府来人了。

出去一看，才知是暗一。

"出了何事？"

暗一左右瞄了眼，偷偷摸摸道："方才魏姨娘去静心堂了，与老夫人聊了两刻钟。"

薛无问闻言，眸光微凝，转了转手上的玉扳指，道："她从静心堂出来时，脸色可有不悦？眼眶红了没？佟嬷嬷有无一脸担忧？"

暗一被问得一蒙，他平日哪敢多瞧魏姨娘一眼？那不得被自家世子爷抓去喂狗？可主子问话也不能不答，要不岂不是显得他很无用？

魏姨娘回无双院后便去了暖阁制香，应……应当是心情极好的。况且，老夫人是个讲理的人，估计也不会为难魏姨娘，于是便点头道："魏姨娘瞧着很是雀跃，应当与老夫人相谈甚欢。"

薛无问嘴角一抽。雀跃这样的神态从来不会出现在卫媗身上，而且，相谈甚欢？这估计是暗一脑补出来的。说来，他就不该派暗二去荆州查探齐昌林发妻的踪迹，就该让暗一去……

薛无问揉揉眉心，道："行了，你回去吧，没事别来锦衣卫寻我。"

说罢便疾步回了镇抚司，若不是里头那桩连环杀人案，案情重大且还未结案，他都想亲自跑一趟无双院了。

卫媗自然不知晓自个儿去了一趟静心堂，都能让暗一跑去锦衣卫找薛无问报信。

她在暖阁里做好了几个香囊后，抽出一对绣了缠枝并蒂花的香囊，对佟嬷嬷道："嬷嬷，让暗一把这对香囊送去永福街，我给阿珏做的香囊放了薄荷脑，有清心提神之用，马上要会试了，这香囊兴许有点用处。"

事关霍珏与姜黎，佟嬷嬷自然不会耽搁，亲自取了香囊去找暗一。就这般，暗一刚回到定国公府，便又往永福街去了。

姜黎这两日被杨蕙娘拘在东厢院，都快要愁坏了。

眼瞅着会试之日越来越近，杨蕙娘这丈母娘紧张得夜里都睡不香了，翻来覆去地叮嘱姜黎，莫要扰了霍珏的心神。

白日里不许她留在主院打扰霍珏温书也就罢了，还让人把偏屋收拾了出来，让霍珏夜里在那儿住到会试结束。

姜黎委实不习惯，若是霍珏不在霍府也就罢了，他人在这儿，却连面都见不着几回，真是越活越回去了。

好不容易暗一送来香囊，她也懒得同杨蕙娘"禀报"，赶忙拿起香囊就往主院的书房跑。

仿佛跑晚一步都要被杨蕙娘拘回去似的，看得杨蕙娘又好气又好笑。真当她愿意在家里弄条银河出来，挡着她同女婿见面？

姜黎到了书房门口，同何舟、何宁颔首示意了下，便推门进去，开心道："霍珏，我来看你了！"

霍珏见姜黎进来了，微一挑眉，放下手上的书，起身迎她，道："娘怎的放你来主院了？"

姜黎手里攥着两个香囊，气喘吁吁地对霍珏道："阿姐差暗一送了香囊过来，说给你准备了香囊，有提神醒脑的功效，我就赶忙送过来给你了。"

霍珏不用想都知晓，阿黎定然是躲着岳母跑来的，不由得有些好笑，他家阿黎跑起来就像山间的小鹿一般。

从前就听张莺莺提过，她们在青桐山被野猪追的时候，阿黎跑得像小鹿一样快，后来还滚下了山坡，一身是伤地回了朱福大街。

那会儿，他以为她被人欺负了，心里很是恼火，谁知道小姑娘一脸羞愧，支支吾吾地说是被猪追的。

霍珏抬手将她脸颊乌发挽到耳后，道："既是阿姐送来的香囊，娘自是不会拦着你的。下回别跑太快，免得又摔着了。"

"我这不是想着快点把香囊给你嘛！"她嗔了声，伸手就要抽走他腰间的香囊，这个香囊是几个月前她给他做的，上头绣的如意云纹歪歪扭扭的，还起了毛边，正好给他换上阿姐做的。

可她的手还没碰着旧香囊，便被霍珏按住：“不必换，两个香囊一同戴着便是。”

见霍珏这般珍惜她做的香囊，姜黎心里自是欣慰，笑吟吟道：“那就两个一同戴着。”

说着就把卫媗做的香囊给他戴上了。

霍珏任她兴致勃勃地给自己系香囊，等戴好了才握住她的手，温声问：“昨日可是没睡好？”

姜黎点点头，昨夜她娘让霍珏搬到偏屋去睡了，成亲后几乎是日日睡在一块儿，忽然分了房，还有些不习惯。

姜黎知晓霍珏这会儿正是关键时刻，用杨蕙娘的话说，霍珏要将所有的精气神都放在应考上，莫要被旁的事乱了心绪。

霍珏捏了捏姜黎的指尖：“我也没睡好。”

姜黎一听，果真见他同她一样，眼下多了两团青影。

“那怎么办？要不，我去同娘说一声，让你回主屋来睡？”

“不用同娘说，夜里熄灯后，你让桃朱、云朱在屋子里守着，然后来偏屋寻我便是。”霍珏的眼神很深，嗓音里却带着些诱哄的意味。

不知为何，姜黎被他这眼神看得心口一跳，小巧的耳朵不知不觉就红了。

姜黎委实无甚心计，脸皮子也薄，隐约猜到霍珏话里的深意，却也不好意思挑明，只瓮声瓮气道：“娘说，要你把所有的精气神都用在应考上。”

霍珏低声道：“可阿黎不在我身旁，我阖不了眼。”

他这话说得姜黎心口一软，想着他都睡不着了，哪还有什么精气神？还不如让他睡个安稳觉呢。

这般想着，姜黎便低下眼，望着他牵着自己的骨节分明的手，轻轻“嗯”了声。

入了夜，主屋一贯是不留人的，可因着霍珏去了偏屋，桃朱与云朱便主动留在外间陪着。

夜里梳洗完，姜黎望着她们，支支吾吾道：“今夜我去偏屋睡，你们只当我今夜还在这儿，可莫让我娘知晓了。”

自家夫人说这话时脸都红透了，桃朱知晓夫人白日去了书房，细一琢磨，便猜到夫人定是被公子哄着去偏屋寻他了。

旁边的云朱可没桃朱想得明白，只张着眼睛疑惑地望着姜黎，可她到底谨记着自个儿的身份，没真的问出口。

等到夫人提着盏灯笼出了屋，才好奇地碰了碰桃朱：“桃朱姐姐，夫人若不想同公子分屋睡，让公子回来主屋不就成了？为何如此偷偷摸摸地见不得人？偏屋跟书房挨着，床板又小又挤的，哪有主屋这里舒服。”

桃朱轻敲了下云朱的脑袋，道："主子的事哪是我们能揣度的？总之就听夫人的，今夜夫人就睡在主屋，哪儿都没去。还有——"桃朱说到这儿顿了顿，"明日让小厨房多煨几盅汤，给夫人补补。"

有备无患，总归错不了。

姜黎自是不知道自家丫鬟又惦记着给她补身子，提着灯笼，披着斗篷就往书房走。

书房外的长廊静得很，难得没起风也没下雪。

快到书房时，姜黎忽地脚步一顿，愣怔怔地看着立在门边的郎君。

他应是等了有一阵子了吧，姜黎加快了脚下的步子，心跳随着步子越走越快。

到了书房门口，霍珏接过她手上的灯笼，握了下她微凉的手，眉宇轻蹙，道："怎的不带个手炉？"

姜黎哪好意思说她是着急着过来，这才把手炉都忘了。

她极小声地道："屋子里有炭盆，进去就不冷了。"

今日，书房里放着的炭盆比往日都要多，霍珏一贯不怕冷，这些炭盆多半是为她备着的。

他们今夜不是要宿在偏房吗？书房备这么多炭盆作甚？

书房靠西的墙上有一扇门，直通偏屋，姜黎拢了拢身上的斗篷，便往那道门走："你今夜可还要再看会儿书？要不然，我先去偏屋等你？"

话音儿刚落，人就已经被抱起来，一个转身，便同霍珏一同坐在了临窗的暖榻上。

霍珏抬手，轻轻拔下她绾发的木簪，一头柔顺的乌发就这般散落下来。

"阿黎，"他轻声唤她，修长的指穿过她的发，漆黑的眸子暗潮汹涌，"偏屋的床榻又窄又薄，不如书房里的暖榻结实……"

姜黎面颊登时红透了。电光火石间，就想明白为何书房里摆着这么多个炭盆。

这人早就谋划好了的。

"霍珏，你——"

还想着说他两句的，可他的唇便落了下来……姜黎的手勾上他脖颈，细白的圆润的脚趾不由自主地蜷起，像只小乳猫一样哼唧了声。

夜色渐浓，姜黎的下巴抵着霍珏的肩，好不容易呼吸顺了，霍珏的唇又挨了过来，姜黎忙道："霍珏，已，已经很晚了。"

霍珏见她实在是累狠了，便歇下心思，低声道："我抱你到偏屋去。"

偏屋虽小，比不得主屋宽敞，但该有的物什倒是一应俱全。霍珏帮姜黎收拾了一番，便熄了灯，放下幔帐，二人相拥而眠。

迷迷糊糊中，姜黎想起了什么事，忙又撑开眼，对霍珏道："你别因为酒肆起名叫状元楼有压力，也不一定要叫状元楼的，叫进士楼我也觉着很好听。"

霍珏静了须臾，晓得阿黎在变着法儿给他减压，便拍了拍她的背，温声道："无妨，娘既然喜欢叫状元楼，便叫状元楼。"

不过是一个状元，他既然想要，那就轮不到周元庚不给。

转眼便到了三月初九。

今日是个大晴天，一大早就有近千举子在顺天府的贡院门外等着了。

贡院位于盛京内城东南角，院子坐北朝南，高墙耸立。正门立三座牌坊，牌坊后的右侧大门被称之为"龙门"，是所有考生进出贡院必经之门，寓意"鲤鱼跃龙门"。

此时，姜黎便望着那道门，将两个包袱递与霍珏："左边的包袱是干粮，有烧饼、酱肉、板鸭、酱瓜，还有梅花蜜水，吃之前记得用号棚里的炉子热热，免得凉了肚子。右边的包袱是笔墨纸砚，你莫要省着用，等三天后，第一场考试结束，我再给你换新的。"

姜黎絮絮叨叨地说着，往常爱笑的脸肃穆着，瞧着比他还要紧张。

霍珏微勾唇，她说一句，他便应一句。等到姜黎终于说完了，才道："阿黎，莫要紧张，不过是一场考试。"

他的语气云淡风轻，旁边一名路过的中年举子恰巧听见，忙偏头望了望。

见说话之人是个容貌极其出挑，却也极其眼生的年轻郎君，不由得在心里嘲讽：生得如此俊美，又大言不惭，多半是个金玉其外、败絮其中的绣花枕头，临考前在小娘子面前打肿脸充胖子。

中年举子亦是考生，心里嘲讽一句后，便背着个大包袱往贡院走，才走没几步，便见一辆华贵的马车在不远处停下，从里下来一位文气清秀的男子。随后，又走来一位高大挺拔的英俊郎君，那郎君目若寒星。神色倨傲，瞧着颇有点目中无人。

中年举子一眼便认出了这二人，立马收回了方才嘲笑霍珏的那句心底话。

这届考生里，也是有生得一表人才，同时还学富五车的年轻举子。譬如那位清秀男子是江陵府解元曹斐。还有那位倨傲郎君是太原府解元，并州宗家的宗奎。

他们二人在盛京可谓是才名远播，都说今年的状元就是他们二人中之一。

中年举子目露艳羡，他也曾经拜读过曹斐的诗词，听说过宗奎得大儒称颂的事迹。

不由得叹道：这样的人才是天之骄子，可比那些就靠着一张嘴哄小娘子的绣花枕头要厉害多了。

霍珏自是不知晓自己因着一张脸，就成了旁人眼里的绣花枕头，听完姜黎的殷殷嘱咐后便立在那里，看着姜黎依依不舍地上了马车。

待得马车消失在街头，霍珏方才转身往"龙门"走。

就在他转身的一瞬，一辆华贵马车擦身而过，坐在里头的女子望着霍珏的背影怔了下，攥着手帕的手蓦地一紧，长长的指甲啪的一声便断了。

马车里，曹氏顺着薛真的目光望去，便见到一个分外眼熟的挺拔身影。想了片刻，方才想起来，那人就是从前夫君薛茂格外看重的学生霍珏。

她与薛茂还曾去过他的婚宴，当时，满大厅都是朱福大街那群粗鄙的商户，可把她给恶心坏了。

此时，曹氏自然也想起了女儿薛真对霍珏那不可告人的心思，如今见女儿一瞬不错地望着那人，忙倾身扯下帘布，挡住了薛真的目光，厉声道："真儿，脑子给我清醒些！你如今可是曹斐的妻子！"

薛真平静地对上曹氏的目光，弯唇一笑，道："娘放心，真儿不会再犯傻的。"

自打嫁给曹斐，薛真才真正体会到被人尊着敬着，做人上人的感觉。

曹家在江陵府本就是大家族，曹斐又才学横溢，中了江陵府解元后，连江陵府的知府大人都亲自宴请他。薛真作为家眷，那场宴席自然也去了。

彼时，知府夫人待她格外亲善，旁的江陵府大户的主母们更是奉承得很。

到了盛京就更不必说，在人才济济的天子脚下，曹斐依旧是受人瞩目的那个，连带着她这个被曹斐格外看重的妻子，在盛京的贵女中里也混得如鱼得水。

这样的待遇薛真很是受用，也知晓这一切都是曹斐，还有他背后的曹家给的。

霍公子，的确是她真心喜欢过的人，可出身到底是太过低微。

便是像爹说的，霍公子学识才华均过人，日后定能在官场里冒出头来。可这个日后到底要等多久？谁知晓霍公子要花多少年才能给她带来现下拥有的一切？

是以，薛真当真庆幸那事发生之后，听了娘的话，去了江陵府，嫁给了曹斐。

思及此，薛真温温柔柔道："娘放心，我会好好做夫君的贤内助的。如今盛京的贵女我也识得了几个要好的手帕交，日后夫君留在盛京，我定会一心一意地辅佐他的。"

曹氏满意地点点头："你能这般想，便最好了。霍珏，在盛京毫无根基，便是中了进士，也必不能留下来。"

母女二人在马车里的对话，霍珏自是不知晓，便是知晓了，也不在乎。

跨过"龙门"，在一边的小厅接受衙役搜身稽查后，他便提着包袱往里走。

刚行至明远楼，便见一个面目英俊、气质不凡的郎君立在明远楼下，深深打量了他一眼，道："霍珏？"

霍珏淡淡颔首，面不改色道："正是，宗兄有何指教？"

宗奎微挑眉峰，倒是不意外霍珏会识得自己，如今他在盛京的名气可一点儿不比自家叔叔低，霍珏听说过他一点儿也不稀奇。

宗奎稀奇的是他望向自己时，那种似乎有些熟稔的感觉。

他勾起嘴角笑道："指教不敢当，不过是家中长辈对你赞不绝口，奎心中好奇，便来认认人。"

霍珏淡声道："如此，宗兄可认好了？"

宗奎先是一愣，旋即便笑了声，道："认好了！我家长辈说你才学在我之上，偏偏我这人狂妄自大得紧，就不信这个邪。此番会试，奎欲与霍兄一较高下。"

殿试所比，虽看才学，可也看旁的因素。

中状元者，不一定是才华最出众者。而会试，为求公正，会糊名弥封，相对殿试来说，更容易比个高下。

是以，宗奎只比会试。得会元者，胜。

霍珏淡淡扫了宗奎一眼，这人争强好胜之心倒真是从小就有。他也不应，只颔首示意了下，便转身前往号舍。

明远楼是前往号棚必经之处，二人的对话自是被无数考生听了去。众人都在好奇着，方才与宗奎对话之人究竟是谁。

曹斐也在好奇霍珏的身份。

他与宗奎齐名，自打来到盛京，便三番四次邀请宗奎去参加文会。可宗奎委实是个心高气傲的，不管他相邀多少次，压根儿就不应。那姿态分明在说他很是瞧不上他。

没想到也有他打上门要同人一较高下的时候……

曹斐收回眼，这次会试他定要压宗奎一头的。至于方才与宗奎说话的人，既然不曾耳闻，约莫也不会是多大的威胁。

会试三场，三日一场，一连考九日。

从前，姜令陪霍珏考完乡试归来，便说那些个秀才从贡院出来时，个个面如土色，差点没去掉半条命。

姜黎原想着霍珏出来，就算不是形容狼狈，面色定然也是不大好的。

谁料她夫君步履稳健，面色亦是寻常，除了衣裳微微起了皱，旁的就跟进去时没甚差别。

“霍珏，你可还好？”姜黎上前细看他一眼，除了眼下起了青影，精神头倒是挺好。

霍珏想着身上的衣裳一连几日没换，便忍着没抱她，只笑着道：“我一切都好。”

姜令见他们二人大庭广众之下，痴痴缠缠地望着彼此，忙轻咳一声，道：“姐，姐夫，娘在家里备好了饭菜，等着咱们回府呢。我们还是早些回去，免得饭菜凉了。”

姜黎想起她娘一大早地就出门采买鸡鸭鱼鹅，又在厨房忙乎了一整日，确实是整了一大桌子菜在等着霍珏。

于是便赶紧催着霍珏上了马车，回到霍府时，整个院子都飘着饭香，杨蕙娘与如娘一同安排着仆妇上菜，好不热闹。

用完膳，杨蕙娘知晓霍珏在贡院待了几日，肯定是累得不行，忙让他回寝屋歇息。

“霍珏，你考得可还好？若是没考好也没事儿，我听人说，明年圣人要开恩科呢。”

这一整日，都没人问霍珏考得怎样。杨蕙娘那般风风火火的性子，心底早就焦躁到不行，可还是忍着没问。

姜黎见周遭没人，才偷偷问一声。

霍珏望着姜黎那小心翼翼的神情，委实是有些想欺负她了：“恩科我应是用不上了，阿令兴许能赶得上。”

诚然，贡院里的号舍条件简陋，一待九日，属实是不大舒适。这些都算不得什么，对他来说，更难受的是见不到姜黎。

一场考试考三日，他不过一日半便答完了卷子。剩下的时间，他便坐在号棚里，想着他的阿黎，此时在做些什么。

是夜，薛无问刚回到无双院，暗一便将几份誊抄的卷子送了过来。

薛无问拿起卷子，粗粗扫了一眼便提唇一笑，将卷子递给暗一，道：“烧了吧。那小子倒是没有堕卫家人的名声。”

暗一应是，将卷子放于烛火上点燃，丢进铜盆里，没一会儿卷子便烧成了灰。

暗一是粗人，武功是一等一的好，可学问就不行了。方才那誊抄回来的卷子他是看不大懂的，不过世子既然说好，那定然是好。

他望着铜盆，忽然想起一事，道：“对了，世子，前两日何舟来寻属下，让属下转告世子一句话。”

薛无问这几日，都在镇抚司审那桩连环杀人案，几乎没怎么回定国公府。

这会儿听见暗一的话，便揉了揉眉心：“什么话？那小子前两日还在贡院里考试，莫不是又整什么幺蛾子了？”

暗一摸了摸鼻子，自家世子对霍公子似乎很是看不顺眼。莫非是因着魏姨娘给霍公子做了香囊的缘故？

暗一偷偷瞥了眼薛无问挂在腰间的香囊，不由得想：世子当真好小气，霍公子是魏姨娘的亲弟弟，拿个香囊又怎么了？这有什么好生气的？

暗一想着，一抬眼便对上了薛无问似笑非笑的眼，立马肃了肃脸，道：“何舟同属下道，御林军副统领林规大人的妹妹，在承平二十六年去郊外踏春时失踪了，至今尚未寻回。”

薛无问原本含笑的眼霎时冷寂下来。

承平二十六年，郊外，失踪。这几个字眼不由得令他想起如今正在查的杀人案。

犯人是一名屠夫，在郊外开着一家肉铺，承平二十五年，他唯一的女儿在郊外一处密林失踪了。

彼时与她一同去密林的还有她年幼的表弟，那姑娘失踪时，她表弟恰巧去小解，回来时只看到姐姐被人扶着上了一辆灰扑扑的马车。

马车车门打开时，他瞧见里头似是坐着一人，却瞧不清那人的模样，只看见一截白色绣着金纹的杭绸衣摆。

十年前失踪的女子，如今想要找回自是极不容易。

屠夫在女儿失踪后便去报了案，还关了铺子，四处问寻，足足寻了八年均无果，两年前他终是放弃了。

于是，他拿着杀猪刀一直守在郊外，遇见穿白色绣金纹华服的男子便寻机将人击晕，带回肉铺的暗房一遍遍盘问。

薛无问是在缉拿一名要犯时，误打误撞进了肉铺，当时暗房里横七竖八地躺着七八具男子的尸体。

这桩案子其实无须怎么审，直接移交给顺天府便可。可不知为何，看着屠夫那双近乎疯癫的眼，他鬼使神差地将人带回了镇抚司。

薛无问反手敲着桌案，思忖半晌，才对暗一道："你派人去查一下，林规的妹妹失踪时，可有人恰巧经过那里，看到了什么。若是有，卷宗那里应当会有记录。"

暗一领命退下。

薛无问在锦衣卫待了四日未归，想到自家姑娘的洁癖，薛无问从书房出来后，还是去了趟耳房，沐泽后才进了寝屋。

寝屋里暖香袭人，卫媗手执一卷金字佛经，坐榻上看得很是专注。

薛无问上前抽走她手上的佛经，笑着问："可是祖母屋子里的藏书？"

薛老夫人的静心堂有不少珍贵经书，平日里鲜少会借与旁人看，能让人把书送来无双院给卫媗借阅，倒真是出乎薛无问的意料。

卫媗淡淡颔首，见他下巴冒出了胡楂，便道："镇抚司的案子可是结了？"

"还没。这不是想你了，才抛下正事跑回来了。"薛无问抱起她，放在腿上，又继续道，"你弟弟的卷子我已经看过，若无意外，今年的会元非他莫属。"男人一边说着正经话，一边不正经地解着她腰间的束带。

卫媗抬起眼，任他把手伸进她的小衣内胡作非为，只平静道："若是有意外呢？"

薛无问盯着她沉静的眸子，倏然一笑，低头去咬她的唇："我保证不会有意外，行了吧，祖宗？"

往常会试均在二月初开始，三月上旬放榜。

今年的会试推迟了一月，那放榜之日便也跟着推迟了一月。

待得四月十五，姜黎与霍珏便早早被杨蕙娘催着上了马车，急吼吼地就往礼部衙门走，等着听礼部唱名。

正是杏花飘香时，今日前来观杏榜的人着实不少。

各省会馆派来的仆从，各大家族遣来的家丁，不愿久等宁可亲自前来观榜的举人，还有一大早闲着无事看热闹的老百姓。

几人到的时候，放榜处早就被围了个水泄不通。

原先姜黎还想着派何舟或者何宁在这儿等着，待得唱到霍珏名字时，再回去霍府通报一声既可。

可杨蕙娘却是一刻都等不得，非要亲自来。于是只好派了何宁挤在人群前头等，他们几人陪着杨蕙娘坐在隔街马车里。

杨蕙娘手里攥着从大相国寺求来的符箓，嘴里念念有词，各路佛祖菩萨一溜儿话从嘴里冒出来。

姜黎本来还有些紧张的，见她娘这样，反倒放松了下来。

礼部唱名均是从最后一名唱起，等了约莫一个多时辰，便见何宁满脸涨红，兴冲冲地跑过街，大声道:“公子，公子得了头名！头名！”

话音儿刚落，杨蕙娘便一把拉开门，掐着自个儿人中，对何宁道:“头，头几？再报一次！”

# 第二十章

# 御街夸官

得会元者，霍珏。

这一消息瞬间传遍了整个顺天府，宗奎从家仆里听到此话，登时冷了脸。

宗彧从外进来，瞥见宗奎的脸色，笑道：“怎的？不服输？听说你在会试前，还特地跑去同人下战书？现下知晓什么叫人外有人了吧！”

他这侄儿从小太过顺风顺水，狂傲到不行。这下好了，有人狠狠地打了他的脸，也好让他学会何为谦卑！

宗奎倒不是输不起，只是单纯不喜欢输的感觉罢了。

他揉了揉脸，对一脸幸灾乐祸的叔叔道：“愿赌服输！会试的主考官乃凌首辅，副主考官乃朱次辅，他们二人一贯不对付，定然不会在会试成绩上动手脚，给对方落下把柄。是以，侄儿知晓，定然是霍珏的卷子比我的出色。”

见宗奎还算通透，不因一时输赢而失了风度，宗彧很是欣慰，颔首道：“自是如此，如今朝中凌首辅一派与朱次辅一派旗鼓相当，都想盯着对方的纰漏好往对方身上补一刀。况且，前有地动，后有皇陵泣血，这个节骨眼上，若是会试再出问题，后果是不可想象的！是以，谁都不敢在此次的会试上动手脚。你，的的确确是输了！”

宗奎得了会试第二，比头名的霍珏的确是输了一筹。

宗奎拿出纸扇，唰的一声打开，道：“输就输，待得进了翰林院，我再同他一较高下。我不信会永远输他霍珏一筹！”

与此同时，盛京一处华贵的四进宅院里，曹斐听罢家丁前来传的话，脸色有些难看，他此次会试竟然只得了第三。

一边的薛真上前一步，唇角微微弯起，柔声道：“每个考官的偏好都不一样，说不定此次的主考官恰好没那么偏好夫君的文采，这才让夫君在评分上吃了点亏。无妨的，在真儿心里，夫君始终是最厉害的。”

曹斐听见这话，脸色才终于好看了些：“此次夺会元者，斐从不曾耳闻。我定要让老师上书一封，好生查查，此人究竟凭何夺魁？”

曹斐的老师乃翰林院学士，在翰林院颇有声望，若他提出疑问，还真有可能会去翻查霍珏的卷子。

薛真嘴唇翕动，可见到曹斐眼里的不甘，到嘴的话瞬时咽了回去，只温柔地笑笑，道：“严大人一贯公允，若此次会试有不公允之事，他定然不会袖手旁观。”

十年寒窗，就为了有朝一日能榜上有名。

出榜这日，自是有人欢喜有人忧。

这会儿的永福街霍府，自然是一派喜气洋洋。礼部早就派了人，一路敲锣打鼓地到霍府报喜了，一条街的人都跑出来看热闹。

等人走后，杨蕙娘拿着一箩筐铜板，像个散财娘娘似的给院子里的仆妇丫头小厮发铜板，嘴里还念念有词："今日，你们老爷会试夺魁，人人皆有赏！一个一个排队来！"

屋子里伺候的都知道杨掌柜是个爽利大方的，见有赏钱拿，一个个嘴里跟抹了蜜似的，一口一个"状元郎""文曲星"地夸。

偏生杨蕙娘就爱听这些话，手上的铜板子没一会儿就派完了，火急火燎地又装了一箩筐出来。

见自家娘这般高兴，姜黎自然也是喜不自胜的。

就连夜里霍珏拉她上榻，诱哄着讨要"奖励"时，也配合得紧。

桃朱、云朱在两位主子入屋后，便识趣地退下了，屋子里就只剩一盏微弱的烛火亮着。

嫣红色的幔帐轻轻摇晃，发出窸窸窣窣的声响。

霍珏抱着怀里的小娘子，低头啄着她湿润的眼。他这个人，真是一到榻上就像是换了个人一样，漆黑的眸子跟搅了一团墨似的。被他看着时，有些压迫感，莫名地会心慌。

倒不是说怕他，而是想到他敲骨吸髓时的疯狂，会不自觉地手脚发软，透不过气来。

姜黎疲惫地闭上眼，困意似潮水蔓延而来。

可想起礼部来人说的那些话，又缓缓睁开眼睛，细声问："四月二十六便要殿试，你这几日可要回偏屋去，为殿试做准备？"

"不必。"霍珏温声道，"殿试只问策，那是我一贯擅长的。"

姜黎听他这般说便放心了，霍珏素来不说假话，说是擅长问策，那定然是擅长。

她迷迷瞪瞪间，听见霍珏在她耳边道："五月初一，传胪大典后，便要御街夸官，我让何舟先在飞仙楼定个面朝长安街的厢房，届时阿黎与阿娘就不必挤在人群里了。飞仙楼上能看得清清楚楚。"

姜黎的脑子还尚未将御街夸官与状元联系在一起，闻言便含糊地应了声"好"。

霍珏借着一豆羸弱的烛火，温柔且专注地看着姜黎熟睡的脸。

梦里的这个时候，他被徐书瑶所害，被撸去了举人的功名，无缘会试。若不是因着临安地动，周元庚下罪己诏，大赦天下，他连进宫当太监的资格都无。

那时阿黎还在桐安城，尚且不知他已进宫做了太监，还以为他顺顺利利地参加了会试。

她对他总有一种奇特的自信，只听旁人夸他几句，便始终觉着他一定会中状元，一定会风风光光地御街夸官。

于是会试刚过，阿黎便算着日子偷偷来了盛京。只单纯想隔着长安街，远远看一眼那个受万民朝拜、鲜衣怒马的少年状元郎霍珏。那亦是她花了漫长时光偷偷喜欢着的人。

姜黎的睡颜恬静乖巧，霍珏看了许久，才隐忍地在她唇上啄了下。

梦里，阿黎想看，而没看成的，五月初一时，他便让她看个够。

会试放榜后，霍珏彻彻底底在盛京家喻户晓起来，也渐渐有人将他与上元夜在临安城救了万余名百姓的霍举子联系起来。

霍珏一时名声大噪。

四月十八，翰林院学士严徽悄悄叩响了礼部尚书府邸的大门。没几日，便有人将会试头三名的答卷在礼部衙门外张榜。

无数杏榜题名的贡士与落第的举人拥去观看，再出来时，人人均是一脸心悦诚服。

一个落第的中年举子背着个大大包袱，自哂一笑，叹道："从前，某只闻太原府宗奎与江陵府曹斐的盛名，以为其二人已是此届举人中登峰造极之人。今日官衙窥榜，方才知晓，是某井底之蛙了，竟不知这世间尚且有那般低调却又才学过人之人。"这话也不过是落第者的肺腑一叹。

若这中年举子知晓他嘴里那位低调却才学过人的会元，是他赴考那日看到的"绣花枕头"，怕是惊得眼睛都要掉下来。

中年举子的一遭话引得身旁的人纷纷附和。

礼部贴了头三名的卷子，江陵曹斐文采瑰丽，太原宗奎缜密严谨，而常州霍珏的卷子却不仅仅局限于文采与逻辑，更多的是一种登高望顶者方才会有的大局观。

是阅遍百书、纵观今古，且体察过民间疾苦的大局观。

而这样的大局观，非为官数十载的人不能得之。试问这样一个人，如何不让他们心悦诚服？

难怪霍珏在临安地动之夜，凭借一己之力救了万余名百姓。

正当众人有感而发各抒己见之时，一个头戴玄金冠，身着华丽锦袍的英俊郎君踱步前来，悠然立于榜下。

有眼尖者认出这位正是此次会试的第二名宗奎。宗奎出了名的心高气傲，也不知读完霍会元的卷子，会不会恼羞成怒，口出恶言？

众人好奇之余，同时也噤若寒蝉，免得一个不慎惹怒了这只骄傲的孔雀。

那厢，宗奎读完霍珏的卷子，眸光霎时一亮，心里不由得惊叹连连。难怪叔叔要他亲自来礼部拜读，霍珏果真有两把刷子！

他立于榜下足足看了两盏茶的工夫，正要抬脚离去，忽见周遭数十人瞪着圆溜溜的眼望他，不由得提唇一笑，道："看甚？怕我不服气？放心，霍珏得此届会元，我，宗奎，服气！"

他可不是曹斐，心里不服气还不敢说，只会哭唧唧地跑去找长辈要阴招。

宗奎说罢，也不管众人是何表情，提步离去。

对面的茶馆里，薛无问收回眼，往霍珏的茶杯里满上一杯茶，似笑非笑道：“前日，你让我去寻朱次辅，说若是有人疑你，便贴榜会试的卷子。你胆子倒是大，就不怕有人觉着你比不上宗奎与曹斐？”

说来这小子也是心黑，想要正名，贴他自个儿的卷子便好了，非要连宗奎与曹斐的卷子也贴出来。

三人卷子一同贴出，高下立判。

霍珏面色平淡地接过茶盏，道：“不怕。”

听听，这语气真够平淡的，半点也不轻狂，可思及他做的事，薛无问嘴角不免又是一抽。

罢了罢了，反正也不是第一日知晓这小子的行事风格。

“这趟出来，我正好要问你，你那日派人递来的消息，究竟有何深意？掳走那屠夫女儿的，与掳走林规妹妹的可是同一人？”

霍珏饮了一口热茶，沉吟半晌，方才摇了摇头：“珏无意中听何舟说起姐夫正在调查的案子，觉得这两个案子有些相似之处，这才差他去同姐夫说一声。查案审案之事，非珏之所长。倒是即将上任的顺天府尹宗彧大人是一把好手，待得宗大人上任后，姐夫不妨走一趟顺天府。”

薛无问微阖眼，反手敲了敲桌子，道：“行，改日我走一趟顺天府。”

说罢，他望了眼霍珏，又道：“宗彧先前二进金銮殿为你请功，几日后的殿试，周元庚应当会点你做状元。如此一来，你便是大周第二个连中六元的新科状元了。你祖父若在世，定会以你为傲。”

霍珏握着茶盏的手微微一僵。

纵观各朝各代，连中三元，难。连中六元，更是难上加难。一个朝代能出一个，都是顶了天的。

大周建朝不到二百年，只出了一个连中六元者，那便是他的祖父卫项。

成泰六年，四月二十六。

还不及四更天，姜黎便起了，于漆黑的夜色里目送着霍珏上了马车，前往皇城。

霍珏舍不得她早起，临上马车时，还催她回寝屋继续补眠。

可姜黎哪里睡得着，殿试一考便要考足一整日，约莫到天黑霍珏才能回来，索性去小厨房给他做些他喜爱的吃食。

霍珏抵达皇城，递了号，验明正身后便进了宫门。

大周朝历年都将殿试安排在集英殿，领着他们一众士子前往集英殿的太监，对霍珏来说，也是个熟人——正是干爹身边伺候的大太监高进宝。

进了殿，高进宝将霍珏引至左侧庭廊的第一张桌案前，对他躬了躬身，压低声音道：

“皇上今日抱恙，不能亲临集英殿监考。霍会元若需要些什么，唤咱家一声便可，咱家名唤高进宝。”

这话显然是只对霍珏一人说的，霍珏忙拱手，温声道：“多谢高公公。”

此时御书房里，赵保英正在给成泰帝念着会试头三名的文章。

成泰帝的眼疾日益严重，如今连卷子都看不清了，时刻都离不得赵保英。

如今，朝堂无一人知晓成泰帝得了眼疾，都当他宠信赵保英，才无时无刻要他随侍。

待得念完三人的文章，成泰帝偏头问道：“得会元的举人，就是宗彧说的那个救了临安万余名百姓的霍珏？”

赵保英笑眯眯道：“正是此人。奴才瞧着这位霍会元倒真是皇上的福星，那日地动声势浩大，听宗大人说，得亏有这举子在，否则呀，至少上万人得丧命。”

成泰帝原先还嫌弃着“霍”这个姓氏不吉利，可听赵保英这么一说，又觉着似乎说得有些道理。

地动那日虽屋宇坍塌严重，可好在无甚伤亡，又因救助得时，是以并不曾引起太大的民愤。这般说来，这举人的确是立了大功。

成泰帝淡淡颔首，道：“既如此，便将状元点与此人。”

赵保英连忙笑道：“能得皇上亲自钦点为状元，也是他的福气。”

是夜，待得殿试结束，一众贡士出了宫门，高进宝跟一边的小太监低声嘱咐了几句，便提脚去寻赵保英。

一入内门便听赵保英问道：“如何？那人今日答卷可还顺利？”

高进宝道：“霍会元答题倒是挺快的，可谓是下笔如有神。旁人只写了一半，他一张卷子就已经写完了。至于写得是好是坏，属下倒是瞧不大懂。”

高进宝目不识丁，自是没那个眼力分辨一篇文章的好歹。

赵保英笑了笑：“他有功在身，只要答得还算过得去，这状元也是他的了。”

此话一落，高进宝不由得想，他那丈母娘给酒肆起名叫“状元楼”，还真起对了。如今女婿中了状元，还有谁会笑话她将一个小酒肆叫“状元楼”。

杨蕙娘的确已经请人将“状元楼”这三字牌匾给打好了，就等着传胪大典结束，她就将这牌匾挂上酒肆。

杨蕙娘心急如焚地等了数日，盼星星盼月亮的，总算是盼到了五月初一。

霍珏天色未亮便与宗奎等一众士子进了宫门。

大周朝的传胪大典一贯盛大隆重，大典就在集英殿外举行。

这日，卤簿法驾、中和韶乐、丹陛大乐一一就位。诸亲王身着亲王服立于丹陛之上，文武百官身穿朝服立于丹墀内。而等待唱名的贡士则身穿公服，呈列两排立于朝廷众官之后。

霍珏身为头名，自是排在贡士之首。

他立于左侧，抬头遥望沐浴在晨曦中的集英殿，眸光深邃，如古井无波。

吉时一到，礼乐起。

鸿胪寺礼官，高声唱礼，道："成泰六年五月一，圣人策试天下贡士，第一甲贡士赐进士及第，第二甲贡士赐进士出身，第三甲贡士赐同进士出身。"

礼官唱礼结束，便有传胪官高声唱名："第一甲第一名，常州霍珏，随引出列班，就御道左跪！"第一个名字便于庄严肃穆的丹陛大乐中传遍整个集英殿。

霍珏头戴三枝九叶顶冠，出列，躬身下跪。

晨曦越过巍峨的宫殿，落在年轻的郎君身上，他面色沉静，蔚然若松，风骨凛然地挺立于朝阳之下。

成泰帝端坐于丹陛正中的黄案后，目光隔空虚落在霍珏身上，他瞧不清新科状元长何模样，只觉此人风仪甚佳，隐有旧时名士的风骨。

成泰帝还是皇四子时，也曾遇见过言谈举止十分风雅之人。

在成泰帝心里，他的才华无人能及，比父皇更灼目。那人便是太子太傅兼内阁首辅卫项，始终谦逊温润的卫太傅。

成泰帝曾经嫉妒太子周元旬，他分走了父皇的所有宠爱，却还要独占卫太傅！他，周元庚也想要那样一个先生，孜孜不倦地教导他如何为人子、为人臣、为人君。

周元庚幼时曾同母妃提过：母妃，你去求求父皇，让我也去旁听太傅授课，可好？

彼时，他母妃根本不曾想过他有朝一日能得继大统，听见他的话吓得脸色发白，紧紧地捂住他的嘴，道："那是太子的先生，教的是帝王之术。庚儿日后不可再说此话，免得惹祸上身！"

"第一甲第二名，太原宗奎，随引出列班，就御道右跪！

"第一甲第三名，兴元蒋楷，随引出列班，就御道左跪！

"第二甲第一名，江陵曹斐，随引出列班，就御道右跪！"

鸿胪寺官庄严肃穆的唱名声将成泰帝从往事里抽离，他望着跪在御道上的新旧臣子，心底渐渐腾起一丝扭曲的满足感。

便是没同卫太傅学过帝王之术又如何，如今坐在黄案后，接受新科士子跪拜的，是他周元庚。

就在集英殿进行传胪大典之时，姜黎与杨蕙娘、姜令、如娘并着几位丫鬟一同坐上马车，欢欢喜喜地前往飞仙楼。

飞仙楼是定国公府的秘密产业，霍珏早就差人定好了顶层的雅间。状元郎御街夸官之时，在雅间里看，可比旁的地方都看得清楚。

几人到飞仙楼时，楼里早就挤满了人，都是等着看三鼎元御街的，也有些小家族准备榜下捉婿。

姜黎上楼时，恰巧碰到一位年龄与她相仿的小娘子。小娘子挽着一位轻纱遮面的窈窕女子，正笑嘻嘻地说着话。

“小姑姑，听说这一届的进士一个比一个生得俊，明惠给您掌掌眼，说不定能给您捉个俊秀可人的郎君回去。”

窈窕女子睨了明惠一眼，笑着道：“本……姑姑不缺男人，明惠还是给自个儿捉个夫君回去吧。”

女子的声音很是悦耳，说话间带了点久居上位的气度。

姜黎下意识望了眼，恰好与那女子无意中扫过来的目光碰上。

一双是略带娇憨的小鹿眼，一双是略带凌厉的狭长凤眸，四目交接的瞬间，二人俱是一愣。

偷瞧人被人逮了个正着，姜黎觉着还怪不好意思的，忙抿唇一笑，露出两个小小的梨涡，微微点了下头。

这小娘子无甚心机，心里头的尴尬从乌溜溜的眼里透了出来，笑起来却甜如蜜，叫人心里生不起厌来。

惠阳长公主望了姜黎一眼，淡淡颔首，眉眼温和。

一边的明惠郡主察觉到自家小姑姑的视线，忙偏头望了过去，那群人正好转入了右侧长廊。

明惠只见到行在最后的，是一个身姿挺拔的小郎君，方才小姑姑看的莫不是那小郎君？

小姑姑眼光极高，公主府里养的郎君一个比一个俊，一会儿定要找个机会瞧瞧长什么样！

飞仙楼顶层的厢房全是天字号房，正对着长安街的有四间。

霍珏给姜黎安排的这间，正好居于长安街的正中，左可眺望至街头，右可眺望于街尾，可谓是视野极佳。

几人甫一进屋，便有楼里跑堂的小二殷勤地送上瓜子蜜饯、热茶糕点。

杨蕙娘抓起一把瓜子磕了起来，至今他们都不知晓金銮殿的圣人究竟点了谁做状元。杨蕙娘自然对自家女婿信心满满，但在礼部外等着张黄榜的何舟不回来禀报，杨蕙娘那颗心还是高高吊起，落不到实处来。

飞仙楼的椒盐瓜子炒得极香，一小碟瓜子被磕掉了一大半，门外才终于传来急促的脚步声。

房门被敲响，姜令忙去开门，便见何舟红着眼眶，也顾不上行礼，便满面喜色道：“礼部的黄榜张挂出来了，公子被点做状元，这会正骑着马往长安街过来了！”

传胪礼成后，成泰帝乘舆归宫，新晋进士随礼部尚书及一众礼部官员出宫张榜。

霍珏与榜眼宗奎、探花蒋楷一同更衣上马，跟随手持圣旨、鸣锣开道的礼官往长安街行去。

姜黎立在窗边，远远便看到身骑白马被簇拥在正中的俊美郎君。

大红的官服，乌黑的官帽，腰间是镶金的革带。五月明媚的春光就那般近乎放肆地落在他身上，衬得他愈发丰神俊朗、气宇轩昂。

长安街两侧的小娘子几乎都看直了眼，状元郎五官深邃，气质清隽、冷冽，似谪仙一般。就是太冷漠了些，人生难得一遇的大喜事，也不见他面露喜意。

瞧瞧旁边的探花郎笑得多开怀，就连那一脸倨傲的榜眼也弯起了唇角。

就在这时，忽见状元郎轻扯马缰，抬头侧望，白玉般清冷的脸如同冰雪初霁，眉眼里的温柔仿佛能挤出水来。

姜黎未曾料到霍珏会这般胆大，居然停在路中与她隔空对望。

白马高高昂起头嘶鸣一声，马背上的郎君却如清风朗月般从容，漆黑的眸子含着笑，仿佛在同她说：阿黎，你如今是状元娘子了，开怀否？

姜黎被霍珏看得面颊发烫，心扑通扑通跳个不停，眼眶禁不住有些发热，心头还有点儿发酸。

说来也是奇怪，她总觉着，这样的时刻仿佛她曾殷殷切切、期期盼盼地等待过，还等待了许久也未曾等来。

姜黎在心里忍不住笑话自个儿，什么等待了许久？她来飞仙楼拢共才两个多时辰。

思及此，她眸光亮晶晶地望着霍珏，眉眼弯成了一道月牙儿，倚着窗同他相视一笑。

隔壁明惠郡主的目光在霍珏身上停了一瞬，秀气的眉峰微挑，便扭头同长公主道：“这状元郎——”话才刚出口，便蓦地顿住。

只见惠阳长公主愣怔怔地望着马背上的年轻郎君，面上的神色似恍惚，似悲伤，又像是缅怀。仿佛借着眼前人在怀念着谁一样。

明惠郡主错愕地张着嘴，第一次见自家小姑姑露出那样的神情。

便下意识唤了声：“小姑姑……”

惠阳长公主的失神也不过一瞬间，凤轻掩眸，再抬起眼睫时，清润的眸子已然敛去所有情绪，又恢复成往日尊贵洒脱的长公主。

“你方才同我说什么了？”惠阳长公主扬唇一笑，仿佛方才的失魂落魄不过是错觉。

明惠郡主张了张嘴，正欲说话，长安街上忽然传来一阵喧哗。

二人面色一顿，循声望去，便见上千名穿着粗布衣裳的百姓从街头涌来，领头人是个精神矍铄的老叟。

老叟见到霍珏后，双目一亮，高声道：“霍郎君，临安百姓特地前来恭祝郎君蟾宫折桂，御街夸官！”

话一出，他身后千余人便躬身作揖，齐声喊道：“恭祝霍郎君蟾宫折桂，御街夸官！”

原先热热闹闹的长安街霎时便静了下来，只余这一道响彻天际的恭贺声回荡在街头巷尾。

这一幕无疑是震撼人心的，便是世世代代居住在长安街的百姓，都不曾见过哪一次的御街夸官能有此盛景！

几位在前头敲锣开道的礼部官员停下手上的锣鼓，不约而同地望向马上的年轻郎君。

只见新科状元对着千余名临安百姓微微颔首，温声道：“多谢诸位前来相贺，珏不胜感激！”

姿态不倨不傲，神色平淡，面上没有半点自得，端的是一派谦逊持重。如此年纪就有如此心性，真是难得！

长安街尾的一处角落，卫媗望着被无数人簇拥着，接受百姓恭贺的弟弟，眼眶不由得湿润起来。

佟嬷嬷掏出一块帕子，拭着眼角热泪，哽咽道：“姑娘放心，小公子日后定能重振卫家！”

卫媗笑了笑，“从前，阿珏说家里有大哥一人继承祖父的衣钵便够了。他日后要做大将军，要去战场替外祖父打仗。祖父听罢，竟然笑呵呵地同意了。若他泉下有知，知晓今日阿珏代替大哥继承了他的衣钵，定然会吃惊的……”

卫媗说到这里便说不下去了，轻吸了下鼻子，静了半晌，方才笑道：“嬷嬷，我们回去吧。老夫人今日要去小佛堂，我这会儿回去，还能陪她诵半个时辰的经书。”

佟嬷嬷恋恋不舍地收回目光，给前头的暗一递话去了。

御街夸官结束，已是黄昏。

霍珏回到永福街时，天色已经擦黑。

如今霍府比之从前是不一样的，现下是状元宅邸，是堂堂正正的官邸。

霍府众人都在等着霍珏庆祝，知晓他累了一日，明日还要去礼部参加恩荣宴。众人在杨蕙娘的张罗下，热热闹闹恭贺完后，便各自散去了。

姜黎让桃朱将小厨房里的炖汤端过来，对霍珏道：“先用些汤，我还做了熏鸡、烧花鸭、卤子鹅、芙蓉糕和莲子粥。厨房正在热着，一会儿喝完汤，差不多就能送过来了。”

姜黎声音软糯，絮絮叨叨说着话时，就像是柔嫩的柳梢撩拨着心尖肉一般，很是撩人。

霍珏等她说完，方才轻轻抱起她，道：“阿黎今日，开心吗？”

霍珏黑黝黝的眼望着她。

他早已换下了身上那大红的官服，此时穿着一件玄色的常服，冷白的脸衬得像玉一般。

姜黎坐他膝头上，心里委实觉着好笑：“我当然开心呀，这辈子也就成亲那日的心情，能同今日的心情相比了。”

姜黎揪着霍珏的衣襟，笑盈盈地凑到他脸颊处，亲了下：“霍珏，你真的好厉害！阿令见到临安百姓来给你祝贺时，感动得眼眶都发红了。”姜黎说到这儿，没忍住笑出了声。

阿令那只呆头鹅，反应总要比旁人要慢一拍，平日里鲜少会见他如此，可今日最激动的人就要数他了。嘴里还一直念叨着：人生苦短，一个士子毕生所求的约莫就是霍珏哥这般了。为万民请命，受万民爱戴，他日后定要以霍珏哥为楷模云云。

姜令来到盛京便去了麓山书院上学。

在盛京，麓山书院是仅次于国子监的书院，比正德书院好了不是一星半点，在那里教书的先生都是鼎鼎有名的大儒。

在麓山书院读书的人非富即贵，他们去书院求学问知是真，但更多的是想借此结交身份地位皆不错的同窗。毕竟，日后为官，才学是一方面，人脉又是另一方面。

姜令是商户之子，家中没有当大官的亲戚，在书院受尽冷眼。他一贯对旁人的喜与不喜不大在乎，这对他来说算不得什么，他失望的是麓山书院的求学氛围太不纯粹。

正德书院里的童生多是出身寒门，个个都是极其珍惜能在书院读书的机会，都知晓唯有读好书，方能有个好出路。

因此，正德书院读书的氛围素来很好，不以出身论人，读得越好便越受人尊重。而麓山书院却恰恰相反，在这里一个人的出身比才华重要得多，寒门之子就是低人一等。

姜令自从来麓山书院，就对读书提不起劲儿。

可今日，发生在长安街的一幕却给他带来了极大的冲击。

“阿令说，他不求日后能同你一样进士及第，御街夸官。他只希望日后能做一个受万民爱戴的好官。”姜黎说到这儿，又望着霍珏笑道，“霍珏，你现下在阿令心中的地位，估计要超过我这个姐姐了！”

霍珏望着笑靥如花的姜黎，修长的指戳了戳她的梨涡，在她腮边落下一吻。

姜黎身子一僵，每回他亲她，都是没亲多久就要抱她到榻上去。可问题是，他还没用膳，小厨房送膳的婆子随时会进来，他可不能这会儿要“奖励”！

姜黎慌慌张张抬起眼，立马便对上了霍珏含着戏谑笑意的眸子。她脸上从来藏不住心事，那娇憨的模样瞧得霍珏心口一烫，又低头碰了碰她柔软的唇，眉眼不带任何欲色。

姜黎没感觉到那种让她无处可逃的压迫感，登时就明白是自己想多了。脸瞬间烧得慌，她赶忙从他膝上下来，逃也似的往门口走：“我去看看小厨房那边晚膳热好了没？”

霍珏望着姜黎落荒而逃的背影，从喉间漫出一声轻笑。

成泰六年五月初二，天子设恩荣宴于礼部，宴请新科进士。

同日，顺乐街四十七号的“状元楼”开业了！

杨蕙娘特地请人算的日子，就连天子都选在这日宴请新晋士子，可见是个极好的黄道吉日，于是一拍脑门儿，酒肆就定在这日开业。

两串大红的爆竹在酒肆门口点燃，噼里啪啦的鞭炮声不绝于耳，不多时，地上便落了一层细碎的爆竹纸。

姜黎和如娘带着丫鬟在酒肆里进进出出，没一会儿，便抬了几个半臂高的酒坛子出来，用力掷于门口酒肆门口。只听哐的一声，酒坛碎裂，酒液泼了一地，浓郁醇厚的酒香瞬时便飘散开来。

顺乐街在盛京算是次一等的商街，平日里人流也算旺。虽四十七号的位置偏了些，可又是放爆竹又是砸酒坛，声势浩大，自然吸引了不少人过来看热闹。

有好事者瞧了瞧牌匾，又看了看这堪称寒酸的门面，不由得嗤笑道："好大的口气哟，这小小的酒肆，也好意思叫'状元楼'？"

守在酒肆门口的孙平听见此话也不恼，笑着道："昨日的状元御街，不知这位兄台可曾看了？"

那人道："自是看了。昨日，临安城千余百姓，千里迢迢前来给我们的状元郎庆贺，这事儿盛京谁人不知？不才昨日恰巧就目睹了那一盛景！"

孙平颔首一笑："实不相瞒，昨日御街夸官的霍状元，便是我们东家的女婿。霍状元在桐安城时，便是喝着我们东家娘子酿的酒长大的，我们东家娘子酿的酒当真是一等一的好，连状元郎都爱喝。"

此话一出，四周的老百姓便忍不住出声了。

"这东家竟然是状元郎的丈母娘？难怪叫'状元楼'！"

"状元郎年纪轻轻就救了半城百姓，整个临安城的人都念着他的好，这状元楼的酒老朽是一定要试试了！"

"话说回来，方才砸的那几坛子酒，倒真是酒香浓郁！既是状元郎爱喝的酒，那定然不会差到哪儿去。"

就这般，状元楼开张的第一日，目睹过霍珏御街夸官的老百姓都拥进了酒肆。

酒肆门口的榆树下，姜黎抬眸望着那烫金的"状元楼"牌匾，忍不住展眉一笑。以后，霍珏这状元郎就是他们酒肆的金字招牌了，哪家酒肆都比不过！

状元楼是顺乐街街尾最后一个铺子，与顺乐街尾一墙之隔的便是槐树大街。

此时，槐树大街的一间头面楼里，立在三楼厢房的周晔透过半开的支摘窗，望着对街榆树下的小娘子。

他自言自语地道了句："好在今日毅哥儿被舅舅拉去参加恩荣宴了，若不然，在这儿瞧见这位小娘子，又不知要发什么疯！"

说来，毅哥儿自打从大相国寺回来后，似乎消停了不少，不再发疯似的去寻杨记酒肆的杨姓小娘子。见他难得恢复正常，他可不希望他见着这位小娘子又要旧病复发。

凭他定远侯府世子的身份，想要什么样的女子没有？非要招惹一个嫁了人的，何苦呢？

周晔揉了揉眉心，对一边正在挑头面的美貌丫鬟道："头面选好了没？"

美貌丫鬟温温柔柔地应道："奴婢选好了，掌柜说新来了一套南海的珍珠头面，里头的珍珠个顶个的大。奴婢琢磨着徐姑娘定然会喜欢，便选了这套头面。公子可要掌掌眼？"

周晔摆摆手，不耐道："掌什么眼，就你挑的那套就行了！"

他才懒得管徐书瑶喜欢不喜欢，反正那姑娘自小养在民间，没见过什么世面，哪里分得出东西是好还是不好，随便一套头面就能糊弄过去。

美貌丫鬟一听，唇角忍不住勾起："徐姑娘刚从庄子养病回来，收到公子送去的头面，定然很高兴。"

周晔不甚在意地提了提唇。盛京谁人不知镇平侯府那位刚寻回来的姑娘举止粗鲁、言语冒失，没半点大家闺秀的贤良淑德。若不是母亲非要他表达一下对未婚妻的关心，他才懒得给她送什么头面。

周晔轻佻地掐了下美貌丫鬟的脸，漫不经心道："你也去挑一套头面，免得回去说本公子厚此薄彼。"

美貌丫鬟一张俏生生的脸登时笑得跟花儿一样："谢谢公子！"

第二十一章

# 监察御史

礼部，恩荣宴。

丝竹八音，绕梁遏云。席上觥筹交错，推杯换盏。

此次宴席乃皇帝为欢迎新科进士所赐，除了成泰帝会亲自前来，此次会试的十名读卷大臣、銮仪卫使、礼部尚书侍郎等诸多官员均会与宴。

恩荣宴多是邀请与会试有关的官员与宴，可成泰帝一贯喜欢君臣同乐，受邀与宴的京官便多了不少。

宴席上，最受瞩目的自然是荣登一甲的三鼎元。

此时，霍珏便与榜眼宗奎、探花蒋楷共坐一席。宗奎出自并州世家，座上的诸多朝廷命官他都识得。约莫知晓霍珏出身寒门，他大发慈悲地给霍珏介绍起与宴的众位大臣。

“那头，坐于上首的是此次会试的主考官首辅大人凌叡，凌首辅旁边的是刑部尚书齐昌林。旁边那席，坐于上首的是副主考官朱毓成，他旁边那位是礼部尚书……

“还有，角落那处那个一脸风流相的，叫薛无问，是锦衣卫指挥使，也是定国公府的世子爷。别看这人整日笑容可亲，实则心黑手狠。我进京的第一日，伯祖父就同我说了，让我不要招惹那个姓薛的浪荡子。

“啊，对了，我伯祖父就坐在中间那席的上首。喏，就那个不苟言笑，像是谁欠了他万把两银子的那位，大理寺卿宗遮。”

宗奎嗓音压得极低，而且人还与霍珏靠得极近。可不知是不是凑巧，他一提到他伯祖父时，宗遮就转眸望了过来。

宗遮常年冷着一张脸，又威严又冷厉。并州宗家人人都惧他，也就宗彧和宗奎不怎么怕他。宗奎正要抬手与自家伯祖父挥手示意，却见他目光一移，定定地落在了霍珏身上。

霍珏自然察觉到了宗遮的目光，淡淡抬眸，与年过半百的大理寺卿对望一眼，随即平静地颔首示意。

就在这时，一道尖细的通传声从大厅外悠悠传来：“皇上驾到——”

霍珏执杯的手微微一僵，便见一道明黄色的身影缓步走了进来。

成泰帝一入正厅，众朝臣与一众新晋进士们齐齐起身，恭恭敬敬地行礼。

“微臣参见皇上！”

成泰帝温和地摆摆手，笑着道：“都起来吧！今日君臣同乐，无须拘礼！”他自登基后，便致力于塑造一个亲民贤明的帝王形象，在朝堂上鲜少发怒，私底下更是平易近人。

废太子还是储君时，朝中大臣便常夸他是个仁和之君，日后定然是个明君。后来成泰帝登基，这“仁和”二字便落在了他头上。

朝臣们也因此习惯了成泰帝的亲和，便真的不拘礼了，一个个端起酒杯畅饮。

酒过三巡，酒量浅的新科进士早就坐不稳了，而酒量稍好些的，眼神也有些涣散。

这时，成泰帝慢悠悠地从主位上走下来，笑吟吟地望了望初入官场的士子，最后将目光落在霍珏身上。

“朕听宗爱卿上禀，上元夜是霍爱卿挺身而出，救了半城百姓。如此大功，不得不赏。你放心同朕说，想要什么奖赏？”

按照历朝历代的惯例，三鼎元在殿试后便会被默认入翰林院为官。状元任从六品修撰，榜眼、探花任正七品编修。此时任令未下，不管是三鼎元还是旁的二三甲进士，都算不得官身。

成泰帝这句“霍爱卿”倒是抬举霍珏，隐隐可见皇帝对新科状元的亲善。

霍珏方才被灌了不少黄汤，冷白色的脸蒙上了一层绯色，目光亦是涣散，他摇了摇头，似是强撑着醉意站起身，缓慢答道：“臣，确有一事相求。”

这话一出，别说皇帝，周遭跟在皇帝身边的权宦、重臣都纷纷看向这位新科状元。

坐在霍珏身边的宗奎悄悄踢了他一脚，生怕他说出什么大不敬的话。

诚然，救了半城的百姓，确实是有功劳。可皇帝问你要什么奖赏时，会说话的都会说“为皇上分忧，乃臣之本分”之类的。哪有人会直白地开口讨要奖赏？说句实话，若真的开了口，皇上就算给了奖赏，也会给得心不甘情不愿。

赵保英伺候了成泰帝这么些年，对这位表里不一的皇帝很是了解。若新科状元讨要了奖赏，日后的仕途怕也是到顶了。

赵保英握着拂尘的手动了动，正要开口，忽然便听状元郎强撑着醉意，道：“臣恳请皇上允臣进都察院，为皇上效犬马之劳！”

赵保英闻言豁然抬眸，只见这位眉目清隽的少年郎双目含光，神色向往，俨然是个心怀理想，恨不得做一个千古名臣的官场新人。

赵保英微提的手又缓缓落下。

整个礼部宴客正厅静了一瞬。

官场里浸淫已久的朝臣们，倒是能控制住自个儿的面色，不流露出半点诧异之态。那些进士个个都瞪大了眼，连宗奎都被霍珏的话惊到了。

都说非进士不进翰林，非翰林不进内阁。大周朝的历任阁老都是翰林院里出来的，是以，翰林院是新科进士入仕的首选之处。

君不见，多少二甲三甲的士子挤破头都想进翰林院任职。

原本作为状元的霍珏进翰林院是板上钉钉之事，还是从六品的修撰。在翰林院待个三年五载，之后再去旁的地方积攒一些政绩，日后的仕途不可谓不平坦。

何况，就算他不想去翰林院，吏部、刑部、户部都是实权在握的官衙，去这些地方历练也是不错的。怎么都比去都察院好吧？

都察院是一群整日无所事事的言官，日日盯着些鸡毛蒜皮的事儿，参这个参那个的。这些言官都自诩是纯臣，不结党营私，只一心一意做皇上的眼，时刻替皇上监察朝廷命官。若皇上不听，还能一头磕在金銮殿的堂柱上死给你看。

成泰帝属实不喜这些言官。他想做个宽和仁厚的帝王，想要政治清明、君臣和睦，自然不喜有一群人整日在他面前叫嚣，弄得朝堂乌烟瘴气。何况，七年前有人一头撞在登闻鼓上，字字句句都在指责他杀兄弑父，谋朝篡位。那刺目的血液，自那日之后，便成了他心头的一根刺。

然而，这两年随着他眼疾日益加重，成泰帝对都察院的御史们却渐渐有些改观。

首辅凌叡是当初扶他上位的大功臣，念及他的从龙之功，成泰帝待他一贯宽厚。这些年，他的胃口倒是被养得越来越大，如今整个朝堂半数都是他的人。

而都察院参得最多的，就是首辅一脉的朝臣。前些日子还将顺天府尹拉下了台，由临安县令宗彧顶替。被罢了官的顺天府尹虽然藏得极深，可成泰帝知晓，他是凌叡的人。

眼前这年不及弱冠的状元郎，刚正不阿，且一身正气，正是言官该有的模样。

成泰帝望着霍珏，唇角勾起，眉眼温和地笑着道："朕允了。"

恩荣宴从午时一直开到月上柳梢方才结束。

成泰帝早早便离开了礼部，回宫去了。离去前，还特地将赵保英留下，让他亲自将醉醺醺的状元郎送回府，以示恩泽。

出礼部衙门时，霍珏的脚步都走不稳了，赵保英稳稳扶住他，提唇笑道："霍大人仔细脚下。"

刚从衙门大门出来的薛无问见到此景，嘴角没忍住抽了下。这小子在闻莺阁同他喝了几次酒，哪次喝得都比今晚多，可从没见他醉过，今日醉得倒还挺像那么一回事。

薛无问边想着边拾步走下阶梯，转身便瞥见一道隐在夜色中的身影。那人头戴金冠，穿着一身官服，目光冷冽地盯着那远去的马车，眸子似有怒火灼烧。

薛无问很快便认出此人乃定远侯府世子——宣毅。

他眉头轻蹙，提脚上车，正想着要不要让暗一去给霍珏递个话。可转念一想，那小子心眼儿一点儿也不比他少，方才在宴席上他怎么可能会没注意到宣毅呢？只怕是早就注意到了，只是面上不显罢了。

暗一见自家世子一直不发话，偷偷地把头递了进来，小声问："世子，可是要回定国公府？"

薛无问淡淡"嗯"了一声，他家小祖宗还在等着他回去汇报今日恩荣宴的情况呢。还是早些回去，免得她夜里都睡不安稳。

车辕辚辚，十数辆马车消失在夜色里。

这时，定远侯与兵部尚书胡提言笑晏晏地走出来，见自个儿那不省心的儿子跟木桩似的杵在门口，也不晓得同未来的泰山讨个近乎，气就不打一处来。

上了马车，他横眉倒竖，冷哼一声，道："你一整日都魂不守舍的，可是又撞邪了？"

宣毅神色冰冷，默不作声地坐在软凳上，根本不理会定远侯说的话。

定远侯见此，气得不轻："如今，你在兵部任职，能与胡大人结亲，对你日后的仕途大有裨益。胡大人乃凌首辅的表妹夫，攀上了胡大人就等于攀上了凌首辅。阿毅，你是定远侯府的世子，定远侯府的未来要靠你来振兴！"定远侯说到这儿，不自觉地拍了拍受伤的左腿。

他年轻时在战场上受了伤，一条左腿几乎废了。定远侯府本就日益式微，他成了废人后，侯府的声望更是一落千丈。好在唯一的嫡子是个争气的，年纪轻轻就当上了兵部郎中。若有一门好姻亲，同兵部尚书胡提结亲，重振定远侯府不过是迟早的事。

宣毅在父亲拍腿时，冰冷的神色终于有了松动。

他望了望老父日渐憔悴的脸，终是开口："父亲，不必结亲，儿子也能振兴定远侯府。我日后便是要娶妻，也要娶我自己挑的人。"

"父母之命、媒妁之言，婚姻大事哪容得你胡闹！"定远侯怒目圆睁，中气十足地怒吼，"我同胡大人说好了，下月初一你便去大相国寺，与胡家的大娘子好生相看。只要胡大娘子点头了，为父立马去给你提亲。你可知晓，盛京有多少人想同兵部尚书攀亲？你莫要不识好歹！"

宣毅再次冷下了眉眼，沉声道："我不去。"

虽然梦中的事情支离破碎，可他隐隐约约感觉到，梦里的她之所以会死，就是因着他结的这门亲事。

这一次，他不定亲。至于她嫁的人，不过是个毫无背景的文弱书生，便是中了状元又如何？于他而言，也不过是脚底的蝼蚁，轻易便能摁死。

只要那人死了，她就是他的了。

夜色深沉，狂风忽然大作，刮得路边的槐树、枣树哗哗作响。乌云沉甸甸地压在头顶，瞧着竟是要下大雨了。

霍珏的马车终于抵达了永福街。

赵保英推开车门，对霍珏道："霍大人，可要咱家扶你进去？"

霍珏撑着沉重的脑袋，感激道："有劳赵公公了。"

赵保英细瞧了他一眼，见他目无焦距，用力地揉着额头，似是真的醉得厉害。

赵保英脸上的笑意不由得加深。整个朝堂都知晓成泰帝宠信他，他人心里再是鄙视他，面上都是恭恭敬敬的。醉了酒还敢让他亲自扶着回去，状元郎约莫是醉得糊涂了。

他心里自是不恼，将拂尘掷给高进宝，在高进宝惊诧的目光中，便扶着霍珏下了马车。

此时，何舟便在霍府大门内等着，听见敲门声，赶忙过去开门。见到赵保英以及醉得步履不稳的霍珏，忙将人接了过去，道：“奴才来便好，有劳公公了。”

赵保英笑吟吟地松了手，将人送到垂花门，目光轻轻往门内看了眼，脚步停顿半瞬，才转身出了霍府。

上了马车，高进宝将拂尘恭恭敬敬地递还给赵保英，道：“督公，可是回宫里？”

赵保英阖上眼，手指轻轻抚着扳指上的木珠，好半晌才道：“今日状元楼酒肆开业，你可见着林娘子了？”

高进宝面色一凛，忙道：“见着了，酒肆里有一味酒便是林娘子酿制的。”

赵保英睁开眼，微笑着道：“什么味儿的酒？”

高进宝登时有些犯难。他自知自个儿面相凶，怕吓着酒肆里的几位娘子，便没敢进去。至于酒是什么味儿，他没尝过，委实是不知晓。

苦思冥想了片刻，才吐出一句话：“属下听进去吃酒的人道，酒里掺了花露，味道很是别致，想来应当是香香甜甜的吧。督公若是想尝，明日属下派小福子过来买些林娘子酿的酒孝敬您。”

小福子是他手下生得最讨喜、嘴最甜的小太监，派他来买酒，想来就不怕吓着那几位娘子了。

赵保英没吭声，高进宝知晓督公这是同意了。

车厢里安静了须臾，雨水滴滴答答从半空中落下，砸在车顶上。

赵保英撩开车帘，隔着雨幕静静望了几息，接着才放下帘子，温声道：“皇上方才可是直接回宫了？”

高进宝道：“原先皇上乘坐的车舆的确是往宫里走，不知为何，行至半路忽然改了道，去了长公主的公主府。”

公主府……自从驸马死后，成泰帝这些年与长公主的关系已经大不如前。既然去了公主府，那回宫后定然又要去王贵妃的乘鸾殿了。

赵保英垂下眼帘，甩了下手上的拂尘，道：“直接回宫。”

赵保英离开后，霍珏醉醺醺的眼，登时便清明起来。

何舟跟在霍珏身边，对他的酒量也是清楚的。见赵公公一走，忙松开手，躬身禀告道：“主子，少寨主此时在书房里等您。”

霍珏淡淡颔首，提脚往书房去，边走边道：“今日酒肆开业可还顺利？”

何舟一脸喜色道：“听桃朱说，今日酒肆的生意好极了。周围的乡邻们知晓状元楼的东家是主子的丈母娘后，都结队去酒肆里吃酒，说要沾沾状元郎的喜气。”

霍珏闻言，被酒意浸润得有些冷的眉眼霎时一暖，有些迫不及待地想回寝屋，看看阿黎开心地同他絮絮叨叨的模样。

思及此，脚下的步子便忍不住加快。

到了书房，沈听一见来人，便恭恭敬敬地跪地行礼，热泪盈眶道："沈听恭祝公子喜摘鼎元！"

其实，沈听昨日便到了盛京，霍珏御街时，他就在一处酒楼的厢房里隔窗看着。若不是想着小公子累了一日，昨夜他便想来霍府亲自恭喜霍珏的。

霍珏上前一步，撑起沈听的手臂："起来，以后见着我与阿姐，无须行礼。"

沈听未语，仍旧是恭恭敬敬地躬着身。

霍珏轻叹一声，朝一边的太师椅抬了抬下巴："坐下，我有话与你说。"

沈听这才恭敬地坐下。

霍珏从暗格里拿出一摞文牒，还有几封信，道："明日，你便带上人启程前往青州。如今霍家军有半数之人落入了秦尤手中，但还有半数仍旧忠于褚世叔。你到得青州后，便将这信交给褚世叔。"

沈听接过文书，郑重道："公子放心，我定会将信交到储将军手里！"

霍珏微微颔首："如今在青州任布政司左参议的，乃首辅凌叡的长子凌若梵，秦尤听令于凌叡，在青州自然也听令于凌若梵。"霍珏说到此，便顿了片刻。

秦尤娶的是瀛洲王氏女王泷，年前在定国公府住下的那位王氏嫡女王淼便是王泷的亲侄女，宫里宠冠六宫的王贵妃王鸾与王泷亦是堂姐妹。

当初便是王氏族长拉下脸皮，亲自求到了祖父跟前，这才让秦尤进了霍家军。想起从前秦尤在卫家同祖父问好时，那张憨厚老实的嘴脸，霍珏的眸色便沉了些。

"你到了青州，须得事事小心。如今，青州的形势与从前不一样，南邵较之从前要不安分许多。这几年，每逢年末，南邵军队定会到边关扰民，制造些冲突。"

沈听微抿唇角，从前青州有卫家与霍家军在，比许多地方都要太平。如今却成了混乱之地，委实可恨！

"公子放心，属下定会多加小心！有朝一日，属下定要那些人血债血偿！"

霍珏望着沈听，倏忽一笑，道："从前，凌叡为了扶周元庚上位，联同秦尤栽赃陷害卫家和霍家。灭门之仇，自是要报。年末，若是南邵入侵青州，便是个以牙还牙的好机会，你安心等待时机便是。"

沈听在书房待了半个时辰，便冒雨离去。

霍珏静坐片刻，方才往寝屋去。

姜黎披着一头乌黑的长发，坐在桌案后，翻着账册算账，细长的手指将算盘拨得噼啪作响。

霍珏绕过屏风，便见姜黎噙着笑，算账算得很是愉悦。霍珏立在那里，只是望了她半晌，身上的倦意便顷刻间烟消云散了。

很久之前，他便发现阿黎身上总有一种鲜活的朝气，似开在晨曦里的花，蓬勃地恣意地生长，生机勃勃极了。

霍珏抬脚过去，发出轻微的脚步声。听见动静，姜黎手指一顿，抬眼便见一道玄色的身影撞入眼帘。

“霍珏！”她笑意盈然地放下账册，像轻快的蝴蝶般迎向他。

姜黎尚未靠近，便闻到一股不容忽视的酒气，不由得皱了皱鼻子，道：“你饮了很多酒吗？要不要我去给你做一碗醒酒汤？”

小娘子说着，踮起脚凑近嗅了嗅，发现他身上的酒气委实有些浓，恩荣宴上怕是被灌了不少酒。

虽然知晓霍珏酒量一贯不浅，可酒饮多了到底伤身。想到这里她便有些坐不住了：“我现下就去给你做醒酒汤。”

霍珏见她当真往外走，忙拦腰抱起她在一边的圈椅上坐下，道：“不用，我没醉。”

姜黎被他紧紧地拘在怀里，下都下不来，只好顺从地坐他腿上，见他眼神的确清明，说话亦很清晰，就是一贯冷白的脸洇了层淡红，瞧着比往常少了些冷峻，多了点儿浪荡气。

姜黎的脸颊微微发烫，莫名觉着这样的霍珏，有点儿……诱人。

姜黎方才望着他的目光还是清澈明亮的，这会儿忽然多了点羞赧，大抵是觉着有些不好意思。

她同霍珏成亲都大半年了，她对他的美色应当是习以为常了，但眼下却心若擂鼓，口干舌燥，莫名有一种想要“欺负”他的冲动。

姜黎忙按下心里头那点子羞耻的念头。

姜黎清了清嗓子，指着桌案上的算盘，道：“今日挣的银子比我和娘所期待的翻了两番。虽说盛京铺子的租金贵，可只要生意好，挣的银子也多。难怪这么多人挤破脑袋要留在盛京谋生！”

姜黎说到这里，是极开心的。

她父亲去世得早，她娘是个寡妇，还要拉扯两个孩子，委实是不容易。因此，姜黎很早就知晓银子的重要性。只要她能多挣些银子，她娘就不会那么辛苦，阿令也能去更好的书院读书，日后光耀姜家的门楣。

“阿令在麓山书院的日子，应当是不好过，听说那里的童生非富即贵，在那儿他大抵没少受人白眼。我琢磨着给他买些上等的笔墨纸砚，再做几套华贵的衣裳，好生拾掇一番，应当就不会遭人嘲笑了。”

“娘若真要与孙大当家成亲，也是不能含糊的。一定要热热闹闹地办个婚席。还有你——”姜黎揪了揪霍珏的袖摆，笑眯眯道，“日后，你需要人情往来或者打点上峰下属的关系，肯定也少不了银子。你放心，我会一同挣回来的！这样你也不必费心去卖孤本古籍了，这些东西有价无市，还不如拿来做人情。”

霍珏头靠着椅背，微垂着眼，听着姜黎软声絮叨着要如何挣银子给他们花时，唇角轻轻提起。

他的阿黎一贯是有经商的才能的，梦里她与杨蕙娘在毫无背景的情况下，硬是在盛京一众酒肆里闯出了名头。如今有他，有定国公府，甚至还有干爹的保驾护航，只会比梦里的杨记更好。

霍珏捏了捏姜黎的指尖，笑着应："为夫每个月的俸禄，怕是比不上阿黎一日所挣，日后要辛苦阿黎挣钱养家了。"

霍珏说这话时，眼若桃花，唇似点朱，被烈酒浸润过的嗓音沙哑异常，再加上他那诱哄似的语气……

姜黎心脏又扑通扑通地跳了起来。

这人喝了酒之后当真跟戏折子写的食夜魅而生的妖精一样。

霍珏摩挲着姜黎细软白皙的手，修长的指缓缓与她十指紧扣。而后坐直身子，温热的唇贴上她耳朵，哑声喊了句"阿黎"。

湿热的气息袭上耳郭，缠缠绵绵的，撩人得紧。

姜黎登时头皮一麻，她最怕他这样喊她了。每次霍珏用这样的语调唤她的名字，她两条腿就发软。

姜黎空咽了下口水，又想起她娘说男子酒饮后，一般都不大行。思及此，她壮着胆子摸了下。

两人身子齐齐一僵。

姜黎的脸皮一贯薄得紧，霍珏千算万算都没算到这姑娘还能做出这举动。

姜黎："……"她娘又说错了。

成亲前她娘同她说，洞房花烛之夜，就算再难受一闭眼睛也就过去了。而那晚，她闭眼闭了许久也没能过去。眼下……这似曾相识的事又来了……

姜黎烧红着脸，小手一缩，支支吾吾道："你饮了酒，我娘说会不行……那，那个，要到榻上去吗？"

霍珏望了望她，一时有些语塞。他该如何同姜黎说，不管在何种情况都不能用"不行"形容一个男子。

姜黎显然也反应过来，摆了摆手，道："我不是说你不行，你别多想，你，你很行。"好像……越描越黑了……

姜黎乖乖闭上嘴。

霍珏瞧着她懊恼的模样，终是忍不住将下巴抵上她的肩，低低沉沉地笑出了声。

两人贴得紧，姜黎都能感觉到他胸腔的轻微震动。他笑的时候，多半是收敛着的，鲜少会笑成这样。

姜黎被他笑得，登时像只熟透的虾子，从头到脚红了个透。

霍珏笑了半晌，觉着怀里的姜黎被他笑得快奓毛时，才将人抱起放在桌案上，黑漆漆的眼望着她。

姜黎心口一紧，双手下意识往后一撑，左手啪的一声按在了算盘上。

“霍珏，这里不——”话未说完，唇就被堵住了。

窗外的雨越下越大，狂风擦着楹窗嗡嗡作响，枝头上开得正艳的杏花，被豆大的雨珠拍打得摇摇欲坠。

若是细听，便能在潇潇风雨中，听见里头传来算盘坠地的声响，以及细弱的似小猫儿的哼唧声……

雨越下越大，雨势磅礴。

闪电从天空中间劈开，似是要将这天地劈作两半。

公主府里，廊下的雨跟断线的帘子似的滴答坠地，汇成一团团水洼。

金嬷嬷小心地敲了敲门，候了片刻后，方才推门而入，而后笑着道：“公主，安神药煎好了，吃过药便快些睡下吧。老奴今夜便守在外间，您安心睡便是。”

金嬷嬷是惠阳长公主的乳母，二人关系一贯亲近。

旁人眼里的长公主雍容华贵，可只有金嬷嬷知晓，她家公主不过是个害怕打雷，一打雷便要彻夜难眠的小娘子罢了。

从前，驸马总爱笑话她，说堂堂大周朝的长公主没料想是个害怕打雷的胆小鬼。笑话归笑话，但每逢雷雨夜，驸马不管多忙，都会急匆匆地赶回公主府陪长公主的。

惠阳长公主是承平帝唯一的掌上明珠，也是最小的孩子。承平帝疼爱她，三个兄长亦是处处让着她，自出生开始，便受尽了宠爱。

搁在寻常百姓家，这样的小娘子约莫都会被宠得骄纵任性，更遑论皇室了。可惠阳长公主从来不是任性的人，也鲜少会开口要些什么。唯一开口同承平帝求的，便是将赵昀点为驸马。

那会儿，承平帝不大乐意，觉着赵昀太过刚正，又不解风情，怕日后惠阳长公主会受委屈。可到底架不住女儿的一再哀求，在她及笄那年，终究点了赵昀做驸马。

想到赵昀，金嬷嬷在心里叹了声。

其实嫁与驸马的那段日子，长公主已经没那么害怕雷雨夜了。只是，驸马去了之后，她幼时染上的病比从前更严重了。

金嬷嬷端着药碗，来到床头，慈祥地笑道：“汤药老奴已经晾了好一会儿了，温度正适宜，公主快些喝罢。”

惠阳长公主二话不说便接过碗里的药一饮而尽，咽下喉头的苦涩，她对金嬷嬷平静地道：“嬷嬷，若下回皇兄再来，你便说我睡下了。”

金嬷嬷是知晓长公主对成泰帝的心结的，拿帕子给她擦拭唇角，颔首柔声道：“好好好，老奴下回定会同皇上说您睡下了，让他改日再来。”

今日，礼部设恩荣宴，谁都没想到成泰帝会突然来公主府。成泰帝知晓长公主怕雷雨的毛病，许是回宫路上，见今日要打雷下雨，才想着过来看看妹妹吧。

毕竟，成泰帝与长公主是一母同胞的亲兄妹，成泰帝比长公主大了足足十六岁，一贯是很疼爱自己这唯一的妹妹的。

长公主七岁前亦是很爱黏着成泰帝，七岁生辰后，许是知晓了男女有别，反倒不爱去康王府了。

说来，长公主似乎就是七岁那年才染上怕雷雨的毛病。

金嬷嬷仔细服侍惠阳长公主净面、漱口、更衣后，见外头的风雨不曾减歇分毫，顿了顿，试探着问："公主……可要老奴挑个人进来伺候？"

惠阳长公主闭上眼，缓慢摇了摇头："嬷嬷，熄灯吧。"

金嬷嬷应了声"好"，灭了烛盏，临关门时，望着坐在床头的孤独身影，心下一痛，长长叹了声气。

公主府的确养了不少郎君，有些是皇上送的，有些是长公主自个儿买回来的。

可那些郎君从来没有上过长公主的榻，平日里也就给长公主弹弹琴唱唱小曲儿解闷。

金嬷嬷好几次劝她再寻个新驸马，或者索性就幸了那些郎君，也好过日日独守空闺，孑然一身。

皇上送来的几个郎君其实与死去的驸马长得有六七分像，想来也是希望长公主能从过去的事里走出来，忘了驸马的。

偏生长公主日日对着那几张与驸马相似的脸，却一个都不碰，还任由外头的百姓将她传得越来越不堪入耳。

金嬷嬷有时候觉着，长公主就是因为七年前的事，在惩罚自己，折磨自己。

门合拢后，屋内漆黑一片，阒然无声。

惠阳长公主听着外头轰隆作响的雷声，凤眸难得地起了丝怔忡。

她想起了从前。

赵昀离开公主府的那夜也是一个雷雨夜。

那日的雷声比今日还要吓人，她握着赵昀的手问他："你就不能为了我，睁一只眼闭一只眼吗？这世间的公道留给别人去护，你就只护着我不好吗？

"赵昀，打雷了，你留下来陪我，好不好？"说这句话时，她落了泪。

往常只要她落泪，只要她软下声音说话，赵昀总会妥协，她那日也以为他会妥协的。

可是他没有。

他将她的手指一根一根掰开，眼里有失望，也有一往无前的决绝。他用与素日无异的温和语气同她道："惠阳，我们犯下的错，总要有一个人去承担。"

话落，他头也不回地离开了公主府，渐行渐远的背影似竹似松，鼎立于漫天风雨里，宁折而不弯。

她对着他的背影声嘶力竭地说了许多狠话。说他只要踏出公主府一步，她便会与他一刀两断，此生此世再不相见；说她日后要圈养无数面首，将他彻彻底底忘了。

彼时，她因着愤怒、因着心痛失去了理智，说了许多伤人的话。

却根本不知，赵昀会用自己的命，替她赎罪。

五月初六，过完端午的第一日，霍珏便要正式去都察院当值。

姜黎半夜便起了，想给霍珏更衣。

往常这样的事，霍珏都是自个儿做，从来不会要她做这些伺候人的事。今日她起了兴致，非要给他穿官服，他便只好由着她了。

如今，霍珏是正六品的六部监察御史，官服是素青袍，前胸后背缀的补子用金线和彩丝绣着鹭鸶图。

姜黎为他穿好官服，系好素银革带，又踮起脚帮他戴上乌纱帽。

霍珏身量清瘦高大，又生得英俊，穿上官服多了些凛然的正气，那似竹似松的气质越发凝练。

姜黎后退一步，笑意盈然地望着他，那模样仿佛在说：霍珏，你好看极了。

霍珏正了正头上的乌纱帽，低头在她颊边落下一吻："我去上朝了，等下值了便回来。你再睡一会儿，天亮了再去酒肆。去酒肆时，记得带上云朱和素从她们几人。若遇着什么事解决不了，便让何宁来寻我。"

姜黎只当他是怕酒肆刚开业会有人来寻事，颔首笑道："我知晓的，到哪都会带着她们。你放心，盛京的治安素来很好，若有那些不长眼的来酒肆捣乱，我定然会报官的。"

她听何舟提过一嘴，顺天府新上任的府尹，便是霍珏在临安城遇见的那位临安县令，那位大人是个好官。

霍珏轻嗯了一声，简单用过早膳，便出府往午门去了。

大周卯时上早朝，寅时刚过，就在午门候着的朝臣属实不少。

霍珏刚到午门，便见宗奎冲他招了招手，朗声道："状元郎，这里！"

宗奎同他一样，穿了一套青色的缀鹭鸶补子的官服。

霍珏刚走过去，就见这位骄傲的郎君理了理袖口，对霍珏道："站一块儿吧，今日我要与你一同上朝，一同当值。"

霍珏抬眼，淡声问："你没去翰林院？"

大周朝对上朝的官员等级是有规制的，一般都要五品以上的朝臣方才有上朝的资格。低于五品的，唯有都察院的监察御史或者六部里的各科给事中，方才能上早朝。而翰林院的修撰一般无须上朝。

霍珏既然不去翰林院了，原先留给状元郎的编撰之位，应当由第二名的榜眼接任。

可宗奎既然来了午门，说明他也没去翰林院。

果然，霍珏的话刚出口，宗奎便道："自是没去。我如今同你一样，是都察院的监察御史。蒋楷与曹斐顶替了你我二人，去了翰林院。"

宗奎说罢，满不在乎地耸耸肩，压低了声音道："虽说……因此被我伯祖父怒斥了一顿，可我叔叔倒是很支持我，他说'人不轻狂枉少年'。喂！霍珏，咱们之间的比试还没结束。进了都察院，看看谁为皇上立下的功劳最大！"言官要为皇帝立功劳，其实就是揪出朝廷里作奸犯科的官员。

宗奎这话，分明在说：霍珏，来比一比，看谁斗倒的官儿最大！

霍珏定定地望着宗奎那倨傲的脸，唇角微微提起，真心实意地颔首道："好。"

在他的梦里，宗奎是成泰六年的状元。恩荣宴后，便去了翰林院任从六品修撰，之后一路高升，从翰林院侍读、国子监祭酒、户部侍郎，直至做到了六部尚书，位列九卿。

宗奎是成泰帝在位期间，官路最平顺的状元。倒是不曾想，现下这厮会因为他完全改变了梦里的人生轨迹。

二人说话间，又有数辆马车抵达午门。便见首辅凌叡、次辅朱毓成、刑部尚书齐昌林、兵部尚书胡提等几位处于朝堂金字塔尖的大臣提步前来。

几人经过时，霍珏与宗奎齐齐后退一步，让出道来。

凌叡侧眸扫了眼两人，他对恩荣宴弃翰林院而择都察院的状元郎自是有印象的，印象却说不上好。

在他眼里，这位状元郎不过是为了所谓的抱负，满脑子想划恶锄奸的愣头青罢了。跟都察院那群疯子混在一块儿，当真是白浪费了一个状元的头衔。

都察院的疯子处处与他作对，他委实对进了都察院的人没甚好感。他心中虽嫌恶，可他素来情绪内敛，滴水不漏。此时的神色依旧温然，身姿挺立，双手持象牙笏，一副股肱之臣的模样。

他身后的朱毓成自然也注意到了霍珏，与凌叡不同，他对这位年轻人倒是印象不错。他饶有兴致地望着他，在霍珏抬眸望来之时，还温和地笑了笑。

想起恩荣宴那日，有人悄悄同他道，此子周身气度与七年前触登闻鼓而亡的驸马爷很是相像。

可朱毓成见到霍珏时，想起的却不是赵昀，而是卫太傅卫项。

这小子御街夸官那日，朱毓成就在长安街的一处茶楼里，目睹了临安百姓前来恭贺的盛景。

彼时，状元郎就坐于马上，云淡风轻地同众人颔首致谢。

那样的神态，那样的风骨，竟让他想起了许多年前，卫太傅辞官致仕离开盛京那日。

同样是在长安街，同样是阳光明媚的晚春。数百名未入仕的士子，以及入仕后对卫太傅高山仰止的朝臣，立于长安街两侧，摘帽道别。

而朱毓成，便是其中一人。

那时一群人井然有序、热泪盈眶地目送卫太傅离京。那样的场景，比霍珏御街那日更要令人震撼。

纵观大周建朝这二百年，从没见过哪位朝官离京之时，如同卫太傅般有此待遇。

# 第二十二章

# 隐秘书信

卯时将至，城门开。

余万拙立于门后，压着尖细的嗓子，笑着道："诸位大人，请吧！"话落，他与位于左侧文官列首的凌叡对视一眼，随后恭恭敬敬地弯下了腰。

身着各色官服的朝臣鱼贯而入，霍珏与宗奎立于队尾，待得前头的人走得差不多了，方才抬脚往里走。

恰在此时，一道玄色身影从身后快步前来，径直越过了他们。

宗奎抬眸望了眼，忍不住道："看见没？锦衣卫的指挥使大人的嘴角又豁了个口子。昨日，端午休沐，大抵是又跑去玉京楼找哪位花魁娘子荒唐去了。啧——这人行事浪荡，偏生有个厉害的爹守护着大周的边关，这才没人敢参他！"

也不知是不是听见了宗奎的话，正要入午门的薛无问顿住脚步，回头与霍珏目光对视了一息，便面无表情地转过头，信步过了午门。

早朝从卯时开至辰时。辰时一刻，众位朝臣离开宫门时，姜黎与杨蕙娘几人已经到了酒肆。

姜黎将雇人的启事贴在酒肆外头的灰墙上，然后对如娘道："如娘婶，这几日兴许能有人来应聘，届时你与娘一同替我掌掌眼。"

如娘哪会说不，自是笑着应下了。

她半年前开始同杨蕙娘学酿酒，杨蕙娘不藏私，她又学得认真，如今酿出来的百花酒很是不错，同姜黎酿的果子酒一样，销量不错。

这几日，杨蕙娘直接便让她做了二掌柜。

不得不说，酒肆的生意比她们几人想得还要红火，原先的人手根本忙不过来，这才想着多雇些人。

待得午时，便有用膳之人陆陆续续进了店。

其中一人瞧着很是面生，年岁不大，皮肤白净，穿着件藏蓝色的衣裳，笑起来很是讨喜，见着杨蕙娘便一口一个"大姐"喊着，喊得杨蕙娘心花怒放。

"几位姐姐叫我阿福便好，我听人说，状元楼的酒很是不一般，便想着买些回去，孝敬孝敬家中长辈。"

杨蕙娘快言快语道："阿福要何种酒？我现在让人去给你取。"

阿福圆眼滴溜溜一转："听说，状元楼有一味酒，是掺了百花露一同酿制的，我家长辈格外好带花香的酒。大姐，若是不麻烦，给阿福来个几盅吧。"

杨蕙娘一听，忙朝如娘抬了抬下巴："你倒是个识货的，你说的那种酒是我们二掌柜酿的，味儿不是一般的好。我敢保证，全盛京你都找不着第二家卖这种酒的地儿。”

小福子笑眯眯地看向如娘，心道：可不是吗？进宝干爹一大早便要他来这儿买百花酒，还说这里头的几位娘子一个都不能得罪，这地儿能一般吗？这酒能一般吗？

小福子买好了酒，便坐上一辆红顶马车，晃晃悠悠往宫里去了。

姜黎瞧着那辆马车，总觉着有些眼熟，却也想不起来在哪儿见过。她继续低头拨弄算盘，拨着拨着，也不知想到了什么，白生生的一张脸一点一点红了起来。

杨蕙娘见她面色绯红，用手背触了触她的额头：“可是哪儿不舒服了？怎的脸这样红？”

姜黎慌忙摇头，道：“没，没什么，约莫是热着了。”

正说着，门外忽然来了两位上了年纪的嬷嬷，姜黎扔下算盘，飞快地招待人去了。

两位嬷嬷是玉京楼里伺候苏玉娘的，这番前来是奉了苏玉娘的口令，特地来订酒的。

姜黎在酒肆未开张前，便细细想过该如何经营了。

她们状元楼有好酒，虽说酒香不怕巷子深，可盛京有名气的酒肆、酒楼着实不少，短时间内很难在盛京闯出名堂来的。与其等着旁人闻香而来，还不如自个儿把酒送上门去。

姜黎把这想法同霍珏说了后，他倒是很赞成。还抽出一张纸，写下了几个名字，让她把酒送去这几处试试。

彼时，姜黎看到这些名字着实是吓了一跳，玉京楼、曲艺馆、通义赌坊……

这些地方在盛京都是鼎鼎大名的销金窟，平日里酒水是少不了的，若能给他们供酒，那银子自然不少赚。

姜黎从没想过能与这些大商户做生意，人家在盛京根深叶茂，怕是早就有相好的酒肆给他们供酒，她贸贸然前去，定然要吃闭门羹。

可霍珏却掐了掐她脸颊，温和笑道：“不试试如何知道？说不定我这状元的面子比你想象中好使。”

姜黎一想也是，就算试了不成功，也不会有甚损失。

于是，前两日便广撒网似的给几家大商户送样酒去了。

如今，玉京楼派了嬷嬷来订酒，且还是个大单子，委实是叫她喜出望外。

姜黎笑眯眯地将两位嬷嬷送到巷子外，正要抬脚回去，忽然瞥见一道眼熟的身影立在对街一处头面铺外。

定睛一看，居然是随云。

当初，在张家老夫人的寿宴上，不就是她与薛真将自己推入荷花池里的吗？

随云一早就看到了姜黎，本想悄悄躲开，谁知姜黎眼睛利索，一眼就瞧见她了。

认出随云后，姜黎面色一沉，微眯着眼盯着她。

这一年，她经历了不少事，又随卫媗与佟嬷嬷学了管家，如今霍府的中馈也是她在主持，颇有点当家主母的架势了。

此时，目光凌厉地看着一个人，很是有一番威严。

随云被她看得惶惶不安。

要知道，姜黎现在已经不是桐安城那位毫无根基，谁都能踩上一脚的寡妇之女了。她如今是状元娘子，与小姐一样是官夫人，随手一捏说不得都能将她捏死。若姜黎非要同她计较当初的事，她一个伺候人的丫鬟，定要吃不了兜着走。

好在姜黎看了她几眼便转身走了。

随云轻舒了一口气，她今日是陪薛真与曹氏挑头面的。

自打姑爷在殿试上失利，无缘三鼎元后，夫人和小姐郁闷了许久。好在姑爷还是顺顺利利进了翰林院，这才让她们面上有光，恢复了与京中闺秀的往来。

昨日不知夫人从哪儿打听到，镇平侯府刚回来的大小姐在桐安城待过，就起了心思，想去同人结交，这才拉着小姐过来头面铺挑见面礼。

随云正想着，余光瞥见薛真与曹氏的身影，忙紧张地揪了揪手上的帕子迎了过去。

“夫人，小姐。”

薛真看她一眼，温温柔柔道：“怎的一脸冷汗？出什么事了？”

随云咬了咬唇，脑海里晃过随雾被人卷了凉席扔去荒山野岭的场景，到底没敢说方才遇见姜黎的事，嗫嚅着找了旁的理由搪塞过去了。

姜黎回到酒肆，便见她娘与如娘正在同一位三十岁出头的娘子说话。

走过去一听，方才知晓这娘子名唤余秀娘，与夫家和离后便独自一人来盛京投靠亲戚。恰巧见到酒肆在招人，便想着过来试一试。

余秀娘身着粗布马面裙，头戴荆钗，说话麻利，行事利落，听她说话的口音，的确不是盛京人士。可奇怪的是，她说话时，偶尔也会冒出几个盛京人才会说的土话。

仿佛她从前在盛京里住过一样。

如娘与杨蕙娘均是寡妇，知晓余秀娘和离后孤身一人来盛京，很是同情，几乎没怎么犹豫便留下了她。

姜黎过去时，如娘正结结巴巴地同余秀娘介绍着酒肆的情况，一见着姜黎的身影，话匣子一顿，对余秀娘笑道：“秀，秀娘，我们，二东家，回来了。”

余秀娘回头，便见一个生得极美的小娘子笑盈盈地走了过来，那模样瞧着与杨掌柜有六七分像。

她冲姜黎大大方方地点了下头，随如娘那般，利落地喊了声：“二东家。”

傍晚，霍珏从都察院下值归来。

一进寝屋，便见自家娘子又在拨着算盘算账，瞧着她微微翘起的唇角，今日酒肆约莫又挣了不少银子。

果然，他刚换下身上的官服，就听得小娘子笑眯眯道："霍珏，你知晓今日状元楼接到多少家大商户的单子吗？"

霍珏心思剔透，不用想都知晓，定然是定国公府那几家隐秘的产业都来同阿黎订酒了。

心中虽猜到了答案，可他面上却只当不知，笑着问姜黎："多少家？"

姜黎用手指比了个数字，道："六家。我们状元楼的酒厉不厉害？"

小娘子大抵是高兴坏了，眉眼里难得地起了骄傲的神色。

霍珏笑着"嗯"了声，继续哄她："阿黎酿的酒自是厉害。"

这话倒是夸得姜黎有些不好意思了，酒肆卖的酒又不是她一个人酿的，如娘和她娘酿的酒也很厉害的。

不过，她爱听霍珏夸她，便笑着接受了。同时，拧了条帕子，上前边给霍珏擦脸，边拣着今日发生在酒肆的一些趣事说与他听。说着说着，就说到了余秀娘身上。

"对了，酒肆今日招了个娘子，娘与如娘都很喜欢她。"

霍珏略略挑眉，道："人牙子介绍来的？"

姜黎摇了摇头，将帕子丢到一边的水盆里："不是，是路过酒肆时，看到贴在外头的雇人启事，就进来问了一嘴。谁知很合娘的眼缘，便聘了她。"

霍珏闻言点了点头，面色平静，心里已经准备让何舟去查查此人底细了。

正这般想着，下一瞬便又听姜黎道："其实莫说娘，便是我和如娘婶，也很喜欢秀娘子。她做事雷厉风行，人也好相处。我琢磨着，若是日后酒肆要做大，秀娘子说不得还能当个分号掌柜。"她兀自说着，根本没注意到霍珏在听见"秀娘"二字时，目光顿了顿。

姜黎絮絮叨叨说完，才听得霍珏温声问道："那位秀娘子姓什么？可有……夫家？"

姜黎抬眸，似是没想到霍珏会问起余秀娘来。

"秀娘子姓余，几年前便同她夫君和离了，如今孤身一人来盛京投靠亲戚。娘说她双手满是老茧和冻疮，从前的日子想来是不好过的。"

姜黎怕霍珏担心余秀娘来路不明，便握着他的手，笑道："秀娘子瞧着很是可靠，还给我们看了她的身份文书。也将她从前的来历说得清清楚楚，只除了一点，她似乎不大喜欢提起她从前的夫君，约莫二人和离时闹得不大好看。"

余秀娘不愿意提，杨蕙娘与如娘自然也不会多问。姜黎就更不用说了，她自个儿嫁了个如意郎君，对余秀娘的经历很是唏嘘，当然也不会往她伤口上撒盐。

霍珏反握着姜黎的手，将她抱到一旁的矮榻上坐下，云淡风轻道："既然你觉着可靠，那便留下吧。"

齐昌林的发妻姓虞，叫秀芸，并非姜黎口中的余秀娘。可这位秀娘子，不管是年岁还是经历，都与虞秀芸有些相像。

梦里，虞秀芸一直待在中州不曾离开过，甚至齐昌林要死时，也不曾到牢里看过他一眼。若余秀娘真是她，她此时怎会出现在盛京？

难道是察觉到了什么？又或者……她此时已经找到了那些信件……

霍珏低眸揉捏着姜黎的手指，心中的念头在心里绕过两圈后便搁下了。

兵来将挡水来土掩，若虞秀芸出现在这儿，可比差人去中州“请”她来盛京要更好。不管她为了什么回来，既然她到了盛京，那齐昌林那厮就不可能置身事外了。

姜黎自是不知霍珏心中所想，她这两日算账算得手腕、手指都有些发酸，被霍珏这样捏着，着实是舒服。

等到门外传来桃朱几人的脚步声，姜黎方才抽出手，道：“今日你在都察院累了一日，快用膳吧。我给你做了些养神的汤羹，还有你爱吃的鱼脍羹、藕夹子和蟹黄豆腐。”

姜黎说着就起身，张罗起晚膳来。

前两日，盛京接连下了两日雨，今夜凉风习习，格外宜人。

二人用过膳，又梳洗过后，便早早上了榻。

姜黎枕着霍珏的肩窝，软着声问道：“今日去都察院上值，上峰同僚都好相处吗？”

霍珏想起都察院那几位老熟人，唇角微微勾起，嗯了一声，道：“都是很好相处的人。”

梦里，这些人恨不得能将他碎尸万段，满口“奸宦”“佞臣”地追着他骂。

今日他去上值，不管是掌管都察院的左右都御史鲁伸、柏烛，还是底下的一众都事、司务，全都对他和颜悦色，夸他有君子之风、济世之怀，是难得的栋梁之材。

霍珏竟是不知晓，梦里见着他便眼不是眼、鼻子不是鼻子的鲁御史、柏御史居然有如此和善的一面。

姜黎见霍珏唇角噙着笑，神色温和，便当真信了他说的话。只当都察院的御史个个都是好脾气的，心里头也跟着开怀起来。

“那便好。日后你若想同你的上峰、同僚寻个地儿吃酒，便同我说，我提前在状元楼给你们热好酒，做好下酒菜。”

霍珏低眸瞧她，略带薄茧的指轻轻拨弄着她软玉似的耳垂半晌，才低低嗯了一声，侧身吻上她的唇……

一弯月牙儿静静挂在柳梢头，衬得夜色格外温柔。

从顺乐街往西再走半个时辰便到了和鼓大街，聚居在和鼓大街的，都是盛京里拖家带口不甚富裕的寻头百姓。

余秀娘缓步来到一处老旧的平房门口，敲了敲门，没一会儿，便有一个梳着未婚发髻，约莫二十来岁的娘子从里开了门。

那娘子一见余秀娘便眼睛一亮，唤了声：“夫人，您回来了！”

余秀娘快步进了屋，从一张缺了角的木桌上端起一杯冷茶，猛地灌了几口，方才道：“小月，说了多少回，莫要再叫我夫人。我如今不是侍郎府的夫人了，唤我秀娘子便好。”

小月只当没听见余秀娘的话，默不作声地给余秀娘满上一杯温茶，接着才讷讷道：“夫人怎的还这样喜欢喝冷茶？大夫说夫人的身子不宜吃冰凉之物。”她家夫人十年如一日的，但凡天热些就要喝凉掉的茶，也就大人说她时，才会收敛些。可大人一去上值，她扭头就给自个儿弄个冰碗吃。

余秀娘渴得紧，见小月给她倒的是温茶，眉头微拧，到底是把茶喝完了。

“夫人，您这趟回盛京，可还会走？”小月从前是伺候余秀娘的，那会儿夫人还不叫这个名字，而老爷也还不是刑部尚书。那会儿日子多好啊，外头人人都说老爷惧内，娶了只母老虎回来，处处管着他。

分明都是外头无知之人乱嚼舌头说的话！

老爷同夫人的关系明明很好，小月不止一次见到夫人气吼吼地揪着老爷的耳朵，可老爷半点儿不生气，反而涎着脸同夫人低声下气地认错。而夫人骂着骂着就会转怒为笑。

那时，小月尚且不懂，为何老爷会放任外头的人把夫人说得那样不堪。

还是老爷的心腹小厮齐安同她说，这是为了保护夫人——小月信了。

后来老爷与夫人和离，齐安还是同她说，这是为了保护夫人——她又信了。

可如今九年都快过去了，老爷成了刑部尚书，小妾一个接一个地往府里抬，连名满盛京的花魁月芙都成了他的爱妾。

于是，小月便再也不信了。

老爷分明是飞黄腾达后，嫌弃夫人，才不要夫人的！

余秀娘不知自家丫鬟心中所想，拉开一张木椅坐下，对小月道：“我会在盛京待上一段时日，你坐下来同我说说，这几年盛京都发生了什么事。齐昌林那杀千刀的是不是捅了什么娄子？”

小月撇撇嘴，她倒是希望老爷能捅出些娄子来，遭遭报应降降职什么的。可眼下老爷一路高升，从刑部侍郎高升到刑部尚书，都位列九卿了，就算是弄出点什么乱子，也能轻易就摆平过去。

“婢子瞧着尚书大人的日子过得挺美挺滋润的，听说府里的小妾就有十几位，去岁还纳了位花魁。”

余秀娘闻言，面色平淡地放下手里的茶杯：“他爱纳妾，纳多少个妾，我不关心。覆水难收，破镜难圆。我与他既然和离了，那日后自然是男婚女嫁各不相干。我如今只想知晓，那杀千刀的是不是犯了什么事？齐安可有同你透露过什么？”

小月纳闷地摇摇头：“夫人与老爷和离后，婢子同齐安自然也断了联络。这些年，婢子知晓的，也不过是百姓口里所传的关于老爷的风流韵事罢了。”

余秀娘也知晓自个儿是为难小月了，微微颔首，不再多话。

小月的爹娘两年前去了，余秀娘住在这儿倒是便利。

夜里沐浴后，余秀娘燃了一盏灯烛，她弯腰拉开床榻底下一块破破烂烂的毡子，撬开一块松动的砖头，从里头拿出个用黑布包着的油布袋。

袋子里头有四个信封。

一封装着十张千两银票，一封装着齐昌林写与她的信。还有两封，是用北狄文和南邵文写的信，余秀娘看不懂。

这四封信分别缝在她从前做给他的两件旧衣裳里。

她离开盛京时，带走的东西不多，大多都是她自个儿的旧物，也不知晓他是什么时候将这两件衣裳一同放进那盒旧物里的。

说来，他是这世上最了解她的人了。

她这人最恨拖泥带水，她不后悔与他好了一场，那些相知恩爱的日子从来都不是假的。可既然和离了，她也绝不会回头，更不会伤春悲秋地感怀旧人。

这些旧物，藏着二人情浓时的记忆。除非，有朝一日齐昌林死了，否则她绝不会开盒子再看这些旧物一眼。

若非一年前宏儿好奇他爹，偷偷打开了盒子，又偷拿他爹的衣裳出来穿，她根本不知晓这四封信的存在。

余秀娘就着微弱的光，打开了齐昌林写与她的那封信。

信上头只有一句话：阿秀，今生是我负了你。

这句话，她离开盛京那日，齐昌林也同她说过。当时，她心灰意冷，只当他说的是场面话。

如今再回想，恐怕那时他便是出自真心的。而他之所以要和离，也不是他说的那般，厌倦了她，也厌倦了与她过日子。

余秀娘将这些信放入油布包，再次藏回了原位。

九年前，他们二人分道扬镳，自此再不相见。

七年前，盛京惊变，先太子太孙谋逆，先帝病逝，再之后齐昌林平步青云，一路官拜至刑部尚书。

而她与齐昌林和离后，便改头换姓去了陌生的中州，从头开始。原本生活算得上风平浪静，可半年前却忽然来了两拨来历不明的人在寻她。

她一猜便知，那些人约莫是为了她手上的信，又或者是觉着能利用她来威胁齐昌林。

余秀娘攥紧了拳头，心火怒烧。

齐昌林这个杀千刀的，过去那些年，定然做了与虎谋皮、丧尽天良的事！

余秀娘一夜辗转难眠到天明，听见隔壁院落传来了鸡鸣声，便起身简单地拾掇了一下，便出了门。

才到酒肆，看见杨蕙娘与如娘正站在酒肆外让店里跑堂的挂幡旗。

大大的“状元楼”三字飘荡在微带凉意的春风里。

二人有说有笑，瞥见余秀娘了，还扭过头来同她亲热地道“早安”。余秀娘心底登时多了股说不清道不明的愧疚感。

前两日她刚到盛京时，无意中听人说起顺乐街有一家状元楼，听说东家是新科状元的丈母娘，新科状元不去翰林院，反而同皇帝请恩去了都察院。

新科状元，都察院。听见这些字眼儿，下意识便过来了顺乐街。也是巧，一来便看见到雇人启事，没承想竟当真留了下来。

从前余秀娘做官夫人时，从来不出外应酬。她的身份太过低贱，盛京里的官夫人大多瞧不上她，她也懒得出去自讨没趣。是以，她在盛京，半点人脉都无。

如今，她留在状元楼有着自己的私心，可杨蕙娘、如娘和姜黎待她却是真心的。

这点看来，终究是她不够光明磊落。

余秀娘按下心中的愧疚，深吸了口气，扬唇一笑，爽利地道了声“早”，又问：“阿黎呢？”

杨蕙娘轻咳了声，笑道：“她昨夜算账算得晚，今日我便让她多睡会再来。”

姜黎昨夜的的确确是累着了，可却不是因为算账。

姜黎起床时天已大亮，见桃朱端水进来，她哑着声问：“公子几时去当值的？可用早膳了？”

桃朱道：“公子卯时一刻便出门了，今日公子起得晚，奴婢只好热了几个烧饼让他带着路上吃。”

今日，霍珏之所以起得晚，那自然是昨日歇得晚了。

姜黎脸颊热了热，学着霍珏一贯的模样，淡淡“嗯”了声：“无妨，一会儿让小厨房把汤羹炖上便好。”

桃朱柔声道：“汤羹奴婢一早就差人炖上了，夫人的、公子的都有，夫人安心便是。”

就在姜黎忙着让人给霍珏炖汤羹时，霍珏正端坐在都察院，听人碎嘴子。

说来，都察院算是盛京里最抱团的一个官署机构了，不管是平级的御史，还是不同层级的御史，都没甚钩心斗角之事。

只因都察院这一群御史，天天干的都是得罪人的事。这盛京里的官署，上至六部下至衙门，乃至宫里的司礼监，都被他们得罪彻底了。

他们再不团结些，哪能抵御得了外敌？

“听说，鲁御史与柏御史出门上值前，必要同自家夫人道：‘今日为夫兴许会触柱而亡，若当真如此，你们不必伤怀。不过是职责所在，为国捐躯也算是死得其所了！’”

宗奎用手掌遮着嘴，说得很是起劲儿：“如今二十多年过去了，他们这临别之言每日都在说。几位大人的夫人每逢聚会，必然要拿这事说笑。”

旁边一位都事左右扫了眼，也笑眯眯地插话道：“不用听说了，这事儿在都察院从来不是秘密。你们可要知晓后续？后续就是，两位御史大人说完后，御史夫人便问：‘晚膳可要等你回来一同吃？’大人立即答：‘自是要的，一个人用膳也忒寂寞了！’”

宗奎刚抿了一口茶，听见此话，实在是憋不住笑意了，偏生茶堵在嗓子眼里，直接呛进了气管里。

登时咳得面色涨红，双目含泪。

鲁御史进来时，没听见宗奎咳，倒是看见了他激动得不能自已的样子。

随即便想起这位并州宗家的榜眼宗奎，同状元郎一样费尽心思地要入都察院，想来也是个一身热血的好儿郎。

于是一抚胡子，开怀一笑，道：“不过才第二日当值，怎的就激动成这样了？”

说罢，便喊上二人进了一边的厅房，将一封密信扔到桌案上：“今日，你们随左副都御使跑一趟兵部，此密信检举的是兵部尚书胡提！”

都察院与刑部、大理寺并称“三法司”，主掌监督与弹劾，必要时，还能上陈建议。

“密信里说兵部尚书胡提曾秘密贪下军饷，累计白银数万两。此事若是真的，这胡提当真是吃了熊心豹子胆，连军饷都敢贪，也不怕日后祖坟被人扒出来泼粪！”

宗奎正了正头上的乌纱帽，继续压低声音道：“不过吧……如今凌首辅与朱次辅两派争得那样厉害，不知晓这密信所言究竟是真是假。”

霍珏垂眼，掩住眼中的眸色，嘴角微微提起，道：“是真是假，一查便知。”

“这种贪墨案子，哪儿那么容易查？尤其是兵部尚书那等子级别的官，别忘了，他后头还有个凌首辅。”宗奎的伯祖父任大理寺卿，耳濡目染之下，知晓要扳倒一个身居高位的官员，属实不易。

多少案子都因为证据不足而不了了之。

霍珏侧眸看了宗奎一眼，道：“你怕了？”

宗奎腰杆登时一正，似是受到了极大的侮辱，提高声音道：“谁怕了！本公子自出生到现在就没怕过什么！状元郎，我同你说，就算那兵部尚书身后站着的是凌首辅，我也不怕！”

宗奎话音刚落，便见一人从几步外的屋子快步走出来，手里拿着一摞书册。

此人正是霍珏与宗奎正在等的人，左副都御使贾隋。

贾御史显然听见了宗奎挺直腰杆说的话，行至他身侧，用力地拍了几下他的背，笑着朗声道：“哈哈哈——不错！不错！老师说你们二人都是极好的苗子，果真没夸错！我们都察院出来的，就应该有此气势！”

贾御史生得人高马大，一双手掌又厚又大，这几掌下来，差点没把宗奎这世家公子的肺给拍出来。

三人上了马车，便往兵部官衙去。

他们要查的是胡提，却也不能一到人家地盘就气吼吼地说要抓人，只能采取迂回的手段，声东击西地细细盘查。

胡提听到都察院又来人了，气得一口子气堵在喉头里不上不下的：“说说看，贾隋这次又要查什么？是不是又说我徇私枉法，任人唯亲了？还是说我去岁整理的兵籍不合规矩？”

进来传话的传书史缩了缩脑袋，道：“贾御史说今岁运往边关的军械不如前两年威武，恐有偷工减料之嫌疑，要来查查账。”

胡提用力地拍了下桌案，冷笑一声：“查，让他好生查！身正不怕影子斜，我就不信他真能查出什么来了！去挑个最乱最脏的屋子让他慢慢查！”该毁掉的东西他早就毁了，他还真不惧贾隋查出什么来。

再者说，就算他真查出点什么来了，最后还不是要移交刑部？刑部尚书齐昌林与他一样，都听令于首辅大人。说是同气连枝都不为过，他怕甚？

传书史得了令，忙拉着一张苦脸给贾隋几人引路去了。

盛京的春天比之桐安城要来得晚一些，到得四五月，方才见着莺飞草长、花团锦簇的美景。

这样好的时节，自然是酿酒的好时候。

姜黎一进酒肆，便目不斜视地往天井走，根本没注意到酒肆大堂的角落里坐着位不速之客。

那人生得高大英俊，一双冷冽的眼，灼灼地盯着她的侧脸。

宣毅捏紧了手上的酒杯，待得小娘子掀开帘子进了天井，方才仰头，将杯子里酸甜可口的梅子酒一饮而尽。

他梦里的杨记酒肆，现实中变成了状元楼酒肆，而她也从姜掌柜变成了状元娘子。

若不是循着霍珏的踪迹，他堂堂定远侯府世子恐怕都不能将她从盛京里找出来。

宣毅眸子里遍布戾气，在酒肆里又待了半个时辰，临走前还往天井的方向看了眼，才起身出了酒肆。

他今日告了假，离开酒肆后便径直去了长安街的飞仙楼。

刚下马车，身后忽然传来一道清脆又骄傲的声音：“你就是定远侯府的宣世子？”

宣毅冷冷淡淡地回过身，便见几步开外的华贵马车里，一位年岁不大的姑娘挑着帘子，骄傲地望着他。

这姑娘不管是头上戴的头面，还是身上穿的衣裳，都是顶好的。一瞧便知是高门大户里的贵女。

宣毅对盛京的贵女一贯没甚好脸色，只瞥了一眼，见是不认识的人，扭头就走。

那姑娘脸色立时不好看了，咬唇望着宣毅高大的身影看了半晌，回想着他方才冷淡的眉眼和那张英俊的脸，倏忽笑了声：“行，就他了。”

先前她爹说给她相中了一个不错的后生，想下个月安排她与那人去大相国寺相看的。

她自是不愿意，正在绞尽脑汁地想找借口推掉，转眼那个后生竟然比她早了一步，直接登门说要取消大相国寺之行。

从来就只有她嫌弃别人，哪有别人嫌弃她的？她哪里咽得下这口气？这才悄悄打听到那后生的名字，寻了过来。

如今见到了人，倒是比她想象中的要好。

她胡玉雅就喜欢征服这种对她爱答不理的男人。

胡玉雅抿嘴笑了笑，正要放下车里的帐纱，一个温雅的嗓音忽地喊住了她："胡姑娘。"

胡玉雅动作一顿，斜眼望去，很快便认出说话的是翰林院曹姓编修的夫人。

这位曹夫人，胡玉雅在诗画宴上遇见过几次，很是能低下身段逢迎京里的千金小姐。

那些家族不显、家中长辈是五六品芝麻官的闺秀，倒是挺吃她这一套，三言两语间便成手帕交了。

胡玉雅与那些人又岂是一样，她爹是兵部尚书，平日里往来的最低也是三品大员的官家千金，这位不知从哪个小地方来的解元夫人，她才懒得搭理。

"你是……曹夫人吧，抱歉，我有要事要先走一步，再会。"说罢，看都不看薛真一眼便松了手。

帐纱随着马车的离开而轻轻晃动，薛真望着刻了兵部尚书家标记的马车，捏紧了手上的帕子。

方才胡玉雅眼底对她的轻视，她看得一清二楚。

她来盛京这般久，还是头一回遭到冷遇，便是镇平侯府那位目中无人、狂妄自大的大小姐也不曾这样对她。

随云从飞仙楼里出来，便撞见一脸阴霾的薛真，心头不安："小，小姐。"随云小心翼翼地唤了声，抬了抬手上精致的食盒，"苏姑娘爱吃的云片糕奴婢买到了，可要现在送过去镇平侯府？"

薛真垂下眼，再抬眼时又是一副娴雅温柔的模样。

"嗯，飞仙楼的云片糕自是要新鲜的才好吃，我们现在就过去，可莫让苏姑娘久等了。"

状元楼里的姜黎，自是不知晓她那位死对头竟然同薛真搅和在一块了。

此时，她正在兴致勃勃地教余秀娘酿酒。

"喏，果子酒其实一点儿都不难。把果子洗净了，晾干后捣碎放入酒缸，等它们自个儿发酵，再陈酿几回便好了。"

姜黎揭开一缸酿好的杏子酒，拿木勺子舀了一小勺出来，想给余秀娘尝尝。

谁料余秀娘笑着摆摆手："我就不尝了，我打小就不能喝酒。"她父亲是个酒鬼，每逢醉酒，她与阿弟还有阿娘便没好日子过。自此，她便闻不得那醉醺醺的酒气。

虽说，酒缸里飘出来的是甜腻的果香味儿，与记忆中父亲喝醉后的酒气不一样，可果子酒终究是酒，是她一辈子都不愿意碰的东西。

姜黎对余秀娘说的不能碰酒倒是没多想。毕竟，有些人的确是不能碰酒的，轻则起疹子，重则喉头肿胀、呼吸不畅，命都难保。她以为余秀娘也是类似的情况，便赶忙盖好酒缸，将木勺子里的酒一股脑地喝了。

看得余秀娘忍俊不禁。

"难怪娘说你只想在厨房做吃食，不愿意酿酒呢。"姜黎放下木勺，双手一环，便抱起半臂宽的酒缸，放回地窖里。

余秀娘笑着应道："我从前是靠卖吃食为生，到厨房里做帮工可比去旁的地方合适。"

姜黎放下酒缸，回眸笑了笑，道："那敢情好，我平日里也爱捣鼓吃食，回头我同秀娘子一起捣鼓。盛京虽说好吃的东西不少，但是有些东西也是吃不到的。"

说着，姜黎便说起了桐安城好吃又不贵的小吃食。小娘子生得美，脾气也好，说起话来软软糯糯，也没半点状元娘子的傲气，当真是很讨人喜欢。

余秀娘望着姜黎，不由得想，若是当年她没有随齐昌林进京赶考，说不定那孩子就不会掉，那这会儿她也会同杨蕙娘一样，有一个同阿黎一样贴心又可人的女儿了。

"阿黎，你夫君可会不喜你在酒肆帮你娘的忙？"

姜黎摇了摇头，道："怎会？霍珏他还等着我挣银子养家呢。"

余秀娘闻言失笑道："他如今是正六品的都察院监察御史，年俸少说也有六十两，禄米至少一百石，职田也是四百亩起，还有岁末的养廉银与每月月杂，林林总总加起来，能养一大府的人了。哪还需要你挣钱养家？"这还是明面上朝廷给的合法收入。

有些胆子大的，私底下捞点油水，收点底下人给的"孝敬"，就算是个九品小官，捞的钱也够挥霍一辈子了。

姜黎被余秀娘说得一愣，不由得冒出点疑惑。倒不是疑惑她说的话，而是疑惑秀娘子怎会知道得这般清楚。

一个官员一年有多少俸禄，多少职田，虽说不是秘密，也不是一个普通的百姓能知晓的，还知晓得几乎分毫不差。

姜黎望着余秀娘，心里头忽然起了个荒谬的念头。秀娘子不愿意提起的那位前夫，说不定也是个当官的，且至少是个六品官。

余秀娘也晓得自己一时嘴快，说了不该说的。可她不想找补，也不想用旁的借口来骗姜黎，只叹了一口气，道："你夫君年纪轻轻便中了状元，日后自是前途不可限量。我只是担心，有朝一日，他会嫌弃你。"

来酒肆的人，都喜欢问起惊艳了整条长安街的状元郎。

余秀娘这两日自然也听了不少霍珏的事迹，说实话，状元郎与阿黎的故事总让她想起自己与齐昌林的过往。

同样是出身卑微，同样是相识于微末，同样是小小年岁便成了亲，一同进京赶考，看他进士及第。

她余秀娘是个卖货郎家的女儿，而齐昌林也不过是个贫寒的读书人，若是不和离，他们二人说不定也能成就一段佳话。

可她与齐昌林的结局并不好，十六岁成亲，二十五岁和离。她到现在都记得，齐昌林对她说的最后一句话。

他说："阿秀，如今的我已经不再是银月巷那个穷困潦倒的书生，可你依旧是银月巷那个倔强的虞大娘子，我们终究是不能一同走下去。今生，是我齐昌林负了你。"

彼时，只觉他话里话外似乎都在说她余秀娘配不上他刑部侍郎了，于是听罢那话，余秀娘果断和离，毫不眷恋地离开了盛京。

如今想想，他说那样的话，未尝不是在激她离开他，离开盛京。可就算他有苦衷，他对她的伤害也是真实存在的。伤了就是伤了。

那个在洞房花烛之夜与他结发成夫妻，同过甘共过苦的余秀娘，早就同他走失了。

余秀娘望着姜黎，心下一叹，但愿眼前这小娘子与她的状元郎能有个不同的结局吧！

申时二刻，霍珏与宗奎、贾御史二人顶着兵部众官愤怒的目光，慢悠悠地出了兵部官衙。

贾隋对兵部那些人的目光，早就麻木了。说难听点儿，脸皮厚到一定程度，那自然是死猪不怕热水烫。

但身边这两位好苗子可是头一回来，可莫要被吓着了。

思及此，他厚厚的手掌猛地拍向站在他右侧的宗奎："别看兵部那群人看起来凶神恶煞的，实则个个都是外强中干，旁的不会，就只会干瞪眼，你们多来几回就习惯了。"

宗奎被他拍得忙往霍珏那头挪："大人放心，在奎眼里，那群人的眼刀子还比不上您这一掌下来得有威力……"

贾隋哈哈一笑，拍了拍被他偷偷塞进里衣的账册，对他们二人道："你们今日干得很好，我现下就去寻鲁大人把东西呈交给他。你们不必跟来，回去好生休息，明日说不定还得再来一趟兵部。"

贾隋说完，在半路就下了马车，熟门熟路地拐入一条暗巷，瞧那方向的确是去寻鲁御史的。

宗奎摇了摇头："鲁大人说不定正在同夫人用'不寂寞'的晚膳呢，贾大人也太急切了些。"

说着，不知想到什么，又睨了霍珏一眼，道：“话说回来，状元郎，你是怎么从那满屋子的废纸里找到那本账册的？”

霍珏垂眸拍了拍官服上沾染上的灰尘，漫不经心道：“运气好，一不小心就摸到了。”

宗奎将信将疑地盯着他。

兵部的人故意使坏，将他们引入了一个满是杂物的屋子。

那屋子到处结着蜘蛛网，从架上抽张纸都能带落一地灰尘，明显废置了许久。

偏生就是那般巧，这位状元郎随手一摸，都能摸到一本几年前的隐秘账册。

这运气，也未免太好了！

KUWEI
酷威文化
图书 影视

八月于夏 著

# 首辅大人的小青梅

（下册）

天津出版传媒集团
百花文艺出版社

# 目录


第二十三章　入药王谷　311

第二十四章　寿诞宫宴　329

第二十五章　灵牌泣血　347

第二十六章　我心悦你　361

第二十七章　怒斥凌叡　375

第二十八章　故技重施　389

第二十九章　死局残棋　401

第 三 十 章　各怀鬼胎　409

第三十一章　多事之秋　423

第三十二章　莫忘初心　437


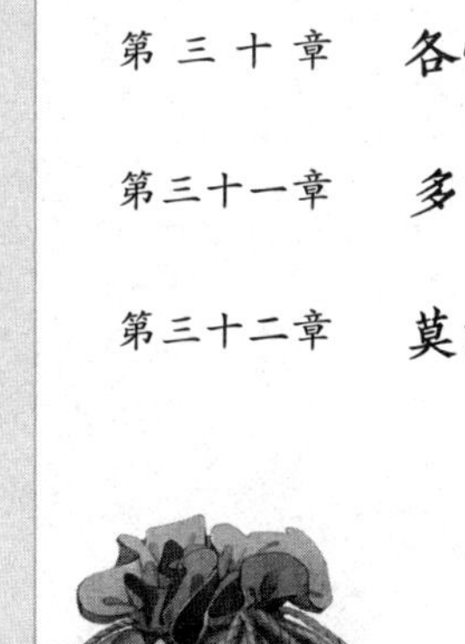

# 首辅大人的小青梅


第三十三章　尚书送信　451

第三十四章　奉还三箭　467

第三十五章　青州天晴　481

第三十六章　何为帝王　497

第三十七章　尚书认罪　513

第三十八章　众叛亲离　529

第三十九章　薛晋抵京　543

第四十章　箴言现世　563

第四十一章　鼓响天和　579

番外　浅喜光阴　593

# 第二十三章

# 入药王谷

夜里，霍珏回到霍府后，先进了趟书房，从暗格里取出一本账册。

账册瞧着有些年头，若是宗奎在此，见着这账册定然要瞪大眼珠子，只因这账册与今日霍珏在兵部摸出来的账册别无二致。

霍珏仔细翻了翻手里的账册，才将何舟唤进屋里，道："把这账册送到暗一那儿。"

何舟躬身接过，领命出了书房。

这本账册他不陌生，这半年来，公子一直忙着做旧一些纸张，他同何宁还出去寻了好几块陈年老墨，费了好大的功夫，才做出两本旧账册来。

知晓这账册是极重要之物，何舟将账册小心塞入袖口，快步出了月门。出去时恰好遇见了正往主院走的何宁，却连招呼都来不及打，只点点头，便疾步离去了。

何宁望了望何舟离去的背影，摇摇头，一进书房便恭敬地行了礼，道："属下查过了，那位秀娘子的确生得与公子所画之人如出一辙，应当就是公子说的那位夫人。属下今日在酒肆里待了一日，倒是没见她有何不妥。她一整日基本都在后厨忙乎，夫人酿酒时，才从后厨出来陪夫人去了趟天井。"

霍珏淡淡颔首，神色平静，并无半点意外之色。

余秀娘是虞秀芸这事，本就在他意料之中。

原以为要费一段时日方能寻到她，没想到她竟然亲自回了盛京。眼下她留在了酒肆，自是给他省了不少工夫。

霍珏轻轻摩挲着手指，沉吟半晌后，方才道："从明日起，你便寸步不离地守着酒肆。若无意外，齐昌林过不了多久就会找到酒肆去。他若是去酒肆，你也不必惊慌，只当他是个寻常客人便是，他去那里约莫就是想看看余秀娘。"

何宁连忙应"是"，却没退下。默了片刻后，小心觑了觑霍珏的脸色，又道："还有一事，今日……定远侯府的世子爷突然摸上门来，在酒肆里喝了差不多一个时辰的酒。"

何宁知晓自家主子厌恶这位宣世子，果然他的话音刚落，便见霍珏抬眸，冷声问："夫人可见到他了？"

何宁连忙摇头："并无，夫人一入酒肆便进了天井酿酒，根本没注意到宣世子。宣世子这次要收敛许多，盯着夫人看了片刻，便再无旁的动作了。"霍珏垂下眼，漆黑的瞳眸阴晴难辨。

"前些日子，让你派人去寻的药，可寻到了？"

何宁一愣，公子说的药，实则是一种西域的蛊虫。

那蛊虫何宁闻所未闻，好在白水寨有一人从前在西域做过买卖，知晓在哪里能寻到制蛊之人，这才将人派了过去。

如今听霍珏问起，心里蓦地咯噔一下，低声道："一个月前，葛老出了玉门关后，便再无传话回来。公子可要属下再派人走一趟？"

霍珏微微一顿，随即便摇摇头。那位西域巫师性子古怪，若不是合眼缘之人，去再多人都无用。

"无妨，再等等。"

不过是多留那人几日性命，等定远侯府与兵部尚书结亲了，宣毅同样逃不过一死。

何宁退下后，霍珏去净室洗去一身灰尘，换上了一套干净的常服，才缓步去了寝屋。

屋子里烧着很淡的杏子香，四处燃着灯盏，整个内室亮堂堂的。

小娘子靠着个大迎枕，低头翻着本《古酒杂论》，见他进来，那双藏不住心事的眸子定定地望着他。

霍珏脚步一顿，和她对望一息，便加快了步子，在她身旁坐下，道："听何宁说，你今日在酒肆酿酒了，酿的什么酒？"

姜黎放下手上的书，弯唇笑道："酿了几坛子桑葚酒，还有屠苏酒。"

霍珏握着姜黎的手，替她细细揉捏，知晓她此时定是有话要同他说，便也不语，只耐心等着。

等了片刻，果真听姜黎道："霍珏，你可会不喜我到酒肆去？"

姜黎的话问得委婉，她原意是想问他会不会嫌她为了经营酒肆而抛头露面。

她从小就看着杨蕙娘经营酒肆，从前朱福大街看着她长大的掌柜娘子，个个都是有本事的，制香粉、做衣裳、卖头面，丝毫不比男子差。是以，她不喜用"抛头露面"这样的词语来形容自己以及与她一样靠着一技之长堂堂正正挣银子的女子。

霍珏自是听出了姜黎话里的委屈与忐忑，手上的动作越发轻柔，温声道："我为何会不喜？"

姜黎想了想，道："你如今是官身，怕不怕有人拿我的出身来笑话你？"

世情如此，倒不是她妄自菲薄，实在是商人的地位天生就比旁的人低。霍珏如今中了状元，谁知晓会不会有碎嘴子的人，拿她商家女的身份来打压他、嘲笑他。

霍珏瞬间便想起何宁方才提及的，余秀娘与阿黎在天井一同酿酒的事，大抵也猜到了余秀娘同阿黎说了什么。

余秀娘从前做齐昌林夫人时，不少人拿她是货郎之女的事笑话他们夫妻二人。

彼时，齐昌林在盛京毫无根基，又因着喜好行钻营之事，在朝廷里的名声也说不上好。

因此，即便后来官至刑部侍郎，盛京里的那些当家主母，就算是官职比他低的官家的娘子，也不屑同余秀娘来往。

可他不是齐昌林。他不会让阿黎受从前余秀娘受过的委屈。

"大周的第一任皇后便是商家女出身，当初若不是那位皇后倾尽一个家族的财力支持太祖于乱世中揭竿而起，哪有今日的大周皇室？"

霍珏清隽的眉眼噙着淡淡的笑，捏了捏姜黎的指头，接着道："我有朝一日坐到了高位，旁人也会这般说你的。大抵会说……当初若不是那姜家娘子是个能挣钱的，供那位状元郎读书，哪有今日大权在握的霍大人？"他说起这些话来，语气端的是一本正经。

姜黎被他说得一乐。

开国皇后的故事，阿姐也同她说过，她自是知晓这典故的。

可问题是，皇后当初的家族是一州之首富，财力不可谓不惊人，哪是她这酒肆小掌柜能比的？

霍珏拿她来同那皇后相提并论，委实是抬举她了。

姜黎知晓霍珏是在哄她开心，也不会拒绝他的体贴，展眉一笑，道："你这话我爱听。可你在屋子里说说就好，在外头可不能这样说。"

她这人一贯不爱自寻烦恼，先前因着余秀娘的话而生的一点子忐忑，转眼便风停雨歇、雨过天晴了。

月色如水，几缕扯絮似的闲云散落在天边，遮住了零星的几颗星子。

定国公府里，暗一接到了何舟送来的东西，又听得何舟一脸郑重地说此物关键，务必送至世子手中，便也神色一凛，往无双院走去。

入了夜后，无双院素来不留人在屋外伺候。

此时，无双院唯有房门紧闭的寝屋，从门缝和窗纸里漏了些暖色的光，铺在长廊。

暗一疾步行往寝屋，步子顿了顿，到底有点儿不敢上前敲门，只学着鸟儿啾啾叫了几声。

屋子里的薛无问听见这不伦不类的鸟叫声，嘴角一抽。近来，暗一也不知是抽了什么疯，每每夜里有事要禀，门也不敲了，直接学鸟叫。

"我出去看看暗一寻我何事。"薛无问揉了揉额角，松开怀里的卫媗，套上件外袍走了出去。

暗一瞧见薛无问那欲求不满的阴森眉眼，摸了摸鼻子，轻咳一声，将手里的东西恭恭敬敬递了过去："世子，这是何舟十万火急送来的东西，属下觉着这东西还是请您先过过目比较稳妥。"

薛无问接过账册，借着身后的光，快速翻了两页，旋即目光一凝，眉宇蹙了起来。

片刻后，他阖起身后的房门，道："去书房议事。"

再回到寝屋时，已是一个时辰之后，卫媗已经把他挑开的腰封系好，坐在床头翻看佛经。

薛无问瞧着她认真研读佛经的模样，眸色微沉。近来，这姑娘都快把祖母珍藏的佛经看完了，如今祖母找人讨论佛法，都爱寻她过去。

他走过去，将卫媗搂进怀里，低头嗅了嗅她身上的香气。喉结来回滚动了几下，单手解了她的腰封，想继续方才才开了个头就被暗一打断的事。

卫媗忙放下佛经，按住薛无问不规矩的手，道："方才何舟来过了？他来这所为何事？"

薛无问出去见暗一时，门是敞开着的，暗一说的话自然也传了只言片语进来，卫媗恰巧捕捉到了何舟的名字。何舟既然来了，那定然与阿珏有关。能让薛无问停下那档子事，急匆匆跑去书房议的事，也定然不会是小事。

薛无问听见卫媗的话，手上的动作根本没停，骨节分明的手伸进小衣里摩挲着，没一会儿又抚上她细弱的脚踝，似笑非笑道："我方才出去前问你的问题，你还未曾回答我呢。你先回答我，我再同你说何舟因何事而来。"

卫媗抿了抿唇，湿润的眼望着他。

暗一来之前，他恰好问了她一句："委屈吗，卫媗？"

其实，不怪薛无问要这般问她。这些日子，她风雨不改地去静心堂陪薛老夫人学佛法，虔诚的模样跟出家当尼姑也差不离了。

卫媗一贯聪明，真要用心学，总比旁人学得快、学得好。如今费了这么多精力在这上面，自然也颇具成效。短短一个多月的时间，便让薛老夫人刮目相看，惊叹连连，夸奖她有慧根。

可薛无问知晓，自打卫家出事后，卫媗就也不再信佛了。不仅不信，还厌恶到了极点。如今逼着自己去学，不过是为了讨好薛老夫人。

卫媗咬了咬唇，想按住他的手，不让他使坏的。可薛无问太过了解她，没一会儿，她便软下了腰身。

薛无问望着那双渐渐蒙上水雾的杏眼，凑过去碰了碰她的唇，哑着声又问了一遍："委屈吗，卫媗？"

卫媗眼睫轻颤，她用力地吸了口气，忍不住气恼地咬了下他的唇，好半晌才颤着声音道："薛无问，老夫人是你祖母，我……不委屈。"

薛无问一瞬不错地盯着她的眼睛，她的目光些许迷离，理智被逼退到了边缘，脱口而出的话自然不是假话。

她不觉委屈。

她说那是他的祖母，是以也是她的长辈。即是她的长辈，彩衣娱亲，又谈何委屈？她是不再信佛了，可不妨碍她尊重旁的愿意去相信佛的人。

薛无问亲了亲她氤氲着水雾的眸子，忍无可忍地喃了句"小祖宗"，这才扯了她罗裙……

许久之后，卫媗才后知后觉地反应过来，这混账方才拿她当犯人审了。

卫媗忍着酸软坐起身，睨着他，道："薛无问，你拿无双院当镇抚司的诏狱了？"

薛无问自知理亏，卫媗平素太过冷静，不用些非常手段，根本问不出心底话。可眼下，他自然是不能认的，若不然，这位小祖宗能一连几个月不让他近身。

他在卫媗面前一贯厚颜无耻到了极点，这会儿就算心虚，也能义正词严地道："你拿我当什么人了？方才那样的事，你觉得除了你，我还能对谁做？"说着，伸手将她搂入怀里，不着痕迹地转移话题，"不是想知晓何舟因何事寻我吗？这会儿累不？还想不想听？"

累自然是累的，可眼下他愿意说，卫媗自然不能错过。也懒得计较方才的事，便窝在他怀里示意他继续说。

薛无问扯过锦衾，细心地盖住她白皙的肩，方才继续道："何舟送来的是七年前兵部的一本旧账册，里头有几处银钱的去处很是有趣。"

"我若没认错，账册里的字迹应当是如今的兵部尚书胡提的。"薛无问微微眯了眯眼，"大周地处中原，北接北狄，南临南邵，西侧还有西厥军虎视眈眈。先帝病危时，北狄与南邵齐齐来犯，这……时间点太过巧合。"

北狄来犯之时，他就在肃州。

北狄是游牧民族，在草原上靠狩猎为生，十分悍勇。北狄慑于定国公的军威，从来不会贸然来犯，多半是凛冬已至，饿得狠了，才会冒险进犯肃州。

可承平二十九年，北狄与南邵进犯的季节却是在夏日。那一次进犯来势汹汹，足足打了四个月的仗。

南邵军的情况薛无问不清楚，可北狄军他却是知根知底的。北狄根本不应该有那般充足的粮草，竟能与薛家军对抗四个月之久。

今日何舟送来的账册，是七年前朝廷运往青州的军饷明细。有几笔巧立名目的阴阳账去处不明，经手人就是秦尤——瀛洲王氏的乘龙快婿。

不过片刻，卫媗便想明白薛无问那句"时间点太过巧合"中的关键之处，也瞬间明白了这账册的重要性。

她豁然抬起眼，问了句："这本账册是真是假？"

薛无问提唇一笑，他家姑娘委实是聪明。虽然这本账册瞧不出任何破绽，但他与卫媗一样，都在怀疑这本账册的真实性。既然那小子敢将账册送来，就必然是有把握的。就算是假的估计到最后也会变成真的。

薛无问笑道："你弟弟多智近妖，你道他为何要将这本账册送到我这儿？不过是要借我的人在合适的时机，将这本账册放于凌若梵的参议府罢了。"

凌若梵乃首辅凌叡之子，如今正好在青州布政司任左参议。

锦衣卫在各个州府都设有卫所，而青州卫所恰好有他的心腹。也不知那小子是对他有信心，还是知晓青州卫所的两名千户是他的人，这才将账册送了过来。

薛无问抚平卫媗微微蹙起的眉心，缓下声道："你信不信，那小子手上应当还有一本账册。里头定然也会有几笔去处不明的银子指向北狄军，至于……另一本账册如今在哪个冤大头手里，其实也不难猜。"

如今，不畏凌首辅一派的，除了地位超然的定国公与凌叡的政敌朱次辅，就只剩下大理寺卿宗遮以及都察院那两位一言不合就要触柱的御史了。

霍珏既然费尽心思进了都察院，那冤大头还能有谁？十有八九不是鲁御史就是柏御史。

翌日一早，鲁伸神清气爽、步履轻快地走入都察院。他微笑着捋了捋长胡，望向霍珏与宗奎的目光，慈爱得就像老父亲一般。

贾隋昨日送来的账册鲁伸亲自验过，毫无伪造的痕迹，应当是真的。

虽然不晓得这么重要的账册为何胡提那犊子没有毁掉，可既然账册落在了他手里，那就别怪他不客气！他瞧这群道貌岸然、狼心狗肺的伪君子不顺眼很久了！

鲁伸点了点霍珏与宗奎，中气十足道："你们二人随我来。"

说着便端着个茶壶，慢悠悠地进了隔壁的屋子，慈祥道："都坐下，在都察院不必太过拘谨。"

二人恭敬坐下，摆出一副要洗耳聆听教诲的姿态。

鲁伸放下茶壶，从一边的案牍里抽出两卷案牍，递与他们，道："昨日让你们暗查的兵部尚书贪墨一事，你们二人不必继续跟。那宗案子兹事重大，由我与贾御史二人负责监察便足够了。"

鲁伸说到这儿，怕这两个好苗子多想，又谆谆解释了一句："我们都察院虽人人不畏强权，可……有些时候有些事儿不能由你们冲在前头。薪火相传，明白吗？"

昨夜，他与贾隋不眠不休商量了整整一夜，心知肚明这本账册查到最后会掀起怎样的风浪。

七年前，北狄在炎夏之日突袭肃州，不死不休地与定国公缠斗了足足四月之久，恐怕背后有人谋划，为的是将康王顺利推上皇位。

如今成泰帝御宇六年，百姓也算得上是安居乐业。不管当初成泰帝在先太子的谋逆案里充当了何种角色，为了大周江山的社稷安稳，他们决不能把火烧向成泰帝。

成泰帝不能碰，不还有凌叡那伪君子吗？凌叡仗着从龙之功，党同伐异、朋党比周，长此以往，大周的朝堂早晚有一日被他弄得乌烟瘴气，成为他的一言堂。

这两年，难得成泰帝对凌叡生了些厌烦之心，每次都察院弹劾凌叡一党时，也多是站在他们这一边，训斥凌叡的党羽。

说不定……这次是个机会。

成，能重创凌叡一党，甚至洗刷当初先太子府以及卫、霍二家的冤屈。

败则他与贾隋招了成泰帝的厌弃，仕途到顶，甚或人头不保。

鲁伸性子耿直，却非无脑之人。

需要拿命去冒险之事，都察院不能人人都卷入此事之中，有他与贾隋足矣。

至于眼前的两个少年郎，一个惊才绝艳、光风霁月，心系天下黎民苍生，尚未入仕便能救半城百姓于旦夕；另一个年纪轻轻便名满盛京，自身才华横溢不说，背后还有强大的宗族作后盾。

假以时日，他们二人未尝不能接下他与柏御史的衣钵，带领都察院众人惩恶除奸，匡扶正义。

从前，都察院也有一个好苗子。他是鲁伸的学生，从进都察院那日起，便是他亲自手把手教出来的。可惜啊，那孩子七年前没了。

鲁伸每每想起那日，便悔不当初，那日本该由他去的……他年纪大，该享的福也都享得差不多了，死了也不可惜。可他的学生，还那样年轻。

从前吃醉酒时，他的学生还曾与贾隋一同打趣他与柏御史，说日后成亲了，也学他们出门前必同自家夫人说一句“今日为夫兴许会触柱而亡”。

那时他与柏御史听见后，还指着他笑骂了两句。谁都没想到，一句酒后戏言，有朝一日竟会一语成谶！

从屋里出来，宗奎翻了翻手上的案牍，快速扫过后，嘴角一压，嫌弃道：“这都什么破事！镇平侯宠妾灭妻之事，盛京谁不知晓，有甚好查的？当初他嫡长女不就因为妻妾相斗，才被弄丢的嘛。状元郎，让我瞧瞧你那案牍写的是什么。”

宗奎毫不见外地将霍珏手里的案牍抢了过来，看了半晌后，嗤笑一声：“你这更是好笑，竟然有人要检举大相国寺！说药谷私自种违禁药植。如今药谷谷主不是圆青大师吗？那位大师的脾气比茅坑里的石头还臭，谁敢去查他呀！”

宗奎将案牍一把拍到霍珏胸口，目露同情道：“原先还想着同你换的，罢了罢了，我还是去斗镇平侯吧！你也别丧气，我听叔叔提过，圆青大师从前与都察院有旧，你去那里顶多吃个闭门羹。”

听他提起宗彧，霍珏看了宗奎一眼，轻点了下头，淡声道：“宗大人如今在顺天府可还适应？”

“怎会不适应？”宗奎摆了摆手，“我叔叔最爱查案，总之大案、小案、冤案、错案，一案不落。眼下去了顺天府，简直是乐不思蜀。不过……他先前遇到了一件十分棘手的陈年旧案，早出晚归地查那件案子，急得唇角都冒燎泡了，也不知晓那件案子如今查得如何了。”

宗奎想起宗彧提起那件案子时讳莫如深的模样，心里对那件案子很好奇。

“你知道吗？锦衣卫那浪荡子和禁军的副统领大人都曾去顺天府寻过我叔叔，我猜应当与那件案子有关。若真是如此，那件案子恐怕牵涉甚广。”想到这儿，宗奎不免有些扼腕，真想一块去凑热闹。

“可惜叔叔半句都不肯多说。状元郎，叔叔对你青睐有加，改日你同我回去一趟如何？说不定叔叔愿意漏一两句口风给你！”

霍珏神色淡淡地瞥了瞥满眼期待的宗奎一眼，没应他的话，只道：“我看案牍去了。”

宗奎见他丝毫不感兴趣，虽有些失望，但也不好勉强，摇头叹一声，便快步跟上了霍珏的步子。

大相国寺在大周的地位一贯特殊，上至天王贵胄，下至黎民百姓，都对这屹立数朝风雨的佛寺心存敬畏。收到这样一封密告信，属实是出乎都察院众人的意料。不过，既然有人信誓旦旦地说药谷里有违禁的药植，那不管如何，都要派个人去瞧瞧的。

于是，五月上旬刚过，霍珏便要启程前往大相国寺。

前一日夜里同姜黎说起这事时，小娘子还有些不舍。

“大约要去几日？我看看要给你备多少套换洗的衣裳，还要准备路上吃的干粮。”

霍珏瞧了瞧姜黎不舍的神情，一时有些好笑：“我骑马去，约莫一日便能回来。”他道。

姜黎一听，才一日，便笑眯眯道：“苏老爹还在药谷呢，你既是要去，顺道帮我捎些东西过去给他。”

上次大相国寺一行，苏世青便留在了药谷里，说是跟着里头的一位大师学习药理。

从鬼门关里走过一趟后，他的心境比之从前更上了一层楼，很是有大彻大悟的意味。对习医之人来说，这样的心境可遇不可求，对医术的精进也是大有裨益。

姜黎想了想，又怕耽误他的公事，又道：“若是不方便也无妨，反正我同娘还要再跑一趟大相国寺给你还愿的，给苏老爹送东西也不急在这一时。”

“不碍事，我正好也要去一趟药谷。”霍珏握住她的手，温声道，“我不在的这两日，你若是想阿姐，可以去寻她。”

姜黎睁大了眼：“我可以去定国公府寻阿姐吗？定国公府的规矩定然是很森严，我若是去看阿姐，会不会不合规矩，给阿姐招来麻烦？”

自从卫媗回了定国公府，姜黎已经好几个月不曾见过她了。

方神医两个月前被薛大人请去定国公府小住，她一度以为卫媗身子出了问题，急得不行。后来听霍珏说，是阿姐想要小孩儿，这才请了方神医过去给她调养身子。

大周，十六七岁当娘的女子大有人在。卫媗眼下已经二十有二，九月初十便要满二十三了，的确到了生儿育女的年纪。若能生个小娃娃，甭管是男是女，都是再好不过的事。

姜黎一想到能见到卫媗，眼睛里的喜悦藏都藏不住。

霍珏笑着道：“怎会？你若是想去，让何宁往定国公府递个口信儿便是，阿姐定然很欢喜。”

姜黎心下一喜，因着霍珏要出公差的那点子愁绪也瞬间没了。

第二日一早，早早收拾好了霍珏的东西，待得他离开，便迫不及待地喊来何宁，让他跑一趟定国公府。

一个时辰后，定国公府的马车悄悄停在了永福街，接到人后，方才回了定国公府。

姜黎穿过垂花门，还没走几步，便见一道窈窕的身影立在影壁处，笑盈盈地望着她。

“阿姐！”姜黎兴奋地唤了声，提起裙子跑了过去。

正当姜黎欢欢喜喜地在定国公府与卫媗叙着旧时，霍珏一人一马终于赶在午时前抵达了药谷。将马系于树下，便信步往药谷行去。

药谷的主人是圆青大师。圆青大师的名气虽比不得圆玄大师那般如雷贯耳，可也是寺里圆字辈僧侣中难得的高僧了。

四十年前，圆青大师被前任住持领进了大相国寺，那一年，圆青大师不足九岁。世人皆知，大相国寺圆青大师医术高明。却不知，比之医术，这位高僧更擅长毒术。更不知，这位高僧在出家前——姓赵。

身姿挺拔如松的郎君立在竹庐外，定定望着写着“药谷”二字的匾额 。少顷，竹门打开，露出一张白皙清秀的脸。

赵遣看着外头的郎君，啊了一声，道：“霍解元！”

霍珏微微颔首，提唇笑道：“赵大夫，许久不见。”

“啧啧啧，稀客呀稀客！听闻霍解元连中六元，蟾宫折桂，赵某在此送上迟来的祝贺，恭喜霍解元喜中状元！”

赵遣说着便嬉皮笑脸地拱手作揖，说话的语气还是一如既往的吊儿郎当。

自打去岁随众人来盛京后，赵遣便同薛无问请辞，独自来了药谷，一住便是半年。

说来，若不是去岁寻到了方神医，他约莫还要继续留在定国公府，守着世子爷的“心尖肉”。

赵遣一拍脑门：“瞧我！愣着作甚？进来进来，我给你泡一壶这里最好的明佛山黄芽茶。”说罢，赶紧侧了侧身，给霍珏让了路，“霍解元此次前来，可是来探望苏大夫的？我悄悄同你说，上月苏大夫收到霍府送来的喜讯，喜得一连两夜都不能阖眼。”

霍珏温声道谢，一入竹门，便见漫山遍野的药植在春日里摇曳，连路过的风都缠上了几缕药香。

山谷最低处，散落着几间竹舍，竹舍建得简陋，屋顶的匾额上敷衍地写着“舍一”“舍二”“舍三”“舍四”“舍五”。

赵遣领着霍珏往竹舍走，边走边道：“苏大夫住在舍三，这会正在谷里同叔公，咳，圆青大师研究草药。你在竹舍稍等片刻，我这就去寻他。”

“无须麻烦，我同赵大夫一同过去寻苏伯便是。”霍珏瞥向远处两道隐在药植里的身影，“只当是给苏伯一个惊喜。”

赵遣闻言便一拍手掌，道：“好主意！苏大夫瞧见你，怕是喜得连话都说不出来！不过，霍解元你要做好准备，圆青大师天生脸臭，见谁都臭着一张脸，你莫要被他吓到了。以后，你多来药谷几次就习惯了。”

梦里，霍珏同圆青大师打过不少交道，自是知晓那位大师的性子。

药王谷的神医性子孤拐，许是圆青大师少时在药王谷待过数年的缘故，在习得医术的同时，也习得了一身臭脾气。

就连方嗣同都笑话他比自个儿更像药王谷的传人。

苏世青正认真地听着圆青大师说着蛇生草的毒性，余光瞥见一道熟悉的挺拔的身影，忙抬眼望了过去，旋即面色一喜，激动地站了起来。

瞧见他激动的神态，圆青话音一顿，扭头见来人是个生面孔，眉宇间霎时多了几缕煞气，目光凌厉地看向赵遣。

这目光就跟一把青龙刀似的，赵遣哪能注意不到？他摸了摸鼻子，笑嘻嘻道：“圆青大师，这位是苏大夫的侄子，特地千里迢迢来看苏大夫的。出家人慈悲为怀，您也不好阻止苏大夫享受天伦之乐不是？”

圆青大师冷哼一声，眸光一转便落在霍珏身上。

便见这位高大清隽、气度不凡的郎君同苏世青问好后，转身朝他恭敬地行了个礼，不卑不亢道：“霍珏见过大师。”

苏世青在药谷住了两个多月，知晓圆青大师一贯不喜有生人入谷，不忍赵遣与霍珏受骂，便拱手冲圆青大师赔礼道：“都是苏某的疏忽，圆青大师见谅，我同侄子这便出谷。”

圆青似是愣怔了会儿，定定地望着霍珏看了半晌，脖颈处漆黑的佛珠在烈日下泛着哑光。

片刻后，他道：“无妨，别四处乱跑便是，这谷里处处皆是见血封喉的毒草毒植。”

赵遣忙上前一步，嬉笑道：“圆青大师放心，若霍公子中毒了，我赵遣负责救他！”

圆青横眉扫了赵遣一眼，不再多语，转身去了药田。

苏世青拍了拍身上的灰尘，对霍珏温声道：“既然圆青大师不介意，阿珏，我们回竹舍。”

到了苏世青所住的“舍三”，推门入眼的便是一个汩汩冒水的泉眼。泉眼旁边是一棵菩提树，树下放着三两竹椅。

“药谷的山泉水可比旁的水要适合泡茶，阿珏你等我一会儿，我去取些泉水来。”

苏世青说罢便取水烹茶，二人坐于树下，边饮茶边叙话。

“你从前给我的那医书，我给圆青大师看过。他说书中所提之法，虽从未曾耳闻，但值得一试。你放心，既然谷里的赵大人是你的恩人，苏伯会尽力的。”

苏世青来药谷之前，曾收到何舟送来的一本治疗离魂之症的古医书。

民间说起离魂症，总是讳莫如深。人有三魂七魄，若是昏迷不醒，要么少了魂，要么少了魄。

若要寻回这些魂魄，属实不易，唯有行巫蛊唤魂之术方能将人唤醒。

听闻赵大人的母亲，也就是辅国将军府的将军夫人，曾偷偷从西域请来巫师送至药谷，却被圆青大师怒吼吼地骂走了。

“圆青大师说，赵郎君外伤已愈，久久不醒，多半是内伤未愈。待得哪日内伤痊愈了，就会醒来。”

苏世青在桐安城救下霍珏之时，便不曾问过他的过去。如今那位昏迷了整整七年的郎君与霍珏究竟有何过往，他更是不会问。同霍珏说这些，也不过想让他安心罢了。

霍珏知晓苏世青是在安慰他，便笑了笑，轻轻颔首。

他虽非习医之人，却也知晓人脑之症，最是难以诊治。幸运的三五年能醒来，不幸的兴许一辈子都醒不来。

梦里，赵昀就没能醒过来，长公主死后，不过月余，他便也在沉睡中死去了。

霍珏与苏世青聊了一下午，得了圆青大师的首肯，不仅留在药谷用了膳，夜里还得以留下借宿。

山中之夜，更阑人静，唯飒飒风声不绝于耳。

霍珏缓慢行至尽头的竹舍处。

身着僧衣的圆青抬眼瞧着他，问道：“你说你姓霍，这是本姓？”

霍珏摇头，淡淡道：“此乃珏外祖之姓。”

圆青一时有些恍惚。想起了许多年前青州军里初露锋芒的霍小将。

那时，霍琰只是一个出身不显、天生奇力的贫苦青年，还不是名满大周的霍老将军。

圆青布满老茧的手摸了摸胸膛的佛珠，道：“你生得不似你父亲，也不似你母亲，倒是像你外祖母。”

霍珏颔首应道：“外祖父与母亲也是这般说。”

大抵是因着与外祖母生得像，几个外孙里外祖父最疼的就是他。

可他从未见过外祖母。听母亲说，外祖母年轻时伤了身子，生下她没几年便撒手人寰了。

圆青大师与方神医年轻时，在青州军做过随行大夫，与外祖父一同打过南邵军，他会认出自己，霍珏并不意外。

梦里，他去九佛塔寻第二则箴言时，圆青大师亦是一眼便认出了他。

大相国寺的僧侣个个都是慈眉善目的，譬如圆玄大师便是大多数人心中得道高僧应有的模样。

唯独圆青大师是个另类。身着灰扑扑的僧衣，怒目金刚似的脸，还有见谁都不耐烦的臭脾气，许多人见着他，都以为他是不起眼的扫地僧。

“过来，坐。”圆青点了点一边的竹椅，“你既是在都察院当值，今日非年、非节，亦非休沐之日，便是要看望苏大夫也不该今日来，说说，你究竟为何事而来？”

霍珏不曾想过要隐瞒此行的目的，如实道：“有人密告都察院，检举大相国寺私种违禁药植，珏此番前来，便是为了调查此事。”

圆青闻言冷哼一声，胸口的佛珠跟着轻轻颤动。

“密告信是谁所为，贫僧心中有数。你回去如实交代便是，贫僧不信那狗皇帝敢来药谷拔我的毒草。”圆青丝毫不惧。

那人虽贵为天子，实则胆子就丁点儿大，他怕是到死都不敢来大相国寺。

“多谢大师。除公务外，珏此次来亦有私心。七年前，赵大人以己之命，为太子府以及卫、霍二家鸣冤，珏想亲自同赵大人道一声谢。”

圆青摩挲佛珠的手一顿，撩开眼皮，静静地看着霍珏，须臾后，方道：“进去吧，贫僧的侄儿虽身患离魂之症，但你道的这声谢，他兴许听得见。”

霍珏颔首起身，推开了身侧的竹门入内，缓步行至角落。

赵昀静静阖着眼，毫无知觉地躺在竹编的木床上。他从前是盛京出了名的美男子，眼下那张清隽的脸早已瘦得脱了形，几乎找不出从前的轮廓。

霍珏望着赵昀，许久之后，才低声道：“赵大人，我知你与先太孙自幼交好，先太孙蒙冤惨死，而害他的小人却得登大统。你恨这世道，亦恨你自己将先帝密诏交与了长公主。

“然，赵大人，死不能赎罪，逃避亦不能。唯有将那人从帝位上拉下来，让他受万民唾弃，受史官怒骂，方才是真正的赎罪。

“你若想赎罪，那便快些醒来。若不然，惠阳长公主会死，鲁御史会死，辅国将军府的赵将军与赵夫人亦会死。

“他们——你都不再管了吗？”

霍珏低沉的声音隐在夜色里，无悲无喜，似是同一个相识许久的故友促膝长谈。

屋外，两棵菩提树被风吹得簌簌作响。

赵遣拎着两壶酒躺在菩提树下，见霍珏出来了，忙招了招手，道：“霍解元，饮酒否？”

佛门清净之地，当着佛祖的面饮酒，还真是赵遣做得出来之事。

霍珏接过他手上的酒壶，道：“赵大夫不怕佛祖怪罪？”

“怪就怪呗，”赵遣无所谓地耸耸肩，“反正这条命本就是世子爷捡回来的。”

霍珏低头饮了一口酒，并未接话。

赵遣见状一笑，道：“你应当一早就知道了吧？圆青大师算是我的远房叔公，我曾曾祖父便出自辅国将军府，只不过年轻时便分了家。”

虽是分了家，可当初赵昀激怒成泰帝后，赵家还是遭了难。成泰帝登基不到两年，他们一家莫名被卷入了后宫争斗，硬是被冠上谋害皇嗣的罪名，差点满门抄斩。

反倒是辅国将军府，因着圆青大师是将军府那位太爷的嫡次子，倒是逃过了一劫。当然，辅国将军府从此也只能夹着尾巴做人了。

赵遣坐起身，仰头灌了一大口酒，凑到霍珏身旁，压低声音道："告诉你一个秘密。我听父亲说，金銮殿那位……其实不能人道，靠着吃秘药方才能做个男人。"

不仅不能人道，还有精弱之症。

当初妃嫔小产时，信誓旦旦说是吃了太医院的补药才导致的落胎。可整个太医院都知晓，补药根本没问题，有问题的是皇帝。

"所以啊，你效忠的这个皇帝，其实是个无能软蛋！"月光之下，赵遣素来散漫的眉眼多了几丝阴冷。

听罢赵遣这大逆不道的话，霍珏面色波澜不惊，只云淡风轻地饮尽壶里的酒。而后，从衣襟里取出一摞书信，道："这些是赵夫人写与赵大人的信，你若是得空，便坐床边读给赵大人听，兴许对他醒来有帮助。"

赵遣一愣，抽出一封信看了两眼，的确是将军夫人写的，都是些家常之话。他把信放回去，又往后翻了翻，翻出一本薄薄的书册，咦了一声："这是甚？"

霍珏淡淡瞥了眼，道："一位说书先生写的，长公主与她一十八位面首的二三事。"

赵遣先是一怔，继而哈哈大笑："好你个霍解元，心眼儿同你姐夫一样黑！你这是怕将军夫人的书信唤不醒赵昀，才想着要拿这些风流韵事气醒赵昀罢！"

霍珏不置可否，只笑了笑，道："有劳赵大夫了。"

翌日一早，霍珏同苏世青几人道别后，便疾步往山脚走。

尚未行至马厩，便见一辆朴素的马车缓缓停靠，走下来一位眉宇微蹙、面色凝重的嬷嬷。

霍珏脚步一顿。

嬷嬷心事重重，未曾注意到树下站着位眉眼清隽的年轻郎君，与车夫低声道了两句后，便抱着个小包袱，往山腰去了。

霍珏淡淡收回眼，虽然只在梦中见过，可方才那位嬷嬷他识得。

她是贵妃王鸾身边最得用的一位宫嬷，这位宫嬷是王鸾的乳娘，从她嫁入康王府起，便一直陪着她。

正想着，一位小僧笑吟吟地牵了马出来，道："施主，您的马已喂好草了。"

霍珏敛眸道谢，接过马缰，便翻身上了马。

姜黎昨日在定国公府待到暮色四合，方才依依不舍地回了霍府。

一整日，又是说话，又是制香、烹茶，饶是姜黎这般康健的身子，也是有些乏了。

夜里一到家，几乎是一沾枕头便睡了过去，没有半点儿“孤枕难眠”的煎熬。

睡好了，精神自然也就好了。

用过早膳后，她便让桃朱拿来账册，开始理府里这两月的流水。

酒肆里有杨蕙娘与如娘婶在，她自是不必日日去，一个月里总要腾出半月的时间管府里的中馈。

算盘珠子被姜黎拨弄得噼啪作响，几摞账本才堪堪理到一半，忽然听到前院云朱欢快地喊了声：“公子回来了！”

姜黎忙掷下狼毫，往月门行去。

刚出月门，便见何舟、何宁簇拥着霍珏往主院走来。

她索性停下步子，笑盈盈地立在那儿等着。

正想着他什么时候才能发现自己，郎君的黑眸便望了过来，萦绕在他眉眼的清冷登时一散，只余下清风朗月般的温柔。

霍珏实在是生得好，眉眼深邃，鼻梁英挺，每一处都俊美得恰到好处。

阿姐说女儿肖父。

姜黎不由得想，若是日后同霍珏生的是个小女郎，到她及笄之时，霍珏这老父亲约莫要操碎心了。念头刚从脑海里飘过，姜黎的小脸登时一红，她没那么快要小娃娃，这会儿想这些也未免太早了。

收起心里头那些乱七八糟的思绪，姜黎上前一步，笑着道：“你一会儿可要回都察院？”

霍珏摇头道：“不用，我方才已去过一趟了。”

他回来后，便径直去了都察院，同上峰禀告完，便埋头写呈文，那呈文大抵明日便会上呈到金銮殿。

正如圆青大师说的那般，周元庚根本不敢惹大相国寺。便是知晓药谷里种了不该种的毒植，多半也是睁一只眼闭一只眼便将这事儿轻轻揭过了。

姜黎知晓他不用再去都察院，心中一喜，忙笑着道：“马上便要用午膳了，你先去净室洗把脸，一会儿出来便能吃上了。”

小夫妻不过分开一日，却整得跟久别重逢似的，目光一刻都离不开对方。

午膳刚用完，桃朱便颇有眼力见儿地拉着一脸懵懂的云朱出了院子，免得妨碍两位主子腻歪。

霍珏抱着姜黎歪在矮榻上，将她的鬓发拨到耳后，温声道：“你昨日去定国公府，都与阿姐说什么了？”

“什么都说。”姜黎微仰起脸，“我同阿姐还制了香囊，驱虫醒脑用的，明日你去上值前我给你系上。”

未去无双院时，姜黎都不知晓卫媗在定国公府的地位如此不一般。

昨日一去，见里头的丫鬟、婆子个个都拿卫媗当世子夫人一样供着。就连姜黎去了，也无一人敢慢待她。

可见阿姐在定国公府的日子过得并不憋屈，难怪阿姐想生个小娃娃。

“阿姐说，她再过两月，便能试着要小孩儿了。她想要个小女郎，小名都取好了，叫阿蝉。”

霍珏淡淡“嗯”了声，低眸对上姜黎潋滟明亮的眼，瞬间便看穿了她的心思，笑着道：“阿黎也想生个小女郎？”

姜黎脸颊一烫，老老实实地点了点头：“生个小女郎，日后我给她做漂亮的衣裳，梳好看的发髻，还能教她酿酒。霍珏，你说，以后咱们的女儿取个什么小名儿好呢？”

他与阿黎的女儿取什么小名儿？

一直运筹帷幄、步步为营的状元郎难得语塞了。

梦里，他与阿黎阴阳相隔十数年，他午夜梦回时，想的皆是她与他的过往。

去岁中春，他从那场梦里醒来后，再遇朝思暮想的小娘子时，想的也不过是如何予她一世安稳一世盛宠。

旁的，从未思及过。

如今姜黎去了趟定国公府，知晓了阿姐想生小娃娃，便也开始惦记起他们二人的小孩儿。

霍珏望着姜黎那张笑靥如花的脸，心口蓦地软下一块。想着，生个与阿黎相像的小女娃，然后，一口一个“爹爹”地喊他，似乎也不差。

可她年岁尚小，今年注定是多事之秋，属实不是生小孩儿的时候。

霍珏捏了捏姜黎的手指，顺着她的话道：“阿黎喜欢什么小名儿？”

“我没想到呢。你学问好，你想个好听又容易记的小名儿。”姜黎想了想又道，“在桐安城时，我总听朱福大街的老人家说小孩儿八字轻，要取个贱名方才好养。可那些个取了贱名的，不是叫招弟便是叫狗剩，我听着一点儿也不好听。”姜黎说到这儿，忍不住皱了皱鼻子。

霍珏听姜黎絮絮叨叨地说着话，声音软软甜甜的，隐约想起他在朱福大街昏迷了数月的日子。

那会儿他不过十岁，家中惨遭变故，自己又身受重伤。与此时药谷的赵昀一般，早就失去了生的意念。

偏偏姜黎一日日地同他说话，说街头食肆新研发的小糕点，说后山新开了一朵花，说今日挨了训……就那般……锲而不舍地将他从地狱里拉回了人间。

他到朱福大街时，正值小满，那日，是他与阿黎人生的交织点。他们二人的故事，也是从那日开始的。

“便叫阿满如何？”

“阿满？”姜黎将这两字在舌尖转了几转，脑海里想的是山间的一轮满月。

“这个名字好。”姜黎兴奋地坐直身子，揪着霍珏的袖子，眉开眼笑，“就叫阿满。”

姜黎还没到当娘的年纪，甚至连小女郎的影子还没见着，却因一个小名儿喜不自胜。

他的阿黎当真很容易便满足。

霍珏怕她高兴得从膝头摔下，大手一伸便揽住了她细若柳枝的腰，这一揽便揽出了旁的心思。

霍珏的喉结滚动，瞳眸中似搅了浓墨一般。

他转眸望向一边的支摘窗，只见烈日如火，阳光正盛。想到姜黎在青天白日的拘谨，到底是压下了心思。

第二十四章

# 寿诞宫宴

午时的日头素来毒辣，马嬷嬷顶着一脑门儿汗珠子回到宫里时，背上的襦衫湿了一大片。

马嬷嬷匆匆换回了宫装，便疾步往乘鸾殿去。

未进内殿，便听得朗朗的背书声从殿内传出。马嬷嬷认出那是大皇子周怀旭的声音，忙顿住脚。

平日，只要大皇子来了乘鸾殿，再要紧的事，都要往后挪。

如今，大皇子是宫里唯一的皇子，假以时日，身份自然是要往上抬一抬的。

如今圣人不过四十有四，三年一度的选秀也从不曾停，旁人都说日后圣人还会有新的子嗣。

可马嬷嬷知道，就陛下那身体……是不可能再有子嗣了。

马嬷嬷正兀自想着，便听得大皇子的背书声停了下来。

王贵妃掏出帕子，温柔地擦掉大皇子手上的墨迹，浅笑道："今日太傅可有布置旁的课业？"

周怀旭糯声道："没有，太傅只让儿臣背熟《离娄》，再练两百个字便好。"

王贵妃轻轻颔首，目露赞赏："旭儿书背得好，字也写得好，母妃很是欣慰。可学习之道，便如逆水行舟，不进则退。除了完成太傅布置的课业，也别忘了多涉猎些旁的书。"

周怀旭认真回道："母妃放心，旭儿不会懈怠的。"

王贵妃望着周怀旭那双狭长清澈的眼，心底涌出一股为母者的骄傲。

她的旭儿才十岁，却已是个谦逊懂礼的孩子了。甚至继承了他父亲的才华，小小年岁便能熟读四书五经，日后定然是个明君。

王贵妃放下帕子，与周怀旭的乳嬷嬷温声叮嘱几句，这才让随侍在旁的宫女送他们出内殿。

周怀旭出去时，眼里满是不舍，他静静地望着王贵妃好半晌，才迟疑道："母妃身上的伤可还疼？"

王贵妃被他问得一愣。

月初，旭儿来乘鸾宫时，不小心瞧见了她手臂上的伤，问她是怎么弄的。她自是编了个理由搪塞过去了，没想到这孩子居然还记着。

"早就不疼了，母妃下回定会小心些，不会再让自己受伤了。"王贵妃笑着替他正了正头上的玉冠，"旭儿莫要再惦记母妃身上的伤了，尤其是在你父皇面前，一个字儿都不能提。”

周怀旭垂下眼，掩下眸底的苦涩，道：“母妃放心，在宫里须得谨言慎行，旭儿知晓的。”

周怀旭离去后，王贵妃立在窗边，望着窗外争奇斗艳、姹紫嫣红的花丛，沉默不语。

马嬷嬷候在内殿外，不敢进去。

直到里头传来“嬷嬷进来吧”，马嬷嬷方才拢了拢袖口，掀开帘子进了内殿，躬身行礼，道：“娘娘，东西都拿回来了。”

王贵妃狭长的凤眸微微垂下，道：“圆青大师如何说？”

马嬷嬷缓声道：“大师说，这是最后一次帮娘娘了。等这一瓶子药用完，皇上的眼疾便再无转圜之地，到时便是大罗金仙也救不了。另外，大师让奴婢提醒娘娘，这药吃到最后，恐怕皇上还会出现幻觉。”

听见此话，王贵妃也不生气、失望，只慢条斯理地坐回榻上，柔声道：“把药给我。圆青大师既然这样说，那往后便不可再去药谷叨扰大师清修了。”

圆青大师之所以会帮她，不过是因着七年前之事。

那时，赵昀一头撞上登闻鼓，撞得头破血流、气若悬丝。人人都以为他死了，连王贵妃也不例外。

实则，当初的情形，死了比不死好。

成泰帝表面宽和仁厚，实则心胸狭窄、睚眦必报。王贵妃是他的枕边人，哪能不知晓他的真面目？

赵昀死了，他心里自是畅快。

可若是不死，日日跟眼中钉似的在他眼前杵着。早晚有一日，成泰帝会忍不住寻个由头，将整个辅国将军府抄了。

因此，所有人都以为赵昀必死。

若不是太医院的赵院使求到她跟前，她根本不知晓赵昀居然还留着一口气。

说来，当初她之所以愿意瞒天过海地将赵昀送出盛京，也不过是为了给赵院使一个顺水人情罢了。

后宫妃嫔的争斗素来不见硝烟，往往在不知不觉间便着了旁人的道。

她早就有意将赵院使收归麾下了。

用一个醒不来的活死人，换太医院院使的人情，这买卖着实划算。

至于圆青大师，那是意外之喜，她当真没想到赵昀居然能助她同圆青大师搭上关系。

若非圆青大师，成泰帝哪会这般依赖她？

马嬷嬷见自家娘娘脸色平静，并没有因圆青大师的话而失去冷静，心里头松了口气，又接着道：“还有一事，奴婢今日进城时，恰巧遇见了凌大人的暗卫，他让奴婢给娘娘递一句话。”此话一落，王贵妃含笑的眉眼转眼便冷了下去。

“什么话？”

“凌大人说，都察院这两日会参大相国寺私种违禁药植一事，届时希望娘娘能替大相国寺美言几句。凌大人说，都察院的御史不过是在离间周皇室与大相国寺的关系，还望娘娘同皇上点明。”

马嬷嬷刚说完，王贵妃便忍不住笑了。凌叡这是要她吹枕边风，以她对凌睿的了解，说不定大相国寺之事，就是他动的手脚。

王贵妃笑了好一会儿，方才拿帕子擦了擦眼角沁出的泪，缓了口气，道：“嬷嬷，你说这世间的男子怎的比女子还天真？凌叡当真以为本宫还是从前那个对他言听计从的王氏阿鸾吗？一个个的都自以为是，皇上是，凌叡也是。”

贵妃娘娘分明在笑着，可马嬷嬷却看得心口一酸。

从前，娘娘喜欢凌首辅。帕子、香囊没少给他做，私底下还将自己的月例攒下来，让她偷偷给凌首辅送去。

那时，凌首辅不过是个寄居在瀛洲王氏的穷秀才罢了，整个王家也就娘娘真心实意地待他好。

若非他后来中了解元，王氏的人哪会看重他？

王贵妃不知马嬷嬷心中的酸涩，笑够后，便叹了口气，道：“凌叡如今年岁大了，脑子反倒不如从前。皇上对大相国寺心存畏惧，都察院把大相国寺告到皇上那，只怕皇上心里头早就不耐烦了，哪需要本宫吹什么枕边风？”

王贵妃说得不错，成泰帝接到都察院送来的奏疏时，眉头都快拧成绳了。

不等赵保英将奏疏念完，便重重地将茶盏摔在桌案上，道：“这说的都是什么破事？大相国寺的药谷自打建寺便是存在的，那里种的药植也都是用来救人的。怎的连药谷都要告上一嘴了？”

赵保英放下奏疏，给成泰帝重新换了茶盏，温声细语地笑着道：“皇上说的是，药谷的圆青大师虽说脾气怪了点，但医术高明，治好了不少贫苦百姓的疑难杂症。奴才瞧着呀，这样的圣手大师醉心于医术与佛法，应当是不大关心药谷之外的事。”

成泰帝听见此话，心头的烦躁倒是奇迹般地散了些。

大相国寺的高僧从来不管朝堂之事，今日被人告上金銮殿，应当也是不知晓的。

大相国寺的地位太过特殊，当初太祖建立大周朝之前，便是因佛子的一句箴言，说下一任皇朝姓周，这才使得无数百姓下定决心拥护太祖。

正是因着这段过往，大相国寺才会被周皇室视作国寺。历任皇帝都要亲自去大相国寺祭拜当初立下汗马功劳的功臣。

偏偏他的皇位得来不正。九佛塔上的一位大功臣还被他断了传承，连祖庙都被烧得一干二净。他如何敢亲自去大相国寺祭拜？

成泰帝端起茶盏，呷了口茶后，又道：“都察院的人莫不是最近太闲了？惹得大相国寺的高僧们厌了朕，对他们有何好处？还有那什么状元，怎的没眼力见儿，干这吃力不讨好的事？”

“奴才同都察院两位都御史打过不少交道，二位都是性格耿直、不懂察言观色之人。约莫是有人投了密信，他们便派人去查了。”

赵保英躬下身，笑眯眯地接着道：“不过奴才觉着，这倒也是好事。想当初，先帝在位时，广府的白莲教之祸，不就是因着几位朝廷大员都信奉白莲教的缘故吗？几位御史敢参大相国寺，说明在他们心里，皇上才是头一位的。”

白莲教祸国之事已经是许多年前的事了，当时白莲教教主信众无数，在广府几乎成了土皇帝。彼时，广府的百姓与官员眼中只有那劳什子教主，他们连承平帝都不放在眼里，说教主才是真正的天选之子。

后来，承平帝费了好大一番功夫，才将教主斩杀于白莲教，那一行，死了不少锦衣卫与都察院的御史。没有皇帝会喜欢自个儿的权力受到挑衅和质疑，成泰帝也不例外。

赵保英这一遭话，让成泰帝对都察院的不满降到了最低点。

赵保英说得在理，若都察院收到检举大相国寺的密信却按下不理，不往上禀，那才是他这个皇帝该担心的。

成泰帝捡起桌案上的奏疏，丢到旁边一摞已阅的案牍里，无奈道：“罢了罢了，看在都察院忠于朕的分上，此次就不同他们计较了。”

赵保英笑道：“皇上圣明。下月便是皇上的寿诞了，皇上不若在乾明节那日邀请圆玄大师入宫诵经，与百官同贺皇上千秋，以示皇上对大相国寺的尊重。”

乾明节是大周皇帝生辰之日特有的节日，取普国同庆天子寿诞之意。

成泰帝对自个儿的寿辰一贯看得重，在宫里办的寿宴一年比一年隆重，不仅百官要亲来赴宴，还得带上家眷一同来。

赵保英这话一落，成泰帝不由得眉宇一松，颔首道：“可，朕也有一段时日不曾请圆玄大师入宫了。届时，你替朕亲自到大相国寺去接圆玄大师入宫。”

成泰帝的寿诞在六月二十三，姜黎自打知晓那日要去宫里给皇帝祝寿时，委实慌张了好久。

她长这么大，见过最大的官就是定国公府的指挥使大人了。

现下要进宫面见皇帝，哪能不紧张？

听说宫里规矩森严，谁知晓会不会不小心冲撞到贵人。

姜黎眼巴巴地望着霍珏，忧心忡忡道：“上头说每个女眷可以带一位嬷嬷和一位婢女入宫，可我哪来的嬷嬷呀？霍珏，你说佟嬷嬷方便陪我进宫一趟吗？若是可以，我今日就去同阿姐借人。”

佟嬷嬷见多识广，对诸多宫廷礼仪都熟悉。有佟嬷嬷陪在她身边，她入宫就没那么紧张了。

霍珏见姜黎一脸忐忑，像只惶惶不知前路的小鹿一般，忙抱她入怀，温声安抚道："佟嬷嬷如今是定国公府的人，恐不方便。你莫担心，你家夫君官位低，便是去了宫宴，大抵也是角落的席位，顶多就能远远瞧皇上一眼。"

姜黎绷紧的身子登时一松，拍了拍胸口，道："所以，不用同皇上见面，就只是去走个过场对不？那，那我就不害怕了。"

说着，她又扯了扯霍珏衣襟，悄声道："霍珏，你说那日我可不可以让秀娘子充当我的嬷嬷，陪我入宫赴宴？"

在姜黎看来，余秀娘是个很合适的人选，她身上有种历经沧桑后的沉稳，遇事处变不惊。

姜黎都觉着，像秀娘子这样的女子，在酒肆做后厨帮工太屈才了。

"我唯一担心的是，秀娘子从前的夫君会不会也去宫宴？秀娘子说她是中州来的，和离后才来了盛京投靠亲戚。我琢磨着，她那夫君应当不在盛京罢？"

姜黎揪着他的衣襟徐徐说着，细长的眉一会儿拧着，一会儿又松开，瞧得霍珏心里一阵好笑。

余秀娘的确是合适的人选，她在盛京的那十年，多以病体抱恙的理由推掉了所有宴席。是以，盛京识得余秀娘的人，除了从前侍郎府的几位旧仆，也就只剩一个齐昌林了。

可，霍珏心中却有更好的人选。

自打酒肆开业，高进宝手下的小福子隔三岔五就去顺乐街买酒，每回去酒肆都只买百花酿，别的从不多嘴，只一个劲儿地夸如娘酿的酒好喝。

却没人知晓，喝酒的人，是赵保英。

霍珏知晓赵保英不想惊扰如娘，更不想有朝一日，有人查到他与如娘的过往，拿如娘来威胁他。

虽说，如今干爹已稳稳压住了余万拙一党。可余万拙身后毕竟站着个凌叡，而凌叡如今在朝中之势，犹如滔天之焰。与他为敌，一个不小心便会引火烧身。

以霍珏对赵保英的了解，火烧到他身上，他自是不怕的。他怕的是烧到如娘身上。

因此，他宁可在背后默默守着，也绝不会出现在如娘眼前。

除非……如娘遇见他了。

思及此，霍珏低眸望着姜黎，温声道："秀娘子和离了好些年，她夫君说不得已经调到了盛京任职，多年前他便是六品官的话，如今多半是升迁了。"

姜黎扬起的眉角登时一耷拉，失望道："那还是别让秀娘子陪我去了，免得遇见了她的前夫惹得她伤心。我从府里的仆妇寻一个稳重些的陪我入宫便是，反正就走个过场。"

霍珏淡淡嗯了一声："阿黎可曾想过让如娘陪你入宫？"

"如娘婶？"姜黎愣了愣，倒真是未曾考虑过如娘。

如娘性子敦厚温柔，做事可靠，很得众人尊重。可如娘与性子泼辣的杨蕙娘，以及行事干练的秀娘子到底是不一样，她太过敦厚老实，被旁人欺负了也只会默默忍受。

从前，如娘婶遇到那样不慈的公婆，遭了那么多的毒打，也只是咬牙忍着，不吭一声。

此番进宫，若是平安无事自然是好，可万一遇着个颐指气使的高门贵女，欺负不到她头上，便拿她身边的人来撒气，可怎么办？

如娘婶因着口疾，本就有些自卑。如今在酒肆里做二掌柜，好不容易攒起来一点自信，姜黎可不希望去一趟宫里就把她攒起来的自信给弄没了。

姜黎藏不住话，便与霍珏实话实说道："我怕遇到些不好相处的人，取笑如娘婶的口疾，你知道的，那些个高门贵女也不是个个都好相处，有些人嘴巴可毒得很。"

譬如镇平侯府的大小姐苏瑶。她从小就是个嘴毒的，若宫宴碰见她了，谁知道她会说出什么话来羞辱她？

"无妨。薛世子在宫中有人，他会安排人照料好你们的，你只当是带如娘去宫里开开眼界便是。皇上寿诞那日，女眷会有赏花宴，届时御花园百花争艳，有不少世所罕见的花中珍品，想来如娘会喜欢。"

霍珏见姜黎面露迟疑，又温声说了几句，这才彻底打消了她的顾虑。

姜黎思忖片刻，道："明日我问问如娘婶，若她愿意，我就带她一同去。"

隔日，姜黎便同如娘说了这事。原以为如娘定然要考虑一番才做出决定，谁料话才问出口，如娘便即刻点了头。

如娘其实没想别的，只想着阿黎年岁小，又是头一回入宫，定然会害怕。诚然如娘自个儿也不是个胆儿大的，可杨掌柜一家对她有大恩，阿黎又一直像个贴心小棉袄似的温暖着她。

如今阿黎需要她了，她哪能不应？

卫媗知晓了宫中设宴之事，没几日便派了佟嬷嬷过来。

将入宫需要注意的事项一一叮嘱好，又给姜黎简单提了提此次宫宴有可能会遇见的贵人们。

譬如常年礼佛的中宫皇后，乘鸾殿的王贵妃，公主府的惠阳长公主，诚王府的明惠郡主，凌首辅的掌上明珠凌若敏等等。

宫中设宴，都是按照百官的品阶来排座，各府女眷自然也是如此，父兄夫婿的品阶越高，便离那几位贵人越近。

霍珏的官职只有六品，姜黎入宫多半是见不着佟嬷嬷说的那些贵人，但有备无患总归是好的。

姜黎也知晓这个理儿，听得格外认真。

等佟嬷嬷说完，她垂眸想了片刻，终是问起了苏瑶："嬷嬷可曾听说过镇平侯府？侯府的大小姐从前名唤苏瑶，是苏老爹的养女。听说是小的时候被侯府的仆妇弄丢了，去岁方才从桐安城寻回来。阿黎小的时候与她有些龃龉，也不知晓这次宫宴会不会遇见她。"

佟嬷嬷闻言便微微攒起眉心，细细思忖了片刻，方才道："镇平侯府在盛京一众侯府里早就成了末等侯府，前段日子又因着镇平侯宠妾灭妻，被都察院的御史轮番抨击，约莫过不了多久就会降爵。"

姜黎的性子佟嬷嬷很是了解，单纯善良，从来不会主动同人交恶。此时，听她说侯府大小姐的事，心里很快就将那大小姐划做心思不善之人。

她拍了拍姜黎的手背，慈祥地说道："至于那位侯府大小姐，嬷嬷只知她与鸿胪寺卿的大公子定了亲，再过两个月便要成亲了。其余的倒是不大清楚，不过你放心，世子爷的堂妹莹姑娘刚从幽州回来，下月的宫宴她也会去。莹姑娘与姑娘一贯交好，姑娘已经拜托她照料你了。"

姜黎倒是不曾想到卫媗这般事事为她着想。不过是个宫宴，又是让佟嬷嬷过来教她规矩，又是拜托旁人照顾她。

想着想着，眼眶便不由得有些热。她眼窝一贯浅，一丁点事儿，都能让她热泪盈眶，于是笑着撒娇道："嗯，我晓得啦。嬷嬷回去替我同阿姐道谢，等我哪日得空了，便做些阿姐爱吃的糖糕送去定国公府。"

佟嬷嬷瞧着姜黎眼眶红红的，自是笑着应下了。

转眼便到了六月二十三。

为了这一日，姜黎连自个儿的生辰宴都没什么心思过。

本想简单吃碗长寿面应付一下，谁料杨蕙娘与如娘根本不依，说姑娘家一辈子就只得一次十六岁的生辰，不能敷衍。

于是，六月初六酒肆歇业，杨蕙娘、如娘、秀娘子还有府里的一众丫鬟仆妇，忙上忙下地给她整了个热热闹闹的生辰宴。

宫宴这日，姜黎穿的是月初生辰宴卫媗送来的生辰礼，用的是宫中御赐的云锦。

上身是烟紫色如意缎绣五彩缂丝衫，下配月白曳地百褶凤尾裙，娉娉婷婷地，立在曦光里，似花丛里正欲盛开的一蓬鸢尾花。

都说人靠衣裳，佛靠金装。

姜黎这套衣裳一穿上，屋子里的人都愣了一瞬，连杨蕙娘都道："今日，我们阿黎瞧着同那些高门大户的贵女们都没甚差别了。"

如娘也在一边儿点头道："阿黎，好看。"

杨蕙娘觑如娘一眼，笑道："你就不好看？"

如娘被杨蕙娘打趣得脸颊一烫，她今日也穿了套极好看的衣裳，用的料子虽不及云锦那般稀罕，可也是顶好的料子。

如娘温和一笑，拿蒲扇轻拍了下杨蕙娘的肩，清澈的眉眼似月夜下的一眼湖泊。

“蕙娘，你莫，莫要，打趣我。”

几人笑闹了好一会儿，等到巳时一过，便听得何宁在门外恭敬道：“夫人，时候差不多了。”

宫宴自午时便开始摆设，百官及其家眷须得在午时之前入宫。

姜黎带着如娘和素从忙出寝屋，刚走到垂花门，便见霍珏信步而来。

他今日穿了件靛紫色圆领绣祥云纹的吉服，如此艳丽的紫，将他身上清冷的气质生生压下了几分，瞧着竟然有些艳丽。

要搁往常，姜黎定要夸他几句。可此时如娘和桃朱都在，她到底脸皮薄，便偷瞧了霍珏一眼后，乖乖地往大门走去，踩着杌凳入了马车。

人才刚在软凳坐下，身后便伸来一只手，在如娘同桃朱上马车无暇顾及他们时，悄悄握住她的手，用力地捏了捏。

姜黎嗔了他一眼，回握住他的手，唇角不自觉地就勾了起来。

小半个时辰后，马车便到了承天门。

承天门外停满了香车宝马，其中一辆红顶马车与一辆刻着“卍”字纹的马车格外惹人注目。马车径直穿过承天门，看得姜黎很是惊讶。

“那两辆马车坐的都是什么人？竟然能直接驾入承天门。”

霍珏望向承天门，眸光微凝，道：“那是宫中内侍与大相国寺高僧乘坐的马车。”

话落，他偏头望向重重宫门后的金銮殿。

六月二十三。

先祖大人的灵牌应当“显灵”了。

红顶马车里，高进宝觑着赵保英含笑的眉眼，低声道：“督公，大悲楼外那小沙弥同圆玄大师说的话，奴才听见了。”

高进宝自小习武，耳力目力都比旁人强上几分。

今晨，高进宝见小沙弥一脸惊慌地从大悲楼跑出来，他便多留了个心眼，小沙弥说的话一字不落地落入了他的耳里。

赵保英睁开眼，温声细语地问：“说了什么？”

“他说大悲楼的一面灵牌泣血了！”高进宝虎目微微一瞪，“好些正在大悲楼祭拜的人听到怪响后，纷纷打听是出了何事，也不知晓究竟是哪块灵牌泣了血！”

“泣血？”

赵保英摩挲着拂尘光滑的木柄，想到的是上元夜先帝功德碑泣血之事。

那时，皇陵守墓人传来消息时，成泰帝在寝宫里点了足足二十多盏佛灯，彻夜不敢眠。今日，又出了灵牌泣血之事，怕是连寿诞都没心思过了。

赵保英沉吟片刻后，便缓缓道："先将此消息压下，待得陛下寿诞一过，再让人将消息递进来。"

高进宝忙低头应是。

正所谓，冤家路窄，不是冤家不聚头。

姜黎一行人刚穿过承天门，便碰见了不想碰见的人。

此时，侯府大小姐徐书瑶站在何嬷嬷身侧，恶狠狠地盯着姜黎与霍珏。而她身后两米处，还站着薛真和随云。

素从是习武之人，武功虽不及云朱高强，可她擅长使暗器，五感比云朱敏锐了不是一星半点儿，是以被霍珏安排一同进宫。

素从瞥见一脸不善的徐书瑶后，拳心微握，正要上前。谁料身子刚动，霍珏便已经稳稳立于姜黎身前，挡住了徐书瑶的目光。

霍珏冷淡地望了徐书瑶一眼，下一瞬便收回了目光，连一个多余的眼神都不愿意施舍给她。

徐书瑶登时心火一烧，细白的脸涨得通红。她从庄子回来后没几天，便听薛真说，霍珏中了状元，还娶了姜黎那臭丫头。

她讨厌从来不拿正眼瞧她的霍珏，也讨厌自小就比她讨人喜欢的姜黎。

如今，眼高于顶的霍珏娶了姜黎当真让她恨到不行。

朱福大街那些个掌柜娘子一见着她，便眼睛不是眼睛、鼻子不是鼻子的，转头看到姜黎，又立马换了副嘴脸。

就连苏世青都要她同姜黎学！不就比她生得好看点，嘴巴甜点吗？凭什么要她同姜黎学？她也配？！

她如今是侯府贵女，她姜黎算什么？

徐书瑶狠狠攥紧手上的帕子。碍于她爹娘都在身侧，不好发作，只好硬生生地挪开视线。反正，今日的宫宴从白日开到黑夜，总能寻着机会教训那臭丫头一番！

姜黎有霍珏与素从护着，连徐书瑶身上的衣裳都没瞧清楚。

她牢牢记着佟嬷嬷说的那些个规矩，遇见了从小到大的死对头，也面不改色，只当没瞧见。

等到领路的小太监过来，便同霍珏一同踏上两侧的庑廊，前往集英殿。

宫宴就设在集英殿，按照众官品阶分别在内殿、外殿与走廊设了座。

亲王、使臣、一众公爵并一到三品的朝臣坐于内殿，三至五品坐于外殿，五品以外坐于走廊。

小太监依着霍珏的品阶将他们引入一侧走廊，笑着道："霍大人、霍夫人请安心在此等候。"

姜黎笑着道谢，一旁的素从快步递了个装着碎银子的荷包给小太监。

小太监喜滋滋地接过道谢后，便摸着荷包往外走，才走了几步，见前头来个熟人，忙脆声喊道："小福子。"

小福子扭头看他，瞥见他手里的荷包，哼了声，道："督公昨日才交代过，莫要随便要旁人的打赏，免得卷入旁人的是非里。你胆子倒是大，宫宴还未开始便忍不住了。真是钻进钱眼里，连小命都不要了！"

小太监笑嘻嘻地把荷包塞入怀里，也不惧小福子的话，只道："督公说的话我记着呢，这不是瞧那小夫人生得一脸菩萨样才收的吗？不信你瞧瞧，喏，那小夫人就坐在走廊最下端。"说着便悄悄地往走廊处指了指。

小福子顺着小太监的手，眯眼看了过去。

若是姜黎在此时回过头，便会瞧见那位三不五时便要到酒肆买酒，嘴甜到不行的"阿福"正瞪大了眼望着他们。

小太监歪头看着小福子夸张的表情，疑惑道："你怎的是这表情？小夫人生了张菩萨脸，至于把你吓成这样？"

小福子嗐声："那位小夫人可比菩萨厉害，你切记要好生伺候着。先不同你说了，我有事要去禀告进宝大人。"说罢，便匆匆往养心殿去。

养心殿外，赵保英静静立在玉阶上，一抬眼便见高进宝一脸急色地小跑着过来。

他微微眯了眯眼，以为是集英殿出了什么事，还不待高进宝走近，便温声细语道："出了何事？"

高进宝微微喘着气，左右望了望，方才低声道："督公，如娘子与姜小娘子如今就坐在集英殿外，等着宫宴开席，您看……"

听见如娘的名字，赵保英一贯温润含笑的脸难得地恍惚了须臾。

片刻后，他哑着声音道："竟是她陪着那小娘子来赴宴的？"

高进宝躬着身，应道："小福子瞧得很清楚，陪在姜小娘子身旁的嬷嬷就是如娘子。"

赵保英静了一瞬，握着拂尘的手几不可察地抖了抖："高进宝，你去守着她们，莫让她们卷入旁人的肮脏事里。"

宫里处处都是吃人的陷阱。哪一回的宫宴不会闹出些事来？不是贵女落了水，就是千金醉了酒同人有了首尾，甚至连人命都闹出过。

实则，世上哪有那么多巧合，不过是有心人算无心人罢了！

高进宝知晓如娘子在督公心里的地位，赵保英话音儿刚落，他便颔首应是。正要转身下台阶，身后忽地又传来自家督公阴柔的声音："等等，你面相凶……"

高进宝登时心里一苦，他还道督公是要说什么重要事，原来又是在嫌他面相凶……

想当初，他刚到督公手下做事时，督公还夸他这张脸生得好，说凶神恶煞的，不怕旁的太监欺到他头上。不像他，因为生得过于清秀，刚入宫那会儿着实遭了不少罪。

因着督公这番话，高进宝自此也不嫌自个儿丑了，很是为这张凶神恶煞的脸骄傲。可最近这张脸居然不讨督公喜欢了！

思及此，高进宝忙挤出一丝自认为温柔的笑，回头对赵保英道："奴才晓得咧，不会吓着两位娘子的。"

赵保英定定地望着高进宝，半晌，叹了声，道："你还是莫要笑了。就这般吧，遇着什么意外了，便让小福子过来寻我。"

按旧例，乾明宫宴于未时开始，时辰一到，集英殿内便奏起了中和邵乐。

丝竹声中，姜黎听到一声阴柔的"皇上驾到"从殿外传来，紧接着殿内殿外所有人齐齐起身，恭敬地跪了一地。

她忙跟着霍珏一同出席伏地，行跪拜之礼。

姜黎谨记佟嬷嬷的教导，不敢抬头目视圣颜，眼角余光里，只见一片明黄色的衣角从廊下走过。

成泰帝与一众妃嫔入了主殿后，众人方才纷纷起身。

没一会儿，便有宫婢、太监上前摆看盘。

皇宫，是天底下最讲究礼制的地方，正所谓"食之有敬"，宫宴里的每一座席位能分得什么样的吃食，都是与百官的品阶一一对应的。

放于主殿的看盘最是奢靡，山珍海味样样不缺，而走廊处的看盘自是要差上不少，虽也有山珍海味，却是降了不少等级。

饶是如此，长几上摆着的热膳、冷膳、瓜果蜜饯、糕点米面足足有上百品，这还没加上果茶、奶茶、热酒、米汁之类的饮品。

御膳房做的吃食自是美味异常，但这样的场合，姜黎着实没多少欣赏美食的心思，只饮了一盅汤膳，夹了几筷子素菜便搁下了象牙箸。

一顿宴席足足吃了两个时辰，到得酉时方才结束。

这期间各类表演层出不穷，百官恭贺声不断，让人目不暇接。

吃罢宴席，宫宴却尚未到尾声。

朝臣被引到紫宸殿，与皇帝一同品茶论策。女眷们则被安排到御花园，与宫中妃嫔一同赏花。

姜黎位于末位座次，等正殿、外殿的人都快走光了，方才轮到她。

来给姜黎等人引路的，是一开始在承天门给他们带路的小太监，也不知晓是不是姜黎的错觉，总觉着眼前的小太监比之初来时要殷勤许多。

姜黎猜想，大抵是荷包起了作用。就像佟嬷嬷说的，入宫后多备些荷包总归错不了，一会儿到了御花园，得再多塞个荷包给这位公公方才好。

姜黎随着小太监往外走，快出集英殿庑廊时，忍不住回头看了眼，便见霍珏身边簇拥着几个年岁相仿的郎君，其中一人似乎是御街夸官那日的榜眼。

许是察觉到姜黎的目光，霍珏听宗奎说话说到一半，便微侧头看了过来。

瞧出姜黎眼底隐隐约约的彷徨，他快步走过来，温声同她道：“阿黎，可是紧张？”

姜黎给自个儿鼓了鼓劲儿，道：“不紧张。”

她的情绪，在他眼底从来都是无所遁形的，霍珏也不拆穿她，只笑着问：“阿黎可信我？”

姜黎闻言便是一怔，继而道：“信的。”

“那你莫怕，今夜你只管与如娘安安心心去赏花便可。等紫宸殿的茶宴一结束，我便来寻你。”

霍珏说话语气很淡，可莫名就是让人信服。

当他目光笃定地让她别怕时，她心口那一点儿因他不在身侧而起的惶然，登时就少了许多。

一时间，她觉得自己太过矫情，大抵是被他护得太好了。自打成亲以来，每日都是岁月静好，没半点烦心事。

一下子到了宫里，见着这么多手握生杀大权的达官贵人，她多多少少有些忐忑，可霍珏的话又让她安心不少。

姜黎抿唇冲霍珏点点头，道：“好。你也别着急着来寻我，我听人说，茶宴上皇上是要考你们学问的。你可要认认真真地答，免得旁人说你这状元名过其实。”

霍珏提唇一笑，颔首应了声“好”。

小太监候在一边儿，笑眯眯地听着小夫妻俩说话，也不催他们。

倒是姜黎有些难为情，同霍珏道别后，便对小太监道：“劳公公久等了。”

小太监忙摆摆手，嗐了一声道：“奴才没等多久，霍夫人不必客气。赏花宴在御花园，请您随奴才来。”

从集英殿去御花园属实不近，好在这一路的风景十分赏心悦目。

巍峨的宫殿，在黄昏的金光里显得格外气势恢宏。

沿路铺着嶙峋山石，叠石别致，佳木葱茏。各色花朵一蓬蓬盛开，在徐徐夜风里摇曳，花香郁馥。

几人行至半路，忽见一个穿着宫装的宫嬷从一边小路赶来，对小太监道：“小德子，鸿胪寺卿家的二小姐尚未到御花园，贵嫔娘娘让我差个人到集英殿去找找。你脚程快，去集英殿瞧瞧二小姐在不在，我给这几位领路便可。”

嬷嬷口中的贵嫔娘娘姓周，是鸿胪寺卿周大人的妹妹，与王贵妃娘娘一贯亲近，近来也颇得陛下宠爱。

小太监觑了觑宫嬷，一时有些为难。

高大人同他说过，要他好生照料好状元娘子同她的侍仆。这会要是离开，万一出什么事了，他可不得被高大人削死？

这宫里的太监，谁不怕一脸凶相的高大人啊！

那宫嬷见小太监迟疑，面色倏地一沉，道："怎的？你再耽搁下去，贵嫔娘娘的亲侄女若是出了意外，是不是由你来担待？"

小太监一听，后背心登时凉了半截，忙毕恭毕敬道："唉哟，李嬷嬷，就小的这条贱命连周姑娘的一根头发丝都比不得，您这话简直是折煞小的！您莫着急，小的这就折回集英殿去寻她！"说着，笑嘻嘻地拱了拱手，一溜烟地就跑了。

宫嬷见小太监识相，脸上那一点儿不豫总算散了，回头望了望姜黎，不冷不热道："夫人请跟随奴婢来。"

小太监走了没几步，便脚尖一转，钻入了另一条小路。若是有宫人在这儿，定然看得出来，那可不是什么去集英殿的路。

宫中的小太监、小宫女对皇宫的地形最是了解，也最知晓如何抄近路。

不到半刻钟，小太监便找到了高进宝，道："高大人，方才奴才正引着那几位往御花园去。谁料行至半路，贵嫔娘娘身边伺候的李嬷嬷忽然出现，要奴才去集英殿寻那什么鸿胪寺卿家的二小姐。奴才推脱不得，只好赶紧过来同您说一声。"

高进宝一双刀斧似的浓眉紧紧拧起，道："周贵嫔？"

高进宝对这位贵嫔娘娘并不陌生，她是鸿胪寺卿家的嫡长女，长兄在通政司任职，幼弟周晔是三年前的进士，如今在工部任职，听说是个浪荡的，平日里花街柳巷没少去。

鸿胪寺的周大人几回想将他逐出家门，让他到外头吃吃苦，偏生宫里的姐姐护着、溺爱着，这才一路安生到现在。

近来，这位贵嫔娘娘同王贵妃走得很近，一派姐妹情深。想到王贵妃与督公的关系，高进宝不免犯了踟蹰。

他皱着脸来回踱了几步，终是沉声道："小福子在紫宸殿外候着，你速去同他说，就说明佛山的贡茶出了些意外，需要督公亲自来看看。"

小太监应了一声，撒开脚丫子便往紫宸殿跑。

此时，御花园北面的一处僻静的梅林里，周晔从头顶的树枝上扯下一片叶子，放嘴里吹了吹，没吹出声响儿，便不耐烦地掷在地上。

朝臣们在紫宸殿里同皇上品茶论策，他与宣毅不能离开太久，偏偏这会儿李嬷嬷连个人影儿都没见着，实在是令人着急。

他觑了觑一脸阴沉的宣毅，忍不住道："毅哥儿，这是表哥最后一回帮你。一会儿你对人小娘子可别硬来。这里到底是皇宫，不是外头。就算有我阿姐在，也保不准惹来一身麻烦。话说回来，我听母亲说，舅舅已经去胡尚书家提亲了。你怎么还——"后面的话他说不下去了。

他虽喜欢拈花惹草，盛京里同他有过私情的官夫人、官千金，数都数不过来。可他有一点好，他从不强来。但，眼下看毅哥儿这架势，分明就是要用强的……

宣毅听他提起胡玉雅，脸色沉得都要滴出水来。

周晔一看他这脸色便知不好，忙又转了话题："李嬷嬷怎的这般慢？从集英殿到这儿顶多也就两刻钟的工夫。唉！真是急死人了！"

这厢，李嬷嬷也很急，贵嫔娘娘在御花园等着她回去。

她原本想将人送去梅林，就赶回去御花园的。哪料得状元娘子才走了短短一截路，就说崴到脚了，眼泪大滴大滴往外冒。还油盐不吃，不管她如何劝，都只会咬着唇哽着声儿，死活不肯再往前走。

李嬷嬷心急如焚，指了指素从，道："让你这婢女背你过去！快！娘娘们都在御花园里等着，夫人可莫要再耽误了！"

姜黎瞧着李嬷嬷这模样，越发笃定这嬷嬷有问题。

方才她那般强势地指使走那小太监，又将她们引向一条幽静的曲径，要说没有猫腻，她才不信！

再说了，她一个六品官员的家眷，就算不去赏花宴，也不会有人注意到，宫里的娘娘们就更不可能注意到。哪像她说的那般，去晚了要落下个大不敬的罪名，这是欺她年岁小没见过世面。

姜黎心里猜着，兴许是徐书瑶或者薛真买通了这嬷嬷，给她挖坑想让她往里跳。

她又不傻，跑不了，难道还拖不了吗？

思及此，姜黎便抹着泪珠子，摇头道："我这婢女，没比我高壮多少，怎能背得起我？嬷嬷您放心，我就再歇一小会儿，等脚不疼了再走，可好？"

李嬷嬷哪能应她，瞥了瞥瘦瘦弱弱的素从与如娘，心里骂了声"晦气"，就要伸手去扶姜黎。

一见李嬷嬷把手伸向姜黎，素从与如娘齐齐有了动作。

素从细长的手指翻出了一根冒着冷光的牛毛针，公子可是交代过，只要有人伤害夫人，甭管是谁，先扎几针再说。不管闹出什么动静，便是出了人命，都自有他来应对。

如娘不知素从从头发丝到鞋底板都藏满了淬了药的暗器，生怕嬷嬷伤到姜黎，没多细想就上前两步，挡在姜黎身前："奴，奴来，扶夫人。"

李嬷嬷伸到一半的手，被如娘挡了回来，心里的焦急一下子化作了怒火。

贵嫔娘娘近来在宫里的地位水涨船高，她作为娘娘的心腹，走到哪儿都是被底下人敬着的。

眼下，竟然被个小门小户的贱奴冒犯了，一口气死死堵在胸口，上不去下不来的。

官夫人她打不得，难道这贱奴她还发作不得了？

"大胆刁奴！"李嬷嬷斥了声，高高扬起手。

只是手还未落下，前头忽然传来一道阴阴柔柔的声音："李嬷嬷。"

宫里头就没哪个宫人认不出赵督公与余掌印的声音，这声音轻飘飘传来时，李嬷嬷甚至怔了下，以为自个儿听错了。

皇上如今去哪儿都带着赵督公，他此时应当是在紫宸殿里伺候才是。

李嬷嬷抬眼望去，撞入赵保英那笑吟吟的眉眼，心口一跳，扬在半空的手慌里慌张地放下了。

赵督公在宫里是出了名的温和，方才不知为何，同他对视的那一眼，让李嬷嬷心惊胆战。

她咽了口唾沫，殷勤地叫了声："赵公公！"

如娘见宫嬷一脸煞气，都做好了挨打的准备。却眼见方才还嚣张得很的宫嬷，像老鼠见了猫一般老实下来，便猜到赵公公定然是个地位高的人。

不由得有些惴惴不安，担心他会对阿黎不利。

赵保英不着痕迹地扫了眼如娘，便温声道："咱家听小德子说周家小姐迷了路，贵嫔娘娘正着急着要寻她，既如此，咱家亲自带嬷嬷一同去寻人，也好安贵嫔娘娘的心。"

说着，他冲一边儿的高进宝招了招手，道："你送霍夫人一行人到御花园去，方才霍大人在紫宸殿做了篇极精彩的策论。皇上龙心大悦，不仅赏了霍大人，还赏了霍夫人一柄玉如意，那玉如意也差不多该送到御花园了。"

高进宝忙答应一声，扯了扯僵硬的唇角，硬是从那张虎气的脸里挤出一个和善的笑容："霍夫人，请往这边走。"

高进宝指的方向，是方才小太监带她们走的那条路，姜黎心下一松，道："有劳公公。"

高进宝在前头带路，主仆三人规规矩矩地跟在他身后。

如娘站在姜黎左侧，低头与赵保英擦身而过时，恰好一阵风吹来，搭在赵保英臂膀上长长的拂尘被风撩起，掠过如娘的臂膀后，又缓缓落下。

姜黎忍不住回望了眼，只见方才给她们解围的那位公公，身着朱红色的吉服，细长的指轻轻地摸了摸臂上的拂尘。

姜黎几人回到原路后，走了不到两刻钟，便隐约听到一阵阵娇柔悦耳的说话声，从琼苑门处传出来。

穿过琼苑门便是御花园了。

姜黎停下脚步，冲高进宝郑重地道了句谢。

如娘立在一边，想了想，取出个沉甸甸的荷包递给高进宝，道："多，多谢，公公。"

如娘送的这荷包是她亲自绣的，上头绣了一丛红色的堂鸟花。

高进宝原想推辞，可目光落在荷包上，便"咦"了声，道："这是定风县才有的堂鸟花吧？赵督公也有一个荷包，上头就绣着这红艳艳的堂鸟花，听说这花很是罕见。"

如娘递荷包的手一僵。豁然抬眼，问高进宝："也，也是，红色的，堂鸟花？"

高进宝被她看得一愣，下意识点头道："对，就是红色的堂鸟花。"

如娘垂下眼，静了片刻，转身同姜黎一同进了琼苑门，藏在袖口里的手止不住地发抖。

快到御花园时，她忽然住了脚，对姜黎道："阿，阿黎，我要去，寻个人。"

姜黎一怔："寻人？在宫里？"

"对，就，就是方才，那位赵，公公。"如娘的声音有些急，"他，是我，很重要，的人。"

姜黎头一回见如娘露出这样的神色，既震惊又悲伤，仿佛是遇到了什么难以置信的事。

她重重嗯了声，道："如娘婶，我陪你去。"

如娘却摇头，言简意赅地道："你要，领赏赐。我自己，去寻找。高，公公，带我去。"

高进宝这会儿都不知晓他方才一番话，就将赵保英给卖了。将人送到御花园后，没走远，就在琼苑门守着。

督公怕他面相凶，吓着人了，他便也不靠近她们，只在这儿守着。

御花园里头的内侍，多半是督公的人，真要有个风吹草动，自然有人来寻他。

正想着贵嫔娘娘为何要为难姜小娘子时，一抬眼便见如娘急匆匆走了出来，叫了声："高，公公。"

高进宝心里咯噔一下，忙迎过去，道："可是霍夫人出了事？"

"不，不是。"如娘拿出方才高进宝拒收的荷包，"你可以，带我去，见见那位，有红色，堂鸟花荷包的，赵公公吗？"

高进宝听见此话，心里似是坠了块大石，沉沉往下坠。

完了完了，定是他方才说错话，把督公给卖了！

被高进宝不小心卖了的赵保英，在李嬷嬷离开后，也不急着回紫宸殿。

而是站在先前的曲径里，细细回想着方才如娘从他身边走过的场景。

这么多年过去了，她还是如从前一般，总喜欢垂着头走路。

这习惯其实不大好，可也不能怪她，小的时候她走路不稳，动不动就摔倒，总会豁出几条血口子。

疼了几回后便学聪明了，走路时低头看路，一步一步慢慢走，自此不摔了，习惯自然也留了下来。

赵保英还想着万一她认出他了，要如何办？

天知道，方才如娘从他身侧经过时，他的心里有多煎熬？想她认出他，却又怕她认出他。

他是一个去了势的阉人，连个完整的男人都算不上。

眼下大权在握，看似烈火烹油、繁花锦簇。可哪日权力没了，抑或命没了，旁人说起他赵保英，大抵也就一声嗤笑：“不过是个奴颜婢膝的阉货！”

她没认出他也好……

这般想着，赵保英长长吁出一口气，一甩拂尘，正要提脚离去，身后忽然飘来一声：“保，保英哥哥。”

# 第二十五章

# 灵牌泣血

这世间哪有红色的堂鸟花？

定风县的堂鸟花从来都是橙色的，只不过是因着如娘喜欢红色，想给赵保英绣个独一无二的荷包，这才绣了一蓬红色的堂鸟花。

赵姓的公公，定风县，还有红色的堂鸟花。这几个字眼儿串在一块儿，如娘便想起了赵保英。

高大人同她说，宫里人人尊敬的督公赵大人是承平六年入的宫。

不该是这样的！

承平六年，保英哥哥明明是去给大户人家的少爷做伴读的。那时爹爹还同她说，不能耽误保英哥哥的前程。

为何保英哥哥会入宫做了太监？

人人都说皇宫好，但她陪着阿黎在宫里只待了半日，就已经窒息到不行，保英哥哥足足在宫里待了二十九年！

如娘眼泪根本压不住，她知晓二人久别重逢不该哭的，可她就是忍不住，当真忍不住。

她一直以为，他与她之间，至少他会是过得好的那个。

自打听到那声熟悉的“保英哥哥”后，赵保英就像尊木雕般一动不动。

月色溶溶，晚风徐徐。

空气里飘着花香，还有那沉淀着二十多年的，想碰而不敢碰的情愫。

在人前永远平静含笑的赵督公难得地红了眼眶。

他答应过他的小结巴，再也不哭的。

赵保英狠狠地闭上眼，再睁眼时，翻滚在眸子里的情感转瞬就被他压入深处，眉眼弯下，又成了宫里那位爱笑的赵督公。

赵保英缓缓转身，对上如娘泪眼婆娑，叹了声：“怎的哭成这样？”

都多少年过去了，再往后几年都是当祖母的年纪了，这丫头怎的眼窝子还这样浅？

赵保英想同儿时那般给她擦泪，却又怕惹她生厌。毕竟二十九年的漫长时光横亘在他们之间，幼时再深的情谊，说不定都被时间磨光了。

他贸然做出些亲密的举措，总归是不妥当。

近乡情怯，大抵就是这样罢。

与赵保英的诸多思虑不同，如娘心知此番相遇并不容易，下一回也不知晓什么时候能再碰面，此时满心满眼都只是想听他多说几句话。

她忙擦了擦眼，笑着同赵保英道：“你，莫要，笑我。我就，就是，太高兴了。”

赵保英微微提唇，望了望渐渐暗下的天色，道：“宫中非叙旧之地，过几日，我到状元楼酒肆寻你。一会儿你便同高进宝回御花园去，你莫要害怕，高进宝瞧着凶，实则是个心善的，他会好生看顾你与你那东家娘子，不会让人欺负你的。”

如娘自是不舍，她还有许多话没问他，可她晓得赵宝英在宫里根本不得自由。为人奴才者，就算地位再高，也终究是不自由的。

她点点头，认真地问道：“你，你当真，会来？”

“当真。”

“不，不骗我？”

赵宝英笑了，儿时每回他让如娘在家里乖乖等他时，她都要这样问两句。

那时他总会同她道：“不骗你。谁骗如娘，谁就是小狗。”

如娘离开后，赵保英轻轻抚着扳指上的木珠，一贯阴柔的声嗓在夜色里缓缓响起：“查到什么了？”

一道隐于黑暗中的身影从夜色里现身，道：“回督公，李嬷嬷去了梅林后，见了周家二少爷周晔，还有定远侯府的宣世子。后来，镇平侯府的大小姐徐书瑶也去了那片梅林。属下听着，那大小姐应是与霍夫人有旧怨。”

“旧怨？”

赵保英微微眯了眯眼，想起了小福子平日里嘴碎说过的坊间八卦。

印象中记得，那位大小姐与周晔打小就定了亲，只不过刚出生没多久就因府中妻妾相斗，被恶仆卖给了人牙子，直到去岁才寻了回来。

想来她与姜家小娘子的梁子是从前流落民间时结下的吧。

赵保英默然片刻，方才道：“贵嫔娘娘给那小答应投毒的证据可还留着？”

“还留着。那小答应的嬷嬷假死出宫，被属下送至京郊看守着呢。”

“很好。”赵保英淡淡地笑了笑，“先将人看好了，说不得哪日需要她出来给她死去的主子好好‘报仇雪恨’。”

先前他差人捉住那背主的嬷嬷，不过是想着送个顺水人情。如今她连自个儿的人都管不住，那就别怪他翻脸不认人了。

今日若非他来得及时，李嬷嬷的手就要落在如娘身上了。

那只手，不能留……

李嬷嬷并不知晓，今夜之事，不仅给自己招来了天大的麻烦，还给自家主子埋下了隐患。

两刻钟前，李嬷嬷急匆匆地去了梅林，寻到周晔二人，气喘吁吁地将遇到赵保英之事事无巨细地说了。

“二姑娘就在千秋亭里，同几位小姐吃茶赏花，奴婢不敢真的让赵公公去寻人，免得给贵嫔娘娘惹麻烦了。只好匆匆寻了个借口，回来同二少爷与表少爷说一声。”

李嬷嬷是周贵嫔的奶嬷嬷，便是周晔都得要敬她几分。今夜让李嬷嬷偷偷替他做这些缺德事，已是极难为人了。

“辛苦嬷嬷。”周晔笑着从腰间扯下块和田玉佩，递与李嬷嬷，“听说您那小孙儿是个伶俐的，明日我便将他调到我院子里来伺候。”

李嬷嬷面色一喜，她孙儿孩提时从树上摔下来过，自此便瘸了腿，在府里一直不得重用。

周晔若肯将她孙儿调到他院子，做个贴身小厮，那已是极大的体面了。

“谢谢二少爷！”

李嬷嬷欢天喜地地道了谢，却不收那玉佩，推脱了几句后，便福了福身疾步出了梅林，往御花园去了。

李嬷嬷前脚才刚离开梅林，后脚徐书瑶就寻了过来。

一见到周晔便气呼呼道：“我让你帮我把人抓过来，怎么到现在都没见着人影儿？”

周晔撇了撇嘴，先前他之所以答应帮她引姜黎过来，不过是为了拿她遮人耳目罢了。想着万一有人撞破梅林的事，还能用徐书瑶挡一挡。

如今，既然事不可为，他自然也懒得搭理这脑子长在脚底板的侯府大小姐。

“我几时答应过你？你以为你是谁，让我替你抓人我就要替你抓人？欸，徐书瑶，你还没进我周家的大门，就拿自个儿当少奶奶看了？要脸不要脸？”

周晔这番话委实太过羞辱人，徐书瑶被他说得一怒：“你，你——”

跟在她旁边的丫鬟怕她说出不得体的话，赶忙上前一步，在徐书瑶耳边低声道：“小姐，贵嫔娘娘正在御花园赏花。您且忍着，可莫要有什么不好的话到她耳朵里去。”

宫里谁人不知贵嫔娘娘与王贵妃交好，而贵嫔娘娘最疼的就是自家弟弟周晔。因着徐书瑶与周晔定了亲，才爱屋及乌，时不时让徐书瑶进宫来。

徐书瑶刚从民间被寻回时，若不是贵嫔娘娘给了她体面，不知道要遭多少白眼。因此，夫人千叮万嘱，一定要在贵嫔娘娘、贵妃娘娘面前留个好印象。

徐书瑶听罢贴身丫鬟的话，勉勉强强冷静了下来，狠狠瞪了周晔一眼，道：“不用你帮！我自己去寻那贱人，亲自教训她！”

她的话刚落，旁边一道身影倏地冲过来，狠狠捏住她细弱的脖颈，声音阴沉：“你骂谁是贱人？要教训谁？”

宣毅是习武之人，徐书瑶不过是个弱女子，他稍稍用力，便让她喘不过气来。

周晔见状，忙上前拉住宣毅的手，道：“你疯了不成？这里是皇宫！”

宣毅恍若未闻，阴着一张脸盯着徐书瑶：“她若是少一根头发，我就来取你的命！”

御花园。

如娘同高进宝离开后，姜黎便同素从去了钦安殿。

钦安殿在御花园的中央院落，是皇帝、宫妃掐香行礼的地方。今日是成泰帝四十五岁寿诞，执掌凤印的王贵妃自是要在钦安殿为成泰帝祈福的。

中宫皇后常年礼佛，早就不管事了，偶尔才会从佛堂里出来露露面。王贵妃明面上是贵妃，比皇后低一级，可在众人眼里，早就同皇后没什么区别了。

要知道，宫里唯一的皇子出自王贵妃的肚子。王贵妃比成泰帝年轻十岁，日后若大皇子成了皇帝，王贵妃说不定就是太后了。

姜黎到的时候，后宫众嫔和有诰命的外命妇正众星拱月般地围着王贵妃说话。

姜黎不过是六品小官的家眷，哪有上前说话的资格，于是隔着一段距离恭敬地行完礼，便拉着素从往一边殿宇去了。

才走了没一会儿，前头小路忽然来了人，兴冲冲地叫住了她，道："你可是阿黎？"

姜黎好奇地看向来人，见是两个生得十分明艳贵气的小娘子，便应了声："我是，不知二位小姐是？"

两位小娘子，一个穿着淡红色绣百蝶传花的遍地金褶裙，一个穿豆绿色镶金丝的苏缎长裙，俱是十五六岁的年纪。

穿豆绿色长裙的小娘子，姜黎竟然觉着有些面熟，却一时想不起在何处见过。

穿遍地金褶裙的姑娘，见姜黎一头雾水的模样，忙拿起团扇，掩嘴一笑道："我是定国公府二房的薛莹，这是诚王府的明惠郡主。我们二人寻你好久啦！"

姜黎这才想起佟嬷嬷说阿姐特地请了定国公府二房的莹姑娘照料她。

"原来是莹姑娘与明惠郡主。"

姜黎笑吟吟地行了礼，薛莹尚且不说，但明惠郡主是诚王的女儿，成泰帝的侄女，她见到了自然是要行礼的。

明惠郡主忙扶起姜黎，大大方方道："你是阿莹的朋友，自然也是本郡主的朋友，无须多礼。"

薛莹笑嘻嘻上前一步，一手挽着姜黎，一手挽着明惠郡主，亲亲热热地道："我面子大得很，阿黎你下回见着明惠了，确实不必行礼。"

说着，将头凑向姜黎耳侧，悄声道："你唤我阿莹便好，媗姐姐托我照看你。以后在盛京我罩着你！"

三人都是爱笑爱闹的性子，不过一会儿，小娘子之间的友谊就建立起来了。

从前在朱福大街时，姜黎的人缘一贯好，手帕交就有好几个，与张莺莺和刘嫣的感情更是情同姐妹。

自从来了盛京，除了卫媗以及身边伺候的几个丫鬟，就没旁的能说得上话的小娘子了。这会儿忽然多了两个年岁相近又脾性相投的朋友，自是开心到不行。

薛莹与明惠郡主在盛京的贵女圈里，一直都是塔尖的存在。尤其是明惠郡主，就连宠冠六宫的王贵妃都要礼待她三分。

她们二人忽然同一个六品小官的女眷走得如此近，倒是叫周遭的人很是吃惊。

徐书瑶从梅林出来，就准备去寻姜黎的麻烦。

她最经不得旁人相激，方才宣毅的行为彻底扯断了她脑海里仅剩的理智。宣毅不让她动姜黎，她偏要动，她是镇平侯府的嫡长女，她不信宣毅真敢取她的命！

她未来得及去寻姜黎，便被何嬷嬷叫住了，说侯夫人在寻她。

徐书瑶知晓是丫鬟去通风报信了，只好狠狠地瞪了丫鬟一眼，心不甘情不愿地随何嬷嬷走了。

抱厦在御花园北侧，十分僻静，如今就只有侯夫人在那里。

徐夫人轻轻扫了徐书瑶一眼，道："我已经同贵妃娘娘替你告了病，你这就回侯府去。"

徐书瑶自是不依："母亲，我还未同两位娘娘说话！"

"你要说什么话？说你同自己未来夫婿的表弟在梅林私会？你脖子上的痕迹是怎么来的，你难道不清楚？"

徐书瑶摸了摸脖颈，慌忙道："我没有同宣毅私会！我是去找——"

徐书瑶话尚未说完，徐夫人便啪的一声甩了她一记耳光，厉声道："你还狡辩！我原以为你从庄子回来后能有所长进，不承想还是一个蠢货！定远侯府正在同兵部尚书议亲，你同宣毅私会的事若传出去，你可知道有何后果？你是不是希望你父亲连最后的爵位都保不住？"

徐夫人说到这儿，气急攻心之下，整个人晃了晃。

何嬷嬷忙上前扶住她，担忧道："夫人！"

徐夫人扶住额头，闭上眼，道："嬷嬷，你明日便将姑娘送回庄子，婚礼前两日再接回来。"

"母亲！"徐书瑶不可置信地瞪大了眼睛。

徐夫人却不愿多看她一眼，挥了挥手，在何嬷嬷的搀扶下离开了抱厦。

何嬷嬷见徐夫人面色惨白，不由得担心道："夫人可要同小姐一块儿回府？"

"自是不能，今日是圣人寿宴，自然是要等宫里的主子们尽兴了方能回去。"

御花园的赏花宴是王贵妃主持的，她无论如何都不能提前离开，再不适也要硬撑到赏花宴结束。

盛京，也就定国公府的老夫人以及惠阳长公主敢不来赴宴。

赵保英刚回紫宸殿，小福子便笑嘻嘻上前禀告："督公，惠阳长公主来给皇上送贺礼了。"

赵保英挑眉道："长公主亲自来的？"

"是。"

赵保英道："长公主既来了，余公公可还在紫宸殿里伺候？"

小福子嘿嘿一笑，挤眉弄眼道："掌印大人一听长公主来了，便说要去请圆玄大师，跑得比谁还快！"

堂堂司礼监掌印太监，见着长公主就跟老鼠见着了猫一样。在宫里，这事儿从来不是秘密，也不知他是怎么得罪长公主的。

赵保英抚着扳指上的木珠，也不说话，只笑着点了点头，便转身进了紫宸殿。

此时，成泰帝听到内侍来禀，说长公主进宫了，欣喜若狂地起身往外走，想亲自去接她。

他嫡亲妹妹都多少年不理他了。

小时候，他们兄妹二人的感情一贯好，她最爱黏着他，还学民间的兄妹，不喊他"皇兄"，偷偷喊他"哥哥"。

若不是因着赵昀，还有……父皇，她哪儿会与他这般生疏？

这几年的乾明节，她一次都没来过皇宫给他祝寿。眼下既然来了，定然是消气了罢。

成泰帝嘴角的笑意愈发深，却因眼睛看不清路，只好在庑廊下等着。

没一会儿，便见惠阳长公主缓缓拾级而上。

惠阳长公主身着葱白底绣蓝色海棠花的八福湘裙，姿态端庄，妍丽的眉眼无波无澜。见成泰帝亲自出来接她，脸色依旧淡淡，冲成泰帝盈盈一福后，便淡声道："皇兄，臣妹特地前来同皇兄道喜，顺道想问问皇兄——"

惠阳长公主说到这儿，便话音一顿，定定地望着成泰帝，唇角勾起一丝浅淡而诡异的笑。

闪电以雷霆万钧之势在夜空劈出一道裂缝。

紧接着，一道惊雷在天际乍响。

宗奎望着被狂风撞得哐哐作响的窗牖，低声问霍珏："皇上怎的出去这般久，还不回来？不是说同我们品大相国寺的佛茶吗？还有，惠阳长公主怎的挑这个时候来了？"

霍珏饮了一口茶，淡声道："皇上与长公主兄妹情深，兴许还在谈话。我们为人臣子的，耐心等着便是。"

宗奎叹了一声。兄妹情深？谁不知晓自打辅国将军府的驸马爷去了，长公主就不曾入过宫。

宫里宫外什么样的猜测都有。

有说，成泰帝因着驸马爷与长公主有了嫌隙，不许长公主入宫的。有说，长公主羞愧于驸马爷对成泰帝的诬蔑，自行在家忏悔，这才不入宫的。

要让宗奎说，眼下长公主一入宫，成泰帝就迫不及待地出殿迎接，说明兄妹二人已经冰释前嫌了呗。

宗奎耸耸肩，道：“既如此，皇上索性散了这茶宴会，同长公主好好叙，让我们在这儿干等着作甚？”

霍珏放下茶盏，望了眼殿门处，唇角微微一提。

成泰帝不会再回紫宸殿的。

长公主收到了那则消息，定然想同成泰帝好生“分享”的。

人心最是难测。

七年前，她选择护她兄长，却不想会永远失去自己的驸马。而后，这七年，她在日复一日的噩梦里，岂能无怨？岂能不恨？

紫宸殿外，成泰帝望着长公主逐级而下的身影，脑海里回响着她方才说的话，“皇兄可知，大悲楼在皇兄寿诞这日，发生了何事？

“大悲楼的灵牌泣血了，今日在塔中祭拜之人，全听见了悲恸的嗡鸣声。

“皇兄，你说究竟是哪家先祖的灵牌在泣血？

“父皇的功德碑泣了血，卫家先祖的灵牌泣了血，接下来又会是谁呢？

“皇兄，你信报应吗？”

报应……

成泰帝素来儒雅的脸登时扭曲，又愤怒又惊恐……

他抚着胸口，指着数米之外的随侍太监，道：“赵保英！快去叫赵保英过来！”

一刻钟后，赵保英笑眯眯地进了紫宸殿，对内殿的朝臣微微躬身，道：“皇上心有所感，与圆玄大师到乾清宫论佛法去了。特令咱家前来紫宸殿，同诸位大人说一声，今日的宫宴到此结束。”

此话一落，凌叡与朱毓成对视一眼，很快又各自错开眼，面色淡淡地站起身，对赵保英道：“有劳赵公公。”

成泰帝最喜君臣同乐，过去几年的寿诞宫宴不到亥时根本不会结束，这会儿尚且不到戌时，怎的忽然就停宴了呢？

朝臣心中的疑惑也不过一闪而过，出了紫宸殿，便在内侍的引领下，直奔承天门。

霍珏与宗奎座次排于末尾，等到旁的人都走得差不多了，方才起身。

甫一出门，便听得赵保英道：“霍大人请留步。”

霍珏脚步一顿，似是有些意外，同赵保英微一拱手，道：“赵公公有何贵干？”

赵保英不着痕迹地给小福子递了个眼神，小福子立即笑眯眯地对宗奎道：“宗大人，奴才这就送您出去，请随奴才来。”

宗奎的目光在小福子与赵保英之间睃巡一番，蹙了蹙眉，道：“状元郎，我在玉阶下等你。你若是需要人帮衬，喊我一声便是。”

他这话说得毫不遮掩，听得小福子嘴角一抽。

敢情宗大人是怕他家督公对霍大人不利？呸！也不瞧瞧，今晚若是没有督公，霍大人的小妻子哪能安然无恙？不就是仗着自己家中有长辈撑腰，宗家在盛京没几个人敢惹，可宗遮大人都没吭声，你一个小小御史在督公面前叫嚣个什么劲儿？

小福子心里把宗奎暗暗骂了个狗血淋头，面上却还是笑嘻嘻的，道："宗大人，请吧。"

霍珏对宗奎轻轻点头，道："无妨，宗大人先行离去便是。"

宗奎刚走，赵保英便道："霍大人，今日咱家去取佛茶之时，恰巧偶遇了霍夫人。霍夫人似是迷了路，也是凑巧，咱家刚差人把霍夫人送去御花园，便又'偶遇'了鸿胪寺卿家的周大人与定远侯府世子。"

世间哪有那么多的巧合与偶遇？赵保英这话说得半点也不隐晦。

霍珏面色一凝，忙郑重行了一礼："多谢公公替内子解围，公公的提点，珏铭感于心。"

赵保英见霍珏一点便通，也不多说，只一甩拂尘，笑着道："咱家不过随口一说，哪来的提点？霍大人不必挂怀，时辰不早了，霍大人请回吧。"

霍珏拱手又道了句谢，态度恭谨。

待得霍珏下了玉阶，赵保英瞧了眼外头的天色，对送人归来的小福子道："咱家现下去乾清宫，你跑一趟御花园，给高进宝搭把手，今夜你们二人不必来乾清宫了。"

小福子应"是"，顿了顿，用低得不能再低的声音道："督公小心些，奴才瞧着……皇上……"饶是紫宸殿只剩他们二人，小福子也不敢把话说得太明。

赵保英觑他一眼，笑骂道："咱家这些年在宫里的饭可是白吃的？快办事去，别磨磨蹭蹭地在这儿耍懒！"

小福子心知，自家督公不带他去乾清宫，是怕他遭池鱼之殃，被皇上拿来泄愤丢了小命罢了。他忧心忡忡地冲赵保英躬了躬身，便往御花园跑去。

乾清宫灯火通明，庑廊下挂满了明亮的琉璃灯，每一盏灯的灯面上都画着普度众生的佛像。

庑廊亮堂堂的，可守在寝殿外的余万拙，听着寝殿里头传来的诵经声与木鱼声，头皮一阵阵发麻。

明明是夏日，却总觉着阴风阵阵。

余万拙知晓，都是人心露了怯罢了。说来，他入宫到现在，手里不知沾了多少人的血，便是先帝的血，他也沾过。

从皇陵回来后，他鲜少似今日这般心神不宁了。

地动，功德碑擘裂，大悲楼泣血。诡异的事情一件件、一桩桩接连不断。

自从临安地动之后，皇上的精神便一日比一日紧张，一日比一日脆弱。

莫说是皇上，便是一贯不信神鬼的自己也开始动摇了。余万拙不由得想，世间是否真的会有因果报应？

闪电狰狞，惊雷乍响，震得余万拙眼皮直跳。

七年前，也是这样的惊雷夜。承平帝紧紧攥着他的手，目光似是要吃人一般，喉头发出痛苦的“嗬嗬”声。临死之人，力气竟是出乎意料地大，余万拙的手腕甚至被挠出了几道血口子。

如今，七年过去了，手腕的伤口早就好全。可此时，却又感觉到了肌肤被指甲划开的疼痛。

正想着，便见身着朱红吉服的赵保英自不远处信步而来。

余万拙微微眯起眼。

“余掌印，圆玄大师可是到了？”赵保英温声细语地说着，神色与寻常无异，语气听着，似是与余万拙关系十分亲近。

余万拙暗暗骂了句“笑面虎”，扯了扯唇角道：“圆玄大师半刻钟前到的乾清宫，如今正在殿内为陛下燃灯诵经。”

赵保英笑着颔首，道：“如此便好，今夜陛下心绪不宁，约莫是要燃灯诵经一整夜的。你我二人承蒙陛下看重，方能在司礼监受到重用。如今陛下正是需要人的时候，掌印不若同咱家一起随侍左右？有掌印在，想来陛下也会安心些。”

赵保英此话一落，余万拙脸上的假笑便绷不住了，狠狠咬紧了牙关。

方才，成泰帝见到他时，脸色极不好。毕竟当初是他与成泰帝一同把药灌进了承平帝嘴里的。成泰帝见到他，想到的恐怕不是他的从龙之功，而是自个儿如何狠心弑父。

余万拙原想着，等赵保英一来他便离去，偏偏这笑面虎面甜心苦，一来就给他挖坑。可他的话说得冠冕堂皇，滴水不漏。

身为司礼监掌印太监，若此时离去，只怕成泰帝知晓后会更不喜。

“咱家正有此意，赵公公请吧。”余万拙深吸一口气，轻甩拂尘，与赵保英一同入了内殿。

紫宸殿的茶宴草草结束，御花园里的赏花宴自然也不得继续。

王贵妃听到宫人来禀，听到惠阳长公主入宫时，便知不好。

果不其然，惠阳长公主才入宫半个时辰，紫宸殿的茶宴便散了。成泰帝去了乾清宫，约莫又要念往生经，念足一整晚了。

至于明日……

王贵妃心中一叹，她身上的伤才将将好全，明日成泰帝一来，不知又要落下多少伤痕。便索性让嬷嬷多加点药罢！

“本宫瞧着，怕是要下雨了。既是天公不作美，今日的赏花宴只能就此作罢，都回去吧。”

王贵妃话音刚落，围在她四周的外命妇便齐齐行礼告退。

姜黎同薛莹、明惠郡主正坐在亭子里说话，忽见几位内侍宫嬷急匆匆地去了钦安殿，这才知晓王贵妃要摆驾回乘鸾殿了。

三人都有些不舍。

明惠郡主从发髻里拔出根玳瑁金步摇，倾身插在姜黎的鬓间，笑着道：“我与阿黎一见如故，可惜手上也没甚趁手的见面礼送与你，这步摇是父王前些日子寻工匠给我打的。一套足足有六支，阿莹已有一支蜜合色的，我头上这紫色的倒是与你今日的衣裳很是相称，就当作礼物送与你了。你可莫要嫌弃。”

明惠郡主的一番好意，姜黎也不扭捏推拒，摸了摸步摇，便笑着同明惠郡主道了谢。

而后，她摸了摸腰封，想看看有无合适的回礼。

薛莹与明惠见姜黎苦着一张脸摸腰封，忍不住相视一笑。

薛莹打趣道：“阿黎，你想回礼也不急于一时。哪日我与明惠去你家酒肆喝酒，你请我们吃几盅你亲自酿的酒当作回礼如何？”

明惠闻言便嗔了薛莹一眼：“好你个薛莹！明明是我送的礼，你倒是好意思蹭阿黎给我的回礼！”

薛莹“嘁”了一声：“我这不是没带礼物出门嘛，下回我亲自备上见面礼，送到酒肆给阿黎。”

明惠郡主送给姜黎的步摇做工精致绝伦，一看便知是外头的头面铺买不着的，哪能拿酒来做回礼？

“你们来酒肆，我自是要请你们吃酒的，吃酒哪能算回礼？下回我再给你们回礼。”

三人又说了几句，方才依依不舍地道别。

从亭子里出来，姜黎见到站在素从旁边的如娘，忙走过去，问道：“如娘婶，你寻着那人了吗？”

如娘笑着点点头：“寻，寻着了。回去，了，再慢慢，同你说。”

“那敢情好。”姜黎笑眯眯道，“今日这宫宴所获匪浅！我结交了两个要好的小娘子，如娘婶又寻到了故友，真是来得值。”她一贯心大，这会儿全然忘了入宫前有多忐忑，也忘了方才来御花园时有多慌张。

往承天门走的这一路，一直在兴致勃勃地说着她今日的入宫之行有多圆满。

等到了承天门，见到霍珏，也不忘重复一遍今日的收获。

“喏，你看，这是明惠送的金步摇，是诚王爷亲自寻头面匠工给明惠做的，配阿姐送我的这衣裳好看吧？她们说要来酒肆寻我吃酒，我过几日多酿些果子酒给她们尝尝。还有，你说我给她们送什么回礼好？”

姜黎一会儿像刚回笼的小喜鹊叽叽喳喳个没完。一会儿又托着腮，蹙眉苦思冥想，似是遇到了极大的难题。

霍珏靠着椅背，等她说完了，方才笑着道：“明日，我让何舟送一幅九桨居士的《寒梅图》到诚王府去。诚王爷爱舞文弄墨，明惠郡主自小耳濡目染，也极爱书画，《寒梅图》应当能投其所好。”

“至于薛姑娘，阿黎平日里给阿姐送糕点时多送一份给薛姑娘便好，听闻薛姑娘最爱的便是吃。”

姜黎倒是没想到自个儿苦恼了一路的问题，霍珏三言两语就给解决了，一时心花怒放，忙夸奖了句：“霍珏，你可真是帮了我大忙！”

霍珏望着笑得眉眼弯弯的姜黎，捏了捏她的指尖，道：“今日去御花园时，可有被吓到？”

他原本在宫里做了安排，让如娘“无意中”遇上干爹的。李嬷嬷的出现，并不在霍珏的意料之内。可人为之事做得再天衣无缝，也不如意外来得巧妙。

李嬷嬷的这场意外，属实比他原先安排的要好。况且，李嬷嬷是周贵嫔的心腹，周贵嫔与王贵妃交好……

今日这事，兴许会带来意外的惊喜。唯一担心的，是怕阿黎被吓着了。

姜黎一听，便知霍珏在说贵嫔娘娘的嬷嬷，虽说那时她的确是有些慌张，可也没多大害怕。

素从武功厉害。云朱说，她武功虽比素从高强，但二人若交手，输的肯定是她。实在是素从太能耍阴招，使起暗器来是神不知鬼不觉的。

有素从护着，她总归不会受到伤害。只不过怕坏了宫里的规矩，给霍珏带来麻烦罢了。

“我没事。”姜黎微微提起裙摆，露出脚上的绣花鞋，眉开眼笑地道，“我假装崴了脚，哭着不肯走，那李嬷嬷就拿我没辙啦。后来，遇见了一位好心的公公，派人送我们去了御花园，再之后就遇着了明惠同阿莹，一直聊到赏花宴结束呢！”

姜黎说到这儿，下意识地便想到了如娘说的故人，也不知晓她说的故人究竟是谁。

她同霍珏本是什么话都说的，可如娘在宫里遇到故人的事，到底是如娘的隐私。除非如娘同意，要不然她是不会往外说的。

姜黎自以为守住了如娘的秘密，哪里晓得，霍珏早就对所有人的秘密了如指掌了。

姜黎一副为了守住秘密再不肯多说话的模样，看得霍珏忍俊不禁，却也不戳破她，只装作不知。

半个时辰后，马车抵达霍府，便见杨蕙娘与姜令早就等在门口了。

今日是姜黎第一回入宫，两人比当事人还要紧张，就怕姜黎遇见苏瑶。

在朱福大街时，苏瑶没少对阿黎使坏。如今，她地位高，万一遇到了，找阿黎麻烦怎么办？

姜黎甫一下车，就被杨蕙娘拉过去，仔仔细细看了半天，见她全须全尾地回来了，方才松了口气，道：“今日入宫可还顺利？”

姜黎自是报喜不报忧，笑眯眯道："顺利得不能再顺利了。娘，我交到两个很好的朋友！"

一行人边听姜黎说着她新交到的手帕交，边往里走。

何舟立在垂花门外，等到旁人走过去了，方才悄悄靠近霍珏，轻声道："主子，世子爷正在街尾等着您。"

亥时三刻，乌云翻滚了半个时辰后，终于淅淅沥沥落下雨来。

薛无问坐在马车里，轻轻转着手上的玉扳指。

卫氏先祖的灵牌泣血。

听见这个消息，他就知晓定是那小子做的手脚。

二月二十七，他借走了定国公府在大悲楼的入塔对牌，如今想想，约莫是在那日动的手脚。

薛无问"啧"了一声。

霍珏上马车时，好巧不巧听见薛无问"啧"声。

他挑眸望去，便见薛无问似笑非笑道："你胆子倒是大，连先祖的灵牌都要算计，也不怕你家先祖夜里入梦，寻你说说话、讲讲道理？"

霍珏淡淡道："想来，先祖大人能理解我的苦衷。"

薛无问再一次见识到了这小子的脸皮有多厚，人前瞧着是光风霁月、敢为天下先的状元郎，人后心黑手黑，还不要脸。

"惠阳长公主那里也是你递过去的消息？"

"是。"霍珏坦诚道，"想来，惠阳长公主也是愿意的。"

薛无问嘴角一抽。

"想来""想来"，在这小子眼里，被他算计的人"想来"个个都是愿意的。

霍珏似是看穿了薛无问的腹诽，提唇笑道："世子应当知晓，赵驸马并没有死。"

圆青大师脾性孤拐，在大相国寺辈分极高，药谷寻常人根本进不得，便是求药，也只能在药谷外。

因此，知道赵昀活着的人并不多。

薛无问同赵遣关系匪浅，的确早就知晓赵昀没死。可如今赵昀的情况，活着跟死了也没甚区别。

"如今，赵昀就是个活死人，这么多年来都没醒，恐怕往后更难。你莫不是同长公主说了赵昀还活着的事？"

辅国将军府的人，并不愿意赵昀再同长公主扯上干系。在将军府的人看来，赵昀若不是做了驸马，七年前他根本不至于被逼到那样的境地。

赵昀是将军府唯一的嫡子，当初长公主点他做驸马，辅国将军就曾托先太子说情，想让先帝收回成命。先帝虽觉着赵昀不适合长公主，可长公主只想要赵昀，无奈之下，便顺了女儿的意。

霍珏派人往公主府递消息时，的确提了赵昀未死。可同时也说了，唯有凌首辅倒台，赵昀方才有可能会归来。

人，只有在失去之后，才知晓失而复得有多珍贵。这个道理，霍珏懂，长公主也懂。

长公主碍于血脉亲情，她大抵是死也不会将先帝密诏拿出来。可背后策划了先太子冤案的凌首辅一脉，她怎可能不恨？

"你怎知，长公主会因为你一句不知真假的话，便会去同凌叡一党拼命？"薛无问反手敲了敲桌案，继续道，"况且，她手上根本无甚人可用，便是再宏才伟略，也无法撼动到凌叡一党。"

朱次辅和都察院那两位都御史，与凌叡分庭抗礼了这么多年，也不过是折了凌叡手下的几个三品大员，譬如那位前顺天府尹魏追。

长公主虽有公主之头衔，可手里根本没有任何权力。这样一位金枝玉叶，又能做些什么？

霍珏听见薛无问的话，微微抬眸，定定地望了他几息。

梦里，阿姐死后，薛无问只因一个飘无虚渺的复生传闻，离开了盛京，再之后便彻底消失，杳无音信。

那时，他可比眼下的长公主还要疯狂。

霍珏垂下眼，笑了笑，道："不，长公主有一把谁都没有的利刃。"

薛无问的桃花眼微微一眯，电光石火间便明白了霍珏的言外之意："你是说……周元庚？"

霍珏淡淡颔首。

薛无问提唇一笑，他这小舅子谋划人心的本事当真是一等一的好，他自问没这本事。

薛无问敲桌案的指缓缓一顿，道："这回寻你还有一事，方才宫宴结束之时，暗一收到密报，南邵军前几日有异动。"

霍珏黑沉的眸子微微一凝："秦尤与凌若梵……等不及了。"

薛无问道："沈听去了青州后，褚将军一改从前韬光养晦的做派，开始联合从前的旧部。如今的青州军一大半都听令于褚将军，秦尤被逼得只好去寻凌若梵，想故技重施。"

薛无问说到此，顿了顿，想到了七年前他去青州救卫媗的那日，不由得冷冷一笑："七年前用过的手段，真以为今日还能奏效？当真是痴心妄想！"

# 第二十六章

# 我心悦你

雷声隆隆，大雨滂沱，又一个雷雨夜。

金嬷嬷撑伞，候在公主府的正门处，忧心如焚。

夜里长公主接到密信，连衣裳都没换就入宫去了，也不知晓会不会触怒皇上。

等了小半个时辰，金嬷嬷方才见到公主府的马车慢悠悠停下。

“公主！”金嬷嬷快步上前，举着伞给惠阳长公主遮雨。

惠阳长公主的面色并不好，唇色惨白，目光涣散，整个人像是失了魂一般。

方才，同成泰帝见面时说的那番话，已然抽走她所有的力气。

豆大的雨水坠落在地，溅湿了她的裙摆，她却恍若未觉，只轻声道：“嬷嬷，那密信可还在？”

“在，在！老奴一直留着，没让任何人瞧见。”金嬷嬷声音微哽。

密信不知何人送来的，谁知晓是不是旁人针对长公主所设下的陷阱？说不得那人知晓长公主忘不了驸马爷，这才想着拿驸马爷来哄骗长公主的。

长公主多聪明的一个人，今天却是想都不想就跳进去了 。

金嬷嬷几次欲言又止，可瞧着长公主失魂落魄的模样，又舍不得夺走她海市蜃楼般的希望。

一入寝殿，惠阳长公主便屏退左右，只留了金嬷嬷。

“嬷嬷，把密信给我。”

金嬷嬷道：“公主，您衣裳都湿了，先去净室沐浴一番再——”

“嬷嬷。”长公主打断金嬷嬷的话，轻声道，“我想看一遍，再去净室。”

金嬷嬷叹了口气，知道劝了也没用，便从怀里取出密信，递了过去。

信里不过寥寥两行字，惠阳长公主却看了许久，目光久久凝在最后一句话上——凌叡亡，赵昀活。

“公主，恐怕是有心人在利用您。”金嬷嬷终是不忍自家公主被人利用，“七年前，您亲自去将军府看过驸马爷的尸首的，也亲眼看着驸马爷被放进棺木，入了赵家的陵墓。公主，驸马爷是真的死了，人死怎么能复生呢？！”

长公主狭长的凤眼里覆上一层荫翳：“不管是真是假，我都不能不信。嬷嬷，万一是真的，万一赵昀真的没死……”

惠阳长公主反复呢喃着最后一句话，似是在回答金嬷嬷的问题，又似是在说服自己。

七年前，如果她知晓保下皇兄，会让赵昀失去性命，她是绝对不会选择进宫的。

成泰六年，六月二十三，注定是个不眠夜。

朱雀大街首辅凌叡的书房里，烛灯燃了整整一宿。

凌叡将一封密信缓缓摊开，递与对面的齐昌林与胡提，道：“皇上临时中止茶宴，约莫是因着大悲楼的事。”

齐昌林一目十行地看完了信里的内容，挑了挑眉，道：“又是泣血？”

凌叡薄唇轻抿，狭长的眼眸闪过一丝阴狠。

“事情怎可能会如此巧合？我已经派人去查这几日都有哪些人去过大悲楼了。”

胡提望了望齐昌林，又望了望凌叡，道：“凌大人，齐大人，这……这是有人拿卫家先祖的灵牌做戏？嘶——谁这般大胆？莫不是朱毓成那厮？”

胡提话音刚落，凌叡便转眸看向齐昌林。

齐昌林与朱毓成曾经交好，他对朱毓成比旁的人要了解。

齐昌林沉吟半晌，道：“此事，若真是人为……以我对朱毓成的了解，他应当做不出断人祖宗香火之事。”

卫戒灵牌泣血后，便裂成了数块，也不知还能不能继续供奉在大悲楼里。

齐昌林的话一出，胡提便忍不住觑了觑凌叡。

七年前，卫家被灭族时，凌首辅不仅将卫家子孙屠尽，还将卫家的祖庙一把大火给烧了。可不就是断了人家祖宗的香火？

胡提担心凌叡听罢这话会不喜，却不想凌叡压根儿不在乎，反而一脸赞同地点点头。

“淮允说得不错，朱毓成的确没那个胆子。他太拘泥于礼义廉耻，成不了什么大事。若他真有那魄力动大悲楼的灵牌，也不至于这么多年来，一直被我压着一头。”

凌叡说到这儿，抬手端起茶盏，慢悠悠地饮了一口，道：“能将手伸进大相国寺的，在盛京也没几个人。依淮允所见，谁最有可能？”

谁最有可能？除了朱毓成，定国公薛晋、宗家的宗遮、都察院的鲁伸，还有司天监的掌印、秉笔太监，甚至是他自己，都有能力在大悲楼上做手脚。

卫家先祖的灵牌为何泣血？不外乎是因为七年前的事。眼下，朝堂里对七年前的事最耿耿于怀的人，朱毓成是其一，鲁伸是其二。

可问题是，这事儿一旦被查出，几乎等同于将自己与卫家绑在了一起。稍有不慎，就会被冠上谋逆案余孽的罪名。

这二人手握实权，实在不需要用这些装神弄鬼的手段来鸣冤，这也不符他们一贯的做法。

齐昌林摇了摇头，将心中所想一一道出：“盛京有能力做这事的人的确不少，可那几个人根本没必要去做这样的事。昌林愚钝，着实猜不到这幕后之人是谁。”

书房里静了片刻，胡提眼珠子转了转，忍不住问：“有无可能，那灵牌迸裂就是巧合？毕竟，那灵牌在大悲楼放了一百多年，裂开了也正常。”

齐昌林听见胡提这几乎不经大脑的话，也不接话，只垂眸饮了口茶。

不管是对凌叡，还是对成泰帝来说，卫家先祖灵牌泣血之事只能是人为，不能是巧合。

地动与功德牌之事，尚且能说是老天爷在同皇帝示警。可肱股之臣的灵牌自行泣血，除了有冤，哪还有旁的可能吗？

这样的事一旦传开了，朝臣可以装聋作哑，可百姓不会。本来随着时间的流逝，逐渐被世人忘却的谋逆案，便会一点一点重现于世人面前。

卯时一刻，齐昌林从凌叡的宅邸出来回了尚书府。

到府后，齐安上前给他撑伞："大人一夜没睡，可要小憩个半日再去刑部？"

齐昌林摇头道："我打个盹便好。一会儿上值时间到了，你便来叫我。"

齐安嘴唇动了动，沉默片刻后终是咽下嘴里的话，应了声"是"便转身退下。

快行至门口时，忽然听到齐昌林轻声问："齐安，你说她不在中州的话，会去哪儿呢？她弟弟在中州，她怎会舍得离开那里？"

齐安喉头一涩，竟是答不出话来，自从夫人失踪后，大人便再也睡不好了。

齐昌林似乎也没打算从齐安嘴里问出什么，不过须臾，便又道："也好，若是连我也找不到她，那旁人也不行。"

齐安知晓大人不过是累了，才会忍不住问起夫人的。平素他半个字也不会提起夫人的，仿佛和离后就真的忘了她一般。

出了门，齐安狠狠吐出一口气，很快便收敛起脸上的情绪。

府里处处都是暗桩、眼线，他万不可泄露出半分端倪。若不然，大人就危险了。

齐昌林回了寝房，在床头阖眼静坐了半盏茶的工夫。

再睁眼时，眼底的疲态一扫而空。

他猫下腰，将床底一张毛毡拖了出来，在地板敲了片刻，从一块松动的砖头里，摸出两本账册。

这账册有些年头了，若是薛无问与鲁伸在此，定会发现这两本账册与他们从霍珏那收到的账册如出一辙。纸张、墨水、字迹，竟然无一处不相同。

齐昌林翻了翻早已倒背如流的账册，揉了揉眉心，凝神思考了半刻钟。

窗外雨声淅沥，与记忆中那日的雨声渐渐重叠在一块儿……

承平六年，金銮殿外传胪，他得了二等头名。

恩荣宴后，他抱着阿秀胡闹了半宿。

次日，她起来给他穿官服，戴乌纱帽，郑重地同他道："我只是个大字不识几个的无知妇人，说不来什么大道理。只是作为你的妻子，我不求你做个名垂千史的好官。我知晓不管世道是好是坏，好官永远是最难当也是最早死的。我只求你，做个有底线的官！"

阿秀希望他做个有底线的官——可守住了底线，就守不住她了——一步错，步步错。

为官二十载，他早就找不到自己的底线，也早已活得面目全非。

宫宴那日的雨，下足了五天五夜，到得六月二十八，天才终于放了晴。

霍府院子里的玉兰、木槿不堪风雨，花瓣层层叠叠落了一地。

姜黎小心跨过地上的水洼，出了月门，便见去上早朝的霍珏居然去而复返，不由得诧异道："怎的回来得这般早？"

"皇上龙体抱恙，取消了早朝。"

姜黎"呀"了一声："那日宫宴圣人瞧着好好的，怎么忽然就病了？多半是这几日下雨，招了寒邪。"

她对政事一贯不敏感，又被霍珏护着，自是不知晓这几日朝堂的气氛有多压抑。

九佛堂灵牌之事，如今传得沸沸扬扬，百姓茶余饭后间，都在讨论卫家究竟有多少冤屈，让祖先的牌位才会在大相国寺泣血。

成泰帝因着这消息，日夜不得安眠，直接病了一场。

霍珏不欲同姜黎讲太多朝堂里的纷争，顺着她的话便道："的确是寒邪入体。"

皇帝着了凉，自有太医治。姜黎也没多大在意，便同霍珏道："我一会儿去酒肆，你快去用些早膳，免得等会上值了肚子空空。"

霍珏挑了挑眉："现下就去？"自打他去了都察院，便整日里忙得脚不沾地，平素陪她的时间自然不多。往常他不上早朝时，姜黎都会陪他一同用早膳的。

今儿倒是太阳从西边出来了。

姜黎因着不能陪他用早膳，也挺内疚的。想了想，便踮起脚，在霍珏耳边小声道："我要去酒肆多备些糕点小吃，今日会有很重要的人来酒肆吃酒！"

宫宴回来的第二日，如娘便同姜黎和杨蕙娘说了，她此番进宫，遇见了一位幼时的邻家兄长。

那人于她，是极重要的人。

如娘说起那人时，素来沉静的眸子缀满了水光，是说起亲近之人时才会有的神态。

杨蕙娘听罢，一把拉住如娘的手腕，拉开她的袖摆，问道："可是送你红绳之人？"

姜黎望去，便见如娘雪白的腕间戴着一条陈旧的褪了色的红绳，绳子中间缠着颗粗糙却又磨得极光滑的木珠。

如娘耳朵一热，倒是没想到杨蕙娘还记着她先前提过一嘴的话："是，是他。"

杨蕙娘眉心一蹙："所以，那人如今入宫做了太监？"

如娘能寻回她那位重要的人，杨蕙娘自是替她开心的。可那人入宫做了太监，又怎能给如娘幸福？

杨蕙娘从不觉着女子年岁大了，守了寡了，就不能再嫁人了。

这世道对女子苛刻，那劳什子贞节牌坊就是束缚女子再嫁的索命锁。多少女子为了挣一座贞节牌坊，生生将自己的下半辈子搭了进去。

杨蕙娘自个儿守寡多年，可不是为了挣什么贞节牌坊，只不过是没遇着合适的人罢了！对她来说，合适的人不仅要对她好，也要对阿黎和阿令好。

这样的人，哪有那般容易遇到？这才蹉跎了这么多年。如今遇到了孙大当家，她却是起了再嫁的心思。

因此，听到如娘的邻家兄长是个太监，她失望极了。如娘这样好的人，过去受了那么多年的苦，杨蕙娘希望她能否极泰来，遇着个良人给她幸福。

可若那人是太监，又如何能给她幸福……

如娘虽不善言辞，可心思明慧，哪能不知晓杨蕙娘是如何想的？

她笑着握住杨蕙娘的手，目光真挚而坦率：“活着，已是，不易。能，遇着，更是，大幸。”

失散多年，她与保英哥哥能活着重逢，已是大幸。

旁的她不求，只想他在宫里能安安生生、长命百岁，闲暇了来酒肆喝几口她酿的酒，便足矣。

天气晴朗，万里无云。

小福子笑眯眯道：“哎哟，督公，您看这天蓝得哟，显然是知晓督公要去见如娘子了，特意给放晴的。”

赵保英淡淡看他一眼，笑骂道：“一会儿到了状元楼，可莫要这般油嘴滑舌。”

今日，他没穿成泰帝御赐的朱红官服，只着一套简单的蓝灰色常服，配白玉冠。因面容清秀阴柔，瞧着就像个白面书生。

小福子忙道：“督公有所不知，我与状元楼几位掌柜关系好着呢！杨掌柜还夸我长了张好嘴，会说话！”

小福子说到这儿，不免有些自得。他不仅嘴甜，这张圆脸也长得讨喜。这才被督公选中，陪他去酒肆吃酒。

瞧瞧，高大人脸长得那般凶，想吃酒都没得吃。所以说，武功再高强也比不上长了一张好脸！

酒肆今日歇业，到得酒肆，小福子为了展现他与杨掌柜、姜小娘子的好关系，下了马车便殷勤地一口一个“姐姐”地喊着，俨然是酒肆的一员。

他昨日来给如娘传口信时，姜黎她们就知晓他是赵保英的人了，还从他“不小心”说漏的话里得知，宫宴那日赵督公是特地去给她们解围的。

杨蕙娘本来并不知晓李嬷嬷使坏的事，从小福子嘴里听说后，心里一阵后怕，对如娘的这位邻家兄长简直是感激到不行。

赵保英到的时候，杨蕙娘不仅和姜黎一同在厨房忙前忙后，还特地将酒肆唯一一间雅间打扫得纤尘不染，让如娘与赵保英好生叙旧。

这雅间，当初是姜黎特地让人隔出来的，想着日后若是霍珏带上峰同僚过来吃酒，也能有个安静的地儿。

雅间里，赵保英饮了一口花香满溢的百花酒，笑着道："我在宫中这些年，过得不难。多亏了当初林先生教我识字，甫一进宫，我便被调到御书房管理书墨。这才慢慢入了圣人的眼，安安稳稳坐到了今日的位置。"

他的语气云淡风轻，只字不提他当初是如何被兄长卖与人牙子的，又如何被人牙子强行去了势，卖入宫后，又是如何在旁人的辱骂糟践中守住命，当上人人敬畏的赵督公的。

他家小结巴眼窝子浅，若是知晓他从前受的苦，大抵要哭上一整日。

如娘自是不知晓赵保英有过怎样惨痛的过去，认认真真地听赵保英说话，半个字都舍不得错过。

直到赵保英问她："过去二十九年，你过得可好？"

如娘笑着点头。也不同他说，他离开定风县没两年，爹爹便去世了。后来她嫁了人，没两年便守了寡，被恶毒的公婆生生磋磨了十多年。

若不是遇到杨蕙娘，兴许连上个冬天都撑不过去。

"好。虽，守了寡，但日子，不难过。遇到了蕙娘后，同她学，酿酒。还，还来了，盛京，遇到，保英哥哥。"如娘说这话时，是真心觉着自己不苦的。

她受过苦，受过累，遇到过心肠顶坏的人。可如今，她有杨蕙娘、阿黎、阿令这些不是亲人胜似亲人的人陪着，又遇回了赵保英……

于是，过往的一切苦难，似乎都变得不值一提了。

就像爹爹同她说的，人要往前看，往前走。若是困囿于过往，那便如同沼泥缚脚，再也踏不出一步。

二人就这般慢慢叙着话，都拣着好的话说。却丝毫不知，在过往几乎暗无天日的孤独日子里，支撑他们走下来的，是那颗他们拥有着的一模一样的木珠子。

那是二十九年前，如娘捡回来一块黑漆漆的木头，非说那是定风县传说中的凤凰木，要他磨两颗珠子来。

"看，看到，凤凰木，会有，好运。保英哥哥，和，如娘，至少有，一人，要过得好。"少女张着湿润的眼，笑着如是说。

都察院里，霍珏埋头写着案牍。

宗奎从门外进来，行至他身后，重重一掌拍在背上，道："状元郎，不谢。"

霍珏手里的狼毫，因他这一掌硬生生画出了一条横杠，写了半个时辰的案牍就此阵亡。

霍珏默然片刻，抬起眼望着宗奎，道："还请宗大人解释一句，珏需因何事谢你？"说着，目光缓缓下移，示意宗奎看看被他那一掌拍坏的案牍。

宗奎瞧了瞧案牍上那长长的墨迹，下意识摸了摸鼻子。

他不是故意的。他不过是因为知晓先前参镇平侯宠妾灭妻、纵子强抢民女的奏疏被皇上批答，一时激动才拍了霍珏的背。

宗奎清了清嗓子，道："柏大人同我说，皇上已经同意降镇平侯的爵位，并且罢了镇平侯嫡长子的官职，不许他袭爵，镇平侯的爵位这下是再也不能往下传了。"

说着，他冲霍珏露出个"我厉害吧"的眼神，继续道："听说镇平侯府的那位大小姐从前没少辱骂你，我如今替你出了一口气，你难道不该谢我吗？欸，状元郎，做人可不能没良心，你知道我为了盯镇平侯府，挑灯夜战写了多少份奏折吗？"

宗奎从前只知霍珏出身寒门，查镇平侯府时，方才知晓徐书瑶同霍珏夫妻二人的过节。

他这人一贯护短，与霍珏相识的时间虽不久，却很是欣赏他，心里早就将霍珏当作了自己人。

既然查出了这样的事，哪有不替他出一口气的道理？这才锲而不舍地追着镇平侯府穷追猛打。

霍珏放下手中的狼毫，起身拱手行一礼，道："如此，珏在此多谢宗大人。"

虽知镇平侯会被削爵，干爹在背后应是出了力的。

赵保英是司礼监秉笔太监，内阁呈往金銮殿的奏折都须得由他先过目。眼下成泰帝眼疾日益严重，他如今是成泰帝的眼睛，必要时，还能替他做出决定。

可宗奎的这一番心意，他不得不谢。

宗奎耸了耸肩，得了霍珏的谢了还要卖个乖，厚着脸皮道："倒也不必如此客气，改日请我到你丈母娘开的酒肆吃吃酒就成。"

霍珏颔首应下，见快要写完的案牍作了废，也没打算继续写，收拾好桌案便准备提前下值。

宗奎见他要走，忙打趣道："你这便要下值了？可是要回去给你家娘子帮衬？"

都察院谁人不知状元郎是靠着自家娘子挣的银子上京赴考的？

前几日宫宴上，又见他对夫人鞍前马后、关怀备至，纷纷笑他惧内。

惧内在都察院可不是侮辱人的词儿。两位都御史都怕妻子，旁的官署的人还讽刺这是都察院的传统呢。

霍珏听着宗奎的打趣，提唇笑了笑，没应答。

他自是想着早些回去陪阿黎的，但今日他提早下值，却是为了赶在干爹离开酒肆之前，同他见一面。毕竟眼下这形势，干爹不能在外逗留太久。

霍珏猜得不错，成泰帝龙体抱恙，赵保英的确不能离宫太久，在酒肆坐了不到一个时辰便要回去。

马车就停在顺乐街的街尾，赵保英同如娘约好下回再来吃酒后，便出了酒肆，往街尾走去。

正要提脚上车，街尾那棵大槐树下忽然走出一人，对他拱手道："赵督公请留步。"

赵保英放下抬到一半的脚，见是状元郎，便笑了笑，道："霍大人可是有话要说？上来吧，在车里说。"

小福子一贯机灵，听见赵保英的话，忙上前开了车门。待得二人上车后，又主动关上门，在门外守着。

上了车，霍珏便道："珏知晓赵督公不能在外久留，便长话短说。明日赵督公与薛指挥使前往大相国寺彻查灵牌一事，珏可否一同前去？"

赵保英挑了挑眉，去大相国寺查探一事目前并无多少人知晓，这状元郎从何得知？

赵保英摸了摸指上的木珠，他也不问霍珏是听何人说的，只笑着道："霍大人是以何身份同咱家说这话？"

心知干爹这人不喜拐弯抹角，霍珏也不绕弯子，坦诚道："以如娘婶子侄的身份。"

赵保英闻言一愣。

如娘说杨蕙娘一家于她有大恩。

原以为状元郎是想要挟恩图报，借大悲楼之事立个功。即是要挟恩图报，那定然会将话说得冠冕堂皇，"为皇上分忧""为督公效犬马之力"云云。

不承想，他倒是坦坦荡荡地搬出如娘来，言下之意便是说，我拿如娘当婶子，自然也把赵督公当作自己人。既是一家人，那自然不会说两家话。

赵保英笑叹了声，温声道："霍大人有所不知。此番前去大相国寺，未必能查出什么，你若是想立功，那恐怕是捞不着什么功劳的。如此你可还想去大相国寺？"

霍珏道："若督公不嫌麻烦，珏愿与督公、薛指挥使一同前往。"

赵保英意味深长地点点头，道："既如此，咱家便同皇上道一声，明日霍大人在城门处等咱家便是。"

待得霍珏下了马车，赵保英垂眸沉思了须臾。

先前不想打扰如娘的生活，便不曾派人查探过霍珏与杨蕙娘一家的底细。

赵保英在宫里沉浮了近三十年，一双眼被淬炼得如同火眼金睛，魑魅魍魉早已看尽。

不过与杨蕙娘、姜黎接触片刻，他便知晓这对母女心性纯良，非心机深沉之人。

可这位状元郎……却不是普通人。与状元郎接触越多，便越发现此人不凡。

盛京能让他觉着深藏不露、非泛泛之辈之人，着实不多。

大理寺卿宗遮算其一，锦衣卫指挥使薛无问算其二，眼前这位年纪轻轻的状元郎则是其三。

“小福子。”赵保英轻轻唤了声。

小福子忙欸了一声，探进头来。本以为赵保英有事要吩咐，可等了片刻，未曾听见下文，便疑惑地喊了声：“督公？”

赵保英想起如娘说起姜黎、霍珏时那副笑意盈然又全心信赖的神情，顿了顿，道：“罢了。”

既然如娘信他，那他姑且也信他。

夜里，熄灯后，姜黎靠着大迎枕边慢慢梳发，边同霍珏絮絮叨叨说起今日酒肆的事。

“小福子同我们说，二月二十七那日，赵督公便在大相国寺看见了如娘婶，可他却没有前去相认。

“后来状元楼开业后，他时不时地便派小福子过来买酒，每次都只买如娘婶酿的酒。

“赵督公喜欢独酌，偶尔才会同小福子与高大人分一小杯。后来小福子再来，便多买一大盅，他同高大人等赵督公走了再偷偷喝。”

姜黎说到这儿，忍不住笑起来，笑着笑着，又蹙起了眉。

“霍珏。你说，赵督公是不是喜欢如娘呀？”

霍珏对上姜黎澄澈的眼，接过她手里的梳篦，边替她梳发，边道：“你不希望赵督公同如娘婶在一起？”

“自然不是。”姜黎舒服地眯了眯眼，“你不知晓，寿诞那日，是我第一回见如娘婶露出那样的表情。仿佛只要能再看一眼，便心满意足、死而无憾了。如娘婶一定很喜欢赵督公，若是赵督公也喜欢如娘婶，那当然是最好不过了！”

霍珏梳发的动作一顿，垂眸看着姜黎，道：“雷霆雨露，皆是君恩。在宫中做内侍，过的是如履薄冰、朝不保夕的日子。赵督公便是喜欢如娘，也未必肯说出来。兴许对他来说，如娘的安危比表明心意更重要。”

姜黎睁开眼，乌溜溜的眸子里，映着霍珏清隽的脸。

“即便是这样，也要说出来的。不是所有人都能遇见一个让自己拼了命也要去看一眼的人，如娘婶那么喜欢赵督公，他若不说，如娘婶岂不是一辈子都不知晓他的心意？那，那她多可怜呀！况且，明日的事谁能知晓呢？能说的时候不说，等到想说的时候，说不定就没机会了。”姜黎说得那样认真，说到后头，眼眶都泛了红。

霍珏心口像是压了块巨石，痛得要无法呼吸了。

他知晓，她心疼的是如娘，可他心疼的却是梦里的阿黎。

那个抱着钱袋说要养他的阿黎，那个从桐安城跑去盛京只为了看一眼状元郎的阿黎，那个努力攒钱跑到宫门外说要替他赎身的阿黎，那个等了许久也没等来一句“我亦心悦于你”的阿黎。

其实，她与他之间，她从来都是勇敢的那个。

如娘为了见干爹一眼，怀着一腔孤勇跑去寻他。他的阿黎，又何尝不是怀着一腔孤勇义无反顾地喜欢他呢？

千般滋味，跨过漫长岁月沉沉压在心头，隐隐作痛。

霍珏放下玉梳篦，将只穿着寝衣的小娘子抱入怀里，头沉沉地埋入她清瘦白皙的颈间。

姜黎被他突如其来的举动弄得一愣，以为他又起了心思，也顾不得替如娘委屈了，红着脸慌慌张张地道：“我，我小日子还没完呢！”

霍珏用鼻尖摩挲着她的肌肤，轻轻唤了声：“阿黎。”

姜黎倏然一怔。

这一声“阿黎”，不知为何，竟让她觉得有些心酸。

正欲问一句“霍珏，你怎么了”，埋首在她颈间的郎君忽然抬起头，那双深邃得望不见底的黑眸定定望着她。

随后，喉结滚动，认认真真同她道：“我——霍珏，心悦于你。”

霍珏认真说出这句话时，姜黎着实愣了好半晌。先前还怕他要胡来，骤然听见此话，惊讶得连呼吸都停顿了下。

霍珏喜欢她，她知道的呀。

若不是心悦于她，他这样的人，怎么可能会娶她？况且，自从成亲以来，不，该说自从去岁的春天，他收下她的钱袋开始，他便待她极好。

姜黎不知晓旁的夫妻是如何相处的，也不晓得旁的丈夫又是如何对待妻子的。她只知道，这世间，除了她爹娘与阿令，她再也找不到一个对她这般好的人了。

霍珏对她并不仅仅是宠爱，还有旁的妻子很难从丈夫身上得到的尊重。

才华横溢的状元郎，在家里却事事都听她的，任她在外开酒肆，惹来闲言碎语也不在乎。还总是夸她酒酿得好，酒肆经营得好，家也管得好。

说得好像这世间就没旁的女子比她更厉害了。

霍珏说，她是他在这世间砥砺风雨的底气，只要她在，他就不会倒。

他又何尝不是她的底气呢？

“我知道，霍珏，我知道你喜欢我。”姜黎睫羽缓缓垂下，唇角一勾，“就像你知道，我也喜欢你。”

她对他的喜欢一贯直白易懂，姜黎的眼里从来藏不住她对他的喜欢。不像他，把心思藏得极沉，只要他不说，只要他不表露出来，便无人知晓。

霍珏温柔地“嗯”了一声，低头轻轻碰了碰她软软的唇瓣，叹息似的喃了声：“阿黎。”

日后，她想听的，他都说与她听。

翌日清晨，霍珏早早便起了床。

姜黎迷迷瞪瞪地睁开眼，想起来陪他用早膳。谁料霍珏大手一覆，便遮住她的眼，道："不必起，你多睡会儿。时间匆忙，我带些吃食在路上吃便可。"

都说女子小日子期间不大爽利，姜黎虽身体康健，可因着干爹要来，她昨日从早忙到晚，霍珏怕她累着了。

姜黎确实没睡够，也不矫情，咕哝了句"让何舟去小厨房给你拿早点"便又睡了过去。

霍珏到城门时，赵保英那辆红顶马车已在城门外候着。

赵保英身着朱红色官服，长臂搭着一把白色拂尘，笑吟吟地同霍珏道："早啊，霍大人。"

霍珏拱手行礼："劳督公久等。"

其实赵保英才到不久，却笑着不说话。

等霍珏坐下了，方才道："皇上这几日龙体抱恙，咱家至多只能离宫一日，等查完了大悲楼之事，便要快马加鞭赶回盛京。若是累着霍大人了，还请大人多加担待。"

霍珏自是道"不敢"，二人礼尚往来地客气几句后，赵保英便问："不知霍大人对大悲楼之事知晓多少？"

"珏只听柏都御史道了个大概，听说是皇上寿诞那日，大悲楼功臣灵牌擘裂，裂缝处涌出数道血痕。那日在大悲楼当值的小沙弥与在内祭拜的香客俱是目睹了这一异象，想来此事并非空穴来风。"

赵保英淡淡颔首，笑着道："确有此事，霍大人可知是哪位功臣的灵牌？"

霍珏微微抬眼，恭声道："若珏没猜错，应当是卫家先祖卫戒的灵牌。"

"的确是卫戒的灵牌。"

赵保英并不意外霍珏会猜中，卫家先祖显灵之事如今在民间传得沸沸扬扬，朝堂的官员但凡有点儿手段的都收到消息了。

"凌首辅曾派人去查探过，说此事多半是人为。大悲楼九层有一扇窗，平日里那扇窗是紧闭的。但寿诞那日，那扇窗有被人从外强行打开的痕迹。"

霍珏微挑眉，好奇问道："是何痕迹？"

赵保英道："窗牖内的闸木断裂。"

霍珏低下眼，掩住眸底的异色。

思忖片刻后，方才笑道："凌大人既已查清，为何皇上还要派督公与薛大人再去一趟大悲楼？"

赵保英却不急着答，抬手端起红木小几上的茶盏，微抬下巴，示意霍珏也尝尝他身前的那盏茶："这是大相国寺药谷里的新茶，霍大人尝尝。"

霍珏闻言便也端起茶盏，慢悠悠地饮了半盏茶后，方才听赵保英道："那闸木断裂之日是在寿诞之日的后两日，也就是凌首辅派人去勘察的那日。皇上让咱家跑这一趟，是让咱家与薛大人再好生探查一番，兴许能寻到旁的能证明是人为的证据。此乃其一，至于其二——"

赵保英顿了顿，放下茶盏，意味深长地笑了笑："那便是在寻不着任何人为痕迹的情形下，咱家与薛大人须得想个方法，将那闸木断裂之日往前挪一挪，挪到寿诞那日。正因如此，昨日咱家才会同霍大人说，此番前去，是捞不着什么功劳的。"

不仅捞不着功劳，兴许还要得罪大相国寺，一个不慎恐会惹来成泰帝的厌弃。

凌叡派人弄断闸木，美曰其名是为了皇上的清名，为了堵住百姓的悠悠之口。实则不过是怕卫氏先祖显灵之事，会引人遐想，翻起陈年旧案罢了。

问题是，大相国寺里皆是出家人，都说出家人不打诳语，要一群出家人陪着演戏，这不是天方夜谭吗？

凌叡先斩后奏，将大悲楼的窗弄坏，生生造出个"人为"的证据。再将这烫手山芋丢给他和薛无问，这如意算盘当真打得好。若他们完成了差事，凌叡居首功；若是他们完不成，这个锅他也不用背。

不过寥寥数语，赵保英便已将背后的利害关系一一陈明。

霍珏听罢赵保英的话，面不改色地给他满上茶水，道："多谢督公提点，督公放心，珏此去大相国寺，不为功劳，只为我自己。"

就在红顶马车疾行在官路时，薛无问已经快马加鞭抵达了明佛山。

暗一将两匹马牵至马厩系好，看了看天色，道："世子，这天才蒙蒙亮，要这般早去见圆青大师吗？会不会扰了大师的清梦？"

薛无问斜睨他一眼，似笑非笑道："不然呢？难道等赵公公到了药谷，请圆青大师陪我们演场戏？"

暗一挠了挠头，他们之所以快马加鞭地赶在赵公公之前到大相国寺，可不就是为了给圆青大师递消息吗？

见自家世子等都不等他就上了石阶，暗一委屈地快步跟上薛无问。

"属下听说，圆青大师自七年前就不再踏出药谷一步了。听说，这位大师的性子甚是孤拐，属下担心咱们连门都没进去，就要被骂出来。"

世子被骂倒是无所谓的，反正世子在魏姨娘面前从来都是矮一截的，大抵也就不在乎旁人的谩骂了吧。可他是堂堂定国公府第一暗卫，一大早被个和尚指着鼻子骂，被他手下的兄弟知晓了，他颜面何存？

薛无问睇了暗一一眼，揉了揉额。暗二被派去青州了，若不然……

主仆二人各想各的，不一会儿便来到了药谷。

照例是赵遣前来开门，见到门外站着薛无问，赵遣生生止住打了一半的哈欠，挑眉道：“世子爷，什么风把您吹来了！”

薛无问不客气地推门而入，笑道：“受人所托，特地过来请圆青大师帮个忙。”

“受人所托？”赵遣往后退一步，将竹门撑到最大，“谁敢差使指挥使大人您呀？”

薛无问散漫地应道：“你很快就知道了。圆青大师可起了？眼下可方便去拜见他？”

# 第二十七章

# 怒斥凌叡

一个时辰后，霍珏与赵保英下了马车便径直往大悲楼去。

远远地便瞧见薛无问立在楼外，同看守大悲楼的小沙弥言笑晏晏地说着话。

待得二人走近，小沙弥见朝廷派来的人都到了，忙恭敬道："住持马上便到，几位施主请稍等片刻。"

不到半刻钟，圆玄大师缓步前来。依旧是一身赤色的祖衣，眉心一颗观音痣，手持一串檀木珠。

圆玄正要开口，却在看到立在曦光里的人时，生生顿住了滚至喉头的声音。那双睿智的、擅观天象、擅断骨相的眼，徐徐扫过霍珏与薛无问的面容。

少顷，这位世人敬仰的大师平静垂眸，道了句："阿弥陀佛。"

"见过圆玄大师。"赵保英一甩拂尘，笑吟吟上前一步，"咱家又来叨扰大师了，还望大师莫要见怪。"

"赵公公言重了。"圆玄知晓几人是因何事前来，无声地转了转手上的佛珠，道，"诸位请随贫僧来。"

话音甫落，便听得一道粗犷的声音从不远处传来："且慢！"

这声音辨识度极高，在场的人几乎一听便知是谁，也就赵保英认不出来。

他抬眼望去，便见一个穿着灰色僧衣，一副怒目金刚相的和尚快步行来。

只见这位扫地僧似的和尚到了之后，便怒视着赵保英几人，气势汹汹道："你们三人便是朝廷派来查案的？不必查了，贫僧直接告诉你们真相！

"大悲楼那块断裂的闸木乃首辅凌叡派人来弄断的！还有上回秘告药谷之事，也是这位大人的手笔！

"还请诸位替贫僧问问皇上，他凌叡三番两次寻大相国寺的麻烦，究竟是他擅作主张，还是皇上看大相国寺不顺眼了，特地派他来诬告大相国寺的？

"供奉在大悲楼的灵牌又非第一回显灵，皇帝若是不信，那就别将开国功勋的灵牌供奉在此！"

赵保英听罢这通怒气冲冲的话，便是最开始不知晓这位大师是谁，眼下也反应过来了。这位便是在药谷潜心研究医理与佛法，性格极其孤拐的圆青大师。

"这……"赵保英一怔之后，便望向圆玄大师。

圆玄大师是大相国寺的住持，又是成泰帝最为尊重的高僧，这事儿说到底还得看圆玄大师是何态度。

圆玄转着檀木珠，与圆青对望一眼，很快便垂下眼，声音平静道："前朝末年，献帝昏庸无能，嗜杀成性。彼时供奉在大悲楼的灵牌曾显灵，若贫僧没有记错，那时供奉在楼里的九面灵牌一夜间齐齐擘裂。”

圆玄说的是前朝的事，可言下之意却是再清楚不过。

大周的开国皇帝之所以能顺应天意，登基为帝，可不就是因前朝皇帝德不配位，这才给了他改朝换代的机会？

那时，周元帝可没少拿大悲楼这几面灵牌做文章。

若说卫家先祖的灵牌擘裂是阴谋，那两百年前，前朝那九位功臣的灵牌擘裂是不是也是阴谋？既如此，建立大周朝的皇帝还能称作是天选之子吗？他的后代又有资格做龙子凤孙吗？

识时务者为俊杰。既然圆玄大师的话都说到这份上了，这大悲楼今日定然是上不去了。

赵保英笑了笑，道：“两位大师所言甚是，咱家定会同皇上传达两位大师的意思。”

说罢，他转眸望了望薛无问，道：“咱家瞧着今日倒是不必上大悲楼了，薛大人如何看？”

薛无问漫不经心地摩挲着腰间的绣春刀，颔首道：“便听赵公公的。”

几人如何上山来，便又如何下山去。

圆玄望着霍珏与薛无问的背影，淡淡道了声“阿弥陀佛”，接着眸光便落在了圆青身上：“贫僧以为师弟这辈子都不会出药谷了。”

圆青拍了拍僧衣上的草屑，哼了一声，道：“我是何性子师兄还不知道？若不是我对师父发了誓，上回凌叡派人来时，我早就一把毒药撒过去，将人毒死了！”

圆玄轻叹：“圆青，汝乃出家之人。”

“出家人又如何？出家人也是人！”圆青想起往事，望着圆玄的目光就像锋利的刀刃，“师兄是否早就忘了自己是个人？当年你明明可以——”

圆青说到此，话音一顿，死死咬住了牙关，静了半晌，方才道：“是我魔怔了。师兄生来就是大相国寺的住持，怎会有七情六欲？”说罢，他摇了摇头，转身离去。

他离去后，圆玄转动佛珠的手慢慢停下。

身后古朴的寺钟被缓缓敲响，钟声在静谧的古刹里久久回荡。

圆玄闭上眼，仿佛听见多年前，卫太傅对他说：“圆玄，你活得太累。”

累吗？

圆青说得对，他生来就是大相国寺的住持。

自从两百年前，佛子为了前朝公主还俗后，大相国寺在培养下一任住持时，便加了一门去凡根的修炼。

师傅说他佛缘深厚，须得早早看破红尘，断七情六欲。

旁的小沙弥偶尔可以回家探望至亲，他不能；旁的小沙弥可以三三两两一同诵经做课业，他不能；旁的小沙弥可以朝着自个儿的师叔师父讨好撒娇，他亦不能。

在药王谷与方师兄、赵师弟一同学医的日子，兴许是他最像人的时候。

世人敬他、惧他，将他视作高高在上的神佛。唯独卫项说他，活得太累。

圆玄缓缓睁眼，剔透的眸子无悲无喜。

又想起方才见到的两个年轻人。

去岁中春，天露异象，三星合一，西边天际出现了一颗转瞬即逝的帝星。

五月初一，那曾经出现过的一瞬的紫微帝星再次现于西边，与此同时，曾经融为一体的三星渐行消散，只余一颗熠熠生辉的文曲星。

而今日，那两位年轻人，一人已身具龙气，一人面呈文曲之相。

可——大相国寺有训：不测国祚，不涉皇权更迭。

圆玄摇了摇头，缓缓转动手上的念珠，道了声："阿弥陀佛。"

下了山，赵保英望了望东边旭日，对薛无问道："薛大人，一会儿咱家在金銮殿外，等你一同进殿面圣。"

"行，那便一会儿见，赵公公。"薛无问笑了笑，又对霍珏道，"霍大人，再会。"

霍珏同薛无问对视一眼，颔首道了句"再会"。

红顶马车很快便驶入山路，暗一牵着马，悄悄靠近薛无问，用气声问道："世子，这，这玩意儿，怎，怎么处理？"

暗一说着，便哭丧着脸拍了拍挂在马背上的一个羊皮囊袋。

薛无问觑他："怎的？将大周开国功勋的灵牌送回他的子孙后代那，委屈你了？"

暗一想到那裂成几块的灵牌，便汗毛一竖，搓着手臂道："不敢不敢，这不是怕慢待了卫家的先祖大人了吗？"

薛无问似笑非笑地瞥他一眼，伸手捞过羊皮囊袋，这东西他要送去无双院，同卫媗讨个功劳呢。

卫家先祖卫戒与薛家先祖薛檠一同辅佐周元帝打下了江山，彼时大悲楼那九块灵牌泣血之事，便是出自卫戒之手。

两百年后，他自个儿的灵牌倒是重蹈了当初那九面灵牌的覆辙……

薛无问一贯是不敬畏神明的，对卫戒的灵牌也不似暗一那样又敬又怕。

隔着羊皮囊袋，他掂了掂里头的碎木块，笑道："你也是个倒霉催的，摊上个心狠手辣连先祖灵牌都不放过的讨债子孙！"

此时，红顶马车里，讨债子孙霍珏正襟危坐地听赵保英道："今日之事倒是出乎咱家的意料，凌首辅也不知怎的将这位圆青大师得罪狠了。"

原本凌叡想借此事惹得成泰帝对他不喜，助余万拙重夺帝宠。没想到半路杀出个与凌叡有仇的圆青大师。

这下搬起巨石砸了自个儿的脚了，只要将圆青大师的话转述给成泰帝，以成泰帝疑神疑鬼的性子，约莫是要对凌叡大发雷霆的。

霍珏淡淡一笑，一语双关道：“害人之心不可有，凌首辅很快便会明白这个道理了。”

因大相国寺之事提前了结，赵保英这会倒是不急着进宫，差高进宝将马车直接驶到了霍府外的永福街。

马车一到永福街，霍珏对赵保英拱手道：“今日，多谢督公。”说着便欲推门。

下一瞬间，又想起昨日阿黎替如娘委屈的模样，眸光微顿，遂收回手，对赵保英道：“珏尚且还有一事，想同督公说。”

霍珏下了马车后，赵保英默然阖眼，手里的拂尘软软垂下，素来含笑的脸也敛去了所有笑意，竟是多了几缕悲伤。

他从不知，如娘会过得那样苦。

“如娘婶说，她幼时因口疾，出门总要被人掷石子。她的邻家兄长便让她在家等着，还说不管如何，都会回来接她。大约是因为这话，她从未想过要自尽，怕她的兄长回来找不着她。”

霍珏的话言犹在耳，可眼前出现的，却是如娘昨日笑望着他的模样。她说她过得好，说日子一点儿也不难过，说能再遇到他便是最大的幸事。

日光斜斜插入车内，赵保英半边身子沐在阳光里，却感觉不到半点暖意。

他一动不动地坐了许久，才缓缓睁眼，哑着声吩咐：“高进宝，进宫。”

今日，成泰帝并不在金銮殿勤政。

接连几日，成泰帝噩梦不断，时常出现幻听，他大多数时候歇在王贵妃的乘鸾殿，偶尔才会去养心殿听政。

此时，养心殿内，成泰帝听罢赵保英二人的陈述，不由得怒火中烧，指着养心殿大门道：“让凌叡滚过来见朕！”

凌叡急匆匆地从吏部赶来，甫一进门，一个掐丝珐琅獬豸镇纸便从上座掷出，直奔面门而来。

凌叡咬牙，停下脚步，不躲不避，任由镇纸砸上脑门，豁出一道血口子。

鲜血涌出，凌叡也不擦脸上的血迹，恭恭敬敬地行跪礼，沉声道：“请皇上息怒！”

成泰帝站起身，指着他怒骂：“瞧瞧你做的好事！说是为了朕的清名，为了给朕分忧，朕看你分明是在党同伐异！什么事到你凌叡手里，都能拿来铲除异党！你是不是觉着大相国寺是你可以拿来玩弄朝政的工具？！

“你以为朕不知晓是你派人往都察院递密信的？怎的？当年大相国寺拒绝把你先祖的灵牌放入大悲楼，你一直恼羞成怒到现在？凌叡！你要知晓，你的首辅之位是朕给的！朕能给你，随时可以收回来！”

凌叡被骂得脸色一阵青一阵白，他垂下眼，掩住眸子里的荫翳。

若无他凌叡，他周元庚如何当得上皇帝？

从前的康王哪敢这样同他说话？从前都是恭恭敬敬地叫他凌首辅的，即便是刚登基的那两年，也是温和地喊他凌爱卿。

后来，周元庚许是皇帝当久了，越发膨胀，也渐渐不把他放在眼里，甚至还纵容旁人夺走他手上的权力！

凌叡心里惊怒交加，可他却不敢回话。

如今，成泰帝的情绪一日比一日暴躁。从前还能端着一副谦谦君子的模样，现下是想装都装不了，芝麻大的小事都能叫他暴跳如雷，跟个疯子一样！

凌叡等成泰帝骂够了，方才手脚并用往前爬了几步，伏低做小道："冤枉啊皇上！臣做的一切都是为了皇上！"

凌叡入殿时，薛无问与赵保英恰好从内殿出来，成泰帝在里头扔掷镇纸发出的哐当声，二人自然也听到了。

可两人的表情一个比一个平静，下了白玉阶，赵保英便对薛无问道："咱家尚有要事在身，就不亲自送薛大人出宫了。"说罢，便唤了守殿的一名小太监送薛无问出宫门。

薛无问离开皇宫便去了锦衣卫。刚到官署大门，指挥同知唐劲便上前一步，道："指挥使，禁军的林副统领又来了。"

薛无问揉了揉眉心，道："你去请林副统领出来，就说我要去玉京楼查案，在闻莺阁等他。"

唐劲忙拱手应是，薛无问翻身上马便往玉京楼去了。

午时三刻，楼里的姑娘们都在午憩。

往常欢声笑语不断的销金窟此时安安静静的，苏玉娘听丫鬟说薛世子来了，忙从矮榻上起身，出门去迎。

"世子怎的来了？玉娘以为您最近都不得空呢？"苏玉娘说着，摇着手上的团扇，觑了薛无问一眼。

旁人不知，她是薛无问手下的人，哪能不知盛京这位出了名的浪荡子，日日忙着回家哄"祖宗"。

说来，苏玉娘也是真佩服无双院的那位。

薛无问这样的人，瞧着多情，实则心肠又冷又硬，对倾心他的小娘子要多绝情就有多绝情。是以，苏玉娘才佩服卫媗，也不知卫家的大娘子是怎么收服这位世子爷的。

薛无问自然听得出苏玉娘的调侃，散漫地笑了声，道："公事，一会儿禁军副统领若是来了，让他到闻莺阁寻我。"

林规来得极快，薛无问一盏茶还没喝完，他便到了。

"林大人，请坐。"薛无问指了指对面的位置道，"薛某知晓大人因何事而来，坐着慢慢聊。"

林规原先听见唐劲说薛无问在玉京楼，还道这浪荡子是以公谋私，偷偷来玉京楼找老相好。

眼下瞧着却似乎不是那么一回事，仿佛是特地到玉京楼来等他的。

林规自小就是循规蹈矩的人，玉京楼从没来过，也没甚好感。好在这闻莺阁瞧着窗明几净、清雅别致，倒是不惹人生厌。

林规毫不迟疑地坐下，快言快语道："薛大人既然知晓我是因何事而来，那应当也听说顺天府尹宗大人将那宗案子列为悬案，暂时封了案卷之事了？"

薛无问因公事与林规接触得不算少，很了解这人是什么性子。

给他斟了杯茶后，便颔首道："此事薛某确实听宗大人提过，那二十多具尸体大多腐烂得不成样子，连具体的身份都很难查出，更别提旁的证据了。顺天府一天要接几十上百个案子，大至命案，小至邻里吵嘴，都要顺天府的人来管。想来宗大人抽不出时间查这宗案子，这才暂时列为悬案的。"

"旁的那二十具是查不出身份，可其中两具的身份不是已经查明了吗？一人是我的庶妹，一人是那犯下数宗杀人案，被关押在镇抚司诏狱的屠夫之女。"林规捏紧手上的杯子，梗着脖子道，"难道，这还不够宗大人多派些人手去查这宗案子吗？"

薛无问慢慢转着手上的玉扳指，目光凝在林规那张忠厚的脸上。

林家非高门大户，若非林规得了上一任禁军统领的赏识，被提拔到了副统领的位置，林家在盛京不过是个小门户。

至于林规嘴里的那位庶妹，是他父亲与偷偷养的外室生下来的女儿，小姑娘失踪时才十三四岁，甚至还未入林家族谱。

当初若不是霍珏提及此事，薛无问都不知晓林规与他庶妹的感情如此不错。庶妹失踪十年了，林规却从未放弃过，还在努力地寻她。

薛无问本身是望族子弟，这些年在锦衣卫任职，见识过不少后宅的阴私。

外室的地位极低，外室生下来的子女更甚。只要主母不点头，根本不可能认祖归宗。这位林姑娘便是如此，甚至……她会失踪，兴许也是旁人有意为之。

薛无问喉结轻轻一提，望着林规道："盛京中，有能力掳走那么多年幼的少年少女，杀人弃尸后还能不留下一丝痕迹……林大人可有想过，这幕后之人的身份定然是不一般。如此，林大人还是坚持将这宗案子查到底吗？"

林规微微一怔，薛无问说的，他不是没想过。他甚至在想，顺天府尹宗大人是不是已经查到了什么，怕得罪人，这才将这案子按了下来。

林家虽是耕读之家，可祖上从未出过什么大官。如今林家能在盛京撑住门户，也不过是靠他这位禁军副统领罢了。

林规是家中长子，身上背负着振兴家族的责任。

因为责任，他在盛京活得谨慎且小心。他不与人结仇，也不留下任何可供人攻讦的把柄，连今日上花楼，也是平生第一次。

然而，他有为人子孙的责任，同时，也有为人兄长的责任。

幼妹失踪惨死，缉凶无门。他岂能装作什么事都不曾发生？至少……至少也要找出那人，替他死去的妹妹问一句，为什么？

林规松开几乎被他捏裂的茶杯，沉声道：“幼妹失踪十年，林某始终不曾放弃过寻找她。如今，知晓她被人杀害，更是不可能放弃替她缉凶。我不知凶手究竟有何身份，我只知，即便是天子犯法，也要与庶民同罪。”

薛无问意味深长地望了林规一眼，反手用指节敲了敲桌案，道：“林大人放心，宗大人虽将此案列作悬案，以薛某对宗大人的了解，但凡有一丝可能，他都会将这宗案子查个水落石出。”

其实，薛无问与宗彧不过是泛泛之交，他对宗彧说不上多了解。

之所以会笃定宗彧一定会将这宗案子查个水落石出，也不过是因着那小子的一句话：“宗大人的的确确是个好官，他必定会拼尽全力给那些惨死的人一个交代。”

思及此，薛无问微微眯了眯眼，宗家如今掌权的人是大理寺卿宗遮。

宗遮老谋深算、心思深沉如海。此番宗彧将这宗案子列为悬案，多半是因为宗遮觉察到了什么，才强行让宗彧压下此案的。

薛无问从霍珏叫他前往顺天府寻宗彧时，便已经猜到这宗案子究竟是谁人所犯。

他妻弟，从来不做无用之事。当初他在临安城大费周折地让这些尸体重现于世，交至宗彧手里时，他便猜到霍珏此举定然是有他的深意。

直到亲去顺天府，遇到了宗彧又遇到了林规，这才想明白所有的前因后果，猜到了谁是凶手。

薛无问离开玉京楼时，凌叡恰巧也从宫门走出。

余万拙候在宫门外，瞧见他额头上的伤口，不由得大惊失色，弓着腰小跑过去道：“大人可需要咱家为您上点药？”

凌叡瞥他一眼，眸底阴云密布，冷声道：“不必，你同王贵妃递个信儿，便说下月初一，我到净月庵等她。”

余万拙忙应一声“是”，恭恭敬敬地目送凌叡坐上凌宅的马车。他心里不知为何竟起了点不安，眼皮止不住地跳。

都说兔死狗烹，鸟尽弓藏。

皇上厌了他，如今也厌了凌大人。

他们二人当初的从龙之功，是不是有朝一日……反而会变成杀身之祸？

马车驶入朱雀大街，凌叡撩开布帘，望着这条勋贵望族才能住进来的大街。

想起多年前，他曾意气风发地站在街口处，默默发誓，总有一日他会住进这里。

他的子孙后代不会似他那般，在无数人的冷眼里，咬着牙一步一步往上爬。

他做到了。

他不仅将周元庚推上了帝位，还将那受无数仕子爱戴、香火连绵了不知多少代的卫氏一族彻底断了根。

多年前，卫项离开长安街的场景凌叡记了许久许久。

那样一个人，那样一个家族，是无数文臣的追求。

凌叡曾经也对卫项顶礼膜拜，二十年前的那一批进士及第的士子，没有人会忘记卫太傅，没有人能忘记他在恩荣宴上同他们说的那句——为官者，须得日日三省，莫忘初心。

后来，他做上了内阁首辅，以为自己终于成了卫太傅那样的人。

可根本没有。

当旁人提起首辅时，所有人想到的还是卫太傅，唯有卫太傅。

再后来，青州卫氏的卫大公子卫彻横空出世，身上分明连半个功名都无，却成了青州士子眼中无人可顶替的士林之首。

盛京也曾有人慕名前去，回来后，人人都同他道，那人有其祖父之风，日后定然会成为第二个卫太傅。

那一句句盛誉之言，像针似的扎入他心里。

卫彻会是第二个卫太傅，那他凌叡算什么？他悉心栽培的儿子又算什么？

待得卫彻入仕，是不是所有人都要忘记他凌叡才是这大周朝的首辅？而他的儿子凌若梵是不是要一辈子做那萤火，终其一生都不得同卫彻这轮明月争辉？凭什么呢？

他在瀛洲王氏低声下气了那么多年，才终于得到王氏的襄助，在盛京一点一点熬出头来。

一个世家之子，只因有个好祖父、好家族，就要夺走他手上的一切？

卫太傅说：莫忘初心。

他的初心从来都是权力。

一人之下，万人之上的权力；让子孙后代受无数人追崇的权力；让凌氏一族成为百年望族的权力。

当初齐昌林与胡提不就是因着他这份野心，才效忠于他的吗？

越是在低贱的泥泞里摸爬滚打过的人，对权力就越渴望。

他是，齐昌林是，就连皇宫里那位日益疯癫的成泰帝也是。

凌叡冷着眉眼下了马车，正欲跨门而入，忽见街头驶入一辆熟悉的马车。马车缓缓靠停，下来一位面容姣好的小娘子。

小娘子见着凌叡先是一喜，可下一瞬脸上的喜意骤然消散，取而代之的是一脸惊慌。

“爹爹，您额头怎么受伤了？”

凌若敏快步走向凌叡，眼底迅速漫上一层水雾。

凌叡冷肃的眉眼慢慢柔和，温声道："小伤罢了，敏儿不必忧心。你方才可是去尚书府寻玉雅了？"

凌若敏不自在地摇了摇头，道："女儿没去寻雅儿，不过是去了趟定国公府。薛莹爱吃糕点，女儿下午恰好做了些荷花酥，便送了些到定国公府给她。"

凌叡微微挑眉，别有深意地望着凌若敏，笑道："是送去给薛莹，还是送去给薛无问？"

凌若敏柔媚的脸登时一红，忙道："爹爹莫笑话女儿了，快进屋去，女儿给爹爹涂些药。"

凌叡哪里不知自家女儿的心思。

两年前，凌家的马车在长安街惊了马，当时便是薛无问制住了疯马，这才救了坐在马车里的凌若敏。

英雄救美最是容易让人倾心，更何况薛无问容貌俊美，年纪轻轻便身居要职。

敏儿会喜欢上他倒也无可厚非。

薛无问的确是个不错的女婿人选，别说是他，便是胡提也打过定国公世子的主意。只不过被他敲打了几回，这才将目光放在定远侯府世子宣毅身上。

若是自家女儿能与薛无问成亲，自然是最好不过。

定国公府地位超然，且手上握着实打实的兵权。定国公薛晋自从七年前中毒后，身子已经大不如前。说不得再过几年，薛无问就是定国公了。

若他身后能得定国公府支持……也不知想到什么，凌叡望着凌若敏的目光越发柔和："薛莹出门游历了大半年方才回京，你若是得空，便多去定国公府寻她玩，好好联络感情。"

凌若敏闻言，抿了抿唇角，笑道："女儿遵命。"

薛无问回府便听见几声难听的鸟鸣。

他额角一跳，脚步一顿，便见暗一提着精致的食盒，冲他挤眉弄眼地比了个口型，无声道："世子爷的桃花！"

薛无问忍无可忍，大步走过去，道："你又看了什么戏折子？"

暗一举起食盒，往无双院那头瞄了眼，低声道："世子，这是首辅家的凌姑娘送来的点心，她特地同属下说一定要交与您手上。属下知您心里只有魏姨娘，可这凌姑娘身份特殊，属下想着还是同您说一声，说不定您有旁的安排。"

薛无问哼笑了声："旁的安排？"

暗一义正词严道："属下昨日听了个故事，说的是一位忠心耿耿的女细作，为了完成主子的吩咐，便慷慨大义，为国捐躯，只身潜入敌国皇子府中，假装与那皇子相爱，窃取了敌国的情报。谁料假戏真做——"

薛无问抬起手：“打住。你这是要我学那女细作，慷慨大义为国捐躯？”

“世子英明神武，倒也不必真的为国捐躯。您只需虚与委蛇一下，说不得就能从凌姑娘嘴里套出凌首辅的秘密。您说这主意如何？”

薛无问对上暗一那双晶晶亮且满是八卦之光的眼睛，摇头啧了一声：“暗一，你变坏了！”

说罢，他便拍了拍那食盒，道：“谁收下的，谁负责吃，以后你再收凌若敏的东西，糕点也好，手帕也好，香囊也好，你都负责吃进去。”

暗一望着薛无问那绝情的背影，委屈地抬头望了望天空。

世子爷当真心狠，他如此殚精竭虑地为他出谋划策，他倒好，不夸也就算了，还要他吃那什么的手帕和香囊。

唉！有点想念暗二了……

薛无问才懒得理暗一的委屈，入了无双院，推开寝屋的门便大步走了进去。

见卫媗正在认真地修复卫戒的灵牌，也不过去闹她，摘下腰间的绣春刀，拉过一张椅子坐下，一瞬不错地盯着卫媗的侧脸看。

卫戒的灵牌是用上好的沉香木做成的，如今裂成几块，想要拼好并不容易。

可卫媗却极其专注，裂缝处流出来的红色液体早已被擦拭干净，缝隙处用橡树汁重新粘合，勉强将灵牌拼好了。

卫媗轻轻舒了口气，正欲开口，旁边的人忽然捉住她的手，拿湿帕子替她将手指一根一根擦拭干净。

薛无问知晓卫媗爱洁，早就为她备好了湿帕子：“灵牌坏了再重新凿一块便是，何必亲自修复？”

“卫家的先祖，只剩这一面灵牌了。”卫媗低下眸子，见指尖沾染的橡树汁被擦拭干净了，才继续道，“况且，我也想留着这面灵牌让卫家的后人时刻保持警醒。”

当初这灵牌被送入大悲楼是卫家无上的荣耀，可福祸相依，一个家族覆灭之时，过往的荣耀都成了云烟，连要为祖宗留下一块完好的灵牌都成了难事。

七年前的一场大火，卫家传承多年的祖庙一夕成灰，里头先祖的灵牌全都化为灰烬。

这样惨痛的教训，不能忘记。

其实，卫氏一族贵为第一世家，世世代代皆秉承古训，不骄不躁，持谦秉礼。

卫家家训，年过花甲之年便要致仕，唯有于最辉煌时急流勇退，方才能细水长流，传承香火。

可饶是如此，一个家族依旧是说灭就灭。

人命最是脆弱，人心亦最是难测。

谁都不知晓，眼前鲜花着锦的日子，会不会一眨眼就变成一场灭族的滔天大火。

无须卫媗多言，薛无问顷刻便明白了她心中所想。

他笑着捏了捏卫媗纤细的指尖，道："你弟弟托我去药谷取回这旧物时，我还道他要用这灵牌作甚？如今想来，约莫也是与你一般，想要借此给日后卫家的子孙一个警示。"

卫媗抬眸看他一眼，道："今日之事可还顺利？"

"还能不顺利？"薛无问笑着道，"以圆青大师与霍老将军的交情，怎会不帮我们？今日凌叡在养心殿就算不受伤也要被周元庚骂掉一层皮。周元庚把所有度厄的希望都放在大相国寺，在我与赵保英出发时，还不忘提醒我们，决不能得罪寺里的高僧。圆青大师这一骂，倒是骂出个狗咬狗。"

听到薛无问提起霍琰与圆青大师，卫媗弯了弯唇角："从前外祖父就说，别看圆青大师是个出家人，实则骂起人来，比他与方神医还要厉害。"

薛无问见卫媗笑了，总算是松了口气。原先还怕灵牌会勾起一些她不愿想起的事，可这姑娘比他想得坚强。

"卫媗。"薛无问认真同她道，"青州已有异动，沈听与褚将军都在等待时机。只要南邵真敢有动作，不管是真要同青州军打仗，还是只是做个样子，褚将军都会借此机会给秦尤与凌若梵下套。到那时，离卫家与霍家沉冤昭雪的日子就不远了。"

他与霍珏做的事，只要卫媗问起，他都会实话实说。若她不问，他亦不会主动说，怕她劳神伤身。

今日主动说起青州的事，不过是怕她因旧事伤心，这才拣一些会让她开心的事说与她听。

卫媗同他对望了一瞬，瞬间便明白了他的心思，好笑道："你别忧心我，事情过去了七年，我岂会因着先祖一块碎裂的灵牌而伤心？比起这个，我更担心的是你。我昨日听老夫人说，明年开春薛世叔便要回京述职。万一世叔知晓你与阿珏做的事，你可想好了要如何应对？"

定国公如今远在肃州，消息难免滞后，再加上薛无问有心隐瞒，是以至今仍被蒙在鼓里。可只要一回盛京，那便什么都瞒不住了。

虽说，有老夫人在，卫媗并不怕定国公会真的拿薛无问如何。她只是怕薛无问又要像从前那样，挨那四十九鞭的家法。

薛无问知她在担心他，心里明明受用极了，可嘴上却轻轻"啧"了一声，故意不以为然道："怕甚？我快点让你怀上我们老薛家的孩子，到得那时，父亲看在阿蝉的面子上，兴许会饶我一命。顶多也就再来一场家法，总归是死不了的。"

卫媗忙抬手盖住他的嘴，道："你别胡说。"

七年前她没能替他挡下那四十九鞭，这一次，若定国公真要罚他，那她不管如何都会同他一起面对的。

他是她的男人，她便是再弱再无能为力，也要尽全力去护他。

薛无问瞧着卫媗那副护短的模样，轻轻一笑，就势在她掌心亲了下，不再多说。

明年春天，父亲回京之际，很多事情应当已经尘埃落定。只要木已成舟，他自然有办法让父亲接受定局。

凌叡在宫里被圣人狠狠怒斥的事情很快便传到了霍珏耳里。

何舟同他说起时，面色显然是很愉悦的："主子，皇上若是厌弃了凌首辅，说不定不用我们动手，凌首辅都会自食恶果。"

霍珏放下手上的狼毫，脸上并无半点喜色，只轻声问："凌叡出宫之时，可是余万拙送他？"

何舟道："不是，听说是赵督公亲自送的。但才将将送到殿门，就被皇上叫回了养心殿。至于余公公，在宫里并未同凌首辅碰面。只不过——"

"只不过什么？"

"听咱们在宫里的暗桩说，凌首辅才刚离宫，余公公便悄悄去了一趟乘鸾殿。"何舟说到这儿，下意识觑了觑霍珏的脸色，见他依旧一脸平静，似乎半点儿也不惊讶，才继续道，"但余公公究竟为了何事去乘鸾殿，却不得而知了。乘鸾殿里伺候的人太多，且盯得极紧，我们的人根本混不进去。"

霍珏将桌上的案牍轻轻阖起，道："递个消息进去，让他们不必混入乘鸾殿，只需盯着王贵妃，看她何时出宫便可。"

余万拙会同王贵妃说的，左右不过是凌叡要他传的话。

凌叡自尊心极强，做了这么多年的内阁首辅与吏部尚书，更是让他内心膨胀到了极点。

今日被成泰帝毫不客气地训斥，对这位身居高位多年的凌首辅来说，堪称是奇耻大辱。

这样的耻辱，二十年前的凌叡能忍，今日的凌首辅却是再也忍不了了。

权力让他早就失去了从前的隐忍与耐心。

霍珏同何舟说完话，便起身出了书房，道："备马车，我去一趟酒肆。"

第二十八章

# 故技重施

顺乐街，状元楼。

因知晓今日霍珏要去大相国寺办事，姜黎一早就来了酒肆酿酒。

如今，酒肆同盛京好几家大商户都签了契书，约定每个月初定时定量地送酒过去，一个月要不少酒呢。

眼见着七月初马上就要到了，她自是要来酒肆对一对送往几家大商户的单子，这一忙便忙到了午时方才对好。

回到酒肆大堂，姜黎发现酒肆里来了张生面孔。

说来，状元楼如今在顺乐街也算是有口皆碑的酒肆了，每日过来吃酒的人不少，来的次数多了，自然也就成了老熟客。

此人应当是头一回来酒肆，来了之后虽点了酒，却一口也不喝，瞧着根本不像是来吃酒的。

姜黎下意识地多留了个心眼，没一会儿便见那人拿着食单问店里的伙计，道："你们酒肆后厨的那位厨娘，可会做八珍饭？"

"八珍饭？"那伙计一听，忙摇摇头，"我们状元楼提供的客饭都在食单里了，食单里有就有，没有就没有。客官说的八珍饭既然不在这食单里，那自然就是没有的。"

男子闻言点点头，却还是客客气气问道："我知晓这食单没有，所以才想请小哥你到后厨问问，兴许你们后厨的厨娘恰好会做。"

"这……"那伙计为难地蹙起眉，扭头看向姜黎，见姜黎点点头，方才道："行吧，小的就破一次例，替客官去问问。"

姜黎站在柜台后，手里拿着算盘，可眼睛的余光始终注意着男子。

男子穿了一身普通的蓝布衣裳，身量高大，样貌寻常，头戴角巾，瞧着年纪不到三十岁。

她倒是未曾从男子身上感受到恶意，可防人之心不可无。此人来了酒肆，既不吃酒也不用膳，就一个劲儿地问酒肆的厨娘会不会做八珍饭。

一看就知别有用心。

八珍饭分明不是盛京里的吃食，绝大多数人甚至都没听说过这道饭。

说来也巧，姜黎在不久前恰恰就听说过这道八珍饭。

秀娘子刚来酒肆时，她们聊起盛京没有的风味小吃时，她便说起了这道饭。

她说，这还是她从前经营食肆时捣鼓出来的一道饭，用七种豆蓉裹着肉糜做馅儿，外头包一层糯米放入竹笼里蒸熟，吃起来带着豆香肉香还有竹子香，很是美味。

余秀娘擅长做吃食，姜黎听她说过不少独特的小吃，这八珍饭便是她独创的。

方才男子问起这道饭时，姜黎便猜到，这人兴许是来找秀娘子的，这才让跑堂的伙计进去同秀娘子说。

若是秀娘子愿意见他，自然就会出来。若是不愿意见，那她就让何宁将人轰出去。

姜黎不知晓这人究竟是秀娘子的何人，若非是他年岁瞧着比秀娘子年轻不少，她差点要以为此人是秀娘子的那位前夫了。

她正想着，余秀娘便从后厨急匆匆走了出来，一看到店里的来人，便诧异地挑了挑眉，道："齐安？你怎么寻到这里来了？"

六月底的盛京，暑气逼人，蝉鸣在树丛里此起彼伏、竞相高歌。

余秀娘站在街尾的大槐树下，微拧起眉，道："说吧，你是如何寻到我的？小月同你说的？"说罢，又觉得不可能，小月不可能背叛她。

果然，她话音一落，齐安便慌忙摆手，道："不是小月同我说的，自从夫人同大人和离后，小月就再不肯见我了。前两日是小月的生辰，我偷偷去她住的地方看了眼，恰巧碰见夫人回来。"

齐安的性子余秀娘也是知晓的，不会同她扯谎。

她点点头，道："你同齐昌林说我在这儿了？"

"说了。大人让我过来点一碗八珍饭。说，若是夫人您出来后，不想同我相认，那就不许我再出现在您……和小月面前，说不能扰了夫人的清静日子。"

齐安说得急切，生怕余秀娘会对自家大人产生误会一般。

可余秀娘听罢这话，登时起了火。

旁的人不了解齐昌林，还道他说的这些话有多通情达理。但余秀娘同他做了那么多年夫妻，哪能不知晓他的那点子心思。

小月是她从前的丫鬟，齐安是齐昌林的贴身随从，两人当初也算是郎有情妾有意，若非余秀娘同齐昌林和离了，小月与齐安早就成了亲，孩子都能出门揪狗尾巴了。

余秀娘也是这趟回盛京，才知晓小月在她离开后也狠心地离开了侍郎府，同齐安断了往来。

眼下，齐安分明还惦记着小月，而小月到现在也没嫁人，想来也是放不下齐安的。

若她不愿见他们，齐昌林不许齐安来见她也就算了，凭什么不许齐安见小月？

这不就是算准了她心里的那点愧疚，逼着她同齐安相认吗？

这杀千刀的，九年不见，还是与从前一般，一肚子坏水！

"你回去同齐昌林说，我与你们之间早就没了什么认不认的事。我如今不是侍郎府的夫人，与他齐昌林早就一别两宽，你也别再唤我夫人。至于你与小月的事，我不干涉。但你若是因他齐昌林说的一句话，就畏畏缩缩，连去见小月一面都不敢，那我一定会劝小月这辈子都别再想你。"

齐安喉头一涩，苦笑道："夫人……"

余秀娘冲齐安摆了摆手，示意他别再说了。她还得回去后厨帮忙，实在不想在这儿浪费时间。

齐昌林知晓她在这儿又如何？这杀千刀的，别以为他做了刑部尚书，她就不敢骂了。他敢来，她就敢骂！

到时，还要好好问问他，那两封信和那一万两的银票究竟是怎么一回事？！

"别'夫人''夫人'地叫，以后叫我秀娘子。你既然来了，点了酒，就好生把酒喝完。我那几位东家娘子酿出来的酒，都是好酒，你在这盛京肯定找不到第二家，别糟蹋了。"

余秀娘说罢，便头也不回地进了酒肆。

齐安望着余秀娘清瘦的背影，那句"大人很想您"死死哽在喉头，怎么都说不出口。他也没甚喝酒的心情，只想快些回刑部官署，同大人说一声夫人的事。

心一急，脚步便难免有了错乱，刚走到街头，迎面便与一人撞上了。

齐安忙后退一步，拱手道一句"抱歉"。

霍珏手里拎着袋糖炒栗子，低眸见一脸焦急神色的齐安，道："无妨。"

齐安只觉眼前这人有些眼熟，却想不起在哪儿见过，想不起便也不再多想，只点点头，便快步离去。

霍珏望着齐安离去的背影，眸色微微一沉，这人他识得，是齐昌林的忠仆。

梦里，齐昌林死后，便是他到狱中给齐昌林收的尸骨。

那时齐安跪在自己面前，认认真真地同他磕头，道："大人说他罪孽深重，根本不配入土为安。多谢霍大人允许小的给我家大人收殓尸骨，小的在这儿给您磕头了！"直到磕得头破血流，方才背起齐昌林的尸骨，出了诏狱。

梦里，他之所以能将凌叡一党一网打尽，齐昌林的口供与那两本账簿起了不小的作用。

彼时他愿意开口，愿意交出那两本账簿，不过是因为霍珏的一句："你发妻已经从中州赶来，将两封密信交到了大理寺。齐尚书，若是凌叡不死，你说以你对凌首辅的了解，他会如何对付你的发妻？"

那时，他不过是想着赌一把，赌齐昌林对他发妻会心存愧疚，漏点口风。但实话说来，他当时并没有多大把握，并未觉着秀娘子能起多大作用。

却不想，他的话刚脱口，那嘴巴严实，不管如何威逼利诱都不肯松口的齐尚书面色一僵，怔忪地喃了句："她竟是来了？"

过了几息，又哂笑道："糟了，她这下怕是再也不会原谅我了。"

静默良久后，齐昌林长叹一声："霍公公，拿笔来吧，齐某认罪！"

霍珏垂下眸子，看着手上新鲜出锅的糖栗子，想起姜黎说起秀娘子时的神态，唇角微微一抿。

梦里，齐昌林不得不死。现下……他兴许能留他一命。

余秀娘回了酒肆，便见姜黎、杨蕙娘与如娘齐齐在酒肆里等着她，便轻描淡写地提了两句，只说方才那人是她老乡，是她从前那夫君的仆人。

姜黎不是爱打听旁人私事的人，轻轻颔首，便同余秀娘道："若下回秀娘子不想见他，我便不差人往后厨给你递话了。"

余秀娘看了看姜黎，又看了看一边面露关切的杨蕙娘与如娘，笑了笑，道："无妨的，又不是仇人，他来了，我请他喝杯酒便是。"

酒肆里，人人都有自己的故事。

可不管是如娘也好，余秀娘也好，乃至于守寡十年、一个人拉扯着两个孩子长大的杨蕙娘，她们都是性格坚韧的女子，鲜少有伤春悲秋的时候。

杨蕙娘冲余秀娘爽朗一笑，道："反正这会儿没甚客人，咱们到天井纳凉去。"

霍珏进门时，便见几位娘子坐在天井的树底下说着话，不管是谁，都笑得很是开怀。

姜黎自是笑得最甜的，她静静地坐在杨蕙娘身旁，认认真真地听她们三人说话。

也不知道听到了什么好笑的，笑得一对梨涡深深陷入唇角两侧，圆溜溜的眼也弯成了一对月牙儿。

霍珏顿住了脚步。

这一瞬间，背负在身上的所有重担，朝堂里所有的波诡云谲，以及梦里梦外经历的所有黑暗，似乎都渐渐远去。

唯独手里这袋滚烫的糖栗子，与眼前阿黎的笑靥是真实的。

姜黎在霍珏进来那会便瞧见他了，她没想到他会来，忙喜出望外地喊他的名字，道："你没去大相国寺？"

今晨她睡得迷迷糊糊时，他还同她说，大抵要忙到夜里或者第二日清晨方才能回来，没想到才过午时，他就回来了。

霍珏同杨蕙娘几人颔首问好，之后才笑着回姜黎，道："大相国寺那儿的事提早处理完了，我见天色还早，便过来寻你。"

小夫妻俩隔得老远都能闻得到腻甜味儿，看得杨蕙娘几人一阵好笑。

她们都是过来人，自是十分有眼力见儿地将天井让给他们，笑眯眯地回酒肆的正堂去了。

姜黎给霍珏倒了杯茶水，软着声音道："你来得正好，一会儿阿令下学了，你好好劝劝他，让他莫要压力太大，我看他最近瘦了不少。"

姜令自打霍珏御街夸官那日开始，在课业上便越发用功。

后来知晓了姜黎在宫里差点着了人的套后，更是下定决心要考个好功名。说什么姐夫出身寒门，在朝堂怕是没甚人脉，若他能入仕，便能助姐夫一臂之力了。

霍珏正打了水净手，听见姜黎的话，思忖了片刻后，便道："恰好明日休沐，我请宗奎来酒肆吃酒，顺道让他好好辅导阿令的课业。"

姜黎睁了睁眼，道："宗大人可会愿意？"

姜黎对宗奎印象还挺深刻的。

这深刻的印象倒不是因着宗奎的外貌或家境，而是因着他身上那股子怎么都掩不住的傲气。

大抵从小就过着众星拱月的日子，那位宗大人的骄傲是深埋在骨子里的，那样倨傲的人，真的会愿意教阿令吗？

"吃人家的嘴软，他不会不答应的。"霍珏淡淡应道，拎过一边的油纸袋，剥了颗板栗便往姜黎嘴里递，"麓山书院的山长从前给宗奎授过课，他很了解这位山长喜欢何种文章。有他给阿令辅导，想来能让阿令少走许多弯路。"

姜黎张嘴吃下炒得金黄色的山栗子，歪头想了想，便道："那明日我和娘给你们多做些好吃的，宗大人可有忌口之物？"

霍珏想起宗奎在官署用膳时，那挑三拣四的模样，昧着良心摇头道："没有，你们不必亲自做，他只要有口吃的便成，届时差府里的人随便做些小点送过来便好。"

姜黎觑了霍珏一眼。她自是知晓霍珏是怕累着她才不想让她亲自下厨的，可若是要请宗大人给阿令补课业，那当然要表现出他们姜家人的诚意来。

姜黎慢条斯理地嚼着香甜的栗子肉，心里暗暗做好了决定，明日定要和娘一起张罗一桌丰盛的菜肴。既然是吃人家的嘴软，饭菜越丰盛，宗大人吃得欢了，指不定就好说话了。

阿令虽然呆头呆脑的，可也是有自尊心的，希望宗大人莫要太过毒舌方才好。

霍珏见姜黎乌黑的眸子滴溜溜地转，便掐了掐她的脸颊，道："在想什么？"

姜黎咽下嘴里的栗子，饮了口茶，也不说她心里的打算，只拣旁的话来说："今日秀娘子遇着了一个从前的旧仆，那人瞧着似乎是打听到了秀娘子的踪迹，这才特地寻过来的。还真是让你说中了，秀娘子的前夫就在盛京当官，也不知晓他会不会寻过来？"

霍珏提唇笑了笑，道："秀娘子是个有主意的，就算她前夫寻过来也无妨。"

姜黎一想也是，秀娘子与自家娘一样，都是风风火火的性子，做事从来不会拖泥带水。

"方才听秀娘子说，她前夫升了官，娶了好多房小妾，日子过得要多美就有多美。"姜黎说话的声音瓮瓮的，说到这里还特意停下来，张着那双清澈的眼望着他。

霍珏被她这样望着，还能不知晓她在想什么？

漆色的眼眸忍不住含了点笑意，却也不说话，只静静等着她说一句"你说男子怎么可以那般寡情寡意"又或者"是不是男人升官发财后都要抛弃糟糠之妻，另寻年轻美貌的女子"之类的话。

谁料姜黎瞅着他看了半晌，也没继续说什么，就软声软语地道了句："还好你不是那样的人。"

说罢，便垂下视线，认真从油纸袋里挑了个个大饱满的糖栗子，剥开外皮，塞入霍珏的嘴里："给你的奖励。"

霍珏先是微微一怔，紧接着喉结轻轻震动，笑着道："为夫定然不会辜负阿黎的信任。"

夜里霍珏与姜黎回到府里时，便见何舟手里捉着一只信鸽，着急地守在主院的月门外。

姜黎好奇地望了那只鸽子一眼，却也不多问，同霍珏说了句："我先回寝屋了。"便带着桃朱、云朱一同走了。

霍珏淡淡颔首，待得姜黎的身影消失在庑廊尽头，方才对何舟淡声道："到书房去。"

二人进了书房，何舟便忙不迭道："主子，这是青州飞来的信鸽，目的地是朱雀大街凌首辅的宅府。暗一大人截获到这信鸽后，便奉薛世子之命，将这信鸽送了过来。"

何舟说着，从鸽子腿部抽出一张卷成细条的纸，递与霍珏，道："请主子过目。"

霍珏推开纸，却见上头什么字儿都没有，只草草画了三只动物：雉鸡、猪豕、山虎。

何舟看着这上头的动物，眉毛几乎都要拧成一条绳子。

这些雉鸡、猪豕、山虎究竟是何意思？

他竟是半点也看不明白，正要出声相询，却见自家主子意味深长地笑了下，道："将这细纸装回去，务必保证信鸽安全抵达凌首辅那儿。"

何舟一愣："将这信鸽送回去给凌首辅？"

何舟实在是不明白，这般辛苦将这信鸽拦下来，不就是为了截断青州与凌首辅之间的往来消息吗？把信鸽送回去，那先前的所作所为岂不是都白费工夫了？

霍珏淡淡颔首道："去吧，这信鸽递来的消息对我们来说，是好事，不必多虑。"

何舟心神一凛，笑自己当真是急蒙了脑，主子从入京至今，步步为营，算无遗策，说过的话句句都成了真，他既然说是好事，那就定然是好事。

何舟恭敬地道一声"是"，这才安安心心地退出书房。

夜渐渐深了。

齐安等在刑部官衙外，好不容易从那扇肃穆的大门里盼来了齐昌林的身影，正要过去迎他，忽见一人匆匆地在齐昌林耳边道了句话。

那人对齐昌林来说，也算是个熟人。

只见齐昌林含着笑应了句什么，接着便扭过头同齐安道："我尚且有些事要处理，你先回府，不必等我。"

说罢便跟着那人上了一辆不起眼的马车，没一会儿马车便消失在茫茫夜色里。

齐安死死盯着那辆马车，旁人兴许认不出这马车，可他一眼就认出这是凌首辅京郊别院里的马车。

九年前，这辆马车常常在深夜停在尚书府外，接大人出去议事。那时，大人常常一身疲惫地回来，回来后就那般睁着眼在院子里一坐就坐到天明。

再后来，大人便开始流连在盛京出了名的勾栏院，没多久，便同夫人和离了。

想起夫人离开侍郎府那日，大人脸上复杂而悲伤的神情，齐安捏紧手，心里不知为何竟然起了些不安。

盛京……是不是又要乱了？

是夜，凌宅。

凌叡将手上的纸条悬在烛台上点燃，丢进一个铜制香炉里，火舌卷上细纸，一眨眼便烧成了灰。

他回身坐在太师椅上，黑沉的眸子定定地望着齐昌林与胡提，道："南邵军将于十月十二日寅时进攻青州。梵儿与秦尤会与他们里应外合，趁机将姓褚的弄死。到那时，整个青州军都将听令于秦尤。"

胡提听见这话，那张粗犷的脸根本压不住惊诧，失声道："南邵军又要进犯青州了？这，这是为何？"

凌叡不耐烦地瞥了胡提一眼，他这表妹夫忠心是忠心，可脑子实在是蠢笨。

若不是有他提拔，有齐昌林时不时地给他善后，就他这脑子，哪能安安生生地坐在兵部尚书的位置上？

"如今皇上神智越发糊涂，且愈来愈纵容朱毓成与都察院那群疯子削弱我们的势力，再继续这样下去，恐怕我这首辅之位都要坐不稳了。我若是坐不稳了，你们又将如何？"

凌叡话落，深深地望了望齐昌林与胡提，继续道："大皇子马上便要满十岁了。"

这话一出，别说是胡提那藏不住脸色的，便是连进门后始终面不改色的齐昌林都微微一震，抬眼看向凌叡。

今日首辅大人被皇上训斥之事，他自然也是知晓的。

凌叡额上的伤口眼下早就包扎好了，也上好了药。可饶是如此，那么大的一块皮肉没了，瞧着仍旧是分外可怖。

齐昌林缓缓吐出一口气，不过短短片刻，便已知晓了凌叡的计划："首辅需要下官与胡大人做什么？"

诚然听见凌叡方才的话，他是震惊的。可那震惊也不过维持了一瞬，很快便冷静下来。

他早就猜到了会有今日。

从他追随凌叡的那日开始，从他知晓宫里的那位王贵妃是凌叡送入康王府开始，他便知道，凌叡要的从来不仅仅是一个首辅之位。

凌叡满意地点点头，当年他做得最对的一件事情，便是将齐昌林拉上了这条船。

那时，人人都笑话二甲头名是个没骨头的，只会左右逢迎人云亦云。

只有凌叡早早看出了他眼底的不甘与野心，以及他油嘴滑舌之下的才华。

从一个吃百家饭长大的乡野小子，一步步爬到了盛京，同他一起站在金銮殿外等待传胪，并且喜提二甲头名之人，岂会是个无能之辈？

在凌叡看来，此人比之朱毓成那酸儒，更让他欣赏。

朱毓成遇到了一位好老师，在他被贬出京后，依旧为他四处奔走，这才让他重新回到了盛京，坐上了次辅之位。

而他凌叡有王氏一族做他的后盾，过往二十年，可谓是官路畅通，平步青云。

唯独齐昌林，既没有遇着赏识他的伯乐，也没有一个世家贵族给他提供钱财人脉，助他一臂之力，连娶的妻子都只是一个登不了大雅之堂、处处遭人轻视的商户女。

这样的一个人，只要给他一个机会，他便是打碎牙混着血也会硬生生吞下去，然后拼尽全力抓住那个机会。

一个从底层爬上来的人，往往比旁的人要更能豁得出去。

而事实亦是如此。七年前，能在短短不到半年的时间内，将先太子府、卫家、霍家一举歼灭，齐昌林功不可没。

凌叡微微一笑，道："淮允，你与朱毓成曾是同僚，对他亦是了解。我需要你盯紧他的一举一动，若是可以，不妨给户部那几个追随他的人罗列个罪名，好分散一下他的注意。至于胡大人——"

凌叡望着胡提，意味深长地一笑，道："你派个可信之人，亲自到肃州一趟，给北狄的二皇子递个消息，若他此次愿意同我合作，日后他与他兄长的皇位之争，我们大周必定投桃报李，助他夺得皇位。"

胡提心口狠狠一颤，北狄的二皇子是个狠人，听说最喜剥人皮生啖人肉。

当初二皇子与定国公府的薛世子曾在战场上交过手，被薛无问削了一指，从那之后，二皇子可谓是恨毒了定国公一脉。

胡提指尖微抖，七年前那种提心吊胆、夜不敢寐的感觉再次袭来。

可他却不敢表露出分毫的迟疑，深吸一口气后，便大声道："是！我明日便派人前去肃州！"

齐昌林回到尚书府时，已是丑时。

夜深露重，齐安提着把纸灯笼立在垂花门内等着，见自家大人进来了，也不急着说话，只安安静静地唤一声"大人"，便提着灯走在前方给他照亮脚下的路。

进了屋，齐安方才拧了一条帕子，递给齐昌林，同时说道："大人，小的今日在状元楼见到夫人了。"

齐昌林接过帕子，慢慢擦了把脸后，问道："她可愿意同你说话？"

"自是愿意，小的去酒肆寻夫人时，夫人虽有些意外，但并未生气。"齐安说着，微微侧眸，望了望齐昌林的脸，之后才接着道，"夫人如今在酒肆里做厨娘，小的瞧着夫人过得……很是不错。"

齐昌林放下帕子，垂眸笑了笑。

阿秀是个会过日子的人，从前在银月巷的时候，她爹是个货郎，虽能挣几个钱，可那些钱全都拿去吃酒了，半点家用都不给家里。

吃醉了酒，回到家里还要打妻骂儿。阿秀小的时候没少挨打，每回被打，都不忘将年幼的弟弟与懦弱的母亲护在身后。

后来长大了，能挣银子了，有一回她爹喝醉酒要抢她辛辛苦苦挣回来的几个铜板，她一怒之下，去厨房拿了把菜刀，问她爹，要银子还是要命？

那时，她不过才刚及笄，胆子却着实不小。银月巷的人知晓这事儿后，都骂她不孝，独独齐昌林觉着她做得好。

说来，他们二人同在银月巷里长大，虽抬头不见低头见，但从来都不曾说过话。

齐昌林对她印象一贯很淡，直到听说了她拿着菜刀，将她那酒鬼父亲赶出家门的事后，方才注意到这位虞家的大娘子。

事情发生后的第二日，这姑娘顶着旁人指指点点的目光，背着幼弟，推着辆破旧的木板车，照旧到书院门口卖吃食。

天气冷得折胶堕指，她亦冻得脸蛋发红，可看人的目光又倔强又明亮，像一只受了伤还不忘朝着四周龇牙的小兽。

齐昌林那会儿是书院里读书最好的童生，书院包了他的食宿，每日都有热气腾腾的新鲜吃食，一日三顿，顿顿不落。

那日不知为何，他鬼使神差地拿上钱袋，到对街指了指她车上竹笼里一个绿油油的吃食，笑吟吟地与她说了平生第一句话："虞大娘子，这是何物？"

因着读书好，又生得不错，且自小吃百家饭，长大练就了一张会说话的嘴，齐昌林在他们那小地方非常受小娘子喜欢。

原以为眼前的姑娘好歹会给他一个笑脸，却不想她只是冷冰冰地望他一眼，掂了掂背上的弟弟，语气冷淡地与他说了平生第一句话："八珍饭，一个铜板两个。"

齐昌林至今都记得她看自己的那个眼神……

他也是后来才得知，就在他出来时，阿秀被几个书院里的童生指着鼻子骂不孝，若不是她拿出把刀子，那些人还想要掀了她的摊子。

可偏偏就是她看他的那一眼，让他记住了她。

说来她不是银月巷生得最好的姑娘，模样只能算清秀，性子泼辣，嘴皮子还特别能骂人，可就是这么个人，叫他彻彻底底入了心。

亮堂堂的屋子里，齐昌林笑着笑着就沉默了。

他知晓，阿秀不管去哪儿，都能过得很好。她是生在野外的花，葳蕤蓬勃，身上始终有着一股子倔强劲儿，从不畏风雨。

良久，齐昌林哑声道："她可同你说为何要回盛京？"

齐安摇头，眼睛又酸又涩，可到底是忍住了泪，道："夫人急着回酒肆，没同小的多说。"

齐昌林揉了揉眉心，叹息道："也罢，你问了她也不会说。等过段日子，我亲自去见她。"

"大人！"齐安上前一步，语气难掩激动，"夫人回盛京，除了为了大人，还能因为什么？您，不若，不若接夫人回来吧？反正那些小妾，您从来都没碰过！"

齐昌林自哂一笑："她若回来，必定不是为了我。"

他太了解她了，从他说出了那番话，逼着她同他和离后，他们之间就再也不可能了。

况且，盛京很快又要不太平了。

凌叡野心勃勃，首辅之位早就满足不了他。

宫里的王贵妃，也早就不是从前那位对凌叡言听计从的王贵妃。

凌叡尝到了权力带来的甜头，王贵妃亦然。

王鸾执掌凤印多年，又生下了宫里唯一的皇子，怎么可能会甘心一辈子做一颗棋子？偏偏凌叡至今还瞧不清楚，以为王鸾还像从前那般爱慕他。

齐昌林揉了揉眉心。

至高无上的权力，可乱人心智，蒙蔽双目，亦可使一个被爱冲昏脑的女人脱胎换骨。

如今，凌叡与王鸾，说不清究竟是谁在利用谁。

"齐安，十月一过，你便同小月陪夫人回中州……等我的消息。若是明年秋天收不到我的消息，你便永远留在中州，像保护我一样，保护夫人。"

"大人！"齐安双目一睁，声音里难掩悲意，徜徉在心口一整夜的不安顷刻间淹没了他。

齐昌林疲倦地揉了揉额，道："听我的，出去吧。"

七年前，他侥幸赌对了，保住了命，也升了官。

可这一次，却未必……

如今，盛京的局面，他总觉着不对劲儿。

金銮殿上的皇帝不对劲儿，行事愈发急切的凌叡不对劲儿，便是连他从前的同僚如今的政敌朱毓成也不大对劲儿。

可偏偏，他找不出怪异之处，只是一种直觉。

像是……有一只手在慢慢搅动朝堂的局势……而他这局中人分明嗅到了危险，却找不着危险的根源。

第二十九章

# 死局残棋

六月三十，宜会友，宜出门，宜……咳，做免费的教书先生。

宗奎一早便差自家老仆将他送至霍府门外。

下了车，还不忘理了理衣襟，整了整袖摆，又正了正玉冠，接着才一拍折扇，拉起门外的铜环，用力叩了叩。

没一会儿，霍珏便黑着一张脸出现在垂花门前："不是说了，午时直接在酒肆见吗？宗大人一大早跑到霍某府上作甚？"

宗奎摸了摸鼻子，到底不好意思同他道，昨夜收到他的邀请，兴奋得一整夜都睡不着。

这才一大早便来了霍府。

说来，这还是他第一回收到旁人的邀请。

他在麓山书院和国子监都求过学，大抵是他太过优秀，那些同窗不是没胆就是自卑，从来不敢邀他出去吃酒联络同窗之谊。

当然，那些人若真邀请他，他也不会去，毕竟他瞧不上眼的人，也懒得浪费时间来往。有那闲工夫，还不如在家里多写几篇文章。

霍珏瞧着宗奎那张写满了"本公子纡尊降贵来你这小屋，你怎的臭着张脸"的神情，揉了揉眉心，道："你还没用早膳吧？进来吧，一会儿我让阿令给你送些早膳。"

说着，便让一边的仆妇将人领到正厅去了。

府里骤然来了客人，姜黎匆匆吃完早膳，便赶紧去厨房安排婆子烧水泡茶，顺道备一些小点。之后，才领着桃朱、云朱一同去了正厅。

姜黎之前见过宗奎，御街夸官那日见过一回，宫宴那日也见过一回。

到了正厅，杨蕙娘与姜令正坐在那同宗奎说着话。

瞧着杨蕙娘笑得心花怒放的模样，想来宗大人也没传言中的那般嘴毒，反倒还挺平易近人的。

霍珏坐在姜令身侧，瞧见姜黎进来了，那张冷淡的脸终于柔和了下来，起身牵过她的手，同宗奎简单介绍道："这是内子，姜黎。"

宗奎自是拱手做礼，规规矩矩唤了声："霍夫人。"

姜黎与杨蕙娘还得去酒肆忙活，与宗奎寒暄了几句，便离开了正厅。

霍珏望着小娘子离去的身影，原本柔和的脸又慢慢冷了下来。

宗奎没忍住"啧"了一声，摇着纸扇恬不知耻地道："霍大人，至于吗？午时便要去酒肆吃酒了，同你娘子分开这么会儿，就受不了了？是不是还在心里骂我来得早了？"

霍珏面无表情地看了他一眼，若非他一大早就来了，他与阿黎这会儿还在寝屋边吃早膳边说话呢。

好好一个同自家娘子腻歪的早晨，就这般被这没半点眼色的“孤家寡人”破坏了，偏生他还没意识到自己究竟有多煞风景。

霍珏眉心微挑，还未开口，忽然便听得姜令一本正经道：“怎会？宗奎哥想多了，霍珏哥与我姐从来不会那般腻歪。你来得正好，想来霍珏哥也是很开心的。”

霍珏慢慢地将目光从宗奎那挪到姜令脸上。

兴许，旁人会觉着姜令是在替他说圆场话，可霍珏知道，姜令说的是真心话。

他在姜令心中的形象大抵是太过伟岸光正，又太过不解风情，他这小舅子是真心觉着他与阿黎从来不会腻歪。

霍珏一时心绪复杂。

宗奎合起纸扇，从霍珏冷淡的面色中似乎看到一丝难以言喻的无奈神色，登时一乐，道：“阿令，你是个人才！”

姜令哪里知晓宗奎这话里的言外之意，忙受宠若惊地摆摆手，道：“不敢，不敢。宗奎哥过誉了！”

宗奎哈哈一笑，又接连夸了几声“人才”，夸得姜令一头雾水。

眼见着身旁的霍珏脸色愈来愈沉，宗奎这才适可而止地收敛下来，清了清嗓子，对霍珏道：“我此次来，也是顺道替我叔叔传个口信儿。叔叔让我问问你，下月初的休沐日，可能拨冗到宗家一趟？”

宗奎自从上了趟霍府，又去了趟酒肆之后，这厮就成了酒肆的常客。他这人倨傲是倨傲，但一贯护短。长这么大，从来没交过与他年纪相当的朋友。

霍珏是唯一一个让他服气，且愿意去深交的人。

宗奎既然把他当挚友，所以不管是姜黎也好，姜令与杨蕙娘也好，既是霍珏的至亲之人，他便自然地也将他们当作自己人。

况且，杨蕙娘的手艺着实合他口味。

每回去酒肆，杨蕙娘至少给他做三菜一汤并两主食，他才去了几日，便觉腰封都紧了。

“话说，状元郎，你日日吃杨姨做的饭，是如何保持腰身不胖的？”宗奎信步走在自家院子里，回头瞥了瞥霍珏的腰，好奇地问。

说来，他们二人年岁相仿，都是身量高大、面容俊美之人。可二人每每一同出去办案，路边偷偷瞧他的小娘子远远少于偷偷瞧霍珏的，委实是让他不服气。

如今想来，大抵是状元郎的腰身比他劲瘦些的缘故！

宗奎好奇打量他的目光，看得霍珏眉心一跳，却也不好说什么，只微抿唇角，淡淡道了句：“宗大人平日多办两件案子，便能同霍某一般，吃再多也不会胖了。”

前头给他们二人领路的宗府管家鸣叔，听见二人的对话，便笑眯眯道："小少爷若是同霍公子一般，娶个小夫人回来，约莫也是能保持腰身不胖。"

宗奎一听，像是听见了什么可怕的事儿一般，忙摇了摇手上的纸扇，道："鸣叔，您别拿成亲吓我啊！我宁愿胖三斤也不想成亲！"

霍珏瞧着宗奎这一脸惊恐的模样，挑了挑眉。

说来，并州宗家的族规颇为有趣。

不知并州的风俗是不是恐婚成性，宗家的郎君们似乎对成亲都不大热衷。

于是，宗家的先祖便立下了族规：年未满十六能中举人者，可及冠后方才成亲；年未及弱冠中进士者，可二十五娶妻；中三鼎元者，可年满而立再成家。

如此族规，堪称世所罕见。

然出乎众人意料的是，这族规竟然颇有奇效。并州宗家的子弟个个恨不得悬梁刺股地苦学，就为了能晚些成亲。

鸣叔见宗奎那惊恐的模样便叹息一声。想到在院子里等着两位小公子的宗彧与宗遮，摇了摇头，又叹了声。

小的不省心，大的更加不省心。

一个个的，都把成亲视作了什么洪水猛兽。偏生族规上说了，只要你的官做得够大，那成不成亲，都由你说了算！

宗家在盛京的府邸，还是从前承平帝在位时赐予宗家的。

府邸由两套四合院连接而成，曲廊亭榭、衔水环山，可谓是既清幽又瑰丽。

到了辟锦堂，鸣叔在院门外停住脚步，躬身道："老爷与二爷在里头等着了，霍公子请进。"

霍珏拱手恭敬回礼，这才与宗奎一同入了院内。

院子里，假山流水淙淙，蜿蜒曲绕，两侧古树参天。

宗遮与宗彧穿着素色常服，正坐于古树下的石凳上，悠然下棋。

见二人来了，宗彧忙起身，朝他们二人亲热地招手，道："快过来，你们试试解不解得了这局残棋。"

霍珏恭敬地朝二人行了礼，方才信步行至树下，望向桌上的一局死棋。

"这是你伯祖父今日布的棋局，我花了一个时辰都没能解开。"宗彧拍了拍身旁的石凳，对霍珏道，"来，霍小郎，你来试试看能不能破局？"

宗彧话一落，宗奎便不依了，忙道："等等，叔叔，我也要试试。"

宗奎一贯好胜心强，哪能让霍珏出尽风头，便赶紧在宗遮身旁的位置坐下，捏起一枚棋子，盯着棋局苦思冥想。可看了足足两盏茶的工夫，指尖的棋子却始终落不下去。

"欸，状元郎，你有头绪没？"宗奎捏着棋子，忍不住抬眸望向霍珏。

霍珏淡淡颔首，拾起一枚黑子，落在一个不起眼的角落里。

宗遮面不改色地在他方才落子的地方贴上一枚白子，二人你来我往地下了七八手后，立在霍珏身后的宗彧高高扬起眉，诧异道："这盘死棋竟然盘活了。"

霍珏落第一子时还看不出来，落到第四子时，方才慢慢看出点名头，待得第七子落下之后，整个局面便彻底活过来了。霍珏走一步算七八步的智谋让人惊艳。

宗遮放下手上的白子，深深地望着霍珏，温声道："霍小郎棋力惊人。"

霍珏对上宗遮深沉的目光，笑了笑，道："非我棋力惊人，实则多年前家中长辈曾给珏与兄长摆过这一残局，当时兄长便是用此法破了这死局，珏不过是记住了兄长的破局之法罢了。"

从见到这棋局开始，霍珏便知晓宗遮是在光明正大地试探他的身份。

他自是可以用些手段就此糊弄过去，毕竟他作为霍珏的假身份，出自外祖父之手，又得薛无问仔细周全地描补过，可谓是滴水不漏。

宗遮便是起疑也查不出什么，若不然这会儿也不会用这棋局来试探他。

可他到底没有隐瞒。

一方面是因为宗家这几位是友非敌，另一方面是因为瞒也瞒不了多久。

这世间，能将他同卫家小公子卫瑾联系在一起的，不出五人。眼下这位心细如发的大理寺卿便是其中之一。

果不其然，在霍珏说出那话之后，宗遮淡淡一笑，挥了挥手，对宗彧与宗奎道："你们二人先出去。"

宗奎目光在霍珏与自家伯祖父之间来回睃巡，似是猜到了什么，忙道："伯祖父，我与状元郎可是至交好友，素来无所不——欸！欸！叔叔，你这是作甚！有外人在呢，君子动口不动手！"

宗彧揪紧了宗奎的衣领，慢悠悠道："你还知道有外人在呢？长者之令都敢不听，真是有辱家风！"说罢，便二话不说就将宗奎揪了出去。

院子里很快又恢复了安静，唯有流水潺潺，鸟鸣啾啾。

宗遮给霍珏斟了杯热茶，缓声道："并州独一无二的苦茶，入口虽苦，可熬过最初的那层苦意，便会回甘无穷。"

宗遮似是在说着茶，又似是在说着旁的。

霍珏将苦茶一饮而尽，平静地道："好茶。"

宗遮望着霍珏，说实话，这年轻郎君生得一点儿也不似卫太傅，可那周身的气度却是极像的。

恩荣宴时他便觉得这寒门状元似曾相识。在这之前，他虽曾听宗彧提过此人，却从不曾将他与卫家人联系在一起。

直到恩荣宴见着人了，因着那似曾相识的感觉，方才起了疑心。在大理寺做了六年大理寺卿，宗遮从来不会小瞧直觉带给他的疑惑。

宗遮轻轻一叹："这局残棋还是我与你祖父一同发现的，那时我们二人还立了赌，赌宗家与卫家，谁家后辈能最早盘活这局死棋。"对赌的结果，自然是他输了。

"后来，接到卫太傅的信，说你兄长不过两个月便解了这棋局，心中着实气闷。可更让我气闷的是，一年后又接到了卫太傅的信。"宗遮一贯严肃的眉眼难得起了丝笑意，"他说，他小孙子无意中看了残局，只用了一子便盘活了死局，只不过他下的那一手棋，杀敌一千，却也自伤八百。是个妙招，也是个狠招。当真是让他又骄傲、又担忧。"

尽管是狠招，却也盘活了棋局。一个不足十岁的小儿郎能下出这样一手棋，怎么不让长辈惊喜？但这样的杀招，伤了敌人，同时也伤了自己。

都说观棋有道，一个人下棋时的章法，往往透露了这个人的行事风格。这样两败俱伤的招数，又岂能不让卫项担心？

宗遮说到此，微微一顿："我方才以为，你会用两败俱伤的狠招破这棋局。倒是不承想，你用了你兄长的破局之法。"

霍珏知晓宗遮与祖父有旧，却不知晓他们二人因这棋局还有过这么一段往事。

宗遮三言两语间，便让霍珏想起了祖父的音容笑貌，甚至猜到了他会用何措辞写下那两封信。

原来，他心血来潮落下的那一子竟让祖父那般骄傲，又那般担忧。

霍珏自然理解祖父的担忧。梦里，他便是用了两败俱伤的方法复仇。大仇得报了，可他失去的比得到的还多。

宗遮提起茶壶蓄满茶盏，暗红的茶水冒出袅袅白雾，朦胧的水雾遮住了他晦暗不明的眸色。

"霍小郎，你此番进京，所谓何事？"

霍珏抬眸与宗遮对视，也不遮掩，堂堂正正道："洗冤。"

宗遮轻轻颔首，要洗去卫家、霍家的冤屈，不是易事，可也并非毫无可能。

前两日，都察院鲁都御史拿着一本账册来寻他，说账册出自兵部尚书之手。循着账册查下去，说不得能将七年前的谋逆案彻底翻案。

兵部尚书胡提是凌叡的人。

胡提并不难对付，难对付的是凌叡、齐昌林和宫中的王贵妃，而君心难测的成泰帝亦是一个未知之数。

成泰帝能登基为帝，靠的是凌叡多年的谋划。

眼下，成泰帝对凌叡显然不如刚登基时那般信赖，甚至还隐隐有着借都察院、大理寺和锦衣卫之势与凌叡一脉相抗衡的迹象。

可朝堂之事，变数往往就在一夕之间。谁都不知，眼前不喜凌叡的成泰帝在最后一刻会做何选择。

毕竟以成泰帝的胆子，七年前的案子，他提都不敢让旁人提，更别说翻案了。

因此，如何让成泰帝下定决心铲除凌叡，并且允许三法司为先太子翻案，才是最难的。

“宗奎说账册是你在兵部官衙里找到的。霍小郎，我只问一句。”宗遮放下手上的茶杯，那双在朝堂浸淫多年似是能看穿人心的眸子定定地望着霍珏，“那账册——是真是假？”

宗奎被宗彧带出辟锦堂后，便理了理略显凌乱的衣襟，不满道：“叔叔，伯祖父是在审人吗？连听都不让我们听。”

“伯父的事情哪轮得到你这小辈来管？”宗彧瞥了宗奎一眼，“就你这对什么事都好奇的性子，再不改，早晚要惹出大祸来。”

宗奎啪的一声打开了纸扇，正了正脸色，道：“状元郎既然是我带进来的，不管如何，我也得护他周全。”

宗彧一听，胸口登时一堵：“你这说的是什么话！真当我与你伯祖父会害霍小郎不成？”说着，又揪住宗奎的衣襟，“陪我下棋去，连个棋局都破不了，还自诩自己是天下一等一的聪明人。”

就这般，宗奎才理好的衣襟再次被弄乱，还被逼着下了一下午的棋。等回到辟锦堂时，霍珏早已离开。

宗遮望了望宗奎，指了指石桌上的棋局，道：“霍小郎统共想出了两种破局之法，你回去好生想想，可还有旁的解法？你是宗家这一辈最杰出的子弟，别同我说，连一种解法你都想不出来。”

姜还是老的辣。

宗遮这话一出，宗奎骨子里那股不服输的劲儿又冒了出来，咬咬牙，扭身便往自己的书房去了。

宗奎一走，宗彧便坐回原先的位置，问道：“伯父，那账册……”

“那账册是真的，却并非出自胡提之手。”宗遮慢慢捡起棋盘上的棋子，放回棋篓，边捡边道，“这事儿我亲自处理，你不必插手。”

“明白了。”宗彧颔首回道，想了想，又道，“那……那陈尸案我可还能不能继续查？”

宗遮不答，等到所有棋子都放回了棋篓，方才循循善导：“阿彧，若前方起了雾，我们是不能继续往前走的。因为你永远不知，藏在迷雾后头的究竟是出路还是悬崖。我知你破案心切，可那宗案子眼下只能压着，我们宗家从来不会在局势不明之时轻举妄动，你可明白？”

霍珏离了辟锦堂，由管家鸣叔亲自送出宗府大门。

“霍公子怎的不留下来用晚膳？”慈眉善目的老人家笑眯眯地问道。

霍珏淡淡笑道：“今日乞巧，珏要回家陪夫人过节。”

鸣叔闻言便是一怔，在宗府这充满阳刚之气的地方，他都差点忘了今日是乞巧节。

“那倒是不好留霍公子了。”鸣叔笑道，瞧着霍珏的目光简直就像是在看块宝。

年纪轻轻便中了状元，还这般疼娘子，当真是打着灯笼都找不着的好儿郎，真希望自家的孔雀少爷能多学着些！

不求他像霍公子这般疼娘子，只求他先定个亲，让他有个盼头也好！

第三十章

# 各怀鬼胎

晒衣曝书，是大周过乞巧节的传统。

正所谓“子日沐，令人爱之。卯日沐，令人白头”，相传七月七这日的日头是一年里最如意的，在这日晒书、晒衣裳，能晒去春秋二季残留下来的潮气，接下来的秋冬两季便会事事如意了。

姜黎不仅把霍珏书房里的书拿出来晒，还差何宁去苏世青的屋子，抬了两箱子旧医书出来晒。

这些医书有些年头了，箱子甫一打开，便涌出一股子潮气。

何宁忙把里头的书搬出来，医书混着脉案，着实不少。

几个丫鬟赶忙上前给何宁搭把手，帮忙将医书一本本翻开，放日头下晒。翻着翻着，云朱忽然咦了一声，道：“这，这不是夫人吗？”

姜黎听见云朱的话，便顺着声音望过去。便见其中一本旧医书里夹着一叠小像，风一吹，那叠小像便哗啦啦地落在地上。

十数张画像，用的都是最普通宣纸，瞧着像是随手画下的一般。有些小像的纸看起来还是新的，有些却泛了黄，有着岁月沉淀下来的痕迹。

这些小像，每一张，画的都是她。

九岁的阿黎，十岁的阿黎，十一岁的阿黎……入目皆是她。

姜黎的心扑通扑通直跳，也不知想到什么，细白的脸火烧火燎般地红了起来。

去岁端午，姜黎与张莺莺去庙会看射柳赛时，张莺莺还笑眯眯地问她，有没有可能，霍珏在很久以前就喜欢自己了。

那会儿，姜黎哪里会把莺莺的话当真，只当她是随口一说。

可现下，望着地上那一摞半旧半新的小像，姜黎心口涌出一股子难以言喻的情绪来。

惊讶、喜悦还有一点点的难以置信。

霍珏那样的人，若不是把一个人放在了心上，哪里会偷偷画她的小像？

院子里伺候的，不管是何宁，还是桃朱、素从，个个都是人精。瞧着姜黎那惊讶的模样，也猜到这些小像定然是公子偷偷画的。

也就云朱反应不过来，一张张地捡起那些画，好奇地问道：“这都是公子画的？为何藏在医书里，不好好裱起来啊？原来夫人小时候就长得这般好看了！”

姜黎被她这话说得脸愈发烫。

画小像本是一件极私密的事。众目睽睽之下，自家夫君偷偷画自己的小像，还被这么多人知晓了，到底是难为情的。

好在桃朱知晓自家夫人脸皮子薄，忙敲了敲云朱的脑袋，若无其事道："这些小像就不必晒了，快给我，我送到书房去。"

自是不能晒的，被他们几人瞧见已经够难为情了。放竹垫里晒，岂不是整个院子的仆妇婆子都看见了？

思及此，姜黎忙上前一步，道："给我吧！我拿到寝屋去，你们再好生看看，若是旁的医书里也有这些……小像，都不必晒了，都送到寝屋里给我便可。"

霍珏回到主院时，院子里的书早就晒好了。

何宁守在月门外，见他回来了，赶忙行了礼，恭恭敬敬地道："夫人在寝屋里。"

霍珏闻言淡淡颔首，抬脚去了寝屋。自然没发现何宁在他走后，偷偷摸摸地瞄了瞄他的背影，悄声道："原来公子也有偷偷喜欢小娘子，还不敢说出口的时候……"

寝屋内，姜黎坐在梳妆台前，安安静静地任桃朱给她绾发。

姜黎身着银朱色齐胸瑞锦襦裙，腰间束着一条巴掌宽的腰封，显得腰身不盈一握。乌黑的发绾了个堕马髻，只留一束长发垂在胸前。

霍珏进来时，姜黎回眸轻轻柔柔地望了他一眼，湿润的眸子似有风情万种，又似有万语千言。

霍珏看了片刻，方才上前接过桃朱手上的活儿，将一只红色玛瑙步摇稳稳地插入她的发髻里。

姜黎从铜镜里望他，轻声道："你可要换套衣裳？"

乞巧节是大周传统佳节，尤其受未婚男女以及新婚夫妇喜欢。他们一早便说好了，乞巧这日，要去护城河泛舟赏灯。

今日的护城河，定然是很热闹，姜黎想去泛舟想了许久了。

听见小娘子问他，霍珏淡声应道："换个外袍便可。"

二人拾掇好后，便上了马车，往护城河方向去。

霍珏见姜黎抱着个小巧的木盒上了车，伸手过去，想替她拿。谁料姜黎急匆匆地把盒子往身后藏，脆声道："一会儿，到了画舫才能看。"

霍珏眉梢轻抬，定定地望了姜黎一眼，便收回了手，问道："什么东西让阿黎这么宝贝？"

姜黎抬起眼看他，卖关子道："你一会儿就知道了。"

说着，便暗自下定决心，一会儿上了画舫，她可是要好好地审问审问他。

盛京有水且风光映丽的地方可不只外城的护城河，城东的东风渡、城西的朱家湖，还有城郊的溪水涧，都是京里人爱去的地方。

若要说逢年过节时去哪儿泛舟，那首选自然是护城河了。

盛京的护城河可比桐安城的护城河气派许多。一入夜，护城河便有无数精美绝伦的画舫游走其间，灯红酒绿、丝竹雅乐不绝于耳，颇有种醉生梦死之感。

霍珏牵着姜黎的手，上了画舫。

画舫中等大小，内里摆设雅致宜人。贵妃榻、美人靠、泛着袅袅轻烟的香炉，精致的桌案上还摆着美酒佳肴。

乞巧节要弄一艘这样的画舫实属不易，费银子不说，还要有人脉。

姜黎一开始还以为是定国公府的薛世子安排的画舫，哪知霍珏却捏了捏她的鼻尖，笑着道："都察院的柏都御史安排的，说乞巧节这日，让我到护城河瞧瞧有没有哪位官员大肆铺张浪费，顺道带你看看护城河的沿途风光。"

话说得是好听，实则是以公谋私，让霍珏带家眷来谈情说爱。据说，每个入都察院的御史，只要成了家，第一年都有这项福利。

从前，姜黎听起旁人说到都察院的御史们，还以为是一群不苟言笑，动不动就要怒发冲冠、同人吵嘴的官员，却不想是一群体贴又关爱属下的人。

进了画舫，霍珏捏起个乞巧果，喂进姜黎的嘴里。

乞巧果里头裹了一层白糖，吃进嘴里甜丝丝的。姜黎一连吃了几个，又饮了几口果子酒。

她打小在酒肆长大，酒量自是不差的。

可她的脸却不大经得住酒气，几杯黄汤下肚，脸颊便蒸出了一层粉意。

大抵是酒能壮人胆。

姜黎喝了几口果子酒，便把身后的木匣子挪到身前，目光灼灼地望着霍珏，道："霍珏，你，给我从实招来，你是不是喜欢我，喜欢了很久了？"

说着，打开木匣子上的铜扣，让霍珏瞧瞧他自个儿留下来的"罪证"。

姜黎望着他，双眸清澈干净，又亮若星子，当真是什么话都藏不住。

霍珏的喉结缓缓滚动，逸出一阵低沉的笑。长手一探，不疾不徐地抽出木匣子里的一沓画纸，慢慢翻看。

看着看着，原先还含笑的眉眼渐渐沉了下来。

这是他画的阿黎的小像，却是多年前画的。时间久远到，他差点都忘了还有这么一摞画像在。

梦里，他赴京赶考前，将这些小像藏在医书里，带去了盛京……入宫前，他将医书连同小像一把火全烧了。

那把火不仅烧掉了这些画像，还烧掉了他残存在心底的所有痴心妄想。

离开桐安城时，他曾想过，待到大仇得报之日，他是否来得及问她一句：如今我自由了，阿黎，你可还愿意要我？

河水湍流处，画舫微微一震，霍珏手上的画纸从掌心滑落，纷纷扬扬地落在织金绒毯上。

霍珏弯腰拾起，而后敛去所有繁杂的思绪，笑着同姜黎道："竟是被你发现了。"顿了顿，又继续道，“说得不错，我是喜欢你喜欢了许久。”

他承诺过，她想听的，他都会说与她听。如今“人赃并获”，更是无从抵赖。

姜黎原先还有些紧张，生怕是自个儿会错了情。

这会儿听他一说，高高悬起的心终于落回了实处，紧接着，心跳就跟擂鼓似的有些控制不住了。

姜黎往前凑了凑，细长的指点了点最上头的一张小像：“这是你醒来后第一回见我时画的吧？”

霍珏望了眼那张发黄的画纸，只见纸上画着个梳着双丫髻的半大丫头，那时候姜黎的身量尚且未抽条，模样也是一团稚气，怀里抱着个又大又沉的绿皮西瓜。

当时他的笔触虽显稚气，却是极细腻的，从画上都能瞧出小阿黎抱着西瓜时有多费劲儿。还有她回眸时，眼底的诧异、慌张都跃然纸上，灵动又鲜活。

“是，这是我清醒后的第五日。那日，你站在天井外喊阿令给你开门。”

姜黎咬了咬唇，她自个儿都忘了那日她说了什么，没想到他倒是记得一清二楚。

“霍珏，你把那日记得这样清楚。你是不是，从第一回见着我时，就喜欢我了？你若是真喜欢我，干，干吗不早点同我说？还每次见着我，都冷着脸。”姜黎忍着羞涩，将心里想知道的都一股脑问了出来。

她都想好啦，等日后她儿孙满堂了，就同她那些孙子孙女好生说说：你们祖父啊，瞧见祖母的第一眼就偷偷喜欢上了，喜欢得不得了。

霍珏瞧着姜黎亮晶晶的目光，又想起昏迷时阿黎在他耳边絮絮叨叨说过的话，深邃的眸子终是忍不住浮起一些笑意。

霍珏十岁那年，一夕间失去了所有至亲，又被累月的伤痛磨平了意志，其实已经萌生了死意。可偏生在这时遇见了阿黎，她一遍遍地将他从死寂的黑暗里唤醒。

若真要说，大抵是她同他说第一句话时，便叫他记住她了。自此，便忘不了了。

霍珏望着她，抬手将她颊边的一缕发挽到耳后，认真地道：“阿黎，我那时还不懂怎样去爱一个人，有许多话都藏在心底没说出来。现下的我，也谈不上多懂，但我正在慢慢学。”

学着用她最喜欢的方式去爱她，也学着去做一个姜黎喜欢的霍珏。

“我会一日比一日爱你，一日比一日对你好。”他如是说。

姜黎的鼻子不免有些发酸，可唇角的笑窝却越来越深。

最后一张小像，画的是去岁入冬时，她站在杏树下的场景。

那会儿的她身量拔高了一截，已经是个亭亭玉立的少女了。

姜黎还记得，那日张莺莺过来寻她堆雪人，最后雪人没堆成，倒是打起了雪仗来。雪球落在脖颈里，无数雪沫子沾在衣领上，冻得她打了一哆嗦。

霍珏就是那时在巷弄里遇见她们的，只面无表情地望了她一眼，接着便冷淡地推门进了药铺。

如今想来，霍珏可真会装！

若非喜欢她喜欢得紧，哪能仅凭一眼，便将她分毫不差地画了下来？连她袄裙上的如意花纹都画得那般清晰。

姜黎抬起微红的眼，笑着同霍珏道：“你以后要画我的小像，可要先同我说一声，我得换套好看些的衣裳，再梳个漂亮的发髻。”

瞧瞧他画的这些小像，除了最后还算是个清丽可人的小娘子，可旁的小像不是抱着个大西瓜一脸惊慌，就是被野猪追着拱下山后，一身狼狈垂头丧脑的哭丧脸。

这都是她不愿回想的场景，偏生都被他画了下来。

日后这些小像，她都是要留着给她的孙子孙女看的，不把她画得风华绝代些，那些小豆丁哪会相信，自家那位惊才绝艳的状元郎祖父，会干出那等子偷画祖母小像的事来。

霍珏听罢她孩子气的话，也不笑话她，认真“嗯”了一声，应承下来。

姜黎与他对望了片刻，终是忍不住微微抬起身子，在他温热的薄唇上落下一吻。

这一吻，是献与那位在她情窦初开的日子里，偷偷喜欢她且画下她小像的小郎君的。

谢谢他，让她知晓，原来九岁的阿黎、十岁的阿黎乃至于十四岁的阿黎，在喜欢霍珏这件事上，从来都不是独自唱着的独角戏。

就在姜黎的吻印上霍珏的唇时，一艘奢华瑰丽的双层画舫从一侧行过。

胡玉雅给宣毅斟了杯酒，娇声道：“爹爹说你们兵部的人个个都是酒桶子，这酒是我特地命人酿的，你尝尝，味道可好？”

宣毅垂眸看着桌案上的酒盅，那双冷冽的眼微微挣扎了须臾。

前几日，父亲将他喊进书房，望着好半晌，方才叹了一口气，道：“毅哥儿，眼下定远侯府与兵部尚书府已经定下婚约，明年五月你与胡大娘子便要完婚。

“胡尚书极受凌首辅看重，能做他的女婿，你日后的前程自是不可限量。

“为父明日便出发去肃州，此行乃破釜沉舟之举，若是事成，定远侯府恢复往日荣光便指日可待了。”

宣毅不知晓父亲为了何事去往肃州，只隐隐觉得，这件事定然是不能说的。

宣毅闭了闭眼，眼前浮现出父亲强行撑着一条病腿，趁着夜色离开盛京的场景。他咬了咬牙关，再睁眼时，眼底的沉郁已然消散。

他接过胡玉雅递来的酒，微微一笑，道：“多谢胡姑娘。”

烈酒滑过喉头，酒香郁馥，却不是他自始至终想喝的那杯酒。

胡玉雅难得见他笑，脸颊微烫，忙又温柔小心地给他满上酒，道：“你若是喜欢，一会儿游河结束，我便差人送两坛子到侯府去。”

话音刚落，通往画舫二层的木梯缓缓走下一人，笑着道：“我妹妹亲自寻人酿的酒，也就宣世子能喝到了，我与周公子想讨一杯，都讨不到。”

来人正是胡玉雅的表姐凌若敏，跟在凌若敏身后的是鸿胪寺卿家的二公子周晔。

胡玉雅的确打听到宣毅爱喝酒，这才特地命人酿的。可这会被凌若敏打趣，多多少少有些下不来台，便嗔她一眼，把酒壶往桌上一放，道："你们爱喝多少喝多少！别又说讨不到！"

凌若敏执着团扇掩嘴一笑，道："行了，不打趣你了。"

说罢，便在胡玉雅身边落座，执起酒壶，望了望身后的周晔，道："周公子可要尝一杯？"

周晔挑眉一笑，快步行过去，吊儿郎当地道："凌姑娘亲自斟的酒，晔怎敢推辞？"

都说凌首辅家的大娘子是盛京第一才女，要让周晔说，才不才的他不知晓，也不大在乎。倒是凌若敏那张如花似玉的脸与她那让人如沐春风的性子很得他心。

一名合格的大家闺秀与当家主母不外如是。

可惜啊，凌首辅对于未来女婿眼光挑得很，他周晔是没那福分抱得美人归了。况且，他身上还有一桩婚约在，哪还能妄想旁的人？想到自己那位又被送去庄子的未婚妻，周晔便觉刚入口的美酒都不美了。

镇平侯府被都察院那群疯子不知抨击了多少回，眼下爵位不保，有什么资格同他们周家结亲？本想趁机同祖母提一下将这门亲事作废，谁料嫡姐在宫中出了点状况，说她两年前毒死了一位小答应的事被人抖了出来。

本来那答应不过是个小官之女，没甚背景，死了便死了。可偏偏那小答应死的时候，肚子里怀着龙种。

谋害皇嗣可是大罪，尤其成泰帝子嗣不丰，对皇嗣更是看重，稍有不慎说不定整个周家都得赔进去。

祖母一连进宫几趟，涎着脸去给王贵妃磕头。父亲也跑了几趟凌首辅家，还托舅舅请胡尚书帮忙说话。这才勉强将这事儿压了下去，就是服侍阿姐多年的李嬷嬷没了命，阿姐也因御下不严，被降了位份。

后宫之事，从来都与朝堂紧密相连。这几日，周家不管是他爹还是他自己，都被都察院连着参了几个奏折。以至于眼下只能夹着尾巴做人，连婚都退不了。

周晔心下一叹，提起酒壶，斟了满满一杯酒，一饮而尽。

良辰美景在前，实在不宜想那些糟心事，遂话锋一转，道："听说，今日还邀请了薛世子与薛姑娘的，怎的到这会儿了，他们还没来？"

凌若敏倒是面色平常得紧，没半点失望之情。反而是胡玉雅一脸不虞，气呼呼道："表姐自是派人去请了，可薛无问那厮说佳人有约就给拒了，也不知跑去哪处勾栏院风流快活去了。"

周晔一听，也不惊讶。

定国公府的世子爷的确是盛京出了名的浪荡子，听说盛京里的花魁个个都是他的红颜知己。胡玉雅本来是替自家表姐打抱不平的，可瞥见周晔那一脸风流的笑，便气不打一处来。周晔的名声没比薛无问好到哪儿去。他自己坏就坏了，可别把宣毅给带坏了。

听说，从前宣毅就常常被周晔拉着去勾栏院，好在去岁他便幡然醒悟，洁身自好起来，不再出去问柳寻花了。

若非如此，她才不愿意同这人成亲！

胡玉雅思及此，笑着把桌案上一碟子精致的乞巧果推了过去，道："这乞巧果是表姐亲自做的，表姐的手艺一贯好，你尝尝。"

凌若敏做的乞巧果，定国公府也收到了一匣子。

薛莹这会正捏着乞巧果塞进嘴里，边吃边看卫媗调香，道："媗姐姐，我想要一个带甜甜的果子香的，唔，就跟阿黎那个一样，杏子香的就好。这样肚子饿时，拿香囊出来闻闻，勉强能挡一会儿饥。"

薛无问抱臂靠在一边的支摘窗旁，听见薛莹的话，实在是忍不住了，道："阿莹，你在无双院吃吃喝喝赖了整整一个时辰，再不回去，怕是一会儿日头都要出来了。"

薛莹望了眼外头悬着的明月，忍不住腹诽自家哥哥。

她和她爹一走就是大半年，好不容易回了盛京，媗姐姐又总是忙着去佛堂陪祖母。她都许久没同媗姐姐好好说话了，哥哥这小气鬼，整日就想着自己霸占媗姐姐！

薛莹也不同薛无问置气，就可怜兮兮地望着卫媗。

看得卫媗一阵好笑，道："你要的香囊，过两日我让佟嬷嬷送去清蘅院。"

薛莹忙笑眯眯地道谢，又捏了两枚乞巧果塞进嘴里，道："那我回清蘅院啦，吃了这么多乞巧果，得去耍两套拳法才行，要不然新裁的褶裙要套不进去了！"

薛莹走后，卫媗放下手上的香杵，睨了薛无问一眼，道："这乞巧果你不吃？"

薛无问挑眉，哼笑一声，道："这是薛莹收下的，一会儿我就让暗一送去清蘅院。"

这乞巧果是凌若敏送来的，说是给薛莹的，实则醉翁之意不在酒。薛莹那小吃货哪儿知晓凌大娘子的套路，尝着好吃便兴冲冲送来无双院了。

薛无问实在不想好好的乞巧节，因着一匣子乞巧果破坏气氛，忙上前揽住卫媗的腰，压下嗓音道："卫媗，今儿可是乞巧节，我想吃什么你不知晓？"

卫媗忙按住他使坏的手，道："我还有事要问你，昨日沈听的信是什么意思？卫家出事那日，为何有两队人马在寻我？"

薛无问住了手，想起昨日霍珏送来的那封信，眉眼登时一冷。

七年前，先帝病危，康王监国。

周元庚刚掌权，便迫不及待地下了密令，将卫、霍二家斩尽杀绝。

周元庚派去的人与投靠秦尤的人里应外合，趁南邵作乱之际，将卫家、霍家一把火便烧成了灰烬。

那日混乱至极，薛无问带人去救卫媗时，遭遇好几拨人马。彼时他以为都是周元庚的人，直到昨日沈听传来消息，说其中有两拨人的目标是卫媗。

一拨人要杀她，另一拨人要救她。

若时间再往前拨几个月，薛无问兴许还猜不到这两拨人背后的主子是谁。

自从知晓凌叡最近的动静，以及他隐藏多年的野心，接到信的薛无问瞬间便想明白了。

当初，除了他之外，究竟还有谁想要救卫媗。又有谁，一定要置卫媗于死地。

薛无问道："你说的那两队人马，一队要你死，一队要你活。除了王鸾与凌叡，还能有谁？"

卫媗眼睫微颤，她自然也猜测过是这二人，可当薛无问真的说出来时，心依旧被惊了下。

"果真是他们，"卫媗修长的手指掐着手心，胸膛充斥着无可抑制的愤怒，"凌叡竟然也信了那可笑的凤命之说。"

薛无问上前环住她，将她牢牢困在自己的臂膀里，低声道："卫媗，知道这说明了什么吗？这说明王鸾与凌叡早在七年前就离了心，这对我们来说是好事。"

卫媗自然也知晓这个理，可她就是控制不住。只要一想到七年前的事，她就恨不得将那些人统统都杀了。

卫媗轻轻阖上眼："若你那日没来——"

"不可能。"似是猜到她想说什么，薛无问揉着她的耳垂，笑着道，"只要我有一口气，我爬也会爬去青州救你。"

随着他的话落，雨滴噼啪落在屋顶的青瓷瓦片上，溅起一片片水雾。

薛无问抱起卫媗，在一侧的贵妃榻上坐下，抬起她的下颌，笑着同她道："卫媗，牛郎同织女在天上都打起架来了，咱们也别浪费时间，行不？"他含笑望着她，尾音微微扬起，多情又专情。

每逢她生气了或是伤心了，他就爱用这样的语气哄她，稀稀她心头的那股子郁气。好好的一场雨，到了他嘴里又成了一句荤话。

薛无问昨日接到青州来信后，便在书房通宵达旦忙了一晚。今日一大早又去了趟朱次辅的面铺，直到天快黑了，这才紧赶慢赶地回定国公府同她过乞巧节。

卫媗瞧着薛无问眼底的青影，心一软，便攀上了他的脖子，不再去想朝堂上的那些糟心事。

凌叡也好，成泰帝也罢，那些人，不会快活多久了。

凌大人这几日的确不太快活。

先是被皇帝不顾脸面地砸破了脑门，接着又因着插手周贵嫔的事，差点惹祸上身。最重要的是，从前他想见便能见着的王贵妃，这次递了两回消息都没能见着人。

可谓是，事事不顺心。

直到七月十五，王鸾借着给生母祈福，才终于出了宫门，在净月庵与他见了一面。

王鸾的母亲是个慈母，却在她七岁那年便去世了。

净月庵是成泰帝登基那年，特地命人给王鸾的母亲建的。

旁人只当因为王贵妃延续皇嗣有功，成泰帝这才成全了王贵妃的孝心。

却不知，这净月庵是王鸾喂成泰帝吃过药后，在他神志不清时，哄着他写下诏书得来的。

说来，这庵堂虽称不上庄严肃穆，但拿来给王鸾的母亲积攒香火却是绰绰有余。

净月庵的尼姑都是王鸾的人，她才刚到，便有一名年过半百的尼姑快步前来，在她耳边轻声道："凌大人在静室里等着娘娘，贫尼昨日便接到了余掌印的话。娘娘放心，今日这庵堂清净得很。"

王鸾听罢，便想起余万拙前日那副心急火燎的模样，心下冷冷一笑。

嫁与成泰帝多年，她早就练就了不露声色的本事。此时心底再是鄙视，面上却不露分毫，只淡淡颔首，温柔笑道："本宫自个儿去便可，嬷嬷你在这儿等我。"说完便抬脚去了静室。

静室里光线昏暗，檀香郁郁。

王鸾推门入内，才刚将门合拢，身后便有一人快步上前，将她拽入怀里，沉声道："阿鸾，你来晚了！"

你可曾真心实意地喜欢一个人？那种满心满眼都是他，便是再矜持、便是再羞涩，都要悄悄望上那么一眼的喜欢。

王鸾有过。

王鸾也曾天真过，也曾心心念念地盼着有朝一日能得遇良人，给他生儿育女。夜深时给他燃一盏灯，天冷时给他添一件衣，做一个称职的当家主母。

人人都道，她是瀛洲王氏最幸运的女子。

在康王微末时做了他的侍妾，又得他爱重，入康王府不过三年，就抬成了侧妃。后来更是生下了大皇子，顺顺利利随同康王入主皇宫，执掌凤印，当上人人艳羡的王贵妃，连皇后都要避其锋芒。

可又有谁知，这光鲜亮丽的背后，她究竟吃过多少苦，又流过多少泪？

是，她是王氏女。王氏最末等的旁支，父亲无能，生母早逝，偏偏继母又是个面甜心苦的。她在王氏根本没有地位，连去给嫡支的老封君请安的资格都没有。

族里的嫡系姐妹更是没人拿她当一回事，她在继母跟前伏低做小，又努力讨好族里的姐妹，求的不过是及笄之时能许下一门好姻缘。

凌叡的曾外祖母是王鸾的曾祖母，是以，凌叡是王鸾嫡亲的表哥。

凌叡的先祖曾是位四品封疆大员，可惜这荣耀没坚持几代便没了。到了凌叡这代，别说是昔日的荣光了，便是银子也没剩多少。

若非看他天性聪颖，王鸾的父亲甚至都不愿意将他接到家里的族学上学。

凌叡刚到王家时，连套体面的衣裳都无。王鸾从来不曾嫌弃他，偷偷给他绣荷包，给他做衣裳，还拿自己本就不多的月银给他买笔墨。

那时凌叡总同她说：阿鸾，总有一日，我要让你与我一同坐上人上人的位置。

为了他这句话，王鸾等啊等，盼啊盼，终于等到他中了瀛洲解元。

她以为她终于守得云开见月明，以为凌叡会是她的良人……却不料，他会试中了探花，风风光光地御街夸官后，便与詹士府少詹士的女儿慕氏定了亲。

王鸾望着眼前高大儒雅的中年权臣，轻轻勾起唇，温温柔柔道："表哥又不是不知，皇上如今越发阴晴不定，阿鸾岂是想出宫就能出宫的？"

凌叡垂下眼，端详着王鸾这张温柔姣好的脸。

说来，她如今也有三十五岁了，可岁月待她很是仁慈，瞧着与二十三四的姑娘没甚区别，连生过孩子的腰身都细得不盈一握。

甚至因为多年的养尊处优、身居高位，还多了点金尊玉贵的气质。这种浸染在权力中才会有的气质，最是让人着迷。

不得不说，眼前的王贵妃比二十年前那王氏阿鸾还要吸引他。

凌叡粗糙的指腹摩挲着王鸾娇艳欲滴的唇，微微眯了眯眼，目光晦暗不明道："从前，你都是初一出宫祭拜你母亲的，怎的这个月却换到十五？我让余万拙给你传的口信儿，你可曾收到？"

余万拙传没传口信儿，凌叡怎能不知？不过是明知故问，兴师问罪罢了。

王鸾心底冷笑，面上却依旧温柔："皇上寿诞那日发生了何事，表哥难道不知？"说着便轻轻撩开衣袖，让凌叡看她乌青遍布、伤痕累累的小臂。

凌叡瞳孔微微一缩，他自是知晓成泰帝私底下是怎样一副脸孔，也知晓王鸾是靠着什么维持她多年的盛宠的。

可看到王鸾身上近乎触目惊心的伤时，他的心依旧是被惊了下。那颗被权势熏染得愈发冷硬的心也不由得多了一些怜惜和愧疚。

怜惜于她以身伺虎受的苦，又愧疚于自己方才对她起的疑心。

王鸾望着凌叡眼底的爱怜，微微垂下眼，刚抬入康王府时，她身上的伤比现在还要严重。

她偷偷哭过，也害怕过。

怕周元庚控制不住将她弄死了，她便要像那些被他凌虐致死的小姑娘一样，连一具体面的棺木都没有。

只不过，那时她即使害怕，也不敢同凌叡说。

初入康王府时，凌叡便同她说过，想要爬到人上人的位置，不吃一些苦是不行的。

于是，凌叡教她投其所好，教她攻心为上，教她如何用一张柔弱的脸取得男人的信任与爱怜，又如何成为男人独一无二的解语花。

王鸾足足用了二十年的时间，学会了如何做一个男人眼中，无害且永远崇拜他的弱女子。

昏暗的静室暗潮涌动。

王鸾轻轻放下袖摆，抬手抚摸凌叡额前结了痂的伤口，柔声道："表哥头上的伤可还疼？"

凌叡握住她柔弱无骨的柔荑，疏朗的眉眼终于含了点笑意："不疼，不过一点小伤罢了。"

王鸾垂下眼睫，他这点伤同她的比起来，算什么呢？

王鸾从腰封里取出一个小巧精致的白玉瓶，道："虽是小伤，可也是疼的。这是我从宫里带出来的药，表哥回去后记得涂。"不过是一瓶不起眼的药，却让凌叡很是受用。

他望着王鸾，温声道："阿鸾，你放心，我不会再让周元庚伤害你了。这次的神仙丸，我加大了药量，再连着用几月，他便会一睡不醒。到时，我会联合百官，拥立旭儿为太子。"

要不怎会说凌叡是伪君子呢？听听这冠冕堂皇的话。

成泰帝想削他手上的权力，他想要弑君，却说是为了保护她？真是太可笑了！还当她是从前那个他说什么她便信什么的蠢货吗？

王鸾适时露出一副感动的神态，温柔道："可……朱次辅那头……"

凌叡可不是卫太傅，振臂一挥便会有无数人追随。想拥立太子，再让太子监国，还得经过内阁旁的阁老的同意。

"放心吧，朱毓成即便与我敌对多年，真到了那个时候，他也会同意的。他忠的从来都是大周，而不是周元庚。"

王鸾闻言便温顺地应了声，接过凌叡手上的瓶子，道："表哥觉得，让朱次辅做旭儿的太傅如何？"

凌叡眸光一沉，不动声色道："旭儿是我的孩儿，合该是由我做他的太傅。怎的？难不成我做旭儿的太傅你还不放心？"

王鸾轻轻一叹，道："表哥是旭儿的父亲，我怎会不放心？不过是因着朱次辅与表哥一贯敌对，若是让他做旭儿的太傅，到时，说不定他就不会处处同表哥作对了。毕竟你与朱次辅都是为了旭儿的话，想来也不会有太大的冲突。"

王鸾说到这儿，便仰起脸笑望着凌叡，凤眸里满是对他的信任："再者说，旭儿如今越长越像表哥，我怕表哥与旭儿走得太近，会招来不必要的闲言碎语。表哥放心，你是旭儿的父亲，日后谁都越不过你去。"

王鸾的一番话说得凌叡心里熨帖得很，刚起的疑心很快又压了下去，心里不由觉得王鸾头发长见识短。

太傅之位非同寻常，那是未来皇帝的恩师。大周一贯讲究尊师重道，便是皇帝也须如此。

周元庚当初将教导大皇子的责任交给翰林院的酸儒，不就是为了防他吗？

“朝堂之事我自有打算，旭儿是我的孩儿，我自会做出对他最好的安排。”凌叡低头嗅了嗅王鸾身上的香气，她如今是世上最尊贵的女人，用的香自然也是最昂贵的。

凌叡想起了十一年前，她穿着侧妃礼服，在密室里一声声唤他表哥……一时有些耳酣眼热。

他哑着声音道：“阿鸾，只要周元庚不在了，这世间就没人能阻止我与你在一起了。”

王鸾掩住眸里的厌恶，温柔地“嗯”了声：“此番出宫，我不能在净月庵久留，表哥先回去吧，我给母亲上完香便该回宫了。”

凌叡也知晓如今不是急色的时候，微微颔首，又温言说了两句，便从后门偷偷离去。

王鸾在他走后，忍住心底的不适，拿出帕子擦了擦被他碰过的地方，捏紧了手上的药瓶，喃喃道：“这伪君子不能留了。”

她是贵妃，是成泰帝最信赖、最疼爱的女人，只要成泰帝不死，她的荣宠便不会断。可若是成泰帝死了，凌叡掌权，他可不会像成泰帝那般受她摆布。

旭儿羽翼未丰时，成泰帝不能死。否则一旦被凌叡把控了朝堂，不仅她要听凌叡的，连旭儿也要成为这伪君子的傀儡。

十一年前，她诱着凌叡与她有了夫妻之实，不过是为了要个儿子罢了。若非周元庚不能生，她岂会委屈自己去找凌叡？

王鸾深深呼出一口气，心里已经有了决断。

雕着鸾凤的轿撵缓缓入了乘鸾殿，王鸾下了轿撵，便听得马嬷嬷上前道：“周贵嫔在外头跪着，等了娘娘大半日，娘娘您看？”

王鸾慢条斯理地往内殿走，唇角始终勾着一丝淡淡的笑意。

“让她继续跪着。”王鸾柔声道，“她也是个蠢的，到这会儿都不知晓自己得罪了谁？赵保英如今稳稳压了余万拙一头，又得皇上信任。本宫怎会为了她，同赵保英交恶？”

她与赵保英有共同的敌人，二人一直合作得很是不错。

偏生出了个周贵嫔，令他们好好的合作关系生出了龃龉。

王鸾唇角的笑意渐渐冷了下来。

让周贵嫔跪久点，也是在同赵保英表明她的态度。得罪了赵保英的人，她王鸾不会包庇。

只不过，周贵嫔好歹是她的人，当初给那位小答应下毒也是她授意的。赵保英此举，分明是在打她的脸！

等到凌叡一党铲除殆尽，旭儿顺利登基后，司礼监的秉笔太监也该换人了！

第三十一章

# 多事之秋

乞巧节过后，姜黎从小福子的嘴里听说了李嬷嬷的事。

“李嬷嬷擅作主张，毒死了一位小答应。后来那位小答应的嬷嬷逃出宫外，隐姓埋名过了两年，才回盛京将这件事捅了出来。”

小福子说得眉飞色舞，似是在说书一般。姜黎与如娘坐在酒肆里，听得一愣一愣的。

没想到，那日对她们使坏的李嬷嬷，心肠竟然这般坏，那可是一条小生命啊，还未来世上走一遭，就胎死腹中了。

如娘忍不住问：“那，嬷嬷，偿，偿命了？”

“自是要偿命的，那可是皇嗣，十个李嬷嬷都赔不了。李嬷嬷的主子周贵嫔也因此降了位份，从贵嫔降到婕妤。”

杨蕙娘原本正在与余秀娘理着货，听到这话，便气愤道：“这后宫，哪有奴婢敢越过主子犯下谋害皇嗣大罪的，要我看，定然是那什么婕妤偷偷下令的！只降她的位份太便宜她了！”

当娘的最是听不得孩子被毒害这样的事，还是一尸两命的惨剧，想想都觉得遍体生寒。

因着气愤，杨蕙娘说话时可没把住嗓门，声音着实不小。好在酒肆这会没客人，也就他们几人在，倒也不怕被旁人听了去。

小福子虽然知晓真相，可杨蕙娘的话他却是不能接的。宫里的阴私，百姓们怎么猜测是他们的事，他们宫里出来的人却是不能胡乱嚼舌头，免得给督公招惹了麻烦。

小答应的事就此打住，小福子笑眯眯地转了话头，望着如娘道：“如娘子，前些日子督公差我送来的乞巧果，味道可还好？”

宫里的点心都是御膳房的御厨做的，味道自是一等一的好。更何况是赵保英亲自派人送来的吃食，就算是黄连，如娘都会觉着是甜的。

“好，好吃的。”如娘笑着应，“你，带回去，的酒。保，保英哥哥，喜，喜欢吗？”

“哪儿能不喜欢？”小福子夸张地挑高眉梢，“督公如今只喝如娘子酿的酒，一日不喝，就浑身不舒服。”

如娘听罢，弯唇笑了笑，虽然知晓小福子说话夸张，可还是被他的话给逗开怀了。

赵保英给如娘送来的除了乞巧果，还有不少糕点和时令水果。

姜黎也分得了一小匣子的如意酥和荔枝。

荔枝这玩意儿矜贵，在盛京买都买不到，都是进贡到宫里去的。

赵保英送来的这一篮子，便是乞巧节他在宫里得到的赏赐。内务府甫一送来，他转眼便差小福子送过来给如娘了。

荔枝才刚送来没多久，姜黎与霍珏便从护城河回来了。

不知为何，霍珏瞧见桌案上的一小碟荔枝，忽然望了她一眼，那目光就跟黑夜中的深海，明明危险至极，却还诱着你往前去。

姜黎在画舫里喝了不少酒，酒的后劲儿有点大，回到寝屋后，她已经有了醉意。

瞧见霍珏的眼神，只觉眼前的郎君当真是诱人至极，便傻乎乎地拿手指戳了戳他的眼尾，道："霍珏，你的眼睛里有钩子。"

姜黎说这话时，语气是认真的，就连眼睛里也写满了惊奇。

那样清澈无垢的一双眼，配上她被酒气蒸得粉嫩的一张芙蓉面，当真轻易就能撩拨霍珏的心。

姜黎纤细的指才碰到霍珏的眼尾，便被他一把捉住，低下声音道："阿黎，你醉了。"

姜黎的长指便挠了挠霍珏的掌心："我没醉，我们老姜家的人，千杯不醉。"

说着便将霍珏摁坐到床榻上，又一屁股坐在他膝头上，捧着他的脸，仔仔细细地找了一圈，道："怎么钩子不在你眼睛里了？霍珏，你把那钩子藏哪儿啦？"

直到此时，霍珏方才深刻意识到，他家娘子醉起酒来能有多磨人。

二人在画舫里喝了不少酒，霍珏也舍不得折腾她。哪儿知这姑娘醉了酒后，像章鱼似的贴在他身上，一本正经地在他脸上找钩子。

当真是再好的克制力，都要被她磨没了。

霍珏喉结滚动，不仅是眼神沉了下来，连身体里的火气都上来了。

姜黎见他眸子跟搅了一团墨似的，又娇娇地道了句："那钩子又出来了！"

霍珏彻底投降，一把扶住她的后脑，低头就吻了下去。

姜黎后知后觉，也没矫情，她也想同他做一些亲密的事，可她又不想像从前那般，万事由他主导。

喝下肚子的黄汤，此时化成了丝丝缕缕的胆气，她脑子里莫名闪出了一个大胆的念头来。混混沌沌间，一脸霸气道："我，我来，今儿我做主。"

霍珏闻言挑了挑眉，想看这霸气的小醉鬼要如何做主。

便见姜黎从他膝头跳下，从一边的箱笼底下掏出本《秘戏图》，认真翻了好一会儿，然后纤长的手指一指床榻，对着他霸气道："你，躺到上面去，不许动也不许起身，我来！"

霍珏："……"

姜黎难得趁醉"行凶"，觉得自个儿贼心贼胆都有了，便抱着《秘戏图》，雄赳赳气昂昂地上了榻。

幔帐缓缓落下，也不知过了多久，便听得里头传来一声精疲力竭的"你，你来"，以及男子低沉喑哑的笑声。

第二日，姜黎醒来时，看见床头的《秘戏图》，自是没忘昨天自己是如何“挑灯夜读”并且“学以致用”的。

如今听见小福子问乞巧果与荔枝，那夜的记忆就跟潮水似的涌入脑海里，脸颊滚烫到不行。

好在霍珏不在，若不然听见小福子这些话，岂不是又要想起那夜的事，笑话她一喝醉就“轻薄”他？

夜里，霍珏下值归来，便见自家娘子正在屋子里张罗人准备晚膳。

姜黎手里捧着个圆滚滚的汤盅，云朱怕她拿不稳，忙上前接过，急匆匆道：“夫人，我来！您仔细烫到手了。”姜黎没被汤盅烫到手，倒是被云朱这话给烫到耳了。

自自然然就想起，她是如何霸气地说起那句“我来”的。

姜黎脑子里又冒出乞巧节那晚的画面，强忍住心底的臊意，面不改色地把汤盅递给云朱，偷偷望了望正在净手的霍珏。

这一望就撞入他那含笑的眸子里。瞧着他眼底的促狭，不用问就知晓，他同她一样，想起了那夜的事。

姜黎这会不仅是耳朵烫了，连脸颊也是烫的，可她到底不能让霍珏瞧出她的窘迫，免得以后只要听到旁人说“我来”，就要联想到不该想起来的事。

于是，姜黎清了清嗓子，若无其事地对他道：“快过来用膳了，再不过来，汤羹都要凉了。”

云朱摸了摸温度正好的汤盅，特别没眼力见儿地道：“夫人放心，这会汤羹温度正适宜。”说着便细心地拿出小瓷碗，给他们一人盛了一碗。

不得不说，云朱有桃朱手把手地教，平日里伺候起姜黎来越发得心应手。可到底心思简单，压根儿没瞧出来自家夫人与公子之间的那些暧昧的暗涌。

桃朱刚挑开帘子进屋，便见今日夫人的耳朵红红的。再看自家公子，瞧着倒是与寻常无异，可不知为何，桃朱总觉着他眉梢眼角间似乎隐隐含着笑。

等到两位主子用完膳，云朱本想继续留在屋子伺候姜黎的，谁料还未出声，就被桃朱支了出来。

“方才屋子里发生了何事？”桃朱问。

云朱歪了歪脑袋，道：“没发生什么呀，夫人和公子坐那儿好生吃饭，跟平日没甚两样。就是，夫人想给公子夹菜时，公子说了句‘我来，你不必起身’，也不知这话怎么惹恼了夫人，夫人狠狠瞪了公子一眼，就再不肯给他夹菜了。”

云朱说到这儿，便挠了挠后脑勺，一头雾水道：“桃朱姐姐，你说公子说的那话究竟哪儿不妥？夫人怎会一脸的恼怒？我听着公子说的话很体贴呀，夫人又不是不讲理的人……”

桃朱哪儿知晓话里有何不妥，可她心思剔透，就算听不明白话里的深意，也不妨碍她透过现象看本质。大抵是……夫人与公子的闺房之趣罢了。

桃朱轻轻点了点云朱的额头，笑着道："管它有何不妥，只要夫人不是真的生气，那就不用管。不仅不用管，还要以最快的速度离开寝屋，明白吗？"

云朱似懂非懂地点点头。

此时，屋子里的姜黎自是不晓得她与霍珏的那点子异样，被自己俩丫鬟看了去，这会正捂着霍珏的嘴，恼怒道："不许再说'我来'了！也不许说'好，你来'。你快点给我忘记那夜的事！"

霍珏这几日，都说了多少回"我来""你来"了，旁的人不知晓，可她心里门儿清，他就是在笑话她。

委实是可恨！

"我听阿黎的。"霍珏喑哑的声音被她的小手捂着，听起来瓮瓮的。

姜黎听见这话，脸色更红了，又道："也不许说'我听阿黎的'或者'阿黎想怎样就怎样'。"

霍珏掐了掐姜黎的腰，终于不逗自家脸皮薄的小娘子了，温声道："我把那夜的事给忘了。"

姜黎放下手，抬眼望了望他，狐疑道："当真？"

霍珏颔首，认认真真道："自是当真，乞巧节那夜我与阿黎喝多了，回到屋子便睡下了。"

姜黎瘦削的肩膀登时一松，心里着实松了口气。

姜黎哪里知晓，她这位瞧着光风霁月、清风朗月般温润的夫君，心里头正想着，中秋须得在院子里多备些酒方才好。

八月十五，皇宫难得没有设宴。

而最喜君臣同乐的成泰帝，在这花好月圆的佳节里，浑浑噩噩地宿在了乘鸾殿。他苍白着一张脸，一遍遍地问王贵妃："阿鸾，你说这世间真的有报应吗？"

近来，他的身子越来越不好了，眼睛一日比一日模糊，耳朵总能听见从前父皇训斥他的声音，和乾明节那日，惠阳立在玉阶下问他的那句：皇兄，你信报应吗？

报应？什么报应？从前他是不信的。

十二岁那年他错手杀过人，一个在母妃宫里负责洒扫、生得眉清目秀的小太监。

他贵为皇子，杀了便杀了，宫里的小太监小宫女无端端死的还少吗？

偏他从小不得父皇喜欢，在宫里过得谨小慎微。手里第一回沾了人血，他亦是有些慌的，害怕被父皇训斥，害怕小太监化为厉鬼来找他索命。

可是没有。母妃急匆匆赶回春和殿，冷静地将小太监的尸体处置了，还将他抱入怀里，柔声安抚："不怕，母妃都处理好了，不会有人知晓这件事。母妃知晓你不是故意的，你不必介怀。"

成泰帝无比感激在此时赶回来的母妃，就是在这日，他终于感受到了作为一个皇子的尊严。

是的，尊严。

作为大周朝的四皇子，周元庚从来不得承平帝看重，也无法摆脱太子周元旬带给他的阴影，以至于他从来感受不到作为一个皇子的尊严。

周元旬得父皇看重，又有卫太傅悉心教导，人人都说周元旬日后会是个明君。

明明那些事他也能做得到，若他有卫太傅做他的老师，有父皇手把手教他帝王之术，他说不定做得比周元旬还要好。

可惜从来没有人正眼瞧他，父皇没有，卫太傅也没有。

连他的母妃都时常同他说，要他多去太子府亲近亲近周元旬，因为周元旬会是大周的下一任皇帝。

周元庚听话地去做了。

不得不说，周元旬待他极好，是个宽厚仁和的兄长。

承平帝子嗣不丰，好些皇子公主没撑到足岁便夭折了。惠阳出生前，宫里就只得三个皇子。

老六周元季打小便不爱读书，只喜欢画画，整日里拿着画笔画那些无聊至极的花花鸟鸟。

周元庚同周元季素来不亲，对周元旬虽面上亲，可心里从来都是抗拒的，因为太子周元旬愈来愈像他父皇了。

早晚有一日，他也会像父皇一般，总是对他不满，总是训斥他。

他在皇宫里，每一日都过得战战兢兢、如履薄冰，胸口无时无刻都像是揣着一块石头，喘不过气来。

直到那日错手杀死了一个小太监，他才彻彻底底觉着自己可以呼吸了。

那种不受桎梏的快感让他深刻地体会到，四皇子这个身份可以给他带来什么。

不是父皇的训斥，不是太子的附庸，而是高高在上的，能恣意操纵人生死的掌控欲与优越感。

周元庚沉迷于这种快感。

春和殿里失踪的小太监、小宫女慢慢增多，母妃每次都替他善后，可看他的眼神却愈来愈奇怪，对他也不再温柔，反而愈来愈严厉。

直到惠阳出生后，她才终于恢复了往日的温柔。

只是她把所有的温柔都给了惠阳，甚至同惠阳身边的嬷嬷下了令，只要他进宫，无论何时何地，都不许公主同四皇子单独相处。

周元庚无意中听到嬷嬷说的话，心里跟被刀剜了似的，难受得不得了。

母妃这是把他当什么人了？

惠阳是他唯一的妹妹，是宫里唯一一个主动亲近他、依赖他的人。他怎会伤害惠阳？怎会？

成泰帝至今都记得惠阳牙牙学语时，摇晃着身子扑向他咯咯咯笑个没完的场景。

忍不住喃了声："惠阳啊……"

王贵妃望着成泰帝这副懦弱的模样，唇角勾起一抹温柔的笑意。

这些手握权力的男人，一个比一个无用。

曾经的王鸾，害怕极了康王，可如今再看他，哪怕他成了皇帝，也不过是个扶不起的阿斗。

有胆子弑兄杀父，走上万仞之巅，却没胆子去面对一个虚无缥缈的报应？

若非他足够无能，凌叡又岂会相中他来扶持？

当初凌叡为了同太子府攀上关系，特地娶了詹士府少詹士的女儿慕氏。关系是攀上了，可不管是太子还是太孙，都不大看重他。

朝堂里文有卫太傅，武有定国公，还有鲁伸、柏烛这些肱股之臣，他凌叡想要权倾朝野，不另辟蹊径、剑走偏锋怎么成？

凌叡把她送入康王府，诱着周元庚迷上神仙丸，帮他诱拐没有根基的少年少女、帮他处理那些尸体，最后把周元庚杀人的罪证送入先太子府，逼得周元庚不得不同太子决裂，不得不反。

不就是因为唯有周元庚坐上帝座，他才能真真正正坐稳他的首辅之位，一人之下万人之上吗？

说来，这位无能懦弱的皇帝也够天真的，当真以为凌叡是觉着他可以做一代明君才追随他的？不过是因为他是个废物，好操控才挑中他罢了。

如今，他不好操控了，便想将他换下。

王贵妃垂下长长的睫羽，纤细的指缓缓抚着枕在她腿上的成泰帝，柔声道："皇上这是说的什么话？皇上为了大周的江山社稷和黎民百姓夜以继日地操劳，谁会给您报应？便是先帝，见到今日河清海晏的太平盛世，想来也会觉着宽慰。"

成泰帝神色恍惚地睁开眼，望着王贵妃，道："你觉着父皇会觉着宽慰？"

"自是宽慰。"王贵妃笑着给成泰帝揉额，"听说，从前先帝几乎都是宿在乾清宫或者养心殿的，一个月也就到后宫歇个两三晚，旁的时间都用来处理政事。如此勤勉，自是为了百姓的安居乐业与大周的繁荣昌盛。"

承平帝的确是个勤勉的皇帝，成泰帝每回去见他，承平帝不是在批改奏折就是在听朝臣禀告政事。

王贵妃见成泰帝听得认真，那双望着成泰帝的眸子里便溢出掩藏不住的崇拜，连语气都难掩倾慕："七年前，若非皇上临危监国，盛京大抵是要乱成一锅粥的。皇上有治国之才，从前不过是因为非长非嫡，这才被埋没了。若是先帝还健在，见着皇上将大周治理得这般好，定然会很宽慰的。要让臣妾说啊，先太子与先太孙都未必能做得同皇上这般好。”

成泰帝听罢这番话，不管信没信，脸色的确是好多了。

他轻轻捉住王贵妃的手，摩挲着她手背上的肌肤，正要开口，忽然听见外殿守着的赵保英唤了声：“皇上。”

赵保英一贯懂分寸识进退，此时开口唤他，定然是有急事。

成泰帝坐起身，微微拧起眉峰，道：“何事？”

赵保英恭声道：“惠阳长公主方才进了宫，求见皇上。皇上您看……”

赵保英话未说完，成泰帝便倏然站起身，道：“惠阳在哪？”

乾清宫外的惠阳长公主望着天上的圆月，微微有些失神。

都说月宫里住着嫦娥仙子，嫦娥仙子偷吃了灵药，抛弃了民间相爱的夫婿后羿，独自一人飞往了月宫。

可月宫常年孤寂，与心爱之人相爱过的人，怎能受得住那样孤独的日子？

惠阳不由得想，若那里真有嫦娥仙子，她定然是后悔的吧？若她后悔了，她民间的那位夫婿又可会原谅她？

正思忖间，不远处忽然走来一道明黄色的身影。

成泰帝由赵保英扶着，急急走向惠阳长公主，温声道：“惠阳，你怎的来了？”声音里难掩欣喜。

惠阳长公主从金嬷嬷手里提过一盒月饼，道：“皇兄今日不设宴，惠阳便进宫来陪皇兄过中秋。若是皇兄不得闲暇——”

“怎会！”成泰帝急急打断她的话，“惠阳能想着皇兄，皇兄高兴都来不及！”

惠阳长公主定定地望着成泰帝喜形于色的脸，很想扯出一丝笑，可她笑不出来，只能僵着脑袋轻轻颔首，道：“从前过中秋，父皇总爱唤上太子哥哥、四哥、六哥还有惠阳到乾清宫来吃月饼。惠阳今夜带了酒杯，想去乾清宫回忆从前过中秋的阖家欢喜，皇兄可愿陪惠阳吃一杯酒？”

乾清宫是承平帝驾崩的地方，多年来，除非圆玄大师在，若不然成泰帝是绝对不会踏入乾清宫的。

成泰帝望了望阴森幽暗的乾清宫，又望了望静静等着的惠阳长公主，终是压下了心底的恐惧，温和地笑道：“皇兄陪你去。”

中元佳节，一贯是大周百姓最爱过的一个节日。

天色尚未暗下来，大街小巷、家家户户都挂起了大红灯笼。

听说，飞仙楼还弄了个中秋赛诗会，拔得头魁者能得几片金叶子。姜黎倒是没去飞仙楼凑热闹，老老实实地待在府里，同杨蕙娘一起弄了一席中秋宴。不仅请了从宫里偷溜出来的小福子，还请了余秀娘一同来吃席。

这还是他们到盛京后第一回过中秋，这样一个寓意家好月圆的佳节，自是要好生庆贺的。

院子里夜风徐徐，丹桂飘香。

小福子特地将他从宫里带出来的吃食放在桌案上，眉飞色舞地介绍着。那是果钟八品，第一品是何，第二品又是何……这是苏糕鲍螺，苏糕是如何做的，鲍螺又是如何难寻，一道道事无巨细地说。

听得姜黎同如娘忍不住一笑。

同小福子接触多了，自是知晓他有多崇拜自家那位督公。眼下介绍起宫里的吃食，也不忘提一句，这是督公特地为诸位娘子准备的。

小福子这张嘴跟抹了蜜一般。

梦里，霍珏与小福子也是老熟人，虽说眼下打的交道不多，但对他一贯的行事风格也是了解的，很是明白赵保英为何要派他来送东西。

实在是他这张嘴太会讨娘子们的欢心了。

他见姜黎被小福子抑扬顿挫的话逗得开怀，便也笑了笑，低头饮了杯酒。

酒液才从喉头滑落，身后的何舟忽然上前一步，弯腰附耳道："公子，薛世子请您去一趟闻莺阁。"

霍珏微微挑眉。中秋月圆夜，薛无问那厮竟然不在无双院守着阿姐，反而去了玉京楼……

霍珏沉吟半晌，低声吩咐道："去备马车，我同夫人说一声便过去。"

长安街，玉京楼。

琴音淙淙，娇声笑语源源不绝地从厢房外传进来。

薛无问转着手上的玉扳指，似笑非笑地望着坐在对面的朱毓成，提起酒壶，给他满上一杯酒后，便打趣道："还以为，世叔今夜会约我去面馆吃面，谁知竟是来了玉京楼？世叔是为了苏妈妈来的吧？"

盛京，关于朱毓成与苏玉娘的桃色传闻从来就没断过。

都说，曾经的第一花魁苏玉娘有着无数入幕之宾，眼前的次辅大人便是其一。朱次辅年岁不小，却一直不娶妻，据说就是因为苏玉娘。

可薛无问知晓，不是朱次辅不愿意娶妻，而是苏玉娘不愿意嫁。

从前，苏玉娘也是想过要嫁与他的，那时他不过是一个从六品小官，而苏玉娘是盛京名声在外的花魁。二人若是成婚，也算是一桩美谈。

可朱次辅的母亲坚决不同意他娶苏玉娘，他又是个孝子，这婚事就此便黄了。如今朱次辅的母亲不在了，苏玉娘也从名盛一时的花魁变成了玉京楼的苏妈妈。

苏玉娘没同朱毓成断了来往，可也不嫁他。于是，他来了，她便陪他喝杯酒，说说话。兴致来时，便春风一度。若是不来，那也无妨。

苏玉娘一日日忙得很，不仅要管盛京里的各类消息，还要照顾楼里小娘子的身心健康，当真是比从前做花魁时要累得多。

当然，苏玉娘自个儿很满足这种忙碌，她是前任定国公悉心栽培的细作，当初从肃州到盛京来，便已经做好了一辈子不嫁的准备。

朱毓成哪儿能听不出薛无问嘴里的打趣，倒也不恼。

他今日来玉京楼的确是想见苏玉娘一面，只是眼下正事未完，倒也不急在这一时半会儿。

“怎的？让你今日出来陪我喝酒，委屈你了？”朱毓成抬手端起酒杯，慢慢饮下，笑了笑，又道，“还是你怕卫家那姑娘不让你进屋？”

薛无问浑不在意地笑了笑，吊儿郎当道：“小侄不才，的确是个惧内的。况且今日花好月圆，祖母在府里设了家宴。我饭都还未曾吃，这会肚子还是空空如也！”

朱毓成乜了他一眼：“若非你瞒着我，不同我早些说状元郎是卫太傅的孙儿，我岂会在今日喊你出来？”言下之意就是，你薛无问瞒我瞒了那般久，我就是故意在今日喊你出来的，你奈我何？

薛无问摸了摸鼻子，这点倒是他理亏。

“此事的确是小侄思虑不周，我自罚三杯。”说罢，便郑重地满上三杯酒，一饮而尽。

朱毓成冷哼一声，倒也不再同他计较。毕竟薛无问隐瞒霍珏的身份，他是可以理解的。

七年前的谋逆案，是盛京无人敢碰的旧事。

若霍珏的身份被人知晓，那位藏在定国公府的卫家大娘子也会被暴露，到那时，恐怕连定国公府都要遭殃。

少一个人知晓，便少一层风险，不管那人究竟是不是可信任之人。

霍珏到闻莺阁时，薛无问已经饮了满满一壶酒。

见他这位小舅子终于到了，薛无问忙抬起纸扇，指了指霍珏，道：“朱世叔等的人到了，小侄是不是可以先行离去了？”

朱毓成睇他一眼，道：“你父亲给我传来的密信，你可是不想知晓了？”

薛无问这才正了正脸色，道：“小侄洗耳恭听。”

其实，就算朱毓成不说，薛无问大抵也猜到了是何事。只不过他爹选择将此事同朱毓成说，却没有给他递个消息，这就有些耐人寻味了。

朱毓成笑着看了看他，又看了看立在一边冲他恭敬行了一礼的霍珏，道：“坐下吧。不会耽误你们多少时间，一会儿就放你们回去陪娘子。”

霍珏顺从地在薛无问旁边的软垫坐下，道：“多谢次辅大人。”

朱毓成好整以暇地望着霍珏，道：“你会试的文章我与凌首辅都看过，可知我看完后是如何同凌首辅说的？”

他与凌叡是今岁会试的主考官，当初阅卷时，就在同一个屋子里。朱毓成至今都记得，那日自己读到霍珏的卷子时，有多惊喜。

霍珏自是知晓朱毓成说的定是夸奖他的话，却还是谦逊道：“下官不知。”

朱毓成望着端方持重的年轻人，心下一叹：果真是卫家人，便是隐姓埋名七年，也难掩其光华。

“我同凌首辅道，若以文观人，写下这卷子的士子倒颇有从前卫太傅之风骨。文风老练大气，且字字句句言之有物，如同高屋建瓴一般，既能洞穿全局，又能细致入微。”

敢在凌叡面前，这般毫无顾忌地提起卫项的，盛京里也就朱毓成与定国公薛晋了。

凌叡此人自从有了从龙之功，手握重权之后，便多多少少瞧不上那些靠着祖辈荫庇，才能入京为官的世家子弟。

世间的第一大世家，便是青州卫家，卫家被他连根拔起之后，他对于世家更是嗤之以鼻。

听罢朱毓成的话，凌叡便不以为然地笑道：“所谓世家风骨，不过都是无能之辈的谬赞罢了。真正有才之人，靠的从来不是祖宗。”

说得仿佛他凌叡能在盛京步步高升，从来不需借助他岳父家，以及瀛洲王家的帮助一般。

朱毓成自来知晓凌叡是个伪君子，也不同他辩驳，只笑着应道：“我同凌首辅打个赌，就凭此子这高屋建瓴般的眼界与大局观，我赌他日后定能位极人臣。”

当时他与凌叡立下赌约，不过是瞧不上凌叡伪君子的做派，要说些话刺刺他。

可如今回想，这世间有多少人能得卫太傅之风骨？除了卫家几个后辈，当真是万人都难出其一。

霍珏自是听出了朱毓成对他的赞赏与维护，拱手作揖，认认真真道了句谢：“次辅大人过誉，珏尚且不足祖父之万一。”

朱毓成挑了挑眉，倒是没想到，他这般直接便认了自己是卫家子孙的身份。

他自是不知，霍珏当初让朱毓成放在齐昌林府上的小妾顺顺利利将消息递到朱府，本就打着将他拉入棋局的主意，是以霍珏从没打算对他隐瞒自己的身份。

朱毓成微微颔首，看着霍珏的目光越发慈和。

“从前我被贬肃州，曾有幸得卫太傅点拨。可惜七年前，我力有不逮，不管是先太子、太孙，还是卫家、霍家，皆是没能及时伸出援手。”

朱毓成不比定国公，他是寒门士子，被贬出京后，得恩师在京里为他奔走，又有定国公为他举荐，这才二度入京为官。

七年前的先太子谋逆案，他以为会有足够的时间去洗去太子的嫌疑。却没预料到，不过短短七十二日，不仅谋逆案盖棺定论了，还彻彻底底变了天。

朱毓成在盛京有人脉，可那些人脉在先太子一案上根本起不了多大的作用，更遑论是远走青州救人了。

“次辅大人言重了。七年前的冤案，便是祖父与外祖父都不曾意料到，更何况是旁的人。”

朱毓成叹道：“如今，再提从前也无济于事，便是要翻案，也只能徐徐图之。我昨日收到了定国公递来的消息，定远侯宣骅月初忽然出现在肃州边境，同北狄那位二皇子接洽。至于他们二人究竟说了什么，目前尚未可知。”

在场的都是人精，就算不知晓定远侯同北狄的二皇子达成了什么协议，也多少能猜出个八九不离十。

凌叡这七年大抵是被权势迷了眼，竟然还敢做此种与虎谋皮的卖国之事。

凌叡的胆子也真是大，肃州是什么地方？肃州是定国公府世世代代的驻扎地，那里的人个个忠于定国公府，连百姓都只闻定国公薛晋，不曾听闻过成泰帝。

七年前薛晋中了暗算，吃过一次大亏后，对肃州的监管便愈加严格，说是固若金汤也不为过。

定远侯一行人，饶是做足了准备，乔装打扮得连爹娘都认不出，可依旧逃不过肃州百姓的眼。

从他们进入肃州的地界开始，便已经被人盯上了。

霍珏与薛无问对视一眼，定国公既然知晓了此事，想来盛京这边的许多事很快也会知晓。

朱毓成望着他们二人，忽地一笑，道：“这事儿，你们是不是一早就知晓了？”

霍珏坦坦荡荡地颔首，道：“都察院数月前在兵部官衙搜到一本七年前的账册，里头有几笔含糊的账直指北狄。自那之后，都察院便盯紧了胡尚书。胡尚书与定远侯府才刚定下亲事，定远侯便忽然离开盛京前往肃州，怎能不引人注意？都察院派往肃州的监察御史，想来很快便会传来消息。”

“巧了不是？”薛无问提唇一笑，长指敲了敲桌案，道，“锦衣卫在青州的暗桩也在凌若梵的府上秘密搜到一本七年前的账册，里头有三笔数量不小的银钱流向了南邵军。上月还探查到秦尤的心腹与南邵军的大将见过一面，想来所图不小。”

这俩小子一个说得比一个溜，还挺煞有其事。可这世上哪有这般凑巧的事？

两本账册同时出现，一本在都察院，一本在锦衣卫，还恰巧被他们二人发现了？

朱毓成意味深长地望着他们，笑了笑，道：“还真是巧。”

朱毓成望向霍珏：“鲁大人手上的那本账册我看过，如今他正同宗大人一起调查此案。那账册是你从兵部找出来的，你如何得知那账册出自齐昌林之手？”

前日，他收到定国公递来的消息后，便走了趟都察院。从鲁伸嘴里知晓了这本账册，又听宗遮提起，账册出自齐昌林之手。

七年前，凌叡与北狄、南邵勾结，私底下送出大批银子，让他们齐齐攻打大周，制造混乱。

这些账册，按说应该是销毁了才是。齐昌林偷偷用胡提的笔迹复制出一模一样的账册来，想来是准备东窗事发之时，拿来自保的。

以朱毓成对齐昌林的了解，他的确会留这么一手。这么重要的东西，按理说他不会放在兵部的官衙里才对。

虽说最危险的地方就是最安全的地方，但齐昌林从来不信这一套，越是重要的东西，他越要紧紧攥在自己手里，日日都能看得见摸得到，才会安心。

因此，在朱毓成看来，账册既然是藏在兵部，那就不大可能出自齐昌林之手。

霍珏自是猜到了朱毓成的疑心，他微微提起唇角，道："齐尚书的发妻，秀娘子，如今就在内子经营的酒肆里做厨娘。兴许次辅大人与秀娘子见过一面后，就知晓为何齐尚书要冒险留下账册了。"

余秀娘手上那两封信，也是时候该拿出来了……

第三十二章

# 莫忘初心

乾清宫数十盏佛灯不眠不休地燃着，整个宫殿亮如白昼。

惠阳长公主像孩提时那般，在柔软的绒垫上席地而坐，慢慢地往地上的酒杯里满上酒。

“从前父皇在时，不管过年过节，都不让我喝酒。每回都是惠阳看着你们喝，今日总算能不被父皇拘着了。”惠阳长公主端起酒杯，递与成泰帝，继续道，“这是金嬷嬷给我酿的酒，皇兄尝尝。”

成泰帝接过酒杯，缓声道：“你酒量素来差，父，父皇不过是怕你醉了，犯头疼罢了。”

惠阳长公主淡淡“嗯”了声：“可皇兄每回都会偷偷让人给我送酒。”

成泰帝见不得她眼馋的模样，私底下差人给她送酒，送过去后怕她饮多了酒会头疼，又会叮嘱金嬷嬷不许让她多喝，连醒酒汤都须提前备好。

有时，惠阳长公主会觉着，成泰帝不只拿她当妹妹，还拿她当女儿一般，可劲儿地惯着，比父皇还要疼她。

从前，宫里谁人不知康王同他嫡亲妹妹惠阳长公主，感情最是要好。

成泰帝饮下杯中酒，笑着道：“惠阳喜欢的东西，皇兄只要手上有，定然会给你。”

惠阳长公主放下酒杯，定定地望着成泰帝那张病态的苍白的脸，她不明白，这样一个疼自己疼得跟眼珠子似的兄长，为何会有那样的一面？

七岁那年，她同侍女玩捉迷藏，偷偷躲在春和殿里。

那日的天气格外恶劣，电闪雷鸣，暴雨如注。

她藏在母妃的床榻底下，目睹了皇兄如何撕扯开一个小宫女的衣裳，又如何笑着掐住她的脖颈，问她喜不喜欢。

那宫女满眼惊惧，拼命挣扎，最终却无力地垂下手，她偏过头时，恰巧与惠阳的视线对上。

小宫女死寂的眸子霎时亮了一瞬，嘴唇甚至蠕动了两下。

雷声乍响，她细弱蚊呐的声音根本无人能听清，可惠阳长公主看清楚了她说的是什么。

她说——救我。

可惜，那时的她太小也太害怕了，她哆嗦着身子，眼睁睁地看着小宫女在她面前断了气。

皇兄离开后，她甚至不敢从床榻底下爬出来。小小人儿蜷缩成一团，浑浑噩噩地发起烧，等到母妃的人找到她后，已经过去半天了。

母妃问她，可有看到什么？

惠阳长公主望着母妃那满是忧愁的眼，轻轻摇了摇头，道了声“没有”。

自此之后，她便落下了害怕雷雨夜的毛病。赵昀总笑话她胆儿小，她从前还不服气。可如今想来，她的确是个胆儿小的懦夫。

若不是胆儿小，父皇驾崩的那夜……她但凡早些过去，或者勇敢些推开皇兄，或者以死相逼皇兄救人，或者拔下头上的金簪刺伤他……

父皇……兴许……就不会死。

她冲进乾清宫时，父皇已经被强行喂了半碗药。

他双目怒瞪，瞪着余万拙，瞪着成泰帝。

可在惠阳长公主进来后，他眼底的怒意却渐渐消散，转而深深地望着她。

承平帝那会根本说不出话，只能发出痛苦的嗬嗬声。可惠阳长公主看懂了承平帝最后的眼神。

他在说——救我。

承平帝像多年前母妃殿里的那个小宫女一般，绝望又充满希冀地同她说——救我。

可惜晚了，半碗毒药灌下去后，承平帝就失去了活下去的机会。

七岁的小惠阳没能救下那小宫女，长大后的惠阳同样没能救下她父皇。

惠阳长公主轻轻闭上眼，泛红的眼眶很快便流出了两行泪：“皇兄说惠阳想要的，都会给我，是真的吗？”

成泰帝见自小疼到大的妹妹忽然落泪，忙伸手给她擦眼泪，慌慌张张道：“自是真的！惠阳想要什么，皇兄都给你！”

这话惠阳长公主不是第一回听了。从前成泰帝还是康王时，便常常同她道：“惠阳想要什么，皇兄都会给你抢回来。”

他从来不是个好人，却一直是个好兄长。

正是因为他对她的好，那日她才会抢走赵昀手里的密诏，将他扣在了公主府，亲自入了宫。

并且……在父皇驾崩后，没有选择说出真相，而是选择了缄默。

那时，她不该缄默的。

她犯下的错，本就应该由她来赎罪。

惠阳长公主缓缓张开眼，静静地望着成泰帝，道：“我想要两个人的命，皇兄给不给？”

“我想要两个人的命，皇兄给不给？”

偌大的宫殿里，惠阳长公主的声音像是落入平静湖面的一颗巨石，顷刻间便溅起惊涛骇浪。

成泰帝瞪大了眼睛，不可置信地望着惠阳长公主。

他记忆里的惠阳，一贯是善良可亲的，连责罚下人都不曾有过。

在成泰帝心里，妹妹是世间最良善之人。从前他被父皇训斥，连母妃都不曾替他说过一句话。唯有惠阳，会挡在他身前，扯父皇的龙袍，对他道："父皇别骂皇兄，惠阳不爱听。"

那时，她连步子都走不稳，声音软软糯糯的，满满地都是对他的维护。

"惠阳，想要谁的命？"成泰帝声音艰涩，他知晓惠阳心里有怨气，也有恨。

父皇那样疼她，赵昀那样爱她，全都被他害死了。可，他是逼不得已的啊！他们不死，死的就是他！

成泰帝话音刚落，心便高高悬起。

两个人的命。

那日，在乾清宫，就是他与余万拙将父皇毒死的。

惠阳，是不是想要他与余万拙死？

想到惠阳长公主恨他恨到希望他死，他握着酒杯的手便忍不住颤抖，清澈的酒液从杯口溢出，滴答滴答地落在了地上。

惠阳长公主望着成泰帝那张惊惧扭曲的脸，轻声道："余万拙与凌叡，皇兄，我想要他们死。"

"父皇是被余万拙毒死的。若非他在这乾清宫里给父皇的药下了毒，父皇又岂会死？还有凌叡——"

惠阳长公主细长的指慢慢抚着酒杯的边沿，声音低柔而平静，带着蛊惑一般："如今，朝堂大半都是他的人，连余万拙都听令于他。

"皇兄，你就不怕有朝一日，余万拙会像当初害死父皇一样害死你吗？

"七年前，皇兄不过是受了他们的欺骗才会做错了事。惠阳知晓的，皇兄就算想要皇位，也不会想杀死父皇和太子哥哥。都是他们骗了你，利用了你。"

惠阳长公主漆黑的眸子缓缓浮出一丝孺慕和信任，就像孩提时那般，望着成泰帝道："哥哥，若真有报应，也应该报应在他们身上才对。

"凭什么哥哥要因为愧疚日日不得安宁，而他们却高枕无忧？他们才是始作俑者，只要他们死了，父皇和太子哥哥才会安息。

"从前哥哥做错了事，父皇至多训斥两句便不会再罚你。这一次也一样，哥哥，我们一起为父皇报仇吧。"

长夜寂寂，微带凉意的秋风吹得廊下的红灯笼摇摇晃晃。

成泰帝将手搭在赵保英的臂膀上，回头望了望灯火通明的乾清宫。

耳边又出现了承平帝训斥他无能昏庸的声音。

“赵保英。”成泰帝缓缓望向赵保英，那双失了焦的眼，藏着一缕诡异的，近乎疯狂的情绪，“你说，朕若是给父皇报了仇，他会不会就不再骂朕了？”

此话一出，饶是见惯了成泰帝各种不为人知的面孔，赵保英的心脏依旧重重跳了下。

报仇？当初害死先帝的分明就是他，他要寻谁报仇？这是在乾清宫被长公主刺激了，还是王贵妃又给他下药了？

千番思绪在心头萦绕而过，赵保英在一瞬的惊诧后，很快便恢复了镇定，面色温和一如从前。

成泰帝问的这话根本就不需要答案，赵保英将背深深弓下，只轻轻道了句“皇上英明”，便不再多语，神态恭敬虔诚。

片刻后，成泰帝果真移开了目光，缓声道：“你曾经同朕说过，临安地动，父皇的功德碑擘裂，不是因为上天在惩罚朕，而是上天在同朕示警。”

“你说得对，老天爷的确是在同朕示警。”

酒过三巡后，薛无问便恭恭敬敬地给朱毓成作了个揖，笑道：“想来世叔想知道的都已经知晓了，小侄再不回去，怕是要被祖母罚了。”

朱毓成抬眸睇他：“是怕你祖母罚，还是怕旁的人罚？”

薛无问摸了摸鼻子，笑着应了句：“都怕。”

朱毓成哼笑一声，摆了摆手，道：“走走走，快走！别打扰我与霍小郎下棋。”

朱毓成爱下棋，前两日听宗遮随意提了一嘴，说卫家这位小郎君棋力惊人，心里的棋虫被勾得早就蠢蠢欲动。

薛无问给霍珏丢了个“你好自为之”的眼神，便离开闻莺阁，回定国公府去了。

朱毓成拿起两个棋篓，随手抓一把棋子倒扣在棋盘上，道：“猜子。”

二人一来一往地在棋盘上下起了棋，朱毓成执黑，霍珏执白。

一局毕，朱毓成望着围在黑子周围的一大片白子，感叹道：“宗遮大人不爱夸人，我还道他是看在卫太傅的面子情儿才夸你一句。倒是我想错了。”

方才那局棋，朱毓成输了七子。

上一次输这么多子，还是他初学棋的时候。

他是承平一十六年的状元郎，自诩天资聪颖、棋力不凡。却不承想，今日居然被一个年不若及冠的少年郎步步紧逼，逼到不得不自断臂膀，方才不至于失去更多领地。

朱毓成含笑望着霍珏。

卫太傅曾是无数士林学子终其一生都想追随的人，眼前的少年不说能不能青出于蓝，至少已做到了不堕先祖英名。

“宗大人说你为洗冤而来。待得卫家、霍家洗脱冤屈那日，你还有何打算？”

朱毓成很清楚，洗去冤屈不代表将真相大白于天下。至少，七年前震惊大周的先太子谋逆案，金銮殿里的那位与凌叡一样，并不无辜。

凌叡可以死，可以遗臭万年，受万人唾骂，可成泰帝不能——他是皇帝。

没有臣子敢让皇帝向世人昭告他曾经犯下的罪恶。

如此，眼前的少年郎，可还会继续留在盛京，为灭了自己一族的刽子手卖命？

霍珏怎会不明白朱毓成的话外之意？

霍珏轻轻放下手上的棋子，面无波澜地望着朱毓成，温声道："小时候，祖父总是同我们说，不管是做人还是做事，都要时刻谨记肩上背负的责任。次辅大人觉着，为官者的责任是什么？是造福百姓、为民请命，还是忠于皇帝、忠于君权？"

朱毓成微微一顿，倏然间便想起承平一十六年的恩荣宴。

那时，卫太傅站在承平帝身旁，睿智而平和的目光一一掠过甫入官场、意气风发的新科进士，笑着同他们道："为官者，须得日日三省，莫忘初心。"

初心。

朱毓成出身寒门，祖祖辈辈都是面朝黄土背朝天的农民。

他出生在一个不起眼的清贫小城镇，那里民风质朴，邻里之间虽偶有口角龃龉，可到底是称得上和睦的，一家有难万家帮。

最重要的是，那里的县令、县丞个个都是好官。政治清明，民风淳朴。

生活虽贫苦不富庶，可日子不难过。就连朱毓成参加乡试的花销都是县老爷与好些县官一人一点银子凑出来的。

朱毓成的初心大抵就是成为那样的父母官。爱民如子，为民请命，以百姓的安居乐业为己任。

思忖片刻后，他道："为官者，自是要忠君、爱国、爱民。"

"那若是有一日，君权与你想要守护的黎民百姓起了冲突呢？"霍珏双手交叠，置于腿上，面色肃穆道，"前朝献帝沉迷于丹道，利用无数童男童女之血炼制丹药，最终不仅自己得了疯症，还毒哑了自己的女儿。那时天怨人怒，民不聊生，这才有后来大周皇帝的揭竿而起。

"若是有朝一日，我们效忠的皇帝要虐杀我们要守护的百姓，次辅大人，你会选择维护谁？"

月朗风清，金黄锦簇的桂花香飘十里，在夜色里恣意绽放。

细小的花瓣被风一吹便徐徐落地，车轮辗转便零落成了泥。

霍珏坐在马车里，望着窗外的花灯，眸子扫过公主府大门外的两尊瑞兽。

公主府里，金嬷嬷正在给惠阳长公主绞着湿发："公主昨日才洗过发，怎的今儿又洗了？马上天气就要转冷了，可得仔细些，莫要着了凉。"

惠阳长公主道："今日入了宫。"

金嬷嬷叹了一声。

今晨，都察院鲁都御史忽然登门拜访，与长公主在书房里也不知说了什么，弄得她一整日魂不守舍的，后来提着酒进宫去了。

鲁都御史是驸马的老师，很得长公主的尊敬。七年前，自打驸马出事后，长公主就不再同鲁大人往来，也鲜少会入宫。

她将自己困在公主府里，每一日都紧绷着一根弦。

金嬷嬷不知长公主在乾清宫与皇上说了什么，只知道她出来后，那根绷得紧紧的弦似乎有些松动。

金嬷嬷正想着，手上忽然一热。

惠阳长公主轻轻握住她的手，柔声道："嬷嬷莫要担心，鲁大人今日过来不过是告诉我一些事，我知道自己在做什么。有一些事，我本该一早就去做的。如今虽然晚了，但至少我去做了。"

金嬷嬷低头望着她奶大的姑娘，那双死寂了许多年的眼眸似乎……终于有了光。

金嬷嬷喉头一哽，低声道："老奴不担心，老奴什么都不问，老奴只要公主活得轻松些，便心满意足了。"

八月十五一过，盛京的天气果真凉快下来。

到得九月初，夏日里那些绿油油的树叶都要被习习凉风吹黄了边儿。

秋天自是要吃桂花糕与螃蟹的，今日明惠郡主和薛莹要来酒肆吃酒，姜黎见院子里的桂花开得正好，便提着满满一大篮新摘的桂花去了酒肆，酿了些桂花酒，又做了些桂花糕。

明惠郡主与薛莹一进酒肆便闻到了甜腻腻的桂花香。

薛莹是个嘴馋的，见着了一碟子桂花糕，早就忍不住了，笑眯眯地望着姜黎道："阿黎，这桂花糕怎么闻着比宫里御膳房做的都要香？定然是很好吃的吧！"

明惠郡主瞧着薛莹那副嘴馋难忍的模样，忍不住扑哧一笑，拿着蒲扇轻敲了下她的肩膀，戏谑道："今儿倒是忘了带个铜盆来，好给你接接口涎。"

薛莹瞪了瞪明惠郡主，道："好你个明惠，别同我说你不想吃？你要是再说，一会儿我连你那份也吃了！"

明惠拿着蒲扇掩嘴，正欲开口，见两道高大瘦削的身影从一侧的厢房出来，忙抬眼望了过去。

来人是两个年轻的郎君。一人身着白色织金杭绸，头戴精致华美的玉冠；另一人则身着藏蓝色长直裾，身上除了一个香囊，便无旁的装饰，连头顶都只用一根朴实无华的木簪绾发。

明惠目光微顿，宗家的那位"孔雀"她是识得的。可他旁边这位郎君……不知为何，她竟然觉着似曾相识。

明惠郡主直白的目光，姜令自是注意到了。

他下意识摸了摸脸，莫不是方才同宗奎哥学策论时，又把墨水弄在脸上了？

正想问宗奎一句，便见他忽然正了正袖摆，上前一步，对着那两位小娘子拱手作揖。

“奎见过明惠郡主，见过薛姑娘。”

宗奎虽说从来不同小娘子私底下往来，可眼前这两位，一位是定国公府的薛莹，一位是诚王唯一的女儿明惠郡主。都是身份尊贵的人，见着面不打招呼可不行。

明惠郡主与薛莹齐齐回了一礼，很快便又听姜令上前道：“小生姜令，见过明惠郡主，见过薛姑娘。”

明惠与薛莹都知晓姜黎有一个双胎弟弟，二人来酒肆吃过几回酒，还是第一回碰着姜令，自是挺好奇的。

明惠看了姜令半晌，就想起为何觉着这年轻郎君眼熟了，这位可不就是御街夸官那日，小姑姑看的那个年轻郎君吗？

虽说，她从来不干涉小姑姑养郎君的事，私底下还有些羡慕。但是……这位郎君是阿黎的弟弟，那也是她弟弟了，可不能介绍给小姑姑的。

几人寒暄了几句，索性便坐在一桌吃起了桂花糕。

杨蕙娘见他们几人聊得还算其乐融融，便又差伙计给他们送上了不少招牌吃食。

什么贵妃鸡、醉虾、蒸螃蟹、卤鹅掌、熏鸭，摆了满满一桌子，好些菜品食单上根本没有，都是特地给他们做的，丰盛至极。

这也是宗奎爱来酒肆的原因，想吃什么随时都有，杨姨对他可关爱了。

哪像在宗家，不管是伯祖父宗遮，还是叔叔宗彧，都是不嗜口腹之欲的，日日都是寡淡到了极点的吃食。

姜黎望了望正在讨论是贵妃鸡好吃，还是胭脂鸡好吃的宗奎和薛莹，又看着被明惠望一眼便要摸脸的阿令，莫名觉着自己坐在这儿似乎有些不对。

至于为何不对，倒是想不出个所以然来。

霍珏进酒肆时，便瞧见了自家小娘子举着木箸，一会儿望望这边，一会儿又看看那边，很是有些迷茫的模样。

忍不住勾起唇，走过去唤了声：“阿黎。”

姜黎的眼睛登时一亮，忙放下木箸，提起裙摆迎了过去：“事儿都办完了？饿了没？我让伙计给你加一副碗箸。”

霍珏摇了摇头，道：“我吃过了，鲁夫人方才留了我用膳。”他今日一早去了都御史鲁伸的府上，这会才回来。

霍珏自从中秋过后便忙得脚不沾地，常常是一早出门，不是去上值，就是去办事，休沐日也常常不在家。

姜黎也不问他是去忙什么，难得见他能这么早回来，忙拉着他去了天井，给他泡了杯自个儿捣鼓出来的蜜水茶。

霍珏望着那一壶泡着黑枣、枸杞、桂花，还搅了一大勺蜂蜜的茶水，其实不大喝得惯。不过既然是阿黎做的，便也接了过来，大口饮尽。

“好喝吗？阿莹和明惠都说好喝。”姜黎眸子亮晶晶地望着他。

霍珏哪会说不好喝，从善如流地道了句“好喝”，那模样要说多真诚就有多真诚。

姜黎笑得眉眼一弯，忽然又想到了什么，道：“今日，秀娘子没来酒肆上工，一个叫小月的娘子过来同我和娘说的。霍珏，你说——”姜黎说到这儿，顿了顿，清澈的眼静静望了他一瞬，“秀娘子不会出什么事吧？”

霍珏微微一怔，未几，抬手掐了掐她略带担忧的脸，笑着道：“不会，秀娘子不会有事。”

姜黎闻言便松了口气。

今日，小月望着她们一脸欲言又止，看得姜黎心都提起来。偏生那会明惠与薛莹都在，她也不好多问。

霍珏放下手上的茶盏，不由得想起方才在鲁家鲁大人同他说的话。

“朱大人今日一早去了和鼓街，他与齐昌林的发妻算是旧识。想来由他出面，比我们任何人都要合适。”

眼下，定远侯一行人被定国公扣在了肃州，而秦尤与凌若梵也被褚世叔和沈听盯着，凌叡这半月收到的所有来自青州和肃州的消息都是假的。

甚至连宫里余万拙递出来的消息都是半真半假。

凌叡要王鸾给皇帝下药，可王鸾如今有自己的打算，自是不会听从凌叡的吩咐。

凌叡被这一重重假消息包围，自以为胜券在握，这几日上朝走路都带了风，看着朱毓成与鲁伸、柏烛的眼神更是带了点深意。

却丝毫不知，眼下盛京一派平静祥和的局面之下，翻滚着怎样的暗涌。

七年前，凌叡有心算无心，伙同大理寺卿魏追、兵部侍郎胡提、刑部侍郎齐昌林，勾结北狄、南邵，给先太子府还有霍家、卫家乃至于定国公府薛家编织了一面大网。

如今，他们同样给他编一面网，同时还要报当初南邵与北狄祸乱大周、暗箭伤人之仇。

“凌叡卖国，七年前伙同南邵、北狄构陷先太子、卫太傅与霍将军谋逆。

“我本不想将你牵扯进这宗案子里来，可既然齐昌林的发妻如今在你妻子的酒肆里，有许多事兴许还需要你去做，不得已只好让你参与进此案。

“你放心，你是都察院的人，不管此事成不成，我都会护着你。

“眼下恰好有一事想问问你。青州那里虽说有都察院的监察御史在，但不管是我，还是宗大人、朱大人均认为应当再派一人前往青州。两位大人不约而同地举荐了你，他们让我问问你，你可愿意亲自前往青州一趟？”

鲁伸看着霍珏的目光十分温和。

宗遮与朱毓成齐齐推荐霍珏前往青州之事，他是一点儿也不觉得惊讶。

这孩子年纪轻轻便连中六元，入京尚不足一年，便建下奇功，都察院交与他的事，不管棘手与否，桩桩件件都办得漂亮。

才华有之，能力有之，还因为救了临安百姓而名扬顺天府，两位大人认为他能胜任那是再自然不过的事。

连鲁伸都觉着，青州之行，他的确是个合适的人选。

“监察御史在外，大事可奏裁，小事可立断。若情况危急，便是大事也可立断。

“你放心去青州，万事有本官与柏大人替你担着。

“待得青州与肃州事了，凌叡一党就算不能一网打尽，至少那几个始作俑者逃不过律法的严惩。到得那时，朝廷将会有不少人会被革职。值此用人之际，你若在青州立下功劳，定会得到皇上的重用。”

霍珏心思剔透，不过一个呼吸间，便明白鲁伸这是在给他铺路。他望着须发俱白的鲁伸，很难说清楚浮在心底的究竟是何种情绪。

鲁伸为人刚正，忠君爱国。对大周更是鞠躬尽瘁，就连对待都察院的后生都可谓是用心良苦。

恨不得能为朝廷、为成泰帝，多培养出几个栋梁之材。

眼下，一心要扳倒凌叡一党的这三位朝中大臣，宗遮忠于家族，朱毓成忠于百姓，而鲁伸，自始至终都是忠于君权、忠于皇帝。

此时三人愿意联手，不过是因为凌叡一党借着从龙之功，想要独断朝纲、鱼肉百姓，早已成了众矢之的。

然而，凌叡倒下后，要让他们同心协力将成泰帝拽下龙座，却是不可能的。

旁的不说，就眼前这位鲁大人，怕是会第一个挡在成泰帝身前护主。

这也是为何，他是卫氏子孙之事，宗遮可以知，朱毓成可以知，但鲁伸却不能的原因。

至少现在不能。

霍珏喉结微动，提唇浅笑，对鲁伸缓缓道：“多谢大人信任，青州，下官愿意前往。”

姜黎与霍珏在天井待了大半个时辰，回到酒肆大堂，宗奎几人也不知是说到了什么，在那儿笑得肩膀抖动，连阿令那呆头鹅都笑得极开怀。

“什么事这般好笑？”姜黎忍不住问。

明惠郡主望了她与霍珏一眼，笑着道：“我刚还说你跑哪儿去啦？原来是霍大人来了，难怪呢！”

姜黎脸颊登时一烫，道：“你下回还想不想来酒肆啦？”

明惠郡主与姜黎这段时日没少见面，知晓她面皮薄，便也不打趣了，只笑眯眯地抬起酒杯，道："自是要来的，好阿黎，我说错话了，我自罚一杯。"说着便爽快地饮下杯中酒。

宗奎吃得也差不多了，便拍了拍姜令的肩膀，道："走吧！今日的课业还未完成，趁着天色未黑，赶紧做去。欸！状元郎，你要不要一同来？"

霍珏想起他特地从都察院带回来的案牍，便点了点头，随宗奎二人入了厢房。一进门便将手上的案牍交与宗奎，道："我明日要启程前往青州，此案只好麻烦宗大人了。"

宗奎忙翻了翻案牍，看完后长眉高高挑起，道："曹斐竟然有个指腹为婚的未婚妻？他未婚妻是因何事状告曹斐与他的夫人的？"

宗奎边看边啧啧几声，一目十行地看完整卷案牍后，便用力拍了拍案牍，道："我就说曹斐那人是个伪君子吧，为了娶自家表妹，居然诬陷他未婚妻同人有私情，差点儿逼死那位陈姑娘。我还是头一回见着有男子上赶着给自个儿戴绿帽子的。行！状元郎，此案我接了。你放心，我定然会替天行道！"

宗奎的为人如何，霍珏自是了解的。出身世家望族，倨傲得像只孔雀，可身上始终带着属于少年郎的热血。遇着不平之事，也会奋力去为旁人求一个公道。

这点倒是与宗彧很是相似。

霍珏颔首一笑，拱手道谢。

曹斐的前未婚妻陈氏是他差人带来盛京的，那位被薛真毒死却没死成的侍女随雾，他也让人寻了回来。

其实，霍珏从不把曹斐看在眼里，自然也没注意到薛真。但宫宴那日，徐书瑶与薛真想给阿黎下绊子，那便触到了他的逆鳞。

从前，他看在薛山长的面上，饶了她一命。如今她又想算计阿黎，拿阿黎去讨好徐书瑶，那便不能再心慈手软。

至于被送往庄子，马上便要同周晔完婚的徐书瑶，倒不必急在一时，等定远侯勾结北狄之事尘埃落定，周家与镇平侯府谁都逃不过。

明惠郡主与薛莹在酒肆一直待到下午，方才打道回府。

二人来时乘坐的便是诚王府那辆雕着蟠龙的马车。明惠郡主将薛莹安安生生送回了定国公府，这才往诚王府去。

诚王府地处皇宫的崇文门往东行半个时辰的河沿大街，与皇宫离得不远。

明惠郡主一进王府的垂花门，便见她那位爱画成痴的父王正拿着画笔，对着树上的一只太平鸟作画。

明惠郡主正要上前见礼，却见诚王冲她摆了摆手，示意她莫要出声，而后仔仔细细地在画纸上添上最后一片尾翎，这才优哉游哉道："吃酒回来了？"

明惠郡主笑意盈然地道："女儿是出去同阿黎与阿莹小聚，哪儿就是去吃酒了？"

诚王睇她一眼："就你那一身酒气，谁还不知晓你出去吃酒了？"

明惠郡主懒得同她父王辩驳，笑眯眯地上前看画，道："父王这是又画了什么鸟儿？让女儿好好欣赏一番。"

诚王微微侧身，露出桌案上的画卷，颇为满意道："今日这只太平鸟头身比例堪称完美，尾翎翅羽亦是艳丽，还相当配合，伫立在枝头上一动不动地任我画，当真是有灵性。"

明惠郡主上前一看，便见画纸上一只太平鸟悠然栖于枝丫上，眉眼灵动、栩栩如生。

她由衷地赞了声："当真是灵气逼人。"

父女二人皆是爱画之人，明惠郡主正要拿起画细细品味，身侧忽然一根画笔敲了敲她的手，道："墨都还未干呢！急甚？可莫要坏了这画。"

明惠郡主只好讪讪地收回手，等到墨干了，方才小心端起画卷，仔细端详。

诚王见自家女儿毫不掩饰的赞赏之意，拿湿帕子擦了擦手，笑着道："我同你母妃说好了，这个月底，我们便离开盛京，到西山的别宫去。"

明惠郡主闻言便挑了挑眉，转眸望着诚王，道："可我们才回盛京没到半年，不是说了这趟回京至少要待个一年半载的吗？怎的又急着走了？况且西山雪景去岁不是才画过？"

西山在顺天府之外，来回一趟都得半个月。

诚王漆黑的眸子不着痕迹地望了眼西面的皇宫，道："你母妃想去西山泡温泉，这儿附近也就那儿的温泉最是怡人。放心，这次过去不久待，待得明年开春了就回来。"

诚王与诚王妃决定的事，明惠郡主素来是改变不了的，只好道："那我问问阿莹要不要与我一同去，还有，小姑姑——"

"你小姑姑那里不必去问了。"诚王放下手上的湿帕子，叹了声，"我已派人去问过了，金嬷嬷说惠阳只想留在盛京，这次便不同我们去西山了。"

明惠郡主总觉着她父王那声叹息有些意味深长，亦有些感伤。从前他们出京游历，也曾经邀请过小姑姑一同去，小姑姑每回都拒绝，宁肯日复一日地留在公主府。

那时父王也会叹息一声，却不会似方才那样，带着点儿感伤的意味。

明惠郡主张了张唇，可话到嘴边却问不出口。

她知晓，有些事，她不能问，也不该问。迟疑片刻后，终是闭上了嘴。

却说酒肆那头，明惠郡主几人一走，姜黎便拉着霍珏回永福大街去了。

难得他休沐今日不忙，自然是要多陪陪她的。

哪曾想二人刚回到霍府，都还未行至月门，何舟与何宁便齐齐上前，说有事要禀告。

霍珏瞧着姜黎略失望的脸色，握了握她的手，提唇笑道："你先回寝屋，我一会儿便来。"

姜黎失望归失望，却也不会打扰霍珏谈正事，点点头便兀自往寝屋走。

她前脚刚走，何舟后脚便开口道："禀告主子，次辅大人今日一早去了和鼓大街寻秀娘子，二人说了好一会儿的话。另外，薛世子让属下转告主子，盛京有他看着，乱不了。让主子放心去青州便可。薛世子还道暗二大人就在青州，定国公府在青州的暗卫皆可听候主子差遣。"

青州一行，实属意外。

霍珏原以为凭他的资历，鲁伸不会派他去。倒是没想到朱毓成与宗遮费一番口舌之后，竟能说动鲁伸。这对他来说，委实是意外之喜。

霍珏听罢何舟的话，便微微颔首，将目光挪向何宁，示意何宁有话快说。

何宁心神一凛，赶忙上前道："葛老从西域回来了，如今人已经回到了白水寨。葛老说他幸不辱命，带回了主子想要的那味……药。"

霍珏目光骤然一深，道："你跑一趟白水寨，将那药取回，好生看着。"

何宁忙应声退下。

第三十三章

# 尚书送信

和鼓大街。

金乌西沉，秋阳的光将天边的云烧出一层瑰丽的红。

小月坐在门槛上，望着院子里那棵光秃秃的枣树，目露不安。

今晨，见到那位大人后，夫人便将自己关在厢房里，连午膳都不曾吃。

说来，夫人回到盛京时，分明是心事重重的。可自打去了状元楼，她便一日日地开怀起来，慢慢变回小月记忆里那位爽朗的侍郎夫人。

夫人今日出门时还同她说，杨掌柜盘下了状元楼隔壁的两间铺子准备扩张，到得那时，便要她也做个二掌柜。

夫人说到兴致时，唇角的笑容比外面的日头都要灿烂，然而在瞥见外头的马车后，那笑容便像六月的疾风骤雨，说散便散了。

小月认不出那马车，却认出了坐在马车里头的人。

此人从前去过侍郎府，是大人的同僚。夫人不喜大人喝酒，可只要这位大人一来，她却是会允许大人喝点小酒的。

夫人还曾经笑着同小月说，都说酒逢知己千杯少，你们大人难得有一个说得来话的人，今日多给他们炒两个下酒菜。

后来，大人入了刑部，这位大人就再也不曾登过门了，夫人也不再说起这位大人。

小月并不知道，当初余秀娘在和离后曾经与朱毓成见过一面。

余秀娘从前叫虞秀芸，当初将虞秀芸这名字换成余秀娘，还是在户部任职的朱次辅亲自给她改的户籍。

说起来，余秀娘在嫁人之时便已经想好了要改姓，但那样的行为，不管是过去还是现在，都会被人视作大逆不道。

她在银月巷的名声本就不好，泼辣、不孝，若是再摒弃父亲的姓氏，怕是旁人的唾沫星子都能将她淹死。

余秀娘不怕旁人骂她、辱她，却怕自个儿不孝的名声，会影响齐昌林的仕途，因此，心底虽然抵触父姓，却还是忍着没改。

直到后来和离了，自立女户之时，才一并将名字彻彻底底换了。

那时朱毓成曾问她："嫂夫人要改户籍，可是因为齐兄？"

余秀娘性子太过刚烈，和离后改名换姓，想要同过去划清界限，倒也不出乎朱毓成意料。

可余秀娘却摇了摇头，同朱毓成道："我只是捡起从前放下的东西。"

今日朱毓成在马车里问她："秀娘子可是回来捡起从前放下的东西的？"

与九年前离开盛京之时一样，余秀娘依旧是摇了摇头，笑着道："我是来还从前捡到的东西。"

数月前，自从她在中州发现了那两封信，她便隐约猜到当初齐昌林与她和离，兴许是逼不得已。

而那些在中州寻她的人，要么是冲着那两封信来的，要么是冲着她来的。她回盛京，一方面是为了护住宏儿，另一方面，是为了还九年前齐昌林本该还给这世间的东西。

离开侍郎府的那日，她便同齐昌林说过，此生不见。

她心底到底憋着一口气，等着齐昌林亲自来寻她。却不想，先来寻她的会是朱毓成。

余秀娘说完那话，便下了马车，回屋里取出羊皮袋，将那三封信交与了朱毓成。

"三封信，银票我是看得懂的，但那两封用番文写的信，我却是看不懂。朱大人既然来了，便替我看看，齐昌林那杀千刀的，九年前是不是做了违背良心之事。"

朱毓成缓缓展开那两封信，足足看了两盏茶的工夫，良久，沉声道："这是九年前康王与首辅凌叡通敌之信，一封出自北狄太子之手，一封出自南邵皇帝之手。信中他们答应会竭尽全力助康王顺利登基，但条件除了岁银，还要两个人头。一是霍将军霍琰，二是定国公薛晋。"

余秀娘面色一白，攥紧双手盯着朱毓成，道："所以七年前，齐昌林……"

朱毓成静默不语。

余秀娘咬了咬唇，饶是心里已有猜测，可当真相血淋淋地撕开在她面前时，她还是忍不住遍体生寒。

从前在银月巷时刻揣着刀，被旁人怎生辱骂都不曾红过眼的虞大娘子。此刻忍不住红了眼框，颤着声音问："朱大人可否给我一些时间，我让那杀千刀的，亲自将这两封信送到你府上。"

朱毓成静静地望着余秀娘，知晓余秀娘此举，大抵是为了保住齐昌林一条命。

窗外旭日东升，和鼓大街的小商户一家紧随一家，拉开了门闸做生意。

吆喝声、说笑声由远而近。

在这朝气蓬勃的市井声中，朱毓成将手中的信纸折好，放回信封里，一并将那羊皮袋还与余秀娘。

"还请秀娘子同淮允说一声，本官在府里恭候他大驾。"

秋风瑟瑟，白日的盛京，气候仍是暖的。可到了夜里，白日里还带点儿暖意的风，不自觉地多了些肃杀之意。

小月望了望院子里被风刮落下来的黄叶，忽然听得一道开门声，便见余秀娘面色平静地从厢房里走出来，对她道："走吧，随我去借辆马车，我们出门一趟。"

余秀娘才刚坐上马车往尚书府，何舟便收到了暗卫递来的消息。

他望了望此时渗着昏黄烛火的主院，到底没有上前去禀告。

主子明日要去青州，这会儿怕是不得空。

总归，主子早就知晓秀娘子与齐尚书早晚会碰面，倒也不必特地去禀告了。

屋子里，姜黎正在絮絮叨叨地同霍珏说着酒肆扩张的事。

霍珏静静听着，那双深沉如海的眸子映着姜黎白皙的脸，在她说到兴致处时还捏一捏她纤细的指。

待得姜黎终于说完，他望着她，温声道：“阿黎，我领了都察院的差事，明日要前往青州。”

姜黎一愣。

青州？去青州可比他之前去临安城与大相国寺要远上许多。

青州地处大周东南，想想就知道，霍珏这趟出门定然不是三五日就能回来的。

姜黎忙掩下心底的不舍，尽量用一种平静的口吻道：“你……要去多久？”

“走水路，再转陆路，一来一回约莫要两个月。”

姜黎一听，那平静的口吻便有些绷不住了。

“那还挺久的。”小娘子抿了抿嘴，强行压出一个笑容来，“既然是朝廷的差事，自然是要妥妥当当地办好。我现在就去给你把行囊收拾好，时间匆忙，怕是来不及给你准备多少干粮。”

姜黎说着便急匆匆地起身，想去喊桃朱。

可她才站起来，下一瞬便被霍珏拥了个满怀。

清隽高大的郎君微微弓身，蹭了蹭姜黎香气袭人的颈窝，温声同她道：“阿黎，你想要同我一起去青州吗？青州——是我出生的地方。”

霍珏的话音刚落，姜黎的身子便是一僵。

她与霍珏成亲快一年了，霍珏从不在她面前隐瞒什么。关于霍珏与卫媗的来历，姜黎隐隐有了猜测，却从来不去探查。

姜黎知晓，她的心思太过浅显易懂，万一日后仇家找上门来，只要她什么都不知道，就不怕那些人能从她这得到些什么消息。她只是个普通小娘子，除了能挣点儿银子和给霍珏一个家，旁的根本帮不上忙。她所能做的，大抵就是不给霍珏拖后腿。

青州，那是霍珏出生的地方，是他出现在朱福大街之前待过的地方。

那里——有他的过往。

姜黎怎会不想去？

姜黎到底是压不住心底的蠢蠢欲动，迟疑地问：“你是去办差事的，我同你一起去，岂不是会给你添麻烦？”

“不会。”霍珏抬起头，蹭了蹭她秀挺的鼻尖，笑着道，“到了十月，青州恐会有惊变，我此番前去，不能光明正大地以监察御史的身份前往，有阿黎陪着，恰好能掩人耳目。如今的青州虽说不上太平，但你放心，我会护住你的。”

姜黎压根儿不担心他会护不住自己，得知可以同他一起去青州，不仅不会给他添麻烦，还能帮他的忙，高兴都来不及。

“若能帮上你的忙，我当然愿意去。”

姜黎的眼睛亮亮的，听到他说路途会比较劳累时，还用力地揪他的袖摆，煞有介事道：“我不怕累。我如今骑马也是不错的，不是同你说了，我前几日还同明惠、阿莹去马场跑了好几圈，她们都夸我进步大。”她仰着脸，絮絮叨叨地同他说着她如今有多厉害，生怕他会改了主意。

霍珏定定地望着姜黎半晌，低头在她脸颊上啄了啄，道：“那……小的多谢姜掌柜不辞辛苦陪我办差。”

姜黎同霍珏一起去青州之事就此定下。

翌日一早，桃朱、云朱几人天不亮便将行囊收拾妥当。

此次陪姜黎前往青州的是云朱和素从。

毫无功夫底子的桃朱去了也帮不上忙，自是不能同往的。她只好把路上可能用得上的物什，尽可能地塞入行囊，还对云朱、素从殷殷叮嘱了好一番。

等马车装点好，驶离永福街，往城门去时，正好天色将亮。

霍珏坐于马车上，掀开布帘望向皇宫的方向。

只见一缕金光从云层破空而出，为远处的巍峨宫殿落了一层碎金。

霍珏松开手，微微垂眼，等他从青州回来时——盛京，就该起风了。

今日早朝，因成泰帝身子不适，不到一个时辰便提前结束了。

凌叡望着在赵保英的搀扶下缓慢走下龙座的成泰帝，不动声色地掩下眼底的异色。

临出宫门之时，他回眸与躬身立在一侧的余万拙对视一瞬，见对方几不可察地点了点头，便唇角一勾，阔步出了宫门。

宫门外，齐昌林正在与胡提说着话，抬眼瞧见凌叡面色和煦地从宫门走出，忙顿住了话匣子。

凌叡对二人颔首笑道：“两位大人，今日下值后，可要到飞仙楼一聚？”

胡提打量着凌叡的脸色，最近他日日吃不好睡不香，一颗心悬在喉咙里，久久落不下来。此时，见凌叡面色温煦，似是成竹在胸，心下便是一松，拱手谄媚道：“那便恭敬不如从命了。”

齐昌林亦是拱手应和，神态一如从前，恭敬中带着点儿钦佩与臣服。

待得凌叡与胡提坐上马车离开，他依旧一动不动地立在宫门外。

齐安担心的目光在他脸上定了须臾，终是忍不住，上前一步道：“大人，该走了。”

齐昌林神色平淡地颔首，道：“去绣坊街，吃碗面再去官衙。”

绣坊街的街尾有一家孔记面铺，面铺开了有十数年的光景。东家是位不苟言笑的跛脚老汉，绣坊街的人都不知他姓甚名何，只知晓他叫老孔。

老孔开店极随意，想开就开，不想开就不开。心情好时卖一百碗面，心情不好时便一碗都不卖，似乎开面铺根本不是为了挣银子。

可偏生，他的手艺当真是绝。面条劲道，汤底浓厚鲜美，连肉都给得特别大方。一碗面下肚，浑身通泰，每一个毛孔都舒张开来。

绣坊街的人都爱来这里吃面，可惜今日东家又关门了。面露失望之色的老街坊只好败兴而归，根本没注意到一辆不起眼的马车从身边缓缓驶过。

齐昌林下了马车，便去了面铺的侧门，提起铜环叩了叩，门吱呀一声打开了，露出老孔那张遍布沧桑的脸。

齐昌林已经许多年没来绣坊街了，自然也许久没见过老孔。

老孔是朱毓成的人，齐昌林见到人，半点也不尴尬，跟十多年前一般，亲热地笑着问好："孔叔近来可好？"

老孔也跟从前一般，面无波澜地颔首回应，双手在腰间的油布上擦了擦，道："你那碗面还是加葱不要香菜？"

齐昌林笑着应是，恭维道："孔叔老当益壮，这记忆力竟是比我还好。"

老孔似有若无地冷哼一声，瞥了他一眼，便兀自进了店铺的后厨。

朱毓成泰然坐于老树底下的石凳上，冲齐昌林笑了笑："你来得倒是比我想象中要早。"

齐昌林健步走到树下，坐下后便道："下朝时，被胡提拉着说了会话，若不然还能更早些。"

说来，他们二人已经十数年不曾这样坐在一起说话了。

二人分属不同朋党，齐昌林追随凌叡，朱毓成自成一党，同凌叡分庭抗礼。曾经，并肩走过一程的二人，从分道而行之时，便是敌非友了。

如今，同坐一桌，如从前一般吃面，却丝毫没有分道扬镳十数年的隔阂。

朱毓成给齐昌林满上一杯茶，好整以暇地望了望他，道："昨夜，秀娘子可是带着刀去的尚书府？"

齐昌林接过茶盏，垂眸一笑，坦坦荡荡道："倒是没带刀，只打了我一记耳光。"

说罢，想起余秀娘那双怒目而视的眼，齐昌林摇头笑了笑，道："也是我活该。"

朱毓成并未接话，没一会儿，老孔便将两碗热气腾腾的面条端了过来。

二人安静吃面，待得腹中不再空空，齐昌林方才放下木箸，温声道："定远侯来信，说北狄二皇子已同意十月一过，便会派人偷袭肃州军。这消息是假的吧？"

朱毓成不急着回答。将两个空碗叠在一块儿，递与老孔，又慢悠悠地泡了壶茶，方才道："此话怎讲？定远侯难道不是去肃州治腿疾的？"

齐昌林定睛望着朱毓成，方才他的确在试探朱毓成，可他这位昔日同僚实在太过平静，半点端倪都看不出。

现如今他分不清，朱毓成几人究竟是在查七年前的旧案，还是在给凌叡挖陷阱，又或者二者兼有。

眼下，凌叡自信万事俱备，只欠东风，等着将七年前的戏码再演一遍。

这一切太顺利了，凌叡这几年大权在握，变得自负膨胀，早已没有了从前的敏锐和谨慎。

但齐昌林不是。

他察觉到了不寻常，也察觉到危险，甚至私底下偷偷派人前往肃州和青州探查。只是，还未收到回音，余秀娘便登了门。

齐昌林拿出那两封敌国的密信，递与朱毓成，道："这密信有康王的名讳在，想来你们不会将信公之于众。"

斗倒凌叡不是易事。

但，只要谋划周全，也并非没有可能。只是，不管用何种方法，都不能牵扯出成泰帝。

不管当初成泰帝是以何手段登基，如今他才是金銮殿的主人。

纵观各朝历史，只要不到国破家亡、民愤天怒的时刻，不管皇帝犯下何种错误，一封罪己诏便是顶了天的。

而且，朱毓成，连同都察院的御史，甚至包括定国公、宗遮，都不是能做出弑君夺权之事的人。

是以，在齐昌林看来，朱毓成做得再多，也不过是为了斗倒凌叡。就算查旧案，也会彻彻底底将成泰帝从那宗案子里摘离出来。

朱毓成收起两封密信，并未接齐昌林方才的话，而是话题一转，道："我以为你会斟酌几日，才交出这些信。"

齐昌林沉默半晌，道："昨日阿秀同我说，我做父亲了。她离京之时，已经怀了两个月的身孕，那孩子叫齐宏，马上满八岁了。"齐昌林说着，便阖掌一笑，似是在叹息，又似是在自嘲。

昨夜，余秀娘将信放在他手上，一字一句同他道："我不求日后宏儿以你为荣，只求他不会因为你这个爹，而觉得羞耻。齐昌林，别逼得宏儿像我一样，连自己的父姓都要摒弃！"

齐昌林的话音一落，朱毓成便微微一愣，而后抬起眼，真心实意地道了句："恭喜淮允。"

齐昌林提唇一笑，当初阿秀陪他上京赴考，并不知自己怀了孩子。马车在雪地里打了滑，她从车里摔了下来，孩子便没了。

后来阿秀调养多年都不曾有孕，那时他还安慰她，兴许是他没子嗣缘。不承想，他同她提出和离后，她竟然有喜了。

该说是造化弄人罢？

即便当时知晓阿秀有了他的孩子，他大抵也会做出同样的选择。毕竟，开弓没有回头箭，从他追随凌叡起，他便不能回头了。一旦回头，以凌叡狠辣的手段，不仅他会死，阿秀也会死。

“你可记得恩荣宴那日，卫太傅同我们说的话？‘为官者，须得日日三省，莫忘初心。’”齐昌林笑了笑，“说来你莫笑，我最初选择做官，不过是觉着自个儿读书好，不去考个功名可惜了。有了功名，日后娶个自己喜欢的媳妇儿，也能有底气些。可后来啊……”

他的声音一顿。

后来，他遇到了阿秀，来了盛京，听着世家贵胄、高门主母如何在高朋满座的宴席中，笑话他娶了个粗鄙的商户女。

说他一朵鲜花插在了牛粪上，白瞎了他寒窗苦读考来的功名。当时，他愤怒到了极点，可他无能为力，甚至连出去同人辩驳的底气都无。

于是，他改了主意，只想往上爬，爬到一个足够高的位置，好让世人不敢轻视阿秀。

大周的元后便是商户女。周元帝未登基之时，周元后也被人笑话过、轻视过。后来，那些私底下笑话过她的高门贵女，一个个地跪在了她跟前，恭恭敬敬地给她磕头行礼。

权势——能让你护住想要护的人。

齐昌林的话说到一半，便没再说下去，朱毓成也没问。

安静片刻后，齐昌林长叹一声，道：“我知道你们要动凌叡，也知你此时不敢信我。七年前，凌叡为了在肃州与青州引起动乱，曾偷偷送了几批银子到北狄与南邵，经手人是胡提。当初那账册——”

“你说的账册，可是这本？”朱毓成打断齐昌林的话，从怀里摸出一本老旧的账册，放在他面前。

齐昌林的目光触及到账册时，瞳孔便狠狠一缩，迅速拿起账本，面色凝重地翻了起来。

片刻后，他抬起眼，定定地望着朱毓成。这账册……竟然与他藏在床底的账册别无二致，不仅笔迹相同，连每一笔账都丝毫不差。

可那两本账册他藏得极深，且都做了暗号，他确信那两本账册如今还藏在床底，根本没人碰过。

那眼前这本几可乱真的账册，又是从何而来？

齐昌林眯了眯眼，意味深长地道：“由抚，我很好奇，你的背后除了鲁伸、柏烛、宗遮、薛沓，还有谁？”

青州距离盛京不近，走水路再转陆路，快马加鞭，约莫十来日便能到。

霍珏顾及着姜黎，倒是没把行程往死里赶，到了十月方才抵达青州。

青州与南邵接壤，多年来，大大小小的摩擦就没断过。从前有卫家与霍家军在，日子还算太平，百姓也算得上安居乐业。

大周境内，与敌对邻国接壤的城池大多是民风彪悍的。

可青州不一样，因为诗书传家的卫氏一族出自青州，且世世代代扎根在这里。

这里走到哪儿都能看见捧着书卷的读书人，连不曾上过学堂的百姓们，都能“之乎者也”地说几句文绉绉的话。

卫家办了不少对外开放的学堂，不论贫苦百姓也好，世家子弟也罢，只要想来学堂读书，都能来。

卫氏一族的子弟年满十二便要到学堂给人授课，青州大半读书人皆出自卫家学堂。

每年中秀才者、中举人者不知凡几。

谁都想不到，曾经雪窗萤几、蔚然成风的青州，会一夜间便变了模样。

卫家没了，霍家军散了，无数青州百姓心中的信仰也崩塌了。

十月初六，霍珏望着城门处大刀阔斧的“青州”二字，素来古井无波的眼眸难得地起了波澜。

青州，青州。

梦里，他从未回来过这里。

不是因为近乡情怯，而是因为他不愿以千夫所指、万人唾骂的霍督公的身份回来。

从他入宫那日起，卫家二公子卫瑾就死了。

便是回来，也不过是一具连认祖归宗都不能的孤魂野鬼。

风沙随风扬起，天色灰蒙，整座城池仿佛笼罩在一层阴霾里。

姜黎望着静默不语的霍珏，不知为何，竟然想起了初入盛京的那日，霍珏亦是像现在一般，静静地望着写着“霍府”二字的匾额，明明面无波澜，却让她看得心酸。

姜黎如那日一般，轻轻握住他的手，笑着道：“霍珏，我们终于到青州了。”

感受到姜黎柔软的温热手掌，霍珏微微一怔，旋即扬起嘴角，便温和地“嗯”了声。

是啊，他回到青州了。

一行人交出通关文牒，顺顺利利地进了城。

暮色四合，姜黎望着入夜后变得阒然幽静的商街，细长的柳叶眉微微蹙起。

青州是大周的边陲重城，姜黎知晓这样的地方，定然会是肃穆中带着沧桑厚重感的城池。

却不想竟这般宁静。

这种宁静，就像风雨欲来前的平静，无端地让人心里生出些不安来。

姜黎转眸看着霍珏，道：“从前的青州，也是这般……清净的？”

“不是。”霍珏顺着半挑的布帘，望向窗外，平静道，“从前的青州与桐安城一般，到处都热热闹闹的。这里的人爱读书，到了夜里，不管是酒肆也好，茶楼也罢，都爱摆‘斗文会’‘斗诗会’。耳濡目染之下，连三岁小儿都能冒出一两个雅致之词。”

霍珏温声说着，唇角不由得轻轻一弯。

“可，这里到底是重兵之地，青州人虽爱读书，却不迂腐，性子亦是莽直。斗文斗诗时还是文绉绉的，可吵起架来，那便怎么难听怎么来，能把对方祖宗十八代，都来来回回骂个遍。”

姜黎听得有趣，眉眼间都忍不住染了笑意，道：“那你小时候调不调皮？阿姐说你小的时候很不省心，是不是也被人骂过？”

霍珏瞧见姜黎眼底的打趣，捏了捏她的指尖，道：“虽说，我小时候没有大哥、阿姐那般省心，但到底算不上调皮，除了偶尔会被祖父罚抄书，倒是没被人骂过。”

卫家是青州百姓心底的一座丰碑，但凡听见外来人说卫家人的闲言碎语，别说壮汉，便是坐在树下纳凉的耄耋老者都会怒目而视，拿着蒲扇指着外来者大骂。

作为卫家的小公子，每逢出门，青州的百姓们都忙着同他道好，哪里会骂他？

姜黎听罢，抿着嘴笑起来，道：“从前，你在朱福大街时，总是冷着一张脸，也没人舍得骂你，还昧着良心夸你持谦秉礼呢。”

说着，便学着霍珏抬手掐了掐他白玉无瑕的脸，道：“说到底，还是你这张脸太招人喜欢了。你可知道，从前朱福大街有多少小娘子喜欢你？我到这会儿都还记得，你被小娘子们团团围着，出都出不来的场景。”

姜黎做出一副兴师问罪、张牙舞爪的模样，可心里到底心疼自家夫君的，手根本不舍得使劲儿，也就做做样子。

但饶是如此，一贯清隽冷峻的状元郎还是被她掐出点儿滑稽感来。

姜黎没忍住扑哧一笑。

马车到了客栈，何舟、何宁发现，自家主子自打到了青州后，骨子里那点儿极难察觉的冷厉都消散了。

一行人下榻的客栈在青州的仙府街，客栈掌柜是个上了年纪的老人家。

老人家坐在柜台后，支着下巴昏昏欲睡。

见有客进门，掌柜撑开眼缝朝大门处望了几眼，目光在触及霍珏时骤然一顿，便急急忙忙上前，躬身道：“几位客官可是住店？”

霍珏颔首，眉眼温和道：“四间东南向的天字号房，若是能看到青州的九仙山就更好了。”

掌柜眼眶一红，身子压得更低了，连声音都带了点颤抖：“有！有！有！今日小老儿这客栈没人，几位客官想住哪儿便住哪儿！”

青州有一座九仙山，姜黎在来的路上便听闻过了。

听说九仙山从前出过仙人，里头有座道观，叫青云观，很是受青州百姓青睐。

“外祖母从前是望门寡妇，守寡后便去了青云观做道姑。外祖父年轻时，是个无所事事但武功高强的游侠，偶然间去道观时遇见了外祖母，当时，外祖父还以为是遇见了仙子。”霍珏推开窗户，指着远处栖身在夜色里的连绵山脉，继续笑着同姜黎道，“后来，外祖父知晓了外祖母的身份，便投身军营，拼了命地去挣军功。想着有了功名，就能娶外祖母了。”

谁都不知，那位世人交相称颂、用兵如神的霍老将军，当初从军不过是为了娶一个女子罢了。

“再后来，外祖父与外祖母大婚，方神医与圆青大师还偷偷给他塞了秘药，说能保证他三天三夜，金枪不倒。”

年轻郎君低沉的声嗓在夜色里氤氲出一丝柔情，姜黎默默听着，心底却涌出酸涩来。

霍珏微微顿了下，半晌后，同她道：“阿黎，霍乃我外祖之姓，我原姓卫。”

说话间，霍珏眸光一转，长指指向东侧一处灯火辉煌的府邸，道：“那里——曾是我卫家世代宅居之处。”

姜黎顺着霍珏的手指望去，便见不远处的府邸，占地面积极广，黑夜里摇曳的灯火密密麻麻地连成了海，一看便知是住了人的。

姜黎喉头微堵，终究还是问出这句话：“如今，住在那里的，是何人？”

霍珏似是察觉到姜黎难以抑制的难过，便阖起窗，抱起眼眶鼻尖都泛了红的小姑娘，在榻上坐下。

“若我没猜错，如今住在那儿的，应当是首辅凌叡的儿子，凌若梵。”

世家望族选址建族，极看重风水。

而卫氏的府邸，背山靠水，是整个青州风水最好的地方。

只不过，那历经了不知多少代风雨的卫氏祖宅，早就在七年前的那场大火里烧成了灰烬。如今建在上头的簇新府邸，再也不姓卫。

霍珏低下头去寻姜黎的眼，黑沉沉的眸子里，是从未有过的认真：“阿黎，我原名卫瑾，字昭明，是青州卫氏第六十三代子孙。”

姜黎眼睛里噙着泪珠子，认认真真地点头。

那日他同她说，青州是他的出生之地时，她就猜到了他是谁。

他姓霍，阿姐姓卫，出身青州。

七年前，霍珏遍体鳞伤地出现在朱福大街，阿姐则入了定国公府，成了“魏”姨娘。

再联想到二人堪称举世无双的风华，除了青州卫氏，还能有谁？

朱福大街的百姓，鲜少会关心朝堂大事，大多都只关注眼前的小日子。

可七年前那桩谋逆案，便是当时还是总角小儿的姜黎都听说过。

承平二十九年，太子谋逆，皇帝去世，边疆告急，皇权更迭。

那一年，不仅先太子府没了，连青州颇具盛名的卫氏一族与用兵如神的霍将军都没了。

这世上没有什么事是能感同身受的。

姜黎这辈子最难过的事，便是父亲病逝。霍珏失去的不只是亲人，而是整个家族的亲人都惨死在他眼前，可他却无能为力。

姜黎便是想想，都觉得心如刀割，更遑论是不足十岁的霍珏了。

那时的他，该是如何的绝望，如何的悲痛？

因此，从盛京到青州的这一路，只要霍珏不说，姜黎便不问。

她怕勾起霍珏的伤心事。

眼下，听着霍珏如此云淡风轻地同她说起这些梦，姜黎的眼泪都要控制不住了 。

她强忍住泪，努力用雀跃的声音说道：“霍珏，没事儿的。日后，等你当大官了，我陪你回青州。然后，我会挣好多好多银子，将卫家祖宅给买回来！”

姜黎不懂朝堂之事，自是不知方才霍珏嘴里的首辅凌叡，就是害得他与阿姐家破人亡的人。

在她心里，首辅的儿子迟早都是要回盛京的。到得那时，只要她有足够的银子，就能买回卫家祖宅了。

霍珏瞧着姜黎那几乎被泪水淹没的眸子，低下头，额头贴上她的，轻声道：“好。”

他与梦里的霍督公是不一样的。

梦里的霍珏走错了路，选择了复仇。

而他，有更重要的东西要守护。

几乎在他额头贴上来的时候，姜黎眼里的泪便兜不住了，眼泪跟掉了线的珠子一样直直坠落。

霍珏吻去姜黎的泪，再细细密密地亲吻她湿润的眼，牢牢抱紧她，不带欲色地与她耳鬓厮磨。

本来，以他的性子，不会在这样的时刻，带着姜黎来青州，用近乎残忍的方式，剖开他的过往给她看。

他舍不得阿黎伤心，只想她一直做那只日日开怀的小喜鹊。

可那日，当朱毓成寻上余秀娘时，不知为何，他竟想起梦里齐昌林死前同他说的那番话。

都说人之将死，其言也善。

齐昌林大抵知晓自个儿的时日不多了，在大理寺狱里，同他说了不少话。

关于银月巷，关于余秀娘，关于他的初心。

齐昌林问他，可曾爱过人？可曾有过明明舍不得，却不得不将她推离自己身侧的时刻？

齐昌林说，若是一开始，他便同她坦白，而不是瞒着她，逼她同他和离，兴许他与她的结局会不一样。

霍珏至今都记得，齐昌林望着狱中小窗时的神情。

那日，盛京天灰无光，衬得他的眉眼如雪般死寂、落寞。

他离开大理寺狱时，齐昌林对着他的背影重重磕头，平静地恳求他：莫让她来为他收尸，此恩情，下辈子衔草结环报答他。

当时霍珏因为他的话，步子微微滞了半瞬。

齐昌林大抵不知，那时的霍督公也同他一样。

走错了路，做错了选择。

他以为他是为她好，他以为他是在护她周全。

却不知，他们的以为，从来就不是她们想要的。

酉时五刻，正当霍珏一行人穿城门而过时，一名探子静悄悄地离开了城门，往参议府去了。

凌若梵身着白色织金锦服，手执一卷兵书，静静地坐于书房，含笑地听着幕僚汇报南邵的动静。

少顷，门外传来一道叩门声。

探子入内，拱手禀报："大人，方才有一队酒商从外城而来。属下瞧着并无不妥，只不过如今是非常时刻，想着还是同大人禀告一声。"

凌若梵放下手上的兵书，英俊清朗的面庞扬起一丝儒雅的笑容，道："既然知晓这几日是非常时刻，应该知晓如何去做吧？"

探子闻言，面色一肃，道："是，属下领命。"

几位参议府的幕僚听罢凌若梵的话，俱是心口一凛。

这两月进入青州的外来者，死的死，失踪的失踪，全是眼前这位温文尔雅的左参议派人去灭的口。

委实心狠手辣了些。

如今，青州在凌大人与秦将军的监控下，已是固若金汤。且南邵异动做得隐秘，根本没几个人能察觉到异样，何必如此赶尽杀绝？

那些人，不过都是些手无缚鸡之力的百姓罢了！

几人在心里腹诽凌若梵手段狠戾，面上却一脸谄媚地夸他英明。

凌若梵依旧是一副温文尔雅的模样，道："再过几日，南邵军便要有动作了。此时，便是飞进来一只蚊子，也要严阵以待。褚遇那疯子，这些年没少给秦将军下绊子，想要青州军尽数落入我们手里，褚遇便不能留！"

凌若梵望着他们，莞尔一笑道："此番与南邵合作，也是为了青州的兵马。诸位应当知晓，眼下可不是心慈手软的时候。”

幕僚们自然满口应是。待到他们离开书房后，凌若梵脸上的笑容转眼便消散了。

“一群蛇鼠之辈，没点儿胆气，还想着要那泼天的富贵！”

他撇了撇嘴，拿起一把折扇便出了书房，转身对一边的随从吩咐道：“去将军府。”

秦尤听到下人禀报，说凌若梵来了，忙拍了拍腿上的美艳小妾，道：“出去吧，你家老爷有正事要忙。”

小妾含嗔带怨地望了他一眼，眼波流转，媚意撩人。

看得秦尤心痒难当，可想起凌若梵同他爹一样，最受不得旁人怠慢，还是忍住了。

而后，便笑眯眯地在小妾的腰上掐了一把：“到东次间的榻上等我，我这儿耽误不了多少时间。”说罢，整了整衣裳，扬起一个温和的笑，便出门迎接凌若梵去了。

人才刚走到抄手游廊，便见一白衣郎君信步前来。那人头戴白玉冠，手执折扇，面色温文尔雅，俨然是个端方君子的模样。

秦尤不着痕迹地眯了下眼。

这凌若梵的做派，越来越像当初卫家的那位大公子卫彻了。

凌首辅嘴里说着瞧不上卫家，可在培养自己儿子时，却完全是照着卫彻的模子来培养的。从衣着品味到言行举止，简直就像复刻出来的另一个卫彻。

世家同气连枝，秦尤是王氏族长的乘龙快婿，当初便是借着王氏与卫氏的交情，这才将他顺顺利利地弄进了青州军，直接到了霍琰的麾下。

昔日，卫家的几个孩子见到他，都会恭恭敬敬地叫他一声秦叔。

就连享誉青州的卫大公子卫彻，对他也是打心底的尊重。

而凌若梵，面上对他也是尊重的，可私底下却是同他爹一样，只拿他当个走狗罢了！

所以说，赝品就是赝品。凌若梵便是表面装得再像，内里还是同他爹一样，是个虚荣自大的伪君子。

秦尤心思百转，快步上前来到凌若梵跟前，亲热道：“贤侄要来将军府，怎的不派人提前说一声？这样我也好让人准备些酒菜，我们叔侄二人好生叙一叙。”

说话间，便温和地领着凌若梵入了书房，房门一阖，凌若梵便开门见山道：“再过六日，便到了与南邵约定的日期了。秦将军，褚遇那边的人可都安排好了？不会出什么乱子吧？”

秦尤自认他与凌若梵是叔侄之情，可凌若梵从来只喊他秦将军，客套有余，却多了几许生分。

秦尤也不在乎，反正伏低做小的事，他早就驾轻就熟。

这会听见凌若梵的话，便笑着道：“能出什么乱子？褚遇悉心栽培的义子褚英早就投靠了我，六日后，只要褚遇出战，褚英就能寻着机会下手。战场上，刀剑无眼，出点意外不是很正常的事吗？贤侄放心便是，战场上的事我心中有数。”

“那褚英……当真信得过？”

秦尤连连点头：“当初，他偷偷去地下赌坊，输了足足两千两银子。被褚遇知晓后，直接打了五十个军棍，还要他自个儿想办法还赌债。后来，还是我看不过眼，私底下给了他银票替他还清了赌债。若不然，他的军职都要被革掉了！他们父子二人早就因为这件事离了心，只要褚遇一死，他手上的兵就会悉数归褚英所有。试问，谁能经得起这样的诱惑？”

若要人为你所用，无外乎一些威逼利诱的手段。秦尤略施小计，便轻而易举地让褚英成了他的人。对此，他相当的自得。

凌若梵与褚英有过数面之缘。在他印象中，褚英是个油滑之人，没半点军人的英气，整日就爱斗鸡走狗，也不知刚正英武的褚遇为何要收他做义子。

不过，这样也好。褚英若是个重情义的，岂能为他们所用？

世人皆贪。贪权、贪钱、贪色。

只有心中有贪欲，就能为人所用。

眼前的秦尤不就是吗？

霍老将军对秦尤有提携之恩。七年前，老将军上战场迎敌，若不是来自背后的几支暗箭，岂会那么快就死了？

当初射出那几箭的，可不就是秦尤吗？

# 第三十四章

# 奉还三箭

子时三刻，乌云蔽月，正是好梦酣眠时。

几名黑衣人翻过客栈的围墙，入了后院。

后院黑灯瞎火的，伸手不见五指。但黑衣人到底训练有素，很快便分辨出了方向，悄无声息地往大门去。

只是，人还未靠近落了锁的门，四面八方倏然飞来几支细若牛毫的银针。

银针尖端泛着幽幽蓝光，一看便知淬了毒药。

黑衣人听到动静，弯腰一跃，银针便贴着头皮飞过。几人脚刚落地，正要寻找暗算他们之人，便见身边忽地冒出十来个人，将他们团团围住。

黑衣人知晓外来商人到外地行商，都会带上一些会些拳脚功夫的护卫。他们自认武功高强，便没将这些护卫看在眼里，猱身上前，与他们交起手来。

不过几个呼吸的瞬息，黑衣人便发现了不对劲儿。

这些人的武功压根不在他们之下，甚至该说，比他们还要厉害！几人对视一眼，便起了撤离之心。

来都来了，哪能那般容易就让他们逃了？没一会儿，五名黑衣人便被几人五花大绑起来。

沈听手里拿着火把，差人拉下他们的面罩，道："卸了他们的下巴，别让他们服毒自尽了。这些人，还要留着给凌若梵当作礼物呢。涂匕，你熬夜将人皮面具做好，天亮时安排人易容成他们，回参议府复命。"

名唤涂匕的阴柔男子应了一声。蹲下身去，查看其中一名黑衣人的嘴，笑了笑，道："牙缝里都没藏毒囊，想来是觉得能轻而易举地将咱们弄死。"

沈听闻言便冷笑一声，上前踩住黑衣人的手，用力一撵，只听咔嚓一声，数根指骨齐齐断裂。

"替你家主子杀人杀多了，是不是以为每个人都是蝼蚁，手起刀落就能轻松收割人命？"沈听将火把移到黑衣人的脸庞，"放心，很快你们就会知道人为刀俎我为鱼肉的感觉了。"

话落，也不管黑衣人的满脸震惊，站起身，环视一圈，道："把人带下去，莫要吵到公子和夫人。"

待得后院恢复如常，沈听灭了火把，这才推门进了一楼大堂，对客栈掌柜道："十七叔，人都处理好了。"

黄十七略略颔首，道："寅时，你还得回营中保护褚将军，快去歇一会儿，小公子这有我守着。”

霍琰为人仗义，从前做游侠时，便有不少人追随他，黄十七就是其中之一。

客栈里的伙计、跑堂，全是过去弟兄们的子孙，潜藏在此也不过是为着有朝一日能为霍将军报仇雪恨。

沈听离去后，黄十七坐在黄花梨木摇椅上，对着满室的黑暗，缓缓道：“将军啊，小公子回来了，您再耐心等等，那些害过您的人，很快就会下去陪您了……”

客栈发生的这番动静，姜黎自是不知的。昨夜哭到乏了，便窝在霍珏怀里睡了过去。

再一睁眼，天色大亮，抱着她睡了一晚的郎君早就不在屋子里。

云朱进来给她净脸，见她眼眶有些肿，便道：“昨儿晚上，夫人是不是没睡好？”

话刚出口，她便想到昨夜后院闹出那么大动静都没能将夫人吵醒，夫人应当睡得还算安稳。

果然下一瞬，便见自家夫人摇了下头，道：“挺好的。”

挺好的？那为何眼睛肿了？还神色有些恍惚？

云朱又望了姜黎一眼，细细回想今晨公子出门时的神情。跟从前一般，冷冷淡淡的，想来昨夜二人应当是没闹矛盾。

此时，云朱是真的无比想念桃朱，若是桃朱姐在这儿，她肯定能知晓夫人究竟是怎么了。她自小没心没肺、粗枝大叶的，心思一点儿也不细腻。素从又是个话少的，平日里最爱研究的就是各类暗器，要让她说出个所以然来，更是不可能。

正想着，门外传来一道很轻的脚步声，没一会儿，便见霍珏推门而入。

云朱登时松了口气，公子一回来了，夫人定然就不会伤心了。

她家夫人一贯爱笑，就连粗枝大叶的云朱都能看出来，夫人在公子回来时，会笑得比任何时候都要甜。

云朱想得半点不错，霍珏刚进屋，姜黎便站了起来，笑着道：“霍珏，你去哪儿了？”

霍珏将手上几个油纸袋放在桌案上，上前接过云朱手上的梳篦，道：“给你买了几样青州的小吃食，都是我小时候爱吃的。”

昨夜自家娘子哭得委实有些厉害，霍珏没辙，只好搜肠刮肚地同她说起孩提时的一些趣事，好止住她那些泪珠子。

一会儿说他如何被外祖父骗着去军营里做小兵，又如何在夜深人静之时听那些士兵说荤话。一会儿又说他怎样馋外头的吃食，怎样同沈听与贺珏巧立名目偷偷跑出府去买吃的。

这些过往，对霍珏来说，已是许久之前的事了。他曾以为这些事早已被暗沉岁月磋磨得模糊不清，却不承想此时此刻再度想起，竟是连细枝末节都历历在目。

仿佛那些无忧无虑的过往从不曾远去，而那个一心要继承外祖衣钵，做个大将军的少年卫瑾，也从不曾消失。

虽说姜黎昨夜掉了不少眼泪，可霍珏说的话倒是一直记着。

此时，听说他买了早食回来，下意识便道："是你昨夜说的添末儿、油旋、鱼煎包？"

霍珏淡淡"嗯"了声。

姜黎登时便来了精气神，头发一梳好，便走过去撕开油纸，一股子热油煎过的葱香味儿迎面扑来。

姜黎咬了一口油旋，外皮酥脆，内瓤软香，当真是好吃极了。

她撕下一小块儿，喂进霍珏嘴里，道："等你的差事办好了，我们就上街去，把你从前爱吃的东西痛痛快快吃个遍。"

霍珏习惯了姜黎的投喂，十分配合地张开嘴，尝着幼时熟悉的吃食，望着自家娘子那双清澈的眼。

忽然觉着，青州依旧是那个青州。

二人用完早食，霍珏便带着姜黎去了青云观。

青云观是霍珏外祖母曾经修道的地方。霍琰在妻子去世后，便常来青云观，霍珏小时候也常来。

道观的观主还是从前的殷道长，见到二人的身影，她也不意外，只笑着道："今晨喜鹊于枝头啾鸣，贫道便知有贵客要来了。"

霍珏提唇一笑，拱手行了一礼，道："多年未见，难为道长还记得小子。"

说来，殷道长还是霍珏外祖母的师妹，外祖母嫁人后，每逢下山她都要到将军府去。

霍珏少时与这位道长有过数面之缘，那时他年岁小，性子活泼，见谁都能说上几句话。殷道长每次见着他了，都爱喊他"小子"。

殷道长望着霍珏，笑道："你自小便与师姐长得像，再过二十年，贫道都能一眼就认出你来。"

说罢，便望向姜黎，眉目温和道："你便是阿黎？"

眼前的道长身着雪青色的道袍，一头银灰色的头发用朴素的木簪绾了个道髻，慈眉善目。

姜黎长这么大，还是头一回同这般仙风道骨的道长说话，忙点点头，道："是，道长，我名唤姜黎。"

殷道长细细打量着她的眉眼，旋即颔首一笑，道："是个眼明心善的好姑娘。"

姜黎忽然被殷道长夸奖，一时还有些羞赧，忙偷偷望向霍珏，却见自家郎君淡淡笑着颔首。那模样仿佛在说：道长所言甚是，我们家阿黎的确是个眼明心善的好姑娘。

殷道长见小夫妻相视一笑，藏在眉眼深处的担忧瞬间便烟消云散。

数月前，她收到方嗣同的信，说卫家小子心魔缠身。可这会儿，看他心绪温和，眉目疏朗，倒是瞧不出心魔缠身的模样了。

"既然来了，那便进去拜拜祖宗吧！"殷道长笑着对他们道。

霍珏面容微微一肃，道："多谢道长，瑾与内子便恭敬不如从命了。"说着，便随着殷道长进了角落里的一间静室。

七年前，漫天大火将霍家与卫家烧成了灰烬。

那日，在无数官兵重重包围之下，仍有不少青州百姓冲进去救人。

可惜——别说是人，就连祖庙里的祖宗牌位都没能救下来。

如今，藏在青云观静室里的牌位，都是后来青州百姓偷偷刻好送到道观来的。

可百姓们哪里知晓卫家族人的名单，如今供奉在观里的，也不过寥寥十数位。

霍珏的祖父祖母、外祖父外祖母、父亲母亲和大哥的灵牌都在里头。

"原先，百姓们还做了你与大娘子的，贫道收到方神医的信后，便将你们二人的牌位取下了。今日，观中除了你们，并无外来人，莫要担心会有人打扰。"殷道长说完便出了静室。

殷道长一走，姜黎便上前牵住了霍珏的手。

霍珏将目光从一面面灵牌上收回，偏头望着姜黎，温声道："阿黎，我带你见见我的亲人。"

秋风飒飒，山间的树木被路过的风吹得簌簌作响，山林深处隐有鸟儿啾鸣、山泉淙淙。

从静室出来后，霍珏便对姜黎道："再过数日，青州恐有战火。云朱和素从陪你留在青云观，等到战事一了，我便回来接你，带你去尝尝青州的酒。"

他说话的语速不疾不徐，神色亦是平静，仿佛迫在眼睫的战事，对他而言，都不过是小事。

姜黎纵然心里担忧，却也不问他要去哪儿，要做何事，只温声笑道："那你记着，一定要完好无缺地来接我，若不然，我可不轻饶你。"

霍珏看着她，低头在她脸颊轻轻一啄，低声道："我听夫人的。"

十月十一，一大早，姜黎便同云朱、素从到山间密林里采秋果。

姜黎摘了满满一篮子金灿灿的梨子，同她们二人道："秋日寒燥，我们给公子做些秋梨露。秋梨露好做，过几日公子回来了恰好能吃。"说罢，她轻轻蹙眉，望向南面的城墙。

也不知霍珏此时如何了，边关的一切可还顺利？

提心吊胆地想了片刻，姜黎便收回了眼，霍珏既然说过几日便来接她，那定然就会来，她安心等着便是。

"走吧。"姜黎对云朱、素从笑了笑，"我们回道观，这几日兴许不大太平，我们便不出门了，好生待在道观里。"

云朱忙应道："夫人放心，公子武功高强，还有少寨主和白水寨的人在，定然会平平安安归来的。"

姜黎知晓云朱是在宽自己的心，便淡淡“嗯”了一声。

主仆三人提着满满当当的梨子，往道观去。

是夜，霍珏同褚遇登上城墙。

城墙外黄沙漫漫，秋风擦着墙根穿尘而过。

若非提前知晓南邵军会偷袭，这样的夜晚，只会让人觉得安静得一如往常。

褚遇拍了拍霍珏穿着铠甲的肩，豪爽笑道：“一会儿莫要手软，也莫要分心。我尚且宝刀未老，再说还有沈听跟在身侧，不会有事的。”

褚遇年岁不小，笑起来时眼角的皱纹层层叠叠，可目光却锐利如箭，丝毫不见老态。

霍珏道：“褚世叔放心，从前外祖父教我的，瑾一日都不曾忘过。”

“好！好！好！”褚遇厚厚的手掌再次拍了下他的肩，“从前将军常同我们道，说假以时日，你小子定会青出于而胜于蓝，代替他捍卫青州的！若是将军还在，见到今日的你，必定又要同我们吹嘘个三天三夜了！”

数月前，沈听带着两封信秘密来到青州。

信里不仅说他义子投靠秦尤之事，还借此布下局中局，利用南邵，给秦尤与凌若梵致命一击。

思及此，褚遇便不由得叹息。

一叹自己识人不明，年岁越大，反倒越识不清人心，看不穿人性。褚英那孩子是他手把手教导长大的，原想着有朝一日能接他衣钵。

谁知……

“唉！”褚遇长长地叹了口气。

当初褚英欠下赌债，褚遇打了他五十军棍，又让他自己还债，不过是想要他记住好赌带来的恶果。却不想升米恩斗米仇，倒是叫他记恨在心了。

若非沈听带信前来，今夜他与南邵交战，定然是有去无回。他一死，整个青州军都要落入秦尤的手里了。

二叹将军的外孙，当真是心思缜密、算无遗策。这孩子，自小便立志要做大将军，像外祖父一般守卫青州。

若是当初卫家、霍家没出事，他何尝不是下一个霍将军，下一个定国公？

可惜了啊！

褚遇正感叹着，一名士兵忽然跑上城墙，面色肃穆道：“禀告将军，斥候传来消息，今夜南邵领兵的是大护国将军蒙舍。”

蒙舍便是七年前领兵进犯青州的南邵将军，大护国将军的头衔也是七年前得知霍老将军死后，南邵皇帝亲自颁与他的奖励。

“来得好！”褚遇用力一阖掌，道，“老子今夜定叫那孙子有来无回！”

寅时三刻，南邵军突袭青州。

卯时一刻，秦尤接连收到几个探子送来的口信：褚将军中计，被敌军包围在平谷关，滚落战马，如今生死未卜。

“好好好！”秦尤啪的一声扔下手上的茶盏，一脸兴奋道，“褚将军轻敌，中了埋伏，南邵军已兵临城下，都随本将前去平谷关救急！”

数千兵马浩浩荡荡赶往平谷关，马蹄嘚嘚溅起一片黄沙，在这寂静的夜里，随风飘落。

秦尤与南邵皇帝早就密谋好了，只要他人一来，南邵军便假装被击退，迅速退出平谷关。如此一来，不仅褚遇的兵马会落于他手，还能借此机会捞一个天大的功劳！

到了平谷关，秦尤坐于马上，兴奋地举目四望。

漫天飞舞的黄沙里，别说蒙舍了，连半个南邵军都没见着。

多年出生入死的经历，让他心里登时起了警惕，正要开口说话，身后一支泛着冷光的箭矢破空而来，直奔他后背。

扑哧，利器穿透皮肉的声音，被秋风席卷而走。

霍珏藏身于平谷关的密林里，放下弯弓，缓缓道了声：“第一箭。”当初，外祖父身上中了三支暗箭。

——还有两箭。

霍珏从箭筒里抽出一根利箭，再次拉弓，箭矢咻的一声射出，快速扎入秦尤的手臂。

秦尤右肩和左大腿都中了箭，鲜血汩汩涌出，他忍着痛，声嘶力竭道：“快围在我身边！是谁？是谁在暗箭伤人！”

他身边几个副将俱是惊惶地望了望四周，迟疑地驱马上前，可马蹄才刚抬起，无数箭矢忽然从四面八方急射而来，直接贯穿了马蹄。

骏马痛鸣，用力往后一仰，几个副将便从马背上滑落，重重摔倒在地。

而此时，霍珏手上的第三支箭矢紧随而来，狠狠贯穿秦尤的小腹。

“第三箭。”

南邵军与秦尤约定的地点，从来都不是平谷关。只不过南邵递进来的消息，经过褚遇与沈听的一番操作，到了秦尤手里便成了平谷关。

第三支箭，几乎没有任何阻拦地贯穿了秦尤的小腹，鲜血顿时从伤口溢出，染红了铠甲。

剧痛之下，秦尤面如金纸，只能死死抓住马缰，方才能控制住身体，不让自己坠马。

两名倒地的副将震惊地望着秦尤，他身上的铠甲是精心打造出来的铁皮铠甲，非等闲之物，怎能被射伤？

可见，藏在暗处之人箭法实在是高明，仅借着薄薄一层月色，便能使箭矢以雷霆之势射入甲片间的缝隙，穿腹而过。

两名副将忙撑起身，想护住秦尤。可人才刚坐起来，又倏地倒地，只觉头晕脑涨、眼花耳鸣，全身都使不上劲儿，就跟中了毒一般。

二人对视一眼，俱从对方眼底看到了恐惧。

很快，便是一连串重物坠地声，追随秦尤的士兵一个接着一个从马上坠落，就连身下的马匹都瘫软于地。

此时此景，在场的人哪还有什么不明白的？他们中计了！也不知晓是哪个环节出了错，竟然全中了药。

“是谁？给本将出来！”秦尤重重地喘着气，那双遍布血丝的眼睛满是狰狞之色，可身体却止不住地发抖。

偷袭他的人不可能是南邵军。南邵皇帝也不可能会放弃弄死褚遇的机会。

这几年，褚遇跟南邵军不知交手过多少回，每一回都跟疯狗似的不要命，恨不能从南邵军身上咬下一口肉来。

蒙舍恨不得将他碎尸万段。

现如今，有如此良机，他怎么可能会放弃？定然会按照计划，给褚遇致命一击才是。

眼下，平谷关一个南邵军的身影都见不着，只有一个可能，那便是他们从一开始就着了旁人的道！而给他们设套的人，除了褚遇，还能是谁？

秦尤亦是个狠角色，眼见自己因为失血过多而摇摇欲倒，一个用力便将肩上的箭矢转了半圈，借着剧痛维持着清醒，厉声道：“褚将军！吾乃皇上亲封的三品镇国将军，你平日就是再看我不顺眼，也不能在南邵入侵之际借刀杀人啊！此乃知法犯法！”

秦尤了解褚遇，此人极讲道义。此番暗算他，想来是因为知晓了他与南邵的秘密谋划，这才将计就计，想要借此找出他与南邵勾结的证据，好为霍将军洗刷罪名。

蒙舍是不会将他供出来的！

那是因为，蒙舍的父亲便是被霍琰斩杀的，他恨霍琰恨到了骨子里，怎么可能会帮助褚遇，替霍琰翻案？

想到这里，秦尤的心神定了定，正欲开口。

忽然，一道森冷的箭直奔面门而来，径直贯穿他的右耳。

“啊——”秦尤惨叫一声，终是支撑不住，往后一仰，便从马背滑落。

就在此时，数支身着大周军服，手执弓箭的士兵，整齐划一地从密林里走出，将他们团团包围。

为首之人身量高大，面若冠玉，冰冷的铠甲将他的脸衬得格外冷峻。

秦尤目光与他对上时，瞳孔登时一缩，似是见着了什么可怖的、不可置信的东西。

惊疑片刻后，他瞪大了眼，粗重地喘着气，道：“你，你是——”

可惜，话只说了半截，一双玄色军靴便狠狠踩上了他的喉咙，轻轻一碾，便将他所有的话语都堵在了喉咙里。

秦尤"嗬嗬"了两声，只觉一口腥甜的血从喉头涌出。

他瞪大眼睛，下一瞬便听得那人平静道："吾乃都察院监察御史霍珏，奉命前来青州助褚将军一臂之力，捉拿与敌国勾结、陷害忠良的卖国罪臣。"

他话音刚落，身后便传来一阵沉重杂沓的马蹄声。

马蹄声声势不小，且越来越响亮，一听便知有一队人数不少的骑兵正往这里赶来。

秦尤听见动静奋力挣扎，一双血丝遍布的眼死死地盯着声音来源，黑色的瞳眸露出一丝诡异的希冀。

只要来人是蒙舍，是南邵军……

秦尤一瞬不错地盯着，薄凉的月光一点一点勾勒出来人的面庞。

在看清来人以及来人手上的东西后，秦尤眼底的光倏然熄灭，像一捧焚烧殆尽的灰，再也亮不起一点火星。

他整个人也不挣扎了，像团烂泥似的软倒在地。

褚遇将蒙舍的人头用力一掷，砸在秦尤脚边，朗声道："秦贼，老子给你送来的这份大礼，你可还喜欢？"

今夜，褚遇受了点轻伤，面庞划过几道血痕，铠甲遍布干涸的血渍。但这位熬了一宿又与南邵军激战了半夜的老将军却无半点疲态，神采奕奕，中气十足，神态竟是前所未有地好。

他朗声大笑，对着数千兵将道："蒙舍虽死，但他身边的几名亲信已被我们生擒，供出了秦尤与凌若梵。依大周律，通敌卖国者，判凌迟处死！本将知晓，你们是被秦贼与凌贼逼骗着为虎作伥。今日，本将给你们一个将功赎罪的机会，就看你们懂不懂抓住良机了！"

凌叡不会让自己的儿子铤而走险，勾结南邵之事俱是秦尤出面。因此，当凌若梵的名字一出，别说秦尤了，便是在场的所有士兵都变了脸色。

凌若梵背后之人是凌首辅，凌若梵若是定了罪，那位身居高位的首辅大人又当如何？

都说，当年是凌首辅慧眼识明君，三度跪请，才将康王请出了康王府，登基为帝的。

过去几年，凌首辅可谓是颇得圣宠。

可眼下这形势，皇帝与凌首辅莫不是决裂了？

识时务者为俊杰。

率先出卖秦尤，对着褚遇俯首磕拜的，是他平素最为信任的两名副将。

不管是七年前的谋逆案，还是今日与南邵的通敌案，这两人俱知晓所有的底细。

至于旁的小兵小将，大多不知晓秦尤与南邵的无耻勾当。眼见副将大人都上前认罪了，忙跟着掷下手上的兵器，磕头认罪。

秦尤目眦欲裂，想大声怒骂这群背主者！

可喉头剧痛难忍，似是断裂了一般，除了破鼓似的嗬嗬声，根本说不出一个字来。

褚遇扭头望向霍珏，蹙了多年的眉心，终于在此刻舒展开来。

“霍大人，左参议凌若梵尚且还在参议府里。御史在外，身负皇令，可替皇上立断。还请大人亲自跑一趟参议府，捉拿要犯。”

左参议府。

凌若梵自打入夜后，便眼皮直跳、心神不宁。

书房的烛灯燃了一宿，几位幕僚也头一回见他如此烦躁，忙安抚道：“咱们参议府的探子，每隔半个时辰便会回来报一次信儿，眼下褚遇在平谷关遇险，定然是十死无生。秦将军前往平谷关，按计划怕是已经‘逼退’了南邵军。想来，秦将军很快便会派人传来捷报。”

幕僚说完，见凌若梵面上的焦虑稍减，心里正得意他在凌若梵面前又出了一回风头，忽地重重的撞门声从身后传来。

他忙回头望去，便见书房的门被人用力踹开，走进来五个身着夜行服的探子。

这几个探子，幕僚们并不陌生，是凌若梵最得用的暗卫，平日里不知替他杀过多少人。

百姓也好，官员也罢，只要是不服凌若梵不服秦尤的，都活不过三日。整个青州风声鹤唳，再不复卫家在时的热闹与祥和，整座城市一夜间像是失去了所有的生气。

眼下，这些探子问都不问，便踹门而入。别说凌若梵了，便是他们几个幕僚都面露不满。同时心底疑窦顿生，这几人一贯听凌若梵的话，说是走狗都是抬举了的，今日怎的这般无礼？

正想着，便听为首的探子冷冷一笑，道：“小的特地来给诸位大人报个喜，鏊金谷大捷，南邵军大败，几乎全军覆没！”

屋子里的人一听，也顾不得责怪探子们的无礼行径了，面上俱是一喜。

可很快又反应过来，怎么是鏊金谷？分明是平谷关呀，蒙舍明明说了，平谷关取褚遇的狗命，再假装被秦尤击败的！

众人还欲多问，五名探子倏然大步迈入屋内，锵的一声拔出腰间长刀，唇角勾起，面上的笑容跟恶犬一般。

“通敌卖国的狗贼秦尤已伏法，接下来，该你们了！”

“大胆！你们这是在做什么！”凌若梵疾步上前，厉声道，“可是忘了你们的父母妻儿全都在盛京？你们自己的命不要，难道连他们的命也不要了？”

凌若梵捏紧了手上的折扇，面露厉色，可后背早就密密麻麻地出了一层白毛汗。

一整夜的不安似乎都落到了实处，此时他再是迟钝，也知晓定然是哪里出了错。

秦尤那蠢货，多半是中了陷阱，而参议府的暗卫早就背了主！

凌若梵强行稳住心绪，当务之急是先保住命，再离开青州。

只要回到盛京，自有父亲收拾青州这边的残局。

凌若梵原以为方才的一番话，能让这些暗卫痛苦挣扎一番，谁料那几人竟然仰头大笑，像是听见了什么笑话。

凌若梵最恨旁人对他这般怠慢，再端不住那端方持重的模样，一时面色狰狞。

“大人放心，我的老父老母早就被你这样的狗官害死了！”一名暗卫慢条斯理地将长刀架在凌若梵脖颈处，“现在，还请大人跟你这群狗儿子滚到院子里去！”

偌大的院子里，种满了常青的乔木。明明是萧瑟的秋日，可庭院深深，绿意如云。

然而，在这一片绿意中，却有一株被大火烧掉一半，却又枯木发荣的异木棉。

霍珏静静地望着这株异木棉。

说来，这异木棉还是从前祖父亲自栽下的，只因祖母喜爱这树上开的花。

原以为大火后，这里本应什么都不剩的，却不想，还有一棵死后逢生的树。

明明断口早就烧成了一团乌黑的炭，可在死气沉沉的黑炭底下偏偏横生出一截枝丫。那枝丫奋力地往外生长，寻着光，寻着雨露，竟真叫它生出了绿叶。

这是死亡里孕育出来的生机。

霍珏摘下头盔，缓步上前。

掌中的绿叶分明稚嫩柔软，却在这萧萧寒秋里，别有一番傲骨峥嵘。

“主子，凌若梵到了。”何宁上前悄声道。

霍珏淡淡收回手，转身望向来人。

在他的梦里，凌若梵与秦尤害死了褚世叔，青州军尽数落于凌若梵之手。

凌若梵凭借在青州立下的“功劳”，步步晋升，回到盛京便成了正四品通政司左通政。

霍珏曾远远望着他从金水桥缓缓行过，周身气度温润如玉。

彼时，他听闻此人在青州之时，便爱手执一把素色折扇，头插木笄，与人一壶清茶，论天下论苍生。

——曾经的大哥便是如此。

可凌若梵到底不是大哥，大哥从不在他的折扇里镀金，也从不在木笄里镶玉。

大哥那把素色的折扇是阿姐与他做的，头上的那木笄亦不过是自己的练手之物。大哥正是因为木笄和折扇是阿弟、阿妹亲手所做之物，这才日日夜夜携带于身。

霍珏冷淡的目光缓缓扫过凌若梵腰间别着的扇子，伸手一掠，指尖便多了一片叶子，随即轻轻一弹，枯叶成刃，无声无息地划破空气，叮的一声将扇子击落在地。

“青州的卫大公子卫彻，岂是你这宵小之辈能学的？”

凌若梵身体一震，方才只觉一道劲风从腰间擦过，快得他甚至没看清眼前这男子用何物击下他的扇子的。

他豁然抬眼，那双与凌叡生得极其相似的凤眸定定地望着霍珏。

明明此人说话的声音平静得听不出半分喜怒，那双黑沉沉的眼也无波无澜。可一与他对视，凌若梵便有一种头皮发麻的惊惧感。仿佛自己站在他面前，不过就是一只邯郸学步的可笑蝼蚁。

“你是何人？”凌若梵眉心紧蹙，“你可知我是谁？这左参议府岂是你们想闯便能闯的地方？方才你们说秦将军通敌卖国，可有证据？况且，便是秦将军做了卖国贼，又与我何干？”

霍珏不作声，只微微垂眼，从何舟手里接过一把长剑。

凌若梵目光从泛着冷光的剑上，一寸一寸挪到霍珏的脸上。

不得不说，这人生得极其俊美，凌若梵自诩自己也是个难得的美男子，可同眼前之人相比，饶是他再自负，也不得不承认，他的确比之不及。

然外貌不过是其次，最重要的是此人身上那种的风华。

那大抵是一种……父亲希望从他身上看到的东西。

父亲自小就对他寄予厚望，他识的每一个字都是父亲手把手教的。

那时父亲常常同他道：“总有一日，凌家会在我们父子的手上再度发扬光大！”

此次，青州事败，父亲定然要失望了。

这念头刚起，他眼底的懊恼尚未散去，胸口骤然一痛。不过一个呼吸的工夫，此人手上的剑便以迅雷不及掩耳之势，刺破了他的心脏。

凌若梵不敢置信地瞪着霍珏，万万没想到此人竟然敢杀他！

霍珏望着凌若梵，道：“本官乃都察院监察御史霍珏，左参议凌若梵勾结南邵，伙同大将军秦尤，欲祸乱青州，置青州百姓、大周疆土于不顾。人赃并获之下，此二人却拼死抵抗，不欲回京受审。本官既然身负皇命，今日自是要替皇上依法斩杀逆贼，以护大周边关之太平！”

凌若梵嘴唇嚅动，想扭头喊身边的暗卫救主，却只看到一张张带着嘲讽的快意的脸。

胸口雪白的衣裳很快被鲜血染红，他扑通一声跪倒在地，抬起眼一脸怨毒地盯着霍珏。

他何曾拼死抵抗，不欲回京受审？

分明是眼前之人要趁机杀人！

“你……血口喷人，父，父亲，会替我，报，报——”

一个“仇”字尚且未脱口，一只穿着皂靴的脚忽地伸了出来，将他一脚踹在地上。

暗二冷肃着脸，嗤了一声，道：“你父亲马上就要去大理寺狱了，还报报报，报你个犊子！”

暗二在青州待了数月，早就看这人不顺眼了。

且不说他在青州如何将自己当成土皇帝，动不动就要杀人灭口。此次，就凭他的那位首辅爹勾结北狄，想暗害国公大人和肃州的百姓，他就咽不下这口气。

暗二骂完一句，也不管凌若梵断没断气，转头看向霍珏，道："霍大人，可要我将此人丢出去喂狗？让他死在这儿，都脏了这块地儿！"

霍珏淡淡摇头，道："将凌大人的尸首好生保存好，务必要送回盛京给凌首辅。"

凌叡有多看重权势，就有多看重凌若梵这个儿子，甚至比宫里的大皇子还要看重。

大皇子生在宫里，凌叡不曾抱过他，不曾教过他一个字，连话都不曾多说过一句。

凌叡寡情，对大皇子，更多的是利用之心，何曾有过什么父子之情。

可凌若梵不同，凌若梵是他手把手教导出来，用足了十二分的心血。

当初卫家遭难，他偷偷派人到青州想要掳走阿姐，不就是想着让凌若梵借着阿姐的凤命，有朝一日坐上那位置吗？

凌叡表面温和儒雅，实则自大狂妄，野心勃勃。

但因为自小寄人篱下的境遇，骨子里始终带着自卑。仇视世家，同时又渴望成为世家。

凌若梵与其说是他儿子，倒不如说，是他所渴望成为的另一个自己。

出生在权贵之家，有一个手握大权的父亲，从小便得父亲看重，得世人称颂，鲜花着锦地度过一生后，死后还能青史留名。

七年前，大理寺狱与刑部罔顾都察院的异议，草草定了案，判先太子与卫、霍二家谋逆，之后更是以迅雷不及掩耳之势血洗了三府。

如今，他将凌若梵一剑杀了。

远在大周朝盛京的首辅大人，很快便能品味到，未经公正审判，至亲之人便被匆匆定罪诛杀的痛苦。

杀人者，诛心。

有些事，若不能叫作恶之人亲身经历一遭，他恐怕永远都不会知晓，自己犯下的是怎样的罪恶。

霍珏冷淡地望了眼凌若梵死不瞑目的尸首，拔出他胸口的长剑，大步出了左参议府。

薄光熹微，缓缓驱散夜色。

霍珏抬头望着府外的匾额："左参议府"四个金字在朝阳里熠熠生辉。

郎君脚尖轻点，跃上院墙，长剑一挥，漆底金字的匾额被劈成两半，哐当一声砸入地面，溅起一片尘土。

细小的沙粒在空气里沉浮，几滴鲜红的血，从匾额断裂处渗入黄土。

霍珏执剑立于曦光里，任身后的风一点一点吹散盘于青州之上的阴霾。

今日，这片曾被大火肆虐过的土地，以凌家人之血为奠。

第三十五章

# 青州天晴

青云观。

姜黎给殷道长送完刚做好的秋梨露，便领着云朱、素从慢慢往客舍走。

山里的清晨总是惹人怜爱。

白露挂枝，凉风知意，熟透的果香铺展在漫山遍野里，连路过的风都带了丝甜味。

云朱望了望天色，笑指着旭日，道："夫人，天放晴了！"

姜黎抬头一看，果然见阴沉了数日的天空露出一片澄澈的蓝："果真是放晴了，想来今日是个好日子。"

主仆三人回到客舍，便将昨日风干的果子用盐和糖渍了满满一大罐。忙活了整整一个上午，到得午时，忽然听得一道敲门声。

小道姑的声音在门外响起："夫人，霍大人回来接你了。"

姜黎住在观中这几日，日日都会去静室与卫、霍二家的先祖灵牌说话，还会同青云观的小道姑一同做早课、晚课，如今同每个人的关系都处得不错。

观里的小道姑们都知晓，这位嗓音软糯、笑容很甜的小夫人，天天盼着她夫君回来。

是以，一听说山外来客是霍郎君，便立马跑来同她说了。

姜黎听见小道姑的话，赶忙放下手中的坛子，匆匆道了句谢，便提起裙摆跑出了客舍。姜黎跑得赶，连沾了盐巴糖晶的手都来不及洗，满心满眼都是快要见着霍珏的喜悦。

山中消息闭塞，不知战事是否结束，霍珏又有无受伤。

越想心便越急，连脚下的步子也越发快了几分。到得道观的大门处，便见温暖的秋阳高高挂在枝头，而她心心念念的郎君穿着一身英气的铠甲，翻身下马，张手将她抱了个满怀。

"阿黎，我来接你了。"他笑着在她耳边道。

姜黎瞬间红了眼，慌里慌张地问道："你的差事结束了吗？可有受伤？"

霍珏最怕这眼窝子浅的小姑娘掉眼泪，忙松开手，让她仔仔细细地检查。直到听见她松了口气，方才温声道："都结束了，过两日，我们便启程回青州。"

姜黎握住他的手，颔首道："好，到时候，我们去尝尝青州的酒，还有你说过的那些吃食，还有你小时候走过的那些小巷弄。"

说话间，她那还泛着泪花的眼睛，忍不住在霍珏身上来回打转。

方才着急看他有无受伤，都没注意到他穿着一身军服的模样，眼下一看，倒是有些惊艳了。

她家夫君一贯生得好，自是穿什么都是好看的。

只不过见多了他穿文雅素色的衣裳与庄严肃穆的官服，今日这齐膝窄袖、英气蓬勃的军服衬得他整个人与平时都不大一样，很是新鲜。

眼前的人，总觉着是他，又仿佛不是他。

姜黎定定地望了霍珏好半晌，想起离开青云观之时，他曾同她说过的，他小时候的梦想便是同他外祖父一般，做个杀敌驱寇的大将军，捍卫青州。

如今看见他身着军服，挺拔若松，似一柄暗藏锋华的绝世好剑，便忍不住踮起脚，在他耳边细声道："我们的卫将军可真俊。"

成泰六年，十月十三，青州，天碧如洗。

镇国将军秦尤与左参议凌若梵通敌叛国、陷害忠良的传言不胫而走，一夜间如星火燎原，闹得尽人皆知。

无数青州百姓奔走相告，有人知晓盛京来了位御史，便不约而同跑去巡按府，请求朝廷彻查七年前的卫家、霍家的谋逆案。

过往的七年里，但凡有百姓为卫、霍二家鸣冤，便会以谋逆案同党的罪名下狱。

这桩谋逆案早就成了青州百姓心底的一根刺，想提又不敢提，却触之即痛。

如今秦尤被捕，凌若梵伏诛，终于有人再次壮起胆子，冒着下狱的风险旧事重提，纷纷恳请京里来的御史能将青州的民意上达圣听。

姜黎是从一家馄饨店的老板娘这里听说此事的。

老板娘四十有六，同隔壁面铺的老板说完后，便将店铺交与伙计，将腰间油布一摘，步履匆忙地往巡按府走去。

临走时还不忘道："我就不信，全青州百姓都去请命，那御史大人还能不听？从前卫太傅的小孙儿最爱吃我做的虾米馄饨，爱吃我花二娘馄饨的人，岂会是坏人！"

面铺老板亦步亦趋跟了过去，小声地反驳了句："胡说！小公子明明最爱吃我柳四的臊子面……"

二人的身影渐渐远去，说话声也渐渐被风吹散。

姜黎举着竹箸，好奇地望着霍珏，问道："所以，你是爱吃虾米馄饨，还是爱吃臊子面？"

霍珏提唇笑了笑，给她斟了杯陈皮茶，道："爱吃虾米馄饨的是贺珏，爱吃臊子面的是沈听。从前我出门，都是他们二人随同，我吃什么多半是随他们。"

沈听，姜黎自是知晓，从前白水寨那位少寨主，云朱与素从便是他送来的。而贺珏，姜黎虽不曾见过，但听霍珏提过一回。

是那位从容替他赴死的乳娘之子。

霍珏之所以叫霍珏，便是取了贺珏的名。沈听回到青州后，奉霍珏之命，在卫氏一族的陵墓里为贺珏立了墓碑。

今晨，姜黎还同霍珏去卫氏陵墓祭拜过，霍珏对着贺珏的墓碑只说了一句话：“贺珏，我活着回来了。”

年轻的郎君立在那儿，被晨间的雾沾湿了眉眼，明明面色如常，却偏偏叫姜黎看酸了眼。

眼下，他们来吃贺珏爱吃的食肆，吃他从前爱吃的虾米馄饨，未尝不是在缅怀故人。

思及此，姜黎心口似有慢刀子缓缓划过一般，又酸涩，又难受。

连鲜香可口的馄饨都有些食之无味了，可她还是认认真真将每一颗馄饨吃进嘴里。

斯人已逝，可他留下的踪迹却未曾湮灭。

她愿意陪着霍珏，一起回忆他在青州的过往，以及那些在过往岁月里，用性命为他挣出一条活路的人。

姜黎垂下微微发热的眼。

方才老板娘不过只言片语，便让她知晓七年的那场大火到底有多惨烈，也知晓了有多少人义无反顾地冲进火里，以自身的凡身肉胎，给卫氏一族的后人换一个未来可期。

这样的青州，这样的卫家，怎能不叫她感伤？

似是觉察到姜黎情绪低落，霍珏骨节分明的手指缓缓与她十指相扣：“阿黎，可是吃好了？褚世叔一直想见你，我带你去见见他如何？”

姜黎忙逼回眼底的泪意，笑着应好。

褚遇两日两夜不曾阖眼，可精神头委实是好。

他是霍琰一手提拔起来的，排兵布阵之术亦是霍琰亲自传教。七年前，他目睹了霍琰在沙场如何中箭，又如何强撑着重伤的躯体，安排霍珏离开青州。

那时，霍琰对他说的最后一句话，便是守住青州军。

“褚遇，离开将军府，莫要回头，莫要救我！好好守住青州军，守住青州！此乃军令！”

褚遇在沙场出生入死了那么多年，从未有过哪一刻像那般痛恨自己。

可他知晓，青州军是将军一手培养出来的，是他的心血，也是他的抱负。他要守住青州军，方才不会叫秦尤那小人得逞。

褚遇明哲保身了七年，如今总算是给将军报了当初暗箭伤人之仇。

可是不够，远远不够。那高居庙堂之上的人，也不能放过！

姜黎与霍珏到将军府时，褚遇将将写好数封密信。他人虽在青州，可盛京亦是有几个能交心的故友，兴许能给霍珏提供些助力。

“这些信你回盛京之后，便替我送到这几人府上，兴许会对你有用。”

褚遇说罢，便望了望姜黎，慈祥地笑道：“你便是阿黎？昭明说，当初便是你与苏大夫在朱福大街救了他，世叔在此同你道谢了！”说着，便要拱手行礼。

姜黎哪能受长辈如此大礼，忙侧过身避开，道：“褚世叔不必客气，我也没做什么，都是苏老爹的功劳。”

她就是在霍珏昏迷的时候照顾了一下罢了，哪里有了救命之恩了？

见姜黎都要面露不安了，褚遇目光越发慈爱，取出一把巴掌大的小匕首，递与姜黎，道：“好好好，我不同阿黎客气。那阿黎也别同世叔客气，这是世叔替昭明外祖父送给你的见面礼，你看看可还喜欢？”

褚遇送的是一把极其精致的匕首，弯月形，嵌着几颗大小不一的红宝石，刀柄处凿了一个小洞，穿上丝绦便能戴在腰封上。

都说长者赐，不可辞，况且褚世叔还是以霍老将军的名义送的。

姜黎迟疑了半晌，终是伸手接过了匕首，笑着道：“多谢褚世叔，阿黎很喜欢。”

褚遇无儿无女，也不知晓女孩儿喜欢什么，见姜黎神色不似作伪，心里自然也欢喜。

他留了二人在花厅聊了一下午，又在将军府用了晚膳，方才对霍珏依依不舍道：“你放心回去盛京，今后只要我活着，就不会让青州大乱。南邵此番损失了一员大将和数千兵马，定然不会善罢甘休，世叔须得留在青州守着，便不亲自送你回盛京了。”

褚遇说到这里顿了顿，深深地望了霍珏一眼，方才继续道：“昭明啊，世叔在青州等你与阿媗回来。”

霍珏自然明白，褚遇所说的回来，是以卫家子孙的身份回来。

望着褚遇明显比七年前苍老了许多的面庞，他颔首应下：“瑾与阿姐他日定会回来探望世叔，还望世叔多加保重。”

从将军府出来，天色已暮。

姜黎瞄了瞄霍珏手里约莫两个巴掌大的小酒坛，笑眯眯道：“褚世叔这儿有好酒，我们都不必出去外头的酒肆找啦。不若找个地儿喝酒，我还没尝过青州的酒呢。”

方才，褚遇知晓她家是开酒肆的，便从树底下刨出了一小坛酒送与她，说是青州的陈年老酿。

姜黎收下这酒可没半分迟疑，这陈年老酿沉淀的不只是一年复一年的年年岁岁，还有一个地方的山水灵气，珍贵异常。

这样的好东西，难得褚遇愿意割爱！

听出姜黎话里的跃跃欲试，霍珏笑了笑，道：“好，我带你去一个适合喝酒的地方。”

姜黎是在半个时辰后，才知晓霍珏说的适合喝酒的地方，是从前卫家的祖宅。

也就是凌首辅的儿子原先住着的地方。

姜黎听霍珏轻描淡写地提及前夜发生在左参议府的事，自然也知晓凌若梵犯了何错，她心里是半点也不同情这人的。

世间明明有那么多条路可走，为何偏偏要走害人害己的歪路？

姜黎环视一圈。

这里之前还是重兵把守的，今夜不知是不是该搜的东西都搜走了，竟无一人在大门看守。

霍珏领着她从角门入府，来到西南角的一个院落。

“这里，从前是我住的地方，叫文澜院。文澜院的院子里，种着一棵梧桐树。一到春日，便有喜鹊临门，在枝头叫个没完。”

凌若梵在这片宝地重建的府邸，不管是格局还是景致，都与从前的卫氏祖宅别无二致。

连文澜院的名字也不曾换过，只不过院里的梧桐树换成了合欢树。

霍珏指了指这棵比屋宇还要高的合欢树，道：“我们到树上喝酒去。”

秋意早就将满院的合欢树染成了金黄，层层叠叠的黄叶在枝头摇摇欲坠，将清冷的月光摇出一地光斑。

霍珏抱起姜黎，微提气，便轻松地上了树。

姜黎儿时，便常常在青桐山的果树上上蹿下跳。

这会儿上了树，自然也不惧，二人选了高处一根粗壮的树枝坐下。

姜黎兴致勃勃地揭开酒坛上的红布塞，对着坛口便饮下一口酒。酒液微凉，酒香醇厚，当真是好酒。

“这酒好，”姜黎捧着酒坛的双耳，凑到霍珏唇边，道，“你尝尝。”

霍珏一只手扶着她的腰，另一只手托起她的腕，低头饮了一大口酒，透明酒液从他唇角溢出。

姜黎望着他被月色勾勒得愈发清隽的眉眼，一时迷了眼。

都说酒不醉人，人自醉。借着霍珏低头的姿势，她将温热的唇贴上了他的唇角，用舌尖舔去了溢出的酒液。

霍珏身子微顿，眸色渐深，扶住她的后脑，便印上了她的唇。姜黎口鼻间尽是浅淡的酒香，还有他身上惯有的似麝似竹的香气。

晚风徐徐，几片黄叶从她身侧飘落，擦过她绣着合欢花花纹的鞋面，无声无息地落了地。

姜黎感觉到他的步步紧逼，以及攻城略地般的疯狂。姜黎的心脏怦怦直跳，掌心一松，手里的小酒坛顺势滑落。

她惊呼一声，骤然睁眼。余光便瞥见她家郎君不紧不慢地用脚尖稳稳地托住了酒坛，微微一提，酒坛便落入他的掌心。

几滴从酒坛震出的酒液，被卷入风里，落入交融在地的两道人影里。

月光拉长了二人的身影。

只见婆娑摇曳的影子里，郎君轻轻蹭了蹭小姑娘的鼻尖，哑着声笑道：“阿黎不专心……”

姜黎在青州的最后一个夜晚，便消耗在一坛子酒与霍珏炙热的吻里。以至于到了后来，她坐在枝头，竟然有了一种腾云驾雾、飘飘欲仙之感。

回到青云观时，还不忘豪气万千地同霍珏道："你放心，总有一日，我会替我们卫小将军赎回卫氏祖宅的！"

霍珏边应和小醉鬼的承诺，边拿湿帕子给她净脸擦身。待得姜黎迷迷糊糊睡去，方才给她掖好寝被，提脚出了客舍。

山中的夜晚一贯寂寥。

殷道长坐在一棵老树下，见他来了，忙颔首道："小子，过来吃茶。"

树下摆着的桌案是一截三人环抱的古木，圈圈年轮沉淀着山中的无数风雨。

霍珏垂眸望着桌案一角刻着的"殷素拾"三字，温声道："多谢道长这些时日对拙荆的诸多照拂。"

殷道长笑道："阿黎心性纯真率直，有她在，这山里都热闹了不少。"

姜黎在道观也就住了几日，却做了不少秋梨露、糖渍梅子、野菜饼、果子蜜水，将原本清净枯燥的日子过得有声有色，眉梢眼角里的笑意比外头的秋阳还要灼目。

观里的小道姑一做完早课晚课就爱往她身边凑，给一贯寂静的道观添了不少欢声笑语，连山中的清风朗月都染上了烟火气。

"从前，你还总同你外祖母说，嫌文澜院梧桐树太多，说耳朵都要被树上那聒噪的喜鹊吵出茧子了。"殷道长从一边的红泥小炉提起冒着热气的铜壶，泡了两杯清茶，接着道，"可依贫道看，这'小喜鹊'配你最是合适。"

霍珏入道观的第一日，她并未觉察出他有心魔缠身，可到底是从他身上寻不回从前那小子的意气风发。

从前的卫瑾，心怀赤诚，如灼灼烈日，青州不知多少总角小儿喜欢追在他身后，嚷嚷着要一块儿去从军。

昨日，他身披铠甲，乘马归来。也不知他怀里的那只"小喜鹊"在他耳边说了何话，竟逗得他在一怔之后，轻声笑开了。

那一刻的他，竟让殷道长隐隐约约看到了卫瑾旧日的眉目。

殷道长打趣完，便拿出三枚铜钱，正色道："今日贫道为你算了一挂，你此番北去，凡事留一线，自有善缘为你排忧解难。这世间万物，无不讲究因果缘法。小子须时刻铭记：昨日因，今日果。今日因，明日果。"

殷道长慈悲为怀，霍珏自是明白她话中的深意。

沉默良久，方才举起茶杯，道："瑾多谢道长提点。"

一杯茶饮尽，他放下杯子，目光再次扫过桌角的名字，温声道："若是道长不介意，可否允瑾将素拾姐的灵牌放入静室？"

殷道长不妨他竟然提到了小拾儿的名讳，愣了足足几个瞬息。

静室里俱是卫、霍二家的灵牌，而小拾儿是她收养的弃婴，亦是青云观的道姑，将她的灵牌放入静室到底不适宜。

殷道长正欲回绝，忽又听霍珏道：“想来素拾姐也是愿意的。”

年轻郎君的声音平和，可语气却十分笃定。

殷道长刚到嘴边的话忽地说不出口了。

脑中又想起七年前那夜，小道姑穿着青色道袍，洒脱地对她笑道：“师父，你莫要为我伤怀。我不过是选择遵循本心罢了，这是我自个儿选择的道。”

卫彻及冠那日，小道姑递与他一个平安符。还笑着恐吓卫彻，她费劲心血画的平安牌，他若是不喜，以后就不要再来青云观求平安了。

人人都以为那符箓当真是平安符。

唯有殷道长知晓，那符箓里头写的究竟是什么。

殷道长静静地望着霍珏，对上他那双似乎看透一切的眼，回绝的话生生咽下。

她站起身，轻声道：“我给素拾做了个衣冠冢，她的灵牌就放在我平日打坐的屋子里，你随我来吧。”

霍珏将殷素拾的灵牌放在了卫彻灵牌的隔壁，目光慢慢扫过长案上的灵牌，静坐了许久。待得山间密林传来影影绰绰的鸡鸣声，方才重重磕头，提步离去。

暗二与沈听天不亮便在山下候着，快到辰时之时，便见霍珏与姜黎领着素从、云朱逐级而下。

姜黎见到他们二人，忙让云朱给他们一人递了个平安符。

云朱拿来装平安符的可不是荷包，而是一个用绳子封口的布袋。暗二与沈听都看见这鼓鼓囊囊的布袋里全是平安符，少说也有四五十个。

青云观的平安符虽称不上一符难求，可也不是一求就能求几十个带走的。

小夫人这架势，简直就像是把青云观所有平安符都打劫带走了一样。

暗二与沈听心中惊诧，面上却不显分毫。乖乖收下平安符，对姜黎拱手作揖道了谢。

等到姜黎与两个丫鬟上了马车，暗二上前与霍珏道：“霍公子，我已按照您的吩咐，把褚将军战死，秦尤大败南邵的消息递往凌首辅了。”

霍珏道：“辛苦了，你还要与国公府的人赶回去复命。此行你们先走，不必等我们。”

暗二闻言松了口气，他的确是想着快马加鞭回去同世子爷禀报青州的进展，同时看看需不需要前去肃州助定国公一臂之力。

凌叡贪权，豺狼之心昭然若揭。

按照他的计划，先是利用南邵助秦尤夺走青州的兵权，接着再用北狄重创定国公，分一部分肃州军到定远侯手里。

青州如今事了，也不知肃州那边情况如何了。

暗二出生在定国公府，家中长辈俱在肃州，自然是心急如焚。

“那小的便恭敬不如从命了，霍公子可需要我带话回去？”

霍珏沉吟片刻，道："还请你替我同阿姐道一句：青州已天晴，一切安好。"

暗二抱手道："公子放心，您的话我定然带到。"

说罢，他与沈听轻轻颔首，道："改日到盛京找我喝酒。"

沈听一听便笑了，道："届时带上你兄长，听说他是个话不少的人。"

暗二一走，沈听便将从秦尤和凌若梵府里搜出来的书信，还有一本旧账册递与霍珏，道："公子猜得不错，秦尤与凌若梵对彼此都有戒心，留了不少对方的罪证。将这本旧账册混入这些证据里，想来是不会引人怀疑的。"

霍珏颔首道："这段时日辛苦你了，褚世叔有意要培养你做下一任青州军的将领，你便在青州留下吧。"

说罢，从怀里取出一张户籍，递与沈听，郑重道："沈听，你若是愿意，从今往后你便是霍听。日后，便由你在青州再建一个霍将军府。"

沈听闻言全身一震，豁然抬起眼，道："公子！"

沈听从前是个孤儿，被将军府的老管家捡到后，便领回了将军府。随了老管家的姓，成了老管家的孙儿。

当初因为小卫瑾一心要做将军，霍琰便挑了沈听，让他做卫家小公子的随从，亲手教他们武艺和排兵布阵之术。

霍珏望着沈听眼角那道长长的疤，想起梦里，当他同沈听说起要他回青州，重建霍家时，沈听面如死灰道："沈听不配，大娘子死于我手，我这辈子都是罪人。"

凌叡与周元庚死后，沈听便自绝于阿姐墓前。

思及从前，霍珏掩下眼底的苦涩，道："你在青州建一个霍家，我回盛京建一个卫家，想来沈叔会含笑九泉。"

沈听一时热泪盈眶，想起了去岁他初到桐安城那日，公子同他道："卫家倒了便再建一个卫家，将军府倒了便再建一个将军府。"

那时，分明觉着前方无路，可霍珏的话振聋发聩，让他在茫茫前路中看到了希望。

此时，亦然。

一贯冷眉冷眼的白水寨少寨主，终是哽咽着嗓子，重重颔首道："沈听遵命，沈听在青州等着公子归来。"

马车一路疾驰，踏着青州早晨温暖的阳光出了城门。

姜黎掀开帘子，望着大刀阔斧的"青州"二字渐渐倒退，缩小，心底蓦地腾起一丝不舍。

"我们还会再回来吧？"

霍珏颔首，语气肯定道："会。"

姜黎又问："会同阿姐一起回来吗？阿姐应当也很想回青州的。"

霍珏再次笑着道："会。"

“那敢情好，”姜黎歪头望他，软声道，“若是青州百姓知晓卫家大娘子与卫家小公子回来了，定然是要倾城而出，夹道相迎的！说不定，咱们再去吃馄饨，那掌柜娘子都不会收咱们银子。”

霍珏听罢这话，心底一阵好笑。

他家阿黎大抵是怕他起愁绪，这才絮絮叨叨地哄他开怀。

诚然青州对他来说，是一个特殊的地方。

算上槐南一梦，他的心绪早已锻造得平稳无波，鲜少会起波澜。但自家娘子的一番心意，他自然也不会辜负。

霍珏抬手挽起姜黎颊边的一缕碎发，笑道：“褚世叔那儿应当还藏着好酒，下回来，我再同你一起去讨酒喝。”

姜黎陪着霍珏来青州时，心尚且是悬着的。

但离开时，心却是落到了实处。

大抵是因为心境不同的原因，回程的路都觉着要比来时顺畅了许多。

只不过，这一路的顺畅很快便因北边来的一股寒潮被打破了。

越往北走，天越冷。骤然来袭的寒潮更是让气温急剧下降，连天空都飘起了雪花。等船行到了曲梁城，江面上已经隐隐有结冰的趋势，船只好在曲梁停靠。

许是吹了几日江风的缘故，姜黎下船时，头便开始隐隐作痛。

从渡口下船，才上马车便起了高热。

这时，已是十一月十五。

曲梁城离盛京已是不远，约莫三日的车程。因着姜黎这场风寒之症，原先连夜赶往盛京的计划也不得不搁浅。

一行人只好暂且在曲梁城住下，姜黎委实是懊恼极了，就怕耽误了霍珏的正事。

偏生此次风寒来势汹汹，她的嗓子眼儿像是堵了团棉花似的，素来软糯的嗓音成了破锣音，还夜以继日地咳个不停。

霍珏请来大夫开了药，几剂药下去，姜黎身子稍稍见好，便迫不及待地同霍珏道：“我好些了，我们继续赶路吧，本来行程就耽误了，可不能再继续耽误下去！”

霍珏微微蹙眉。

凌若梵的尸体已经运往盛京，很快便会送至大理寺。锦衣卫的人约莫也差不多将秦尤押送回了京。

霍珏作为监察御史，身上还带着重要的书信账册，自是要一同回去复命，的确是不能多耽搁。

只是，眼下的天气一日比一日冷，雪虐风饕的，阿黎风寒未愈，他到底不放心。

姜黎一见他这神色，便知他是要拒绝她的提议了，忙握住他的手，道：“正事要紧，我的身子一贯康健，扛得住的。大不了多开几剂药在路上吃。”姜黎这会儿一脸病容，一句话分几截来说，多说几个字都要咳喘个不停。

大夫特地交代了，她此时需要好生静养，最好把病养好了再继续赶路。免得寒入肺腑，日后落下咳症，到时候想根治便难了。

霍珏垂眸思忖片刻，轻轻捏了捏她的手指，道："你留在曲梁养病，至多六七日，我便带上方神医，一同来接你。除了云朱、素从，我让何舟、何宁也留下护你。"

姜黎嘴上说着扛得住，实则眼下难受得紧。

嗓子疼、脑壳疼，连肺腑都疼。若她留在曲梁养病，而霍珏继续赶路倒不失为一个好法子。

"好，我就在这儿养病，哪儿都不去。你不用担心，安心办正事便是。等你回来，我的病约莫也好了。"说到这儿，她停顿了下，望着霍珏认真道，"你把何宁留下就够了，何舟同你一起回盛京。万一有个什么事，还能让他给你跑跑腿。"

霍珏看着小姑娘这两日尖了不少的下颌，想了想，便道："那我将何宁留下，你平日里要吃什么，便让客栈的厨娘给你做。"

霍珏当夜便离开了曲梁城，他弃车骑马，快马加鞭，中间几乎没停歇过。

不过两日便到了盛京，人才刚过城门，便见暗一一脸焦急地走上前来，压低声音道："霍公子，我正要出城去寻你。

"十日前，肃州军力挫北狄，斩杀了北狄太子。定远侯通敌，被定国公扣住的消息也传回了盛京。世子一直差人盯着定远侯府，今晨忽然有人前来禀告，说定远侯府的宣世子不见了，如今待在侯府的那人是假的。约莫是前几日，肃州的消息一传来，宣世子便悄然无声地离开了盛京。

"定远侯府消失的不只是宣世子，还有一队护卫。世子知晓你与宣世子有过节，便吩咐我出城去通知你，免得遇着了要吃亏。"

霍珏闻言，也不知想到什么，素来无波无澜的神色微微一变。

将怀里的一摞书信账册递与暗一，沉声道："替我将这些信件送去都察院，给鲁御史或者柏御史。"

说罢，便翻身上马，一夹马腹，迅速出了城。

霍珏离开的第二日清晨，姜黎便听客栈里的伙计说，昨儿半夜，曲梁城附近的鹿鸣山忽然发生了雪崩，大量的积雪从山顶涌下，堆积在官道上，无数断木残枝横在上面，看起来格外触目惊心。

坐落在鹿鸣山脚下的，除了曲梁城，还有旁的几座城，也未能在这次雪崩中幸免于难。

而这些环鹿鸣山而建的城池中，曲梁城的情况算是最好的，隔壁的洛水城甚至连百姓住的屋子都遭了殃。

姜黎望了望窗外纷纷扬扬的鹅毛大雪，细眉微微蹙起。

十二月尚且未至，竟然下起了如此大的雪，且看这愈发阴沉的天色，雪还有越下越大的趋势。

好在她只打算待在客栈里养病，外头的雪下得再大，只要不出去，倒也不妨事。只盼着，过几日这场大雪能歇一歇。

若不然，今年又将度过一个难熬的凛冬。

接下来几日，曲梁大雪封城。

官道因雪崩被彻底截断，外头的人进不来，里头的人出不去。

被困在曲梁城里的人不少，客栈人满为患，一下子变得拥挤起来，连日常所需的东西都有了短缺。

好在霍珏离开之时，给客栈掌柜递了张银票。银子给得足，主仆几人住在这儿，炭盆、热水、吃食从来没短过。

姜黎日日待在客栈里，倒也还算安生。接连灌了几日药，风寒之症亦是日渐好转。

因大夫开的药有安神的作用，夜里，姜黎喝完药，便沉沉地睡了过去。半夜，听到外头嘈杂声不断，才悠悠转醒。

姜黎醒来时脑子还有些昏沉，便见云朱皱着眉进来，急声道："夫人，何宁说外头拥进来好多流民，到处抢夺东西，客栈很快便守不住了。城中不少富户也意识到不对劲，也收拾细软准备躲去官衙。此地不宜久留，奴婢给您收拾好东西，咱们也到官衙上去躲上一躲。"

到了这会儿，姜黎才知晓，这场雪崩，究竟带来了怎样可怕的后果。

之前，云朱从外头打听到，好些百姓尚且在睡梦中便被雪崩活生生地吞噬了。

姜黎知晓此时半刻钟都耽误不得，忙用力拍了拍脸，让自己清醒一些，道："我们立刻走。"

与此同时，离曲梁城门数里的一处破庙中，宣毅看着几名匆匆进门的暗卫，道："外头的流民可都拥进城里了？"

一名暗卫抱拳道："回世子的话，我们把附近几座城的流民都引到这里，同他们说曲梁城里有心善的富户接济，又助他们破了城门。如今他们已经全都入城，再过片刻应当就会乱起来。"

宣毅微微颔首，肃着脸道："我们借此机会入城，穿过曲梁去渡口，再抄近道去肃州。北狄战败，太子被斩杀，可还有个二皇子在那儿。定国公定然放不下肃州，也不会亲自押送父亲回盛京。我们现在赶过去，必定能及时劫走囚车，救下父亲。"

说着，他用力攥紧手上刻着"定远"二字的令牌，又想起父亲拖着病腿，蹒跚着步伐坐着马车离去的背影。

父亲自从伤了腿，便再也不能上沙场了。旁人都在笑话定远侯府虎落平阳。为此，这些年父亲熬白了头，只为了有朝一日能恢复定远侯府的荣光。

他手中的令牌，是父亲出发去肃州那晚递与他的，持此令牌者，可以号令侯府的暗卫。

定远侯府虽式微，可还是有一些能用之人。

眼前这二十多名，随宣毅从盛京逃出来的人，个个都是定远侯府的死士。此番前去，也早就做好了要用命去换定远侯的准备。

此时，听见宣毅的话，众人异口同声应道："属下遵命！"说着，便随宣毅混在一群衣衫褴褛的流民里冲进了城。

黑夜里大雪肆虐。

离开客栈后，姜黎才知晓这场雪崩导致了多少人流离失所。

无数人似无头苍蝇一般在街上乱窜，好些客栈、食肆的店门都流民被撞破了。

姜黎还是头一回见到这么多流民聚于一城，匆匆坐上马车后，便捏紧了腰间的匕首。

云朱见她一脸紧张，忙安抚道："夫人别担心，我与素从会护住你的。素从从头顶到鞋底都是暗器，来再多的人都不用怕。"

素从摸着手上藏满了毒针的银手镯，很是认同地点了点头。

姜黎弯了下唇角，沙哑着声音道："嗯，我知晓的，你跟素从都会护住我。"

话音未落，马车忽地重重一晃。

姜黎的身子一歪，头哐的一声撞上了车窗。

窗户被撞开，骤然灌进来一震刺骨的冷风。

姜黎不防，呛入一大口冷风，刺激之下，咳得眼睛里都带了泪花。

窗外，被雪覆盖的街道上，竟然有流民在冲撞街上那些富户的马车。

姜黎所乘的马车最是朴素，围在四周的流民也不多。可饶是如此，还是让她吓了大一跳，巴掌大的小脸白了又白。

姜黎定了定神，扶着车壁稳住身子，仓皇间便对上了一双阴烈的眼。

此人套着件乌漆墨黑的外袍，在漫天的大雪里，混迹在流民之中。姜黎看不清他的脸，只觉那双眼似曾相识。

"夫人，你没事吧？"一边的素从伸出手扶住姜黎，顺道阖起了窗子。

姜黎收回眼，咳了几声，道："我没事，外头流民太多。官府的人再不来，怕是要有大乱，让何宁再把车驾快一些！"

车窗阖起，姜黎自是没瞧见方才隐匿在风雪中的那道身影正迅速靠往马车。

"护住那辆车，送到官衙外。"宣毅冷冷地吩咐了声。

旁边几个暗卫闻言面露惊讶，他们是要趁乱穿过曲梁城，绕道去渡口的，自是离官府的人越远越好。

怎可在此时往官衙去？

暗卫们面面相觑，可世子的话他们连过问的资格都没有，只能乖乖听命。于是，一行人不着痕迹地混入流民，围在马车两侧。

都是手上沾过人命的，再如何伪装也掩饰不了身上的肃杀之气。这会儿往马车旁边一靠，周遭那些想要趁机抢夺马车的流民便纷纷住了脚。

宣毅穿过流民，正要往车窗旁走，脚下忽然踩到了一个硬物。

他挪开脚，入目的是一把精致的、巴掌大的宝石匕首。似是方才她仓皇扶住车窗时，从手上脱落的玩意儿。

宣毅捡起匕首，嗤笑一声。

这样一把娘气的匕首，真遇着了流民抢车，能抵什么用？

她怎的这般天真！

他将匕首塞入怀里，又回想起梦里的她拔下头上的金簪，刺入他肩膀的场景。

金簪又细又软，没把他弄伤，倒是把她自个儿给吓得够呛，想来那是她第一次伤人。

宣毅扯了扯唇角，眸光似刃，生生逼退了那些想要抢匕首的人。

她的东西，岂容旁人玷污？

姜黎一路提心吊胆，又生怕有流民撞上来。可直到抵达了官衙，马车都是安安稳稳的。

曲梁城县令杨天与从前的临安城县令宗彧是好友，几乎在何宁报出霍珏的名讳时，他便面色温和道：“拙荆就在官衙后的县令府里，霍夫人在县令府先住下。放心，顺天府马上便会派兵过来，曲梁城很快就会恢复太平。”

年初临安地动，曲梁城隔得远，无甚损失。

可霍珏那夜救万千村民的善举，知晓且记住他的却不仅仅是顺天府的百姓，毗邻顺天府的几城百姓亦是知晓的，连杨天的妻子都同他絮叨过。

当初，若不是霍珏，临安地动不知要死伤多少百姓。宗彧必然也要受到牵连，哪能顺风顺水地升迁到盛京去？

杨天说罢，便安排人领着姜黎一行人到县令府去。

官衙外，宣毅立于土坡后头。

见到姜黎消失在县令府的大门内，方才扯了扯身上的外袍，攥紧手心的匕首，道：“走！”

一场故意制造雪崩，又引得无数流民入曲梁，不仅能拖住盛京的追兵，同时还能故布疑阵，让追兵分辨不出他们走的到底是哪条路。

宣毅望了望阴沉的天色，咬紧了牙关。

眼下，还是救父亲要紧！

自打北狄战败，太子被斩杀的消息传回来，他未来的岳父大人日日不安，不多时便告了假，急匆匆地去了首辅府。

那时，他便有了不祥的预感，果然没几日，就传来了父亲勾结北狄的消息。

父亲之所以去肃州，分明是受胡提所托。想想这些时日胡提的表现，勾结北狄之事想来是真的。

从前，父亲在家中也曾怒骂过北狄、南邵狼子野心，恨不得能生啖这些人的血肉，以泄心头之恨。

可如今……父亲为了恢复定远侯府昔日荣光，竟然做出了卖国之事。宣毅重重吐出一口浊气，不能让父亲回盛京受审，胡提和凌叡绝不可能会救他。

父亲回来，只能是死路一条。他们此行，一旦救下父亲，下半辈子恐怕只能隐姓埋名地过活了。

曲梁城东边的渡口，一艘尾部刻着“定”字，不起眼的船只停泊在岸边。

一行人刚至，船舱里立马走出一个披着蓑衣的老叟，对宣毅拱手行礼。

宣毅微微颔首，将匕首塞入怀里，正要提脚上船，忽地身后激射而来十数支火箭。

箭矢咻的一声稳稳扎入船身，立时带起一片火光。

暗卫唰的一声拔出弯刀，迅速将宣毅护在中心，这才警惕地望向渡口前方的一处密林。

便见密林处又激射出数十支火箭，穿过层层雪向他们袭来。

暗卫用力将其斩落，却仍旧有人中了箭，火焰席卷上衣裳，个别遗漏的箭矢击中了船上的油布篷，瞬时火光大起。

想在暴雪之下引燃一艘船并不易。如此说来，显然油布篷被动了手脚，几乎在沾上火花的瞬间，便迅速蔓延开来，火势迅猛。

船没了，他们想走水路的计划便行不通了。

大火似盛放在冰天雪地里最浓艳的花。

这时，一队不到十人的骑兵从密林里缓缓走出，为首之人身着玄色衣裳，端坐在马背上，冷冷地望着他们。

宣毅对上此人的目光，怔然了片刻。

“世子，您先逃！我们人多，等解决了这些人，再去同您会合！”

宣毅面容冷峻，缓缓地摇了摇头，道：“来不及了。那些箭羽里裹了软筋香，药遇火即烧，已经扩散在空气里，我们方才吸入了不少。”

话一落，暗卫们俱是心神一震。他们方才拔刀时便觉得力不从心，原以为是几日未曾阖眼带来的疲乏，没承想竟然是中了软筋香。

难怪，那队骑兵从密林出来后，便不再上前。这是在等他们药效发作后，直接来个瓮中捉鳖！

此计一环扣一环的，恐怕从他们进曲梁城之时，便已经被人盯上了！

# 第三十六章

# 何为帝王

杨县令的夫人得知姜黎要来的消息，早就命人将偏院的屋子收拾好，又生怕姜黎夜里冻着，炭盆子就摆了三个。

姜黎是在云朱与素从抬水进来时，才发现自己的匕首不见了。

云朱见她着急地摸着衣裳，便道：“可是夫人的匕首不见了？”

姜黎垂眸翻着裙子，应了一声，道：“应当是方才马车被撞时弄掉的。”

云朱知晓那匕首是青州军褚大将军送与她的，自家夫人在青云观还给她和素从看过。

云朱想了想，便道：“我出去给夫人寻回来。”

说罢便要走，姜黎忙拉住她，道：“丢了就丢了，外头乱糟糟的。你现在出去，万一受伤了怎么办？”

虽说，觉得有些对不住褚世叔的心意，可死物到底比不上活人的安全重要。

姜黎放下衣裳，望着外头的夜色，道：“趁着天还没亮，我们再睡一会儿，免得明天起来没精神。明日还不知晓外头会怎样呢！”

姜黎才睡下没多久，迷迷糊糊听到外头传来了脚步声，只当是县令府的仆妇在做事。

直到那脚步声停在门外，她才心口一凛，忙坐起身来，随手抓起个烛台。

门骤然被推开，一道玄色身影静静地立在门口，吹入廊下的雪花一片一片落在他肩上。

郎君背着光，瞧不清面庞，可姜黎对他实在太熟悉，几乎在门开的瞬间便认出他来。

“霍珏！”

听到姜黎的声音，霍珏提脚走到床边，细细地看了她一眼，道：“今日可有被吓到？”

姜黎愣怔怔地放下烛台，一时分不清自己是不是在做梦，下意识便牵住了他的手，却发现霍珏一贯温热的手，此时竟然凉冷如冰。

“我没事，有那么多人护着我，我怎会怕？你怎么提前折回曲梁城了？我还以为你还要一两日方才能回来呢？还有——”姜黎说着便蹙起眉心，双手将他的大掌捂在手心，道，“你的手怎的这般冰凉？”

霍珏默不作声地反握住她的手，低眸瞧着她白生生的一张小脸。

今夜，流民在长街上冲撞她的马车时，生怕她受了惊吓，他差点便忍不住要现身了。

却没想到，见到了宣毅与定远侯府的暗卫护着马车的行径……

他微微凝眸，道：“盛京有逃犯，逃到了曲梁城。情况紧急，我只好折返回来，捉拿要犯。”

说到这儿，他轻轻捏了捏小姑娘的手掌，道："你莫怕，那要犯已经捉住了，我一会儿便去审他。"

姜黎下意识道："那你还回来吗？"

霍珏给她理了理中衣的领子，应了一声："自是要回的。顺天府的官兵马上就到了，明日曲梁就会恢复正常。等这边事了，我便同你一起回盛京。"

姜黎这才彻底安下心来。

虽说云朱、素从还有何宁身手都是一等一的好，可有霍珏在，总归是不一样的。

霍珏在屋里留了没一会儿，便又出去了。

见霍珏出门，何舟便走上前来，将一个通体碧绿的药瓶递与他，道："主子，这便是西域的'噬魂'。葛老说，所有的'噬魂'都在这儿了，共有六粒。按照西域那位巫师的说法，寻常人吃一粒便会丧失大半记忆，两粒能将前尘旧事尽数忘个干净，连自个儿名字都记不得。三粒，则会彻底痴傻。"

霍珏对"噬魂"并不陌生，淡淡颔首，接过药瓶便去了县衙。

今夜，曲梁城流民作乱，衙役逮捕了不少故意滋事的流民。后又捉到了定远侯府在逃的一干人等，此时，县衙的牢房里，早就挤满了人。

宣毅则被单独关在一个废弃的柴房里，外头有两名持刀狱卒看守着。其中一名狱卒见到霍珏来了，想起县令大人的交代，忙将柴房的钥匙交与他。

跟在霍珏身后的何宁、何舟见状，十分自来熟地拍了拍两名狱卒的肩，笑着道："这几日曲梁冷得出奇，咱们兄弟几个到外头喝口热酒吧！"

狱卒望了望霍珏，知晓此人是今夜立了大功的监察御史，连杨县令都对他十分赞赏。到底是没有起疑心，略一迟疑，便同何舟、何宁出了院子。

柴房里光线昏暗，湿冷的地板上，尽是枝条碎木。

宣毅坐在角落里，手上脚上皆戴着镣铐，听见开门的动静，抬了抬眼。

霍珏拉过一张木椅，在他面前坐下，单刀直入道："宣世子犯下三宗罪。其一，私盗火药，炸毁鹿鸣山，故意制造雪崩，致九十六名百姓丧命，上千百姓流离失所。

"其二，诱使多城流民会聚曲梁城，制造骚乱，致使被损害的客栈、商铺几十户，无辜丧命者四十有二。

"其三，偷窃船只，企图走水路借道前往肃州劫囚。

"此三罪，随便哪一个都是死罪。若是宣世子愿意同都察院合作，死罪可免。"

宣毅是聪明人，自是听得明白霍珏所说的"合作"是什么意思。

他在兵部任职，又是胡提的未来女婿，算是胡提的亲信之一。现下，父亲在肃州被擒，都察院大抵需要他出面指证胡提，乃至胡提背后的凌叡。

整个朝堂，谁不知晓都察院与凌首辅不对付。

可如今，他救不了父亲，父亲必然难逃一死。而他，便是死罪可免，也定然不会有什么好下场。

曾经，他在梦里经历了无数次求死不得的痛苦，死亡对他来说反倒不可怕。

从被关进柴房开始，他就已经不在乎自个儿的生死了。此时，他只能抬着一双冷冽的眼，目光紧紧地攫住霍珏的脸。

说来，这人带给他的感觉很熟悉。

声音熟悉，气势熟悉，连方才站在门外背光的身影都极其熟悉。

这种熟悉感，总让他想起在梦里杀了他无数次的那位督公。每每从梦中惊醒，都会记得那乌黑的拂尘、朱红色的宦官服、阴沉如炼狱般的目光……

可梦中人分明是个内侍，而眼前的人却不是。

宣毅曾派人到宫里去寻找过用黑色拂尘的内侍，却被告知，大周建朝两百年，宫里从来不曾出现过用黑色拂尘的内侍。

他的梦境太过真实了，真实到他宁肯相信那是所谓的前世今生。

梦里的督公，捉他是为了替小娘子报仇……而眼前的状元郎，如今却成了那小娘子的夫君。

有没有可能，眼前之人也同他一样，做过同样离奇的梦？

宣毅同霍珏对视须臾，忽然道："今日，我意外拾到了尊夫人的一件旧物，若是霍大人允我见她一面，亲自将这旧物还与她，我便答应大人方才所提的事。"

霍珏面无波澜地望着宣毅，良久，轻声一笑，道："既然宣世子不愿意同都察院合作，本官自然不会勉强世子，只好借世子一用了。"

宣毅眉心微蹙，还未想明白他话中的"借世子一用"是何意。忽然下颌一阵剧痛，整个下巴便迅速被霍珏狠狠卸下。

霍珏从一个青色瓷瓶里倒出四颗赤红色药丸，往他嘴里轻轻一送，几粒药丸便顺势滚入他的喉咙。

就在霍珏倒出药丸时，宣毅便面色一变，下意识就想抬手挥开。

这药——与梦里的一模一样。

他仿佛又回到了梦里，听到了水牢里充斥着的滴水声……他头疼欲裂，仿佛有无数蛊虫在啃咬着脑髓一般。

"是——你！"宣毅忍着剧痛，一个字一个字艰难地说道。

霍珏大发慈悲地给他接上下颌，居高临下道："我知道你在拿她试探我，可你根本不配提她。"

宣毅痛得眼冒金星，冷汗涔涔冒出，整个人像是从水里捞出来的一般。

他咬牙切齿道："你是那个'督公'！是你杀了我！"

霍珏微微凝眸，瞬间便反应过来，方才宣毅因何要试探他了。

原来，宣毅同他一样做过预知的梦，他不仅梦到了阿黎，梦到了霍督公，也梦到了梦里的他是如何死的。

这也是为何方才他一见着“噬魂”，反应那般大的原因。

“梦里你就逼着我吃这药，逼着我忘了她！可是你看，我不仅没忘记她，我还将她牢牢地记在了脑海里！”宣毅怨恨地盯着霍珏，神色疯癫，“下辈子——我依旧会记得她，甚至会先你一步寻到她，让她做我的妻子！”

霍珏的神色并未因为他的话而撼动分毫，只静静地等待“噬魂”里的蛊虫将他的记忆蚕食殆尽。

梦里，他喂宣毅吃了三颗“噬魂”，都没能让他忘记阿黎。直到喂进去第四颗，他才彻底失去了记忆，痴傻若三岁小儿。

霍珏耐心地等待着时辰一点一点流逝，不知过了多久，宣毅充满痛色的目光渐渐多了几丝迷离。

此时，宣毅的脑海里翻滚着无数的记忆碎片，走马灯似的，在脑海中闪现，又消失。

一会儿是母亲去世时，握着他的手，要他照顾好父亲。

一会儿是他喜欢的女孩儿手拿金簪，同他道此生此世都不会喜欢他。

一会儿又是阴森的水牢里，自己一遍一遍地死，又一遍一遍地活。

宣毅头痛欲裂，十指用力插入被汗水浸湿的发丝里，目露痛苦，他大口大口地喘着气，待目光落在霍珏那张冷峻的脸上时，所有的痛楚都化成了滔天的恨意，忍不住恶狠狠道：“你分明就是个阴间里的魔，一个不能人道的阉人！你以为她会喜欢这样的你？她若是知晓你的真面目，定然会像厌弃我一样厌弃你！”

没多久，宣毅的声音渐渐弱了下去，到最后，整个屋子阒然无声。

霍珏盯着他那双清澈又迷茫的眼，道：“下辈子，你若是敢出现在她面前，我便敢再毁你一次。”

话落，他伸手探入宣毅的衣襟，摸出一把巴掌大小的匕首，转身出了屋子。

寒风萧肃，大雪纷飞。

无双院里的蜡梅树已然冒出了细小的花苞，远远望去，竟叫人分不清栖在枝头上的究竟是雪，还是花。

薛无问从大理寺归来，顾不得换下身上的飞鱼服，径直入了寝屋。

见卫媗立在半开的支摘窗旁看蜡梅，不由得眉头一皱，大步上前关了窗，道：“外头的风跟软刀子似的，也不怕被冻着了？”

“屋子里太闷了。”近日，卫媗总觉着胸口气闷。

天气骤然转冷，府里的地龙早早就烧了起来，丫鬟放添了好些个炭盆到屋子来，让她愈发觉着闷。

薛无问用手背探了探她的额头，见她没起热，微微松了口气，道：“明日请方神医给你把把脉，兴许是积了食。”

话音刚落，薛无问才倏然想起，方神医往曲梁城去了，约莫要数日后才能回来。

卫媗自是也想到了，弯唇一笑，道：“不用劳烦方神医了，我是因为这几日没睡好，才觉着闷的。今日你回来得这样早，可是出了什么事？”

薛无问看了看她，道：“一个好消息，一个坏消息。你想先听哪一个？”

卫媗闻言便睇了薛无问一眼，眼波清冷。

这人总爱这样，有什么话也不干脆利落地与她说，总要分成两截。说一截、藏一截，就等着看她抓心挠肝的模样。

卫媗才不上他的当，淡淡一句“你爱说不说”，便兀自靠上了美人榻上的大迎枕。

薛无问没脸没皮惯了，听见此话，便上榻抱起卫媗，低头就去寻她的唇。

他用力啄了几下，方才笑吟吟道：“今晨早朝，鲁都御史带着从青州秘密送回的密函，在金銮殿状告青州布政司左参议凌若梵与镇国将军秦尤通敌卖国。周元庚大怒，命大理寺、都察院、刑部共审此案，务必要查个水落石出，将所有参与者挨个揪出来。”

薛无问说到这儿，那双多情的桃花眸便微微一眯，不由得想起成泰帝今日早朝的失态。

桌案上的两个镇纸和茶盏被他砸了个稀巴烂，那双浮肿涣散的眼也不知盯的是哪处，就那般斜着眼指着跪了一地的朝臣，大声怒骂，形容疯狂。

与从前那个一举一动都学先太子的贤明君王判若两人。

瞧着成泰帝状若疯子的模样，金銮殿里的朝臣个个噤若寒蝉。

便是凌叡都不敢上前，为自家儿子喊冤，只惨白着脸，浑身颤抖地跪在地上求皇上息怒，保重龙体。下了朝后，更是蹒跚着步伐，在养心殿外跪了整整两个时辰。

薛无问垂眸看着卫媗，见她神色淡淡，并没有因为他的话而欣喜，便亲了亲她眼皮，同她描述了一番今日在朝堂发生的事。

“今日，凌叡应当是深刻地体会到了何谓乐极生悲。先前那小子差人递给他的消息全是假消息，他今日上朝之前，兴许还在做着青州军权尽数落入囊中的美梦。哪承想，一上朝就听到儿子惨死、亲信被捕的消息。我们大周朝这位凌首辅，今夜怕是不能安眠了。”

卫媗轻轻“嗯”了一声，前些日子，暗二回定国公府时，便给她捎来了霍珏的话。

青州之事，她也知道个十之八九。

薛无问同她说的这个好消息，她其实猜到了。

至于坏消息……

卫媗垂下眼睫，用手指描绘着薛无问衣裳上的飞鱼蟒纹，道：“你说的坏消息可是与薛世叔有关？薛世叔……差不多要回盛京了吧？”

她这话一出，原先还带着点儿吊儿郎当神色的薛无问便顿了顿。

旋即失笑，还真是……什么都瞒不过她。

“我们的卫大娘子是不是该摆个摊算命去？一猜一个准。”薛无问“啧”了一声，捏了捏卫媗的下颌，道，“还是说……卫媗……你就最懂得猜我？我心里的所思所想是不是都逃不过你这双眼？”

薛无问说着，眉眼里便噙了点轻佻的笑意，那模样说多不正经，便有多不正经。哪有半点要同人说正事的态度？

卫媗不搭理他的插科打诨，只静静地望入他眼里，道:“可是肃州那边递来的消息？北狄虽死了一个太子，可还有一个野心勃勃的二皇子在，薛世叔怎会在这个时候回来？”

薛家世代守护肃州，对薛晋来说，除非肃州安稳，否则他绝不可能会离开肃州。

卫媗所想的，亦是朝中诸多大臣所想。北狄是游牧民族，那里的人个个彪悍，比之南邵，更难对付。

北狄皇帝年岁已大，膝下皇子有十几个，但真正有能力继承皇位的成年皇子就只有太子与二皇子。

北狄皇帝初时看重太子，特地为太子重金请了大周的名儒细心教导，想着知己知彼百战不殆。

而随着二皇子长大，他心里的天平又逐渐倾向了二皇子。

二皇子比之太子，多了一份狼性，排兵布阵的天赋亦是比太子高，很得北狄诸多将领的推崇。

二皇子身后的母族是北狄最富庶的部落，是以，北狄朝堂拥护二皇子的呼声一天比一天高。

“父亲虽废了北狄太子，却并未拿他的命。

“北狄太子此次出征，完全是中了二皇子的计，二皇子约莫察觉到他与凌叡的计划泄露，索性便将计就计，暗算了北狄太子一把，设计他的亲哥哥上战场抢军功。

“若父亲杀了太子，就等于帮了二皇子的大忙。而这个忙，父亲自然不可能会帮，只差人暗中给他下了毒。眼下，太子中毒而不自知，那毒无色无味、无声无息，至少要潜伏一年才会毒发。你说，将他安安生生放回北狄，他到底会不会同他的好弟弟算旧账？”

北狄二皇子为人狠戾，可这位太子为人阴险狡诈，也不是善茬。

七年前，薛晋就曾经被他用毒暗算过。

如今，也算是以牙还牙。

“所以，北狄太子被斩杀于沙场，也是他自个儿放出来的假消息？”卫媗问。

“嗯。”薛无问哼笑了声，“父亲送回来的战报上，可没说他斩杀了北狄的太子爷，不过是北狄太子自己搭台唱戏给二皇子看罢了。我猜，再过一个月，北狄的二皇子至少会折一员大将，为此次战场的失利负责。”

只要是人为，必然会留下蛛丝马迹。

北狄太子不管如何，都会将此次的失败归咎于党争之上。

北狄百姓一贯慕强，一次败绩就足以让他失去不少民心。找到二皇子害他的证据，至少能平民愤，收回所失的民心。

薛无问见怀里的姑娘蹙起了眉心，叹了声，道："算了！不同你说这些了。原想着说这些你会开怀些，可你瞧你这眉心都皱成什么样了？"说着，便话锋一转，"今日你与阿莹又陪祖母去抄经了？可有累着？"

卫媗却没答他，只平静道："薛世叔恐怕再有一个月便要回盛京了。"

"怎的？怕我死吗？"薛无问轻轻地抚平她微皱的眉心，笑着道，"怕甚？大不了同你做一对鬼夫妻。"

"薛无问！"卫媗忍不住提高了点音量，眉心皱得更厉害了。

薛无问见她又要恼，也不再逗她，伸手将她扯入怀里，低声道："等父亲回来了，一顿鞭子是免不了的。你也不用担心，有祖母在，总归不会到伤筋动骨的程度。"

定国公府的祖训：忠于大周，忠于君王，捍卫肃州，永不涉党争。

这年，薛无问在盛京做的事，完全违背了祖训。怕是打上十顿鞭子，都不能平息定国公的愤怒。

卫媗又想起了他背上那密密麻麻的伤疤，手下意识抚上他的背。

如此姿势，让她与他的距离更贴近了些，清淡的香气萦绕在鼻尖。他一贯不爱用香，却因日夜守着她，也沾上了她身上的香气。

再没哪一刻，如此刻一般，让她知晓这个男人属于她。

卫媗将下颌抵上薛无问宽厚的肩膀，柔声道："若是薛世叔要罚你，你不许再同七年前一样瞒着我。我是你的人，你也是我的人。你受的所有的伤，我都要知道。"

薛无问先是一怔，紧接着便是一笑，眉梢眼底尽是缱绻的温柔。

"成。"他紧了紧怀里的姑娘，低声道，"你的人应你了。"

冷月皎皎，雪花如絮，纷纷扬扬落了满地。

一辆马车缓缓在绣坊街街尾停下，齐昌林下了马车，径直从面铺的侧门入了内。

今夜雪大，朱毓成起了雅兴，让老孔在树下摆了个围炉，与他一同涮肉吃。

老孔刀功好，每一片肉都切得极薄，在翻滚着乳白色汤底的铜锅里轻轻一涮便熟透了。趁热吃进嘴里，肉质鲜美，肥而不腻，五脏六腑就像被暖泉细细熨帖过一般。

齐昌林见朱毓成吃得香，也不急着说事，接过老孔递来的竹箸，夹起一片羊肉便往嘴里递，边吃边道："孔叔，好汤不配面，浪费了啊。"

言下之意便是想吃面了。

老孔闻言便起身，也不嫌他厚脸皮，只瞥了瞥他，便进后厨做面去了。

朱毓成瞥了齐昌林一眼，笑道：“凌首辅这是连晚饭都没招待你与胡提吃？”

齐昌林的确是刚从凌叡的别院出来。

成泰帝命三法司一同审理凌若梵与秦尤通敌一案，通敌卖国乃大罪，一旦罪名定下，整个凌家都会遭殃。

凌叡想要从此案里摘出来，必然不能让凌若梵的罪名落实。

况且，凌若梵卖国，朝堂里谁会相信凌叡不知情？更别提早就对凌叡起了打压之心的成泰帝了。

如今，唯一的可行之策，便是让秦尤做替罪羊，一个人背起所有的罪名。

可秦尤为人奸猾，背靠王氏一族。

王氏因着王贵妃与大皇子的缘故，如今在大周水涨船高，被誉为大周第一世家。

一旦秦尤被定了罪，瀛洲王氏与王贵妃怕是都要受到牵连。

齐昌林是刑部尚书，如若能在证物上做些手脚，便能替凌若梵开罪。

凌叡喊齐昌林去别院，就是为了此事。

“今日凌叡粒米未进。凌若梵到底是他真心疼爱过的孩子，此时陈尸大理寺，连想进去看一眼都不能，哪儿还有用膳的心情？”

凌叡不用膳，他与胡提再饿都得忍着。

今日，朱毓成听人提及，凌叡的发妻慕氏亲自抬了一具棺木，去大理寺求宗遮，想为凌若梵入殓，却被宗遮拒之门外。

罪名未定，凌若梵连入殓为安的资格都无。

朱毓成摇头叹了一声，道：“自作孽，不可活。人一旦行差踏错，累及的永远都是妻儿。凌叡与凌若梵有罪，可慕氏与凌若敏却是无辜。”

他这话未尝不是在告诫齐昌林。

齐昌林笑了下，端起温好的酒壶，倒了一杯酒，漫不经心道：“都说一荣俱荣，一损俱损。慕氏与凌若敏享受了这么多年的荣华富贵，自然也要承担这荣华富贵带来的风险。”

比如他，正二品刑部尚书，不管是妻子还是儿子，都不曾享受过他这高官厚禄带来的半点好处。

因此，不管他犯了何罪，是死是活，都不会牵连到他们。

齐昌林说完，老孔便提着一把刚拉好的新鲜面条走了过来，丢进铜锅里。

齐昌林静等了片刻，待得面熟了，便给朱毓成夹了一箸面，缓声道：“凌叡要我想法子替凌若梵洗去罪名，让秦尤顶罪。”

朱毓成挑眉，望着齐昌林道：“你准备如何做？”

齐昌林笑了笑：“还能如何做？自然是替他去告诫秦尤一番，顺道漏两句口风，让秦尤知晓凌叡的打算。秦尤这人天生反骨，凌叡不救他，他自然要自救。”

朱毓成道："秦尤奸猾至极，他会如何自救？"

"自是用他手上所有的筹码，换王贵妃替他筹谋了。"齐昌林道，"从前，这厮是靠着王家才起来的。可他当上镇国将军后，便凡事只听凌叡的了，王家的人早就吩咐不动他了。如今，凌叡要他死，除了王贵妃，他还能求谁？"

王贵妃虽出身瀛洲王氏，可她与王氏从来都不是一条心。

齐昌林说到这里，忍不住停下竹箸，望着朱毓成道："我听闻王贵妃曾属意你教导大皇子，做大皇子的老师？"

朱毓成侧眸看了他一瞬，而后笑了笑，摇头道："不过是传言罢了，空穴来风。"

齐昌林也笑，低头去捞铜锅里的肉。

究竟是不是空穴来风，他们二人心中自是有数的。

对王贵妃来说，凌叡想要控制她，而王氏想要利用她。

作为后宫唯一圣宠不衰的妃子，又是大皇子的生母，地位明明尊贵异常。

可大抵是因为她从前在王氏的地位太过卑微，不管是王氏还是凌叡，都没将她真正放进过眼里，只当她是一枚好用的棋子。

谁能知晓，这样一个柔弱的女子，心中的沟壑一点儿也不比他们这些男子少。

王鸾，怕是会借此次机会，将凌叡与王氏一族同时解决掉。

这样，大皇子登基后，方才不会受王家与凌叡的桎梏。也不会像她一般，被人强行摁着成为一枚棋子。

朱毓成寒门出身，无妻、无儿、无宗族，又有才识和能力，且心系百姓。追随在朱毓成身后的皆是心怀抱负的寒门士子，有他辅佐大皇子，足以服众。

——文有朱毓成一脉，武有定国公一族。

君臣一心，政治清明，这才是王鸾为大皇子谋划的将来。

"由抚啊，你可还记得我们从前醉酒后说过的抱负？"齐昌林笑着问。

朱毓成微微一怔。

承平一十六年，恩荣宴后，他们二人曾在齐昌林简陋的宅子里喝得酩酊大醉。

那时，齐昌林笑着说，他要带着阿秀风风光光地回银月巷，做个造福子孙后代的封疆大吏。

他闻言便朗声大笑，说寒窗十年，一朝为官，自是不能只造福子孙后代，他要造福百姓，要让这世间的老弱妇孺皆能有所依。

他还要天下河清海晏，万邦来朝。

那样一通醉话，便是他们年少之时的抱负。

朱毓成望着齐昌林的目光渐渐带了深意，他与齐昌林自打分道扬镳，各自为政后，便鲜少会提起从前。

即便，眼下二人携手斗垮凌叡，也始终提防着彼此。以齐昌林的为人，他不会、也不该在此时提及过往，提及抱负的。

齐昌林与他对视片刻，而后笑道："你先前感叹凌叡妻儿实乃无辜。若有朝一日，由抚能实现抱负，务必让这世间之人，不再因为父辈犯下的罪过而受人轻视、前途无望。昌林在此谢过！"

说罢，便将杯中之酒一饮而尽。

朱毓成目光一凝。瞬间便想明白了，齐昌林是在向他立投名状，同时也是在为齐宏谋一个将来。

一个，不因他是罪臣齐昌林之子，而遭人唾弃的将来。

夜色渐浓，火熄汤冷。

朱毓成刚回府，便听老管家上前禀告道："大人，宫中的暗桩前来递信，说教导大皇子的中极殿大学士曾巩下月便要致仕，贵妃娘娘再次同皇上提议，想要大人接替曾大人任大皇子的老师。"

朱毓成淡淡"嗯"了一声，道："我知晓了，夜已深，管家去歇息吧。"

说罢，便抖落满袖的雪沫子，提着纸灯笼，信步回了书房。

行至门口，倏然想起霍珏同他说的话——

"次辅大人可有想过，究竟怎样的皇帝，才是百姓想要的皇帝？

"在珏看来，唯有得民心且顺应天意者，方才能成为百姓之主。

"短短七年间，大周便要遭受两次动荡。外有南邵、北狄虎视眈眈，内有朋党各自为营。一旦凌叡一党根除，先太子谋逆案的真相大白于天下，朝堂与民间必起大乱。

"届时，我们究竟需要一个怎样的皇帝，才既能震慑外敌，又能号令百官，于危乱中安邦定民心？"

——得民心，顺应天意。

——既能震慑外敌，又能号令百官。

这样的人，一直都有。

只是，此人一心只想守肃州。

朱毓成喃喃道："大皇子，到底是太过软弱。"

朱毓成见过大皇子，也曾在曾大学士告假之时，给大皇子授过几次学。

那孩子天资聪颖，勤奋好学，可心性却过于怯懦。

身边之人犯了错也不敢训斥，瞻前顾后，生怕有人会在背后议论他不够宽宏大量，无明君之相。

作为宫里唯一的皇子，怎么也不该养出这么个小心谨慎又唯唯诺诺的性子。这样的性子，在太平盛世时，自是个守成的皇帝，也无甚不好。

但眼下，大周正值风雨欲来之际，需要的是一个更强势、更能稳定人心的皇帝。

朱毓成微微一叹，卫家那小子委实是太过能言善道，又或者说太懂得揣度人心。

他这心呐，自打起了那念头，便再没放下过。

“旭儿要再心狠些，底下的人犯了错，该罚便要罚。你是储君，太过心慈手软，恐遭旁人利用，也难以震慑他人。”

三个时辰前，王贵妃在乘鸾殿对大皇子周怀旭如是说。

周怀旭小心地点了点头，道：“母妃教训得是，儿臣日后定然不会再替他们瞒着了。”

王贵妃望着儿子那乖顺的模样，心里一叹。

其实，不是什么大事，不过是底下的人耍懒，将他的一本字帖弄丢了罢了。

见微知著，睹始知终。

旭儿年岁小小便过于心软，终究不是好事。

一个皇帝可以仁慈，但不可心软，更不可旁人求两句便连惩戒都忘了。

王贵妃轻轻握住周怀旭的手，压低声音道：“旭儿，你是宫中唯一的皇子，如今你父皇的身子一日不如一日，你早晚会继承你父皇的江山。为人君者，可对天下苍生心怀慈悲，却万万不可对身边之人心软，当断则断，免得后患无穷！”

周怀旭望了望王贵妃那双略带凌厉的眼，沉默地点点头。

“好了，今日母妃也不多说，让嬷嬷带你回乾东殿去吧，明日天不亮还要早起去上学。你的那两名内侍便留在母妃这儿，母妃自有安排。”

周怀旭明白，那两名自小陪在他身边的小太监大抵是留不住命了。他嘴唇动了动，却终究没再求情。

出了乘鸾殿，阮嬷嬷撑开伞，对周怀旭温声道：“今儿雪大，地滑，殿下仔细脚下。”

周怀旭心不在焉地应了一声，回想起方才王贵妃说的话，忍不住道：“嬷嬷，我不想做皇帝，一点儿也不想。做皇帝，有什么好的？”尤其是，像父皇那样的皇帝。

周怀旭的话说得很轻，糯糯的声音也很小，也就离他最近的阮嬷嬷听见了。

可饶是如此，阮嬷嬷还是被他的话吓了一大跳。

忙左右环顾了一圈，压低了声音对周怀旭道：“殿下莫说胡话！方才那话，若是叫人听见了，您身边所有伺候的人，怕是都要见不着明日的太阳了！贵妃娘娘对您寄予了厚望，您可莫要让她失望！您是这宫里唯一的皇子，也只有您，日后能做这宫里的主人！”

周怀旭听罢，细瘦的肩登时一垮。

想起王贵妃对他无微不至的关怀与殷殷切切的期盼，只倔强地抿了抿唇，再不出声了。

阮嬷嬷看得心里一酸。

大皇子是她奶大的，她最是清楚他是什么性子。这孩子心肠太软，也没甚野心，之所以那般认真地读书治学，不过是为了贵妃娘娘罢了。

若他真的是为了贵妃娘娘好，那就一定要坐上那位置。若不然，贵妃娘娘这些年受的苦，岂不是都白受了？

殿外的这一番对话，王鸾自是不知。

周怀旭离开后，她便拿起一把金丝绣牡丹花团扇，歪在贵妃榻上，闭目静思。

马嬷嬷见她神色凝重，忙上前给她按了按额角，温声道：“朝廷之事，娘娘莫要太过操心。左右不过是凌首辅与王家的事，与娘娘何干？皇上近来……脾气一日比一日暴躁，这个节骨眼，娘娘最好什么都别理。”

王鸾抬起眼睫，扭头望着一脸愁绪的马嬷嬷，笑道：“本宫想不理也不成呀！嬷嬷你信不信，明日一早，余万拙肯定要偷偷往乘鸾殿递口信儿。凌叡那伪君子又怎会替本宫考虑？还有瀛洲和秦尤那边，定然也要本宫想法子的。这些人啊，就是附骨之蛆，怎么避都避不开！不过嬷嬷你放心，本宫一点儿也不忧心，不仅不忧心，实则心里畅快极了！”

马嬷嬷手上的动作一顿，以为王鸾是在说气话：“娘娘……”

王鸾道：“嬷嬷可知凌叡有多看重凌若梵？凌若梵的死对他来说，无疑是一个巨大的打击。当初，他派人去青州救卫家那位天生凤命的大娘子，打的是什么主意，本宫还能不知晓？”

王鸾说到这儿，妆容精致的面庞露出了一丝讽刺：“他前脚才同本宫信誓旦旦道，他日后定会尽全力辅佐旭儿，后脚便派人去了青州。可他一定不知，本宫也派了人跟着凌家的暗卫，阻止他们救卫媗。”

男人哪，总是这般。一边瞧不上女子，嫌女人头发长见识短。一边又卑劣地利用着女子，为自己谋权谋势。

真是不要脸至极。

可这些男人若是不这么自大，她哪能有眼下的机会呢？

“嬷嬷，”王鸾放下团扇，笑望着马嬷嬷，意味深长地道，“眼下可是个千载难逢的机会，一个彻底摆脱凌叡与王家的机会！”

王鸾猜得不错，翌日一早，余万拙身边的小太监趁着送炭的机会，偷偷同马嬷嬷递了个口信儿，问她：天冷了，贵妃娘娘可要给净月庵送些炭银过去？

王鸾一听，便知凌叡要她去净月庵，她笑了笑，让人给那小太监赏了袋碎银。

小太监抱着那沉甸甸的赏银，欢天喜地地出了乘鸾殿，穿过御花园，对站在水榭旁的余万拙悄悄点了点头。

等了大半个时辰的余万拙，这才面色一松，疾步往宫门口走。

昨日他在金銮殿，吓得腿都要软了。

昨儿夜里更是一宿不能安眠，他与凌叡关系密切，凌叡若是出事，他定然也不会有好果子吃。

皇上本来就已经厌弃了他，若是凌叡不在，只怕他这人头也要保不住多久了。

余万拙步履匆匆，压根儿没注意到旁边正行来一顶轿撵，长公主坐在轿撵里，静静望着余万拙的背影，对赵保英道："继续走，今儿皇兄不上朝，想来有空见本宫。"

赵保英忙恭声笑道："皇上与公主兄妹情深，若知晓公主来了，自是高兴的。"

说罢，便抬了抬手，示意前头的太监继续前行。

随后跟行在侧的赵保英，不着痕迹地往宫门处瞥了眼，随即缓缓勾起嘴角。

今儿，这皇宫可真热闹！

皇宫，养心殿。

周元庚用力翻着手上的奏折，他的眼睛已然看不清上头写的字。即便如此，他也知晓上头写的是什么。

自昨日下朝后，抨击凌叡的奏折跟雪花似的，一本又一本地递进宫来，堆了满满一桌子。

成泰帝心火愈烧愈旺。

凌若梵怎么敢？！秦尤怎么敢？！

还有定远侯，那瘸了腿的废物！在朝廷里白吃白拿，他也没有剥夺他的爵位，可他竟然敢伙同北狄暗害定国公，想要祸乱大周的江山！

这是他周元庚的江山，他们怎么敢？

成泰帝重重地喘着气，直到听见殿外的内侍通传长公主来了，才缓和了脸色。

惠阳长公主一进殿内，便见龙案上摆满了密密麻麻的奏折，有些奏折被砸落在茶盏上，上头的字迹早就被茶水晕染成了一团墨。

可见成泰帝此时的心情定然是不佳。

惠阳长公主微微垂眼，对着成泰帝福了福身，道："惠阳见过皇兄。"

成泰帝压下心底的怒气，温声道："起来吧！你同朕还行什么礼？"

"礼不可废。"惠阳长公主淡淡道，唇角勾起一丝笑意，"昨日，金嬷嬷同我说，青州出了乱子，惠阳不知晓眼下青州情况如何，只好进宫来问问皇兄。"

她不提这茬还好，一提，成泰帝刚压下去的火便又腾的一下起来，怒骂起秦尤几人来。

"都是些狼心狗肺的废物！朕待他们不薄，给他们加官晋爵还不够吗？他们竟然敢背着朕，同南邵、北狄密谋加害褚遇与薛晋！"

薛晋？所以肃州也出事了！

惠阳长公主面色一肃，鲁大人只同她说了青州的事，她倒是不知连肃州也出了事。

青州，肃州。

七年前，不也是如此？大周最重要的两处关隘齐齐被敌国偷袭，整个大周人心惶惶，只盼着皇权尽快更迭，好竭尽全力驱除外敌，恢复边关的太平。

对百姓来说，谁当皇帝不重要。

最重要的是，别让他们当亡国奴，连自个儿的家园都守不住。

“惠阳不知肃州竟也出了乱子，定国公可还好？”惠阳长公主微微蹙眉，“定国公是大周百姓心中的战神，若他出了事，恐怕人心要乱。”

“薛晋无碍。宣骅那老匹夫明面上是去肃州治腿，实则是去与北狄人勾结，想暗害薛晋。朕收到薛晋差人送来的密函，他已捉住了宣骅，启程赶往盛京，不日便会抵达。”

成泰帝揉着越发疼痛的额角，指了指一边的四方椅，继续道：“坐下罢，陪皇兄说说话。朕听赵保英说，你上月去了趟皇陵？”

惠阳长公主颔首道：“是，惠阳去皇陵住了两日，同父皇与母妃说了不少话。”

成泰帝听惠阳长公主提起承平帝，面色微变。

皇宫里，也就惠阳长公主敢面不改色地提起承平帝。

“父皇在时，最是勤政爱民。惠阳若是同他说，皇兄将大周治理得很好，想来他会感到欣慰的。”惠阳长公主扬起唇角，静静地望着成泰帝，道，“谁料青州与肃州竟然齐齐出了事，父皇若是知晓了，定然要大发雷霆。眼下凛冬将至，青州与肃州怎会在这个时候出乱子？这样的巧合，总是叫惠阳想起七年前的夏天。”

成泰帝脸色一僵。

惠阳说得不错。

七年前的夏天也是如此，边关动乱，承平帝驾崩，这才有了他周元庚登基为帝的机会。

惠阳长公主这话一出，殿内的气氛登时一静。

赵保英领着个小太监进门，恰巧听见了长公主后面的半截话。凭着这半截话，他大抵猜到了惠阳长公主此趟入宫的目的。

赵保英转身接过小太监手上的茶盘，笑吟吟道：“出去吧，此处有咱家伺候。”

赵保英端着茶盘上前，给成泰帝和惠阳长公主泡了茶，又温声细语道：“长公主可要加一勺蜜？奴才特地带了小半盅南方进贡来的花蜜，听说那味道甜而不腻，很是清雅。”

惠阳长公主抬眸望了望赵保英，倏然一笑，道：“赵公公有心了，从前母妃吃茶最爱往茶里加蜜。本宫与皇兄每回去春和殿，都能吃上一盏甜茶。”说着，便轻轻揭开茶盅的盖子。

赵保英拿起细长的银匙，上前为惠阳长公主加了一勺蜜。

惠阳长公主的话，自然也让成泰帝想起了他与惠阳已逝的母妃——孝文纯太后。

母妃病逝前曾握着他的手，对他道：“母妃再不能护着你了，元庚啊，莫再作恶了。放下屠刀，让母妃为你骄傲一次，好不好？”

那时母妃的脸瘦得仿佛只剩下一双眼，那双大眼就那般望着他，眼底再无从前的严厉，剩下的只有温柔。

想到孝文纯太后，成泰帝心中一软，将抿了一口的茶盏放下，示意赵保英也给他加一勺蜜。

接着便朝赵保英挥了挥手，让他退下。

赵保英离开养心殿后，惠阳长公主端着茶盏，对成泰帝道："皇兄可曾想过，定远侯之子与胡尚书的嫡长女定亲，两家人走动频繁，胡尚书作为兵部尚书，怎会不知定远侯去肃州做甚？凌若梵是凌叡的儿子，胡尚书亦是凌叡的表妹夫。他们二人的所作所为，凌叡当真不知？"

惠阳长公主不着痕迹地打量着成泰帝的脸色，见他面露怒色，却并不惊讶，便知成泰帝心里早就对凌叡起了疑心。

昨日，凌叡在养心殿外涕泪俱下地跪了几个时辰，惺惺作态地不断磕头，同时诉说着他对成泰帝的忠诚。

起初，她与鲁御史还担心皇兄会真信了他。

现下看来，皇兄大抵从来没对凌叡放下过戒心。

思及此，惠阳长公主眸色一正，望着成泰帝，认真道："八月十五那夜，惠阳在乾清宫同皇兄要两个人的头。皇兄说时机未到，要惠阳耐心等待。眼下凌叡都要抢皇兄的龙座了，难不成时机还未到吗？"

第三十七章

# 尚书认罪

赵保英出了养心殿，便见高进宝凶神恶煞地拾级而上，低声禀告道："定国公府的薛世子，现下在南直门的角落等督公。"

赵保英闻言面无波澜地点了点头，道："你去陪陪薛世子，就说咱家还在当值，暂时走不开。等得空了，便立即过去寻他。"

高进宝道"是"，大步流星地往南直门去。

赵保英微微眯了眯眼，有些猜不透定国公世子寻他何事。二人虽说一同出宫办过几趟差事，对待彼此亦是一贯尊重，但私下见面的交情却是没有的。

赵保英虽猜不透薛无问的来意，但心里也不急，就这般泰然自若地立在养心殿外。及至惠阳长公主从殿内出来，将她恭恭敬敬送出宫门了后，才慢悠悠地往南直门去。

此时，午时已过，地上积了厚厚一层雪，踩上去嘎吱嘎吱响。

薛无问双手抱胸，吊儿郎当地靠着一棵杏树，歪着头同高进宝说话，英俊的眉眼始终噙着点风流的笑意。

他在这儿等了好些时候了，玄色的筒靴早已缀满了雪花，可他面上却没有半点不耐。

堂堂锦衣卫指挥使应当是忙得脚不沾地才是，这会儿浪费时间在这儿等自家督公，高进宝心里还真有些过意不去。

硬是将那张生得极凶的脸挤出点笑意，搜肠刮肚地陪薛无问闲话家常。

这对高进宝来说，委实比去对付余万拙还要难。

好在自家督公在他快聊不下去的时候，终于出现了。高进宝肉眼可见地松了口气，同薛无问打住了话头，便默默到前头守着了。

赵保英一甩拂尘，对薛无问笑眯眯道："劳薛大人久等，不知大人寻咱家有何事？"

薛无问从袖口里摸出一颗珠子，给赵保英看了看，道："本官受人所托，特地替他前来求督公一件事。"

这颗珠子是从菩提木里磨出来的，赵保英一眼便能认出这珠子是如娘亲手做的。

从前，在定风县时，如娘总爱捡一些无人问津的老木头回来，要他给她磨珠子，做手钏。

他的木活做得不甚好，磨出来的木珠子自然也不大好看，可如娘就是爱不释手。

后来，二人分开了漫长的一段岁月，他早就不再做木活了。没承想如娘倒是捡起了这门手艺，见到些特殊点儿的木头，都要拿回来磨一磨。

薛无问手上这颗珠子，便是用霍珏特地从大相国寺带回来的那截菩提木磨出来的，赵保英身上也有一颗一模一样的。

如娘给他时，还煞有介事地说，这是浸染了无数香火、听了无数经文的菩提木，戴着定能保平安。

保不保平安的，赵保英并不知晓，既然是如娘做的，他自会好生珍惜。

薛无问手中这颗珠子是谁的，赵保英自然也猜到了。

“霍大人是要拿这珠子求咱家办事？”

“非也非也。”薛无问又将珠子塞回了袖口，哼笑了声，道，“那小子说，这珠子就给督公您看一眼，免得督公不信本官。等他回来了，本官还要亲自将这珠子完璧归赵地给他送回去呢。”

薛无问说完，望着赵保英的目光不由得带了点儿同病相怜的同情。

那小子连颗珠子都舍不得给，抠抠搜搜地让人看上那么一眼，就要眼前这位司礼监秉笔太监给他跑腿。

啧——这位赵公公比他薛无问还要惨上三分。

赵保英倒是没觉察到薛无问眼中的同情之色，听罢，便笑了笑，道：“霍大人这是要咱家帮他何事？”

薛无问道：“他让本官拜托督公，将余万拙的命留到来年开春。”

赵保英长眉一挑，有些意外霍珏所求之事。

沉吟半晌后，他笑了笑，道：“余掌印与咱家的关系，一贯不好。霍大人就这般笃定咱家会帮他这个忙？”

“这我就不知晓了。”薛无问耸了耸肩，“本官就是个带话的，如今话带到了，也差不多该回锦衣卫上值了。这盛京，怕是从今日开始就要热闹起来了，还望督公多保重。”

说罢，便抬脚信步离去。

那模样瞧着，似乎当真就是来传话的。话传到了，他二话不说便走，也不问赵保英究竟应不应。

赵保英望着薛无问高大清瘦的背影，阴柔的脸露出一丝沉思。

能让薛无问给他跑腿，状元郎与定国公府的关系定然比明面上看到的还要深。

他这般堂堂正正地显露出他与定国公府的关系，又坦坦荡荡地求自己办事，一副不拿自己当外人的姿态。

委实是叫他又好气又好笑。

宫里宫外想求他赵保英办事的人不知凡几，从来没有人敢空手而来。送金银珠宝的有之，送美人瘦马的有之，就没见谁给他瞅一眼珠子就要他办事的。

真是……一言难尽啊。

赵保英笑着摇了摇头。

高进宝走近时，见自家督公面含笑意，一时有些纳闷儿，那位世子爷到底同督公说了什么好消息？竟然引得督公笑得如此开怀。

高进宝心中好奇，便憨憨地问了句：“薛世子可是来同督公报喜的？”

赵保英唇角的笑意一深，道：“哪儿来的喜可报？薛世子是替人来讨债的。”

高进宝没听明白这话，但见赵保英说这话时没半点恼意，便知晓这要讨的债，定然是督公本身就愿意欠的。

薛无问出了南直门，便径直上了外头的一辆马车。

暗二守在马车旁，见他来了，便悄然上前，低声道：“世子，刑部的齐尚书一早便出了门。先是去了趟大理寺狱看秦尤，之后又到大理寺官衙，亲自摘下了乌纱帽，同宗大人认罪。直言道出七年前先太子府和霍、卫二家的谋逆案乃冤案，而制造这起冤案的人便是凌首辅。宗大人似乎接下此案，这会儿正在往宫里去。”

薛无问攒眉思索，长指敲了敲腰间的绣春刀，道：“朱次辅何在？”

“朱次辅一早去了都察院，没一会儿，鲁御史便匆匆出了都察院，去了长公主府。再之后，长公主便进宫来了。”

朱世叔这是去都察院请鲁御史做说客去了，难怪长公主会选在今日入宫。

薛无问轻笑一声。

还真让那小子说对了，齐昌林会主动认罪，率先揭开七年前的那桩旧案。

只要他一认罪，朱次辅、宗遮、鲁御史乃至于长公主都会有所行动。

而这些人会如何做，他竟然一算一个准。

凌叡谨慎，不管是青州还是肃州之事，都是隐在幕后，不曾出面过。此次，不管是青州的案子，还是肃州的案子，火都烧不到凌叡身上。

这便是他们要的局面。

青州、肃州之事，凌若梵可以有罪，秦尤可以有罪，定远侯与胡提也可以有罪。

但，这些罪不能用来定凌叡的罪。

就算凌叡不能从此案中摘除出来，他们也会替他摘干净。

凌若梵是凌叡的儿子，胡提是凌叡的表妹夫，明眼人都知晓凌叡定然不清白。可只要没有证据，凌叡就能堂而皇之地喊冤。

不得不说，凌叡这伪君子一贯会做戏，这些年在民间的口碑自是不差。

只要他喊冤，还真有人会信，那些追随他的人也会齐心协力地替他走动。

这样一个人，明明知晓他有罪，却偏偏没有证据定他的罪。

不管是都察院的两位都御史，还是长公主，乃至于宫里的王贵妃，定然都会不甘心。

打蛇不死，后患必定无穷。

若凌叡这次死不了，谁知晓日后他会不会卷土重来？

那小子大抵是从一开始便是如此打算的。世事如棋，落子成局，那小子一步一步地将事情推到了唯有重审七年前的案子，方才能彻底弄死凌叡的局面。

如此一来，不管是谁，都不会再犹豫了。

眼下，齐昌林既已亲上大理寺认罪，那七年前的所有犯案者，除了现在的成泰帝，旁的人定然一个都逃不了。

七年前，凌叡陷害先太子府的证据他们有，再加上一个齐昌林做人证，只要旧案重审，凌叡便再难翻身。

至于成泰帝……倒是不急着对付。

此次旧案重审，定然不会将成泰帝牵扯进来，若不然，如何能逼得成泰帝同意重审先太子府的谋逆案？

那两封写有康王名讳的密函，如今就在朱毓成手里，还不曾送到大理寺。霍珏放心地让密函落入朱毓成手里，又要赵保英留住余万拙的命，必定是留了后手。

想到余万拙，薛无问微微眯了下眼，道："今日乘鸾殿有人出了宫，可是去了大理寺？"

暗二颔首道："是王贵妃身边的嬷嬷。"

薛无问提唇笑了笑。

得，那小子人虽然不在盛京，但所有人都在按照他的预想在行动。

既然如此，他也不必费什么心思了，毕竟他还有更重要的事要忙。

薛无问跷着二郎腿，懒懒散散地靠上软垫，优哉游哉地道："去趟长泰街的蜜饯铺。"

蜜饯铺？蜜饯铺与这次的案子有何关系？

暗二皱眉，看着自家世子，迟疑道："世子不去大理寺看一眼？还不知晓秦尤会说什么呢？"

"还能说什么？秦尤不是个傻的，既然知晓凌叡想要他死，哪儿会坐以待毙？贵妃娘娘肯定也会暗示他，他与凌叡只能活一人。他想要活下去，自然是把所有罪名都推到凌叡身上。"

薛无问揉了揉眉心，道："快去长泰街，再晚点儿那酸枣糕就没了。"

暗二一听，便猜到了这酸枣糕定然是给魏姨娘买的。

今晨，他听佟嬷嬷提了一嘴，说大抵是因天冷的缘故，这几日魏姨娘似乎有些食欲不振。

反正，他只需记得，在定国公府，天大的事都比不过魏姨娘的事来得重要。

于是，暗二没敢再耽搁，应了一声便到前头驾车去了。

暗二边驾车心里边想：还好暗一送方神医去曲梁城了，若不然又要腹诽自家世子爷不务正业了……

"阿嚏！"正从曲梁城赶回盛京的暗一重重打了个喷嚏。

他揉了揉鼻子，对身边的素从道："定是我那些弟兄想我了。"

素从瞥他一眼，面无表情地点了下头，又面无表情地擦了擦刚装好毒针的手镯，目露警惕地环视一圈。

见素从一脸严肃，暗一轻咳一声，摸了摸鼻子，乖乖闭嘴。

他把方神医送过来好几日了，姜小娘子的风寒之症也治得差不多了，这会儿众人正在往盛京赶。

天气一日比一日寒冷，地上的积雪愈积愈厚，路也越来越不好走了。

他们一行人一路还须押送定远侯府的人回京，自是要小心谨慎些。

霍公子说，此次回京路上兴许会有埋伏。

暗一是定国公府首屈一指的暗卫，素从是白水寨里最了解各类暗器与埋伏的武林高手，二人一同被霍珏派出来探路也不是第一回了。

暗一拍了拍衣裳上的雪沫子，心里不由得感叹他已经多少日没能好好说话了，好在再过两日便能到盛京，再也不用憋着话了。

正想着，便见一旁的素从将手镯戴回手腕，惜字如金地道："干净，撤。"

暗一："……"

路上虽无埋伏，可当天夜里，众人落脚的客栈却是来了一批刺客。

好在顺天府尹宗彧派了不少人过来，暗一亦是带了不少好手，有惊无险地将人解决了。

"霍公子，这些人究竟是谁派来的？竟然全是死士，一个活口都没能留下。"暗一忍不住蹙眉道。

霍珏冷冷地看了眼地上的尸体："不是凌叡便是胡提。无妨，接下来几日，他们恐怕没时间来救人了。"

胡提与凌叡想救宣毅，自然不可能因为宣毅与胡玉雅的亲事，不过是为了威胁即将被押送回盛京的定远侯罢了。

既然，齐昌林已经去了大理寺认罪，凌叡与胡提眼看就要自身难保了，哪儿还有心力再派人来抢人？

今夜，这群刺客动静不小，在屋里的姜黎虽有云朱和素从护着，却还是提心吊胆了好一会儿，手里紧紧攥着失而复得的小匕首。

姜黎本以为这把匕首在流民作乱那日弄丢了，不承想霍珏竟然把它寻了回来。

院子里刀剑碰撞的声响渐渐弱了下去，约莫大半个时辰后，霍珏推门而入。

便见姜黎坐在屋门后，紧张兮兮地握着匕首，不由得心口一软。

他冲着云朱与素从略一颔首，二人十分有眼力见儿地退下了。

房门一阖，霍珏大步上前，在姜黎跟前蹲下，柔声道："可是害怕了？"

姜黎自是摇头，忙放下手上的匕首，将他从头到脚仔仔细细打量了一番，道："你受伤了没？"

霍珏轻描淡写道："没有。方才来的刺客不多，我们人多，没费多少工夫便解决了。

你别担心，不会再来刺客了。再过两日，我们便到盛京了。”

姜黎轻“嗯”了声，低头指了指他衣袖和手背上的血迹，道：“这是方才黑衣人偷袭你时沾上的吧？”

屋子里有扇窗正对着院子，方才黑衣人拥进院子时，姜黎恰巧透过楹窗看到一名黑衣人拔剑刺向了霍珏的背。

只不过剑尚未碰着他衣裳，霍珏转身扣住了黑衣人的手腕，大手一扭，剑换了个方向，直直插入了黑衣人的胸膛。

一剑毙命。

霍珏的眉眼冷漠，眸子里不带任何情绪，身形如电，眨眼间便收割了一条人命。鲜血从黑衣人的胸口涌出，溅到了霍珏的衣袖上。

姜黎拉过他的手，拿起帕子仔细擦掉沾染在他手背上的血迹。

霍珏眸色微沉，被她牵住的手甚至微微一僵。不知为何，霍珏耳边忽然响起了宣毅的话：“她若是知晓你的真面目，定然会像厌弃我一样厌弃你。”

那日宣毅说的话，其实他并不在意。

可此时，当他知晓姜黎看见他杀人时，他不得不承认，他的心的确起了丝波澜。

不是怕她厌弃，而是怕……她会觉得他再不是她一直以来喜欢的那个霍珏。

霍珏垂眼，望着认真擦拭着他手背血迹的小娘子，轻声道：“阿黎怕吗？”

姜黎抬起眼，疑惑道：“怕什么？”

霍珏的嘴唇动了动：“我杀人。”

姜黎闻言，不假思索地颔首道：“怕的。但我不是怕你杀人，而是怕那人伤了你。好在你身手好，没让那人得逞。”

诚然，她瞧见院子里死了人，到底是有些犯怵的。

毕竟头一回见到活生生的人死在她面前。

可，杀人者，人恒杀之。

想到这儿，她话音一顿，望了望霍珏，见他脸色有些凝重，以为她家郎君是因为杀了人，心里不得劲儿。

“你没做错。”姜黎忙放下帕子，紧紧握住霍珏的手，认真道，“是那人要杀你，你才杀他的。若是以后有人要害你，别说你了，就是我，也不会放过他们的！”姜黎想了想，又补了一句，“我就算杀不了他们，也会给你递刀的。”

姜黎的话掷地有声，她软糯的话音刚落，霍珏便无声地笑了。

阿黎大抵不知晓她的这番话有多动听。

霍珏想，平日自家娘子拿刀杀鱼宰鸡倒是利索，但真要让她杀人……怕是连刀都握不稳。可即便如此，她仍旧要给他递刀，一点儿也不怕会杀人的霍珏。

就像梦里，他明明是个不能人道的阉人，但在她眼底，他依旧是他。

他的阿黎，一直是那个不管他变得如何，都要努力将他从宫里赎出来的阿黎。

烛火摇曳。

霍珏眉梢眼角渐渐染上了暖色，郎君反手捏了捏姜黎的手，笑着应她："那……日后，我为阿黎磨一把好刀。"

成泰六年，十一月二十五，刑部尚书齐昌林登大理寺，自陈其罪，称七年前先太子谋逆案乃冤案。

十一月二十八，成泰帝令内阁次辅朱毓成暂理刑部，与大理寺、都察院重审先太子谋逆案。

"听说没？原来七年前的那宗案子是冤案！我就说，先太子若是想当皇帝，当初先帝被人刺杀时，他就不会冲上去替先帝挡毒箭了！要不是中了毒，他的身子哪会那么差，看着病恹恹的。"

"可不是嘛！那会儿都在传先太子命不久矣，先帝为了震慑朝堂，还亲自接了先太孙入宫，以此表示对太子府的偏爱。都说先太孙是先帝抱在龙椅上，手把手教出来的。先帝年岁不小了，皇位早晚都是先太子、先太孙的，他们怎可能会犯险谋逆呢？"

"听说，是凌首辅背后策划了这次冤案，就因为先太子有意请卫太傅出青州。凌叡不得先太子看重，又怕他的首辅之位不保，这才一不做二不休地构陷先太子府。先除掉先太子、先太孙，把康王扶上皇位。等到时机成熟，再把康王赶下皇位，自个儿做皇帝！"

"真是狼子野心！前些日子，青州与肃州差点儿出事儿，不就是因为凌首辅迫不及待要做皇帝嘛！唉！最无辜的就是卫太傅一家与霍老将军那样的忠臣良将，竟然因为一个小人就没了。"

"谁说不是呢！还有当初长公主的驸马爷，不就是为了替先太子陈冤才一头撞死在登闻鼓上的吗？"

当年，盛京的老百姓目睹了先太子府是如何在短短七十二日内彻底覆灭的，那时心里虽疑惑重重，却无人敢提。

眼下，大理寺重申旧案，倒是将众人埋在心底好多年的困惑解开了。

果真是冤案！若非是冤案，怎可能重审？

再想想，皇陵里先帝的功德碑泣血，卫氏先祖在大相国的寺灵牌擘裂，可不就是因为有冤吗？

当初先太子、先太孙因为谋逆甚至不能葬于皇陵。

先帝那般疼爱先太子、先太孙，自然是死不瞑目了！

更有卫家、霍家上下三百多人一夜之间葬身火海，又怎么可能不冤呢？

若这一切当真是有人蓄意为之，真应该将那些人千刀万剐！

“那怎的还不抓人？不是说那劳什子首辅又跑去皇宫喊冤了吗？现在金銮殿里的皇帝可是这位首辅亲自登门恳请才登基的，他可别因为这件事就饶了这劳什子首辅！”

霍珏与姜黎进京时，百姓们已经开始沸沸扬扬地讨论起锦衣卫怎么还不抓人的事了，还有人担心皇帝会因为旧情徇私放过凌叡。

姜黎放下车帘子，好奇地问霍珏：“那人……当真跑去皇宫喊冤了？皇上会听吗？”

方才百姓说的话霍珏自然也听到了。能在这么短的时间就让舆论往一边倒，一方面是因为七年前的案子太过不同寻常，另一方面大抵是有人在后头引导着舆论。

霍珏放下手上的茶盅，道：“不过是人云亦云。那人这几日告病在家，连早朝都没去。”

姜黎“呀”了一声：“皇上可别因为他病着就心软了。做了坏事，就是病得只剩一口气儿，也得让他接受审判，自食恶果。他那样的人，死后就算下十八层地狱都不够赎罪的！”

姜黎越说越气愤，霍珏觉得好笑。

周元庚……怎可能会心软呢？

此时，凌叡大抵还在想，只要他手里有周元庚的把柄，周元庚就不敢对他赶尽杀绝。

可惜啊……那两封密函，早就被齐昌林李代桃僵换走了。

七年前的谋逆案是凌叡谋划的，周元庚胆小若鼠，生怕被人察觉，根本不敢同凌叡有任何明面上的往来。

也正因如此，凌叡为了防止周元庚日后过河拆桥，这才留下了与北狄、南邵往来的书信。信里白纸黑字写着当初康王对北狄太子与南邵皇帝的承诺。

只不过，凌叡一直以为他藏得隐秘的密函，实则已经落入了朱毓成的手里。

周元庚对凌叡不满已久，青州与肃州之事是导火索，彻底点燃了他这些年对凌叡的不满。

再有长公主在一旁推波助澜，只要七年前的案子不将他牵扯进来，他定然会同意重审先太子府的谋逆案。

事实亦是如此。

此时，凌叡的处境，说是树倒猢狲散，墙倒众人推也不为过。

很快……他便会知道，什么叫作众叛亲离。

他当初扶持的皇帝要杀他，他亲手提拔的亲信背叛他，他自以为深爱着他的女人利用他、唾弃他，就连细心教导的儿子都死在了他前面。

“他会自食恶果的，”霍珏抬手掐了掐姜黎微微鼓起的腮帮子，声音里带着点哄逗，“至多再过一个月。阿黎再等等，到了年底，一切就能尘埃落定了。”

姜黎不晓得三法司审案，尤其是重大案件，究竟要审多久。

这会儿听霍珏说还有一个月，倒是比她意料的还要快得多。

一个月，她还是等得起的。

一个月的时间，姜黎等得起，可凌叡却是等不起的。

“将此药送到王贵妃处，十日内，本官要周元庚死。”

凌叡用力握紧手上的药瓶，递与乔装出宫的内侍，素来儒雅的脸遍布阴霾，瞳眸里尽是狰狞的杀意。

内侍闻言，恭恭敬敬地接过药瓶，道：“大人放心，奴才定会将药送到乘鸾殿。”

凌叡颔首，望着窗外纷扬的大雪，道：“眼下都察院与大理寺的人盯得紧，本官不方便再去净月庵。你同贵妃娘娘说，为了大皇子，周元庚不能再留。若不然……他早晚会察觉到大皇子的真实身份。”

凌叡顿了顿，又交代道：“另外，让余掌印稍安勿躁，莫要自乱阵脚。他与周元庚毒杀先帝之事，除非周元庚不想做皇帝了，否则定然不会让人查到先帝的死因。”

内侍低头应了一声，很快便悄无声息地出了凌宅。

内侍人刚走，书房里马上又进来一人。此人穿着一身雪白的丧服，素容憔悴，头簪白花，正是凌叡的发妻，慕氏。

慕氏瞪着一双赤红的眼，望着凌叡，道：“方才来的人是谁？梵儿的遗体，你究竟要什么时候才给我要回来？！”

凌叡紧紧地皱起眉头。慕氏是大家闺秀，二人成亲后，她一贯知情达理、温柔体贴，是个称职的贤妻良母。

可自从梵儿的遗体被送回盛京后，她仿佛得了失心疯一般，时不时就哭哭啼啼地跑来寻他的麻烦，越来越没有当家主母的气度。

现如今，他的处境如临深渊、如履薄冰，一个不慎便会人头不保。她不给他慰藉便算了，还一改从前的贤惠，动不动就怪他没能护好梵儿。

凌叡望了眼窗外灰蒙蒙的天色，沉着声道：“不是同你说了吗？再过十日！慕氏，我的事你莫要再过问，你——”

他话未说完，慕氏便疾步冲向他，啪的一声狠狠打了他一记耳光。

“莫要过问？”慕氏冷笑一声，讥讽道，“你与宫里那位的事儿，你真以为我不知？你以为你去净月庵的事当真是人不知鬼不觉吗？”

凌叡被她用尽全力的巴掌打得头一偏，脸上被她的指甲划出了一道细细长长的口子。

他不可置信地瞪着慕氏，随后脖颈青筋凸起，怒吼一声：“慕氏！你疯了不成？你知不知道你在做什么？你是不是想死啊？！”

慕氏强忍住泪，凄厉一笑：“凌叡，人在做，天在看！你做了什么事你心里清楚，明明做错事的人是你，为何死的是我的梵儿？你就是个畜生，早晚会遭报应的！”

说罢，她在眼泪落下之前，转身跑出了书房。

凌叡咬牙盯着慕氏的背影，旋即身体重重一晃，他赶紧扶住桌案的一角，喃喃道："我不会输！只要周元庚死了，他们便定不了我的罪。大皇子是我的儿子，他怎么会不帮我？还有王鸾……她本来就恨周元庚，一定会借此机会弄死他的……"

乘鸾殿。

"他想要周元庚死，那便让他自个儿去杀了他，同本宫说这些话有何用？"

王鸾似笑非笑地把玩着手上的药瓶，对马嬷嬷道："你说他多自负，才觉着本宫会在这个节骨眼儿替他杀人？还拿旭儿来威胁本宫，简直是痴心妄想！"

"娘娘心里清楚便好，凌首辅说不得马上就要……娘娘还是离他远些好。"马嬷嬷说到这儿，便上前拿走王鸾手上的药瓶，道，"这药瓶里装的多半是毒药，老奴拿去处理了，免得被人看到，惹来一身腥。"

"慢，嬷嬷，"王鸾拦住马嬷嬷，"这药以后兴许能用上，先留着吧。"

马嬷嬷脸色一变："娘娘！"

王鸾笑道："不是用在皇上身上，嬷嬷不用担心。"

马嬷嬷蹙眉，却也没再说什么，寻了个隐秘的地方，将药瓶藏了起来。刚做好这些，便有内侍通传，说皇上来了。

这几日，宫里谁不知晓成泰帝的心情糟糕透了，养心殿里的茶盏、镇纸都不知被他摔碎多少个了。

皇上也就在乘鸾殿时，才能消停些。

马嬷嬷忧心忡忡地望着王鸾，正欲开口，却见王鸾抬了抬手，道："嬷嬷退下吧，皇上不喜欢有外人在。"

马嬷嬷只好将到嘴的话咽回去，领着守在外间的一众宫女退了出去。

成泰帝进来内殿，见王鸾正要去金丝楠木的柜子里取东西，便道："今日不必吃神仙丸，阿鸾，过来陪朕说说话。"

王鸾收回手，掩下眼底的异色，扬起一抹温柔的笑容，对成泰帝道："那臣妾便恭敬不如从命了。"说着，便在成泰帝身旁坐下。

成泰帝将头枕在她腿上，闭上了眼……

他仿佛回到了春和殿，他小时候便是这般枕着母妃的腿，听她温言细语地同他说话。

王鸾跟了成泰帝那么多年，早就知晓他爱听什么话，这会儿说的话自然都是哄他开心的，偶尔会拣几句大皇子的事来说。

成泰帝闭着眼睛听着，听到一半，忽然打岔道："凌叡是你的表哥，秦尤是你的姐夫，若是朕要治他们的罪，阿鸾可会生朕的气？"

王鸾唇角的笑意不减，轻轻揉着成泰帝的额角，温声道："皇上说的这是什么话？臣妾不过一妇道人家，朝廷的事臣妾不懂。臣妾只知道，任何伤害皇上的人，臣妾都不会原谅。若是表哥与姐夫做错了事，皇上该罚就罚。臣妾啊，只要皇上开怀便心满意足了。”

成泰帝睁开眼望着王鸾：“你别怪朕心狠。朕待他们不薄，朕给他们加官晋爵，让他们位极人臣。可他们竟然为了一己之私，想要祸乱朕的江山，朕不能忍。况且，正如惠阳说的，七年前，若不是他们蛊惑朕，朕怎会伤害太子与父皇！”

王鸾轻轻附和：“表哥能说会道，连臣妾的长辈瀛洲王氏的族长都对他言听计从。许多年前，臣妾便觉着不妥，既然他触怒到了皇上，那皇上便不必顾及臣妾的脸面，依照大周的律法处置了便是。臣妾的依仗从来不是旁的人，而是皇上。皇上可不许因为表哥与王家犯了错，就厌弃臣妾。”

王鸾说到这儿，那双柔媚的凤眸浓情蜜意地望着成泰帝，带着点儿娇嗔。

成泰帝提了提嘴角，心底那点子怀疑瞬时便烟消云散。

阿鸾一直以来都是崇拜他，爱慕他的，视他作天，怎可能会背叛他？

成泰帝拍了拍王鸾的手，温声安抚道：“阿鸾是世间最懂我的人，我怎么会厌弃你？”

他说的是我，而不是朕。

王鸾垂下眉眼，轻轻笑了笑：“臣妾与旭儿就只有皇上了，皇上可得记住您今日说的话。”

成泰帝在乘鸾殿待了小半个时辰，便离开回养心殿处理政事去了。

此番，大理寺重审先太子谋逆案，他日日都派人盯着。

那日，宗遮前来求见，将手上的证据还有齐昌林的证词都一一上禀：“青州之案，主谋乃秦尤。凌若梵手上有秦尤通敌之证据，却不上报，至多只能治个包庇隐瞒之罪。眼下臣搜集到的证据尚且不足以定凌首辅的罪，除非皇上同意臣重审七年前的谋逆案。罪臣齐昌林对当年之事供认不讳，还请皇上允臣重审旧案。”

成泰帝让赵保英将齐昌林画押的证词仔仔细细地念给他听，字字句句指向的都是凌叡一党，半个字都没提到成泰帝。

饶是如此，成泰帝还是不放心，日日都让赵保英到大理寺盯着。

成泰帝翻了翻手上的案牍，对赵保英道：“宗遮、朱毓成怎的还不派人将凌叡关到牢房里？既然要重审旧案，那就越快越好！快些将这案子结了！”

赵保英躬身道：“两位大人办事一贯铁面无私、律法严明，想来是想等证据确凿时才会下令逮捕此人。眼下凌大人告病在家，若是强行将他下狱，在狱中出个什么事儿，恐怕要落人话柄，说大理寺屈打成招、陷害忠良云云。奴才瞧着，两位大人应当心里有数。”

成泰帝闻言，微蹙的眉心总算展平：“如此，倒不必再催他们了。”

却说成泰帝离开乘鸾殿后，马嬷嬷便进了内殿。

见王鸾平安无事，这才悄悄松了一口气。可这口气才刚松下去，不知想到了什么，唇角又抿了起来。

王鸾睇她一眼，道："方才可是出了什么事？"

马嬷嬷迟疑了片刻，道："方才皇上才进乘鸾殿没一会儿，大皇子便来了。奴婢谨记娘娘的吩咐，并未让殿下进来，已经差人将他送回乾东殿了。"

王鸾淡淡"嗯"了一声。

乾东殿在养心殿东侧，旭儿大抵是瞧见他父皇的轿辇了，想同他父皇说话，这才跟过来的。毕竟旭儿小的时候，最爱缠着他父皇说话。

只是，三四年前开始，他忽然便同他父皇不怎么亲近了。

王鸾揉了揉额角，说实话，成泰帝喜怒不定，旭儿在这儿，她反倒会提心吊胆。

从私心出发，她也不大希望旭儿同周元庚亲近，嬷嬷将他送回乾东殿，自是最好。

"明日，让阮嬷嬷带他过来用午膳吧。"王鸾叹了声，"明日皇上应当不会来。"

马嬷嬷忙答应下来。小殿下前几日失去了两个自小一起长大的内侍，想来还在伤心呢，明日来乘鸾殿同娘娘说说话也好。

年关将至，家家户户开始备年货。

这几日，来状元楼定酒的街坊可不少。

姜黎自从回到盛京，虽说风寒之症已经好得差不多了，可杨蕙娘见她瘦得下巴都尖了不少，硬是将她拘在家里又养了几日，方才让她去酒肆。

离开盛京两个多月，姜黎再回来时，状元楼隔壁的两间门面已经被杨蕙娘盘了下来。

如今的状元楼可是不小，杨蕙娘又招了一些人，连余秀娘从前的婢女小月也来酒肆做酿酒娘子了。

姜黎与小月有过一面之缘，二人寒暄几句后，姜黎忍不住问道："秀娘子今日怎的没来？"

十日前，老爷去大理寺认了罪。

没多久，盛京便多出了许多流言。

都说老爷助纣为虐，替凌首辅害死了先太子，还害死了青州的卫太傅与霍老将军。

如今，受到了良心的谴责，这才连命都不打算要了，去大理寺自揭七年前的罪行。

可小月知晓，老爷会去大理寺认罪，多半是因为夫人。

而夫人今日之所以不在酒肆，是去大理寺狱看老爷了。

小月沉默了片刻，将鬓边的碎发拢到耳后，对姜黎道："夫人去了大理寺狱。"

其实，姜黎回来之前，夫人便同杨掌柜和如娘坦白了自己的过往。

夫人怕老爷的事会牵连到酒肆，打算坦白后就离开酒肆的，却被杨掌柜直截了当地拒绝了。

“犯错的是你的前夫，与你何干？”杨掌柜恨铁不成钢地道，“我又不是那等子不讲理的人，你安心留在酒肆。若是有人敢骂你，我替你骂回去！我女婿在都察院，那御史可不是白当的！”

夫人说，酒肆里的这几位娘子都是好的，小月这一次是真真切切地感受到了。

她说完，怕姜黎会担心，又赶忙补了句：“前几日去大理寺认罪的刑部尚书，是夫人从前的……夫君。夫人，就是去大理寺狱看他的。”

姜黎这下是真的被惊到了。

万万没想到，与秀娘子和离的人竟然是刑部尚书齐昌林。盛京里的二品大员稀缺，十个手指都数得过来，真想不到秀娘子的前夫就是其中一人。

说起来，七年前的先太子谋逆案，齐昌林并不无辜。这么看来，他也算是害霍珏与阿姐的人之一。

只不过，如今他认了罪，又愿意指认旁的同谋者，也算是做了点儿该做的事。

夜里霍珏回来，姜黎便忍不住同他说起了这件事。

“小月说秀娘子以前的夫君就是刑部的齐尚书，今日秀娘子没来酒肆，是到大理寺狱看他去了。”姜黎上前半步，帮霍珏解官服，“秀娘子素来是眼睛里揉不进沙子的人，齐尚书犯了那么大的罪，她愿意去看他，大抵是为了全了从前的夫妻情分，也算是仁至义尽了。”

姜黎说完，便抬眼看着他，见自家郎君垂眸望着她笑，似是完全看穿了她的心思，也跟着笑了笑，道：“我听娘说，秀娘子怕我们还有酒肆会受她所累，同娘提出了辞呈，好在被娘劝住了。虽说齐尚书不是好人，可秀娘子是好人。你，你别怪她。”

“嗯！别多想，我不会迁怒到秀娘子身上。”霍珏低声应她，换好衣裳后，便抱起姜黎，让她坐在他膝上，问道，“今儿嗓子如何了，可还会咳？”

姜黎忙道：“昨日就不咳了，方神医开的药还剩下一剂，娘说不能浪费，非要让我多喝一日的药。”

霍珏道：“病去如抽丝。娘也是为了你好，方神医说了这些药一剂都不能落下。”

方嗣同开的药效果极好，姜黎吃了几日便好得差不多。

可老人家说，她此次风寒太过厉害，为了防落下个寒底，又给她开了几日药。

提起方神医，姜黎不免想起刚回京时，定国公府的人匆匆忙忙地来霍府将他接走的事。

“阿姐当真没什么事吗？”姜黎拽了一下霍珏的袖子，担忧道，“那日，我瞧着暗二过来接方神医时，还挺急切的。”

霍珏道：“别担心，阿姐没事。”不仅没事，兴许还是好消息。

阿姐既然不说，那他便也装作不知。

阿姐……大抵是有她的打算。

此时的无双院，佟嬷嬷也说起了同一件事："姑娘为何不同世子说？世子盼星星盼月亮地想要同姑娘生个小女郎，若是知晓姑娘有孕，指不定要多欢喜呢！"

"方神医说了，眼下日子还浅，还不能断定是不是真的有孕。若过几日小日子来了，岂不是空欢喜一场？况且——"卫媗摸着小腹，垂下眼睫道，"就算……真的有孕，眼下也不是说的时机。"

佟嬷嬷不解："那什么时候才是说的时机？"

卫媗望了望外头簌簌落着的大雪，轻声道："再等等罢。"

"等什么？"薛无问进来时，恰巧听见卫媗说的话，下意识便问了句。

卫媗见他身上的大氅还沾着雪花，忙上前替他解开大氅，道："等蜡梅树的花开得再艳些。"

薛无问望了眼窗外的蜡梅树，只见上头冒出的花苞，铺满了枝头。

卫媗喜爱蜡梅，往年蜡梅花期一到，就领着丫鬟婆子在院子里摘花，烘干了再拿来调香。

他收回眼，目光又落在她脸上。

前两日，方神医给她把了脉，说是积了食，又开了几剂药。

药吃了两日，她的胃口的确是恢复了些许，脸也有了些血色。

薛无问眸色深了深，扶在卫媗腰侧的手微微有些滚烫，他摩挲着她的腰，低头在她颈间嗅了嗅，开口时声嗓带了点喑哑："卫媗……"

卫媗动作一顿，下意识便往后退了步，道："今儿不行。"

薛无问从来不在这事上勉强她，忍了忍，便将手从她腰侧挪开，道："那什么时候可以？"

卫媗抬眸看他一眼，转身将大氅挂起，慢悠悠地道："等我身子完全恢复吧。"

大约也就一年……

薛无问心想，再吃几日药应当就差不多了，左右不过几日，忍忍便过去了。

卫媗不知他心中所想，挂好大氅，便在贵妃榻上坐下，问道："你回来前去见朱次辅了？"

薛无问"嗯"了一声，道："那小子也去了，就在绣坊街的面铺。"

"我知你想问什么。"他握住她的手，将她轻轻拥入怀里，道，"朱世叔说，他与宗大人、鲁大人已经准备好了，明日便会差人逮捕凌叡，后日正式提审。你放心，这一次，凌叡插翅难飞，希望他死的人可不仅仅只有我们。"

"卫媗，"薛无问低头碰了碰她的眉眼，认真道，"很快……你就不再是无双院的魏姨娘了。"

# 第三十八章

# 众叛亲离

凌叡是在十二月初三的清晨被锦衣卫的人直接押入大理寺狱的。

天色才蒙蒙亮，正是好梦正酣时，薛无问亲自领着十数名身着飞鱼服的锦衣卫破门而入。

凌叡被抓时，尚且在睡梦中，昨夜他同心腹部署了整整一夜，到得卯时一刻方才歇下。

谁料，才睡了不到半个时辰，锦衣卫便来抓人了。

他只着一身中衣便被人从榻上粗暴地揪了起来，连净面换衣的时间都无，踉踉跄跄地被推到了院子里。

慕氏与凌若敏匆匆套上衣裳，见院子里站满了锦衣卫，脸色俱悚然一变。

凌若敏张开双手拦住薛无问，哽咽着声音道："薛大人，父亲是冤枉的！他不可能做出构陷忠臣良将之事！若敏知晓您有皇命在身，今日不得不抓人。薛大人可否看在若敏的分上，给父亲一些时间？至少……至少让他吃顿热食，换套衣裳再去大理寺狱。"

这位养尊处优，被誉为盛京第一才女的首辅千金惨白着一张脸，双目通红地望着薛无问，目露哀求。

薛无问的手搭在绣春刀上，一贯含笑的桃花眼，漫不经心地看了凌若敏一眼，淡淡道："凌姑娘，凌大人是不是冤枉，还得等大理寺判了之后方才知晓。至于热食、衣裳，恕本官无能为力。职责所在，实在不敢耽误。"

话落，他冷漠地移开目光，朝唐劲点了点头，道："将凌大人押到大理寺狱。"

指挥同知唐劲是薛无问的人，听见此话，赶忙应声，假装没看到凌若敏与慕氏摇摇欲坠的身影，硬着头皮将披头散发、形容狼狈的凌叡押出了凌宅。

他们家这位锦衣卫指挥使每次逮捕人时，除非是罪大恶极的逃犯，若不然多多少少会给犯人留些颜面。

先前，还曾同他说过："我们奉旨捉人，人捉到了便好，不可擅自羞辱或者行私刑。毕竟在未被定罪之前，他们是不应当被当作犯人看待的。"

可今日捉拿凌大人，指挥使显然是半点颜面都没给凌首辅留，甚至还故意挑这个时候来抓人，让凌首辅无比狼狈地被押走了。

指挥使连凌姑娘的求情都不搭理，委实过于铁石心肠了。

唐劲想起方才凌若敏楚楚可怜的模样，忍不住落后一步，低声与薛无问商量道："大人，凌大人毕竟是首辅，况且，凌姑娘与凌夫人都看着呢。要不……还是稍稍通融一二？"

“通融？”薛无问提唇，似笑非笑地望了唐劲一眼，“他凌叡抄别人家，灭别人一族的时候，可有想过通融一二？他可允许旁人的女儿给他们备热食，置办衣裳了？”

他家姑娘同她血脉至亲说句再见的机会都无，若非他及时赶至青州，差点连命都丢了。

七年来，卫媗心里有多煎熬、多痛苦，他怎能不知？

凭什么凌叡能有热食吃，有暖衣穿？

唐劲被他这一眼看得后背生凉，忙不迭道：“大人所言甚是！”

说着便肃起脸，大步追了出去，亲自押着凌叡上了牢车。

此时，天色尚早。可大门外早就里三层外三层地围满了百姓。

凌叡才刚上牢车，便有人抓起两个生鸡蛋就往他身上砸，啪的一声，腥臭的蛋液便从他的额角流下。

从小到大，饶是凌叡再落魄时，也不曾这般狼狈过。他最恨被人轻怠，可此时他默不作声地忍受这等屈辱，面色甚至称得上平静。

只是，此时的平静就像暴风雨前的宁静一般，就等着某个临界点的到来，将这份平静彻底摧毁。

百姓们见他咬紧牙关不说话，又骂了一句：“奸臣佞贼！”

很快，凌叡的身上就不只有臭鸡蛋了，连烂菜叶、烂瓜果都挂了一身，要多狼狈就有多狼狈。

出了首辅府大门，薛无问便立在牢车旁冷眼旁观，他不发话，牢车自然也不能动。

方才还信誓旦旦地说着“职责在身，不敢耽误”的指挥使大人，似乎一点儿也不赶时间了。

他就那般噙着笑，静静看了好半晌，方才大发慈悲道：“押走吧。”

薛无问望着牢车渐渐走远，这才信步走向不远处的一辆马车，推开车门上了车：“今日这戏可还好看？”

卫媗抬起眼，清澈的瞳眸静静地望着他，眼眶微微泛红。

卫媗鲜少哭，眼眶泛了红便是极难过了。

薛无问原先还提着的唇角渐渐压平，好声好气地道：“不是——卫媗，我特地带你出来看好戏，你怎么还给我红起眼眶来了？”

卫媗别开脸。

薛无问捏着她的下颌，将她的脸转了回来，与她对视了须臾，柔声道：“天冷，一会儿你便回无双院，莫要在外逗留。我带上暗一去大理寺，今夜大抵不能回无双院陪你了。过几日，等案子审完了，我让暗一亲自给你说凌叡是如何受刑，又是如何被定罪的。行吗？”

暗一经过无数戏折子的锤炼，三分惨都能被他说成七分，让他去给卫媗讲凌叡的惨状，逗她开怀，最适合不过。

卫媗轻轻“嗯”了一声，道：“你忙去吧，我无事，我心里是痛快的。”

卫家、霍家含冤七年，罪魁祸首过得越惨，她越是痛快。

只是，她一看到凌叡，难免会想起从前，心绪到底难平。

薛无问细细瞧着她的眉眼，见她目光恢复如常，方才松了口气。

“那小子今日也会去，青州的证据是他带回来的，鲁御史定然会带他一同去大理寺。”薛无问用指腹蹭了蹭卫媗的唇，笑道，“有他在，凌叡在狱中怕是一刻钟都难熬。”

卫媗听他说起霍珏，唇角总算是弯了起来：“阿珏等这一日，也等了许久了。”

凌叡到底是一国首辅，宗遮给他安排的狱房环境并不差。

知晓他被人扔了一身的臭鸡蛋和烂菜叶子，还十分贴心地派人送来了厚实干净的衣裳，给他换下。

凌叡沉着一张脸，此时……他不可自乱阵脚。

他手上有周元庚的把柄，还有王鸾助他，他总归是有活路的。

再等几日，只要周元庚一死，大皇子登基，他就能出去了。

等他出去以后，那些欺辱过他的人，他一个都不会放过！

朱毓成、宗遮、鲁伸、薛无问，还有那些背叛他的人，他全都不会放过……

凌叡双手渐握成拳，眯着晦暗不明的眼……想起多年前他在瀛洲时，住着昏暗潮湿的客房，日日都要弯下脊梁骨，过着吃嗟来之食的日子。

那样难的日子，他都熬过来了，眼下一时的困境又有何过不去的？

凌叡沉沉呼出一口浊气，眼里渐渐亮起了光。

霍珏走进牢房时，见到的便是他这副斗志昂扬的模样。

牢门打开，霍珏缓步入内，垂眸望着坐在角落里的凌叡。

兴许是宗遮提前打过招呼，狱卒将开锁的钥匙递与他之后，便转身出去了。

现下，牢房里就剩他与凌叡二人。

凌叡知晓今日定然会有来客，可他万没想到会是这位年轻的状元郎。

凌叡自是记得此人的。恩荣宴时，他醉眼惺忪地弃翰林而入都察院，着实让凌叡好生瞧不起。都察院的人是怎样一副嘴脸，他最是了解——就是一群为了所谓的理想抱负连命都不要的蠢货。

当时，凌叡只当他也是个拎不清的，自以为忠肝义胆的少年郎，就跟从前的赵昀一般。

再之后，便是三个月前，此人领命去青州，带回了梵儿与秦尤。

凌叡并非愚蠢之人，相反，他十分聪明。

从凌若梵与秦尤被押回盛京开始，他便知晓青州、肃州之事，一开始他就着了旁人的道。

至于这旁人是谁，想想也知道，左右不外乎那几个人。

是以，在凌叡眼里，霍珏不过是给鲁伸那“驴脑袋”跑腿的人。

见这年轻人忽然出现，他不由得皱起眉头，道：“霍大人来此，所为何事？”

便是要审他，也轮不到这个品级低下的毛头小子。

他设想会来此审问他的人不是朱毓成，便是宗遮，也有可能是鲁伸，怎会是眼前之人？

霍珏的确不是来审他的。

“寅时六刻，从首辅府出来四名暗卫，匆匆去了城外的净月庵。锦衣卫的人紧随其后，在净月庵的佛堂里发现了两封密函，想来这密函便是凌大人的后手吧。”

霍珏深沉如海的眸子盯着凌叡，之后从怀里取出两封密函，继续道：“密函中是，是七年前北狄太子与南邵皇帝写与凌大人的信。”

凌叡在霍珏取出信之时，瞳孔狠狠一缩。

从信函外头的字迹判断，的确是当年北狄太子与南邵皇帝写给他与周元庚的信。

凌叡静默片刻后，倏然一笑：“这信怎会是写与我的？你若是看过这密函，难道不知晓，这信究竟是写与谁的？怎么？你们当真敢把这密函公之于众？年轻人啊，眼下可不是意气用事的时候，你可知将这密函公之于众后，会带来怎样的后果？”

“有何不敢？”霍珏勾起了唇角，“按照信中所说，大人是要借他们之力，一举铲除先太子府，再将康王推上皇位，让康王做个傀儡皇帝。待得时机成熟，再自己称帝，凌首辅当真是所谋甚大。”

凌叡脸色骤然一变：“你血口喷人！那信中内容根本不是如此！”

“是与不是，凌大人心中有数，珏自然不必欺骗大人。”

凌叡紧紧盯着霍珏，见他神色不似作伪，忽然心口一凉。

能去净月庵小佛堂的人，除了他，便只有王鸾了。

难不成……是王鸾将信换了？

霍珏打量了凌叡一眼，见他目光闪烁不安，唇角的笑意渐深。

“听闻，左参议年不及十六便中了探花郎，才华横溢不说，还志在家国大业。中探花后，便自请去守护青州了。人人都道，左参议有乃父之风。在珏看来，你们父子二人，倒的确是像。”

霍珏话音刚落，忽然啪的一声将一把折扇丢在了凌叡身侧。

这折扇，是凌若梵去哪儿都带着的那把，上头“家国天下”四个字，还是凌叡亲自题的，意在时刻告诫凌若梵，不可耽于玩乐。

凌叡捡起折扇，仿佛看见凌若梵手执折扇恭敬地唤他“父亲”的模样。

那强行被他压下的丧子之痛，似蚂蚁一般，一点一点啃噬着他的心。

凌叡缓缓撑开折扇，又缓缓抬起眼，问："霍大人此举何意？"

霍珏道："刻鹄不成尚类鹜，画虎不成反类犬。凌大人如此，左参议亦是如此。活到头来，不过一场笑话。

"你们父子二人，如今不仅是盛京老百姓嘴里的笑话，亦是史官欲要写入史书的笑话。

"凌大人想要凌家千秋万代，万古长青。可你呕心沥血谋划一切，也不过是将自己活成了凌家最大的耻辱。大人若是侥幸有子孙，他们定然要以你为耻的。"

霍珏身姿若松，清隽的面庞背着光，分明瞧不清神色，语气亦是平和，可偏偏就是让人听出了他话里的睥睨与不屑。

——是那种身居高位者对凡尘蝼蚁的不屑。

算上梦中的经历，霍珏与凌叡也算打了两辈子的交道，自是知晓怎样的话最捅他心窝子，令他鲜血淋漓、痛不欲生。

果然，此话一出，便见凌叡双目瞪圆，强撑了许久的平静，在一重又一重的打击下终于分崩离析。

他豁然站起身，因为动作过大，身上的镣铐被拉扯得哐当作响。

"竖子尔敢！"

霍珏平静地笑道："左参议乃我所杀，他就死在从前卫家的祖宅里。凌大人放心，左参议死得并不痛苦，不过是一剑穿心，撑了不过片刻便断了气。珏知晓凌大人爱子情深，已为大人做好了安排。"

话落，他再不看凌叡一眼，转身出了牢房。

而后，吩咐外头的人，将凌若梵腐烂发臭的尸体送入凌叡的牢房。

——让他在死之前，日日夜夜对着自己儿子的尸体，不得安宁。

翌日一早，三法司正式在大理寺提审大周首辅凌叡。

除了凌叡，还有一并被关在大牢里的兵部尚书胡提、刑部尚书齐昌林以及镇国将军秦尤，等待提审。

霍珏立于门帘之外，听着里头传来一道又一道的诘问声，与凌叡拒不认罪的嘶吼声。

霍珏的眸光有片刻恍惚，记起梦里的凌叡亦是如此，抵死不认罪。

彼时，他要弄死凌叡，不过是一杯毒酒的事。可他到底舍不得让凌叡死得如此轻松。他知晓凌叡最爱惜名声，不让他尝尽身败名裂之苦，又怎能让他轻易死去？

齐昌林上呈了两本账册，余秀娘亦上交了两封密函。

他联合朱毓成，又借助宗遮之手，在大理寺提审了凌叡。

可惜案子审到一半，凌叡便自尽身亡了，死时曾留下血书一封，称他凌叡不曾做过任何不忠不义之事，愿以死明志。

不得不说，当一个人宁肯自尽都不肯认罪时，世人多半会认为此人是被冤枉的。

于是凌叡叛国、构陷忠良一案，就这般审到一半便不了了之。

而权宦霍珏草菅人命、逼害忠良的罪名又多了一桩。

那时，成泰帝早成了废人，大皇子被立为太子，代父监国，而王贵妃成了大皇子身后的操控者，从前凌叡的追随者，后来都成了她手上的势力。

凌叡惜命，根本不可能会走上自绝之路，尤其是在自己儿子坐上金銮殿龙椅之时。

他之所以会死，只不过是，王鸾不想让他继续活罢了。

这一出自尽的戏码，不仅能要了凌叡的命，还能往霍珏身上泼一道脏水，可谓是一石二鸟。

而如今——王鸾多半也不想让凌叡活着。

霍珏微微垂下眼，听到凌叡声声泣血地道："欲加之罪，何患无辞！我为大周鞠躬尽瘁至今，不说功劳，也有苦劳，你们竟然这般对待肱股之臣的吗？我要见皇上！"

两封伪造的密函，昨日便被呈交到了周元庚手上，此时周元庚恨他入骨，又怎可能会见他？

霍珏神色淡漠地拍了拍官服上的灰尘，提步走出大理寺。

霍珏回到霍府，一过主院的月门，便见姜黎领着几个丫鬟婆子在梅树底下埋酒坛子。

姜黎见自家郎君在月门处看她，忙笑弯了眉眼，道："霍珏，你快过来！"

霍珏眼底倏然一暖，便行至树下，道："阿黎今日做了什么酒？"

姜黎笑道："今年梅花提前开了，早晨起来时，雪铺在枝头，树枝都快被压弯了。我琢磨着树上的雪沾着梅香，便与桃朱、云朱她们一块来采雪酿酒。等到明年，那酒里定然是满满的梅花香。"

姜黎说着，便指了指地上的酒坛子："喏，忙乎了一整日，就做出这么七八坛。"

霍珏看着地上的酒坛子，笑着应道："这般清雅的酒，能做出七八坛已是不易，阿黎实属能干。"

姜黎抿唇一笑，让仆妇把酒坛子埋进梅树底下，便拉着霍珏进了寝屋。

郎君的手极暖，姜黎手被霍珏的大手一握，这才觉察出冷来。

霍珏紧紧焐着姜黎的手，轻轻蹙起眉："下回采雪酿酒让丫鬟婆子来便好，你风寒才将将好，可莫要再着凉了。"

姜黎自知理亏，忙老实听训，顺道抱怨了句："今年冬天委实太冷了些，往年的十二月，哪里会下这么大的雪。这样冷的天，不知晓多少人要遭罪了。"

霍珏抬眸望了眼下得纷纷扬扬的雪霰。

在他梦里，成泰六年的这场大雪，从十月开始，一直下到了来年的四月底方才歇停。

这场极其罕见的雪灾，影响的不只是大周，还影响了周遭多个国家。

其中，北狄的情况最为严峻，不知冻死了多少牛羊。日子一旦过不下去，这些茹毛饮血的游牧民族便要开始想法子抢别人的粮食。

来年二三月，北狄军便开始疯狂地攻打大周边关的几座城池，烧杀抢掠，无恶不作，边关百姓死伤无数。

除了边关，大周境内也不好过。

流民四窜，四处皆是揭不开锅的百姓，大量灾民拥入皇城，祈求皇上赈灾。

霍珏轻轻摩挲了下手指。

梦里，这场雪灾开始时，他已经入了宫，许多事情都是听宫里的内侍说的。

当时，顺天府拥入了太多流民，以至于流民之祸比往年都要严重。

为了今日的复仇，这场雪灾早就在他的谋算里。

诚然，开始谋算时，想的不过是要利用这场雪灾做些什么。至于他能为这场雪灾做些什么，他根本不在乎，也从未想过。

可现在，却是不一样了。

夜色寂寥，风雪猎猎。

霍珏想起离开青州时，殷道长同他说的因果之论。也想起那日，无数青州百姓结伴前往御史府，请求京中御史将青州百姓的民意上达圣听，好洗去卫、霍二家的冤屈。

还有方才自家娘子抱怨的那句："这样冷的天，不知晓多少人要遭罪了。"

进了屋，霍珏拿起个汤婆子递到姜黎的手上，然后绕过黄花梨木屏风，边换官服边同她道："今年这场雪恐怕会引起祸事，阿黎若是担心，我们提前做好准备便是。"

姜黎抱着汤婆子，好奇地道："怎样做好准备？"

霍珏换了身常服出来，打横抱起自家娘子便往榻上走，温声道："这事儿，明日再说，眼下还有更重要的事要忙。"

姜黎欲问一句什么重要的事，一抬眼便见他灭了周遭的烛灯，放下了幔帐，只留了床头的一盏烛火摇曳着。

姜黎还有什么不明白的？

巴掌大的小脸登时火烧火燎的，到了嘴边的话也生生堵回了嗓子眼儿。

算起来，自打他们九月出发去青州后，就没做过亲密之事。

别看霍珏平时冷冷淡淡，跟不食人间烟火的谪仙似的。实则一到榻上就跟完全换了个人似的……

清心寡欲了三个月，好不容易她的病好了，也难怪他不想忍了。

姜黎长臂勾住霍珏的脖颈，主动去亲吻他的嘴角。

很快便听见他的低笑声："这次……是阿黎来，还是我来？"

姜黎一听，忙捂住耳朵，气急败坏道："不许再提！"

丫鬟仆妇们早就在寝屋熄灯后便出了院子。

几名婆子走在前头，忽然听得身后的桃朱喊了一声："明日小厨房里记得煨上汤，多放两只乌鸡和阿胶。”桃朱轻咳一声，“从明日开始，这补汤日日炖上。夫人病了一遭，且已经入冬了，也该好好补补了。”

婆子们一听忙答应下来，倒是没多想。

等过了年，夫人就要十七了，也的确该好好补补了，等把身子养得壮实些，好快点给公子生个小公子或者小女郎。

屋子里的烛火，从戌时摇曳到亥时，方才熄灭。

霍珏啄了啄姜黎的眼角，待得她气息变得匀长，方才掀了被子，披着外袍去了书房。

何舟、何宁守在书房外，见他来了，忙推开书房的门，道：“主子，赵大夫今日来过。”

霍珏道：“可是圆青大师那里有消息了？”

何舟颔首道：“赵大夫说圆青大师在九佛塔并未寻到第二则箴言，不过——”何舟说到此，大抵是觉着匪夷所思，下意识便顿了一下。

圆青大师寻不到第二则箴言，霍珏并不意外。

梦里，他亲自去过九佛塔，也是一无所获。若世间当真有第二则箴言，恐怕只有历任的大相国寺住持知晓它藏在何处。

霍珏面色无波无澜，并没有因为何舟的话而失望，只淡声问：“不过什么？”

何舟微微吸了一口气，道：“圆青大师说，既然寻不着，那他便亲自造一个出来。圆青大师说，他此生救人无数，佛祖大抵不会怪罪于他。就算要怪，他也无惧，大不了他还俗去……”

何舟说完，想起那位怒目金刚似的高僧，心里忍不住涌出一股钦佩来。

圆青大师委实是个离经叛道之人，一切只遵从本心，压根儿不被身上的袈裟束缚。何舟走南闯北这么多年，从不曾遇见过这样的僧人。

霍珏听罢，一贯平静的脸难得露出一丝意外之色。

旋即，霍珏淡淡一笑，提笔蘸墨，写下一封书信，递与何宁道：“明日，你与赵大夫一同将这封信送到药谷，呈给圆青大师，大师的好意，我们莫要辜负。”

何宁领命退下。

而霍珏却并未放下笔，又洋洋洒洒地写了满满一页纸，方才对何舟道：“白水寨那里还藏着些银子，明日你去将银子取来，将上面所列之物采购好。”

何舟细细看了眼纸上所列之物，诧异道：“这么多？主子要将这些物用于何处？”

霍珏挂起狼毫，意味深长地道：“自是用来过冬。”

大理寺审案，尤其是审重案，没有一两个月很难定案。

可凌叡一案，证据确凿，人证亦是不少。齐昌林、胡提、秦尤，一个个都认了罪。

这些人在官场浸淫多年，早就知晓此时唯有凌叡死，他们才可能有活命的机会。

毕竟，主犯到底与从犯不同。

十二月十一，早朝之上，朱毓成、宗遮与鲁伸一同上呈奏折，定凌叡通敌叛国、构陷忠良，意欲谋逆。

七年前，先太子府、青州卫、霍二府的谋逆之罪实乃凌叡等人罗织构陷，理应沉冤昭雪，洗去罪名，公告天下。

朱毓成手执象牙笏，大步一迈，躬身道："天理昭昭，法网恢恢。微臣恳请皇上还先太子、太孙、卫太傅、霍将军三府清白，以示圣明！"

此话一出，宗遮、鲁伸、柏烛等二三品大员齐齐出列，朗声道："还请皇上还三府清白，以示圣明。"

——此事形势已成定局。

金銮殿里的其他官员，甭管官职大小，都不是愚钝之人。一个个心里跟明镜似的，陆陆续续出列，将方才朱毓成几人说的话又重复了一遍。

从前追随凌叡的官员此时更是低头耷脑，恨不得能寻个地洞将自己埋进去，叫人发现不了最好。免得一个不慎，就牵连到自己身上。

成泰帝望着殿上的这群臣子，目光微浮，恍惚间耳边又响起惠阳长公主说过的话："父皇功德碑泣血，定是因为想念太子哥哥与佑儿了。若是能将太子哥哥与佑儿葬入皇陵，想来父皇也能瞑目。"

成泰帝下意识地摸了摸耳朵。

自从凌叡被抓，他确实鲜少听见父皇骂他的声音了。所以，父皇是在生凌叡那乱臣贼子的气，而不是在怪他……

惠阳说得对，只要他能好好护住大周的江山，父皇终究会原谅他的。

思及此，成泰帝颔首，温声道："朕允了。"

凌叡虽然猜到王鸾或许有异心，但依旧心存侥幸。

到得此时，他都不愿意相信，对他言听计从、满心满眼都只有他的王氏阿鸾会背弃他。

可他在大理寺狱等了一日又一日，也没等来成泰帝的死讯，只等来了他数罪并罚、满门抄斩的消息。

凌叡跪坐在草席上，听着赵保英宣读完圣旨，终是抬起一双布满狰狞血丝的眼，哑声道："我想见贵妃娘娘一面。"

赵保英温和一笑，道："若……这是凌大人死前的最后所求，咱家可替大人往乘鸾殿里递个话。凌大人接旨谢恩罢！"

接旨？谢恩？

周元庚要杀他满门，他还要接什么旨，谢什么恩？！

凌叡似是听见了什么笑话一般，仰头大笑。

“你可知晓，我为何要扶周元庚做皇帝吗？就因为他足够懦弱，足够蠢！好好好！我接旨，我谢恩！我要谢谢周元庚那蠢货为我做的一切！”

赵保英身后的两名小太监，见从前光风霁月的凌首辅跟个疯子似的，大笑着磕头，撇了撇嘴，只当这人是疯了。

独独赵保英听明白了凌叡的话中深意，从前的猜测也在此刻得到了证实。

——大皇子只怕血脉不正。

赵保英垂眸望着形容疯狂的凌叡，声音阴柔道：“走吧，都随咱家回宫复命。”

红顶马车在雪地上留下两道深深的车痕。马车经过热闹的长安街时，赵保英挑开帘子，往顺乐街的方向望了眼。

对面的高进宝便压低声音道：“方才，霍公子已经差人将药递与小福子了。”

赵保英放下帘子，道：“那药可是出自大相国寺圆青大师之手？”

高进宝颔首：“正是。”

赵保英笑了笑：“行吧，一会儿进宫回禀完皇上，大抵就要去司礼监逮人了，你寻个机会将毒酒换了，让咱们的余掌印多活几日罢。”

凌叡一倒，余万拙哪还能活着？

成泰帝要他死，王贵妃要他死，就连赵保英……若不是答应了状元郎，大抵也是要他死的。

高进宝觑了觑自家督公那张笑吟吟的脸，嘴唇动了动，一副欲言又止，想说又不敢说的模样。

赵保英睇他一眼，笑骂道：“想说甚就说！”

高进宝往左右看了一眼，只以二人能听见的声音道：“自打上回周贵嫔的事发生后，贵妃娘娘对督公多半是心有不满。督公不若趁着大皇子尚未登基，皇上还在，求个恩典出宫荣养去。督公就在顺乐街附近赁个屋子，每日去状元楼喝喝小酒，同如娘子说说话，那日子岂不美哉？”

王贵妃——一个能从瀛洲王氏的旁支女，一路走到今日，自然不是个心善的。

高进宝担心一旦成泰帝不在了，王贵妃会对督公下手。

毕竟，自家督公知道的实在是太多了，还因为周贵嫔的事得罪过王贵妃。

高进宝是个直性子，说不来那弯弯绕绕的话，说完方才的话便叹了一声，道：“属下只想督公平安。”

赵保英哪里不知晓高进宝是个什么性子，见他皱着那对凶神恶煞的大刀眉，笑着摇了摇头，道：“咱家心中有数。王贵妃谨慎，除非有万全的把握，否则她是不会轻易动手的。”

王贵妃的依仗是大皇子，真要到了那一日，她想弄死他，他也有法子，让她的依仗再也成不了她的依仗。

毕竟，净月庵里的尼姑，可不全是她王鸾的人。

赵保英抚了抚扳指上的木珠，微微眯了眯眼。

他与如娘好不容易才重遇，他的小结巴受了那样多的苦，他又怎能再丢下她，一人先走？

赵保英一回宫，便去了养心殿，顺道派了小福子去乘鸾殿给王贵妃递话。

王鸾低眸瞧着新涂好的蔻丹，听着小福子递来的消息，妩媚一笑，对小福子道：“替本宫谢谢赵公公了。”

小福子离开乘鸾殿后，马嬷嬷拿着美人槌边给王鸾捶肩，边道：“娘娘可要去大理寺狱见那人一面？”

“去，怎么不去？”王鸾笑道，“有些事，总得让表哥知道不是？总不能他都要死了，还让他做个糊涂鬼。”

当夜，王鸾便同成泰帝提起要去见凌叡最后一面的事。

“臣妾想去问问他，怎可这样辜负皇上对他的信任？亏得当初臣妾还在皇上面前说了他那么多的好话！臣妾还想劝他老老实实认罪，莫要再弄出什么幺蛾子来，给皇上添堵了。”

雍容华贵的王贵妃面上全是不忿之情，还有一丝明显的愧疚。

成泰帝看着她，见她话里话外全是对他的维护，以及对凌叡的厌恨，笑着拍了拍她的手背道：“也好，你既要去见他，便替朕同他说一句，朕对他，已是仁至义尽。”

翌日一早，王鸾便出宫去了大理寺狱。

凌叡似是不曾想她会来得这样快，见到她之时，神色一时有些恍惚。

“阿鸾，你来了……”

凌叡立在那儿，镣铐加身，形容落魄。

这张一夜间仿佛苍老了十岁的面庞，早就不复从前的英俊儒雅。

王鸾目光缓缓地扫过他，笑道：“表哥临死前想见的不是慕妹妹，也不是若敏，而是我。既如此，我怎能不来？”

凌叡干哑着声音问：“我给你的药，你是不是不曾给周元庚服下？净月庵里的密函，也是你换的？”

王鸾眸色微动，挑眉道：“药，我的确不曾给皇上服下，不管是你给的神仙丸，还是前些日子送来的毒药，我都不曾给皇上用过。但，你说的密函，我从来不曾碰过。若是有人同你这样说，那人定是在骗你。”

今日，王鸾穿了一身明艳的宝蓝色宫装，整个牢房似乎因为她的存在而亮堂了几分。

败局已定，他唯一的生机也断送在了王鸾手上。

凌叡不解，他想不明白，王鸾为何不救他？

他望着王鸾柔媚又雍容的脸，喃喃道：“你不杀他，莫不是因为爱上他了？”

王鸾温柔地笑了声。

这些男人啊，是不是以为女人的脑子里除了情爱就没旁的了？

从前的王氏阿鸾的确爱凌叡入骨，可那样的王鸾早就死在康王府了，活下来的是贵妃王鸾。

“表哥，如今你同我说什么爱呢？我只不过是在你与他之间选择了他而已。当然，你若是非要问我，你们二人我厌恶谁更多一点，那自然是你。你知道吗？从前，你让我喂给皇上吃的绝嗣药，我也喂给你吃了的。若不然，你以为你怎会只有两个儿女？

“还有，你想救卫家身披凤命的卫大娘子，也是我阻止的。不管你是想做皇帝，还是想做皇帝的爹，没有我的允许，你都做不了。

“表哥啊，你该庆幸的。凌若梵死了，至少还有旭儿替你延续凌家的血脉。当然，我是不会让旭儿知晓你是他亲爹的。比起你这个伪君子，我还是宁愿让皇上做他的父亲。”

随着王鸾的话一句一句落下，凌叡灰白的脸色渐渐染上几缕不自然的潮红。

他胸膛剧烈起伏，可怒火似潮水，汹涌而入却又疯狂退去。

到最后，竟然只剩下可笑的悲凉。

齐昌林、胡提那些人的背叛，全都抵不上此时王鸾三言两语间带给他的痛苦。

这位宠冠后宫多年的贵妃娘娘，用着最温柔的语气说着最狠毒的话，一刀一刀，往他心窝子里捅。

“呵呵，哈哈哈——”

凌叡大笑出声，笑得眼角滚出两行热泪。

王鸾始终噙着笑，见他如此，笑意渐渐冷了下去。

她拿出一个碧绿的药瓶，放在地上，柔声道：“这是前些日子你差人送来的毒药，如今，本宫物归原主了。凌大人，允许你自个儿挑个死法，是本宫对你最大的仁慈。”

王鸾放下药瓶，便款步离开了大理寺狱。

回宫的马车里，马嬷嬷低声道：“娘娘就不怕凌首辅——”

“不怕。”王鸾温声打断马嬷嬷，淡淡地道，“本宫知晓嬷嬷在担心什么，凌叡虚荣且贪权，眼下旭儿是他唯一的骨血，他比任何人都希望旭儿坐上皇位。因此，他不敢，也不会将旭儿的事说出去。”

马嬷嬷紧蹙的眉心微微一松，又道：“那他可会用娘娘留给他的毒药？”

王鸾笑了笑，道：“那毒药的确是本宫给他的最后一个恩典，至于他领不领这恩典，本宫不在乎。”

成泰帝为绝后患，一定会将凌氏一族满门抄斩。

而作为罪魁祸首的凌叡，更是要在众目睽睽之下，于午门经历一番漫长的宣罪后，方才会斩首示众。

凌叡若不提前死在狱中，那便要在无双百姓的谩骂声中死去。

她这位表哥素来心高气傲，这样的死法，对他来说委实太过屈辱，想来……他会选择在狱中自尽吧。

王鸾猜得不错，凌叡当夜便服下了毒药，并且留下血书一封，乞求成泰帝看在他以死谢罪的分上，放过慕氏与凌若敏。

可惜，凌首辅才刚服下毒药，便被路过大理寺狱的监察御史霍珏发现了，经过一番催吐、灌药后，硬生生将他从鬼门关里拉了回来。

大理寺卿宗遮见他气息奄奄，躺在草席上连起身的力气都无。

遂大发慈悲地奏请皇上，将原定于三日后的午门问斩，推迟到了七日后。

而另一边，从肃州赶回盛京的定国公薛晋，终于在十二月十七这日抵达了盛京。刚巧能赶上两日后凌叡的午门问斩。

定国公回来的这日风雪交加，竟比前几日更加肆虐。

薛晋一路风雪载途、星夜兼程，却不露半点疲态。他骑着一匹高大黝黑的骏马，一双深沉而睿智的眼缓缓扫过城门，肃声道："进宫！"

第三十九章

# 薛晋抵京

此番回京，薛晋带的人不多，满打满算不过二十人。

一行人进京后，先是将定远侯宣骅移交给了刑部，接着便马不停蹄地入宫面圣。

不得不说，薛晋此番回来的时机刚好。

不仅捉住了通敌卖国的定远侯，令北狄二皇子与凌叡的阴谋胎死腹中，还在肃州与北狄实打实地打了一场胜仗。

之前，不少百姓在知晓朝廷重臣与南邵、北狄勾结后，心怀惴惴，生怕大周边关就此被攻破。

前朝沉迷于丹药的献帝之所以会亡国，不就是因为内臣叛变，伙同敌国祸乱边关，导致国不成国，民不聊生。这才给了周元帝逐鹿天下的机会。

好在此次内臣叛变，青州与肃州一前一后传来了捷报，这才稳住了人心。

顺天府的百姓得知今日定国公回来，也顾不得外头恶劣的风雪天，棉袍往身上一套便都跑去官道两侧，夹道相迎，恭迎薛晋回京。

薛晋在百姓心目中，就跟战神无异，不少一心从戎的少年郎都是听着薛晋的赫赫威名长大的。

就连成泰帝对待薛晋都与对待旁的大臣不同。

敬重之余，又多了点忌惮，当初他之所以同意薛无问进锦衣卫，多多少少也是因着这点忌惮之心。

薛晋入宫后，便同成泰帝细细禀告北狄在肃州制造的动荡，以及定远侯等人的阴谋。

一个多月前，成泰帝便收到了薛晋派人快马加鞭送来的信函。今日薛晋所陈之事，虽然他早就知晓，但他依然很是享受薛晋如此郑重且恭敬的态度。

从前，他还是康王时，心里一直对三个人犯怵。

其一是先帝，其二是卫太傅，其三则是薛晋。

先帝、卫太傅已死，而眼前的薛晋虽鬓间缠了白丝，但正值壮年。

成泰帝忌惮他，却不得不依赖他。

人人都道薛晋是个忠诚的，便是连乱臣贼子凌叡也曾经同他道："这世间谁都有可能会反，但薛晋不会。"

薛晋对他的臣服，让成泰帝安心，也大大满足了他作为一个皇帝的虚荣心。

偌大的内殿里，薛晋低沉冷硬的声音，似世间最坚硬的石子，一颗一颗砸入地面。

成泰帝静静地听着，待得薛晋禀告完毕，方才颔首笑道："有定国公守卫大周的边疆，朕心甚宽慰。"

在薛晋进城门之时，薛无问就收到了暗一递来的消息。

他望一眼暗一掺杂着担忧、同情以及许多难以名状情绪的眼睛，额角一抽，道："派个人去给祖母递消息，顺道让方神医给我备些外伤药。"

暗一挠了挠头，道："世子您服个软，国公爷兴许就不会揍你了。"

暗一作为定国公府新一任暗卫之首，自家国公爷的武力值有多高，他可是知道得很清楚。

幼时，他与世子爷练武时，没少受国公爷的荼毒。

薛无问哼笑一声："我还用你来操心？快回定国公府去，父亲进宫述职花不了多少时间。"

暗一心下一凛，忙道了声"是"，正要转身，忽然又被薛无问叫住："等等。"

薛无问揉了揉眉心："派个人去趟永福街，让那小子寻个借口将魏姨娘接过去住两日。"

想到有两日见不着卫媗，薛无问的心微微一窒。

暗一同情地望了自家世子一眼，又应了一声"是"，正要转身，再次被叫住。

"等等。"薛无问回忆起他爹的手劲儿，忍了忍，又道，"三日，让那小子留魏姨娘住三日，用什么借口都好。"

三日，至少伤口不淌血了。

这一次，暗一终于顺利离开了。

雪满长空，凛冽的寒风似刀刃般刮得皮肤生疼。

薛无问立于漫天风雪里，大手握着腰间的绣春刀，沉吟半晌，抬脚往镇抚司去。

镇抚司的诏狱里，关着一名苦寻女儿多年无果，而犯下不少杀孽的父亲。

此人，手上沾了几条无辜人命，罪无可赦。

可薛无问曾经应允过，在他行刑前，会让他知晓他女儿丢失的真相。

沾满雪沫子的玄色筒靴缓缓踏入暗沉沉的牢房。

一处阴暗干冷的角落里，四肢缠满铁链的屠户动了动浑浊的眼珠子，望向来人。

下一瞬，便听来人道："你的行刑日定在来年五月。在那之前，这世间会还你女儿一个公道。而你也要以你项上的人头，给那些惨死在你手上无辜之人一个公道。"

定国公府，无双院。

佟嬷嬷折了几支开得正艳的蜡梅，正领着丫鬟往暖房去，快到门口时，忽然听得护卫来禀，说姜小娘子有要事，想请魏姨娘过一趟霍府。

佟嬷嬷一听，便知晓有要事的应当不是阿黎，而是小公子。

这几日，不管是霍府，还是无双院，都在等着两日后凌叡的午门问斩。

佟嬷嬷生怕事情起了什么变数，忙掀开帘子，进去同卫媗说去。

卫媗接过佟嬷嬷手上的蜡梅枝，柔声安抚道："嬷嬷莫担心，一会儿过去阿珏那便知晓是何事了，应当不是出了什么变故。"

说着，便将蜡梅插入花瓶，拿帕子擦了擦手，披上斗篷，与佟嬷嬷一同出了门。

载着卫媗的马车驶出朱福大街，暗一才松下一口气，便听得手下的一名暗卫来报："国公爷从皇宫里出来了，世子爷特地去宫门外等他，他们马上就要到国公府了。"

暗一将将松下的一口气再次提了起来，嘶了一声："方神医的药都拿到了吧？"

暗卫一股脑摸出好几瓶子药，刚递到暗一手里，便听得管家激动的声音在外头传来："国公爷！"

看到老管家激动得几乎要涕泗横流的模样，薛晋肃穆的脸总算是露出一点笑意："林管家。"

老管家哎了一声，道："国公爷可是要去静心堂？老夫人在里头等着了。"

薛晋点了点头，回头望了薛无问一眼，淡声吩咐道："到祠堂等我。"

说罢，便抬脚穿过垂花门，往静心堂去了。

薛无问望着自家老爹的背影，神色淡淡地步入一侧的抄手游廊。

暗一从游廊的另一头走过来，给薛无问看了眼兜里的药瓶，安慰道："方神医说了，有这些药在，世子爷就算被打到只剩下半条命，都能救回来。"

薛无问嘴角一抽。

真要打到只剩下半条命，三日怕是不够用……

薛晋在静心堂坐了不到一个时辰，出来后便大步往祠堂走。

祠堂在定国公府的正北处，绕过小佛堂便是供奉着薛氏先祖灵牌的祠堂。

吱呀一声，薛晋推开厚重的木门，便见昏暗的光线里，一道笔挺的身影直直跪在摆着灵牌的香案前。

薛晋面沉如水，缓步走过去，立在薛无问面前，沉声道："既与，你离开肃州之时，可还记得你答应过为父什么？"

"记得。"薛无问道，"儿子答应了您，入京后定要秉承祖训，忠君爱国，捍卫肃州，绝不结党营私。"

薛晋闻言，垂下眼。

薛晋生得极英俊，黑漆的眸子浸染了肃杀之气，看人时，目光似锐利的箭，仿佛能看穿人心一般。

薛晋身上还穿着铠甲，高大的身躯立在薛无问身前，带着沉沉的威压。

"我问你，这一年，你可有做过违背祖训之事？"

薛无问与他对视，并不作声，那双桃花眼闪烁着与薛晋同样冷厉的光。

过往的一年里，许多事，他只推波助澜，并未真正动手。

若硬是要狡辩，他倒也能理直气壮地说一句没有。

可他的确对成泰帝起了不臣之心，也的确起了改朝换代之意，甚至已经布好局，准备让成泰帝于朗朗乾坤之下，在卫媗面前谢罪。

承平帝也好，成泰帝也罢，他薛无问对坐在那龙椅上的人，从来不曾有过敬畏。

所谓的忠君，不过是一句空话。

这一点他知，父亲亦知，实在不必狡辩。

气氛一时冷凝。

父子二人对彼此的脾性都很了解，有些话甚至不必说，就已知晓对方心中所想。这也是为何，薛无问在薛晋没有进来之时，便主动在列祖列宗的灵牌前跪下的原因。

静默半晌，薛无问道："父亲知道我自小就是个不敬天不敬地的混账，想要我效忠不是不可以，但他至少得是个值得效忠之人。那人贵为天子，弑父杀兄逼害忠良暂且不说，就凭他虐杀手无缚鸡之力的百姓，已经足以让我拔出腰间的刀！"

薛无问说着，便从怀里抽出一宗案卷，道："父亲若是不信，便亲自看看这案卷。这里全是被他害死的少女，有半数之人死时甚至尚未及笄，比阿莹还要年幼。这样的人，德不配位，怎可为一国之君？怎配得我薛家满门的忠诚？"

薛晋目光缓缓扫过那案卷，道："你可知先祖薛槃为何要助周元帝夺天下？前朝宪帝昏庸无能，欲将肃州六城割让给北狄。薛家的根基在肃州，且与北狄不死不休斗了上百年。肃州一旦落入北狄之手，薛家必定无一人生还，这才被逼得不得不反。"

肃州薛氏与青州卫氏、瀛洲王氏，这些有数百年基业的世家一样，最先都是诗书传家的世家大族。

直到北狄人在肃州烧杀抢掠无恶不作，而朝廷竟然无一良将能支援肃州，还肃州百姓以太平。

薛家自那时起方才改了祖训，并带领族中子弟习武习兵法。一个诗书传家的簪缨世家，自此成了一个铁骨铮铮的武将之家。

后来的薛家祖训，是以捍卫肃州、延续家族血脉为首任。

所谓忠君爱国，实则是薛晋要用来约束薛无问的枷锁。

知子莫若父，他这儿子天资聪颖，日后的成就不会比他这父亲低。可他虽有一腔捍卫边关的热血，却无一颗愿意受世俗约束的心。

这样的人，可以给一个家族带来无上荣光，也可以给家族带来灭族之祸。

眼下，他的所作所为便是如此。

成，兴许能让薛家更上一层楼。不成，则整个薛家都要与他一同陪葬。

可薛家如今已是烈火烹油、鲜花着锦之势，根本无须再上一层楼。

否则功高震主，引来天子忌惮，反倒是祸事。

"我知金銮殿的那位是个昏君，这也是为何我放任旁人对他下毒而不理的原因。他早就命不久矣，只要在他之后继位的皇帝不是昏君便可。"薛晋眸色沉沉，指着身后的香案，道，“你要牢牢记住，我们薛家不涉党争，只守护肃州，只做皇帝离不开的良将。唯有肃州危，方才能效仿薛椝先祖，救薛家、救肃州。”

薛无问嗤笑一声：“他被毒死后，依旧是百姓眼中温文尔雅的皇帝，依旧能葬于皇陵得史官一句称赞。可凭什么呢？我既已涉进党争，要做那不忠不臣之事。父亲何不直接就当作薛家已危？您与母亲就只得我一个儿子，我可是薛家嫡支唯一的血脉。我若是死了，薛家一样要面临断子绝孙之危。咱们老薛家的列祖列宗必定不会同意，说不定还会怪罪父亲您。”

“放肆！”薛晋沉声一喝，转身从香案后头抽出一根带刺的长鞭，“在祖宗面前大放厥词，你是不是非得讨一顿家法？”

薛无问主动脱下上衣，露出遍布伤痕的后背，道：“无问自知不忠不孝，这顿家法，我认！”

薛晋瞧着他冥顽不化的模样，一时怒火中烧，长鞭一扬，啪的一声抽打在他的背上。细密的尖刺扎入他的血肉，立时在后背留下密密麻麻的血点。

薛无问哼都不哼一声，只垂眼咬紧了牙关。

长鞭再次扬起，就在第二鞭正欲落下之时，门外忽然响起一道叩门声。

“青州卫氏子孙，卫媗、卫瑾，求见薛世叔。”

卫媗的话音一落，门内的父子二人俱是一怔。薛晋是因着“卫瑾”二字，薛无问是因着去而折返的卫媗。

薛晋沉沉地望了薛无问一眼，放下手上的长鞭，亲自去开了门。

薛无问趁着他去开门的工夫，迅速将衣裳穿上，白色的里衣才刚着身，便洇出一片鲜红的血迹。

好在外衣是锦衣卫的官服，黑色的布料便是染了血也看不出分毫。

薛晋打开门，素来冷肃的脸在见到霍珏与卫媗后登时一暖，道：“本想等这边事了，便亲自去见你们姐弟二人。”

说到这儿，他顿了顿，目光落在霍珏的脸，继续道：“我在肃州听闻，有一人年纪轻轻便连中六元，蟾宫折桂。那时我便想起了卫太傅，却不承想连中六元之人就是你昭明。不愧是青州卫家的子孙，你祖父若是在世，定是要以你为荣。”

薛晋在回京途中，方才知晓新科状元霍珏，就是卫家的卫瑾。

他一直惋惜着没能救下卫彻，为卫家留下一点香火。眼下见到霍珏平平安安地站在他面前，还继承了他祖父的才华，不可谓不惊喜。

祠堂里头的人还在跪着，薛晋却像是全然忘了自家儿子一般，道：“此地不宜叙旧，你们姐弟二人随世叔到正厅喝茶去。”

卫媗望着薛无问笔挺的背影，摇头一笑，道：“既与在里头跪着，我又岂能置身事外？我与他本是一体，他若是做错了事当罚，那卫媗同样当罚。”

说罢，卫媗朝薛晋福身盈盈一拜，提起裙角入内，在薛无问身侧跪下。

她不为薛无问求情，她只陪他。

薛无问侧头望她，她一贯含着丝轻佻笑意的桃花眼，此刻却无半分笑意。

他想说他无事，让她出去。

罚跪挨鞭于他而言不过是小事，但落在卫媗身上，那就是顶大的事。

他连一根头发丝都舍不得卫媗掉，哪舍得她陪他在这儿受苦？还是罚跪这样的苦差。

可眸子一映入她那清丽从容的脸，拒绝的话便说不出口。

她要陪着他，要与他一同面对风雨，他怎能拒绝？又怎可拒绝？

薛无问喉结轻轻一提，又缓缓落下，也顾不得前头有多少祖宗的灵牌看着，兀自牵住卫媗的手。

香案上摆着长鞭，那一排排软刺上还沾着他的血，空气里亦弥漫着淡淡的血腥味。

卫媗眼睫微微一颤，咬了咬唇，轻轻回握住薛无问的手。

薛晋望着卫媗与薛无问并肩而跪，正欲开口，忽然身前一暗，只见方才他才夸过的卫家小子也大步入内，一撩衣摆便咚的一声也跪在了薛家祖宗的灵牌下。

“世兄所作所为，皆是为了世间公道，为了黎民百姓。他既是有错，那珏亦有错。珏不该信这世间有公道，不该信卫家、霍家的冤屈总会有昭雪的一日。珏该做的便是以眼还眼、以杀止杀，用无辜者的鲜血铺一条复仇之路。”

年轻的郎君身姿笔挺，声音温润平静，可说出来的话却字字泣血。

薛晋并不知，梦里的他曾同霍珏说过：这世间追寻公道之路有千千万万条，最不该的便是用无辜者的命来为你复仇。

这位征战沙场多年，以血肉之躯挣下无数赫赫威名的将军，在愣怔一瞬后，忽然望向了香案上的灵牌。

外头鹅毛般的大雪簌簌地落。辛嬷嬷打着伞，疾步跟着薛老夫人。她身后的莲棋、莲琴甚至连伞都顾不得打，拢着斗篷帽檐，急匆匆地跟在辛嬷嬷身后。

莲棋、莲琴原是薛老夫人放在魏姨娘身边的丫鬟，可自打进了无双院，被世子用雷霆手段敲打过之后，她们的眼里便只能有魏姨娘了。

表面上她们是老夫人的眼线，实则早就是魏姨娘的人了。

方才二人得了佟嬷嬷的暗示，悄悄跑去静心堂请老夫人。

薛老夫人倒是果断，一听魏姨娘月事有异，且还去了祠堂寻世子，立马便赶了过来。

薛老夫人一到祠堂，见里头直挺挺跪着三人，眉心不由得一拧，对薛晋道：“今日不行家法，让三个孩子出来罢！”

这祠堂虽常年烧香诵佛，可到底是放死人牌位的地方，阴气委实太重。英气阳刚的男子在这儿待久了都不行，更别说卫媗这么个娇滴滴的小娘子。

若她此时当真怀了身孕，那就更不能进来这里了。

这对父子，真是不着调，一个急着训子，一个急着挨家法。若卫媗肚子里那块疙瘩肉出了什么事，他们哭都没地儿哭去！

薛老夫人深吸一口气，用目光剜了薛晋与薛无问一眼："派个人去福安堂，请方神医到静心堂来。"

方嗣同自打被薛无问"请"进了定国公府，便在福安堂住下了。

这院落偏僻，平日里也没多少人来吵他，也算是落得个清闲，总的来说还是无甚不满的。

可是今儿这福安堂倒是够热闹的。

先是佟嬷嬷派人来递口信，接着何宁来递口信，没一会儿静心堂的那位老夫人又火急火燎地差人来请他。

方嗣同没好气地叹一声，背起药箱便往静心堂去。

静心堂的偏殿里，卫媗坐在榻上，在薛老夫人充满期盼的目光中，将手腕放在号脉枕上。

方嗣同前几日才给她把过脉，虽说因着月份尚浅，喜脉尚且不显，但他诊过的孕相不知凡几，卫媗的脉象十有八九是喜脉。

今日再诊，手下的脉象往来流利，如盘走珠，是再清楚不过的喜脉。

方嗣同收回手，对薛老夫人与卫媗道："恭喜老夫人，卫大娘子这是喜脉。"

这话一落，别说薛老夫人了，便是辛嬷嬷这些老仆都一脸喜色。

天知道老夫人盼着抱曾孙都盼了多久了！满屋子的人均是一脸喜色，也就卫媗淡定些。

薛老夫人怜爱地望了她一眼，又问方嗣同："这孩子自小身子骨弱，可有哪些需要注意的？"

方嗣同道："卫大娘子这两年的身子骨比之从前要好了许多，只不过到底是头次有身孕，还是小心谨慎些为好。老夫会列些吃食上的注意事项，但最重要的，还是要保持心情平静愉悦，切莫大悲大怒。"

薛老夫人闻言便淡淡嗯了一声："自当如此。"

方嗣同开了药，又写了密密麻麻两页纸的注意事项，方才离开静心堂。

他一走，薛老夫人便拉过卫媗的手，轻轻拍了拍，道："你放心，既与的那顿鞭子就此揭过。有我在，不会再让你薛世叔对他用家法。"

卫媗微微笑了下，对上薛老夫人慈爱的眼，温声道："老夫人可会恼媗儿？"

薛老夫人一愣，旋即便反应过来，卫媗所说的恼究竟是为了何事。

这一年卫媗几乎日日都会来静心堂陪她礼佛，抄经书、诵佛经、论佛法。

二人每日都耗不少时间在佛法上，薛老夫人自然也就没察觉到自家孙儿在外头做了什么。

诚然，若是没有卫媗，薛老夫人的确会更早察觉到薛无问暗地里的小动作。

可早也不会早多少。

凭她那孙儿的手段，真要瞒她根本不是甚难事。

“恼你什么？恼你花时间陪我这老太婆解闷？”薛老夫人失笑，“我又不是那般不讲理的人，得了便宜还卖乖。你呀！是在担心我对既与心生不满，是也不是？”

卫媗并未否认，只不卑不亢道：“老夫人心慈，定不会同既与计较。”

她说着便将手搭在小腹上，温顺道：“既与尚且不知我有孕，老夫人若是恼他，我们便瞒着他一段时日，只当是给老夫人出气了。”

薛老夫人哼了一声：“就他那性子，还是让他早些知晓他要当爹了为好，至少能令他稳重些。”

卫媗闻言便笑了，半晌，又缓缓敛了笑意，认真道：“老夫人，这天底下，只有我能做好既与的妻子。也只有我，当得起这孩子的母亲。这孩子，不能是妾生子。”

卫媗说起这话时，语气平静而笃定，无半点卑微求人之态，仿佛说的是天底下再正常不过的事。

看得薛老夫人心下一叹。

卫家姑娘当真是养得极好，有手段、有城府却不失风骨，便是认错也是坦坦荡荡的，半点也不遮掩。

最重要的是，这姑娘太通透了，三言两语便能道出一个人的软肋。

既与只要她，不可能再娶旁的人，薛家的后代也只会从她的肚子里出来。

若卫媗还是魏姨娘，那她的曾孙就一辈子都是姨娘之子，而这根本是不可能之事。

从前，薛老夫人眼睁睁见着自家孙儿如何为了她违抗族令，又如何为了她抛下肃州的一切来了盛京。

她曾经为既与不平过，堂堂定国公世子，地位尊贵又才貌不俗，不知招惹了多少小娘子的相思，何曾需要这样卑微地喜欢一个人？

可今日，在薛家的祠堂，他心心念念的姑娘义无反顾地跪在了他的身侧。

二人牵着手，那并肩而跪的身影，好似在同旁人说，今后不管发生何事，他们都会一同面对。

他们——是一体的。

薛老夫人深深地望了卫媗一眼，道：“从今日起，你便随既与一同唤我‘祖母’罢。祖母旁的不求，只求你记着，你啊，先是既与的妻子，接着才是旁人的母亲、姐姐和女儿。”

薛老夫人与卫媗说了好一会儿话才出了屋子，一出去就见自家孙儿站在院子的梧桐树下，也不知是来了多久，肩上发上均落满了细碎的雪。

她睇了薛无问一眼，没好气道："一会儿辛嬷嬷会送药过来，你记得趁热让媗儿喝了。"

薛无问忙答应下来，同薛老夫人匆匆行了一礼便入屋去了，看得薛老夫人止不住地摇头。

卫媗自是听见了外头的动静，薛无问进来时，她便起了身。

薛无问大步过去，将她一把抱起，哑声道："可有哪儿不舒服？"

卫媗摇了下头，搂住他的脖颈，低声道："你先放我下来，我看看你背上的伤。"

薛无问想起她之前同他说的，他身上的每一处伤她都要知晓。

想了想，便抱着她在一边的榻上坐下，吊儿郎当道："你知道的，外伤这东西，向来都是瞧着严重，实际上一点也不碍事。父亲只打了我一鞭子，还没来得及打第二鞭，你就来了。实话说，那一鞭对我来说就跟挠痒痒一样，一点儿也不疼。"

卫媗"嗯"了声，抬手解他上身的衣裳，才刚脱下外衣，便摸到他背上那原该柔软的里衣布料早就发了硬。

那是鲜血沾上布料干涸后的触感。

卫媗指尖一顿，微抬起眼睫，对他道："薛无问，你转过身去。"

薛无问低眸看她一眼，缓缓转过身，此时倒是后悔极了，方才应当先回无双院换身衣裳。

父亲甩这一鞭时，用了十成十的力气，直接豁开一条血痕。

大片血迹从左肩蔓延到后腰的右侧，在雪白的里衣上洇出触目惊心的暗红。

卫媗的呼吸轻轻一顿，竭力忍住鼻尖的酸涩。这一刻汹涌澎湃的心疼，顷刻间便灌满心头。

不过是一鞭就流了这么多血，七年前那四十九鞭他又流了多少血？

卫媗拿出方神医备好的药，力道轻柔地给他上药。

觉察到她的动作，薛无问低垂下头，背后的脊椎凸显出一道硬朗的线条。

老实说，背上的伤他没觉得有多痛。倒是……卫媗细腻的指软软地扫过他的后背，惹得他心痒难耐。

他一边咬着牙忍着，一边骂自己禽兽。

好不容易上好药，穿好衣裳，卫媗忽然揽住他脖颈，在他后颈轻轻地落了个吻，道："薛无问你记着，日后我卫媗先是你的妻子，之后才是旁人的母亲和姐姐。"

薛无问全身一僵，萦绕在心间的所有的心猿意马瞬间消散。

取而代之的，是如山洪倾泻般的爱意。

她懂他，他亦懂她。他家姑娘是在同他说，日后，他薛无问，会是她心里的头一位。

薛无问转身凝视她，唇角微提，双手捧住她的脸，额头轻轻贴上她的，玩世不恭的声音似喟叹又似调笑："啧，我这一鞭子，挨得可真是太值了……"

卫媗忍不住抬眼嗔他，想起薛老夫人的话。

她下意识便握住他的手，将他宽大的手掌贴上她平坦的小腹，道：“既与，你要当父亲了。”

静心堂里的地龙烧得旺，外头雪虐风饕，内室却温暖如春。与静心堂相比，薛晋的书房倒是要冷上许多。霍珏陪着薛晋吃了几盅茶，下了几盘棋，又说了他在桐安城的这六年。

说起他的阿黎，说起酒肆和药铺，还有朱福大街的点点滴滴。年轻的郎君说起过往时，清隽的眉眼不见半点阴郁。

薛晋淡淡颔首。

他知晓，盛京这一年的风起云涌少不了霍珏的推波助澜。甚至，自家那一身反骨的孽子，会义无反顾地做那大逆不道的事，同样少不了这年轻人的推波助澜。

对薛无问，薛晋可以狠狠拿起鞭子，“赏”他一顿家法。可对霍珏，他不能，亦没有那个资格。

这孩子与卫媗经历了家破人亡，至亲以那样惨烈的方式死去，若是他们要申冤报仇，谁都没资格指责他们。

更遑论，眼下他所做的一切，并未伤及无辜，反而是造福了无数百姓。

青州，临安城，还有前不久因他警觉而提前制止的曲梁城流民之祸，皆是因为他而避开了生灵涂炭的局面。唯独对成泰帝……

薛晋斟酌着言语，正要开口，忽然听得对面的年轻郎君温声道：“世叔信我，珏绝对不会做出有堕卫家名声之事，亦不会连累世兄受史官的口诛笔伐。”

霍珏这话，听在薛晋耳里，是在许诺他不会做那不忠不臣之事。

薛晋抬眸，对上霍珏那双清润得看不出深浅的眼，道：“世叔信你。”

霍珏离开定国公府之前，原想去静心堂看看卫媗的。

可人还未过去，便听佟嬷嬷笑着道，世子爷知晓大娘子有了身孕，抱起大娘子便回了无双院，说要同肚子里的孩子说说话，好让他们的阿蝉先熟悉一下爹爹的声音。

佟嬷嬷边摇头边笑着说：“世子爷盼着大娘子生一个同大娘子一样的小女郎，可老奴私心里还是希望大娘子这一胎会是个小郎君。”

霍珏想起梦里沉默寡言的小阿蝉，倒是希望这辈子阿蝉能快些来这世上。

但他也知晓佟嬷嬷在担心些什么，宽慰道：“嬷嬷不必忧心，薛家不是那些重男轻女的门第。”

梦里的阿蝉虽没了娘，后来又没了爹。可薛家上下，不管是薛老夫人还是薛晋，人人都把她当眼珠子一般疼爱。就连他这个舅舅，对她都是有求必应。

现下，一切都不一样了。阿蝉再也不必拉着他的袖子，不停地问他，她的眼睛是否真的同她娘生得一模一样。

风声呜呜咽咽。

霍珏离开定国公府后，薛晋自然知晓了卫媗有孕的消息。

他沉吟了半晌，对随从道："去请二爷过来。"

定国公府的二爷薛顷是薛晋的堂弟，薛顷的父亲是老定国公的庶子。

大周自诩是礼仪之邦，嫡庶分明，而世家望族的嫡庶制度比民间百姓还要更讲究些。

薛家不少男儿战死在沙场，如今的薛家人是一代比一代少，到得薛无问这一代，甚至只得薛无问和薛莹两个后辈。

因此，薛顷虽是庶子，可在定国公府的地位却是不低。

薛晋也曾劝过薛顷去肃州的战场建功立业。可比起打仗，薛顷似乎更喜欢周游山河、舞文弄墨，一得空便要同隔壁的诚王爷携手出去游山玩水。

大抵是因着志趣相投，薛顷与诚王周元季私交甚好，二人的女儿薛莹与明惠郡主也因此成了手帕交。

薛晋喊薛顷过来，便是为了询问诚王的事。

薛顷甫一进屋，他便开门见山道："你与诚王交往甚多，你觉着诚王此人如何？"

薛顷脚步一顿，闻言便摩挲了下下颔，道："诚王是个爱画之人，为人风趣又没什么架子，是个值得交的朋友。"

薛晋攒眉，又问了一些周元季的事，直问得薛顷心都要提起来了。

薛顷道："大哥，可是诚王惹了什么事？"

薛晋摇头，目光定定地望着书案上的一幅青山流水图，静默不语。

时间如梭，一眨眼便到十二月十九。

这日天气格外寒冷，可饶是如此，午门外，依旧是一大早便围满了密密麻麻的人。有盛京的百姓，有赴京赶考准备参加来年恩科的举子，还有头戴官帽的京官。

凌叡身着印着个墨色"囚"字的狱服，被两名衙役押上了午门。不过短短十数日，他便瘦得只剩一把骨头，面色灰败、双目无光，如同一具行尸走肉。

宗遮到底给他留了一丝体面，差人给他梳发、净面，拾掇干净了，方才押送到午门接受宣判。

身后的狱卒用力一推，凌叡咚的一声跪在了地上。他的身体被剧毒摧残过，已然行将就木，就连呼吸都是痛苦的。

在这彻骨严寒的冬日，凌叡漠然地听着宗遮义正词严地宣读他的罪名——通敌，叛国，残害忠良，谋逆。

"果然，当年先太子、先太孙就是被他陷害的，还有卫太傅和霍将军！呸！这种猪狗不如的东西，死十次都不够！"

“为官者，当忠君爱国，对得起礼义廉耻，天地良心！汝之所作所为，实乃文人之耻！”

“你这狗官，不仅害了你自己，还害了你族人，他们因为你也要被株连！你这狗东西真是害人不浅！”

一句句谩骂飘入凌叡的耳朵里，渐渐化成一片嗡鸣声，吵得他的头愈发痛。

很快，凌叡便听到上头的宗遮朗声问道：“罪臣凌叡，你可认罪？”

听见此话，凌叡那张面无表情的脸总算有了波动，他自嘲一笑。

成王败寇。

输了就是输了，再不甘心，他也是输了。

凌叡抬起头，大声嘲讽道：“我凌叡，认罪！可该认罪之人却不止我一人！若说我死不足惜，这世上还有人，比我更加罪无可赦！更该死！”

他这句话，在场的数百人，只有少数几人听得懂。

朱毓成静静地望着与他斗了多年的政敌，这一刻，竟然生出了与凌叡相似的嘲讽之意。

“午时三刻已到，宗大人，行刑吧。”他对宗遮道。

宗遮颔首，将手上刻着朱红“斩”字的令牌往台下一掷。

刽子手猛灌一口烈酒，往刀口一喷。那把斩过无数人头的大刀高高一抬，又重重一落，很快便染了血色。

霍珏立在朱毓成几人身后，往人群外望去。那里，卫媗披着件青色斗篷，被几名锦衣卫护着，静静地望着高台上的那片血色。似是察觉到霍珏的目光，她抬起微微泛红的眼，与霍珏遥遥对视。

良久，霍珏收回视线。

这一次，终于让阿姐亲眼见到凌叡的死。

今日，凌叡被处决的事，状元楼里的人自是知晓的。

姜黎倒是想去看看，却被杨蕙娘死死拦住，说不吉利。

“今儿天气太过恶劣，阴沉沉的，就算是午时三刻，阳气也不够！”杨蕙娘信佛，最是信因果。

凌叡那样十恶不赦的人，一旦被斩首，估计马上就有阴间的官差来勾魂，若是被阴差冲撞到就不好了。

“你放心，这些害过那么多条人命的坏人，不是入畜生道就是入饿鬼道。”杨蕙娘信誓旦旦地道。

姜黎才不关心凌叡死后会入什么轮回道，她只是想去陪霍珏。

只不过杨蕙娘不同意，她便也不能去。

今日一早，她就随杨蕙娘来了酒肆，最近的天气比往年都要冷上不少，处处皆是银装素裹。

又因着临近年关，来酒肆买酒的人属实是不少。

母女二人讨论了一路要多酿些什么酒，快到酒肆时，杨蕙娘忽然问姜黎："那凌首辅要斩首，旁的人又是定了何罪名？"

姜黎思忖了片刻，道："其余几人都被抄了家，定在来年秋后问斩。好在这几人虽犯了事，却没有祸及家人，也算是法外开恩了。"

说来，这其中一人便是余秀娘的前夫齐昌林，秀娘子前几日知晓了齐昌林被判死刑后，沉默了许久。

第二日，便同杨蕙娘说，待得明年秋天一到，她便回中州去了。

姜黎不由得想，秀娘子之所以要在盛京一直留到明年秋天，大抵是想着为她那前夫收殓尸骨吧。

都说一日夫妻百日恩，秀娘子与她前夫到底是有些情谊在的。

听小月说，齐大人在去大理寺自首前，便遣散了家中小妾。还给她们分了些银子，让这些小妾寻个良人嫁了。

"齐安说，大人从来没碰过那些小妾，那些小妾纳回家来，不过是为了掩人耳目。那当初大人为何一心要和夫人和离呢？若夫人没有离开侍郎府，说不得大人也不会犯下这样的大错，明明从前大人与夫人的感情那样好的。"

小月怅然伤怀的神情，看得姜黎心中一阵唏嘘。

严格说来，齐昌林也是害了霍珏一家的人，姜黎自然是恨的。

可她听霍珏提过，此次凌叡一案，若是没有他自陈其罪，将凌叡陷害先太子一事抖出来，要收拾凌叡这位大奸臣恐怕还得费些工夫。

从这点来看，齐昌林至少不似凌叡那般罪大恶极。

夜里霍珏当值回来，姜黎问了不少今日凌叡行刑之事，听到凌叡认罪还用力地拍了拍手，语带惋惜道："可惜娘不让我去，若不然我定是要骂他几句解解恨的。"

霍珏脱下身上的大氅，笑道："娘也是为了你好，斩首那样的场面的确不适合你看，你知晓他已经偿命了便好。"

今日，凌叡行刑，阿姐看完凌叡被斩首后，便被薛无问火急火燎地送回了定国公府。

若不是阿姐执意要看，薛无问大抵也是不会带她来。

姜黎给霍珏递了杯暖身的姜茶："你在外头吹了一日的冷风，快喝点姜茶驱寒。"

霍珏倒是不觉得有何不适，只不过姜茶是姜黎特地给他煮的，他自然不会拒绝。

趁着他喝茶的间隙，姜黎不知为何又想起小月说的话。

等霍珏一喝完，便忍不住同他道："那旁的人……我是说秀娘子从前的那位夫君齐昌林，当真要在明年秋后问斩？"

霍珏放下手上的汤盅，把姜黎拉入怀里，长指轻轻顺了下她落在肩上的发，垂眸问道："可是秀娘子同你说了什么？"

姜黎道："不曾。秀娘子自那日提了一嘴说明年秋天回中州后，便闭口不提她自个儿的事了。只不过是我和娘想知道罢了。"

小姑娘说到这儿，将下巴抵上霍珏的肩，柔下声音道："他害了那么多人，真要死罪难免，那也怪不了旁人。"

霍珏蹭了蹭她的耳郭，眉眼温和地道："只不过？"

姜黎静了须臾后，方才开口："秀娘子与那个齐大人有个小郎君，已经八岁了。其实，齐大人虽说没有将功赎罪，但到底是弥补了一些过错。"

姜黎是七岁那年失去父亲的，也不知为何，知晓余秀娘的儿子要同她一样，年岁小小便要失去父亲，心里总是有些可惜。

秀娘子那样好的人，她养出来的小郎君定然也是不差的。

姜黎说完便沉默了。

霍珏拍了拍她的背，道："齐大人不会死，只是他到底犯下了大错，活罪难逃。"

齐昌林在此次凌叡这宗案子里实则是立了大功的，功过相抵之后，与胡提、秦尤两人相比，他的罪行应当是最轻的，罪不至死。

可成泰帝不可能让他们活命。君要臣死，臣不得不死。朱毓成与宗遮一番周旋，也不过是将行刑之日推迟到来年。

但只要拖到来年秋天，生机便来了。

一个大赦，便足以将齐昌林的死罪换成活罪。

姜黎不懂朝堂的这些弯弯绕绕，但霍珏说的话，她从来都是信的。

霍珏说齐昌林不会死，那他就不会死。

"他犯过那样的错，能留下命便已不错。"姜黎顿了顿，"他活着，秀娘子与齐宏大抵也会高兴的。"

霍珏"嗯"了一声。

梦里，余秀娘并未去大理寺狱给齐昌林收殓，去的是齐安。而这现今，齐昌林主动认了罪，余秀娘也选择了在盛京留下，等着给他收殓。

霍珏前两日去大理寺狱，狱里关着的那几位曾经手握大权的权臣，就属齐昌林最是淡定从容，仿佛从一开始就猜到了等着自己的是什么。

他想得通透，从他去大理寺自陈其罪之时起，他就知晓自己不可能有活路。

霍珏去时，齐昌林甚至还笑着同他道："阿秀出现在'状元楼'时，我曾派人查过你。你分明同我一样是个寒门学子，亦同我一样娶了个能干的商户女。那时我还想，你年岁虽小，却比我做得好。可如今细细回想，宗家身后有你，薛无问身后有你，朱毓成身后有你，都察院两位御史身后亦是有你。"

这样一番话，齐昌林说出口时，都觉得不可思议。

他一直觉得，盛京的局势里，藏着一双看不见的手在操控，却压根儿猜不到是谁。

直到霍珏从青州回来，他才恍然大悟，似是脑海中有一根线将混乱的思绪串联在一起，终于拨开了云雾。

只是，这未免太过匪夷所思，不过是个甫入官场一年的年轻人，怎可能有那样深沉的心思，那样高明的手段？

年未及弱冠，便有此谋略，谁信？

齐昌林端坐在简陋的草席里，温和一笑，问道："你究竟是谁？你背后的人又是谁？"

霍珏却不答，只道："日后齐尚书自会知晓。"

齐昌林愣了片刻，旋即一笑："我可没多少个日后啦，霍大人。明年秋天前，盛京莫不是又要有一番风雨？"

霍珏未语，默默地望了齐昌林一眼，便提脚离开了大理寺狱。

同样是在狱里，同样是死刑。

现在的齐昌林比之梦里的齐昌林，不再是心如死灰。明明都是赴死，他却生出一种求仁得仁的豁达。

他甚至没有求他，阻止余秀娘来为他收殓。

这份心安，这份豁达，大抵是因着他知晓在他死后，余秀娘会带他离开罢。

霍珏轻抬起姜黎的脸，看柔和的烛火点亮她的眉眼，看她清澈的眸子映着他含笑的脸。

梦境之外的齐昌林已有了最好的结果，而这梦境之外的霍珏同样有了最好的结果。

夜里霍府熄灯之时，一道身着夜行衣的黑色身影从角门一闪而过，迅速地往公主府去。

凌叡被执行斩立决时，惠阳长公主在公主府里握着金嬷嬷的手，道："上回密信中说凌叡死，赵昀便能活。嬷嬷，你说赵昀真的还活着吗？"

金嬷嬷嘴唇微动，却说不出话来。

从一开始，她就不信驸马还活着，可公主满心期盼的模样，却又让她舍不得说出扫兴的话。

金嬷嬷慈爱地垂下眉眼，笑着道："不管驸马活没活着，公主都要当作他还活着，这样啊，人活着才有盼头。"

她的话刚落，便听见咻的一声，一道箭矢穿过楹窗，插入了旁边的金丝楠木博古架里，被箭矢定在博古架上的是一封信。

几乎是在箭矢射入的瞬间，惠阳长公主便立即下了榻，拔出架子里的箭，匆匆撕开信笺。

同上一封密信一样，这封信里只有短短一句话：大相国寺，药谷。

惠阳长公主握信的手登时一颤，喃了句:“赵昀……”

她放下信，急匆匆对金嬷嬷道:“嬷嬷，我要去大相国寺。”

金嬷嬷赶忙拦住她，道:“公主，再几日便是先太子、先太子妃还有太孙下葬皇陵的日子了。眼下，您怎可以离开盛京呢，皇上那头……”

惠阳长公主动作一顿，原先急促的呼吸渐渐慢了下来。

是啊，她费了那么多口舌，才让皇兄答应要将太子哥哥一家的尸骨葬于皇陵。

此时，她不能离开盛京。

惠阳长公主细心折好手上的信。

神情一时有些恍惚，这七年间，她也曾经去过大相国寺，并且屡次路过药谷，却不曾入内。

她知晓药谷的圆青大师是赵昀的叔叔，赵昀自记事起，几乎每年都会去大相国寺探望圆青大师。

赵昀不止一次同她说笑，说叔叔的师父夸他灵台通透，说若是长公主不饶人，他可就要去药谷寻他叔叔去。

所以七年前，赵昀假死，是去了药谷寻他的叔叔了?

惠阳长公主眼眶一热:“嬷嬷，你说赵昀若是活着，他是不是还在生我的气，所以才不愿意回盛京来?”

比起赵昀真的死去，惠阳长公主宁愿赵昀是恼了她，这才不来寻她的。

金嬷嬷劝道:“还不知晓这信上的内容究竟……是真是假。”

惠阳长公主明白金嬷嬷在担心甚，大抵是怕她希望越大，失望也会越大。

可她眼下根本不想听旁人的劝导，她笑了笑，对金嬷嬷道:“嬷嬷，你先出去吧。”

金嬷嬷离开后，惠阳长公主来到那博古架的前方，挪开一盏精致的琉璃灯盏，轻轻按下机关。便见那博古架微微一震，往右缓缓挪动，露出藏在里头的一面鼓。赤红的鼓架，灰白的鼓面，上头泼染了一片刺目的暗红色血迹。鼓面似是被巨力撞击过，撕裂开一条大缝，缝隙里露出一角明黄色的绸布。

长公主闭上了眼，微颤的柔荑轻轻覆上鼓面的血迹，轻轻唤了声:“赵昀啊……”

风声萧萧的落雪夜，内殿灯火通明，阒然无声。

那声她期盼了许久许久的“公主殿下”可还再听得见?

十二月二十六，大雪落满盛京。

今日，是钦天监算出的黄道吉日，适宜将先太子、先太子妃与先太孙的尸骨葬入皇陵。

整个盛京无人不知，七年前的三府谋逆案原来是冤案。

那些曾得先太子府照拂过的老百姓，身着素缟，撑伞立于长安街街头，目送铺着明黄色绢布的棺椁自太庙而出，往皇陵而去。

先太子周元旬的葬仪只略低于皇帝的下葬之礼，棺椁运出太庙这日起，成泰帝遵礼制下令敕朝廷众臣斋戒十日。

后宫的一众妃嫔，连同唯一的皇子周怀旭，也自然要斋戒。

这几日，王贵妃每一日都让大皇子到乘鸾殿用膳，免得底下的人出错，让他吃了荤腥，日后遭言官诟病。

凌叡已死，王氏一族大半族人被罢了官。

如今的王鸾，终于彻底摆脱了凌叡与王家，可她仍旧不敢松懈半分。只要旭儿还未坐上那位置，那便一日都不可松懈。

王鸾对周怀旭看得愈来愈紧，他这些日子过得委实有些喘不过气。

这日，他从上书房下学，人才走到御花园，便遇见一辆熟悉又陌生的轿撵。

周怀旭认出那是惠阳长公主的轿撵，忍不住唤了声："小姑姑！"

惠阳长公主忙让人停了轿撵，掀开一侧的帘子，对周怀旭淡淡一笑："大皇子。"

一句"大皇子"的称呼，生生让周怀旭觉出一点生分来。

他抬起一双干净的凤眸，望着惠阳长公主，道："小姑姑，我可以坐你的轿撵回乘鸾殿吗？"

小郎君声音还带着点稚气，可那张小脸却板得极其严肃，一副小大人的模样。

惠阳长公主心下一叹，道："上来吧，本宫送大皇子回乘鸾殿。"

惠阳长公主今日穿了身素白的丧服，面无点妆，发髻里也只簪了朵白花。不知为何，竟让周怀旭想起了七年前的小姑姑。

那时，他尚且不到四岁，可却记得格外清楚。

那日，小姑姑也穿了一身白色的丧服，去了养心殿后，便失魂落魄地离开了皇宫。

他印象中的小姑姑始终是温柔爱笑的，他从不曾见她脸上露出那样痛苦的神情。嬷嬷同他说，是因为小姑姑的驸马爷死了。

驸马爷没死之前，小姑姑同他其实很亲，每回进宫，都会给他带些宫外的小玩意儿，会亲昵地喊他"旭儿"。

那时，他日日盼着小姑姑进宫里来，可后来她鲜少入宫，便是来也不再来看他。仿佛一日间，她就不再是他的小姑姑了。

轿撵里点了香，惠阳长公主递了个手炉给周怀旭之后，便闭嘴不语。

快到乘鸾殿时，周怀旭觑了觑她，迟疑了须臾，用只有二人方才听到的音量道："小姑姑，你不入宫来，是不是因为父皇会打你？"

哐当一声，惠阳长公主手上的袖珍手炉倏然落地。

"你说什么？"她豁然转头，目光带了点震惊，"你……看到了什么？"

周怀旭脱口说出那句话后便有些后悔了，阮嬷嬷同他说过的，那夜他见到的事要一辈子烂在肚子里，谁都不能说，便是连母妃都不能说。

他怯怯地低下头，像是做错了事一般。

惠阳长公主微微吸了口气，缓下声音道："旭儿，可曾经见过你父皇……训斥……宫人？"

周怀旭摇了摇头，想了想，又迟疑地点了点头。

"不是宫人，是母妃，我看到父皇打母妃了。"

# 第四十章

# 箴言现世

成泰七年，积雪成灾。

都说新岁除厄，可今年年关，因着要为先太子、先太孙斋戒，整个盛京城缟素一片。

到了元月十五上元节，斋戒总算结束。

这日，长安街再次挂上了大红的灯笼，花灯连成一片灯海，瑰丽绚灿的火树银花多多少少冲淡了寒风暴雪带来的萧索肃杀之感。

“听说，宫里一早就燃起了佛灯，圆玄大师被皇上请进宫里诵经了。”宗奎大清早登门拜访，美曰其名是为了给杨蕙娘、如娘几位掌柜娘子送年礼，实则是为了过来蹭口吃食。

身着宝蓝色锦服，头戴金冠的年轻郎君毫不客气地吃了一碟子莲花酥和一碟子金丝奶酥后，拿帕子擦了擦手，对姜令招手道：“难得我过来一趟，一会儿给我看看你最近做的策论。”

姜令一点儿也不想在过节开小灶，宗奎哥每次给他讲文章，基本都是要耗一整日的。

如今，他算是看明白了。宗奎哥是准备吃完早膳吃午膳，吃完午膳继续吃晚膳，晚膳结束后还要来几嘴子宵食才会心满意足地离开。

不过宗奎哥的拳拳盛意，他到底是不能辜负，忙应了下来。

二人正要出正厅，宗奎忽然想起前两日自家两位长辈的事，想了想，便顿住脚步，回头同霍珏道：“对了！状元郎，伯祖父前两日同意叔叔彻查先前那桩悬案了。叔叔这几日连年假都不曾休，日日泡在府衙里。听说好几具陈尸的身份已经查了出来，上元节一过就要派人去寻这几人的亲人。”

霍珏眸光微凝。

他猜到宗遮定然会让宗彧继续查那宗案子，却不想会这般早。

宗遮不愧是并州宗氏一族的执掌者。当年，能在凌叡一党的虎口下保住宗家，夺下大理寺卿的位置。此刻，亦能在风雨来临的前夕，审时度势，做出最好的决断。

霍珏却不知，宗遮这般快地便下此决定，并不仅仅是因着审时度势，还因着先前朱毓成的一番话。

自打凌叡被革职，朱毓成便接替了凌叡，成为内阁首辅。

凌叡被捕的前一日，朱毓成亲自登门拜访，笑着同宗遮道：“年初临安地动，若非霍小郎提前示警，救了半城百姓的性命，宗大人可有想过，小宗大人会如何？”

小宗大人指的是宗彧。

宗彧正是因为在地动之际救援及时，立下大功。这才能接连官升两品，顺理成章地入了顺天府。

原先的顺天府尹是凌叡的人，朱毓成早就想换人。

宗彧在临安城任知县时，屡破奇案，在顺天府的百姓眼中是青天大老爷。临安地动那日，若非霍珏，宗彧别说捞到功劳了，怕是连乌纱帽都不一定保得住。

朱毓成同宗遮说了这样一番话，实则是在替霍珏讨人情——一个宗家欠霍珏的人情。

其实，即便朱毓成不登门，宗遮心里亦是明白的。

宗家的确欠了霍珏一个人情，霍珏不来讨要这份人情，不代表他们就能忘记。

眼下局势虽说尚未完全明朗，但也差不离了。若等尘埃落定之时，再让宗彧翻查旧案，到底是晚了。

锦上添花永远比不上雪中送炭。

宗遮年岁已大，宗家的后辈里最出色的便是宗彧与宗奎，下一任宗家家主亦是非宗彧莫属。

此次的陈尸案，何尝不是宗彧日后更上一层楼的基石？

宗遮能在宗家做这么多年家主，该做决断时自是不会瞻前顾后。

朱毓成一走，他便立即唤来宗彧，同他道："去查案吧，给那些惨死的人一个公道。"

宗奎说完，也没等霍珏回话，便大步流星地同姜令出了正厅。

霍珏端坐在四方椅上，沉默半晌后，终是忍不住轻提了下唇角。

他在梦里，曾经走过一遍复仇之路，最开始只有他自己，后来身侧多了薛无问与赵保英。

而宗遮与朱毓成……时而是同盟，时而是敌人，端看为了何事。

至于都察院的两位都御史，立场倒是鲜明，自始至终都想将他弄死……

可那毕竟是梦里，而现实中，这些人到底是不同的。

梦里想要他死的人，现在会殚精竭虑地为他谋一个前程；梦里亦敌亦友者，现在会走在他前头，提前替他扫除前路的风雪。

思忖间，何舟匆匆而来，拱手道："主子，长公主已经到了大相国寺。"

霍珏长指敲了敲桌案，道："圆青大师可是去了九佛塔？"

何舟颔首："圆玄大师一离开大相国寺，圆青大师便去了九佛塔。"

霍珏站起身，望着窗外越下越大的雪，道："眼下，逃到顺天府的流民有多少？"

"已有数千人，如今这天气一日比一日寒冷，前两日还下了雨雹。属下瞧着，再过几日，前来顺天府的流民怕是会越来越多。"

的确，不仅仅是流民，到了二月，连盛京的百姓都开始慌乱起来。

他记得，梦里这场雪灾直到四月方才结束，而史官在记录成泰七年的这场雪灾之时，是这样记载的：冻馁而死者，日以千数。

按照霍珏原先的计划，这场灾难越是伤亡惨重，对他的计划越是有利。

可如今——他改了主意。

“随我出去一趟。”他接过何舟递来的大氅，边走边披在身上，快出院子大门时，忽地脚步一缓，又道，“罢了，我明日再出门，你去替我送几封信。”

何舟一愣，立马就反应过来了。

今儿上元节，主子定然是要留下来陪夫人的。

去岁，因着临安城之事，主子都没能赶回来给夫人做花灯，今日定然是要弥补去岁的遗憾的。

上元佳节，家家户户都会亲手做平安灯，人们将愿望寄托于此，祈求未来平安喜乐、顺遂无忧。

从昨日起，府里的各个院子都陆续挂上了平安灯。

但姜黎想与霍珏亲自做一盏平安灯，送到无双院去。

霍珏进来时，她已经将平安灯做得差不多了，就差最后一道工序——绘灯画了。

“你来得正好，你画技好，快在这上头画上几个喜气的娃娃，一会儿让何舟送去定国公府。”姜黎说着，便去取了笔墨来，满眼的期待，“要画得粉雕玉琢些，最好呢，要画得有点像阿姐，又有点像薛世子。”

她说到这儿，便忍不住一顿。她都觉得自个儿太强人所难了，又要像阿姐又要像薛世子，怕是不好画。

她正要收回方才提的要求，谁料霍珏提起笔，几乎是一气呵成地画出了三个小娃娃。

从牙牙学语的小婴孩，到扎着双丫髻的小女郎，似是轻轻一转，便能看到个慢慢长大的小女郎。

最神奇的是，每一面灯画里的小女郎，眉眼随了阿姐，口鼻随了薛世子，果然生得又像阿姐又像薛无问，好看得不得了。

姜黎越看越满意，忍不住夸道：“你这灯画画得太合我心意了，你画的可是阿蝉？”

霍珏“嗯”了声。

姜黎提起灯，爱不释手地看了好半晌，随后小心放下。

随即从脚边拎起一盏空白的平安灯。她原是怕霍珏第一回画不好，便多做了一盏空白的平安灯备着，眼下倒是派不上用场了。

姜黎把灯放在桌案上，眼睛弯弯道：“霍珏，你给我们阿满也画上一盏吧！”

霍珏望了眼姜黎，又望了望眼前的平安灯，略略顿了片刻，便再次提起画笔。

画阿满时，倒是不如方才画阿蝉那般行云流水、一气呵成。霍珏每画几笔便要停下来，看看姜黎，方才继续画。

这一画就画了大半个时辰，等到霍珏停笔时，姜黎的目光落在灯画上便不由得瞪圆了眼。

“你这画得不是我吗？”她道，“一点儿也不像你。”

霍珏放下笔，细细端详着那三面灯画，自个儿倒是挺满意的。

“你生得比我好，以后阿满的长相最好都随你。”

姜黎一听，登时臊得耳朵尖都红了。

姜黎拎起平安灯，轻轻一转，一个同她五官生得极相似，唇角点着两颗米粒般的梨涡的小女娃，便巧笑倩兮地冲着她笑。

不得不说，小女郎的笑靥甜津津的，让人一看便心情愉悦。姜黎弯了弯唇，若是以后阿满生得像她，好像也不差。

于是，她攥紧了手上的平安灯，道：“这平安灯我可得好好收起来，以后留给阿满看。”

此时的大相国寺，惠阳长公主亦是攥紧了手上的平安灯，抬头望着“药谷”二字。

终是深吸了一口气，上前叩门。

她的手冷得过分，不知是因着呵气成冰的寒冷天气，还是因着心底的期盼与恐惧。

“来了来了！”赵遣开了门，见到惠阳长公主似乎也不惊讶，恭敬行了一礼，便道，“草民知晓殿下因何而来，请殿下随我来。”

惠阳长公主稳了稳声音：“有劳了。”

她提着灯，穿着大红色的斗篷，疾步跟在赵遣身后。

厚厚的雪被踩得嘎吱嘎吱作响，二人行至药谷深处，来到竹舍前。

赵遣推开竹门，道：“他在里头，公主进去吧。”

惠阳长公主匆匆道谢，也顾不得抖落身上的雪花，提步入内。

竹舍里光线昏暗，点着香，还放着炭盆。

目光所及，便见一人闭着眼躺在床上，神色安详。

惠阳长公主手上的平安灯哐的一声落了地。

眼前的青年骨瘦如柴，不复从前的丰神俊朗，可她还是一眼就认出他来。

惠阳长公主慢慢行至床榻边，低眸望着赵昀，良久之后，才细声道：“赵昀……我来看你了。”

她想过许多种可能。他恨她、不再爱她抑或者是忘记她了，所以才不愿再见她。却万万没想到，他竟然一直在昏睡中，从来就不曾清醒。

惠阳长公主在榻上坐下，倾身将脸贴在赵昀的手上，任凭眼里涌出的泪水划过他的掌心。

记得，他们的初次相遇。

那是承平二十二年的夏天，她去养心殿寻父皇。

正要推门进去，却听见里头传出一道义正词严的声音。

“此人仗着是淑妃娘娘的弟弟，便强抢民女为妾，还打断了那女子未婚夫的腿。依照大周律，当杖九十，发边充军。”

关于淑妃娘娘亲弟弟犯下的事，惠阳长公主也曾听母妃提过一嘴。

那会儿正得宠的淑妃刚刚小产，父皇心生怜意，有意将此事高高拿起，轻轻放下。

偏偏都察院的赵御史不依不饶，非得要治此人一个重罪。

惠阳长公主记不得当时父皇在养心殿里说了什么，只记得从养心殿里走出来的赵昀。

那日，天阴沉灰暗，赵昀的神色很是失望。可她看得清楚，年轻郎君眸子里的光不曾熄灭，好似在说：他不会妥协，也不愿妥协。

后来，选驸马时，父皇同她说，赵昀的性子太过刚直，恐非良配。

可她偏偏就是喜欢这样一往无前、无所畏惧的赵昀。

因为，这样的一往无前，这样的无所畏惧，是她渴望而不能得的东西。

一个懦弱的人，最渴盼的大抵就是这样一份宁折不屈的勇气。

后来，母妃去世时，死死握着她的手，对她哀求道：“惠阳……答应母妃好不好？”

“那日春和殿的事，母妃知晓你看到了。惠阳啊，你皇兄只是病了，你别怪他，他会好起来的。在他好之前，惠阳替母妃好好守护你皇兄，好不好？”

母妃瞪大的眼睛和紧紧攥着她的手，仿佛在说，她若是不答应，她便不能瞑目似的。

“你是宫里唯一的公主，是你父皇最疼爱的孩子，就连你皇兄都听你的话。我们惠阳有能力保护好皇兄的，对不对？”

那时，她已经十二岁了。她不再是五年前躲在床榻下，连一个“不”字都喊不出口的小公主。

可那又如何？

望着母妃被病痛折磨了许多年的脸，她依旧是懦弱到说不出一个“不”字。

母妃是个懦夫，皇兄是个懦夫，她也是。

从前，她爱的就是赵昀那份一往无前，满怀赤忱。可最后，她却逼他做一个同她一样的懦夫。

是她害了他。

圆青大师从九佛塔下来，回到药谷，便听得赵遣道：“叔公，长公主在舍一等您。”

圆青大师横眉一挑，冷哼着进了竹舍便道：“贫僧知晓你想问什么，贫僧侄儿的病无药可医。他到如今都醒不来，要么是他的三魂六魄被撞没了，要么就是他自个儿不愿意醒来。”

惠阳长公主闻言便垂下眼，起身同圆青大师福了一礼，道：“多谢大师解惑。大师可否允本宫每日都来药谷看望赵昀？”

圆青大师那双似能看透人心的目光静静地落在惠阳长公主身上。

他虽是出家人，不问红尘之事，但长公主养面首的事他也是有所耳闻的。这位金枝玉叶不是早就忘了赵昀了吗？眼下这副作态又是为何？

圆青大师扫了眼她略微红肿的眼眶，到底是没有拒绝她。

他只不耐地挥了下手，冷声冷气道："公主爱来便来，只是贫僧丑话说在前头。贫僧这谷里种了不少毒花毒草，你若是不小心中了毒，贫僧不救。"

大周皇室的人，他一个都不救。

圆青大师的态度颇为不敬，可惠阳长公主半点也不介意，只轻轻颔首："自该如此。"说罢，又郑重行了一礼。

从药谷出来，惠阳长公主刚行至山门，便见金嬷嬷匆匆踩着石阶下来。

惠阳长公主见她神色慌张，忙住了脚，问道："嬷嬷，出了何事？"

金嬷嬷抚着胸口重重喘气，小心看了眼四周，方才上前一步，在惠阳长公主耳边低声道："殿下，方才九佛塔显灵了，从里头落下了一则箴言！"

上元节到大相国寺拜佛的人不少，百姓有之，赶考的读书人有之，达官贵胄亦有之。

因着去岁地动、皇陵泣血、边疆动乱，还有内臣之祸种种，成泰六年在百姓眼中早就不是吉祥年。

因此，饶是气候恶劣，可前来大相国寺烧香拜佛的人比以往任何一年都要多。都盼着佛祖保佑，今岁是个安稳年。

惠阳长公主听罢金嬷嬷的话，不由得眉心一蹙，道："是何箴言？"

金嬷嬷咽了口唾沫，颤声道："说是，春雪成灾，龙抬西北，灾止天和。"

金嬷嬷说起这则箴言时，心脏仍在咚咚跳个不停，几乎连话都稳不住。方才，她还未来得及登上九佛塔，便见许多人跪于塔下。所有人嘴里都在说着箴言之事。

金嬷嬷忍不住道："殿下，这箴言究竟是何意？这龙抬西北，怎的听着像是，像是——"

金嬷嬷嘴边的话到底说不出来，那样大逆不道的话，怎敢说？怎可说？

古往今来，但凡箴言里提及到龙，那必然是与帝位与皇族有关。

狂风猎猎，吹得惠阳长公主身上的斗篷哗哗作响。惠阳长公主抬眸望着隐在石阶尽头处的九佛塔，良久不语。相传，大周建朝时，大相国寺一位佛陀转世的佛子留下了两则箴言。第一则箴言已现世，世家望族皆知。第二则箴言则从未现世，传言那则箴言藏于九佛塔……

眼下……第二则箴言现世了？

夜里，惠阳长公主下榻于离药谷最近的客舍。

入了夜，明佛山比之白日要更加庄严肃穆，金嬷嬷忧心忡忡地将汤婆子置于被褥里，这才看着平静地翻着医书的惠阳长公主道："今日，九佛塔下知晓那箴言的人委实不少。

殿下可要想个法子堵住那些人的嘴？”

惠阳长公主放下医书，摇了摇头，道：“堵不住的，嬷嬷。如今要等的，是这场雪灾会不会来，又何时会来。”

官宦的家眷，但凡明白箴言说的是何意者，不管心中做何感想，都不敢声张。可他们不敢说，却有人敢说。

——百姓，读书人。

世间，最难堵的就是这两类人的嘴，偏偏今日来大相国寺参拜的人里，百姓与读书人比以往都要多。再者说，眼下也没有堵住悠悠之口的必要。

金嬷嬷听罢长公主的话，望着被风吹得叩叩作响的窗牖，心直直往下坠。

今年的雪，下得确实要比往年大，难不成……雪灾当真会来？

不过短短三日，关于九佛塔显灵的传言，便以燎原之势传遍了整个顺天府，连宫里的成泰帝与王贵妃都有所耳闻。

成泰帝听到这则箴言后，匆匆跑到乾清宫去寻圆玄大师，道：“朕听闻九佛塔显灵了，说有春雪之灾。大师，这，这究竟是真是假？”

成泰帝的到来，使得笃笃的木鱼声戛然而止。

圆玄大师抬眼，定定地望着面色青白、惊慌失措的成泰帝，道：“阿弥陀佛。佛塔是否显灵，非贫僧所能判也。”

话落，圆玄大师放下犍槌，徐徐起身，道：“若佛塔当真显灵，贫僧也该离开了。”

于是，圆玄大师当日便离开了皇宫。

从盛京去往明佛山的路一贯僻静。然而，今日这条素来罕有人烟的乡郊小路却是哀声戚戚，怨声不断。

小沙弥揭开车帘子，好奇地朝外一探，忍不住同情道：“住持，路上都是往京城去的老弱妇孺，多半是从旁的地儿逃到这儿来的流民吧。我听小福子说，周遭有好几个城池遭了难，好多百姓流离失所，朝堂这几日都在讨论该如何安置这些流民。”

出家人以慈悲为怀，小沙弥年岁尚小，这是头一回随圆玄下山。见着这些无家可归的人，心中自是不好受。

圆玄顺着小沙弥的目光望去，入目的是一位背着小婴孩冒着风雪艰难前行的母亲。

圆玄念珠无声地转动，缓缓垂下眼……

马车抵达明佛山时，天色已晚，前往九佛塔的石阶上落满了雪。

圆玄拾步而上，一身赤色袒衣很快便披了一层白。

圆青大师立在塔下，见到圆玄的身影出现在风雪里，便拍了拍身上的雪，不疾不徐道：“师兄比我预料的来得快，我以为你会留在宫里，给那狗皇帝多念两日经。”

圆玄缓缓转动手上的念珠，不理会圆青的话，只平静道：“师弟请随我来。”

说罢，便越过他，径直上塔。

九佛塔的第九层，寻常人来不得。

可圆玄与圆青不同，他们一个掌管大相国寺，一个掌管药谷，他们二人要来九佛塔根本无人敢阻。

圆玄推开沉重的木门，只见第九层殿内佛灯熠熠，慈悲含笑的佛像静静地望着众生。

圆青进去后，便摘下了脖子上的念珠，道：“这串念珠是当初师父赐予我法号时，亲自为我戴上的。今日，我将念珠还与大相国寺。”

历代住持曾口口相训，大相国寺不得卷入任何一个朝代的皇权更迭。

圆青擅自捏造第二则箴言，且那箴言机锋内藏，暗指龙气隐于西北，分明是将大相国寺卷入了即将来临的皇朝更迭里。

圆青还珠，实则归还的是他的法号。法号一还，他便再不是大相国寺的僧侣。

圆玄并未伸手接过他手上的念珠，而是转身走向一侧的大日如来佛。

殿中，大日如来佛左手持金刚铃，右手持八福宝轮。

圆玄静静行了一礼，道了句“阿弥陀佛”，便将掌心缓缓贴向金刚铃，同时嘴里念起了经文。

佛灯摇曳，约莫一刻钟后，圆玄收回手，掌心多了一片薄如蝉翼的木片。

他看着圆青，面色慈悲，缓缓道：“第二则箴言既已现世，这世间便再无第二则箴言。”

圆青闻言，双目微瞪。

下一瞬，便见自幼摒弃了凡心的师兄缓缓收拢五指，再张手时，木片已然化作一片齑粉。

圆青诧异道：“师兄……”

圆玄道：“师弟，戴好念珠，回药谷去吧。”

圆青离去后，圆玄缓慢转动指间的念珠，阖起了眼。

想起许多年前去青州之时，那人手执一枚棋子，笑着同他道：“你说，这世间的神佛，若是不曾有过七情六欲，不曾体验过生老病死，不曾生而为人过，又如何能渡人渡苍生呢？”

药谷里，赵遣披着一床厚厚的被褥，站在竹舍的菩提树下，边跺脚边翘首以盼。

直到见着圆青大师了，方才吸了吸鼻子，笑嘻嘻道：“如何，叔公？我们是不是马上就要卷铺盖离开药谷了？这几日天寒地冻的，咱们能不能晚点再卷铺盖走人？”

圆青大师怒目一瞪：“哪儿都别想去，就在药谷好生待着。现下快回你自个儿的竹舍去，明日一早记得到寺里做早课。”

赵遣笑嘻嘻的脸登时一垮，却不敢反驳，觑了觑圆青大师便转身回了舍二。

菩提叶飒飒，抖落一地的雪。

圆青大师立于菩提树下，垂眸望着缠在掌心的念珠，想起方才瞥见那木片上写着——蝉鸣于冬，帝也。

圆青大师缓缓戴上念珠，低声喃道："竟是蝉者为帝，这是……何意？"

惠阳长公主在大相国寺一住便是半个月。

这半个月，她每日都去药谷看赵昀，喂他喝水、吃流食，又细心地给他净面、翻身，同他说过往的七年。

可赵昀却无半点转醒的迹象，甚至一日日地消瘦下去。

便是寻常人都不见得受得了这样快削减的速度，更何况是多年昏睡不醒的赵昀。

时间一点点流逝，他的生机也会跟着一点点消散，直至死去。

二月初三，地上的皑皑白雪已经积得半腿高。

惠阳长公主刚给赵昀换上新的衣裳，便听得门外传来一道叩门声，紧接着听见赵遣恭恭敬敬道："长公主殿下，有人托草民给您送来一些东西。"

赵遣嘴里所说的东西，是一份半掌厚的案牍。

惠阳长公主接过案牍，迟疑道："可是鲁大人差人送来的？"

赵遣摸了摸鼻子，道："不是鲁大人，是都察院的霍大人。霍大人让草民同您说一句，这案牍……不过是冰山一角。"

"霍大人？"

惠阳长公主微微攒眉，正欲开口发问，忽又听赵遣道："这场雪从去岁秋天，下到今年开春也不见停歇，且越下越大。整个大周，从北境到中州，不知多少庄稼冻坏了！许多百姓饿着肚子跑来顺天府，等着朝廷赈灾。草民瞧着呀，这雪……再不停，定然要死好多人了，比去岁那场地动还要吓人。"

赵遣说到这儿便顿了顿，拱手笑道："不知长公主听没听说过九佛塔显灵之事？如今雪灾已至，草民实在心中惴惴不安，这才话多了些，还望殿下见谅。"

赵遣把该说的话说完了，也不等惠阳长公主回话，摆摆手拢紧了身上的大氅，便信步离去了。

惠阳长公主望着他的背影，唇角微抿。

回到屋内，她拉开榻边的木椅，落座后便翻起了手里的案牍。

才将将看完前两页，她的手指便忍不住颤抖起来，秀雅的脸顷刻间便褪去了所有血色。

午时一刻，金嬷嬷拎着食盒进来。一进门，便见自家公主殿下一动不动地坐在木椅里，低垂着眉眼，不知在想什么。

金嬷嬷是长公主的奶嬷嬷，对她最是了解。

见她这副模样，心里不由得咯噔一下，轻唤了声："殿下！"

惠阳长公主抬起眼睫，对金嬷嬷笑了笑，平静地道："嬷嬷，我们后日便回盛京去。"

金嬷嬷一愣："殿下要回盛京作甚？"

惠阳长公主放下手上的案牍，侧头望着赵昀，轻声道："我想回去，将那面鼓修好。"

二月初五，霍府。

霍珏静静地看着手上的信，良久，才将信缓缓折叠，放回信封里。

梦里，那些人该死的死，该疯的疯。他成了宫里权势滔天的霍督公，而薛无问带着阿姐的骨灰消失无踪。

直到他在金銮殿被刺客重重包围，直到他从梦中惊醒，薛无问都不曾回过盛京。

梦中权倾朝野的霍督公一死，朝堂必乱。还有……被他从街头捡来当皇帝的"小狼崽子"，必然会发疯。

梦醒之后，到底是不是薛无问回来平定了盛京之乱，夺了皇位，还是……朱次辅像这梦境之外这般，百般筹谋地想将薛晋推上皇位？

霍珏轻轻阖眼。

罢了，梦中之事不可追，更何况还是梦里他死后之事。

现今，才是最重要的。

至于，第二则箴言究竟是真是假，都已经不重要了。

这时，何宁撑伞进了院子，将被风雪刮断了数根伞骨的油纸伞搁在廊下后，便匆匆进了书房。

"主子，长公主回公主府了。"

霍珏淡淡"嗯"了一声，古井无波的眸子起了丝波澜："派人在公主府外盯着。"

何宁连忙应是。

霍珏将手上的信递与他，温声道："你将这封信亲自送到静心堂，亲自交到薛老夫人的手里。"

何宁低眸瞧了眼，认出这是昨日圆青大师差赵遣送来的信。

信里究竟写了什么，竟然要送到薛老夫人的手上？好奇归好奇，何宁却是万万不敢拆开信查看的，也不敢将心中的疑惑问出口。取上信，便疾步出了书房，往定国公府走去。

何宁离开后，霍珏取出笔墨，洋洋洒洒写了两本奏疏。

上元节一过，他便写了奏疏《奏白灾后合行六事》，上呈到内阁。自打大相国寺春雪成灾的箴言流传出来后，朝中官员不信者居多。

便是朱敏成也半信半疑，当霍珏送来《奏白灾后合行六事》后，因为对这位年轻人的看重，他认真地看了这封奏折。

思忖半日，又在内阁开了数次要会，甚至亲自去了工部，与工部尚书、侍郎一行人商讨了奏疏的可行性后，便连夜入宫，请求朝廷对有可能来临的白灾与流民之祸未雨绸缪。

成泰帝自从得知箴言之事开始，便有如芒刺在背，日日夜夜不得安心。

听闻雪灾会带来的严重后果后，几乎没怎么思索，便应了朱毓成的请求，依照霍珏的奏疏提前安置已经拥向顺天府的流民。

不得不说，正当顺天府的百姓因为箴言而惶恐不安之时，官府雷厉风行的举措，倒是让他们提到嗓子眼儿的心放下了一半。

天灾人祸来临时，最怕的便是民心乱。

“听说《奏白灾后合行六事》是都察院的霍大人上奏的，霍大人去岁能带着临安城半数百姓逃得生天，这劳什子雪灾要是真的来了，他定然也能助我们渡过此次灾祸！”

“去岁是地动，今岁是雪灾，明年可莫要再来个旱灾、涝灾！这一年到头都是灾，咱们老百姓的日子可怎么过！”

“我听一些方外之士道，之所以会连连起灾祸，是因为天子失德！老天爷想要换个人当皇帝！你说箴言中说龙抬头于西北，方能灾止天和。嘶，西北指的是何处的西北，莫不是——”

“嘘，这话你可莫要再说，免得被锦衣卫听到，把你抓到诏狱去！”

“欸！我这不是嘴皮子痒嘛！我不信你不想知道那箴言说的西北究竟是何处！”

城门外的茶寮里，唐劲听着百姓们的议论，瞄了眼漫不经心饮着茶水的薛无问，轻轻咳了声。

别说是百姓们了，便是他，也很好奇箴言所说的究竟是何意。

西北，除了肃州，还能是何处呢？

唐劲是武人，七年前就跟在薛无问身后办事，跟着他一步一步爬到今日的位置。

对于这位看似玩世不恭的浪荡子指挥使大人，他可是再了解不过了。

心思缜密、手段果决。

锦衣卫这七年来，破了那么多难破的案子，捉了那么多罪大恶极之人，都是指挥使的功劳。

若箴言里说的西北不是肃州，他是第一个不服的！

况且，就凭他家这位指挥使的心眼，若是不想坊间将箴言同肃州与定国公扯上干系，早就派人将乱嚼舌根的人捉起来了。

哪儿会似眼下这般，优哉游哉地喝茶呢？

正胡思乱想间，唐劲忽然听见外头传来“杨掌柜”“姜掌柜”“林掌柜”的叫喊声，下意识便往外看了眼。

只见茶寮对面搭起了竹棚，几个掌柜娘子领着丫鬟、婆子和小厮，在那儿给流民施粥，发放抗寒的物品呢。

唐劲自是认得这几位掌柜娘子的，正是顺乐街状元楼酒肆的几位当家娘子。

前些日子，流民涌进顺天府时，还是状元楼率先出来给流民发放干粮的。

干粮带着点儿甜甜的酒香，听说里头加了点儿状元楼独有的高粱酒，味道当真不赖。

配上一碗热茶，又顶饱又可口，便是冻得僵硬的四肢百骸都似乎活络过来了。

说来，这几位掌柜娘子也是聪明得紧，给流民发干粮之时，用来装干粮的油纸袋印着“状元楼酒肆”几个字。第二日若还想分得干粮，还得带上这油纸袋过来取。

不过短短三两日，状元楼的名字一下子便家喻户晓起来。

当真是——做好事还留名的典范。

有了状元楼起表率作用，京城里旁的商户，尤其是譬如飞仙楼之类的大商户，哪能落于人后？

还有家中不缺银子，只差一个好名声的富户，也都齐齐出来做好事。

捐粮的捐粮，捐衣裳的捐衣裳，还有一些财大气粗的把京郊的庄子都借了出来。

众人拾柴火焰高。

拥进来京郊的流民，在官府尚未开始赈灾之前，竟然都得到了妥善的安顿。

往年起天灾之时，最怕的便是出乱子。

好在自从状元楼的人出来派吃食、派冬衣的那日开始，便有顺天府的衙役过来维持秩序，连薛无问都私底下派了几名锦衣卫过来盯着。

他们家这位指挥使大人可不是什么怜香惜玉的性子，会主动帮状元楼的人？怕不是同霍大人私底下有些往来。唐劲想着，呷了一口热茶，忽然听薛无问道：“林规最近可有寻你？”

林规是禁军副统领，与唐劲关系素来不赖。

唐劲忙咽下嘴里的茶，道：“昨儿来同我说了一会儿话，我瞧着他一副心事重重的模样。大人，可是林规妹妹的案子有进展了？”

薛无问不咸不淡地嗯了声。

前几日，宗彧喊了他与林规去了趟顺天府官衙，正式让林规认了尸，确认了尸体的确是他庶妹的。

林规曾经愤怒地同他道，说无论如何都要找出杀害他妹妹的人，绳之以法，还他妹妹一个公道。

如今，他知晓了是谁杀害的他庶妹，可还敢要这公道？

正思忖着，一道清瘦的影子撞入眼帘。

薛无问挑了挑眉：“我去找人问个话。”

说罢，便随手丢了块碎银在桌面上，抬脚出了茶寮。

霍珏来到竹棚，同姜黎还没说上两句话，便听何舟低声说薛无问来了。

霍珏回头与薛无问对视一眼后，二人一前一后去了城门后头的客栈。

掌柜的见到二人，便熟门熟路地给他们开了间天字号雅间。

进了雅间，薛无问拎起茶壶，顾自倒了两杯茶，推了一杯过去，慢条斯理道："我听宫里的暗桩说，乘鸾殿的那位，听说大相国寺的箴言后，便又开始喂周元庚吃凌叡交与她的神仙丸。"

神仙丸乃禁药，前朝宪帝便是痴迷于炼丹，将那神仙丸当糖豆似的吃，最终弄得人不人鬼不鬼的，状若癫狂。

凌叡交与王鸾的神仙丸定然是加了旁的药物，大抵不是毒便是蛊。

薛无问所言，霍珏并不觉得惊讶。

他们有意放任大相国寺箴言之事闹得尽人皆知，且将箴言现世的原因归咎于天子失德。

以王鸾的手段，定然会提前让周元庚死，扶大皇子继位。

"无妨，有赵督公在，周元庚不会死得那般轻易。"霍珏道。

薛无问似笑非笑地望了他一眼。

这小子与宫里的赵公公倒是走得近，他那样的人应该鲜少会这般信任一个人。想来，他与赵保英的交情不仅仅是因着酒肆里的如娘子。

对于霍珏与赵保英因何如此亲近，薛无问一点儿也不好奇。

是人就会有秘密，他没必要去探知霍珏的秘密。

"薛世叔那头——"霍珏提了个头便顿了顿，似是在斟酌着措辞。

"父亲自是知晓他中计了。"薛无问提唇一笑，"差点又要把我揪到宗祠去，好在祖母把他叫去了静心堂。说起来，你那日给祖母递的信究竟说了甚？父亲从静心堂出来后，面色竟然很是凝重。"

霍珏道："是圆青大师递来的一句话。"

薛无问挑眉："何话？"

霍珏正欲开口，门外忽然传来暗一的声音："世子，方才公主府的金嬷嬷出了城门，瞧着马车出行的方向，应当是要前往大相国寺。"

城门这处客栈是定国公府的产业，里头的掌柜伙计全是定国公府的人。盛京但凡有点头面的人出城了，这里的人都会第一时间知晓。

薛无问往后靠坐在椅背上，沉吟须臾后，问道："长公主可有一同出城？"

"不曾，长公主还留在公主府里。"

薛无问淡淡道："派人跟上金嬷嬷。"

说罢，他侧眸望向霍珏，又道："你瞧着似乎一点儿也不惊讶。你当真觉着将陈尸案的案牍交与惠阳长公主会有用？"

霍珏垂下眼。

梦里，惠阳长公主在乾清宫刺杀了周元庚后便自戕了。她用的是一把削铁如泥的短匕，匕首先是划开了周元庚的脖子，转头她又将匕首扎入了自个儿的胸口。

霍珏到的时候，乾清宫的地面上满是鲜红的血液。

惠阳长公主阖目躺在血泊里，面色平静，无悲无喜，早已断了气。

梦里，惠阳长公主至死都不曾交出那道密诏，也不知晓赵昀就在大相国寺，更不知晓她那一刀根本没将周元庚杀死。

霍珏救下了尚存一口气的周元庚。之后，他从小福子嘴里得知，长公主前去乾清宫之前，曾在乾东殿同大皇子见了一面。

可无人知晓她与大皇子究竟说了什么。后来，大皇子禅位之时，只同他提了两个要求。

一是厚葬王贵妃，二是厚葬惠阳长公主。

在梦里，他就不明白为何长公主会杀周元庚，毕竟周元庚对惠阳长公主这个妹妹的疼爱的确是发自肺腑的。而长公主之所以藏起承平帝的密诏，大抵是想要保护她的兄长。

既如此，又为何要杀他？

盯着公主府的人，可不仅仅只有薛无问的人，金嬷嬷出城的消息，何宁自然也是知晓的。

此时，何宁正着急地在客栈外头等着，霍珏一出来，他便疾步上前，还未来得及说话，便听自家主子道："金嬷嬷的事，我已知晓。可有查到金嬷嬷是为了何事折返大相国寺？"

"属下不知。这几日属下一直盯着公主府，没发现公主府有何异常，只不过——"何宁顿了顿，迟疑道，"金嬷嬷出来时，属下看见公主府的下人往她乘坐的马车里抬了一面鼓。"

霍珏脚步一顿："一面鼓？"

"是。风雪太大，又离得远，属下只隐约看出是一面鼓。"

霍珏不知想到了什么，眸色渐渐凝重。

"你去给赵公公递个口信儿，让他派人盯着乾东殿。"

何宁见他神色难得郑重，忙答应一声，转身冲进风雪里，没一会儿便不见了踪影。

那厢，姜黎在霍珏去客栈后，便去清点准备给流民送过去的薪柴。

这一忙，便忙得脚不沾地，连霍珏何时回来的也不知晓。

见霍珏默不作声地站在那儿，姜黎便问了一句："你的事都忙完了？可要回永福街？"

霍珏望了眼即将暗下来的天色，道："回去罢，再不走天怕是要黑了。"

姜黎阖起手上的账册，被刺骨的寒风刮得肩膀一缩，道："娘和如娘婶已经回了永福街，我们一回府就能喝上热腾腾的汤羹。"

在这样滴水成冰的寒夜里，一碗热汤大抵就是烟火人间的小温暖。

当然，若是同你一块儿喝汤的人是你喜欢的人，最好不过了。

上了马车，姜黎便忍不住道："今日，我听到好多人在夸你。"

霍珏眸子里漫出几缕笑意，配合着问："都夸我什么了？"

"夸你写的《秦白灾后合行六事》颇有成效，听说朱大人往其他城池送去了，让各地的官府也按照上头说的处理流民和城邦治安。"

《秦白灾后合行六事》实则才施行了不到十日，但效果甚著。

朱毓成索性将《秦白灾后合行六事》送往了所有被春雪波及的地方。

姜黎掰着手指复述着今日听到的赞美之词，絮絮叨叨说完后，又想起了百姓们私底下讨论的九佛塔箴言，忍不住蹙眉道："我听人说，箴言里头提到了肃州还有定国公。还有人说，去岁和今岁之所以会灾祸连连，是因为天子失德。眼下，这流言几乎无人不知，你说，定国公府会不会有麻烦呀？"

没有哪个皇帝会允许百姓这样揣度自己失德的，况且箴言里的意思，似乎说是定国公才是天命所归。

若当真如此，谁能知晓，皇帝日后会不会对定国公府下手呢？

那……那阿姐怎么办？

霍珏抬手抚平姜黎皱着的眉心，道："定国公府不会有事，阿姐也不会有事。你信我。"

郎君说罢这话，默了默，又对姜黎道："阿黎，从前害了卫家与霍家的人，除了凌叡，还有一人。便是当今皇上，周元庚。"

第四十一章

# 鼓响天和

成泰七年，二月十四。

寒风凛冽，大雪压松，金銮殿檐下挂起了长长的冰凌。

殿内，朝廷众官位列两排，正面色凝重地说着这几日从北边各城递过来的奏折。

请求朝廷派人赈灾的奏折跟雪花一般递进宫来，层层叠叠地在龙案上摞得老高。

好在因着提前施行了霍珏的《奏白灾后合行六事》，眼下灾情尚且可控。

最令人担心的是北狄军的异动。

北狄地处大周之西北，与大周好些城池接壤。

此次雪灾，北狄遭受的灾情更甚于大周北境各城。大片大片的草原冻成了冰原，牲畜无草可吃，又经受不住严寒，大面积死去。

如今，北狄太子与二皇子忙着争斗，也无暇顾及灾情。不少北狄百姓饿得自发跑去边境烧杀抢掠。

等到民声载道之时，二人即便没分出个高下，也会暂时联手渡过天灾。

对北狄人来说，渡过天灾的方法便是——抢。

抢粮、抢牲畜、抢地。

今日，朝堂上讨论的便是如何应对灾情与即将来临的战火。

成泰帝坐在龙椅上，居高临下地望着立于下首的薛晋，方才不少人提出让定国公速速回肃州。

有定国公坐镇，多多少少能震慑到北狄军。

可这些建议都被成泰帝驳回了。

“春雪成灾”已经应验，那“龙抬西北”呢？是不是很快也要应验了？位于西北之境的潜龙，除了薛晋，还能有谁？

既如此，他又怎可放虎归山？

这日的早朝，从卯时一直开到巳时方才结束。

散朝时，霍珏逐级而下，便见小福子匆匆踱步而来，在他耳边小声道：“长公主辰时进宫见了大皇子一面，之后便去了南直门。”

霍珏神色一凛，与同样得到消息的薛无问对望一眼后，二人齐齐开始行动。

一人大步前往南直门，一人快步走向朱毓成。

铛——大相国寺的僧钟被撞响，悠远绵长的钟声震得药谷竹舍外的菩提叶簌簌作响。

金嬷嬷望着银装素裹的山林，叹了声：“巳时了。”

她阖起窗牖，在床榻边坐下，掖了掖盖在赵昀身上的寝被。

“驸马啊，再过一刻钟，殿下便要到南直门了。

“殿下说，七年前，本该由她去击登闻鼓的。若是您那日不曾去，就不会一睡不醒了。

“今日，殿下命老奴在此代替她给您击鼓。这面鼓是当年您以头相撞的那一面，原先的鼓面裂开了，殿下花了几日方才将鼓面补好。

“殿下让老奴同您说一声，这一次，她不会再做胆小的长公主殿下了。”

说到最后，金嬷嬷忍不住老泪纵横。

十日前，惠阳长公主回到公主府便从破鼓里取出了先皇密诏，笑着同她道：“嬷嬷，你替我同赵昀说一句对不住，这密诏早就该昭然于天下了。”

金嬷嬷渐渐泣不成声。

她的殿下……一到雷雨夜就要窝进她怀里的殿下啊……那一槌子敲下去，兴许……就再也不能回来了。

“驸马啊，您若是听到殿下敲的鼓，那您就睁开眼睛看看吧！”

巳时一刻，惠阳长公主穿上多年前承平帝赐予她的冠服，一步一步走向南直门。

十五岁及笄，因为她是大周唯一的公主，又颇受帝宠，惠阳长公主的及笄礼十分盛大。

那日，中和韶乐、丹陛大乐奏响，文武百官身着朝服立于两侧。

她沐着朝阳，穿着隆重的大红冠服，一步一步走上玉阶，走到父皇与母后身侧。

父皇为她戴上象征着长公主之尊的鸾冠，笑着同她道：“阳，朝者也。从今日起，你便是大周朝的长公主惠阳。”

大红的裙摆迤逦，惠阳长公主行至登闻鼓旁，执起了鼓槌。

七年前，赵昀就是在这里击响了登闻鼓。那时，本该由她去的。就像父皇说的，她是大周的长公主。有许多事，旁人可以做，她不能做。又有许多事，旁人不需去做，她却必须去做。

咚——

咚——咚——

咚——咚——咚——

鼓声震耳，在簌簌风雪中回荡。菩提树下，赵遣与圆青大师放下手上的菩提果，不约而同地望向传出鼓声的竹舍。

而南直门内广场上，将将下朝的文武百官也诧异地望向一墙之隔的南直门。

长安街头，无数百姓疾步奔向陈立登闻鼓的南直门。

“有人敲响登闻鼓了！”

“快，快去南直门！看看是谁在敲登闻鼓，又是为了何事！”

“上一次登闻鼓响，还是在七年前，是那位以死相谏的驸马爷敲响的！”

柳絮般的落雪铺了一条雪白无垢的路，宛若一尘不染的绒毯，上头渐渐落下了密密麻麻的脚印。

曦光照耀宫门。金色的光穿云破雪，落在惠阳长公主金色的鸾冠之上。她长眸环视周遭的百姓与百官，朗声道：

“吾乃大周长公主周元宁，今亲击登闻之鼓，状告大周皇帝，吾兄周元庚，弑父杀兄、通敌卖国、构陷储君忠臣、凌虐百姓！

“七年前，父皇曾下密诏。诛康王，救太子。此诏因吾一己之私，不见天日足七年矣。吾父曾言，天子犯法，与庶民同罪。今日，吾令此诏重见天日，恳请吾兄周元庚退位让贤，以谢己罪。吾亦自请辞去长公主之名，愿自贬为庶人，以死赎罪！”

一张明黄色的密诏缓缓展开，露出六个凌乱却又力透纸背的字——诛康王，救太子！

一刻钟前，乘鸾殿。

今日，王贵妃自晨起后，两个眼皮便跳个没完。

马嬷嬷给她拧了块热帕子敷眼睛，敷到一半，一个心腹宫女惊慌失措地跑进了内殿，颤着声音道：“贵妃娘娘，惠阳长公主去……去了南直门……敲响了登闻鼓！”

王贵妃倏然起身，热帕子嗒的一声落在了地上。

她厉声道：“再说一遍！谁去了南直门？”

宫女咚的一声跪了下来，哆哆嗦嗦回道：“是，是惠阳长公主。奴婢不知晓长公主为何要敲登闻鼓，我听阮嬷嬷说，长公主去南直门之前，去了趟大皇子的乾东殿。”

王贵妃深深吸了一口气。这下不仅眼皮子跳，心也跟着咚咚咚跳得极快。王贵妃越过跪在地上的宫女，疾步出了内殿。

马嬷嬷追在她身后：“天儿冷，娘娘披上斗篷拿个手炉再出去吧！”

王贵妃却顾不得说话，边走边思索惠阳长公主究竟会同周怀旭说什么，她又该如何应对。

人刚出外殿，急匆匆的步履便骤然一顿。

殿外的玉阶之下，高进宝躬身朝王贵妃福了一礼，恭敬道：“贵妃娘娘，奴才受人所托，特地前来同贵妃娘娘递一句话。”

王贵妃不语，冷眼望着高进宝，目光冰冷。

高进宝像是没察觉到她的怒火，快步上了玉阶，压低声音道：“那人让奴才同贵妃娘娘说，大皇子的那双眼睛……生得与罪臣凌叡很是相像。”

寒风里，也就王贵妃与马嬷嬷听清了高进宝说了何话。马嬷嬷面露惊恐，手里的雕金手炉哐当一声坠落在阶梯上，翻滚着掉入雪地里。

高进宝说完这话便不再逗留，大步转身离去。

“娘娘！”马嬷嬷望了望高进宝的背影，又望了望王贵妃铁青的脸色，“高公公这话、这话是何意？”

王贵妃道：“嬷嬷前两日去净月庵，可有哪位师太不见了？”

马嬷嬷道：“老奴去的时候，除了庵主，旁的师太全都在。”

庵主是她的人……

马嬷嬷去的话，庵主怎敢不在？要么是被人掳走，要么是另投他主了。

王贵妃重重闭眼，涂着大红蔻丹的指甲啪的一声断裂。

“娘娘，大皇子来了！”马嬷嬷忽然道。

王贵妃豁然睁眼。只见玉阶之下，周怀旭身披着厚厚的石青灰鼠披风，缓缓拾级而上。

她压下心底的百般思绪，微微弯了下唇角：“旭儿怎的来了？”

周怀旭见王贵妃站在风雪里，连斗篷大氅都没披，忙脱下身上的披风罩在王贵妃身上，细声道：“天冷，母妃披旭儿的披风吧。”

周怀旭过去一年又长了个子，此时站在王贵妃身旁，身量已经差不离。

他的披风罩在王贵妃身上，竟是刚刚好。

周怀旭缩了缩肩膀，擦了下被冻红的鼻尖，这才缓声回答王贵妃的问话：“小姑姑今晨去了乾东殿，让旭儿来乘鸾殿陪母妃，莫要出去。母妃，小姑姑为何，为何让旭儿莫出去？”

王鸾望着周怀旭那双狭长的凤眸，捏紧了身上的披风。

不答反问：“惠阳长公主除了让旭儿来乘鸾殿，还同旭儿说了什么？”

周怀旭不安地咬了咬唇，清澈干净的眸子里闪过一丝挣扎。

半晌，他道：“小姑姑说，护不了母妃不是旭儿的错，小姑姑还让旭儿以后要做个胆子大的人。”

正是因为惠阳长公主的这些话，周怀旭才鼓起勇气同王贵妃说出了心底的话。

小小郎君目光坚定地望着王贵妃，脆声道：“我同小姑姑说，旭儿已经长大了，日后不仅会护住母妃，还会护住小姑姑。这样，小姑姑再也不用害怕进宫里来了。”

王鸾面色一白，电光石火间便想明白了一切。

数九寒天，刺骨的冷风刹那间灌入心头，冻得她整个人如坠冰窖。

王鸾抿紧唇角，眼眶却有些热，声音如常道：“母妃知晓了。旭儿先随马嬷嬷进殿内，母妃一会儿就来。”

周怀旭随马嬷嬷进了内殿后，王鸾目光淡淡地落在阮嬷嬷身上。

阮嬷嬷扑通一声跪了下来：“娘娘恕罪！”

王鸾冷声问道：“何时的事？”

阮嬷嬷哽着声音道：“大皇子满八岁那日。”

八岁。旭儿过完八岁生辰那日，夜里起了高热，第二日醒来时，还哭着同她道："母妃……疼。"

彼时，她以为旭儿说的是他自个儿疼，实则他说的是她疼！王鸾沉默地立在那里，指甲迸裂处缓缓冒出了血珠子，落入脚边的雪里，仿若感开的梅。

半晌，王鸾拢紧了周怀旭的披风，正要转身，忽又听阮嬷嬷大喊了声："娘娘。"

王鸾停下动作，垂眸望着阮嬷嬷。

阮嬷嬷自知今日大抵是逃不了严惩，不知晓还能不能留下命来，是以，有些话她不得不说。

"大皇子心疼娘娘，所以拼了命地学着做一个合格的储君。可他不开怀，他在这宫里一点也不开怀！娘娘啊，您心疼一下大皇子吧！"

王鸾静了片刻，而后轻轻抚着身上的披风，颔首道："本宫知晓了。"

话落，她转身进了乘鸾殿。

南直门的登闻鼓响了足足两刻钟。

第一声鼓响之时，成泰帝将将坐入轿撵。

自打九佛塔显灵后，他又听见了父皇训斥他的声音，夜夜不能安寐。

一个早朝早就耗尽了他的所有精力。他疲惫地闭上眼，却不曾注意轿撵前往的南直门方向。离南直门越近，鼓声便越清晰。

成泰帝愕然睁眼。片刻后，他才反应过来，这是有人敲响了登闻鼓！

他急忙撩开帘子，正要发问，忽见随侍在侧的赵保英放下拂尘，双手伏地，以头碰地，声音一如从前的恭敬。

"奴才多谢皇上这些年的厚爱，今儿，奴才只能送皇上到此了，皇上请吧。"

成泰帝瞪大了一双浑浊的眼，环视一眼后，心口噌地烧起了一把火。

"你这狗奴才，这话是何意？！朕要回养心殿！还有外头的鼓声是怎么一回事？你快派人去查查！"

就在这时，一道熟悉的清亮的声音从宫墙外传来——

"吾乃大周长公主周元宁，今亲击登闻之鼓，状告大周皇帝，吾兄周元庚，弑父杀兄、通敌卖国、构陷储君忠臣、凌虐百姓！"

成泰帝双目瞪得愈发大，一时分不清这究竟是不是幻听。他顾不得理会赵保英，踉跄着下了轿撵，喘着粗气大步走到南直门。

门外，惠阳长公主缓缓展开手上的先皇密诏。

密诏一出现，所有朝官与百姓齐齐下跪。

风雪尽头处，霍珏立于宫墙之下，望着惠阳长公主以及她手上的密诏。

这密诏……梦里，他在公主府里遍寻不得。原以为赵昀一日不醒，长公主便一日不会拿出密诏。不承想，她竟然在此时将密诏公之于众。

诚然，长公主今日所为，完全打乱了他与薛无问的计划。可眼下的情况，却比他的计划还要好。

霍珏眸光微微一转，落在不远处那一片明黄色的衣角。

梦里，长公主没能一刀杀死周元庚，现在登闻鼓的这一槌，自然也要不了他的命。但，却能叫他痛不欲生。

就让他亲眼看着他的至亲，他的臣子，还有他的百姓，是如何一步一步拿起鼓槌，状告天子失德，逼他不得不退位的！

思忖间，又有二十多名身着素缟的百姓，跟在宗彧身后，来到了南直门。

便见神色激动的百姓，一个接一个上前执起鼓槌，敲响了登闻鼓。

"吾名唤李霆，乃京城人士。十二年前，吾长女李慈于京郊被康王掳走，惨死于康王府。今日，吾在此状告康王，亦是当今天子周元庚，草菅人命、凌虐百姓！"

"吾名唤张逢，乃开封人士……今日，吾在此状告当今天子……"

"吾名唤钱富贵，乃临安人士……"

"吾名……"

鼓声响了一下又一下，待得这二十余人状告完毕。原先跪在地上的一人忽然站起身，毅然决然地走向登闻鼓。

鼓槌一扬，鼓声骤然响起。

面容刚毅的青年大声道："吾乃禁军副统领林规，今日击登闻鼓，状告皇帝周元庚，虐杀吾妹林幼蕊。林规在此恳请皇帝退位，天子失德，规不愿为失德者效力。"

说罢，便摘下腰间禁军副统领的腰牌。

霍珏长眉一敛，缓缓摘下头上的乌纱帽，信步上前。

想他自梦境中惊醒后，步步为营，一路筹谋。

谋天机、谋地时、谋人心。

此时此景，虽并不在他的谋划之内，却称得上是天时地利人和。

霍珏接过林规手上的鼓槌，在登闻鼓上用力一击，掷地有声道："吾乃都察院监察御史霍珏，原名卫瑾，乃青州卫氏子孙。吾祖父卫项，外祖父霍琰曾为大周鞠躬尽瘁、死而后已，却因当朝天子狼子野心、谋朝篡位而满族冤死。今日，吾在此，恭请皇帝周元庚退位让贤，谢罪于天下，以平天怒！"

咚咚的鼓声不绝于耳。

如今，在南直门敲响登闻鼓的，终于不再是梦里的阿姐了。

南直门内，周元庚听着登闻鼓响了一声又一声，听着一个又一个人上前状告他失德，踉跄着往后退了两步。

怎会如此？！

七年前，明明是他们跪在康王府前，请求他继位的。

如今，他们竟然想让他退位！

还有……惠阳，他待她那样好，她怎可如此对他？

凌叡已死，明明他们一起为父皇报仇了呀，她为何还要怨他？

怒火烧去了周元庚残存的理智，他冲出南直门，愤怒地瞪着长公主，瞪着霍珏，以及那些击响登闻鼓的百姓。

“你们怎么敢！朕乃真龙天子！

“这江山是朕的，你们全是朕的子民，朕想让你们死，你们就得死！

“今日，所有犯上者，都得死！”

这位自诩宽和贤明，最爱君臣同乐、君民同喜的皇帝，此时双目赤红，状若疯子，声嘶力竭地喊道：“朕不会退位的！谁都不能逼朕退位！”

恰在此时，一道阴柔尖细的声音闯了进来：“皇上！先帝属意的储君从来不是您！您从来不是真龙天子啊！”

余万拙穿着一身雪白的丧服，缓缓走向成泰帝，细长的眼里满是愤恨与嘲讽。

“七年前，您在乾清宫强行给先帝灌下毒药时，可还记得先帝说的话？”余万拙目光灼灼地盯着周元庚，阴恻恻地笑了声，“先帝说，您便是杀了他，这天下您也夺不走！因为您呀，无德无能！”

去岁，凌叡下大狱时，周元庚便赐了余万拙一杯鹤顶红。

一个本该死去的人，如今却穿着一身丧服，面色阴沉惨白，瘦得像行走的骨架，仿佛阴曹地府里的恶鬼一般，站在自个儿跟前桀桀地笑着。

周元庚下意识往后退了一步，满腔怒火被恐惧取代。

下一瞬，便见他脚下一个踉跄，重重摔在地上。

他瞪着眼，嗬嗬地喘着粗气，望着漫天的雪花纷纷扬扬落下。

眼前白茫茫一片，这瘆人的白……像极了父皇死去时的满城缟素。

几步开外的龙撵，明黄色的帘子被风刮得哗哗作响。

赵保英静静地立在龙撵之侧，眉眼慈和，唇角含笑，微微弓着的背脊一如既往地恭敬。

可他望着狼狈不堪的成泰帝，却不曾上前搀扶一把。

他不动，周遭的太监亦是不敢动。

一个个左右相顾，面露惊惶，却不敢上前一步。

这……这天……莫不是当真要变了？

巳时二刻，正当登闻鼓声响彻南直门之时，朱毓成在诚王府里深深地躬身行了一礼。

“还请王爷三思！”

“朱毓成！你可知晓自个儿在说什么？本王虽只是一个无权无势的闲王，可也容不得你在诚王府如此大放厥词！”

诚王周元季怒气冲冲地望着朱毓成，将手上的画笔狠狠掷于地上，指着朱毓成，厉声道：“你这是在逼本王做周皇室的罪人！若本王当真照你说的去做，你让本王有何颜面去见周皇室的列祖列宗？”

朱毓成恭敬道：“还请诚王爷为江山、为社稷、为无辜的黎民百姓着想。眼下的大周，外有北狄虎视眈眈，内有春雪之灾肆虐。若此次不能平民愤，恐怕要生灵涂炭，尸横遍野。如此一来，大周的基业同样会毁于一旦。况且王爷此举，在本官看来，实则是在维持周皇室的最后一点颜面。”

周元季冷笑一声，面色愈发难看。

“你同本王说说，于天下人面前谢罪，禅位于有贤之人，这算什么颜面？”周元季摆了摆手，“朱首辅离去吧，本王是不会做周皇室的罪人的！大周的江山怎可断送在本王手上？来人！送客！”

朱毓成并未没因着这句“送客”起身就走。

老神在在地立在书房里，心平气和道：“王爷可有想过，皇上的罪行既已昭告天下，退位已成定局。不管是百姓还是朝臣，都不可能会让这样的人做大周的皇帝。既如此，王爷何不做个顺水人情，只当是为了明惠郡主积德？新帝登基之后，定然会记着王爷这笔功劳。”

不愧是承平年间的状元郎，如今大周的首辅真是巧舌如簧。

从江山社稷的功德说到明惠身上，就为了要哄他周元季做个罪人，好让史官和子孙后代戳他的脊梁骨！

周元季讽刺道：“朱大人好一张巧嘴！可是薛晋派你来做说客的？历朝历代，哪位皇帝登基不是踏着无数人的命上位的？他薛晋既想要皇位又想要美名，鱼与熊掌岂可兼得？还是你这位首辅大人不满足于手中的权势，妄想那从龙之功？”

周元季承认，他皇兄的确不是个东西。

可皇兄再不是东西，他好歹有个儿子在。旭儿谦虚好学，未尝不能做一个好皇帝。既如此，他们周家的江山凭什么要拱手相让？！

朱毓成面色平和，并不因周元季的话而恼羞成怒。

“定国公是何为人王爷难道不知？”朱毓成摇了摇头，“定国公从来不觊觎金銮殿的龙座，王爷不愿做周皇室的罪人，他同样不愿违背祖训。至于微臣——”

朱毓成望着周元季，摘下头顶的乌纱帽，淡淡笑道：“若王爷愿意登基禅位，微臣亦愿摘下这顶乌纱帽，自此离开朝堂。微臣从来不图从龙之功，只图海晏河清，百姓安居乐业。”

周元季不语。

他虽从不理政事，只爱游山玩水、吟诗作画。但朱毓成的人品，他是信的。

他方才的话，不过是怒火攻心之下的口不择言，他并不是真的想要朱毓成罢官。

周元季哼了一声，正要开口，书房的门忽然被人从外嘭的一声推开。

门外，明惠郡主提着裙摆匆匆入内，红着眼眶道："父王，您若是不答应，小姑姑会死的！您就答应了吧！您要真怕被人骂，女儿陪您多画几幅流芳百世的画便是！"

周元季一怔。

瞧瞧这是什么话？！简直是叫他又好气又好笑。

可对上明惠郡主那双泪眼模糊的眼，他到底是说不出训斥的话。

罢了，时也命也。

周元季长叹一声："就你如今的画技也好意思说流芳百世？"

他摇摇头，疲惫地笑了一声，对朱毓成道："朱大人既然来此，想来已是做好周全的准备。说吧，要本王如何配合？"

若说惠阳长公主状告天子周元庚是一把火，那后面陆陆续续上前敲响登闻鼓的人，便是扔进火里的薪柴。

这把大火终于烧向了周元庚。

"这狗皇帝还是康王时，便掳走了数十名少女！真是人面兽心！"

"凌贼午门抄斩时，曾大喊，有人比他更加罪大恶极，更该死。说的怕不就是皇帝吧？"

"原来，霍大人竟然是卫太傅的孙儿！难怪年纪轻轻便能连中六元！那样好的一个家族，可惜了啊！"

"听说，长公主敲登闻鼓时，那鼓声竟然传到了大相国寺！大相国寺的高僧说了，那则箴言里说的西北，就是肃州！"

短短两日，天子失德，致使天灾不断的传言，便在整个大周传得沸沸扬扬。

夹杂在里头的，还有真命天子是定国公薛晋的传言。

有人信誓旦旦道，唯有定国公登基为帝，方能终止这场白灾之祸。

成泰七年，二月十六。

首辅朱毓成率领百官摘乌纱，跪于金銮殿外，请求天子周元庚退位。

皇宫之外，同样有无数百姓跪于午门外的广场上，高呼天子退位。

若是细看，便能发现这里半数百姓来自临安与曲梁二城。

"那位须发俱白的老者，是临安城谭家村的保长谭世春。去岁上元，谭家村数千人之命皆是主子救的。"何舟指着坐在人群前方一位精神矍铄的老叟，低声同姜黎道。

"还有，那边穿着黑色短打的青年，是曲梁城县衙的一名衙役。今日，他带着不少曲梁城的百姓，千里迢迢为主子鸣冤来了！"

“还有，这边——”

“我知道，这边的都是因着霍珏《奏白灾后合议六事》而得到妥善安置的流民。他们今儿连干粮都没去领，一大早便来了午门。”姜黎噙着泪笑道。

话音刚落，她便抬手擦了擦眼角的泪。本不该哭的，可她忍不住，当真是忍不住！

这些百姓，全是霍珏救过的人。

今日的天，比任何时候都要冷，但这些人却冒着风雪投桃报李来了！

她的卫小将军，如今，再也不孤单了。

如今，有无数人站在他身后，有无数人做他的后盾，有无数人敢直面天威，为他讨一个公道！

簌簌风雪坠落在她的衣襟上，姜黎想起离开青云山那日，殷道长同她慈爱地道：“你可知他今日之果，皆是你昨日之因。阿黎，去吧！带着那小子，去盛京结下越来越多的善因！”

彼时，姜黎尚且不懂何谓昨日因，今日果。

如今，她懂了。

眼前这些百姓，便是霍珏“昨日”结下的善因。

是以今日，他们来了！

隔着一堵宫墙，墙内百官高呼“恭请皇上退位”，墙外百姓怒斥“天子失道，德不配位”。

后来，史官将这日记载为“白灾之变”。

这日，皇帝失德，天谴于上，人怨于下。

这日，大周朝百官万民齐心跪于皇宫内外，请求皇帝退位，谢罪于天下。

这日，成泰帝周元庚退位，自囚于皇陵，终生不得出，诚王周元季继位。

周元季继位不过十日，便下罪己诏，自称无治国安邦之才。

愿顺应天意，禅位于定国公薛晋。至此，大周国祚一百九十六年。

四月初一，定国公薛晋正式登基为帝，改国号为雍，建年号为肃和。

肃和元年四月初二，肃和帝登基大典后的第二日，连绵了半年之久的风雪终于停歇。

阴沉沉的天放了晴，盛京的百姓一个接一个从屋内走出，望着天幕上久违的明灿灿的阳光，惊呼道：“龙抬头于西北，灾止天和。那箴言竟然灵验了！”

永福街霍府。

姜黎望着从支摘窗斜进来的阳光，笑着对霍珏道：“今日的天真好，皇上倒是体贴，竟然允你们休沐一日。”

霍珏放下手上的案牍，挑眉道：“登基大典之后本该休沐三日，可惜边关告急，且白灾之后大雍多地需要援建。皇上心忧百姓，这才减了两日。”

听他说起这些事，姜黎的眉心不由得一蹙。

白灾之后的援建，姜黎倒是不担心的，霍珏提出的《奏白灾后合议六事》，其中就包括了灾后重建。便是灾情最严重的北境六城，眼下都恢复得极好。

她担心的是北狄入侵肃州之事。

北狄军在熬了一个春雪成灾的春天后，终于按捺不住，于上月底忽然攻打肃州。

好在肃州军提早做好了准备，才不至于让北狄军偷袭成功。

如今两军战况正在胶着呢！

姜黎那张白生生的脸从来藏不住心思。

霍珏望了望她，道："阿黎不必担心，肃州不会出事。眼下之所以不将北狄军赶回皇庭去，是因为太子需要一个功劳。"

昨儿肃和帝在登基大典上便立下太子，从前的定国公府世子、锦衣卫指挥使薛无问如今是大雍的太子爷了。

"功劳？"姜黎诧异地应了声，回眸思忖片刻，似乎想明白了什么。

天下人能臣服于肃和帝，日后，却未必愿意臣服于年轻的太子。

太子，需要一个泼天的功劳收人心，就像从前的定国公一般。

霍珏看不得小姑娘苦思冥想的模样，起身捏了捏姜黎的鼻尖，道："我与太子早就谋划好了，太子此行，定会大捷而归。"

姜黎这才柳眉一展。

她望着霍珏，忽而想起，她家郎君如今再也不是都察院监察御史霍珏了，而是翰林院侍读学士卫瑾。

都说非进士不入翰林，非翰林不入内阁。

从前，霍珏的祖父卫项，便曾做过翰林院侍读学士，后来一路官拜太子太傅、内阁首辅。

姜黎隐隐约约觉着，肃和帝命霍珏进翰林为官，大抵是为了让他有朝一日能接祖父的衣钵吧。

到那时，阿姐有霍珏做她的后盾，便是当了皇后，也有底气了。

思及卫媗，姜黎慌忙从一边的竹篾里取出针线。

她最近正在学着做小婴孩的衣物，这会儿正准备做一双虎头鞋给阿蝉。

说来，这针线活对她来说真是一如既往的难，好在离阿蝉出生还久着呢，她有足够多的时间学习。

看着姜黎笨拙地穿针引线，每每冒着冷光的针尖从她手指擦过，霍珏都要微微提起一口气。

这位遇事从容不迫的霍大人，在闺房里，最怕的大抵便是姜黎手上的那根细针了。

偏生自家娘子爱学，他便只好纵着她。

姜黎边做绣活，边絮絮叨叨地说着话。姜黎声音软软糯糯的，好似从前栖于文澜院梧桐树枝头的小喜鹊。

他的“小喜鹊”说着酒肆，说着昨天的登基大典，说着明儿要亲手给他穿上五品大员的官服。

说到最后，她抬起湿润的眼，望了眼窗外的曦光。

融融春光里，小姑娘坐在榻上，丝丝缕缕的薄光从遥远的地方跋山涉水而至，萦绕在她的身侧。

微光里，她眉眼含笑。

霍珏眸光微微一颤。

恍惚间，他仿佛看见梦里暗无天日的屋子，有光从外缓缓渗入。

有人在门外轻声唤他。

他回眸望了眼空空如也的冰棺，放下手上的拂尘，向着光，缓缓推开了门……

“霍珏，卫瑾，卫昭明！”

姜黎望着不知神游至何处的郎君，放下手上的布帛，轻轻挥了挥手。

便见郎君眸光微敛，那双漆黑的似是望不到底的眸子渐渐映入了她的脸，渐渐缀了光。

霍珏喉结轻轻一抬，“嗯”了一声。

姜黎笑吟吟道：“你听见我方才说的话了吗？听说大相国寺后山的山茶花又开了，去岁去大相国寺，都没能同你一起赏花。你哪日得空了，陪我去一趟，可好？这暖融融的春光，我盼了好久啦。”

他的阿黎大抵不知，他等这场“春光”亦是等了许久。

年轻郎君静静地望着笑得眉眼弯弯的小娘子，清隽的眉眼渐渐氤氲起笑意，轻声应她：“好，听你的。”

——正文完——

番外

# 浅喜光阴

（一）

高二那年的寒假，姜黎遇到了一个少年。

鉴于少年根本不知道她崇拜他，姜黎将这份崇拜当作动力。那一刻，姜黎还是挺欣慰的。

姜黎有两位闺密，刘嫣和张莺。

某天，三人看完电影后，便悄悄约定，以后她们遇到自己崇拜的人，就叫他们“阿藤”“阿井”“阿树”。

后来，张莺的“阿藤”已经换了三个，刘嫣的“阿井”也换了两个，独独姜黎的“阿树”始终是杳无踪迹。

高二这年的除夕，可以让她崇拜的“阿树”终于出现了。

当然，她崇拜的“阿树”是有名字的。

他叫卫瑾，是住在朱福大街三十六号的卫爷爷和蒋奶奶的小孙子。

卫爷爷和蒋奶奶年轻时在朱福大街住过，卫爷爷喜欢姜黎外公酿的酒，几乎日日都要去姜黎家的小酒馆喝上两杯。

都说酒逢知己千杯少，两位老爷子就着花生米，天南海北地说着话，不知不觉间，成了至交好友。

卫爷爷与蒋奶奶回盛京后，外公每年都要往盛京送酒，直到去世那日还不忘叮嘱妈妈，莫忘了给卫家再寄两坛酒。

外公的葬礼上，卫爷爷和蒋奶奶也来了。

那会儿，姜黎才十岁，对这对慈祥和蔼的老夫妻印象十分深刻。

两个月前，两位老人家搬来朱福大街时，姜黎比爸爸妈妈都要更早地认出他们。

姜黎遇见卫瑾时，是个除夕夜。

桐镇连续下了差不多一个月的雪，青石板路一片霜白。

姜黎奉命去给卫爷爷送去一坛屠苏酒，到了巷子尾，见卫家院子的老木门大喇喇地敞着，没多想就走了进去。

刚走两步，一阵篮球拍打地面的声音迎面而来。

最初，姜黎还以为自己听错了。

大除夕夜的，谁没事儿会在大雪天打篮球啊？！

可下一秒，她就看见一个穿着黑色 T 恤的少年踮脚跳跃，身体后仰着朝篮筐投了个三分球。

沾满雪沫的篮球，在空中划出一道漂亮的抛物线，然后，干净利落地穿过球筐。

少年则借着惯性倒在了雪堆里，大团大团的白雾从他的嘴里呼出，模糊了他的面容。

姜黎一动不动地站在老木门旁边，直到篮球滚到了脚边，才回过神来。

她知道，这会儿应该说句话打声招呼的，可偏偏一声都说不出来。

少年很快察觉到她的身影，从雪堆里坐起身来，挑眉看着她。

雪光映在他的脸上。

那是一张比他的球技还要俊的脸。

如果说，她家阿令是桐镇二中的校草，那眼前这少年大概就是“校树”了。

之前就听说卫爷爷有个理科状元的孙子，想必就是他了。

于是，高二这年的除夕夜，姜黎崇拜的“阿树”终于有了五官。

正当她走神时，少年已经从雪堆里起身，朝她走了过来。

他打量着姜黎，目光从她明亮的眸子缓缓落到她手里的酒坛上，而后恍然道：“你是杨爷爷的外孙女？”

姜黎的外公姓杨，杨家世代都以酿酒为生，是桐镇家喻户晓的酿酒世家。

姜黎小声地“嗯”了一声，结结巴巴地说：“你，你好，我叫姜黎。”

少年弯起唇笑了：“卫瑾。”

说着，他便伸手去接姜黎手里的酒坛：“给我吧，我带你进屋，爷爷奶奶在里头等着了。”

少年沾着雪沫的手骨节分明，轻松地接过了姜黎手中的酒坛。

姜黎怕冷。每次出门，羽绒服、帽子、护耳、手套必不可少，手套更是要戴足两副才肯罢休。

少年接过酒坛的刹那，即便隔着两副手套，她都能感觉到他沾着雪的指尖带来的战栗。

她赶紧垂下睫，慌慌张张地跟着卫瑾进屋给卫爷爷和蒋奶奶送酒、拜年。

姜黎性子乖，生得好看，声音也甜，朱福大街的长辈们都喜欢她。

两位老人家自然也不例外，笑呵呵地往她手里塞红包。连同姜令的那份一起，足足塞了四封。

从前，姜黎过来送酒，总是会大大方方地陪着他们唠几句嗑的。

今日不知怎的，可能因为身边站着一位陌生的少年，连话都说不利索了。姜黎怕丢人现眼，只好匆匆告辞。

她才走出大院，卫瑾就跟了出来。

“我送你回去。”身量高大的男生披了件冲锋衣，双手抄在兜里，说话时看着她，锋利的眉眼缀着笑意。

姜黎本想说她家离得很近，想说这条街的街坊都是熟人，不会有危险的。

可目光触及少年的脸，她就十分没志气地咽回了已到嘴边的话。

“好，好的，谢谢。”小姑娘的声音困在厚厚的围巾里，瓮声瓮气的。

卫瑾看了她一眼：“没事儿。”

寒冷的雪夜，昏黄的灯色被风雪切割得支离破碎。

两人慢慢走了一截路，姜黎忽然想到什么，倏地停下脚步。

“这手套是我弟弟的，给你戴吧。”姜黎摘下套在外层的手套，迟疑着递了过去。

姜黎怕他听不清她说的话，特地把遮住半张脸的围巾往下拉了拉，露出了红润的唇和尖尖的下颌。

卫瑾之前只能看见她那双圆溜溜的小鹿眼和冻得发红的鼻尖。

这会儿，她拉下围巾，倒是让他看清楚了她的模样。

他的目光在她的梨涡上定了定，随即十分自然地接过手套，慢慢戴上。

“谢了。”

“不客气。”

姜黎的家住在街头，那是一套年岁不小的老宅。宅子是由一套白墙灰瓦的屋子和面积不小的院子组成的。院子里种着两棵高大的泡桐树，树下摆满了酒坛子。

桐镇是酿酒之乡，这里的酒馆是明清时期的酒肆风，卖的也是古法酿造的酒，因为风格别树一帜，所以，桐镇的酒馆街几乎是年轻人最爱来的打卡地之一。

到了家门口，姜黎看了旁边的少年一眼，指了指几条街外的酒馆街，说：“我们家的酒肆就在那儿，以后有机会，我请你喝我酿的杏花酿。”

大雪纷飞，卫瑾看不清她所指的街道，只听得见她微微颤抖的声音。

“好啊。”他爽快地应下，“杏花酿……一听就知道很好喝。”

姜黎最喜欢别人夸她家的酒了，于是抿唇笑了起来，之后又鼓起勇气说：“那个……我带你进去讨红包吧？”她刚从他家讨了四封鼓鼓囊囊的红包回来，礼尚往来，也该给他回两个大红包的。

卫瑾看了她一眼。

她的眼眸很干净，黑白分明，如黑曜石一般，藏不住半点情绪，一看就能知道她有多紧张。

他有这么吓人吗？

卫瑾自打成年后，就不再讨红包了，这会却鬼使神差地就点了头：“好啊。”

见他这样爽快，倒是出乎姜黎的意料。莫名就有些开心，想着可以同“阿树”多说几句话了。

然事与愿违。

将人领进院子后，先是她爸妈拉着人家说了半晌话，后是姜令似是找到了失散多年的哥哥一样，围在卫瑾身边同他说个没完。

姜黎只好抱着个暖手袋坐在旁边听。

他们说游戏、说篮球，都是姜黎不怎么懂的领域。

虽然插不上话，也听不大懂，但不妨碍她听得津津有味。

小姑娘垂着浓密的眼睫，巴掌大的小脸被一头乌黑的及肩长发衬得格外白皙。

卫瑾用余光瞥了她一眼，将话题引到了她身上："我听奶奶说，你和阿黎是双胞胎？你们谁大谁小？"

"阿黎比我早出生十分钟，但她很幼稚的。"姜令毫不客气地揭短，"整天咋咋呼呼的，一点儿也不像姐姐，我都是拿她当妹妹看的。"

说到这儿，姜令忍不住挑了下眉头，看着姜黎，碎碎念地问："你今晚怎么这么安静？该不会在外头吹了风，感冒了吧？"

姜黎："……你很讨厌，你知不知道！"

感受到卫瑾的目光落在她头顶，姜黎一时半会也没了同阿令吵架的心思，站起身说："我累了，先回房间休息了。"

姜黎回到房间，忍不住生气。

臭阿令！要不是他嘴里没个把门儿的，她这会儿还能听他和"阿树"说话的。

姜黎回房间没多久，卫瑾也走了。

姜令进屋时，姜黎手里捏着个抱枕，正考虑着要扔他哪里比较好，谁知下一秒就听他说："瑾哥说过几天想去看傩戏，阿黎，你要不要一起去看？"

姜黎扔抱枕的动作一顿："去。"她默默收回抱枕，"来者是客，不管怎样也要尽尽地主之谊嘛。"

姜令点头："我刚知道，瑾哥居然是去年盛京的理科状元！听说他的哥哥姐姐也是高考状元，这一家人怎么那么厉害？和我们简直是两个世界的人！"

可不就是两个世界的人吗？

卫爷爷是实业家，卫家是盛京排得上号的商贾。蒋奶奶又出生书香世家，卫瑾生在这样的家族，和他们当然不一样了。

姜黎将下巴抵在抱枕上，忽然觉得崇拜一个太优秀的人也是一件苦恼的事。

## （二）

姜令说的傩戏，是桐镇每年大年初五都会演的戏目，为了看傩戏，姜黎特意穿了一条白色缀黑珍珠领的及膝针织裙。

姜令皱眉道："不冷吗？"平时阿黎最怕冷了，到了雪天不把自己团成一颗球是绝对不出门的。

当然冷了！可是一会儿要一起出去看傩戏的，怎么着也得拾掇得好看些。

姜黎扯了扯头上的贝雷帽，又拢了拢身上焦糖色的大衣，硬着头皮说：“不冷。”

到了看傩戏的戏馆，卫瑾已经在等着了。

他长得高，又生得俊，站在熙熙攘攘的长街里，就像是璀璨的星子一样惹眼。

惹得经过他身边的人们都忍不住回头多看几眼。

卫瑾的目光穿过人群，直接撞上了姜黎的。

“争气点！”姜黎在心里默默给自己打气。

去戏馆前，少不得要买张傩面具，三人在面具摊里看了一会，姜黎挑了一张兔儿神的面具，正要往脸上戴，一边的卫瑾忽然侧头看向她，说：“阿黎，你说我戴哪个面具好？”

姜黎故作镇定地垂下眼，给他挑了张周武将军的傩面具。

刚刚她一看到这张面具，就觉得很适合他。

姜黎将面具递给他，稳了稳心绪，说：“要不这张吧，这是周武将军。”

“好。”卫瑾接过面具，慢悠悠戴上，又听她说：“你戴歪了。”

他垂下眼，见小姑娘已经戴好了她的兔儿神面具。她的脸较小，兔儿神的面具戴在她脸上显得格外大，两个圆圆的眼洞里是一双黑曜石般的眼睛。

卫瑾与她平视，一本正经地说：“哪里歪了？这样行吗？”说着轻扯了下，脸上的面具好像更歪了。

姜黎迟疑了片刻，抬手帮他把面具正了回来：“好，好了。”

“谢啦。”

买面具是姜黎掏的钱。进门时，卫瑾说要礼尚往来，于是给她买了一袋糖炒板栗和一杯暖呼呼的奶茶。

之后，在戏馆里的一个半小时里，姜黎的嘴里一直是甜的，就跟她酿的杏花酿一样，不仅甜，还带着点微醺。

从戏馆出来，一摘下面具就听阿令奇怪道：“阿黎，你脸怎么这么红？很热吗？你今天明明穿得很少。”

姜黎：“……”

姜黎用手背碰了碰脸，忽然一阵凉风吹来，叫她结结实实地打了个喷嚏。

在崇拜的人面前打喷嚏……

好糗。

姜黎的脸这回羞愤得更热了。

姜黎垂眼之际，身上蓦地一重，一件黑色的羊毛大衣罩了下来。

她愣怔了一下，卫瑾接过她手里的面具，说：“正好我觉得热，这外套你替我披着，我帮你拿面具。”

他的大衣很长，披在姜黎身上，都快到脚踝了。

衣裳残存着少年的体温，还有很淡很淡的雪松香。

风吹来时，细雪簌簌作响。

从此，冬天在姜黎的世界里，有了雪松的味道。

（三）

时间一晃就到了六月，高三的学长学姐刚“解放”，姜黎却要回学校为高考冲刺了。

到了高三，身边的人问的最多的是以后想考哪所大学。

姜令一直都想考去盛京，姜黎喜欢酿酒，早就想好要学酿酒工程。其实，酿酒工程最好的大学在盛京，但那所大学分数太高，姜黎之前都没敢想过。

只是，寒假过后，她改主意了。

她也想去盛京读大学。

姜黎的成绩比姜令要差些，在年级里只能算中游偏上，要考盛京的大学，委实不容易。

不过，她也不着急，总归“尽人事而待天命”，努力过了，若还是考不上也没什么好遗憾的。

七月，桐镇迎来了雨季和旅游旺季。

卫爷爷和蒋奶奶嫌吵，索性到山里避暑去了。原以为两位老人家不在，卫瑾肯定不会来桐镇的。

不承想，月中，姜黎才刚回家，就看见了一道熟悉的身影。

卫瑾坐在客厅的沙发里，正笑着和她爸妈说话。

姜黎愣怔怔地看着他，听到他同她打招呼才回过神。

“我过来给爷爷奶奶看房子。奶奶说我在这左右没事，索性让我过来给你和阿令补补课。”

于是，姜黎在这个夏天，多了一个高考状元做她的补课老师。

作为报答，卫瑾一日三餐都由姜家承包了。

姜黎和姜令都是学理科的，两人的区别是：一个偏科，一个不偏科。

姜黎就是偏科的那个，语文和物理怎么学都只在及格线的边缘徘徊。

因此，卫瑾大部分精力都花在了她身上。

最开始姜黎总是走神，一会儿觉得他好厉害，居然想得出这种解法：一会又担心他会不会觉得她太笨。

总之，她满脑子一直胡思乱想。忽然脑袋一震，一支笔头轻轻敲在了她的头顶。

卫瑾压下弯起的唇角，云淡风轻地说："又走神？"

姜黎红了耳郭，认认真真地竖起三根手指，说："我发誓，再也不走神了。"

就这样，补了半个月的课，两人自然比春节刚认识时熟络了不少，姜黎在他面前说话终于不结巴了，走神的次数也少了。

简而言之，她对"阿树"渐渐有了免疫力。

却没想到，今天一时不察，不仅走了神，还又被他逮住了……

下午，姜黎妈妈送进来一碟裹了奶油的草莓，草莓上插着透明果签，姜黎顺手戳了个草莓递过去。

"奶油草莓，吃吗？"

卫瑾正拿着她刚做完的卷子查看，听见小姑娘软软糯糯的话，扭头看了眼，十分自然地张嘴接了过去。

姜黎没打算投喂，本是想递过去叫他自己吃的。

谁知……

卫瑾在吃下草莓的瞬间，也愣了下。

随后，淡定地抽走她指间的透明签，又戳了一颗草莓，神色自然地吃了起来。

姜黎看了他一眼，默默捏起另外一支果签。

"你喜欢吃草莓奶油蛋糕吗？"卫瑾忽然出声。

姜黎咬下半颗草莓，点了点头，说："喜欢，这是我最喜欢的口味。每年生日，我都要吃草莓奶油蛋糕。"她笑着说，两粒米粒大小的梨涡漾在唇边。

卫瑾抬起眼，说："明年暑假早点来盛京，我带你去吃盛京最好吃的草莓蛋糕。"

因为这句话，这一整个夏天对姜黎来说都是奶油草莓味的，甜到不行。

暑假结束，卫瑾就回了盛京。

寒假时，再来桐镇陪卫爷爷和蒋奶奶过春节。

可惜，姜黎只有七天假。腊月二十八放假，大年初五就要回学校。今年寒假，连请卫瑾再看一场傩戏的时间都没有。

开学的前一日，卫瑾给她和姜令整理了两摞厚厚的备考资料。

他回盛京的这小半年，几乎每天都会通过学习 APP 给姜黎补课。所以，他很清楚姜黎的强项和弱项，这摞资料就是他专门为姜黎量身打造的。

晚上，蒋奶奶特地过来问他："有把握让阿黎考到盛京去吗？"

卫瑾想起小姑娘前两日拿给他看的摸底试卷，自负地道："她聪明着呢！再说，有您孙子亲自给她辅导，她怎么可能考不上？"

蒋奶奶睇他一眼："还记不记得我说过的话？"

"当然记得。"卫瑾捞过床边的篮球，一脸好笑地道，"您孙子是这么不知轻重的人吗？”

蒋奶奶道：“谁叫你打小就是个小霸王。”好在这小子还算知道轻重。

卫瑾摸了摸鼻子，抱起篮球，说：“奶奶，我到院子打会儿球。”

蒋奶奶朝窗外看了眼：“这会下着雪呢，你过两天就要回盛京了，还不如——”

一句话没说完，卫瑾已经没了人影。

蒋奶奶摇头一叹：“这孩子……”

卫瑾在球场打了差不多一个小时的球，直到满头大汗了，才懒懒散散地在雪地里坐下。

雪花飘落，卫瑾望着天空，忽然想起去年除夕夜，姜黎抱着个酒坛来家里时，穿得圆鼓鼓的，厚厚的围巾挡住了半张脸，只露出一双湿润的眼。

卫瑾忍不住弯了下唇角，起身拍了拍身上的雪，回了屋。

爷爷奶奶已经睡了，房间里乌漆墨黑的，卫瑾拧开一盏台灯，翻开素描本，一手支着下颌，一手握着铅笔，慢慢画出初见姜黎时的场景——雪地里抱酒坛的女孩儿。

画好后，他放下笔，想了想，再次捡起笔，在右下角落下一行字。

## （四）

夏天如期而至，高考成绩六月底公布，七月姜黎就收到了来自盛京的录取通知书。

拿到通知书的那一天，姜黎拍了张照片，发给卫瑾。

照片里的少女捧着张录取通知书，笑得眉眼弯弯。

几乎在照片发出去的瞬间，对方立即回了两条信息。

卫瑾：恭喜。

卫瑾：什么时候来盛京？

姜黎啜了口水果茶，拿着手机敲了一大串字，刚要发出去，忽又想到什么，将原先的回复删除，重新敲了一行字。

姜黎：学校八月二十一日开学，我想早点去盛京转转，应该会提前几天过去。

他不是要请她吃草莓蛋糕的吗？

那她就……早点过去找他。

姜爸爸总是叮嘱她和阿令不要早恋，语重心长地同他们说“恋爱这事，等考上大学再去谈”。

现在她考上大学了，她的“阿树”也出现了，趁着这次过去盛京，一定要找个机会同他表白。

不管能不能成，总要为自己的喜欢勇敢一次。年少时不勇敢，等长大了，说不定就连勇敢一次的勇气都没有了。

这条消息发过去没多久，卫瑾就打了个视频电话过来。

“想去哪里转？我提前安排好。”屏幕里，少年倚着一面落地窗，阳光透过玻璃，落在他半边脸上，勾勒出他线条凌厉的侧脸轮廓。

姜黎默默地挪开视线，瓮声瓮气地说了好几个地方。

卫瑾认真地听着，然后对她说：“行，等你和阿令来了，我带你们去。”

姜黎可没打算让姜令一起去，订机票时要姜令自己找借口，推迟两天去盛京。

姜令不解：“为什么呀？你一个人去我不放心。”

姜黎有些心虚，目光直直地垂在地板，慢吞吞地说：“有什么不放心的？我一下飞机卫瑾就会来接我。”

姜令打量着姜黎，一脸犹疑：“你，该不会是喜欢上瑾哥了吧？”

姜黎本来想理直气壮地反驳说不是的，可话到了嘴边，又默默咽了回去，不吱声了。

姜令还有什么不明白的，皱起眉头就说：“可瑾哥有喜欢的人了。”

姜黎霍地抬眼：“你怎么知道他有喜欢的人了？”

“瑾哥说的。”姜令不自然地挠了挠头，他在高考完后悄悄同一个女孩子表白了，这事儿他只和卫瑾说过，也就是那会儿，姜令知道了卫瑾也有喜欢的人。

姜黎脑袋空白了片刻。

他，怎么就有了喜欢的女孩子了？

明明寒假那会，她问他有没有喜欢的人时，他还拿笔敲了敲她的头，说“认真做题”！

姜黎下意识以为他没有喜欢的人的。

“那你更不应该去了。”姜黎看着姜令，面色有些发白，“我希望在他有女朋友之前，能和他有个只属于我跟他的回忆。”

她会藏好自己的心事，像一个普通朋友一样和他在盛京玩两日。

只有他跟她，去哪儿玩都可以。

她就只要这么个回忆，以此来给她这场暗恋画一个句号。

（五）

八月十三日，十八点十六分，飞机抵达盛京。

见到卫瑾的那一刻，姜黎那颗阴雨连绵了几日的心，终于风停雨歇了。

卫瑾将她的行李放在车后备厢里，拉开副驾的车门，对她说：“快上车，我带你去吃盛京最好吃的草莓奶油蛋糕。”

都说副驾是女朋友的专座，他却让她坐在副驾上……

姜黎满脑子胡思乱想地上了车，刚坐下就发现一本画册。

“这是什么？”

“给你的毕业礼物。”

给她的礼物？

姜黎翻开画册，旋即一怔，这上面画的人是她。

戴着傩面具的她、歪头咬着吸管喝奶茶的她、对着一道物理题皱眉苦思的她，还有吃草莓吃得腮帮子鼓鼓的她……

最后一页，是除夕夜，抱着酒坛愣怔怔站在雪夜里的她。

画像的右下角，还用铅笔写了一行字：我喜欢的女孩儿。

（六）

“所以……”

“好巧。”

——全文完——